That Which That Orphan Saw

Novel

Mohammad Reza Sarshar
(Rahgozar)

2015

Soore Mehr Publishing House

Center for literary Creations

That Which That Orphan Saw

Mohammad Reza Sarshar

Published by H&S Media with copyright of Soore Mehr
2015 Print on-demand
ISBN: 978-600-175-908-6

Soore Mehr Publishing House

Add: No 23, Rasht St.,Hafez Ave.,Tehran 15815-1144,Iran
www.iricap.com
Tel: +98 2161942
Fax:+98 2166469951

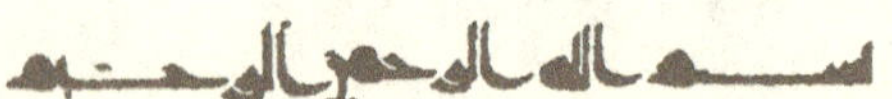
بسم الله الرحمن الرحيم

رمان

آنک آن یتیم نظر کرده

(پیامبر، از تولّد تا هجرت حبشه)
نوشته محمّدرضا سرشار (رهگذر)

انتشارات سوره مهر (وابسته به حوزه هنری)

دفتر کودک و نوجوان مرکز آفرینش‌های ادبی

رمان آنک آن یتیم نظر کرده
(پیامبر، از تولّد تا هجرت حبشه)

محمدرضا سرشار (رضا رهگذر)

اچ اند اس مدیا: تحت امتیاز انتشارات سوره مهر
چاپ بر اساس تقاضا: ۱۳۹۳
شابک: ۶-۹۰۸-۱۷۵-۶۰۰-۹۷۸

نقل و چاپ نوشته‌ها منوط به اجازهٔ رسمی از ناشر است.

سرشناسه: رهگذر، رضا، ۱۳۳۲ -
عنوان و نام پدیدآور: پیش از آنکه سرها بیفتند: نقد رمان "رازهای سرزمین من "نوشته "رضا براهنی "/ محمدرضا سرشار.
مشخصات نشر: تهران: شرکت انتشارات سوره مهر، ۱۳۸۹.
مشخصات ظاهری: ۲۶۴ص.

ISBN: 978-600-175-908-6

وضعیت فهرست نویسی: فیپا
موضوع: براهنی، رضا، ۱۳۱۴ - . رازهای سرزمین من -- نقد و تفسیر.
موضوع: داستان‌های فارسی -- قرن ۱۴ -- تاریخ و نقد
شناسه افزوده: شرکت انتشارات سوره مهر
رده بندی کنگره: ۱۳۸۹ ۲۰۸۴ر۳۸/ PIR۷۹۶۳
رده بندی دیویی: ۶۲/ ۳فا۸
شماره کتابشناسی ملی: ۲۰۹۴۴۵۱

نشانی: تهران، خیابان حافظ، خیابان رشت، پلاک ۲۳
صندوق پستی: ۱۱۴۴ـ۱۵۸۱۵   تلفن: ۶۶۴۷۷۰۰۱
تلفن مرکز پخش: (پنج خط) ۶۶۴۶۰۹۹۳
فکس: ۶۶۴۶۹۹۵۱
w w w . i r i c a p . c o m

برای دُردانه دوران، حضرت امام خمینی و رهبر معظم و محبوب انقلاب، حضرت آیت‌الله خامنه‌ای؛ که تشویقهای ایشان نقشی مؤثر در تداوم این مجموعه داشت.

نویسنده

- زمزم را حفر کن.

- زمزم چیست؟

- آنی که آبش نه می‌گندد و نه کاستی و نه پایان می‌پذیرد. آن را بکَن و انبوه حاجیان را سیراب کن!

- کجاست؟... کجاست؟... از محل آن مرا با خبر سازید!

- در حرم است. جای آن از خون و سِرگین پوشیده است.

- نشانه‌های بیشتر...؛ از آن، به من نشانه‌هایی بیشتر بدهید!

- محل لانه‌های موران. آنجا که کلاغی سیاه و سپید، نوک بر زمین می‌کوبد.

- من.....

شبح سپیدپوش پیچیده در حریر مه، ناپدید گشته بود. به همان سبکی ابر و لطافت آب و فرّاری نسیم که آمده بود، رفته بود. در همان فاصله و با همان ابهام ایستاده بود؛ با همان صَلابت آمیخته به لطف سخن گفته بود؛ و پیش از آنکه او را رخصت پرسشی بیشتر دهد، در آن فضای عطرآگین آسمانی ناپدید شده بود.

«شبی تابستانی بود. در حیاط خانه بر تخت خفته بودیم که با صدایی بیدار شدم: عبدالمطلب در خواب نجوا می‌کرد. چهره‌اش را که در نور مهتاب دیدم، غرقه در عرق بود. سپس شروع به لرزیدن کرد. گمان

بردم که تبدار و بیمار است. آرام او را از خواب بیدار کردم.»

«با نوازش دستان مهربان همسرم، سَمراء، از خواب بیدار شدم. گویی دَلوی آب بر سراپایم پاشیده باشند، از رطوبت عرق خیس بودم. احساس کوفتگی‌ای لذتبخش داشتم. خدای کعبه را سپاس گفتم که آن دغدغه چندروزه پایان پذیرفته، و گره گشوده گشته بود.

آری؛ راز سر به مُهرِ آن رؤیاهای سه ـ چهار روز گذشته، آشکار شده بود. دیگر به یقین رسیدَم که آن رؤیاها، راست و خدایی بوده‌اند.

تنها خدا داناست که چه‌مایه شادمان بودم که بر من مِنّت نهاده، و شایسته آن خدمتگزاری‌ام دانسته بود.

سمراء، مبهوت به من می‌نگریست. از آنچه که در درون من می‌گذشت بی‌خبر بود. از همین‌رو، گویی سخت نگران شده بود و نمی‌دانست که چه می‌بایست می‌کرد: با دستمال حریر یمانی‌اش که عطری ملایم و خوش از آن برمی‌خاست، عرق از پیشانی و گردن من سِتُرد. آن‌گاه به تندی از تخت پایین رفت. جام سفالینی را که وارونه بر سرِ کوزه بود برداشت. آن را از آب خنک کوزه پر کرد و به من داد و گفت: بنوش، تا بنگرم که دیگر چه می‌توانم برای تو بکنم.

سخت تشنه بودم. جام را از دست سمراء گرفتم و با ولع چند جرعه از آب آن نوشیدم. سپس جام را به او باز گردانیدم و گفتم: غم به دل راه مده! ناخوش نیستم.

سمراء، جام در دست، بر لبه تخت نشست و حیرت‌زده، دیده بر من دوخت.»

ماه، بَدرِ کامل بود. ماهتاب در موهای سپید جلو سر عبدالمطلب باز می‌تافتَ، و به سیمای جذاب او شکوهی آسمانی می‌بخشید. نسیم خنک شمال که از چندی پیش وزیدن آغازیده بود، در میان موهای پرپشت و مَوّاجِ عبدالمطلب می‌پیچید و سمراء را به یاد تصویر حضرت ابراهیم بر دیوار درون خانه کعبه می‌افکند. عبدالمطلب، به دوردست، به قله قَعیقَعان، که سطح سیاه و صاف و شفاف آن در نور خیره‌کننده ماه جلوه‌ای خیال‌انگیز یافته بود چشم دوخته، و ساکت بود. پس، با صدایی که گویی از جهانی دیگر برمی‌خاست، گفت: این چهارمین بار بود که می‌دیدمش. نخستین‌بار، چهار روز پیش بود. نیمروز، کنار کعبه، در حِجر

اسماعیل خفته بودم که بر من ظاهر شد و گفت: پاک را حفر کن!
بی‌آنکه در آن لحظه توضیحی بیشتر بخواهم، پرسیدم: پاک چیست؟
او اما، رفت؛ بی‌آنکه پرسش مرا پاسخی داده باشد.
دیگر روز، باز او را در خواب دیدم؛ با همان شکل و همان شمایل. این بار گفت: نیکو را حفر کن!
با شتاب پرسیدم: نیکو چیست؟
باز اما، پیش از آنکه پرسش مرا پاسخی گفته باشد، از نظرم ناپدید شد.

دوش، دیگر بار به خوابم آمد، و گفت: گرانبها را حفر کن!
سویش دویدم و پرسیدم: گرانبها چیست؟
لیک، حتی پیش از آنکه سخن خویش را به پایان برم، همچون نسیمی، گریخته بود.

از آن پس، آنی از اندیشه این مسأله فارغ نبودم: پاک چه بود؟ نیکو چه بود؟ گرانبها چه بود؟ آن رؤیاها، آیا خدایی و راست بودند؟ این فرمان از سوی که و برای چه بود؟....
اینها همان پرسشها و دلمشغولیها بود که خورد و خوراک و خواب و آسایش این چند روز مرا بر هم زده بود.

عبدالمطلب، چونان کسی که از پسِ مدتها خم بودن در زیر باری سنگین، از آن رهایی یافته باشد، نفسی بلند کشید. چشم از قله قعیقعان برداشت. با مهر نگاهی به چهره همسرش افکند و افزود:... و امشب، گره گشود. اینک دیگر آسوده خواهم خُفت.... چین از پیشانی بگشا، ای سمراء! شویت به حفر دوباره زمزم پاک و پربرکت مأمور شده است؛ زمزم میراثِ گرانبهای نیایمان، اسماعیل مکه دیگر بار مورد لطف و توجه پروردگار کعبه قرار گرفته است!

سمراء، قرار یافته و لبریز از شادی‌ای روحانی، از جای برخاست. ته‌مانده آب جام را به پای درخت گل کاغذی کنار دیوار ریخت. جام را به همان شکل نخست، وارونه بر سر کوزه نهاد، و به بستر رفت. عبدالمطلب نیز پیش از او، به بستر اندر دراز کشیده، دستان را بر پیشانی قلاب ساخته، و به آسمان برهنه و شفّاف شهر چشم دوخته بود. اینک، گرچه از آن پرسش مرموز و مزاحم چند روز پیش رهایی یافته بود، لیک،

اندیشه‌هایی تازه، خواب را از دیدگانش رمانیده بود.

«آن شب تا سپیده‌دم خواب به دیدگان من نیامد. شادی و شتاب و دلشوره، در جانم به هم در آمیخته بود. آرزو می‌کردم همان‌گاه بامداد می‌بود و می‌توانستم راهِی حرم شوم و کار را آغاز کنم. زمزم، گمشده‌ای گرانبها و عزیز بود که اندیشه یافتن آن، سالها ذهن مرا به خویش مشغول داشته بود. نه من، که پدرم، هاشم، و پدر او نیز، از سالها پیش در اندیشه آن بودند.

از آنگاه که عمویم، مُطّلب، مُرد و آب‌رسانی و طعام دادن به زایران کعبه به من واگذار شد، قوم به چشمی دیگر در من نگریست. من نیز هر آنچه که در توان داشتم برای آسایش آنان و زایران کعبه به کار گرفتم. لیک آب‌رسانی به زایران، هیچگاه آن‌گونه که می‌خواستم صورت نمی‌گرفت. زیرا آب، بدان فراوانی که آرزو داشتم، نبود. در سالیانی که بارش کم بود - و این، گاه تا سه سال به درازا می‌کشید - این کمبود بیشتر می‌شد. از این رو، این اندیشه که زیاده بر چاههای زاهرعَسقلانی جَعرانه و چند چاه دیگر پیرامون مکه، چاههایی دیگر نیز می‌بایست حفر می‌شد، پیوسته ذهن مرا مشغول خویش می‌داشت. خاصه که دوری آن چاهها از حرم و کمیِ نفر و ابزار من برای آب‌رسانی از آن مسافتها، خود دشواری و رنجی بس بزرگ بود.»

«سیزده یا چهارده‌سال بیش نداشتم‌که سپیده‌دمی پدر مرا از خواب‌بیدار کرد. ما همیشـــه بامدادان زود از خواب برمی‌خاستیم. لیک، آن روز، از همان آغاز آشکار بود که روزی دیگر بود: پدر قصدِ حفرِ چاهی در حرم را داشت!

حفر چاه، کاری تازه نبود. ولی اینکه پدر می‌خواست به دست خود این کار را صورت دهد، مرا به شگفتی وا داشته بود. چون از او، سبب را پرسیدم، داستان را به نزدیک به دو هزار و چهارصد و چهل سال پیش، روزگار نیایمان، اسماعیل ـ درود بر او ـ کشانید.

پدر، پیشتر، از ماجرای آوردن اسماعیل شیرخوار و مادرش، هاجر، به سرزمین مکه برای من گفته بود: آنگاه، مکه بیابانی خشک و تهی بوده بود. ابراهیم به پافشاری همسرش، ساره، دیگر همسر خویش، هاجر، و فرزندش، اسماعیل، را، ازفلسطین به اینجا می‌آورَد و خود باز می‌گردد. آنگاه در اوج تشنگی اسماعیل و درماندگی هاجر، از محل ساییده شدن پاشنه پای اسماعیل به زمین، چشمه‌ای می‌جوشد. پس، نرم نرمک پرندگان و چرندگان صحرا، به هوای آب چشمه، در این مکان گرد می‌آیند. چندین قبیله صحرا گرد نیز با دیدن آب در اینجا بار می‌افکنند و می‌مانند. از این قبیله‌ها، یکی قوم بوده است؛ که اسماعیل در بزرگی، دختری از آنان را به همسری می‌گیرد.

از پسِ اسماعیل، پسرش، ثابت، نگاهبان و خدمتگزار کعبه و زایران آن می‌شوَد. با درگذشت ثابت، این کار، نسل به نسل به افراد قبیله جُرهم می‌رسد. آنان اما، چون توانمند می‌شوند به ستمکاری و فساد روی می‌آورند:

دارایی‌های کعبه را بر خویش حلال می‌سازند و بیگانگانی را که به حرم ورود می‌کنند چپاول و آزار می‌کنند.

این ماجرا تا نزدیک به سیصد و سی سال به درازا می‌کشد. تا آنکه به سرزمین یمن اندر، سیل مشهور عِرَم پیش می‌آید. آنگاه قوم خُزاعَه از آن سرزمین آواره می‌شوند و سوی مکه می‌کوچند. میان آنان و جرهمیان و دیگر مردمان مکه، ستیز درمی‌گیرد. خزاعیان از طایفه کنانه یاری می‌گیرند و به مکه یورش می‌آورند. جنگ آغاز می‌شود و سرانجام خزاعیان پیروز می‌گردند و به مکه اندر، می‌مانند.

از آن پس، بر سرِ پرده‌داری حرم و پذیرایی زایران کعبه، کشمکش آغاز می‌شود. این کشمکش میان دو قبیله جرهم و خزاعه، سالها به درازا می‌کشد؛ و به کینه و دشمنی و جنگی دیگر می‌انجامد. در این بین، خزاعیان به سبب افزونی نفر و مردان جنگی، بر جرهمیان چیره می‌گردند، و سپس، به ستم، آن قوم را از مکه می‌رانند.

چون چندی می‌گذرد، مردان خزاعه نیز به خود غرّه می‌شوند و بر زایران خانه کعبه، ستمکاری پیشه می‌کنند.

پدرم می‌گفت: آنان با گزاردن قانونهایی دشوار، مردان زایر را ناگزیر می‌ساختند که گاهِ ورود به مکه، جامه‌های خویش را از تن به درآورند و با تن‌پوش‌هایی که خود به آنان می‌دادند به زیارت و طواف کعبه بپردازند. به فرمان آنان، زنان نیز می‌بایست برهنه، طواف می‌کردند.

دیگر قانون خودساختهِ آنان این بود که زایران، می‌بایست تنها از طعامی که خزاعیان در اختیارشان می‌نهادند می‌خوردند.

بدین صورت، خزاعیان، با ستم، مالی بسیار فرا چنگ می‌آوردند و هر روز داراتر و تواناتر می‌شدند.

بدین‌گونه، سالیانی سپری می‌گردد. تا آنکه نیای چهارم ما، قُصَی کَلاب، به تقاص آن ستمها و فسادها بر آنان می‌تازد، و پس از شکست ایشان، از مکه بیرونشان می‌راند.

پدرم از زبان پدرش می‌گفت: چون نیایمان، قصی، مکه را از چنگِ خزاعیان به در آورد، از زمزم اثری نیافت. با پُرس و جوی بسیار دریافت که خزاعیان، آنگاه که شکست خویش را حتمی می‌بینند، آنچه را که از دارایی کعبه برجای مانده بوده‌است به درون چاه می‌ریزند و چاه را پُر، و ناپدید می‌سازند.»

پدر و پسر، رو سوی حرم داشتند: عبدالمطلب، بیل در دست، با گامهای بلند، در پیش بود، و حارث، دو - سه‌گام پستر. رهگذرانی که در آن سپیده‌دم، بزرگِ قریش را در آن حال می‌دیدند، با شگفتی از خویش می‌پرسیدند: «چه شده که سَرور قریش بیل در دست گرفته، و بر دوشِ دُردانه پسر نوجوان خویش زنبیل حصیری افکنده است؟! غلامانش مگر چه شده‌اند که او خود بدین کارِ پست تن در داده است؟» لیک، بزرگی و وقار عبدالمطلب، از آنکه پرسشِ خویش را بر زبان آورند و برای آن، پاسخی بخواهند، بازشان می‌داشت.

حارث و عبدالمطلب، کوچه‌های شیبدار مکه را پس پشت نهادند و به بخش مسطح شهر رسیدند. پس، بازار سویِ در بنی‌هاشم بود، و آنگاه حرم: کعبه، بلند و باشکوه، پیچیده در مخمل سبز یمانی، قدِ برافراشته در میان. گرداگردش زمینی باز، به گستردگی، چندین هزار گز، دور تا دور آن نیز، دیوارهای سایباندار: رواقها.

زمین حرم پوشیده از خاکی خاکستری رنگ و نرم، آمیخته با ماسه سرخ بود. جدا از مقام ابراهیم و حجر اسماعیل، در جای جای حرم، بتان قبیله‌ها و تیره‌های گونه‌گون عرب بود: سیصد و شصت بت؛ و هر بت، شفاعت‌کننده یک روز در نزد خدای بزرگ کعبه: الله.

پدر و پسر، از همان جا، به کعبه ادای احترام کردند.

با پا نهادن به درون صحن، دل در سینه عبدالمطلب به تپش درآمد. لرزشی در ته دل. هجوم ترس و تردید. آمیزه‌ای از شوق و انتظار و بیم.

«جای آن از خون و سرگین پوشیده است....»

«تا بدینجای آن که روشن است: تنها قربانگاه حرم است که چنین است: اندکی مانده به مزار هاجر، میان دو بت اساف و نائله[۱]. اما کجای

<hr>

۱. ابن‌اسحاق (۸۵ تا ۱۵۰ یا ۱۵۳ ه‍. ق.) گوید: «این اساف و نائله، زن و مردی بودند از قبیله

قربانگاه؟ سطح پوشیده از خون و سرگین که سطحی کوچک نیست. سربه‌سر این سطح را نیز که نمی‌توان حفر کرد!... .

آه... کلاغ سیاه و سپید! چگونه از یاد برده بودم! «آنجا که کلاغی سیاه و سپید نوک بر زمین می‌کوبد.» ولی کو آن کلاغ؟... اگر نیاید...؟ لیک مگر ممکن است!؟ مگر شدنی است که رؤیایی چهاربار تکرار شود و.....»

– پدر؛ کلاغ! گویا همان کلاغ سیاه و سپیدی است که.....

عبدالمطلب با شگفتی به آسمان حرم – آنجا که حارث با انگشتِ اشاره نشان می‌داد – نگریست: تک کلاغی، از جانب باختری صحن، سوی کعبه، درآمدن بود.

نفس در سینه پدر و پسر حبس شد، و کوبش قلب عبدالمطّلب، به حدی دردناک رسید.

کلاغ، چرخی گِرد صحن زد، و بر لبه بام یکی از رواقهای پیرامون آن نشست. سری چرخانید. از بام به پرواز درآمد و در میان کعبه و سایبان، بر سر بتی فرود آمد. دیگر بار سری به اطراف چرخانید، و باز پرید. این بار، اندکی پیشتر، بر سر اساف – بت‌زن – نشست. از آنجا بر سر نائله – بت مرد مقابل اساف – پرید. آنگاه، در پی مکثی کوتاه و چرخانیدن سری به پیرامون، بر سطح زمین قربانگاه نشسَت. گامهایی سنگین، چون زنان باردار – که در هر گام، بدن به جانبی کج می‌شد – ؛ و... مکث. نگاهی دیگر به هر سو؛ و کوبیدن نوک بر زمین: کوبش و کوبش.....

ناخواسته، فریادی کوتاه از شادی و شگفتی از گلوی حارث به بیرون جست. عبدالمطلب، یکه خورده، دست بر دهان وی نهاد و او را اندکی به پس راند. لیک، همان صدا، کلاغ محافظه‌کار را از جا کند. و... کلاغ رفت؛ گویی جز برای انجام آن کار به آنجا نیامده بود. رفت؛ چنان که انگار به کُل نبوده بود؛ نیامده بود.....

عبدالمطلب با شتاب به جانب قربانگاه هجوم برد. آثار منقار سخت و تیز کلاغ، آشکارا بر دهانه لانه موران شتری به چشم می‌آمد.

شادی و قدرشناسی و شتاب. زنبیل از شانه حارث پایین آمد. بیل به گوشه‌ای نهاده شد. عبدالمطلب، عمامه سبز را از سر بر گرفت. عبای

جرهم، به نامهای اساف بن بغی و نائلئ بن دیک، که خداوند آن دو را به صورت دو قطعه سنگ مسخ کرد.» و خدا داناتر است.

نازک مَلمَلِ شیر شکری را از تن بیرون کرد. شال سبز ابریشمین را از کمر گشود. همه را بر سکویِ پایِ بتِ اساف نهاد. کلنگ را از زنبیل بیرون آورد. پاها را از هم گشود؛ و با نام خدای کعبه و درخواست یاری از او، نخستین کلنگ را بر جاهای منقار کلاغ فرود آورد....

«با آغاز شدن کار ما، بزرگان قریش و دیگر مردم مکه، گویی ماجرایی تازه برای گفت و گو به‌دست آورده بودند. هر روز چون به کار می‌پرداختیم پیرامون ما گرد می‌آمدند و هر یک چیزی می‌گفت. یکی بر این گمان بود که پدرم گنجی در حرم سراغ کرده و در کار یافتن آن است. دیگری از اینکه ما غلامان خویش را بدین کار نگمارده، و خود بدان مشغول بودیم ابراز شــگفتی می‌کرد.... گاه نیز نیّتِ پدر را از من می‌پرسیدند. من اما، پاسخی نمی‌دادم.

پدر حفر می‌کرد و من با زنبیلی بافته از برگ درخت خرما، خاکها را بالا می‌کشیدم. تا آنکه در یکی از این روزها، بزرگان قریش را دیدم که همگی سوی ما می‌آمدند. آمدنشان به گونه‌ای بود که در دل من هراس افکند.

آنان‌گرد گودالی‌که پدربه‌کندن‌آن مشغول‌بودحلقه‌زدند واو را صدا کردند.»

- عبدالمطلب! آهای عبدالمطلب! صدای مرا نمی‌شنوی؟

عبدالمطلب درسی گزیِ ژرفای‌زمین‌بود.او که‌وجود سایه‌ها را بر فراز سر خویش‌احساس کرده‌بود، با شنیدن صدا،ناگزیردست‌از کار شست‌وسر فراز کرد:

- می‌شنوم.

- وقتت خوش باد، ای عبدالمطلب! زیاد خسته شده‌ای. نمی‌خواهی دمی دست از کار بداری و خستگی از تن بگیری.

- کاری که از بهر خرسندی دوست باشد، خستگی‌اش هم‌شیرین و خواستنی است.

- نیکوست؛ نیکوست! لیک، بزرگان قبیله گرد آمده‌اند تا با تو، چند کلام سخن بگویند.

- خوش آمده‌اند. ولی از چه رو با این شتاب! به غروب آفتاب نباید که بسیار مانده باشد. چون دست از کار شستم، تا هرگاه که اراده کنید با شما خواهم بود. هی، حارث!

حارث از میان جمع راهی گشود و پیش آمد. به لبه گودال که رسید سوی پایین سر خم کرد و گفت: بله، ای پدر!

- چون عامر برای بردن سفره و ظرفهای ناهار آمد، بگو که امروز زیراندازی بزرگتر در کنار کعبه بگسترد.

عبدالمطلب، بی‌آنکه منتظر پاسخ حارث‌بایستد، حفر زمین‌را پی گرفت. آنان نیز که این حالت را دیدند، جرأت پافشاری‌ای بیشتر را در خود نیافتند.

تا خورشید به غروبگاه خود رسد، بزرگان تیره‌های قریش، در گوشه و کنار صحن حرم، و برخی نیز بر سکوهای پای بتان نشستند:

- چند روز است که زمین صحن را می‌کند، بی‌آنکه جویای نظر ما شده باشد! سروَری قریش و نگاهداری کعبه به جای خود! لیک، ما نیز در این میانه حقوقی داریم.

- من غروبگاه نخستین روز به اینجا آمدم و او را گفتم که این کار، بی‌حرمتی به بتان ماست. او اما، مرا پاسخی نداد.

- من نیز همین را بدو گفتم. لیک، او گفت: زمزم، چه پیش و چه پس از اساف و نائله، اینجا بوده، و هیچ کس نیز وجود آن را بی‌حرمتی به بتان به شمار نیاورده است.

- با این رو، او رخصت این را نداشت که بی‌کسب رضایت ما، بدین کار دست زند! پس انجمن سرا برای چیست؟

«آن روز چون دست از کار شستم به سراغ آنان رفتم. همه بر زیراندازی بزرگ، که غلامم، در کنار دیوار کعبه گسترده بود نشسته، و

به انتظار من بودند.

چون همیشه، بی‌پنهانکاری و پرده‌پوشی، سخنها گفته شد. چکیده کلام آنان این بود که اسماعیل نیای همه ما، و زمزم نیز از آنِ جملگی‌مان است. پس، من باید آنان را در حفر زمزم شریک سازم.

ایشان را گفتم که من نیز چاه و آب آن را تنها برای خویش نخواسته‌ام. لیک، در حفر آن نمی‌توانم آنان را شریک سازم. زیرا به تنهایی به این کار فرمان داده شده‌ام. دیگر آنکه، آب‌رسانی به زایران خانه کعبه، پشت در پشت، میراثِ پدران من بوده است.

با این رو، آنان بر خواست خود پای می‌فشردند، که باید در افتخار حفر زمزم با من شریک باشند.

از دیدن آن مایه تنگ‌چشمی و بهانه‌جویی آنان، دل در سینه‌ام فشرده شد. پیش از آن نیز بارها احساس کرده بودم که گرچه به نام، من رهبر آنانم، لیک، هرگاه که سود ایشان در خطر افتد، سخنان مرا به چیزی نمی‌گیرند. حال آنکه اگر پسرانی بسیار می‌داشتم، به یقین رفتار آنان با من، این گونه نبود.

جمله به انتظار پاسخ من بودند. من نیز گفتم: بی‌تردید، آنکه مرا بدین کار فرمان داده است، توانای پشتیبانی از من در برابر شما نیز هست. اینک اما، چون راهی دیگر پیش روی خویش نمی‌یابم، ناگزیر، و برای برخاستن فتنه از میان، پیشنهاد داوری می‌کنم. بیرون از خُود، کسی بی‌طرف و خردمند را برگزینید تا در میان ما به داوری بنشیند.

آنگاه دل شکسته، چشم از ایشان برگرفتم، تا بنگرم که چه می‌گویند. آنان چندی سر در گوش یکدیگر بردند و به شور پرداختند. سرانجام هاشم مغیره، بزرگ تیره سهم، که به سال بیش از دیگران بود، فشرده نظر گروه را گفت. او پیشنهاد کرد که سعدِ هُذَیم، کاهنه شامی، داور بین ما در این کار باشد. سپس بنا بر این شد که از هر یک از تیره‌های قریش یک تن برگزیده شود و همراه من و تنی چند از خاندانم، راهی مَعان، در سرزمین شام شوند.

سه روز دیگر، توشه راه برداشتیم و قصد آن دیار را کردیم.»

«پانزده روز پیش، از مکه راهی شده بودیم، و اینک شش روز بود که سرگردان، راه می‌سپردیم. از پسِ یک توفان شن، راه ناپدید گشته بود و ما گمراه شده بودیم. دیگر، آنچه که می‌دیدیم صحرا بود و صحرا!!

سه روز بود که، با جمله قناعتها، آبِ ما به پایان رسیده بود. شامگاه آن روز، از پس تحمل روزی دشوار، چوبدستی‌ای را در گلوی دو نفر از شتران فرو کرده، و آب قی شده از درون شکنبه آنان را نوشیده بودیم. روزِ پس از آن نیز، آب درون شکنبه دو شتر دیگر را نوشیدیم. لیک، از پنجمین روز می‌دانستیم که در شکنبه شتران نیز دیگر آبی نمانده است.

در ابتدای پنجمین روز سرگردانی، یکی از شتران که سالدارتر از بقیه بود، در میانه راه زانو زد و دیگر از جای برنخاست. دیگر شتران نیز، از شدت تشنگی و گرسنگی، به حال جنون دچار آمده بودند و مهار آنها دشوار بود.

در ششمین روز، چون آثار بیتابی در آنان دیدیم، رهایشان ساختیم، و خود، لنگ لنگان، دل به راه سپردیم. لیک، چون قدری پیش رفتیم و چند تپه و ماهور ماسه‌ای را پشت سر نهادیم، تاب از کف دادیم و هر یک به گوشه‌ای افتادیم.

برخی همراهان بر این گمان بودند که ما در این چند روزه، پیوسته از راه دور شده‌ایم، و به سمت قلب صحرای نفوذ رفته‌ایم. این، خود، نومیدی

ما را از پیشروی بیشتر می‌کرد. زیرا - چنان که آگاهید - راه مکه به شام در راستای دریای سرخ است. این راه از یثرب می‌گذرد و سپس، در سوی چپ مسیر، صحرای بزرگ و گسترده نفوذ است. چنانچه ما به این صحرا ورود کرده بودیم، چندان امیدی به زنده ماندن و رهایی‌مان نبود.»

- چهل مرد....! چهل گل سرسبد تیره‌های گونه‌گون قبیله قریش...! چه ستد و داد زیانباری! چه زود و چه آسان به پایان زندگانی خویش رسیدیم! چگونه با پای خود به مرگگاه خویش آمدیم!

بدین‌سان، سالها سپری خواهد شد و خانواده و تیره‌مان، حتی جنازه و استخوانهای ما را نیز نخواهند یافت.

آه... چه دردناک است که انسان این‌گونه بمیرد و جسدش نیز از درندگان صحرا در امان نباشد!

- این‌گونه بیتابی مکن، ای مرد! خویشتن را نیز سرزنش مکنید. هیچ‌کس نمی‌توانست چنین حال و روزی را پیش‌بینی کند.... اینک گذشته رفته، و آینده هم از دسترس ما بیرون است. سرنوشت ما شاید چنین بوده است که این‌چنین به دور از یار و دیار و با این دشواری، جان بسپاریم.

من نیز همچون شما بر این باورم که مرگ ما در این صحرای خشک، ناگزیر است. لیک، می‌توان چاره‌ای اندیشید تا پیکرهای ما، به سلامت سر به گور ببرند.

- هان! چگونه، ای عبدالمطلب؟

- چندان دشوار نیست: هر کس برای خویش گوری حفر کند و در آن به انتظار مرگ بنشیند. به این سان، کسانی که زودتر می‌میرند به دست آنان‌که هنوز زنده‌اند دفن می‌شوند، و تنها پیکر آخرین نفر، از خاک بیرون می‌ماند.

پیشنهادی شایسته بود. هرچه بود، در آن اوج حیرانی، بهتر از راه سپردنِ بی‌امید و توانفرسا، در آن گرمای کشنده و بی‌رحم کویری بود. به هر رو، انجام کاری، هر چند بیهوده، در آن وانفسای بی‌امیدی، دمیدن روح زندگی به پیکر بی‌رمق سفریان بود.

پس، حفر گور خویش با واپسین رمقهای باقی مانده....

«یأس چندان بود که از شدت آن، قلب می‌رفت تا از کار بیفتد.

در آن‌گاه، ما چند بزرگِ قریش، پنهان و آشکار، خویش را سرزنش می‌کردیم. من با خود می‌اندیشیدم که چگونه سایه خوش و خنک شهر و عصرهای دلنشین حرم و آب و شربتهای خنک و گوارا و طعامهای رنگ‌رنگ و آسایش سرا و همسر و فرزندان و خویشان و دوستان و سود و کار خویش را رها ساختیم و به پافشاری‌ای بیهوده، تن به چنان سفری پُر رنج سپردیم، و گام در وادی نیستی نهادیم!

آه که انسان گاه چه دیر به خطای خویش پی می‌برد؛ چندان که، دیگر دانستن آن نیز دیر است و به هیچ‌کار نمی‌آید!

اگر انسان دوبار به دنیا می‌آمد...!»

«جمله آگاهند که من هرگز از مرگ باکی نداشته‌ام. لیک، آن مرگ، چیزی نبود که بتوانست دلخواه من باشد. اندوه من در آن هنگام، از این بود که خویشتن را قربانی نادانی دیگران می‌دیدم.

سپس ندانستم چه شد که از خاطرم گذشت: «آن مایه پافشاری آن شبح سپیدپوش بر حفر زمزم، آیا بدان خاطر بود که چنین سرنوشتی شوم را برای من رقم زند؟!»

چون نیک اندیشیدم و تیرگیها از ذهنم زدوده شد، خویش را گفتم: «هرگز! خدای کعبه بزرگتر و داناتر از آن است که با بنده گوش به فرمان خویش، چنین کند.»

گویی ندایی از درون، مرا گفت: «هی عبدالمطلب؛ پس از چه رو غافل گشته‌ای! برخیز! برخیز!»

از جای جستم و همراهان را گفتم: برخیزید، ای یاران! دست از حفر زمین بردارید! برای مرد ناپسند است که این‌گونه بمیرد. تا نفَسی برمی‌آید، نباید که از تلاش باز ایستاد. مردن نیز اگر سرنوشت گریزناپذیر ماست، نباید که این‌گونه، تسلیم آن شویم.

برخیزید تا این تپه ـ ماهورها را هم درنوردیم. مردن در راه نیز اگرچه مرگ است، اما به این‌گونه همچون پیرزنان در انتظار مرگ نشستن، بارها برتری دارد..»

ناتوانی چندان بود که مغزها از کار افتاده بود. در چنین لحظه‌هایی، بس بود که چونان عبدالمطلب کسی، دهان بگشاید، تا دیگران، بی‌چون و چرا، در پی او روان شوند.

عبدالمطلب از پیش، و دیگران به فاصله‌هایی، از پیِ او، دامنه تپه‌ای را به زیر پاهای ناتوان خویش گرفتند:

فرورفتن پاها تا ساق در ماسه. تاشدن مکرر زانوان زیر سنگینی تن، بر زمین غلتیدنهای گهگاه. چرخیدن آرامِ کرکسان ـ همراهان آزمند اما شکیبا ـ بر بالای سر؛ با جیغهای بریده‌ وَ کوتاه چندشناک. تفتیدن تن در آبشار مذاب خورشید. دَوران سر: سر درد؛ میل به استفراغ معده و روده و هر آنچه که در درون شکم است. تاری دیدگان. سکوت سنگین و ترس‌انگیز مرگ (تنها صداهایی از بُنِ چاه ژرفِ گلو و جیغهای بریده و کوتاه و گهگاه کرکسان). لحظه‌های کُن...دِ کُن...دِ کُن...د.....

«آه، کجایی ای مکه؛ ای وادی آرامش و امن؟ کجایید ای جامهای آبهای سرد و گوارا؟ کجایید ای سایبانهای خنک روح‌بخش؟ کجایی ای زندگی ی ی ی ی ی...؟»

به نوک نخستین تپه رسیدند.

«چه...؟! کوه...؟!»

دیدگان گرچه از خشکی و ناتوانی تار گشته بودند، ولی نه بدان پایه که کوه را نبینند! در دور دست، سه قله کوه، پشت بر پشت یکدیگر، به چشم می‌آمدند. نشانِ رهایی از گردابِ مرگبار کویر. نویدِ یافتنِ دوباره راه!

از پسِ تپه، دشتی فراخ و گسترده بود؛ آشنا. گرچه خشک، لیک، بویی مهربان و خوش داشت: بوی زندگی؛ بوی انسان: بوته‌های بسیارِ خارِ مُغیلان.

خط کمرنگ راه. دگرگونی رنگ زمین از زردِ مایل به سرخ، به خاکستری و سیاه. امید، امید، امید...! زندگی، زندگی، زندگی...! خاکِ مهربانِ دوست.... قله‌های آشنای مأنوس....

پایان پذیرفت! مرگ گریخت. تن، بی‌دریافت ذره‌ای طعام یا قطره‌ای آب، دوباره جوان شد و جان گرفت.

چه معجزه‌ها می‌کند امید!

فریاد. قیقَه. پریدن به هوا. کارهای دیوانه‌وار. در بر کشیدن یکدیگر. خنده‌های کودکانه و بلند. گریه، گریه، گریه؛ با صدا و بی‌پروا! بازگشت به سرشت پاک کودکی. فروافتادن پرده‌های کبر و خودپسندی از برابر

چشم. بوسه بر سر و روی بزرگِ بزرگوارِ قوم؛ نظر کرده خدای کعبه.
- از ما درگذر، ای عبدالمطلب؛ از ما درگذر! آنچه بر ما رسید، بی‌گمان
به سبب مخالفت خودخواهانه ما با تو و اراده بود. اینک، به فرخندگی و
سپاسداری این زندگی دوباره، سرِ خویش می‌گیریم و سوی دیارمان باز
می‌گردیم. زمزم ارزانی تو باد، ای پسر هاشم. امید، که به برکت دستان و
بزرگی جایگاه تو، دیگر بار، فراوانی و برکت به مکه روی آورد.

هوای درون گودال گرچه سوزندگی آزارنده بیرون را نداشت، لیک، گرم و سنگین و خفه بود. ریه عبدالمطلب، گویی حجم همیشگی خویش را از کف داده بود. چیزی انگار آن را می‌فشرد. هوا را با گنجایش همیشگی فرو نمی‌کشید. نفسها کوتاه و کم حجم و شتابزده بودند. لیک هر چه فشار بر تن بیشتر می‌شد، سبکی و نشاط روح افزون می‌گشت. هرچه رنج تن شدت می‌گرفت، عبدالمطلب احساس می‌کرد بیشتر مورد خشنودی خدای کعبه قرار می‌گیرد. آن رؤیای مکرر راست، تا او را به درستی کار خویش به یقین رساند، بسنده بود؛ لیک، آن رهایی معجزه‌آسا از نابودی در آن صحرای مرگ، باور وی را بدین امر، دوچندان ساخته بود.

«با آنکه چندین روز از بازگشت از آن سفر دراز و توانفرسا سپری شده بود، ولی احساس ناتوانی، هنوز به تمامی از تنم نرفته بود. باز اما، حال من از بسیاری دیگر از همراهانم بهتر بود. چه، در بازگشت، تنی چند از آنان چنان زار و نحیف گشته بودند که بر بستر بیماری افتادند و تا روزها، از آن برنخاستند. ماجرای یافت شدن آن شمشیرها و سپرها و غزالهای طلایی در زمین چاه و تعطیلی کار حفر به سبب کارشکنی قوم نیز، رنجی دیگر بر من وارد آورده بود که توانم را بسی کاسته، و به تحلیل برده بود. پیش از آنکه بدان سفر ناخواسته رَوَم، نزدیک سی‌ گز از چاه را حفر کرده بودم. همان هنگام نیز، بیش و کم، بوی نم به مشامم رسیده بود؛ و

یقین کرده بودم که تا رسیدن به مقصود، چندان نمانده است. از همین رو، آن مایه شوق و شتاب به دنبال کردن کار داشتم. تا بدانجا که در پی بازگشت، با آن مایه سپارشهای همسرم، نپذیرفتم که روزی را حتی، به استراحت سرکنم.»

عبدالمطلب، خسته اما با پشتکار، گرم حفر زمین‌بود. در این حال، تا به سستی مجال پیشروی ندهد، نیایش روزهای پیشین را، با آوای بلند می‌خواند. حارث نیز، ایستاده به زیر سایبان حصیری کوچک در کنار گودال، آهسته، با او همنوا می‌شد:

- خداوندا،

خواست آن کس را که به من فرمان داد

پاسخ گفتم،

و همچون مردی شتاب‌زده

که در باورش استوار است،

گام برداشتم و به کار پرداختم.

اکنون، فرزندم نیز

یاری و پیروی من می‌کند،

و از این کار خرسند است،

و از سختی و رنجی که می‌بَرَد،

گله‌مند نیست.

خداوندا؛

آرزوی ما را بر آورده گردان!

چه

بازوی من

به کاری که تو بدان خرسند نیستی

نمی‌پردازد....

صدایش به زمزمه جویبار می‌مانست. از آن، سرخوشی‌ای روحانی در جان حارث می‌دوید، و تحمل گرمای سوزان آفتاب را بر او آسان می‌ساخت.

روز به نیمه نزدیک می‌شد. رواقهای گرداگرد حرم، آرام آرام خلوت می‌شدند و سایبانهای حصیری و پارچه‌ای بزرگان قریش برچیده

می‌گشتند.

«از لحظه‌هایی پیش دریافته بودم که زمین، در زیر کلنگم، آن سنگینی و سختی پیشین را ندارد. تغییر آهنگ ضربه‌ها نیز، این دریافتِ مرا تأیید می‌کرد.

ناگاه، احساس کردم که به جای آن گِلِ سنگین و فشرده پیشین، خاکی ماسه‌ای را حفر می‌کنم.

تا به یقین رسم، زانو زدم و با دست، زمین را لمس کردم: به خطا نرفته بودم. زمین، ماسه‌ای شده بود. پس، نبایست بسیار مانده باشد!»

عبدالمطلب با شتابی افزون، کندن را پی گرفت و ضربه‌ها را استوارتر ساخت. حارث نیز، اینک، بی‌نیاز از سپارش پدر، هر بار، با تهی ساختن زنبیل از خاک، آن را به درون گودال روانه می‌کرد.

ناگاه، ضربه‌ای بازگشت. کلنگ، گویی به چیزی سخت خورده باشد، پس زد. عبدالمطلب، ضربه‌ها را کوتاه‌تر و نرم‌تر، ولی باز هم تندتر ساخت.

سنگی بزرگ، لیک نازک و صاف و تراش خورده به دست انسان و ... خلأ.... صدای ریزش ماسه به درون آب. نغمه بهشتی و دلنواز آب. انتهای روزهای دراز اندوه و انتظار. بازگشت برکت به مکه. پایان دغدغه هر ساله آب‌رسانی به زایران. تعبیر آن رؤیاهای تکرار شونده راست. روشنی. زندگی. آب...!

- الله اکبر!

صدای تکبیر عبدالمطلب چنان بلند و رسا بود که تا دوردست‌های صحن رسید. کسانی که در کار رفتن بودند، بر جای خشکیدند. جمله، آنچه‌که در دست داشتند بر زمین افکندند و سوی قربانگاه و حارث دویدند.

- زمزم یافت شد!

- سرانجام پسر هاشم، زمزم را حفر کرد!

تنی چند نیز، آسیمه سر، سوی بازار و برزنهای شهر شتافتند تا پیش از دیگران، خبر یافت شدن دوباره زمزم را، از پسِ چهار نسل[1]، به مردمان برسانند....

---

۱. به روایتی، حفر دوباره زمزم در سال ۵۴۰ میلادی صورت گرفت.

«بُنِ این ماجرا، به دهه‌ها پیش باز می‌گشت: نخستین بار همان‌گاه بود که تازه به حفرِزَمْزَم آغازیده بودم و سران نُه تیره دیگر قریش به مخالفت من برخاسته بودند و کار بدان سفر مرگبار کشیده بود.

چون از نابودی در آن صحرای خشک رستیم و همراهانم آن‌گونه به خود آمدند و از من پوزش خواستند، چنین پنداشتم که از آن پس مرا به حال خویش وا می‌گذارند، تا کار را به انجام رسانم.

در روزهای نخست بازگشت به مکه نیز وضع چنین بود. هرچند، اندوه روزهای هَدَر شده به سبب لجاجت قوم، با من بود؛ و پیوسته به این می‌اندیشیدم که من اگر پسرانی بسیار می‌داشتم، ایشان هرگز جسارت آن را نمی‌یافتند که در برابر سخنان درست من، آنچنان بایستند. هرچه بود از آن بود که مرا بی‌یاور و پشتیبان می‌دیدند.

این بود، تا آنکه ماجرای یافت شدن آن گنج پیش آمد.....»

عبدالمطلب[1] با احساس ناتوانی‌ای آشکار در تن و بازوان، نیایشِ پیشین را زیرِلب زمزمه می‌کرد و دل زمین را می‌شکافت.

هوا گرم بود و دِشداشه‌اش یکپارچه عرق شده بود. قطره‌های درشت عرق، چونان چشمه‌هایی کوچک، از رُوزنهای پیشانی می‌جوشیدند و از سدّ ابرو می‌گذشتند و سرِ آن داشتند تا به دیده راه برند. عبدالمطلب،

---

۱. نام عبدالمطلب در اصل شیبه بوده است.

ناگزیر، هرچندگاه یک بار، کلنگ را بر ساق پا تکیه می‌داد تا با آستین یا
مچ دست، عرق از پیشانی بِسترُد.
ـ ... خداوندا،
آرزوی ما را برآورده گردان!
بازوی من،
به کاری که....
ـ جینگ گ گ گ گ...!؟
دستان عبدالمطلب از جنبش باز ایستاد. جرقه‌ای که از برخورد نوک
کلنگ با چیزی فلزی برخاسته بود، آشکارا، در نگاهش نشست.
«چه می‌تواند باشد؟!»
ـ حارث، پسرم، زنبیل را فرو فرست!
زنبیل فرو آمد. عبدالمطلب خاکها را به درون زنبیل حصیری ریخت
و آن را روانه بالا ساخت. اینک بهتر می‌توانست دریابد که نوک کلنگش
به چه خورده بود: پاره‌ای کوچک از یک فلز سیاهرنگ، از زیر خاک سر
برآورده بود.

عبدالمطلب با ضربه‌هایی نرم، اما تندتر از گذشته، به تهی ساختن
روی آن جسم فلزی پرداخت. اکنون زمین آسانتر از پیش تن به کنده
شدن می‌داد.

یک سپر باستانی پولادین، باگُل میخهایی چهارپر، که گذشتِ روزگار
رنگ آن را اندکی کِدِر ساخته بود، از زمین سر به دَر آورد.
شادی‌ای ملایم، همچون موجی نرم، در دل عبدالمطلب دوید. این نیز
می‌توانست نشانی دیگر از آن باشد که تا بدینجا، او درست پیش رفته
بود.

نیرویی در بازوانش دوید. این‌بار با سروری بیشتر فریاد برآورد:
حارث؛ زنبیل!

حارث نیز که با دریافت دیگرگونی در آهنگ صدای پدر، احساس
کرده بود که رویدادی در کارِ رخ نمودن است، با نیرو و شتابی افزون بر
گذشته، فرمان پدر را پیروی کرد.

بالا آمدن سپر همراه با توده خاک سرخ، فریادی کوتاه از گلوی
حارث به بیرون جهانید. این فریاد، از گوش بیکارگانی که از بامداد در

پیرامون او گرد آمده بودند و درباره سفر عبدالمطلب و سران دیگر تیره‌های قریش به شام افسانه می‌پرداختند، دور نماند: سرها یکسره سوی دهانه گودال چرخید، و با دیدن سپر، جمله، به جانب حارث خیز گرفتند.

- سپری باستانی! شگفت آهنی دارد که از پسِ این مایه سالیان، اینچنین سالم مانده است!

- آری!... چه مایه هم که خوشدست است! به یقین که از پولاد ناب است؛ وگرنه، تاکنون زنگ زده، و پوسیده بود.

- به یقین، بازمانده از دوران فرمانروایی بر مکه است. خطا نروم، پسر هاشم بر گنجی دست یافته است...!

- حارث؛ زنبیل!

- آری، ای پدر...!

یک سپر، شش شمشیر هلالی عربی از پولاد شام؛ سپس غزالی طلایی؛ و در پی آن، یک غزال طلایی دیگر.

گردَاگرد گودال، از مردمانْ انباشته شد.

خبر به آنی در مکه پیچید، و بزرگان تیره‌های گونه‌گون قریش و هر آن را که در آن ساعت از روز در شهر بود به صحن حرم و کنار گودال کشید. اینک، کار به گونه‌ای شده بود که عبدالمطلب، تا صدایش به گوش حارث رسد، ناگزیر، فریاد می‌کشید.

شمشیرهای پولادین و غزالهای سنگین طلایی، به تندی دست به دست می‌گشت. چند بار نیز، کار تا مرز کشمکش در میان چند تن پیش رفت.

چون شوق آزآمیز دیدارِ گنج یافت شده اندکی فرو نشست، گفت‌وگو بر سر آن آغاز گشت. رویِ راستینِ جمله سخنها با عبدالمطلب بود. پس، دیگربار، او می‌بایست کار را - نافرجام - رها می‌ساخت و از گودال به در می‌آمد.

هُشامِ مُغَیْره، با برافروختگی‌ای که در نهان داشتن آن می‌کوشید، گفت: ای پسرِ هاشم؛ پیشتر ما پذیرفتیم که فخرِ حفر دوباره زمزم از آنِ تو، تنها، باشد؛ و بر سر آن نیز ایستاده‌ایم. لیک، حکایت این گنج، دیگر است: تو باید که آن را در میان تیره‌های دهگانه قریش تقسیم کنی!

عبدالمطلب، اینک ایستاده بر فراز تلِّ خاکهای گودال، گفت: زمزم

سالها در این صحن، ناشناس و ناپیدا افتاده بود و هیچیک از شما دست به کارِ یافت و حفر دوباره آن نشد. آنگاه که من به این کار کمر بستم، همه دعوی‌دار آن شدید. اکنون نیز که گنجی در آن یافت شده است، خواهان بَهر از آن گشته‌اید؟! چگونه از یاد برده‌اید که سنّتِ دیرین عرب بر این بوده، که هر کس گنجی از دل زمین به دست می‌آورده، جمله آن به او می‌رسیده است!

ـ زمزم اما، از آنِ جمله قریش است. هر گنج نیز که....

ـ این سخنان در ما بی‌تأثیر است. ما بهر....

ـ آرام...! آرام...! من هنوز....

ـ سخن ما یکی است...!

ـ آری؛ این گنج باید قسمت شود!

بدینگاه حَرب اُمَیّه ـ از خویشان عبدالمطلب و از فرزندان عبد مناف ـ توده مردمان را شکافت و پیش آمد. او در کنار عبدالمطلب ایستاد و با صدایی بلند گفت: این گنج از آنِ پسرانِ عبدمناف است. زیرا که یکی از ایشان آن را یافته است. دیگر تیره‌های قریش نباید به مالی که خدایان برای ما فرستاده‌اند طمع داشته باشند.

جمعیت اما، با این سخنان، بیشتر بر آشفت. تلاش عبدالمطلب در آرام ساختن آن مردمان خشمگین که گوش ایشان برای شنیدنِ هر سخن ناموافق ناشنوا گشته بود، بی‌ثمر ماند. گویا در آن میانه، تنها او را رخصتِ سخن گفتن نبود.....

عبدالمطلب، هر چند غم روزی و از طلا و گنج باد آورده نداشت، لیک، سخن نابه‌جا و زور را نیز برنمی‌تافت. شانه خمانیدن در زیر بار نخستین فشار نابه‌جا، سرآغاز پذیرش خواریها و زبونیهای آینده بود. و چون عبدالمطلب آزادمردی، که جمله عمر با بزرگی زیسته بود، اینچنین زبونی را تاب نمی‌آورد. در اینگاه او، دیگربار، از بُنِ جان احساس بی‌کسی کرد؛ و غم، سخت دلش را فشرد.

گستاخی قوم، سَبَبی جز بی‌یاوری و پشتیبانی او نداشت.

این چندمین بار بود که بزرگان قریش، هر چند می‌دانستند که سخن او حق است، همداستان، بر آن بودند تا رأیِ نادرست خویش را به وی بپذیرانند. حال آنکه او اگر پسرانی بسیار و رشید می‌داشت، به یقین با

وی اینچنین نمی‌کردند. در این حال، او چونان سرداری بزرگ بود که سپاهی از خود نداشت؛ و همین، هر برتری‌جوی کم‌مایه را نیز به وسوسه می‌افکند تا با وی پنجه در پنجه افکَنَد و کمر به در خاک کشیدنش بندد. او اگر ده پسر می‌داشت...!

خاموشی عبدالمطلب و هِیبَت و وقار او، آرام آرام، فریادها و نعره‌ها را فرو نشانید. آن هیاهوی نخستین به همهمه، و سپس، زمزمه‌ای بدل گشت. به هر رو، با همه بی‌یار و یاوری، عبدالمطلب سَروَر قریش بود، و بی‌رأی او، هیچ‌کار، در مکه، شدنی نبود. پس، سخن او را می‌بایست می‌شنیدند و از نظرش آگاه می‌شدند.

- هان؛ چه می‌گویی، ای عبدالمطلب؟

- هشام؛ من، بیش و کم، گفتنیها را گفتم. با این رو، چون با نیتی دیگر دست به کار بازیابی زمزم شده‌ام و دوست نمی‌دارم که هیچ چیز دشواری‌ای در این راه پدید آورد، پیشنهاد قرعه می‌کنم.

- قرعه؟!

- قرعه بین چه چیزها و کدام کسان؟!

- بنا بر حق اگر باشد، حق کعبه بر این گنج، از جملگی ما، بیشتر است. پس، پیشنهاد انجام قرعه در میانِ کعبه، خود و شما می‌کنم.

«آن روز، به ناگزیر کار را رها ساختیم. پدر، دلمرده، مرا گفت که ابزارکار را به غلامّمان، عامر، بسپارم، تا به سرا بَرَد.

دست و روی شستیم و جامه پوشیدیم و با بزرگان قریش، راهیِ کعبه شدیم.

از آن سو، تیردار کعبه نیز آمد. پدر و بزرگان قریش از نردبانی که بر دیوار کعبه تکیه داشت فراز شدند و به کعبه ورود کردند. من در بیرون ماندم. مردمان نیز همانجا ماندند، تا سرانجام قرعه، آشکار گردد.»

«تیردار کعبه سه تیر زرد، سیاه و سپید در ظرف استوانه‌ای قرعه ریخت و آنها را بر هم زد: زرد برای کعبه، سیاه برای من، و سپید برای دیگر تیره‌های قریش.

نخست برای شمشیرها و سپرها قرعه زد. قرعه بر نام من خورد. پس، قرعه‌زنی برای غزالهای طلایی آغاز گشت؛ و غزالها

به کعبه رسید. لیک، من شمشیرها و سپرها را نیز به کعبه بخشیدم. آنگاه قوم را گفتم که، در کعبه، دَرِ خداوند آن نیست. بهتر آن که، سپرها به فروش رسد و با پول آنها و طلاهای دو غزال، دری شایسته، از طلا، برای آن ساخته شود.

چندی دیگر، صنعتگران طلاها را ذوب کردند، و دَرِ تازه، ساخته شد. آنگاه شمشیرها نیز، چون زینتی، بر دو لنگه در نصب شد.»

«می‌گفتند: نخستین‌کس که‌در در کعبه زینتِ طلا به کار برده، عبدالمطلب بوده است؛ و پیش از او، هیچ‌کس بر کعبه، زینت و پیرایه طلا نبسته بود.»

«این بخششهای شویَم، زبان قرشیان و دیگر مردمان مکه را به تحسین می‌گشود و جایگاه او را در نزد ایشان فرا می‌برد. لیک، گره از کار فرو بسته او نمی‌گشود. من خود دختر صحرا بودمِ و عرب را نیک می‌شناختم: زمانه بر مدار زور می‌چرخید. عرب، ناتوان کُش بود. نیکوکاری و بزرگواری را دوست می‌داشت و ارج می‌نهاد؛ ولی آنچه فرمانبردار و رامَش می‌ساخت، توانایی بود. در آن هنگام که عبدالمطلب بی‌چیزانش را طعام می‌داد و برهنگانش را می‌پوشانید و از حق خویش به سود دیگران درمی‌گذشت، بزرگش می‌داشتند. آنگاه اما، که او بر حقِ خویش پای می‌فشرد و در راه آن در برابر آنان می‌ایستاد، قصه، دیگر می‌شد.»

«دیگر روز، چون باز به حفر زمزم آغازیدم، سخت غمگین و افسرده بودم. دلم سنگین بود و چیزی راه را بر گلویم بسته بود.» به یقین چنانچه برای مرد گریستن ننگ نبود، شاید تا آن ساعت، عبدالمطلب، بارها زمام دیده و دل را رها ساخته، و رُخصت داده بود تا سیل اشکی که در پسِ سدِّ اراده و خویشتنداری‌اش زندانی شده بود، دیوار را بشکند و فرو ریزد.

اینک، او بود و تنهایی. او بود و چاه. دور از چشم هر خودی و بیگانه.... قطره‌ای اشک، در گوشه دیدگانش نیش زد. کلنگ را به کناری نهاد و بر خاک نمناک گودال زانو زد. دستان را سوی آسمان فراز ساخت و با صدایی که از بسیاری بُغض گره گره بود، گفت: پروردگارا، تو گواهی که شبیه در زمینِ تو به کِبر گام برنمی‌دارد و خواهان برتری بر بندگان تو نیست. تو دانایی که اندامهای من، جز بدانچه که خرسندیِ تو در آن

۳۲ ■ آنک آن یتیم نظرکرده

است نمی‌پردازد. لیک، خوی این قوم چنان است که جز به نیرو و شوکتْ گردن نمی‌نهد.

ای خدای کعبه؛ بر این بنده شکسته دل خویش، از سر مهرِ نظری کن! با تو پیمان می‌بندم که چنانچه به من ده پسر بخشی، چون به بَزرگی رسیدند، بهترینِ ایشان را در راهِ تو قربانی کنم!

سَبُک شده بود. احساس آرامش می‌کرد. با پشت دست اشکهایی را که نادانسته بر گونه‌هایش فرو غلتیده بود، سِتُرد. پس، بر پای خاست. کلنگ را از زمین برداشت، و کندن چاه را پی گرفت....

- فرزندانم؛ هنگام وفا به آن پیمان فرا رسیده است؛ و از شما، یکی، امروز، باید که قربانی شود! اینک همه روانه سراهای خویش شوید و با مادران و خواهران خود وداع کنید. پس، سر و تن بشویید؛ بهترین جامه‌های خویش را بر تن کنید، و خود را به عطر و گلاب و عنبر خوشبو سازید. ساعتی دیگر، سوی کعبه روانه می‌شویم، تا بدانیم که سرنوشت چیست.

«ما مردمان مکه، بیش و کم، از نذر چند دهه پیش او آگاه بودیم. ولی هیچ کس آن پیمان را به جِد نمی‌گرفت. چه کس باور می‌کرد که مردی از بزرگان عرب، با دست خود، بهترین پسر خویش را قربانی سازد! دیده شده بود که برخی درویش مردمان، از بیم ناداری یا ترس از به اسیری درآمدن و زشت‌نامی، دختران خویش را زنده در گور ساخته بودند؛ لیک، پسران را هرگز! پسر، در نظر عرب، دارایی و بزرگی، مایه پشتگرمی و توانایی پدر، و عصای دست او در روزگار پیری بود. دیگر، نگاهبان جان و مال و ناموس خانواده در شمار می‌آمد. پس، کدام کس به اینچنین کارِ دور از خِرد دست می‌زد!؟»

«چون خبر به من رسید، شیون‌کنان سوی عبدالمطلب رفتم و او را گفتم: این چه کارِ شوم است که کمر بدان بسته‌ای.
او اما، به خوی همیشه خود که چون عزم کاری را می‌کرد بر آن

پایدار می‌ماند، پاسخ گفت: این، پیمانی است میان من و خدای من، گفتم: لیک، آنگاه که تو این پیمان را بستی، حارثِ من بود. پس، پیمانت او را در بر نمی‌گیرد.

درنگی کرد و گویی به اندیشه اندر شد. پس، گفت: در آن لحظه اما، من در اندیشه خویش، حارث را جدا نکردم.»

عبدالمطلب و شکستن پیمان؛ آن هم با خدای کعبه!... هرگز!

از همین رو بود که آن روز، مکه، با شنیدن خبر، یکپارچه دست از کارِ هر روزه شست، و مبهوت، منتظر ماند.

آنان که تا بدان ساعتِ روز به شهر اندر مانده بودند، در هر جا، گروه گروه گرد آمده، و گرم سخن‌گویی در این‌باره بودند. زنان عبدالمطلب، از پس آنکه از بازداشتنِ شوی خود از این کار درمانده بودند، دست در دامانِ خویشان و بزرگانِ خاندانِ خویش زده بودند تا مگر آنان بتوانند از این فاجعه پیش گیرند. ولی هیچ کس به این خواهشگری‌ها امید نداشت. بنا بر سنّت عرب، پدر، همچون دارایی‌اش، اختیاردار جان فرزندان خویش نیز بود. پس، کسی توانایی آن را نداشت تا او را از کشتن فرزند بازدارد. خاصه که آن شخص بزرگِ قریش می‌بود، و فرزندانش، آنچنان فرزندانی سر بر فرمان پدر، چونان پسران عبدالمطلب!

خورشید اندک اندک سرفراز می‌ساخت و به میانه آسمان نزدیک می‌شد و گاهِ انجام مراسم قربانی فرا می‌رسید. ناگاه مردمانی که در دهانه درِ بنی‌هاشم گرد آمَده بودند، با صدای فریاد کودکی سیه چرده و برهنه‌پا، همهمه را به پایان بردند.

پسرک ژنده‌پوش که دشداشه‌ای با راه‌های پهن آبی و گُلبهی بر تن داشت، آب بینی را با آستین پیراهن گرفت و با صدایی همچون جیغِ جوجه کلاغان فریاد زد: آمدند!

سرها سوی در جانب خاوری صحن چرخید:

در میان گردوغباری بسیارَ که از آمدنِ گروهی عده‌ای به آسمان فراز گشته بود، عبدالمطلب، عمامه سیاه مَلمَل بر سر، شال سیاه ابریشمین بر کمر، و عبای سیاهرنگ کتانی بر دوش، در آمدن بود. پسرانش حارث، بولَهَب، عقبه، زُبَیر، عَبدِ مَناف، عبدالله، عباس، غَیداق، قُثَم و ضِرار،[1] پاکیزه،

---

۱. نام پسران عبدالمطلب، در برخی روایت‌ها با این روایت تفاوت‌هایی دارد. مثلاً در بعضی

سر به عنبر سوده و تن به عطرِ آغشته، با جامه‌هایی زیبا، اندیشناک در پیِ او می‌آمدند. سَمراء، فاطمه، اُمِّ جمیل، نَتیله زنان عبدالمطلب - و صفیّه، عاتکه، بُرّه، هیمه[1]، اُروی و مضایره - دخترانش -، آنان را چون حلقه نگینی درِ میان گرفته بودند، و اغلب، پا برهنه و شیون‌کنان، درآمدن بودند. مادران با قامتهایی شکسته، رمق از کف داده و خودباخته، و خواهران چون دانه‌های بیقرار گندم بر تابه گداخته، پیوسته به این سوی و آن سوی می‌دویدند: گاه بر دامان عبدالمطلب می‌آویختند و به او التماس می‌کردند، و گاه بر گردنِ جوان و برادر خویش آویزان می‌شدند و سر و رویِ او را غرق بوسه می‌ساختند. برخی نیز، به امید یافتن دست‌آویز و یاوری، به پیرامون خود چشم می‌دوختند یا سوی کعبه سر می‌چرخانیدند. عبدالمطلب اما، سنگین و باشکوه، با قامت بلند و اندام اندکی فربه و چهره‌ای که سختی و جذبهٔ آن، مجسمه‌های سنگیِ باشکوه رومیان را در یاد می‌آورد، راه خویش را پی می‌گرفت. در این حال، چنان استواری و عزمی در دیدگانِ درشتِ خوش‌حالتش دیده می‌شد که بلندپایه‌ترین افراد مکه را نیز از نزدیک شدن بدو باز می‌داشت.

پسران عبدالمطلب، اغلب، آرامتر از دیگران می‌نمودند. اینان، آنگاه که دریافته بودند آن قربانی باید که بهترین و خواستنی‌ترین پسر پدرشان باشد، خود و خواهران و مادرانشان، اندکی آرامشی یافته بودند. چه، بیش و کم یقین داشتند که او، جوانترین و خوش سیماترین برادرشان - عبدالله - باید باشد. تردید و دلهره‌ای نیز اگر بود، بیم از خطا در قرعه‌زنی بود، و آنکه از بدِ حادثه، به اشتباه، قرعه به نام ایشان خورَد. راز بیتابی بیشترِ مادر عبدالله و خواهرانش از دیگر زنان و دختران عبدالمطلب نیز، در آگاهی از همین امر بود.

عبدالله بهترینِ جوانان مکه بود. درخششی ویژه که از همان کودکی در پیشانی بلند و صَافش دیده می‌شد، او را از جمله برادران و همسالانش ممتاز می‌ساخت. گاه که خشکسالی تاب از کف مردم می‌ربود و آنان در پیِ عبدالمطلب، برای نیایش باران راهیِ دشتهای پیرامون مکه می‌شدند، پیشاپیشِ جمع نیایشگر، عبدالمطلب دست عبدالله را می‌گرفت، و سر

تاریخها عبدالکعبه، عبدو و حجل نیز جزء نامهای این پسران ذکر شده است. اما همه، در مورد نامهای حارث، عبدمناف (ابوطالب)، عباس، ابولهب، عبدالله، و بعدها حمزه، مشترک‌اند.

[1]. یا به رُوایتی: امیمه.

سوی آسمان، او را شفیع قرار می‌داد. چه روزهای بسیار، که عبدالمطلب در اندیشه وفای به پیمان دیرین، در کردارها و حالتهای پسرانش باریک شده، و سرانجام، جز به عبدالله نتوانسته بود بیندیشد! چه شبها که با در پیش چشم آوردن روز وفای به پیمان، صحنه قربانی شدن عبدالله را پیش رو دیده، و آب در دیدگان آورده بود! چه روزها که بسیار و بسیار او را بوسیده و بوییده و در بر کشیده و نوازش کرده بود، و چه ساعتهای بسیار که در کنار او سپری ساخته بود تا دیده و دل را از وی سیراب سازد! لیک، اینک می‌دید که به عکس، آن نزدیکیها و مهرورزی‌ها، او را به این دُردانه‌اش آزمندتر ساخته بود.

عبدالله اما، آرام و پذیرا، گام با گام پدر پیش می‌آمد و تلاش در آرام ساختن مادر و خواهران خویش داشت. در آن سو، برادرش، عبدمناف، نیز به دور ساختن مادر از عبدالله و خود می‌کوشید، و او را به آرامش و شکیبایی فرا می‌خواند.....

چون عبدالمطلب و پسران پا در درون کعبه نهادند، در، بر هم آمد، و انبوه ِ مردمان، همراه با زنان و دختران عبدالمطلب، در صحن، به انتظار ایستادند.

«کعبه - چنان که اکنون نیز هست - بنایی مستطیل‌وار بود. گِرداگِرد آن با مخملهای سیاه‌رنگ یَمانی پوشیده بود. بنایش از سنگ، و سقف آن از تیرهای چوبین و گِل بود.

در کعبه، در انتهای دیوارِ شرقی آن، که به رُکن شامی نامور بود، قرار داشت. پیری می‌گفت: پیشتر، این در، همتراز زمین بود. چون نگاهداری کعبه به دست قریش افتاد، آن را فراتر از زمین ساختند تا ورود بدان آسان نباشد، و هر کس را که نخواهند که به درون رود، از پلّگان فرو افکنند.

ما، به سنتی که وَلیدِ مُغَیْره نهاده بود، پایین پلّگان چوبین، پای‌افزارها را از پای به در کردیم و در هَمان جا نهادیم. چون از پلّگان فراز شدیم، در رِ لنگه کعبه بود. این، همان در بود که به فرمان پدرم، از طلا پوشش یافَته، و شمشیرهای باستانی، زینت آن بود.

در درون، از چند پله سنگی فرو رفتیم تا به کف کعبه رسیدیم.

به کعبه اندر، شش ستون چوبین، در دو ردیف، ایستاده بود؛ سقف بر آنها استوار. بر نخستین ستون، تصویر مریم عمران بود؛ نقش شده به سیمای زنان عرب. اندر دامان او، کودَک‌ کُش، عیسی قرار داشت. تصویر، زینت یافته به آب زر بود و رنگهایی بس زیبا داشت. بر دومین ستون، تصویری از ابراهیم، خلیل خدای بود؛ به سیمای مردی سالخورده؛ که گرم

فال‌زنی با تیرهای قرعه بود. به‌همین شیوه، بر دیگر ستونها و دیوارها نیز تصویرها از اسماعیل و دیگر پیمبران، یا فرشتگان بود. و فرشتگان، به سانِ انسانهایی بالدار تصویر شده بودند.

بر جانبِ راستِ در، گودالی چاه‌وار بود، که پیشکشهای مردم به کعبه، در آن ریخته می‌شد. در پس آن، بت هُبَلْ، بلندبالا و درشت اندام و فربه، ایستاده بود. تَنش یکپارچه از سنگِ عقیق ارغوانی یَمانی بود. لیک، دست چپ آن شکسته بود، و در جای آن، برایش دستَی از طلا ساخته بودند. رو به روی هُبَل، نردبانی چوبین بود که تا شکمش می‌رسید.

سقف را آویزهایی زینتی پوشیده بود، که مردم به کعبه داده بودند. بر دیوار غربی، دو شاخ قوچ بود. مردم بر این باور بودند که اینها شاخهای همان قوچ بود که جبریل برای ابراهیم آورد تا به جای اسماعیل قربانی کند.

بر دیوار جنوبی، حلقه‌هایی آهنین بود. هر ناتوان که از توانمندی بیمناک می‌گشت خویش را به آنجا می‌رسانید و چنگ بدانها می‌زد؛ و بدین‌سان، پناهنده کعبه می‌شد. آنگاه، دیگر کسی را جرأتِ آن نبود تا بدو آسیبی رساند یا آنکه بترساندش.

چون جمله به کعبه اندر شدیم، پدر مرا گفت: حارث؛ در را ببند و در پشتِ آن بایست. تا قرعه‌زنی پایان نیافته است، هیچ‌کس را رخصت ورود مَده.

پیرویِ او کردم و بر فراز پلگان سنگی، پشت بر در، ایستادم. آنگاه پدر، تیردار کعبه را گفت که مهیّای قرعه‌زنی شود.»

تیردار با آنکه پیشاپیش از ماجرا آگاه بود، باز به سنّت همیشه قرعه‌زنی، پرسید: قرعه میان چه کسان یا چیزها، و بر سر چه؟ عبدالمطلب گفت: میان ده پسرم؛ تا بدانم که در وفای به پیمانم، کدام یک باید قربانی شود؟

آنگاه کیسه‌ای پر از سکه به تیردار داد و گفت: یکصد درهم است. شترِ مانده دستمزد را نیز، چون رَمه از چرا باز گردد، غلامم خواهد آورد. تیردار، کیسه پولها را گرفت و در پَرِ شال زربفتِ خویش جای داد. سپس گودال پیشکشها را دُور زد و سوَی سکوی برابر هُبل رفت. با دستِ، درون ظرف نقره‌ای ویژه قرعه‌زنی را که بر سکو قرار داشت،

کاوید. دیگر، به جانب کیسه چرمین زعفرانی رنگی که سمت راست سکو آویزان بود، خم شد. کیسه را از سر میخ برداشت، و تیرهای چوبین را از درون آن به در آورد. قرعه این بار با قرعه‌های پیشین، فرق داشت. پس، از هفت تیر چوبی رایج خونبها، آری، نه، از شماست، از دیگران است، چسبیده است، و آبها، کاری ساخته نبود.

تیردار، از گوشه‌ای، قلم و مرکّبدانی آورد، و بر ده تیر تازه، نام پسران عبدالمطلب را نوشت. پس، تیرها را به درون ظرف قرعه ریخت و بر هم زد. در این حال، قبای اطلس زربفت گرانبهایش، در زیر نور مشعلهایی که بر ستونها نصب بود موج بر می‌داشت و درخششی ویژه به خود می‌گرفت. آستینهای بسیار گشادش، در آن نور کم و رازآمیز، به غارهایی ژرف و تاریک می‌مانستند که انتهای آنها از دیده پنهان باشد.

تیردار، چون از بر هم زدن تیرها فارغ شد، سرپوش قِداح[1] را گذاشت. دراین‌هنگام، عبدالمطلب سر سوی آسمان فراز کرد؛ دستها را به حالت نیایش برافراشت، و با صدایی که بیش و کم به گوش پسرانش می‌رسید، گفت: بار پروردگارا! تو اختیار داری ستوده‌ای. تو خدای منی. تو پدیدآورنده و بازگرداننده‌ای. می‌بخشی و می‌گیری. هر چیز نو و کهنه، از پیشگاه توست. بار خدایا؛ آنچه را که اراده توست در این تیرهای قرعه، به ما باز نما!

تیردار رو سوی هُبل، با صدایی زنگدار که خود نیز می‌کوشید آهنگی دیگرگون و شگفت و روحانی بدان بخشد، گفت: ای خدایان ما، و ای هبل بزرگ؛ شما که در نزد خدای برتر - خدای خدایان - شفیع مایید! اینک، عبدالمطلب پسر هاشم، بزرگ قریش، بر آن است تا یکی از فرزندان خویش را در پای کعبه قربانی کند. شما از آفریدگارتان، خدای برتر، بخواهید که در این‌باره بدو راه بنماید، و حق را در این تیرها بر وی آشکار سازد.

چشمان ریز و زیرکِ خویش را بر هم نهاد و خواند: ای هُبَل، ای لات، ای منات، ای عزّی؛ ای خدای برتر - صاحب شکوهمندترین شکوهها و بلندپایه‌ترین جایگاهها - ...!

پس، جداره بیرونی قداح را که استوانه‌ای همشکل جداره داخلی آن،

لیک اندکی بزرگتر بود، چند بار چرخانید.

ظرف، با صدایی خشک گردید، و سپس ایستاد. تیردار، دریچه‌ای را، که صفحه‌ای نازک و کوچک در کف قداح بود، بیرون کشید. آنگاه، با چوبی باریک که در دست چپ داشت، ضربه‌ای بر بدنه قداح نواخت.

تیری از تیرها، از رُوزن کف ظرف فرو افتاد.

نفس در سینه‌ها ماند. عبدالمطلب در میان سنگینی هوای آغشته به دود مشعلها و شمعها و عطر طایف و بوی ناشی از سوختن عود و کُندر هندی و صمغ رومی، احساس خفگی می‌کرد. هُبَل اما، با آن ریش کم‌پشت و دستان ناهمگون سنگی و طلایی‌اش، با چشمان درشت و وق‌زده خود، سرد و بی‌احساس ایستاده بود و این صحنه را می‌نگریست.

ـ عبدالله!... خدایان عبدالله را برگزیدند، ای عبدالمطلب!

عبدالمطلب، با صدایی که دشوار به گوش رسید، گفت: می‌دانستم!

سرها یکسر سوی عبدالله چرخید. عبدمناف، اشک‌ریزان، برادر را، تنگ، در آغوش گرفت.

عبدالمطلب، احساس رها شدن در خلأکرد. لیک، زود، به نیروی اراده و تلقین، از گسترش و پیشروی این حس پیش گرفت.

«خدای کعبه آرزوی مرا برآورد و از پس سالها انتظار، به من نُه پسرِ دیگر بخشید. اینک هنگام وفای من به پیمانِ خویش است.»

در کعبه، دیگر کاری نبود. عبدالمطلب سوی در روان شد. در پی او، عبدالله رفت. سپس بولهب، که تا آن لحظه، تن فربه و بزرگ خویش را به یکی از ستونهای چوب عود تکیه داده بود، خودی جنبانید و سنگین و سست، راهی شد.

حارث در را گشود و خود در یک سو ایستاد.

نخست عبدالمطلب، سپس حارث، و آنگاه دیگر پسران، از تایِ گشوده در، پا بر پلگان چوبی نهادند.

مردمان، کوچه دادند، و بزرگ قریش و پسرانش، در میان سکوت ایشان، پا بر زمینِ شنی حرم نهادند و پای افزارها را به پا کردند.

دیدگان، پُرسشبار، به عبدالمطلب و پسرانش دوخته شده بود. لیک، هیچ کس، از بیم پاسخی که می‌پنداشت شاید بشنود، جرأت لب گشودن نداشت. جمله بر جوانان عبدالمطلب چشم دوخته بودند تا مگر از حالت

سیمای آنان دریابند که خدایان، چه کس را برای قربانی شدن برگزیده‌اند.
سکوت چنان سنگین بود که فاطمه را - حتی - نیز، از شیون باز داشته بود.
عبدالمطلب، و در پی او، پسرانش، رو سوی قربانگاه - در راستای چاه
زمزم - نهادند. عبدالمطلب کنار سنگ قربانگاه، که پوشیده از لخته‌های
خشکیده خون بود، ایستاد. مردمان نیز، که چونان موجی، بی‌اراده در پی
ایشان روان شده بودند، گرداگرد قربانگاه حلقه زدند.

عبدالمطلب، عبدالله را پیش خواند. در این حال، آشکارا می‌کوشید تا
نگاهش در نگاه او نیفتد، و سستی در اراده‌اش پدید نیاید.

با شنیدن نام عبدالله از زبان عبدالمطلب، آه از نهاد زن و مرد برآمد:
- هنوز شاید بیست و چهار بهار را نیز ندیده باشد!
- عبدالله، محبوب‌ترین و بهترین پسرِ عبدالمطلب است!
- خدایان چه نیکوپسندند!

پیرمردی خمیده قامت، با صدایی لرزان، که هیجان لرزانترش ساخته
بود، گفت: نباید بگذاریم که او قربانی شود!

فاطمه به جانب عبدالله خیز برد و بر گردن او آویخت و شیون کرد.
«فریاد زدم: نمی‌گذارم، ای عبدالمطلب؛ مگر آنکه نخست مرا
بکشی...!»

پس، زانوانش تا شدند و در آغوش جوانش از هوش رفت.

«من البته عبدالله را دوست می‌داشتم؛ همچنان‌که دیگر زنان
عبدالمطلب، با آنکه مادر او نبودند، دوستش می‌داشتند. در سیما و وجود
آن جوان چیزی بود که دلها را سوی او می‌کشید. با این رو، اینک که
شاهین مرگ از شانه حارث من برخاسته بود، ناخواسته، در دل، احساس
سبکی می‌کردم. دیگر زنان عبدالمطلب نیز، بیش و کم، چنین بودند.

آن روز، چون فاطمه از هوش رفت من به جانب او شتافتم. سرش را
بر زانویم نهادم و از دیگران آب خواستم. پس، گوشواره طلایی خویش را
از گوش به درآوردم و در زیر زبان او گذاشتم تا قلبش نیرو یابد.»

«با آنکه در خود غرق بودم، به ناگاه دریافتم که مردمان موج
برداشته‌اند و بیقراری می‌کنند. بیم شورش می‌رفت. خاصه که
مغیره عبدالله مخزومی - از خالوان عَبدالله - نیز در میان ایشان بود.
پس، تا از هر پیشامد ناخواسته پیش گیرم، چنان‌که همه بشنوند، رو

سوی پسرانم فریاد زدم: تا کار سر نگرفته است، هیچ‌کس را رخصت نزدیک شدن مدهید!

پسرانم بر گرد من و برادرشان، عبدالله، حلقه‌ای ساختند. تماشاییان نیز ناگزیر، گامی فراپس نشستند، و دایره، اندکی بزرگتر شد.»

عبدالله یک یک برادران را در آغوش گرفت و با آنان وداع کرد. اشک در دیدگان ده برادر حلقه زده بود. لیک، هیبت پدر و دیدار بردباری او، ایشان را از اینکه اشکها را رخصت ریزش دهند باز می‌داشت.

عبدالمطلب، عبدالله را پیش خواند. صدای صاف و رسایش، اینک گِره گِره بود.

عبدالله، با شتابْ بدرود را به پایان برد و سوی پدر رفت. اندیشناک بود. با این‌رو، می‌کوشید تا پیروی از پدر را بر میل قلبی خود به زندگی، پیشی دهد. سده‌ها پیش، اگر اسماعیل، در واپسین لحظه‌ها، از قربانی شدن رسته بود، از چه‌رو این رویداد نتواند درباره او تکرار شود؟

پس، تسلیم بودن به خواست خدای کعبه و پدر، بِه! رهایی و رهایی‌بخشی هم اگر در راه بود، آن به که او آزمایشِ خویش را با سربلندی داده باشد. نیز، مرگ او اگر به این شیوه مُقرر گشته بود، که از آن گریزی نبود. پس، پذیرش مردانه آن، بارها بهتر! این حس گنگ اما، در او چه بود؟! چه شده بود که با آن مایه امید به زندگانی و فردا، اینک که مرگ در یک گامی او بود، در بُن دل، ذره‌ای احساس بیم نمی‌کرد؟! این آیا، خود نمی‌توانست نشانه آن باشد که...؟

عبدالمطلب، با اشاره سر، غلامش را پیش خواند. عامر، با بیمی نهفته در دیدگان پیرش، زنبیل حصیری‌ای را که بر دوش داشت در مقابل سرورَش بر زمین نهاد. عبدالمطلب از درون زنبیل، قطعه‌ای طناب برداشت. عبدالله، بی‌هیچ سخن، دستانِ جوان خویش را بر هم چسبانید و پیش برد. عبدالمطلب، نرم، پسر را چرخانید و دستان او را از پس پشت بست. آنگاه عمامه‌اش را از سر برگرفت و عبا را از تن خارج ساخت و به عامر سپرد، و عبدالله را سوی سنگ قربانگاه برد. عبدالله، پذیرا و رام، با پدر رفت.

در کنار سنگ، عبدالمطلب، چَفیه و عَقال را از سر پسر برداشت و به عامر، که اینک آرام آرام اشک می‌ریخت، سپرد. گیسوانِ بلند و شَبق رنگ

عبدالله، که در انتها، چین و شکنی زیبا به خود می‌گرفت، بر شانه‌ها و پیشانیِ مهتابگونش افشان شد.

به دیدار این صحنه، شیون از زنان تماشایی به آسمان فراز شد، و خواهران عبدالله، خود را بر خاک افکندند. تنی چند از زنان نیز که تاب تماشای آن منظره را در خویش نمی‌یافتند، شیون کنان روی چرخانیدند و به پسِ پشتِ تماشاییان پناه بردند.

عَبدالمطلَب اما، بی‌توجه به آنچه گرداگردش در جریان بود، با اشاره دست، از عبدالله خواست تا بر کنار سنگ قربانگاه زانو زند. عبدالله چنان کرد؛ و یک بر، صورت را بر سنگ نهاد. عبدالمطلب نیز یک زانو بر سنگ و زانویی دیگر در هوا، به حالت نیم نشسته، خنجرِ تیغه پولادین شامی را از غلاف زیر شال کمر، به در کشید.

تیغه پهن خنجر، در زیر نور خورشید موج برداشت و برق تند آن، در دیدگان عبدالله نشست. عبدالله، مژگان بلند و زیبایش را بر هم زد و لحظه‌ای، دیدگان آهو وَش خویش را بست.

عبدالمطلب چشم رُبود. سر سوی آسمان فراز کرد و آهسته گفت: ای خدای کعبه؛ اینک این من و این دُردانه‌ام، عبدالله! تو آرزوی مرا برآوردی، و من نیز هم‌اکنون به پیمان خود وفا می‌کنم. به من و مادرش شکیبایی، و به او که اینچنین سرسپرده خواست تو و فرمان پدر است، بهشتِ خویش را ارزانی فرما!

آنگاه بدان قصد که سستی در اراده‌اش پدید نیاید، تند، دست چپ را در زیر چانه عبدالله، که مویی نرم و لطیف آن را پوشانیده بود، نهاد و سر او را سوی پشت خمانید.

برآمدگی زیر گلوی پسر جوان به در زد؛ و نمایان شدن سپیدی گردن، طاقت از بینندَگان ربود.

دست عبدالمطلب آماده آن شد تا تیغه خنجر را با گلوی پسر آشنا سازد، که ناگاه دستانی نیرومند، از قفا، مُچ او را گرفتند و از گلوی عبدالله دور ساختند.

عبدالمطلب، در میان موجهایی از احساسهای گونه‌گون روی چرخانید و مُغیره عبدالله مخزومی را دید.

مغیره، با آمیزه‌ای از خشم و خواهش گفت: گاه به جای قربانی

کردن، می‌توان با پرداخت مالی نیز، به پیمان خویش وفا کرد. این، سنتی است که از دیرباز در میان عرب پذیرفته شده است. اینک، از چه رو این سنت نتواند درباره پسر تو جاری شود؟

عبدالمطلب، ناخرسند، گفت: من اما، از آن گروه کسان نیستم که خواست دل را جایگزین پیمان خویش با خدایشان می‌سازند.

مردی سالخورده از میان جمع گفت: ای پسر هاشم؛ این چه رسم شوم است که تو در میان عرب بنا می‌نهی؟! پسر برای ما مایه گشادگی در روزی، و سرچشمه توانایی و بزرگی است. افتخار و نیرومندی قریش، از مردانِ بسیار و ورزیده آن است. تو اگر پسر خویش را قربانی سازی، از این پس، این کار سنّت خواهد شد. پس، دیگران نیز به پیروی از تو، با بروز هر پیشامد، پسران خویش را قربانی خواهند ساخت؛ و اندک اندک نسل مردان ما رو سوی نابودی خواهد گذارد.... نه! سوگند به خدایان، که تا عذری هست، نباید که به این کار ناپسند دست بیالایی!

«عکرمه عامر، بزرگ یکی از تیره‌های قریش، گفت: عبدالمطلب؛ تو پیوسته نمونه پختگی رأی و خردمندی، در میان ما بوده‌ای! لیک، اکنون تو را می‌بینم که پیمانت با خدایان، کور و کرت ساخته است، و از پذیرش هر دلیل و راه، ناتوان گشته‌ای!... تو از کجا به این باور رسیده‌ای که خدایان، بدین جایگزینی خرسند نیستند؟! از سده‌ها پیش، مگر عرب در میان خود، جبران ریختن خون انسان را، پرداخت خونبها مقرر نکرده است!؟ خدای تو آیا، از ما آدمیان نیز سنگدلتر و بی‌گذشت‌تر است؟!

خالوی عبدالله گفت: آری، ای عبدالمطلب! سوگند به همان خدای کعبه که تو بدو باور داری، این، سخنی سنجیده است. چنانچه بتوان به جای کشتن عبدالله مالی به کعبه داد، من و خاندانم آماده دادن جمله دارایی خویش در این راه هستیم.

عبدالمطلب، دو دل و مضطرب، گفت: ولی...!

لیک، مغیره مجالش نداد و گفت: اگر و اما را به یک سو بنه...! از اینکه بگذریم، تو آیا گاهِ وفای به پیمان خویش را نیز امروز مقرر کرده بودی؟! به یقین، نه! پس، چند روز دیگر، از این کار دست بدار؛ شاید برای آن، راهی بهتر یافت شود.

مردی از میان جمع فریاد زد: از چه رو کار را به کاهنان وا نمی‌گذارید؟

در این میانه، آنان که جانبدار کسی نیستند!

دیگری گفت: سَجاح، زن کاهن یثربی، بهترین کس برای این کار است.»

برای نپذیرفتن، بهانه‌ای نمانده بود. عبدالمطلب دیگر هیچ نگفت. پس، تماشاییان هلهله شادی سر دادند. جوانان دست در کمر یکدیگر افکندند و به خواندن آواز و رقص جمعی و پایکوبی گِرداگِرد قربانگاه پرداختند. زنان، کِل زدند. و جمعی از کودکان که از شادی بزرگان به وجد آمده بودند، سر در پیِ یکدیگر نهادند و به شادی و بازی پرداختند.....

«چون مراسـم قربانــی انجام گرفت، طواف سپاسـی هفــت بـاره بر
گِـرد کعبه کردم، و پسـران و غلامانم را گفتم کــه هیچ‌کس - حتی
پرندگان آسـمان و حیوانهای وحشـی صحـرا - را، از بردن و خوردن
گوشــتها باز ندارند. می‌خواسـتم کــه آن روز، جمله جانــدارانْ در
شـادی ما شـریک باشـند، و با من، خدای کعبه را سـپاس گزارند.
تازه یک روز بود که از یثرب باز آمده بودم. با گروهی از قوم بدانجا
رفته بودیم تا رأيِ زن کاهن یثربی را درباره قربانی ساختن عبدالله باز
پرسیم.

رفتن و بازگشت ما نزدیک بیست روز کشید. به یثرب اندر، من به
نزد خویشان ِمادری و خالوان و خالوزادگان خود رفتم.

سَجاح، نخسـت ما را گفت که دیگر روز به نزد او رویم، تا در این
مجال، او جنّ در خدمت خویش را فرا خوانَد و رأیِ او را، در این‌باره، باز
پرسد.

فردا روز، دیگر بار به نزد او رفتیم.»

پیرزن، که آثار هوش و زیرکی از چشمان عسلی سالخورده‌اش آشکار
بود، توراتی را که در دست داشت به یک سو نهاده بود. صفحه گِرد
ِمسین چهارخانه و دیگر ابزارهای رَمل و اُسطُرلاب خود را مرتب ساخته
بود. سپس پرسیده بود: در میانِ قومِ شما، خونبهای یک کُشته، چیست؟

- ده شتر!
- میان رفیقت و ده شتر، قرعه بزن. قرعه اگر به نام شتران
درآمد، ده شتر را به جای او قربانی کن. چنانچه قرعه به نام
رفیقت خورد، ده شتر بر شترانِ پیشین بیفزا، و دیگربار قرعه بزن.
- چنانچه باز به عبدالله خورد...؟
- هر بار بر عده شتران ده نفر بیفزا؛ و چندان قرعه بزن تا سرانجام
به شتران خورَد.
- لیک...!
- در آنچه که گفتم، تردید روا مدار؛ و آگاه باش که خدایانت از تو
خرسند خواهند شد.
«چون به مکه باز آمدیم و بدان شیوه که آن زن گفته بود قرعه زدیم،
درصد شتر، قرعه به شتران خورد. من اما، همچنان دودل بودم. پس،
گفتم که آن قرعه تکرار شود.
باز قرعه به صد شتر خورد.
تا یقینم بی‌خدشه شود، خواستم که سوم بار قرعه تکرار شود.
چون باز قرعه به صد شتر خورد، دیگر یقین کردم که خدای کعبه،
به این عوض خرسند شده است.
پس، دیگر روز، صد نفر از شترانم را به قربانگاه بردم، و یکجا قربانی
ساختم.»
مردمانی که از سحرگاه در انتظار فرا رسیدن این لحظه بودند، سوی
لاشه‌های شتران هجوم بردند.
عبدالمطلب، آخرین نگاه را به آنان، که پر صدا و ستایش‌کنان گرم
کندن پوست و تکه تکه ساختن لاشه شتران بودند، افکند: کاردها وَ
خنجرها و تبرها پیوسته فراز می‌شد و فرود می‌آمد؛ و کیسه‌ها و زنبیلهای
حصیری شتابان پُر می‌گشت و در بار جایِ پشت درازگوشان، یا بر شانه
و پشتِ مردان و سرِ زنان و کودکان، سویَ بیرونِ حرم برده می‌شد.
عبدَالمطلب، خرسند، دستِ گرم و جوانِ عبدالله را در دست گرفت،
و به مهر، آن را فشرد:
- برویم، ای پسرم!
عبدالله نیز، در پاسخ، مهرآمیز، دست پدر را فشاری داد، و پذیرا، به

راه افتاد.

همچنان‌که سبکبار، از حرم بیرون می‌رفتند، عبدالمطلب، به آهنگی که می‌کوشید جدّی بنماید، گفت: می‌بینی که بهایت چه مایه گران شده است!

عبدالله، به حالتی گناهکار، گفت: چنین است، ای پدر! یکصد شتر، مزد کارِ پنجاه سالِ یک مرد است! با این کار، تو بخشی بزرگ از داراییِ خویش را از کف دادی.

عبدالمطلب، این‌بار به جد، گفت: سوگند به بزرگیِ آنکه جان پدرت در دست اوست که قرعه اگر به جمله دارایی‌ام نیز می‌خورد، با شادی و خرسندیِ خاطر می‌دادم. اینک نیز غمی نیست: آنکه داده بود، خود نیز گرفت. داراییِ راستینِ من، شما فرزندان منید. یکتا دغدغه‌ام این بود که مبادا این، غَشّ در کار باشد، و من به پیمان خویش وفا نکرده باشم. به بازگویی این نکته، نیاز نبود. نه عبدالله، که جمله مکیّان، به باور راسخ و پایبندیِ استوار عبدالمطلب بر پیمانش یقین داشتند. دیدن سالیانِ درازِ زندگانیِ زلال و پاک او، بر آنان آشکار ساخته بود که چون پای باور و وفای به پیمان و جهان دیگر در میان آید، عبدالمطلب از فِدا ساختنِ عزیزترین عزیزان خویش نیز اِبا نمی‌کند.

عبدالمطلب که روا نمی‌داشت آن لحظه‌های خوش و روشن با هیچ سخن و یاد دلتنگ کننده تیره و تلخ شود، گفت: پسرم؛ هر آنچه که بود سپری شد. پدرت که جز شادی و سپاس، احساسی در دل ندارد. اینک تو نیز به لحظه‌های خوشی که در پیش است بیندیش: به آمنه؛ به پیوندت با او...! پیشاپیش پیک به نزد وَهَب روانه ساخته‌ام. او و همسرش، بُرّه، با پیرانِ تیره بَنی‌زُهره، در انتظار مانند. برادرانت نیز چون از کار قربانی فارغ شوند به مُهیّا ساختنِ دره هاشم، برای جشن پیوند شما می‌شتابند.

خون بر گونه‌های جوان و شاداب عبدالله دوید. عبدالمطلبْ دستی بر پشتِ او نواخت و لبخندی زلال، چهره‌اش را از هم گشود.

«از عبدالله خواســته بودم که رفتنش به سفرِ بازرگانی شام را به تأخیر اندازد. گفتم که نمی‌دانم از چه رو، دلم بدین سفر رضا نمی‌دهد؛ احساسی خوش به آن ندارم! لیک، عبدالله لبخندی زد و گفت: تشویش به دل راه مده! ســالیانِ سال است که مردان قریش، بخشی بزرگ از عمر خویش را در این‌گونه سفرها سپری ساخته‌اند. دارایی و فراوانی و گشادگی روزی مردم مکه، از همین بازرگانی است. بی‌سفر و ستد و داد، مکه، یک ماه نیز توانای ادامهٔ زندگانی خویش نیست.

گفتم: دست کم، اندکی درنگ کن! هنوز چندماهی بیش که از پیوند ما سپری نشده است!

گفت: دوری از تو، برای من نیز بس دشوار است. خود اما آگاهی که برای گذرانِ زندگی، باید تلاش کرد. زمینهای پیرامونِ مکه چندان تنگ‌چشمند که حتی خوشه‌ای گندم نیز در خود نمی‌پرورند. با نگاهداری دام نیز نمی‌توان در این شهر خشک، گذران زندگی کرد. چه، برای آنها در این سرزمین، آب و گیاهی نیست. با این وضع، از بازرگانی نیز اگر غافل شویم، زندگانی بر ما سخت خواهد گرفت.

سخن او درست بود. از همین رو نیز بود که نیای آنان، هاشم، آن سفرهای بازرگانی سالیانه را به یَمن و شام رایج ساخته بود: هر سال دوبار، در تابستان و زمستان، کاروانی بازرگانی از مکه روانه می‌شد. چنانچه

عبدالله با آن کاروان نمی‌رفت، ناگزیر بود که ماهها در انتظار بماند، تا کاروان زمستانی به راه اُفتد. آن روزگار نیز چندی بود که بازار از کالاهای شامی تُهی گشته بود. از دست دادنِ آن مجال، پای زدن بر بخت خویش بود.

سرانجام واپسین سخنان عبدالله، دهان مرا بست. او گفت: بسیار شوقمند آنم که چون فرزندمان دیده بر جهان می‌گشاید، به مکه اندر، در کنار شما باشم. لیک، با کاروان زمستانی اگر راهی شوم، این، میّسر نخواهد شد.

آنگاه مرا به شکیبایی و آرامش سپارش کرد. از من خواست تا به جای آن تشویش و دلشوره‌ها، دعا کنم که ایشان زود و با دستانِ پُر بازگردند. من نیز پذیرفتم؛ و دیگر هیچ نگفتم.»

نزدیک نیمی از مردمان شــهر، از ســاعتی پیش، در زیــرِ آفتابِ داغ
واپســین روزهای تابســتانِ بیرون مکه، چشــم به راه، ایستاده بودند.
از شامگاهِ روزِ پیشین که سواری خسته و گردآلود به شهر اندر شده
و خبرِ نزدیک شدنِ کاروان را داده بود، جنب و جوشی بسیار، سر به سر،
شهر را در برگرفته بود: زنان، شاد و پُر صدا، به پاکیزه ساختنِ سرای
پرداخته بودند. باشتاب کودکانِ خردسالِ خویش را شسته، و بر آنان
جامه‌های پاکیزه پوشانیده بودند. در چهره خود دستی برده، و بهترین
تن‌پوش‌های خویش را بر تن کرده بودند. پس، شب، زود به بستر رفته،
و پگاه از خواب برخاسته بودند. آنگاه، با چهارپا یا پیاده، فرزندان خود را
برداشته، و به پیشباز شوهر یا برادران خویش، از شهر به در شده بودند.
جمعی از مردان نیز به پیشباز کالاهای خود و ارزیابی هر چه زودتر سود
و زیان، به این خیل پیوسته، و گروهی انبوه، فراهم آورده بودند.
برخی، سایبانی سَبُک بر پای ساخته بودند و درٔ زیر آن، جاجیمی از
پشم شتر یا موی بُز، گسترانیده، و بر آن نشسته بودند. گروهی دیگر،
کوچک سایبانی چتروار، از چند تکه چوب نازک و پارچه‌هایی به رنگ
روشن، بر سر گرفته بودند. در این میانه اما، کودکان، بی‌پروای گرمایِ
خورشید، جَست و خیز کنان و پرهیاهو، سر در پی هم می‌نهادند، یا در پس
و پیچ و خم میان تخته سنگ‌ها نهان می‌گشتند و در آن حال، یکدیگر را

می‌خواندند.

تنی چند از نوجوانان، بر فراز بلندترین تخته سنگ کناره مسیر رفته بودند و رو به آنجا که دشتِ خشک گسترده می‌شد و راه چونان خطی کمرنگ بر سینه آن امتداد می‌یافت، ایستاده بودند. آنان، گهگاه، با سایبان ساختن دست بر بالای چشمان، دشت و راه را می‌نگریستند؛ تا با نزدیک شدنِ کاروان، پیش از دیگران، مردمان را آگاه سازند.

پیشاپیشِ آمدگان، عبدالمطلب، در میان تنی چند از بزرگانِ قریش و دو پسرش، حارث و عبدمناف، چشم به راه، ایستاده بود. اندکی پَستَر، فاطمه، آمنه و مادرش، بُرّه، سمراء، هاله – دختِ خاله آمنه، که هنگام پیوند او با عبدالله، به همسری عبدالمطلب درآمده بود – و تنی چند از دیگر زنانِ قریش نشسته بودند و چشمِ سوی راه داشتند.

زنان – جملگی – گرم گفتگو بودند. آمنه اما، چشمی نگران و چشمی شاد، بی‌سخن، در انتظار بود.

ناگاه صدای نوجوانانی که بر فراز تخته سنگ ایستاده بودند، با هم، به فریاد فراز شد:

- آمدند...! کاروان آمد...!

ولوله در میان منتظران افتاد. نشستگان برخاستند. ایستادگان قد کشیدند تا بهتر بینند. کودکان دست از بازی شُستند و به جانب جلو هجوم بردند. دل در سینه آمنه و عبدالمطلب به تَپش درآمد.

برخی از مردان، خویشتن را بر فراز تخته سنگ‌ها کشانیدند تا با دو چشم خود، آمدن کاروان را ببینند.

چون توده بزرگِ غُبارِ ناشی از آمدن کاروان دیده شد، زن و مرد و کودک، نرم‌نرم، سوی آن به رفتار درآمدند.

اندک اندک، شُتُر پیشتازِ کاروانْ که زنگوله‌ای بزرگتر از دیگر شتران داشت و سر و گردنش با منگوله‌های سرخ و زرد و سیاه و سبز و سپیدِ بسیار زینت یافته بود، دیده شد. پس، همهمه مبهم کاروان، همراه با آوای دور و غمگنانه زنگوله‌های شتران به گوش رسید.

«سپاس! سرانجام، پایان گرفت! روزهای درازِ انتظار به آخر رسید.»

کاروان، آرام و بی‌شتاب پیش می‌آمد. گویی شتران خسته‌تر از آن بودند که حتی شوقِ وسوسه‌انگیزِ رسیدن به انتهای سفر نیز بتواند جانی

تازه در تن فرسوده‌شان بدمد و بر شتاب گامهایشان بیفزاید: همچنان با وقار ویژهٔ خویش، گامهای آرام اما بلند برمی‌داشتند، و با هر گام، بسته‌های سنگین بارهای پشت خود را تکانی گاهواره‌وار می‌دادند. نوای نرم و دل‌انگیز زنگوله‌های کوچکشان، همراه آف‌آفهای بریده‌بریده و عُرهای کشیدهٔ چندنفر از آنان، با عَه‌عَههای کوتاه اما رسای شتربانان درهم می‌آمیخت و احساسی خوش را به پیشباز کنندگان سرایت می‌داد.

با رسیدن انبوه پیشوازیان به کاروان، از شتاب شتران کاسته شد، و سپس، کاروان، نرم نرم، ایستاد: مردم و کاروانیان، چون دو جریان مخالف آب، در یکدیگر فرو رفتند، موج برداشتند، و آنگاه، رفته‌رفته، ایستادند. جمله، آشنایان خویش را می‌جستند. صداها درهم آمیخته بود. هر کس بر گردنِ کسی آویخته بود. آمیزشِ تن‌پوش‌های لطیف و پاکیزه آراسته و عطرآگین با جامه‌های خشن و گَردآلود و چهره‌های خسته و آفتاب‌سوخته، صحنه‌ای شگفت آفریده بود. کودکان بزرگ‌تر، از پدران خویش آویزان شده بودند، و خُردتران در آغوش آنان جای گرفته، و گرم شیرین‌زبانی بودند.

پرسش و گلایه. گریه و خنده. بوسه و مهر... صداها درهم گُم و گُنگ می‌شد.

«ما، بهت‌زده و نگران، سفریِ خویش را می‌جستیم. لیک، از او اثری‌نبود. عبدمناف چندبار با اسب، درازا و پهنای کاروان را پیمود و در میان جمعیت چشم چرخانید. ولی، نشانی از برادرش نیافت. سرانجام، نگران و درمانده به کنار ما آمد و پدرش را گفت: از عبدالله اثری نیست!

با شنیدن این سخن، ناخواسته، فریادی کوتاه و بریده از گلوی من بیرون جست؛ و به آغوش مادرم پناه بردم.

عبدالمطلب گفت: یقین داری؟

لیک، خود نیز آگاه بود که پرسشی بیجا کرده بود. چه، چگونه می‌شد که عبدالله در میان کاروان باشد و تا آن لحظه، پدر و برادران و مادر و همسرِ خویش را ندیده، و سوی ایشان نشتافته باشد!

پیشتر تا عبدالمطلب بتواند فرمانی تازه دهد، هشام ـ یکی از غلامانِ او که با کاروان راهی شام شده بود ـ خود را به ما رسانید و در پی گفتنِ روز خوش، افزود: سرورم؛ تشویش به دل راه مده! سرورم، عبدالله، در

یثرب، نزد خالوان تو است.

عبدالمطلب پرسید: چگونه؟! چه شد که با کاروان نیامد؟!

هشام گفت: در بازگشت از شام، بیمار شد. چندان که به نزدیکی یثرب رسیدیم، تبش شدت گرفت، و او نتوانست به راه ادامه دهد. من او را به نزد پزشکی ترسا در یثرب بردم. پزشک، از پسِ دیدن سرورم و دادن داروهایی، گفت که او باید چندی بیاساید. عبدالله اینک در محله بنی‌قیله، نزد خالوان و خویشانِ مادری تو است. فرمود تو و همسرش را بگویم که تا بهبود یافت، راهیِ مکه خواهد شد.

عبدالمطلب پرسید: این سخنان به چند روز پیش باز می‌گردد؟

هشام گفت: به نزدیکِ ده روز پیش، ای سرورم.»

تشویش بر چهره‌ها سایه افکند. آمنه و عبدالمطلب اما، نگران‌تر می‌نمودند. فاطمه نیز هر چند مادر بود و عبدالله را چونان جان شیرین دوست می‌داشت و این خبر نگرانش ساخته بود، لیک، بد به دل نمی‌آورد: بیماری، برای جوانی در سن و سال عبدالله، تهدیدی جدی نبود. مکه با آن هوای آلوده‌اش در تابستانها، پی‌درپی برای ساکنان خویش بیماریهای گونه‌گون به ارمغان می‌آورد؛ و مکّی، با بیماری، خاصه در این فصل، انسی دیرینه داشت. عبدالمطلب و آمنه را نیز، تنها شنیدنِ خبرِ یک بیماری در این پایه، نمی‌توانست چندان بیمناک کند. لیک، آن ندایِ درونی و آن دلهره پیش از سفر عبدالله که ایشان را نگران این سفر ساخته بود، چون با این خبر درآمیخت، هراسی سنگین بر دل آن دو افکند:

«من در آنگاه، ناخواسته به مرگ پدرم، هاشم، اندیشیدم: نه آیا او نیز در سفری سوی شام و در میانه راه بیمار شد و پس آنگاه، از جهان بیرون رفت؟! عبدالله آیا نیز...؟»

«من به آن تشویشهایم، در پیش از سفر شویم، می‌اندیشیدم: آن دلهره غریب و آن وسوسه ترسناک، آیا پیوندی با این بیماری او نداشت؟ این بیماری آیا، اجل عبدالله من نبود؟»

عبدالمطلب به یادِ غم سالیان درازِ گذشته افتاد. یاد آن حس ناشناس که پیوسته او را می‌گفتَ تا چشم و دل، از عبدالله سیر سازد. یاد آن سپارشهای پی‌درپی درون، که عبدالله را بسیار در کنار خویش نخواهد داشت....

عبدالمطلب، تا پیش از ماجرای قربانی، پیوسته بر این گمان بود که عبدالله همانی است که می‌بایست با دست خویش قربانی‌اش می‌ساخت. او یقین داشت که آن حس غریب فاجعه‌ناک نیز، ناشی از همین امر بود. از همین رو بود که در پیِ فدا ساختن صد شتر به جای عبدالله، تا چندی، آن تشویش درونی پیشین، از وجودش رخت بربست. از همان دم اما، که خود، عبدالله را گفت تا کارهای خویش را سامان بخشد و مهیای سفر سویِ شام شود، باز آن نگرانی و تشویش ـ ندانست از کجا ـ به سراغش آمد. بی‌هیچ موجب، احساس کرد که دیگر عبدالله‌اش را نخواهد دید. لیک، کوشید تا بر این نگرانی بی‌سبب، چیره گردد.

برای مردان قریش، رفتن به سفرهای دور و دراز، کاری رایج بود. عبدالمطلب، خود بارها به این سفرهای تابستانی و زمستانی رفته، و از آنها گاه سودهایی بسیار نیز فراچنگ آورده بود. پس، چگونه می‌توانست به بهانه‌هایی که برای آنها موجبی نمی‌یافت، سدِّ راه سفر و کسب روزی فرزند خویش گردد؟! اینک اما، احساس می‌کرد که گویا آن تشویش، چندان بی‌پایه نبوده بود.

آن دلهره و اضطراب دیرین، آن حس پیش آگاهاننده فاجعه‌ناک، آیا پیوندی با این سفر نداشت؟ او آیا دیگر بار عبدالله‌اش را می‌دید...؟

از آن سو، آمنه، باورمند به ندای دل، همان احساس عبدالمطلب را داشت. لیک، این حس، از آن رو که همچون تشویش عبدالمطلبْ کهنه و ریشه‌دار نبود، برای او روزنه‌های امیدی بیشتر بر جای می‌نهاد:

عبدالله جوانی سالم و شاداب بود. از این رو، سببی برای این نگرانی نبود که بیماری، بتواند او را از پای درآورد. از آن فراتر، آمنه، دیرگاهی بود که دیگر تنها یک تن نبود. جَنینی که در درون خویش می‌پرورد و چندی بود که جنبش نیز آغاز کرده بود، پاره‌ای دیگر از وجود او بود. پس، تا به او آسیبی نرسد، ناگزیر بود که بیشتر مراقبت خویش کند.

«خویشتن را دلداری دادم که، غمی نیست! عبدالله، تندرست باز خواهد آمد.»

کوشید به جای اندیشه کردن به آن وسواسهای رنجناک، به آینده بیندیشد؛ به آنگاه که عبدالله از سفر بازگشته بود، و او می‌کوشید تا با پرستاریهای خود، رنج راهِ درازِ دشوار و رنجوری بیماری را از تن او بیرون

کند، و دیگر بار، نیروی رفته را به تنِ شویِ دلبندِ خویش باز گرداند. پس، چون همیشه، به آهنگی که نمی‌بایست چیزی از آشوبِ درون را می‌نمود، عبدالمطلب را گفت: اینک چه چاره باید اندیشید، ای پدر؟

«گفتم: پگاهِ دیگر روز، حارث را با تندروترین شتر مکه، روانه یثرب خواهم ساخت، تا عبدالله را با خود بیاورد. به یقین، تا حارث به یثرب رسد، او بهبود یافته است. تو نیز نگران مباش، آدمی هست و دَمی! زندگانی فرزند آدم، پیوسته با رنج و بیماری و این‌گونه دشواریها همراه بوده است. باید شکرگزار باشیم که عبدالله، به یثرب اندر به چنان حالی دچار آمده است!»

«به فرمان پدر، با شتر تُندرو او راهیِ یثرب شدم.
چنان با شتاب می‌رفتم، که راه، سه روز کوتاه شد.
از پسِ پنج روز سفر، چون به یثرب رسیدم، از شتر، پوست و استخوانی
بیش نمانده بود. به راه اندر، گاه چنان بر حیوان فشار می‌آمد که بیمناک
می‌شدم مبادا از سنگینی آن، از هم بپاشد. از همین رو نیز، با همه تشویش
و شتابی که داشتم، گهگاه، به ناگزیر، می‌ایستانیدمش تا دمی بیاساید.
در یثرب، روانه محله بنی‌قیله و قلعه خاندان بنی‌نجار شدم. لیک،
چون به سرای خالوی بزرگ پدر رسیدم، نشانی از برادرم نیافتم. خالوی
پدر نیز در سرا نبود. تنها همسر سالمندش آنجا بود. او، به درونم بُرد و
از من خواست تا لختی بیاسایم. من اما، دل‌نگران بودم و شتاب داشتم تا
آگاه شوم که سرانجام عبدالله به کجا کشیده است.»
پیرزن، با شتابی که از سن و سال او اندکی شگفت می‌نمود، به درون
یکی از اتاقها رفت؛ حصیری بافته از برگِ درختان خرما بیرون کشید و
بر ایوانِ روبه‌روی اتاق گسترد. بر آن و پشت بر دیوار، پُشتیای پوستی
انباشته از پشم شتر تکیه داد و گفت: بنشین، پسرم. بنشین تا برایت جامی
شربت فراهم کنم.
ـ سپاسگزارم زن خالو؛ تشنه نیستم.
حارث نگاهی آمیخته به تردید به درونِ اتاق افکند و گفت: از عبدالله

نشانی نمی‌بینم. گویا بهبود یافته، و از خانه بیرون رفته است!

به ناگاه، بغض پیرزن ترکید.

حارث، نگران، از جای برخاست.

ـ برای عبدالله حادثه‌ای رخ داده است؟!

پیرزن سنگینی تن را بر ستونِ چوبی پشت سر داد؛ زانو سُست کرد؛ و در میان هق‌هق گریه گفت: عبدالله بود. لیک، دیگر نیست، ای پسرم!

حارث، ناباور، شانه‌های او را گرفت و دیده در دیدگانش دوخت و گفت: یعنی... عبدالله... از جهان... بیرون شد...!؟

ـ آری، ای پسرم! دو روز پیش از این...! حتّی پزشک یهودیِ شهر را نیز بر بالینش آوردیم. لیک ثمر نبخشید. گلِ خوشبویِ عبدالمطلّب پرپر شد، ای پسرم! عبدالله، مُرد...!

چه مایه دیدگان عطش دیدارِ او را داشتند!

نشــانه‌ها، همه بود. حالت انتظار هر جا بود. جهان و زمین و زمان گویی احســاس بیقراری داشتند. زندگی انگار کســل و دلمرده بود. به زبونی گرفتگان و نیکانْ گویا خســته و بی‌تاب بودند. هستی، چونان مزرعه‌ای غبارگرفته و تشــنه و گرمازده، شیارهای عطش خویش را سوی آسمان گشوده بود. در تمنّای نمی‌بارانِ رحمت بود، تا جان و طراوتی دوباره یابد.

فساد و ستم، حتّی به مکّه اندر - شهر خدا و مادر شهرهای جهان - از بام و در و دیوار فرو می‌ریخت. چون شب خیمه سیاه خویش را بر سر شهر می‌افراشت، روز هرزگان خوشگذران آغاز می‌گشت: نوای تند و هوس‌انگیز دَف و عود و نای و هَمبانه، کویها و برزنهای مکه ابراهیم و اسماعیل را می‌انباشت، و کوچه‌های شهر ایمن خدا، به قُرُق عربده‌ها و دشنامهای زشت و بی‌پروای مستان نیمه‌شب درمی‌آمد.

روزهای شهر نیز تفاوتی چندان با شبهای آن نداشت: کوخها بود و کاخها. از آن مایهٔ‌ثروت و نعمت مکه - چهارراه، و قلب بازرگانی جزیره عرب - تنها گروهی کوچک برخوردار بودند. دیگران، پنجه در پنجه فقر، روزگار سپری می‌ساختند. چندان که گاه از بیمِ ناداری و گرسنگی و ننگ، دختران خویش را زنده در گُور می‌کردند.

در این میانه، همچون عبدالمطلب کسی، برای بی‌چیزان و ستمدیدگان،

نعمت و روزنه‌ای به رهایی بود. وجودِ چونان او مردی، برای درماندگان وستم‌رسیدگان، واپسین پناهگاه بود. کار امّا، آشفته‌تر از آن بود که با تلاش تنهای فردی - هر چند پاک و بزرگ و توانا همچون او - قرار یابد و به سامان رسد. هم از این رو بود که دیدگان خسته و غبار گرفته، به راه، و گوشها مانده در میانهٔ بیم و امید، به آسمان و زمین بود، تا آن دست‌گیرِ رهایی‌بخش، مگر چه هنگام و از کجا بیاید، و آن ندای آسمانی، چه گاه برخیزد!

«بیرون از عبدالمطلب و برخی دیگر، که حَنیف بودند، و دیگران که بُت می‌پرستیدند و شِرک می‌ورزیدند، تنی چند از مکّیان نیز دل به آیین مسیح سپرده بودند. از آنان، یکی نیز من بودم. هر سال چون روزهای حج فرا می‌رسید و مردم از هر دیار سوی مکه و بازارهای موسمی آن روی می‌کردند، ما نیز به بازار عُکاظ می‌رفتیم تا سخنان کاهنان و راهبانی را که بدانجا می‌آمدند، بشنویم.

چندی پیش از آنکه سال فیل بیاید، روزی، در این بازار، راهبی را دیدم. او بر سکّویی فراز شده بود و گروهی پیرامونش گرد آمده بودند. مردی میانه‌سال و تکیده اندام بود که ریشی تُنُک و گیسوانی بلند داشت. تازی را به لهجهٔ رومیانِ شام سخن می‌گفت. در سیما و آهنگ صدایش حالتی بود که مرا سوی خویش کشید.

همچون دیگران به آن حلقه ورود کردم و به سخنان او گوش سپردم. راهب با شوری ویژه می‌گفت: ای مردم! من هفتاد و دو کتاب خوانده‌ام که همه از آسمان فرو آمده است. در بسیاری از این کتابها نشانه‌های آن پیام‌آور آخرین، که خواهد آمد، نوشته شده است.

در زَبور داوود آمده است: خداوندا، برپادارندهٔ سنّت را بر انگیزان؛ تا مردم را بیاگاهاند که عیسی - درود بر او - بشر است، و خدا نیست.

به انجیل اندر، آمده است: مسیح، یارانش را گفت: من می‌روم، و زود باشد تا فارقلیط، با روح حق به نزد شما آید. او از پیش خود سخن نمی‌گوید، و تنها آنچه را که بدو وحی می‌رسد، می‌کند. فارقلیط بر پیامبری من شهادت می‌دهد، همچنان‌که من بر پیامبری او گواهی دادم؛ و عالم را بر گناه سرزنش می‌کند.

او کیش خدا را زنده گرداند، رازها را بر شما بگشاید و پیچیدگیها را

تفسیر کند. من برای شما مثلها آوردم، و او تفسیر آنها را می‌آورد.

از میانه، مردی پرسید: به تورات اندر، چه...؟ در آنجا نیز آیا اشاره‌ای به او شده است؟

راهب گفت: آری، ای مرد! در سِفْر پنجم تورات آمده است: همانا من، از برادران قوم بنی‌اسرائیل، ایشان را پیام‌آوری چون تو برانگیزانم؛ و سخن خویش را در دهان او قرار دهم. (و برادران ایشان، فرزندان اسماعیل‌اند.)

در کتاب حیقوق و کتاب دانیال و کتاب اشعیا نیز مانند این سخنان، درباره او آمده است.

پرسیدم: ای مردِ خدا؛ از نشانه‌های او، آیا چیزی نوشته‌اند؟

گفت: آری! او از سرزمین تِهامه[1] است. تازیان احمد ش نامند. بیرون از آن، وی نامهایی دیگر چون محمّد، یاسین و مانند آنها نیز دارد.

او گشاده دیدگان و پیوسته ابروان است. هم، بر میان دو کتفش نشانه‌ای است همچون خزی که رنگ آن رو به سیاهی دارد. او، محبوب‌ترین آفریده خدا نزد اوست.

در کتاب دانیال گفته شده است که هنگام زادن هیچ پیام‌آور جز عیسی و احمد، فرشتگان فرو نیامده‌اند، و نیایند.

شبی که او زاده شود، بهشت را، سر به سر، آذین کنند. آنگاه، آن را ندا دهند: شاد شو و بر خود ببال؛ که سرورَ و پیشوای دوستان تو، زاده شد. پس، بهشت بخندد، و تا روز رستاخیزْ خندان ماند.»

«شویَم، سُراقه جُعشم، که از بازرگانان مکه است، روزی در خلوت مرا گفت: این راز پوشیده بمانَد: در این سفر که راهیِ شام بودیم، راهبی را دیدم که در غاری، به میانه کوهی خلوت گُزیده، و به پرستش خدای خویش مشغول بود. چون کاروان در دامنه کوه اُتراق کرد، شامگاه با سه تن از همراهان بر آن شدیم تا به نزدش رویم، و از او بخواهیم که برای ما داستانی روایت کند. راهب چون از خواستِ ما آگهی یافت، پرسید: از کدام دیارید؟ گفتیم: مکه.

گفت: دیری نمی‌گذرد که پروردگار از میان شما پیامبری برمی‌انگیزد که مردم را به راهِ راست بخواند. چون او دعوت آشکار کرد، در پذیرفتنش

---

[1]. تهامه: مکه معظمه و زمینی مشهور که به آن متصل است.

شتاب کنید، و به راهش سر نَهید.

پرسیدیم: نامش چیست؟

گفت: محمد!

پس، تَرکمان گفت و سوی نَمازگاه خویش رفت.

از آن شب، ما چهارتن بر آن شدیم که پسری اگر نصیبمان شد، محمّدش نام کنیم. باشد که آن پیام‌آور، از نسل ما شود.»

«هنگامی که باردار او بودم، یک شب کسی به خواب من آمد و گفت: بدان، که تو به بزرگ وَ سروَر این مردم حامله‌ای. پس، چون او را زادی، بگوی: «از شرّ هر حسود، به خدای یگانه پناهش می‌دهم.» و، محمدش نام کن.»

«روزی در حِجر اسماعیل خفته بودم. به خواب اندر، دیدم که از من نهالی رُست. درخت چندان قد کشید که سر بر آسمان سایید و شاخه‌های آن به خاور و باختر کشیده شد. آنگاه از آن، نوری بس تُند تابیدن گرفت؛ و عرب و غیر آن، بدان سجده بردند.

پس، گروهی از قریش آمدند؛ و سرِ آن داشتند که آن درخت را براندازند. لیک، چون به نزدیک آن می‌رسیدند، جوانی خوب‌رو و با هیبت، از این کار بازشان می‌داشت.

من دست بردم تا از آن درخت میوه‌ای بچینم؛ و لی نتوانستم؛ و آن جوان مرا ندا داد: تو را از آن بهره‌ای نیست.

گفتم: درخت از من است و مرا از آن بهره نیست؟!

گفت: بهره‌اش از آنِ گروهی است که بدان در می‌آویزند.

پس، بیم زده از خواب جستم.

به راه اندر، کاهنی مرا دید، که می‌لرزیدم و رنگ به رو نداشتم. گفت: بزرگ عرب را چه روی نموده، که حال او این سان دیگرگون گشته است؟

چون او را حکایت باز گفتم، رنگ رُخسارش دیگر شد؛ و گفت: ای سرور قریش، بدان که این، اگر رؤیای درست باشد، از تو فرزندی پای می‌گیرد، که شرق و غرب گیتی را مالک می‌شود؛ و مردم به کیش او درمی‌آیند.

شادمان شدم؛ و اندیشیدم که شاید آن فرزند از نسل پسرم، بوطالب،

باشد...!»

«شبی اندر رؤیا دیدم که فرزندی را که باردار اویم، زاده‌ام. زنانی که زادن مرا دیده بودند، می‌گفتند: برای زنان، زادن فرزند کاری بس دشوار و پُررنج است. چگونه بود که برای آمنه چنین نشد؟!

در اینگاه بیدار شدم....

شامی دیگر، به رؤیا اندر، مرا ندا دادند: ای آمنه؛ تو بهترین آفریدگان را در رَحِم داری. پس، چون زاده شد، او را محمّد نام کن. و از این راز نیز، با هیچ‌کس سخن مگوی.

در این حال، از خواب جستم؛ و آن ندا، همچنان با من بود.»

«در بانویم نشانی از حالتهای زنان باردار، چون سنگینی، تنگی سینه، درد کمر، آشوب دل و بی‌رغبتی به طعام نبود.

او پیوسته از غم شویِ جوانش افسرده بود. از پس شبی اما، ناگاه حالش دیگرگون شدَ: در دیدگانش فروغی ویژه پدید آمد، و اندوهش بس کاستی گرفت.»

«نیمه‌های ربیع اول[1] بود. دیرگاهِ شب، به اتاق اندر، تنها بودم. و این اتاق چنان بود که چون از در سرا ورود می‌کردی، در جانب چپ انتهای حیاط قرار می‌گرفت. پس، ناگاه مرا حالت زایمان گرفت. آنگاه آواهایی شنیدم، که به سخن گفتنِ زمینیان ماننده نبود.

هراسی شدیدَ بر وجودم چنگ افکند. در این حال مرغی سپید را دیدم که بال خویش را بر سینه من کشید؛ و بیم از وجودم رخت بر بست. دیگر، سه زن را دیدم، در بلندی چون نخل خرما. سیمایشان چنان روشن بود، که پنداشتی آفتاب از رویشان می‌تافت. آنان به اتاق اندر شدند؛ و با آمدنشان، بوی مشک و عنبر، فضا را انباشت.

زنان جامه‌هایی رنگ‌رنگ و بس زیبا دربرداشتند که پیشتر به زیبایی آنها ندیده بودم. در دستان یکی، کاسه‌ای بلور، پر از شربتی سپید بود. او جام را سوی من گرفت؛ و من، از آن شربت نوشیدم. طعم و عطری بهشتی داشت.

پس، ناگاه در برابرم نوری تند پدیدار شد، و سراپای مرا در خود فرو گرفت.

---

۱. شیخ کُلینی، صاحب «اصول کافی» - که پس از قرآن و نهج‌البلاغه، یکی از چهار کتاب اصلی، پایهٔ و مرجع شیعیان است - تولد آن حضرت را در «ایام تشریق» (دوازدهم، سیزدهم یا چهاردهم) می‌داند. اما سایر عالمان شیعه، «هفدهم» ربیع‌الاول را روز ولادت ایشان می‌دانند. اهل سنت، «دوازدهم» ماه یاد شده را روز میلاد پیامبر (ص) ذکر می‌کنند.

در آن حال که بر من روشن نبود به خواب اندرم یا به بیداری، چنین احساس کردم که آن زنان، در بسترم خوابانیدند و مرا مبارک باد گفتند.

نخست گمان بردم که آنان زنان هاشمی‌اند! ایشان اما، به شبحهایی از دنیایی دیگر ماننده بودند. سپس در نظرم آمد که شاید مریم دختر عمران، آسیه همسر فرعون، و هاجر مادر اسماعیل‌اند...!»

«روزی حسّانِ ثابت مرا گفت: آنگاه که من هفت ساله بودم، در یثرب، شبی یکی اَز جهودان را دیدم که بر بامی فراز شد و به آواز بلند گفت: ای قوم یهود؛ برخیزید که ستاره احمد بَردمید.

جهودان یثرب، پیشتر نیز ما، عربان شهر، را گفته بودند که باید در انتظارِ پیام‌آوری باشیم که در کارِ آمدن است. دیگر، می‌گفتند: شما از نخستین گروههایید که بدو می‌گروید و در میان خویشش می‌پذیرید. از همین‌رو نیز، بر جمله عرب، برتری می‌یابید.»

«آن شب، به کاری ازطایف بیرون رفته بودم. من بسیار شبها را در صحرا سپری ساخته‌ام. در خاطرم اما نمی‌آید که پیشتر یا پَستر، هیچگاه ستارگان آن سان پرفروغ تابیده باشند. انگار آسمان به زمین نزدیک شده بود و سوی آن فرو می‌آمد. هستی، جمله، در حریری از نوری آسمانی پیچیده بود؛ و نجوایی شگفت، فضا را انباشته بود. گویی سنگ و کلوخ و خار و خاشاک و آنچه به آسمان و زمین اندر بود، به زمزمه رازی در گوش یکدیگر بودند.....»

«آن روزگار من به ستد و داد، در دیار پارسیان بودم. شنیدم که همان شب ایوان کاخ بزرگ کسری لرزیده، و چهارده کنگره کنگره آن فرو ریخته است. از پارس نیز خبر رسید که آتشکده مَجوسان، از پسِ هزار سال روشنی، به خاموشی گرویده است.

در دل خسرو انوشیروان هراسی بزرگ افتاده بود. در ساعتْ فرستاده به نزد فرمانروای یمن گسیل داشت تا از کاهنان عرب، راز این رؤیا را باز پرسد.

در آن روزگار، در سرزمین یَمامه[1] دو کاهن بودند، از جمله کاهنان، برتر. یکی ربیع بن مازَن بود، که به سبب آفرینششن، او را سَطیح می‌گفتند؛

---

۱. یمامه: به ناحیه‌ای از عربستان گفته می‌شد که در شمال دشتهای جنوبی آن قرار داشت؛ و عبارت بود از نجد، تهامه، بحرین و عمان.

و آن دیگر، وَشَق بن باهله یمنی بود. لیک، سطیح از وشق داناتر بود. سطیح آفرینشی شگفت داشت؛ و درباره او قصّه‌ها می‌گفتند.

او پاره‌گوشتی لَخت بود که جز در سر، چندان استخوانی نداشت. از همین رو، پیوسته بر پشت افتاده بود و جز دیده و زبان، چیزی از او جنبش نداشت.

چون بر آن می‌شدند که او را به جایی برند، چونان جامه‌ای بر هم می‌پیچیدندش. پس، آنگاه که به مقصد می‌رسیدند، وی را بر حصیر یا زنبیلی می‌گستردند.

شبها جز اندکی نمی‌خفت، و پیوسته در اندیشه و تماشای آسمان بود.

شاهان و فرمانروایان، چون در چیزی فرو می‌ماندند، سطیح را می‌خواستند، تا از آینده و نهان و رازهای آن کار، آگاهشان سازد.

فرمانروای یمن نیز آن چاره جز آن ندیده بود که راز رؤیای کسری را از سطیح باز پرسد.

سطیح اما، بدان هنگام در شام بود. پس، پیکی تیزرو سوی او روانه گشته بود تا آن رؤیا را بازگوید و تعبیرش را باز پرسد.

سطیح، قصه ناشنیده، پیک را گفته بود که به چه قصد به جانب او آمده بود. پس، در تعبیر آن رؤیا گفته بود: زمانه پیشامدهایی شگفت در راه دارد: شاهان و شاهبانوانی به عدد کنگره‌های فروریخته، از جهان بیرون می‌شوند؛ و هنگامی‌که صدای تِلاوت در زمین برخیزد، کیش مجوس از رواج می‌افتد.»

در هفتمین روزِ زادنِ آمنه، عبدالمطلب - به سنت عرب - شتران و
قوچانی چند قربانی ساخت و طعامی بسیار پخت. پس، بزرگان قریش و
اعضای خاندان را، به وَلیمه خواند. در همین روز نیز، نام نوزاد بر همگان
آشکار می‌گشت؛ هر چند پیشتر نامش تعیین شده بود، و نزدیکان از آن
آگهی داشتند.

«پگاه شبی که محمد زاده شد، بانویم مرا گفت: بَرَکه؛ روانه شو و قصّه
را به عَبدالمطلب بازگوی.

سروَرم را در حَرَم یافتم. به کارِ طواف کعبه بود.

چون خبر را شنید به من سکّه‌ای زر به مژدگانی داد؛ و شتابناک به
سرای بانویم آمد.

آنجا، با شوق بسیار نوزاد را از گاهواره برداشت و بویید و بوسید. پس،
اشک از دیدگان سترُد و گفت: خدای کعبه را سپاس، که عبدالله بی‌دنباله
نماند. آه که این نوزاد چه مایه دوست‌داشتنی است!

بانویم را فرمود: او را قُثَّم نام کن.

بر ما آشکار بود که از چه رو او چنین خواسته بود: عبدالمطلب پسری
داشت قُثَّم نام، که بسیار می‌خواستش. قُثَّم امّا، در شش سالگی از جهان
بیرون رفت؛ و پدر، در مرگ او بس اندوهگین شد. آنک سروَرم چشم
داشت که نام او را زنده سازد.

بانویم، چنان که بر او گران نیاید، نرم گفت: به خواب اندر اما، مرا فرموده‌اند که محمّدش نام کنم.

عبدالمطلب، نوزاد را بر سرِ دست گرفت. چندی به مهر، خیره وی شد. آنگاه او را بر سینه فشرد، و گفت: امید که این نام، برای یادگار عبدالله من مقامی بزرگ به همراه آورد.»

اینک از پسِ هفت روز، گاهِ آن رسیده بود تا نوزاد به دیگران نموده شود و نامش بر آنان آشکار گردد. پس، چون طعام و شربت خورده و آشامیده شد، عبدالمطلب، محمد را خواست، بَرَکه او را برد.

عبدالمطلب، نوزاد را گرد تا گرد مجلس گرداند، و به حاضران نمود. جمله، مهرآمیز در او نگریستند.

از آن میان، پیری پرسید: نام او را چه کرده‌ای، ای عبدالمطلب؟

- محمّد.

- از چه رو محمّدش نام کردی؛ با آنکه پیشتر در میان پدران و خویشانت، این نام نبود؟

عبدالمطلب بر آن شد که قصه آن رؤیای عروسش را باز گوید. لیک، به ناگاه در خاطرش آورد که آن راز باید که پوشیده ماند. پس، لختی به اندیشه اندر شد، و آنگاه گفت: ... تا سپاسگزار الله در آسمان، و دوستدار بندگان او در زمین باشد....

«قبیله ما به شیوا سخنی و دلیری، زبانزد عرب است. از همین‌رو، بزرگان قریش دوست می‌داشتند که فرزندان خود را در خردی به ما بسپارند. این، برای ما نیز گشایشی در روزی بود.

آن سال آسمان تنگ چشمی نموده بود و بارانی نباریده بود. طایفه در محلی در کنار طایف - جایگاه هر ساله بهار و تابستانش - بار افکنده بود. هر پگاهِ، رَمه به امید یافتن علفی به چراگاههای قبیله می‌رفت و شباهنگام، کفَ کرده دهان و بر پشت چسبیده شکم و خشکیده پستان، سوی طایفه باز می‌آمد. سرانجام، از آنها، برخی وَرَم کردند و مردند، و بسیاری را نیز خود، از بیم آنکه بمیرند، کشتیم.

سالی سیاه بود. انبانها از گندم و جو و دیگر دانه‌های خوراکی تهی مانده بود. روزانی بسیار، دودی از اجاقی از طایفه فراز نشد. بسیاری از خُردان بیمار، و گروهی از پیران نزدیک به مرگ بودند. دیگران نیز جز پوستی بر استخوان نبودند.

ضَمَره ما شیرخواره بود. لیک، من شیری در پستان نداشتم تا خوراک او سازم. پس، او را برداشتیم و با زنانی چند از قبیله، عزم مکه کردیم. شویم، حارث، نیز همراه ما شد.»

«حلیمه و ضمره، بر درازگوش سپیدمان نشسته بودند و من بر ماده شترِ سالخورده‌مان سوار بودم. تا اَز بزرگان قریش نوزادی بگیریم، رهسپار

مکه شده بودیم.

در پیِ آن خشکسالی، حلیمه سخت رنجور و لاغر شده بود. درازگوشی که او بر آن نشسته بود نیز جز پوستی و استخوانی نبود. چندان که از بسیاریِ لاغری، استخوانهای اندامش از زیر پوست، آشکار بود. به راه اندر، حیوان از شدت ناتوانی، پیوسته سوی چپ و راست می‌رفت. گاه نیز پاهایش در هم می‌پیچید و سِکندری می‌خورد و نزدیک بود نقش زمین شود.

حکایت ما این بود. آنک، با چنان حال و روزگار، چه‌سان می‌خواستیم نوزادی نازپرورد را نیز شیر دهیم و بپروریم، خود نیز نمی‌دانستیم. تنها اندیشه آن روزمان را داشتیم که بگذرد.....

بهارگاه بود و هوای شبانگاه لطیف بود. چون شب پیش کشید، بر کرانه راه بَیْتوتَه کردیم.

دراز شامی تیره و تلخ بر ما سپری شد. گرسنگی ضمره به نهایت رسیده بود. چندان که گریه را به ضجه پیوسته بود. لیک، سینه حلیمه خشکیده و کم‌بار بود، و سیرش نمی‌ساخت.

ضمره که یک - دو روز بود نه آرام روز داشت و نه خفتِ شام، آن شب چندان زار زد که نخست حلیمه، آنگاه من، و سپس جمله زنان همراه را به گریه درآورد.

تا پگاه، خواب و ما، دو دشمن از دو قبیله خونی بودیم. ضمره در فریاد و گریه بود، و من، درمانده، اشک‌ریزان گرد او و حلیمه می‌چرخیدم و آه می‌کشیدم.

پگاه، بار بسته، روی سوی راه نهادیم. اینک ضمره در آغوش مادرش، به خواب اندر بود. لیک، درازگوشِ حلیمه نافرمانی می‌کرد. چه، چندی بود که چون می‌خفت، از بسیاریِ گرسنگی نایِ برخاستنش نبود. هنگامی‌که برمی‌خاست نیز، راه رفتن نمی‌توانست. از این رو، ما پیوسته از دیگران پس می‌ماندیم.

سرانجام نیز، جمله همراهان رفتند، و ما ماندیم.»

«از حرم راهیِ سرایم بودم، که بر گذر بازار سوی در بنی‌هاشم، تنی چند از زنان صحرا را دیدم. بازاریان می‌گفتند که ایشان از طایفه بَنی‌سَعْدِبْکرِ هَوازِنانند، که به یافتن نوزادی برای پرستاری آمده‌اند. چون

چنین شنیدم، به اندیشه نواده‌ام، محمد، اندر شدم.

بهار روی سوی پایان داشت، و با سخت شدن گرما، هوای مکه میل به فساد می‌کرد. از دیگر سو، پیوستگی با طایفه‌ای همچون بنی‌سعد، در بزرگی، محمد را از پشتیبانانی دلیر بهره‌مند می‌ساخت.

سوی آن زنان رفتم و گفتم: من نواده‌ای دارم پدر مرده. از شما، کدامیک پذیرای اوست؟

جمله پلک فرو خوابانیدند؛ و از ایشان، یکی گفت: ما از پدرِ کودک امید مال و بخشش داریم. در پدر مرده چه خیری هست؟!

در اینگاه زنی بلندبالا و باریک قامت را دیدم که رویی گندمگون داشت. هر چند جامه‌هایی فرسوده بر تنش بود، لیک، در سیمای او نشانه‌های پاکی و بزرگ منشی دیده می‌شد. به والا تباری می‌مانست که دستِ روزگار ایشان را بر زمین کوفته و کم مقدارشان ساخته باشد. خوش مزاج و خوش‌خو می‌نمود. با دیدگانی زلال، که در آنها، مهر و نرم‌دلی موج می‌زد. او، بر درازگوشی سپید سوار بود و کودکی خرد در آغوش داشت.

چون نزدیکتر رسید، وی را نیز همان سخنان گفتم. او هم همان را گفت که دیگر زنان گفته بودند. پس، افزود: ای بزرگ مرد، برای من، درویشیِ خویش بس!»

«همین‌گونه بود. لیک، سرنوشت چنین بود که او به من رسد، و بر ما آشکار گردد که بر خطا بوده‌ایم.

تا ما با درازگوش مانده و بی‌رمق خویش به مکه رسیم، از نیمروز نیز ساعتی گذشته بود. تا آن ساعت، بیشتر زنانِ قبیله، نوزادی یافته، و به نوایی رسیده بودند.

چون ساعتی دیگر سپری شد و سایه‌ها دراز شدن گرفتند، به هر یک از ایشان نوزادی رسیده بود، جز من؛ که همچنان تهی‌دست مانده بودم.

زنان قبیله مهیای بازگشت می‌شدند که شویم را گفتم: بوضمره، این آیا برای ما ننگ نیست که جمله زنان با فرزندی سوی محله باز گردند، و دستِ ما تهی باشد؟ مردمان قبیله آیا نخواهند گفت: چه شد که هیچ کس به حلیمه نوزادی نداد؟

حارث گفت: چنین باشد! لیک، چه چاره توان کرد؟

گفتم: چه می‌گویی که همان پدر مرده را بگیریم؟

حارث همدلی کرد و گفت: به هر رو، از هیچ بهتر است.

پرسان، سرای نوزاد را یافتیم. آنجا، ضمره را در جعبه‌ای چوبین در بارجای درازگوش نهادم و افسار حیوان را به شویم سپردم. پس، دو دل، کوبه بر در کوفتم.

کنیزکی درشت قواره، در را بر من گشود. خواسته خویش را باز گفتم. به سرا اندر شد. لختی دیگر باز آمد و گفت: به درون آی! چنان کردم. پس، در برابر خود، سرایی زیبا و پاکیزه دیدم.»

سرایی که از عبدالله به آمنه رسیده بود چندان بزرگ نبود: نزدیک بیست و چهار گزدرازا و دوازده گز پهنا داشت. حیاط آن با سنگهای هموارِ سیاه و خاکستری فرش بود، و دیوارهایش به گچی تازه، اَندودَ شده بود.

سرا، دو اتاق داشت؛ هر دو در برابر در آن، و رو سوی کعبه. آنکه در جانب چپ در سرا بود بزرگتر بود و سقفی گنبدوار داشت، و سقف آن دیگر که به جانب راست بود، تیرهایی چوبین داشت. هر دو، پنجره‌هایی چوبین، گشوده سوی حیاط داشتند. بزرگتر سه در دو لنگه، و آن دیگر دو در به همان‌گونه داشت. درها و پنجره‌ها، رنگی سبز، چون برگ نخلها داشتند.

حلیمه، از دو پله سنگی کوتاه فراز شد و به اتاق کوچکتر ورود کرد. درون اتاق، از بیرون آن زیباتر بود: دو فرش عربی با نقشهایی درشت به رنگهای زرد، سرخ و سیاه بر کَفَش گسترده، و دیوارها، با گچ، سپید شده بود. در گوشه‌ای از اتاق، چرمین گاهواره‌ای به رنگ زعفران، بر دو سوی دیوار، به میخ آویخته بود. گاهواره، با جیرجیری ملایم، آرام، می‌جنبید. برفرازِ آن، تشکچه‌ای گلدار، از سقف آویزان بود. با هر جنبش، تشکچه، چونان بادبیزنی، نوزاد خفته در گاهواره را باد می‌زد.

زنی میانه بالا، لبخند بر لب، به پیشباز حلیمه آمد. قواره او متناسب، و پیشانی‌اش روشن بود. گونه‌هایی اندک برجسته، و لبانی نازک داشت؛ با پوستی سپید و لطیف. در دیدگانِ میشیِ درشت و مهربانش، غمی کهنه، لانه داشت.

وقت نیکو گفتم، و پاسخ شنیدم.

پس، نشستم؛ و آن نوجوان کنیز، برایم جامی شربت خنک آورد.

چون شربت را نوشیدم، زن مرا بر سر گاهواره برد. نوزادی پوشیده به
تن‌پوشی سپیدتر از شیر، بر سینه خفته بود، و نیمی از رخسارش نمایان
بود. گونه‌هایی پر، و موهایی سیاه و انبوه داشت.

او را به رو به رو چرخانیدم. رویی دیدم چونان خورشیدی که در پی بارانی
تند، از پسِ تیره ابرانی انبوه رخ نموده باشد. به دیدار آن، ناگاه تپش قلبم
تندی گرفت و هر رگ که در تنم بود، به جنبش درآمد.

سمتی از چهره نوزاد که بر بالش بود چین‌هایی ریز برداشته، و سرخی
گرفته بود. پوست او، همچون پوست مادرش به سپیدی می‌زد؛ لیک، از
آن گلگون‌تر بود. هم، لبانی به نازکی لبان مادرش داشت.

دلم در هوای درآغوش کشیدن و بوسیدنش پر کشید. بر خویش اما،
روا ندیدم که بیدارش سازم.

دست بر سینه‌اش نهادم. شیرین لبخندی نمکین بر لب آورد و
دیدگان درشت خویش را گشود. نوری، همچون برقی که از خلال ابری
بتابد، از دیدگان گیرایش جستن کرد. با این نگاهِ او، دلم گرمی گرفت و
از مهرش لبریز شد. او نیز گویی به این حالتِ من پی برده باشد، با صدا
خندید، و دستان وپاهای کوچک خویش را سوی من جنبانید.

بوسه‌ای بر میان ابروانش زدم و پرسیدم: تاکنون از که شیر می‌خورد؟
زن، با صدایی دلنشین گفت: هفت روزِ نخست، از من. اینک چندی
است که ثُوَیْبَه، کنیز عمویش، بولَهَب، به او شیر می‌دهد.

(و چندی بعد، کنیز آمنه، بَرَکه، مرا حکایت کرد که این ثویبه، دیگر
عموی محمد ـحَمزه ـ را نیز شیر می‌داده است. لیک امّ جَمیل، زن
بولهب، این کارها را خوش نمی‌داشته، و از آن بازش داشته است.)

او را از گاهواره بر گرفتم و در آغوش کشیدم.»

«با آنچه که نیای نوزاد از دِرهم و دینار به ما داده بود روانه بازار
شدیم و اندکی گندم و خرما و برخی دیگر از آنچه که نیازمان بود
خریدیم. پس، عصرگاه، با دیگر زنان قبیله، راه محله را در پیش گرفتیم.»

راه مکه تا طایف، در آغاز در دشت است؛ با پیچهایی چند. آنگاه
کوهها، یک یک و چند چند رخ می‌نمایند. دیگر، جاده، سَنگزاری می‌شود
پیچ در پیچ و شیبناک، رو سوی بلندیها. چندان که، پیمودن آن بسْ
دشوار است. شگفتا اما، با آنکه ما به چهارپایان خویش خوراکی چندان

نداده بودیم، در همین راه، درازگوش حلیمه چنان تند راه می‌سپرد که فریادِ دیگر زنانِ طایفه را سوی آسمان فراز ساخت. از ایشان، یکی گفت: های حلیمه؛ این آیا نه همان مادینه درازگوشی است که هنگام آمدن، نای راه پیمودن نداشت!

آن دیگر گفت: ای دختر اَبی ذُوئَیب، لختی آهسته‌تر! چُنان بتاز که چهارپایانِ ما نیز توان همراهیِ تو را داشته باشند!

«از آن غریبتر، شامِ آن روز بود.

ما خویش را مهیّای آن ساخته بودیم که آن شب، افزون بر گرسنگی و ضجّه ضمره، اشک و آهِ آن نوزاد مکی را نیز تحمل کنیم. با این گمان، شباهنگام بر کرانه راه اُتُّراق کردیم.

ساعتی سپری نگشته بود که صدای ضمره، به گریه فراز شد. پستان در دهانش نهادم؛ باشد که فریب خورد و آرام گیرد. لیک، با شگفتی دیدم که شیر چنان در آن می‌جوشید که نفس ضمره تنگی گرفت.

بهت زده بر آن شدم تا حارث را آگاه سازم. لیک، فریاد او، پیش از صدای من برخاست، که می‌گفت: حلیمه، معجزه...! پستانهایِ شترمان مالامالِ شیر شده است!

با این رو، تنها آنگاه که با پیاله‌ای لبریز از شیرِ همچون عاج به نزدِ من آمد و از آن نوشیدم، باورم آمد که او راسَت می‌گوید.»

«حلیمه را گفته بودم که تاب دوریِ نواده‌ام را ندارم. آمنه نیز همین‌گونه بود. او که از پسِ مرگ عبدالله غمزده و اغلب گریان بود، با آنچه که به خواب اندر دربارهٔ کودکش شنید، آرامشی شگفت یافت. پس، با زادن محمد، کوهِ غمش، چونان یخی که با آتش مجاور گردد، گویی به یکباره ذوب و نابود شد. دیگربار اما، از پس سپاریدنِ شیرخواره‌اش به حلیمه، دلتنگیهای او، رفته‌رفته جانی دوباره یافت.

حلیمه نیز، چون بیش و کم از این ماجرا آگهی یافت، عهد کرد که تا چندی، هر ماه یک بار، محمد را به مکه آورد.»

«من از سپاریدن کودکم به حلیمه، ناخرسند نبودم. طایفه بنوسعد، به شیوا سخنی و دلیری، نزد عرب ناموَر بود. مردمان آن به پاکترین و شیواترین لهجه سخن می‌گفتند و در گفتار خویش درست‌ترین واژگان را به کار می‌گرفتند. هوای صحرا نیز هر چند خشک و روزهای آن گرم بود، لیک، از مکه بس سالمتر بود.

مکه ـ چنان که آگاهید ـ شهری است نشسته در گودی، که گرداگردش را کوهواره‌هایی نه‌چندان بلند، گرفته است. هم از این رو، به گاهِ سخت شدن گرما، هوایی آلوده می‌یابد، که برای نوزادان و خردسالان خطرزاست. از دیگر سو، به صحرا اندر، دلیری و نیروی کودکان افزون می‌شود.

اینها همه بود، و نیک بود. لیک، حکایت دل، دیگر بود.....»

«سرورم، عبدالمطلب، حلیمه و شوی و قبیله‌اش را بسیار می‌خواست. نیک در خاطرم هست، آنگاه که حلیمه برای گرفتن محمد آمده، سرورم او را گفت: اینک دخترم، مرا برگو که نام تو چیست، و شویت کیست؟

گفت: حلیمه سَعدیه، دُختِ ابوذوئیب. شویم نیز حارث، پسر عَبدُالعُزّی، پسر رفاعه سعدی است.

سروَرم به مهری آمیخته با خوش‌طبعی لبخندی زد و گفت: از طایفه دلیر بنی‌سعدِ بکرِ هوازن!

پس، افزود: بردباری و خجستگی، دو صفت مبارک‌اند. این را باید که به فال نیک گرفت. باشد که فرزند ما نیز در کنار تو، از خویهای نیکو، بهره‌ها یابد!

در پی آن نیز، از زنی از مکیان شنیدیم که حلیمه ریشه و نَسَبی شریف دارد؛ و خود نیز در خِرد و پاکی و شیوا سخنی، در قبیله خویش زبانزد است.»

«من تا بدانگاه، کودکانی چند از بزرگان مکه را شیر داده و پروریده بودم. از پیش نیز شیرخوارگان و خردسالان را دوست می‌داشتم. لیک، این شیرخواره، جایی دیگر در دلم گشوده بود. از همانگاه که دیده باز گشود و به روی من لبخند زد، ندانستم چه شد که دلم در گروِ مهر او درآمد. پس، چون برکت و فرخندگی‌اش را دیدم، این مهر در من فزونی گرفت. چندان‌که گاه بیمناک می‌شدم که مبادا اینچنین مهرورزی من به او، سبب کم مهری‌ام به ضمره شود.

نه من تنها، که شویم، حارث، و بیشتر زنان و کودکان قبیله، دل بر مهر او بسته بودند. دخت بزرگترم، خَدامَه، نیز، که شیمایش می‌خواندیم و در آن روزگار خود هشت - نه بهار بیش به خویش ندیده بود - سخت دلبسته این کودک بود. همو هم - از همین رو شاید - برای من نیکوترین یاوَر در نگاهداری و پرورش محمد بود.»

«برای مادر دشوار بود که با دو دست، هم پزد و شوید و دام دوشد و پشم ریسد و فرش بافد و خیمه روبد، و هم دو شیرخواره را شیر دهد و پرستاری کند.

برادر قرشی ما، کودکی ناآرام نبود؛ و نگاهداری او، برای من

دلپذیر بود، از همین‌رو، اغلب، خود به دلبخواه، از مادر می‌گرفتمش.»

«به راستی که در پروریدن محمد، من از پرورش کودکان خویش، رنجی بس کمتر بردم.

او، هر روز بزرگ‌تر می‌شد. چندان که از همسالان خویش، بس رشیدتر بود. هم از این رو، مادر و نیایش، از من بسیار خرسند بودند. از همان شیرخوارگی نیز چندان پاکیزه بود که من نه از آن پیش نوزادی بدان پاکیزگی دیده بودم و نه از آن پس دیدم. ما هرچند در نگاهداری و پاکیزگی محمد کوشا بودیم، لیک، او جز دیگر شیرخوارگانی بود: پیوسته تنش عطری خوش و دلنشین داشت. من هرگاه او را در آغوش می‌گرفتم، نخست لختی می‌بوییدمش؛ و با این کار، گویی روانم تازه می‌شد.

چون اندکی بزرگ‌تر شد و به رفتار درآمد نیز، همان‌سان، پاکیزه ماند. به طایفه اندر، خُرد بچگانی چون او، هنگامی که از خواب برمی‌خاستند، اغلب، دیدگانشان قِی آلوده بود. لیک در یادم نمی‌آید که هیچگاه محمد را، آن‌گونه دیده باشم.

نیک در خاطرم هست که روزی شیما، در این‌باره، مرا گفت: برادر قرشی ما، گویی رو شسته از خواب برمی‌خیزد!

هر بامداد نیز، چون برای کودکان خوراک در سفره می‌نهادند، آنان اغلب، طعام از پیش یکدیگر می‌ربودند. لیک، محمد، هرگز سوی طعام کسی دست دراز نکرد.»

«چون راهیِ صحرا می‌شد، من نگاهبان او بودم. برادر قرشی‌مان پیوسته کم‌سخن بود. هنگامی هم که به سخن لب می‌گشود، کلامش شمرده و با درنگ بود. لیک، به صحرا اندر، از آن نیز کم‌سخن‌تر می‌شد. او، نخست اندکی با ما گرم بازی می‌شد. پس، به حاشیه‌ای می‌رفت وخیره دورها - و بیشتر، آسمان - می‌شد. به محله اندر نیز، شبهایی که بیرونِ خیمه می‌خفتیم، تا به خواب رود، پیوسته خیره آسمان و ماه و ستارگان بود.

در صحرا، روزی، بی‌آنکه دیگران را گوید، تنها، بر کوهی فراز شده بود. ضمره، بدان گمان که او گم شده است، شتابناک به محله آمد، و قصه را باز گفت.

مادر، در وقت راهیِ چراگاه شد. آنجا، محمد را دید که بر نقطه‌ای بلند در کوه نشسته بود و بر آسمان چشم داشت.

مادر، بی‌درنگ خویش را به او رسانید و در بَرَش گرفت و بر میان دو ابرویش بوسه زد. پس، بی‌آنکه او را سخنی درشت گوید، به محله‌اش باز آورد.»

«من به باز بردنِ محمد به نزد مادرش خرســـند نبودم. با حلیمه نیز پیوسته از خیرها و برکتهای او برای خویش یاد می‌کردیم. چه، از آنگاه که او به نزد ما آمد، روزگار ما دیگر شد: دامهایمان به شمار افزون گشتند، و شیر مادینه بُزان و شترانِمان، بسیار شد. گویی سختی و تیره‌بختی، از فراز سیاه‌چادرهایمان پر کشید، و خورشید نیکبختی بر ما تابیدن گرفت.

چه چاره اما، که چرخشِ روزگار، پیوسته بر یک مدارِ نیست!»

«حارث خود نیک آگاه است که در من شوق نگاهداری محمد بیش از او بود. لیک، گویا بهره ما از او، بیش از آن نبود.

به روزگار چهار سالگی محمد، روزی او را شستم و دشداشه ای سپید بر وی پوشانیدم. پس، بر چهره او روغن مالیدم و در دیدگانش سُرمه سنگ کشیدم. آنگاه چاروق بر پایش بستم و به دیدار مادر، به مکه‌اش بردم.

چون گاهِ بازگشت شد، آمنه مرا گفت که دیگر محمد را با خود نبرم. به‌ناگاه رنگ از رخسارم رفت، و آب در دیدگانم آمد. درمانده، آن وَبای تازه‌رَس را که سخنش در مکه بر سر زبانها بود، بهانه ساختم. آمنه نیز چون این رُخداد را در خاطر آورد، دیگر بر سخنِ خویش پای نفشرد. شادمان، محمد را به محله باز آوردم؛ و او، چندی دیگر نیز با ما بود.

تا آنگاه که یک ـ دو رخداد شگفت روی نمود، و ما را ترسان ساخت.»

«تا ضمره پای گرفت، گاه خواهرم، اُنَیْسَه، و گاه من، بزان و بزغالگانمان را به چرا می‌بردیم. اغلب، ضمره نیز با ما بود. در چنین ساعتها، مادر، تا به کارها رسد، برادر قرشی‌مان را نزد دیگر کودکان می‌نهاد.

محمد به تماشای بازی کودکان می‌ایستاد. لیک، با ایشان نمی‌بازید. گویی من و انیسه و ضمره را می‌جست، و نمی‌یافت. روزی، غروبگاه، چون به محله باز آمدیم و با او گرم بازی شدیم، گفت: مادر؛ از چه رو، روزها، من برادر و خواهران خویش را نمی‌بینم؟

مادر گفت: پدر و مادرم به فدای تو؛ از این رو که ایشان در صحرایند.

محمد گفت: مرا با ایشان روانه نمی‌کنی؟

مادر گفت: با آنان اگر روانه‌ات سازم، آفتاب، تو، برگِ گلم را، می‌سوزاند.

محمد، با اخمی شیرین گفت: آفتاب، برادران و خواهران مرا نمی‌سوزاند؟

مادر او را در بر گرفت و بر سینه فشرد و گونه‌اش را بوسید.

از آن پس، هرگاه که چوپانیِ رَمه با من بود، مادر، به چهره محمد روغن می‌مالید، و او را با من، روانه می‌ساخت. برادر قرشی ما نیز که دیگر بس خرسند بود، به گاهِ غروب، شادمان، با ما از صحرا باز می‌گشت.

روزی من برای کاری، به محله باز گشتم، و محمد، با انیسه، در صحرا ماند.

تازه سوی صحرا باز می‌رفتم که انیسه، هراسان، سر رسید. او که در آن روزگار هشت ساله بود، پیوسته فریاد می‌زد: مادر؛ ما را دریاب، که برادر قرشی‌مان را کشتند!

چون این سخن به گوش مادر رسید، او، هراسان جیغ کشید و پرسید: چه هنگام؟ در کجا؟ پس شما به چه کار بودید؟!

زبان انیسه از گفت مانده بود. گریان، به او جرعه‌ای آب نوشانیدم. چون اندَکی آرامش یافت، گفت: دو مردِ سپید جامه بس بزرگ بودند که کس هرگز مانند ایشان ندیده است. به صحرا اندر، ما در سایه خاربوته‌ای نشسته بودیم که به یکباره آشکار شدند. آنان، بی‌هیچ سخن، برادر قرشی ما را گرفتند و بر فراز تپه‌ای بردند. من، ترسیده، بر جای خویش مانده بودم و یارای هیچ کارم نبود. آنگاه از دور دیدم که از آن دو، یکی، محمد را

به پشت بر زمین خُسباندید، و آن دیگر، گویی با کاردی، سینه او را شکافت و قلبش را به در آورد. پس، انگار چاکش زد و تکه‌ای از آن را جدا ساخت و به دور افکند. دیگر، دیدم که آن قلب را گویی در تَشتی لبریز چیزی سپید - چونان آنچه که از برف می‌گویند - شست، و بر جای خود باز نهاد. در این هنگام بود که من به خود آمدم و جیغی بلند سر دادم و سوی محله شتافتم.»

«تازه از طایف باز می‌آمدم که از جانبِ سیاه چادرمان، صدایی به شیون برخاست. چون نگران بدان سوی شتافتم، همسرم، حلیمه را دیدم که گریبان چاک زده، و موی پریشان ساخته بود. در همان حال، خاک بر سر می‌ریخت و سوی صحرا می‌شتافت. گونه‌ها را چندان به ناخن خراشیده بود که خون از آنها روان بود. می‌گریست و فریاد می‌زد: کودک دلبندم، نوردیده‌ام، میوه دلم، ای محمدم، کجایی؟ از چه رو به مادر رنجور خویش چهره نمی‌نمایی، ای عزیز کوچکم؟

زنانی چند از قبیله نیز، اشک‌ریزان و شیون‌کنان، در پی او، سوی صحرا روان بودند.»

«چون به قرارگاه رمه رسیدیم، محمد را دیدم که آرام، دست بر پشت بزغاله‌ای سپید، ایستاده بود و آمدن ما را می‌نگریست. مبهوتْ سویش دویدم و او را در بر کشیدم و بوسیدم. پس، در وقتِ، سینه و شکمش را نگریستم: کمتر اثری از خون یا زخم، بر آن نبود. خشمگین، انیسه را گفتم: پس چه بود آنچه که مرا گفتی! سوگند یاد کرد که چیزی را که گفت، دیده بود.»[1]

«من، محمد را بر دوش گرفتم و سوی محله باز آمدیم. آنجا، مردمان طایفه گرد آمدند و از آن رخدادِ شگفت پرسیدند. چون قصه را باز گفتیم، پیری از مردان قوم گفت: این پسرک گرفتار جنیان شده است؛ و زود باشد که دیوانه شود. وی را به نزد کاهنی برید تا در او بنگرد. باشد که درمانش

---

[1]. این ماجرا را برخی از علمای شیعه، مورد تردید قرار داده‌اند. اما در اغلب تاریخهای اهل تسنن و اهل تشیع آمده است. همچنین، در یکی از این تاریخها آمده استّ که در زمان پیامبری آن حضرت، روزی یکی از یاران ایشان درباره رموز این ماجرا پرسید. حضرت در پاسخ او فرمود: «آن دو سپیدپوش، جبرائیل و میکائیل بودند. آن تشت نیز پر از برف رحمت بُود. و آنان، دل مرا به آب رحمت شستند. آن نقطه سیاه نیز که از قلب من بیرون آوردند و به دور افکندندجایگاه رخنه شیطان است؛ که در دل دیگران هست، و در من نیست. چه، هرگز کافر نبوده‌ام، و شکها و شبهه‌ها و فتنه‌ها، هیچگاه در من نبوده‌اند.»

کند.

تنی چند نیز، در تأییدِ او، سخن گفتند.

در اینگاه، نواده عبدالمطلب به سخن درآمد و نرم گفت: ای مرد؛ آنچه که می‌گویی درست نیست. من تندرستم؛ و کمترین رنج و آسیب در من نیست.

من نیز گفتم: اگر بر او دلسوزی روا باشد، من که به جای پدر اویم، در این کار، بر همگی شما پیشم. اینک شما چگونه نمی‌بینید که اندیشه او به جا و تنش درست است، و سنجیده سخن می‌گوید! اما بیشتر ایشان، با آن مرد سالخورده، همداستان شدند.

ناگزیر، بَا حلیمه و تنی چند از پیران قوم، رهسپار بازارِ عُکّاظ شدیم.»

عکّاظ، از جمله بازارهای موسمی جزیره عرب بود که هر سال در ماه ذیقعده بر پا می‌شد؛ و پر رونقترین این بازارها بود. کسانی که عزم حج داشتند، نخست به این بازار درمی‌آمدند. آنگاه به بازار ذُوالْمَجاز می‌رفتند؛ تا با رسیدن ماهِ حج، راهی مکه شوند.

عکّاظ، اَفزون بر رونقِ خود، مکانی نیکو نیز داشت. چه، در دشتِ فراخ اَثیدا، بر کنار قریه‌ای کوچک با نهری روان و درختان خرما و هوایی ملایم بود؛ که عرب، آن را بس خوش می‌داشت.

بازرگانان و فروشندگان فروپایهِ، از هر کرانِ جزیره عرب و گاه نیز از ایرانو شام، کالاهای گونه‌گون خویش را می‌آوردند و در این بازار می‌فروختند، یا با کالاهای دیگر مبادله می‌کردند. عکاظ اما، تنها جایگاه ستد و دادِ کالا نبود. چه، رونق بازار سخنوری و فخرفروشی و شعر آن نیز کم از بازرگانی‌اش نبود. هر گوشَه آن معرکه‌ای بر پا بود و درَ آن چیزی عرضه می‌شد که خواهان ویژه خود را داشت: گروهی پیرامون تنی چند از نَسَب‌شناسان قبیله‌های گونه‌گون گرد می‌آمدند و به سخنان ایشان درباره افتخارهای خاندان و نیاکانشان گوش می‌سپردند. جمعی از مردمان، حلقه‌ای بزرگ بر گردِ خیمه زیبای نابغه می‌ساختند تا نوترین سروده‌های شاعران عرب را از زبان سرایندگان آنها باز شنوند، و از نظر نابغه درباره آن سروده‌ها آگهی یابند. برخی نیز به دیدار کاهنان و پیشگویانْ به این بازار می‌آمدند؛ تا آینده خود و فرزندانشان را از زبان ایشان باز شنوند.

«به بازار اندر، پیشگویی بس سالمند دیدیم، از قبیله هُذَیْل. گیسوانی شِلال و ریش و سبیلی بلند و آویخته داشت؛ سر به سر سپید. موهای پشتِ لبش چندان بلند بود که به گاهِ سخن گفتن، شکاف دهانش به چشم نمی‌آمد. ابروان او نیز چنان در هم پیچیده و بلند بود که بر دیدگانش سایه می‌افکند.

مردی از همراهان ما، قصه را بدو باز گفت.

پیرِ پیشگو، چون سخن او را شنید، با دست ابروانش را بالا گرفت؛ دیدگانِ ریز و خاکستری خویش را به سیمای محمد دوخت، و اندیشناک گفت: به یقین که او فرزند شما نیست.

گفتم: چُنین است که تو گفتی.

پس، با شتابی که از مردی سالخورده چون او شگفت می‌نمود، از جای جست و چنگ در گریبان محمد افکند و وی را سوی خویش کشید و تنگ در برگرفت و خروشید: این کودک را بکشید؛ و مرا نیز با او بکشید! به لات و عُزّی سوگند که اگر زنده و رهایش گذارید تا بزرگ شود، کیش شما و آیینهای پدرانتان را خوار گرداند. پس، با شما به ستیزه برخیزد، و خود، آیینی نو آورد که چون آن را هرگز نه دیده و نه شنیده باشید!

محمد، آرام بود. لیک، بیمی بزرگ بر دل من افتاد، که اینک خونِ فرزند مردم تباه شد. ولی تا به خود آیم و اندیشه کنم که چه بایدم کردن، حلیمه را دیدم که به آنی چنگ افکند و محمد را از چنگال آن پیرِ کفتار به درآورد. پس، پرخاش‌کنان گفت: ای پیر نادان؛ گویا بسیاریِ عمر، خِرد تو را کاسته است!... این چگونه رفتار است که با این کودک می‌کنی، و این چه سخنان است که درباره او بر زبان می‌رانی! تو که خود از جمله مردمان پریشان عقل‌تر و دیوانه‌تری! آگاه اگر می‌بودم که چنین یاوه‌ها درباره او خواهی بافت، هرگز به نزد تو نمی‌آوردمش. اینک نیز ما این پسر را نمی‌کشیم. تو، خود، اگر بسیار به مردن مشتاقی، دیگری را بیاب تا تو را بکشد و از رنج عمرِ بسیار، آسوده سازد!

آنگاه، به پلک بر هم رسانیدنی، حلیمه و محمد، چونان قطره‌هایی آب که در زمین فرو روند، در میان بازار، ناپدید شدند.»

«اینها، جمله، شد. لیک، ما هنوز دل بر آن ننهاده بودیم که محمد را به مادرش باز گردانیم، تا آن روز که او را شستم و عطرآگین ساختم تا

به دیدار مادرش، به مکه بَرَم....

به راه اندر - در چند فرسنگی مکه - تا خستگی از تن به در کنیم، از شتر فرود آمدیم.

چند ترسای حبشی، بر کناره راه آتشی افروخته بودند و به کارِ پختنِ طعام بودند.

آنان چون محمد را دیدند از حال و روزش پرسیدند. آنگاه - چنین گمان دارم که - چون ما را زنی و کودکی تنها یافتند، دل در ربودن محمد نهادند.

من در آن حال که نشسته بودم و پشت بر پهلوی شتر لمیده بر زمین خود داشتم، با گوش خویش شنیدم که آهسته، یکدیگر راَ می‌گفتند: او راَ اگر برای شاه حبش بریم، به ما مال و خواسته بسیار می‌بخشد.

با شنیدن این سخن، از بیم، زانوان من به لرزه افتاد. تا آنکه در مجالی، محمد را بر شتر نشانیدم، و تازان، رهسپار مکه شدم؛ و دیگر ندانستم که آنان چه کردند.

ماه حج بود، و مکه و پیرامون آن را مردمان انباشته بودند. چون به نزدیکی شهر رسیدیم، از شتر فرود آمدیم تا شربتی بنوشیم و غبارِ راه را از چهره و جامه‌ها بزداییم. آنگاه ندانستم چه شد که لحظه‌ای گرفتار غفلت

شدم؛ و چون روی بازگردانیدم، محمد را ندیدم.

هراسی بزرگ بر دلم افتاد، که «دیدی به غفلت گرفتار آمدی ای حلیمه، و آن حبشیانْ کامیاب شدند!»

پس، صدا به شیون فراز کردم، که «ای اهل مکه و ای قرشیان! چه نشسته‌اید، که نواده بزرگ شما را ربودند!» و زار، گریستم.»

«با عَمْرو زَیْد، در بازگشت سوی مکه بودیم. در جانبی از صحرای تِهامه، در سایه بوته‌ای خار مُغیلان، پسری خردسال را دیدیم که تنها ایستاده بود، و آمد و شدِ انبوه مردمان را می‌نگریست.

چون به نزدش رفتیم، آثار بزرگی در سیمای او دیدیم، و در دیدگانمان آشنا آمد.

من به مهردستی بر سر او کشیدم و گفتم: فرزند کیستی، ای پسرم؟ با حیا، پلک فرو خوابانید، و نرم گفت: من محمد، پسر عبدالله، پسر

عبدالمطلب، پسر هاشمم.

چون دریافتیم که گم شده است، او را با خود، سوی شهر آوردیم.»

«من در حاشیه صحن حرم، در سایبانی بر حصیری بافته از برگ خرما نشسته بودم و گرم گفت و شنود با تنی چند از بزرگان قریش بودم، که از ندای جارچی‌ای، از سویِ در بنی‌هاشم، آن خبر به گوشم رسید.

در وقت، غلامِم، عامر، را به یافتن نواده‌ام روانه ساختم، و خود، پریشانحال، سوی کعبه دویدم و چنگ در بُردِ یمانی آویخته بر دیوارهای آن افکندم و او را از خدای کعبه خواستم.

چندی بدین حال، گرم گریه و یاری خواهی بودم، که آمدند و گفتند: نواده‌ام یافته شده است: وَرَقَه نَوْفِل، او را یافته بود، و به نزد من آورد.

محمد را در برکشیدم و بوسیدم. پس، او را بر شانه‌ام نشانیدم و هفت‌بار گرد کعبه گشتم و خدای کعبه را سپاس گفتم.»

«آن بار حلیمه محمد را با هفته‌ای دیر کرد به مکه آورد. من، دلگیر، او را گفتم: چه شد که به گاهِ خود نیاوردی‌اش، ای حلیمه؟ شگفتا که تو، چه مایه به داشتن او آزمندی!

او اما، غمگین، مرا گفت: اینک که دیگر از کف من رفت!

گفتم: چه پیش آمده است که چنین می‌گویی؟!

حلیمه، سبب باز گفت.

گفتم: آنچه را که در دل داری بازگو، ای حلیمه: از ابلیس آیا بر او ترسانی؟

گفت: نمی‌دانم. لیک، می‌دانم که بر او ترسانم.

گفتم: نه! به خدا سوگند که ابلیس بر فرزند من راهی ندارد! او حکایتی دارد، که باید تا گاهِ خود، پوشیده بماند.

بدین‌سان، از آن پس محمد در نزد من ماند. و در این هنگام، او پنج ساله بود.....»

سرانجام، از پسِ هفت روز و شب راهسپاری، سیاهیِ شهر، از دور پدیدار گشت.

«محمد، نیای خود، عبدالمطلب، را عظیم دوست می‌داشت. هر روز، غروبگاه، چون او راهیِ حرم می‌شد، محمد نیز با وی بود. آنک اما، گاهِ تاجگذاری سیف، پسرِ ذی یَزَن، امیر یمن بود. در پی روزگاری دراز که حبشیان بر یمن فرمان رانده بودند، اینک سیف که خود از خاندان شاهان پیشین آن دیار بود، به دستیاری کسرای ایران، بر آنان چیره گشته، و فرمانروایی یمن را در دست گرفته بود. پس، عبدالمطلب با گروهی از بزرگان قریش، راهی آن دیار شده بود تا او را شادباش و تهنیت گوید.

محمد به من نیز دلبستگی بسیار داشت. لیک، او، حلیمه و کودکان وی و صحرا را نیز بسیار می‌خواست. نیک آشکار بود که از پس افزون بر پنج سال زندگانی در صحرا، بسیار ماندن در شهر، برای او دشوار بود.

تا نیای او در مکه بود، این دلتنگی چندان آشکار نبود. در نبودِ او اما، محمد گاه دلتنگی می‌کرد و بهانه پدر را می‌گرفت.

روزی مرا گفت: آرامگاه پدر من در کجاست؟

چون او را گفتم «دردارُالتّابغه، در یَثْرب»؛ گفت: مرا به‌دیدار آن نمی‌بری؟

من خود نیز در فِراق عبدالله دلتنگ بودم. چون چنین شد، دل بر

آن نهادم که با محمد و بَرَکه، راه یثرب را در پیش گیرم. باشد که هم کودکم خالوان و خالوزادگان خویش را ببیند، و هم من سراغ آرامگاهِ شویِ جوانمرگ خود رَوَم.

پس، منتظرماندیم تا چه گاه کاروانی سویِ یثرب رود، و به آن بپیوندیم....

چون روز روزِ رفتن رسید، نخست به زیارت کعبه شتافتیم. آنگاه توشه راه برگرفتیم و خویش را به کاروان رسانیدیم.

در سحرگاهِ دهمین روز راهسپاری، سیاهیِ یثرب، از دور نمایان شد.»

«به یثرب اندر، بانویم هم، خویشانی داشتَ. نیز، او پیشتر یک ـ دو بار به یثرب رفته، و آرامگاه شویِ خویش را دیده بود. لیک، این نخستین‌بار بود که محمد به آنجا می‌رفتَ.

بهارگاه بود و گرما زَهری چندان نداشت. شگفتا اما، به راه اندر، هرجا که محمد سایبانی نداشت، بر فرازِ سرش، ابری پدیدار می‌شد و بر او سایه می‌افکند!»

محمد در کجاوه، نزد مادر بود، که هلهله‌ای شنید. پرده کجاوه را به یک سو زد و از فرازِ شتر، بیرون را نگریست: کاروانیان به وَجد آمده بودند و به یکدیگر شادباش می‌گفتند.

محمد، به یافتنِ سبب شادیِ همراهان، به این سوی و آن سوی نظر می‌افکند، که بَرَکه نوجوانَ را دید. بِرکه، نشسته بر شتری سیاه‌موی، در کنار آنان به رفتار بود. او، چون آن حالِ محمد را دید، گفت: سیاهیِ یثرب نمودار شده است. تا شهر، چندان راهی نمانده است.

محمد به روبه‌رو نگریست: در انتهای راه، که در میانه دو رشته کوه پیش می‌رفت، نقطه‌ای سرسبز و باطراوت، چونان نگینی از زمرّد، بر سینه دشت می‌درخشید. از پسِ شهر، کوهی، بر مثالِ دیواری کم‌درازا و کم‌بلندا، ایستاده بود؛ چندان که از این سو، دشتِ برهنه پشتِ آن، به چشم نمی‌آمد.

آمنه، محمد را گفت: این رشته‌کوه را که سوی راست است سُعَیْر می‌نامند، و آن را که در جانب چپ قرار دارد، اُحُد. آن نقطه سبز که هر دم گسترش می‌یابد نیز یثرب است؛ و به کوههای اَلسَّیله می‌پیوندد.

محمد، شادمان از دیدن آن همه سبزیِ دلنواز، گفت: آن سبزیها نیز

نخلستانهای یثربند، لابُد؟

ـ آری، ای فرزندم؛ آنها باغها و نخلستانهای شهرند. یثرب از مکه پرآب‌تر است. هوای آن نیز از مکّه خنکتر است.

چون کاروان اندکی پیشتر رفت، شتران نیز گویا به فِراست دریافتند که دیگر به پایان سفر دور و دراز خویش رسیده‌اند، و گاهِ راحت، نزدیک است. پس، از سر خشنودی عُر کشیدند و بر شتاب گامها افزودند. شیبِ ملایم راه نیز به یاری گامهایشان شتافت، و شتابی افزون بدان بخشید.

چَندی پیشتر، بَناهای گِلین یثرب، با بامهای گنبدین آن، از لابه‌لای نخلها سربرآورد، و بانگِ خروسی، از سوی آن به گوش آمد. پس، یثرب بود و کوچه‌های خاکی و فراخ آن؛ و کاروان، که تن سپرده به نرمه نسیم بهاری، بی‌شتابِ پیشین، به رفتار بود.

کاروانیان، سرخوش از گام زدن در آن هوای خوش و دلکش، بی‌دغدغه از توفان شن و به پایان آمدن ذخیره آب و آزارِ گرما و خستگیِ جانکاهِ سفر، لگام شتران را شُل کرده، گامها با گام آنها هماهنگ، سوی بازار شهر در رفتن بودند. امید استراحت در آن هوای خوش و آن شهر مهربان، از پسِ ده روز سفر بی‌آسایش، شادی‌ای ویژه در دلهای ایشان انگیخته بود. گویی هنوز از گَردِ راه نارسیده، دیدن آن فضای دیگرگون، نرمیِ خویِ مردم یثرب را، بدانان نیز سرایت داده بود.

«نیمروزگاه، در قلعه خاندان نجار، در محله بَنی‌قَیله یثرب بودیم. خاندان نجار، مردمی توانگر و شریف بودند. قلعه آنان بنایی بزرگ و استوار بود؛ و گرداگردش بارویی بس بلند داشت. به قلعه اندر، نخستین سرا، از آن نابغه، بزرگ ایشان، بود.

او، سالَخورده مردی بلندبالا و سپیدروی بود. نشانه‌های جوانمردی و خوشخویی، در سیمایش آشکار بود. خود و زنانش، مادر سماک و مادر اَمیمه، به پیشباز ما آمدند و از دیدارمان شادیها نمودند. آنگاه از قوم، یک‌یک و چندچند، در همان سرا، به دیدار محمد و بانویم شتافتند.

چون این کار پایان گرفت، لختی آسودیم و خستگیِ راه را از تن گرفتیم. پس، به آب، غبارِ راه را از تن و سر سِتُردیم؛ و به دارالنابغه، که مزارگاهی نزدیک قلعه بود، رفتیم.»

دارالنابغه، ساکت و آرام، نشسته بر کرانه کشتزار و نخلستانی کوچک

در حاشیه شهر، حالتی غمگنانه داشت. در میانه آن، آرامگاه عبدالله، غریب و تنها، پوشیده از علفهای خودرو و گلهای وحشیِ سوسن و شقایق، افتاده بود.

در آن ساعت از روز که هر کس به کاری در کشتزار یا باغ یا بازار رفته بود، سکوتی سنگین، بر آن خیمه افراشته بود. آن‌سان، که تنها گهگاه صدای گنجشکان و بلبل خُرماییانی چند، این سکوت را می‌شکست.

آمنه خود خواسته بود که با ایشان، جز یکی، همراه نشود. او نیز خالوزاده‌ای خردسال از خالوزادگانِ محمد بود، که آمده‌بود تا بدیشان راه بنماید.

خلوتی و سکوتْ چندان ژرف بود که در آمنه احساسی از بی‌زمانی برمی‌انگیخت.

«آرام بخُسب، ای عبدالله؛ بی‌هیچ دغدغه و دل‌نگرانی. آسوده باش؛ به وسعت آن ابدیتی که اینک در آن غوطه‌وری.

از پسِ آن رنجها، چه‌سان آسوده گشتی؛ که اقیانوسِ بیکرانه آرامش تو را هیچ توفان نمی‌تواند بر هم زند. مرگ چندان روبین تن و بی‌نیازت ساخته است، که دیگر باکت از هیچ نباید باشد.

آرام باش، که دیگر نه هیچ‌کس را سودای قربانی ساختنت در سر می‌افتد و نه هیچ بیماری و رنج دیگر در کمین تو است.

به راستی که مرگ چه عظمتِ خوار‌کننده و روشنگری دارد!»

چه سان و با کدام پای، آمنه به کنار آرامگاه شویِ محبوبش رسید، خود نیز ندانست. تنها آنگاه به خویش آمد که خود را دو زانو بر زمین، چنگ فرو برده در خاکِ نمناک آرامگاهِ او یافت.

«این آیا تویی، ای عبدالله، که این‌سان دست و پابسته و ناتوان، اسیرِ این خاک تیره گشته‌ای!

پس چه شد آن طراوت و شادابی و نیروی جوانی! دریغ از تو نبود که این‌سان زود، پیکر نازنینت با خاک همدم شد!»

آمنه، ناخواستهَ، به گذشته بازگشته بود؛ به شام عروسی: آه که چه مایه خویش را نیکبخت می‌یافت! پاکخوترین و زیباترین جوان مکه که دل از جمله دوشیزگان شهر ربوده بود، از آنِ او گشته بود. آن نور شگفت را که در پیشانی عبدالله می‌درخشید و دخترانی چونان فاطمه خَثْعَمیه، تا آن را

از آن خویشتن سازند راضی به دادن همه دارایی خود بودند، او ربوده بود. آمنه نیز خود شایسته این پیوند بود. او نیز خود از زیباترین و پاکترین دوشیزگان مکّه بود. با این رو ـ هر چند هرگز بر زبان نیاورده بود ـ پیوند با عبدالله، برایش آرزویی دور می‌نمود.

کشاکشی دشوار بود: یک عبدالله بود و افزون بر دویست دوشیزه مکی که خواهان او بودند، و در این راه، از دادن هیچ چیزشان ابا نبود. از ایشان، بسیاری، به زیبایی چهره و اندام، سرآمدِ خاندان و تیره خویش بودند. برترین ایشان، فاطمه خثعمیه بود؛ که به دانش نیز، در میان دوشیزگان شهر، همتایی نداشت. اینها، و آن دارایی بسیار و آن زندگانی چونان شاهزادگان فاطمه بس بود تا هوش از سر هر مرد برُباید، و او را، به غلامی، در پای وی افکَنَد. آنک اما، در آن میانه، آمنه چه‌سان می‌توانست به بختِ خویش امید بندد؟! او که نه از خویشتن دارایی‌ای داشت و نه آن‌گونه بی‌پروایی‌های دیگر دختران را خوش می‌داشت. نیز، چندان عزیز نفس و پاک بود که بر خود روا نمی‌دید تا به کشانیدن نظر عبدالله سوی خویش، حتی خودی بدو بنماید.

آمنه به یاد اشکها و نگاههای حسرتبار دوشیزگانِ نورسِ مکّه در شب پیوندش با عبدالله افتاد:

«چه روی داد که هُمای سعادت، در پی آن مایه چرخ زدن‌ها، از میان آن همه رقیبان امیدوار، بر شانه تو فرود آمد؟! چه پیش آمد که این نیکبختیِ شگفت، که به رؤیایی شیرین شبیه‌تر است، از آنِ تو یکی شد؟! تو مگر دَر این میانه، جز شکیبایی و خویشتنداری، هیچ کرده بودی؟! تو که آرزوی دل را، به مادر خویش نیز نگفته بودی...!»

نمی‌توانست! آنچه می‌کرد تا این نیکبختیِ بزرگ روی کرده از غیب را هضم کند، نمی‌توانست! گاه حتی به تردید دچار می‌شد که این، آیا رؤیایی نیست که او در آن غوطه‌ور است؟ به راستی، این آیا همان عبدالله محبوب دل و جان جمله دوشیزگان شهر بود که اینک در کنار او و از آنِ او بود؟! این قامت موزون مردانه، این گیسوان شَبَق گون طعنه‌زن به شب، این دیدگان سیاه آشوبگر، آیا دیگر، از آنِ او شده بود؟! از آنها فراتر، این درخشش شگفتِ بی‌همتا که شکوه رمز آمیزش قلب را به لرزه می‌آورد و ناخواسته، بیم در دل می‌افکند، با آن پیشگوییها...؟!

آه که اندیشیدن به بزرگی آن نیکبختی نیز از توان آمنه بیرون بود. همین نیز بود که گاه، ترسی ناشناخته را در دل او بیدار می‌ساخت: «این شادکامی آیا دیر خواهد پایید؟ عبدالله آیا همیشه از آن من خواهد ماند؟ دستی آیا -دستی که نمی‌شناسمش، ولی حضور تشویش‌انگیز آن را هر آنْ احساس می‌کنم - روزی، از مَنَش نخواهد گرفت؟»

آمنه، اینک بر کنار آرامگاه عبدالله، نیک به یاد می‌آورد که در آن روزگار، تصور این روز نیز، خون را در رگهای او می‌خشکانید و نزدیک بود که قلبش را از کار بیندازد.

- بانوی من، اگر رخصت دهید، محمد با خالوزاده‌اش به قلعه باز گردند.

این، بَرَکه مهربان و غمخوار بود که آب از چشم‌ریزان، دست بر شانه او نهاده بود و سخن می‌گفت. پس، سر پیش آورد و چندان که محمد نشنود، گفت: جسارت است بانو؛ لیک، بهتر آن است که او، شما را در این حال نبیند.

آمنه، دردمند و دل‌گرفته، گفت: باز گردند. حق با تو است، ای برکه: دل کوچک او، شاید تاب اندوهی بیش از این را نداشته باشد.

با رفتن دو کودک، سکوت، از آنچه که بود نیز سنگینتر شد. چه آرامش قریه‌واری داشت این یثرب! چه مایه سکون و خلوتی! چه اندوهِ غربتی بر دل آمنه می‌نشانید این پرت‌افتادگی مزار عبدالله!

«آگاهم که بر تو چه می‌رود، ای عبدالله من، از این دورافتادگی و تنهایی. من خود پیشتر غم غُربت کشیده‌ام. آه، ای عبدالله، اگر می‌دانستی که در آن سفر که به شامَ رفته بودی، چه بر آمنه گذشت...!

کامم از دوری تو تلخ بود. در نبودتْ گویی مکه تهی شده بود. شهر، انگار مرده بود. گویا نه آن زادگاه و دیار آشنای پیشینِ من بود. روز و شب احساس غربت داشتم. تو گویی به شهری ناآشنا و غَم گرفته گام نهاده بودم که در هیچ کوی و خانه‌اش، چشمی به راه من نبود و دلی در یادم نمی‌تپید. مادرم، بسیار به دیدارم می‌آمد. پدرت نیز هرگاه که به شهر اندر بود، در هر مجال، یادی از من می‌کرد. لیک، هیچیک نمی‌توانست جای خالی تو را پر کند و اندوهِ تنهایی را در من تسکین دهد.

شاید برای تو شگفت در نظر آید؛ لیک، با همه آن احساس تنهایی،

گاه سخت آرزومند آن می‌شدم که هیچ‌کس پیرامونم نبود، تا بی‌هیچ مانع، به تو می‌اندیشیدم.

چون بر آن می‌شدم که دست سوی طعام برم، نخستین لقمه را در دهان ننهاده، تو به یادم می‌آمدی. پس، با این اندیشه که آن لحظه در کجایی و طعام تو چیست، لقمه در گلویم می‌ماند. بدان هنگام که جرعه‌ای آب خنک به دستم می‌رسید، با این اندیشه که تو در آن بادیه‌های خشک، جز آبی گرم و ناگوار نمی‌آشامی، بغضْ راه بر گلویم می‌بست و آب به نرمی از آن فرو نمی‌رفت.

آه... اگر آگاه بودم که این سرانجام کار تو است...!»

«آن سال، ما ســی روز به یثرب اندر بودیم. در این روزها، بانویم، خود،
تنها به دارالنابغه می‌رفت و بر مزار ســرورم، عبدالله، نوحه‌گری می‌کرد
و می‌گریســت. آنان که مهر بانویم را به شوی خویش نمی‌دانستند در
شگفتی می‌ماندند که از پس شش سال، آن مایَه غمخواری و مویه برای
چه بود؟! لیک، من که آن زَن و شوی را نیک می‌شناختم و از پایبندی و
وفاداری بنی‌زُهره‌ایان به همسر خویش آگهی داشتم، شگفتی‌ای از این امر
نداشتم. با این رو، پیوسته ترسان بودم که مبادا این غم، بانویم را بکشد.
با این رو، مراقب بودیم، تا محمد از این قصه آگاه نشــود، و از آن بیش،
غم مخورد.»»

«سروری هاشمی از کاروان دور افتاد
و سپس به زیر لَحَد بیارمید.
اجل وی را فریفت
و مرگ او را به نزد خویش خواند
و از مَنَش گرفت.
خویشانش تختِ روانِ او را بر دوش نهادند
و یارانش در سوگ وی خون گریستند.
وای بر من که عزیزترین عزیزانِ خویش را از کف دادم!
دریغ از او، که در پی رهایی از فدَا شدن

در جوانی، به کام مرگ رفت!
افسوس بر من
که در بهار زندگانی خویش
بیوه و نوحه‌خوانِ تو شدم!
وای بر من، ای عبدالله!
وای بر شبهای دراز و دردآلودِ من...!»

«خالوان و خالوزادگان، محمد را بسیار می‌خواستند. خاصه، او دو خالوزاده داشت که پیوسته با وی بودند. اُنَیْسَه نیز مهربان دخترکی سیاه‌مو و بلندمژگان، از همسایگان خاندان نجار بود؛ همسال محمّد. این چهارتن، هر روز با یکدیگر به بازی بودند. خالوزادگان، گاه محمد را به نخلستانها و باغها می‌بردند، و گاه با هم، برای شنا، به برکه‌ها و آبکندها می‌رفتند. لیک، بیشتر در آبگیرهای چشمه عدی نجّار بودند. گاه نیز به برجهای قلعه می‌رفتند، و خالوزادگان، پرندگان برج را می‌پرانیدند، و او می‌نگریست.

محمد در این روزها چندان شنا کرد تا شناگری آموخت؛ و از این ماجرا، بس خرسند بود. چه، در مکه، برکه و آبی نبود تا کودکان در آن شنا کنند و شناگری آموزند.»

یثرب، هوایی ملایم و آبی سبک و گوارا داشت. جای جای آن نخلستانهای گسترده و باغها از درختان نارنج و لیمو و هلو و زردآلو و انگور و انار و انجیر بود. جالیزهای سبزی و صیفی نیز بسیار داشت. از این رو، ساکنانِ پرورده این طبیعت ملایم و بخشنده، خویی بس نرمتر از مردم مکه داشتند.

قلعه‌ها و بناهای اغلب گِلین یثرب، در قیاس با سراهای سنگی و خشک مکه، سیمایی ملایمتر به شهر می‌داد. کوچه‌های شیبدار مکه، برای کودکان آن، مایه برخی بازیها و سرگرمیهای ویژه بود. لیک، گذرگاههای فراخ و صاف و میدانچه‌های گسترده یثرب امکانهایی بسیار برای تاخت‌وتاز و جست و خیز و بازیهای گونه‌گون کودکان این شهر فراهم ساخته بود، که مکه، آنها را از فرزندان خویش دریغ می‌داشت.

زیستن در این شهرِ مهربان سبز چه مایه دلنشین بود! بوی خوشِ نخلها، آن نسیمِ خنکِ مرطوب که از میان نخلستانها و

فراز کِرتهای سبزی و صیفی لابه‌لای نخلها می‌وزید، همراه با نغمه گوشنوازِ بلبلان خرمایی و جیغ تیز طوطیان سبز و پرواز دسته‌دسته گنجشکان، محمد را در دنیایی بهشتی غوطه‌ور می‌ساخت.

«من خود نیز یثرب را دوست‌می‌داشتم. لیک، چون کاهش تن و رنجوریِ بانویم را دیدم، بر آن شدم که از یثرب دورش سازم؛ باشد که دوری از مزارِ شوی، غم او را تسکین دهد. پس، او را گفتم: بانوی من؛ لابد اینک سرورَم، عبدالمطلب، از یمن آمده است. بیمِ آن دارم که دیر اگر کنیم، دلواپسِ ما شود.

بانویم نیز پذیرفت.

آنگاه بارها را بستیم و توشه راه را مهیا ساختیم، تا دیگر روز، پِگاه، راهِ مکه را در پیش گیریم.

اینک تابستان بود. لیک، در آنجا، گرما چندان آزارنده نبود.»

کاروانْ راه جنوب را در پیش داشت. در انتهای خط درازِ کاروان، شترِ زردمویِ آمنه بود که کجاوه‌ای چوبین با پرده‌هایی به همان رنگ، بر فرازِ آن بود. محمد سر بر زانوی مادر، به کجاوه اندر بود. در کنار آنان، شتری سیاه‌مویی به رفتار بود؛ بَرَکه نوجوان، نشسته بر آن.

اینک حِداء خوانی میانسال، با نوایی خوش می‌خواند، و شتران، سرخوش از آوازِ او، در رفتنْ می‌شتافتند. نوایش تا بُنِ جانِ مسافران اثر می‌کرد و سایه‌ای از غمی دور، اما ژرف و شیرین، بر دیدگانشان می‌افکند. برخی چندان در خاطره‌های خویش غرق می‌شدند که اشک، چونان چشمه‌ای در دیدگانشان می‌جوشید و بر گونه‌ها روان می‌گشت....

ـ دلنگ، دلنگ، دلنگ!

«بدرود شهرِ عزیزِ غریب کُش!

بدرود دارالنابغه خَاموش!

بدرود عبداللهِ بی‌کس من!

آمنه آیا، دیگر بار، خواهدتان دید؟»

آمنه، چشم بر هم نهاده، پشت بر پشتیِ کوچکِ پوستیِ انباشته از لیف خرما و دست بر شانه محمدش، در اندوهی شیرین فرو رفته بود. گویی همین دیروز بود که در سرایشان، مادر به اتاق آمد و او را خبر داد:

ـ دخترم، مهیا شو، که شامگاه برای تو خواستاری می‌آید!

بُرّه، لب فرو بست و به سیمای دُختِ خویش نگریست. آمنه، گلگون از شرم، سر به زیر افکند.

- نپرسیدی خواستار کیست!

آمنه، باز هیچ نگفت.

- خوب؛ خود می‌گویمت: عبدالله!

- کدام عبدالله؟

- پسر عبدالمطلب.

دل در سینه آمنه به تپش آمد، و خون با فشار بر چهره‌اش دوید. پس، تا راز دل را بپوشاند، رو به دیگر سوی چرخانید.

بُرّه، تا دُختش مجالی برای بازیابی خویش داشته باشد، به حیاط رفت. آنگاه، آمنه در گوشه‌ای نشست تا به قلب خویش مجال آرامش دهد....

باقی، چون برق گذشت. آمنه، تا دریابَد که چه گفته و چه شنیده بود، در دره بنی‌هاشم، بر تخت عروسی بود.

دره را انبوه مردم انباشته بود. چندان مشعل و پیه‌سوز و آتش در اجاقها افروخته بودند که فضا، چونان روزْ روشن بود. در شمال دره، تختهایی چند را به یکدیگر چسبانیده، و سطحی بزرگ ساخته بودند. بر پیشانی این سطح، تختی کوچک بود؛ اندکی فروتر. او، پوشیده در حریری سبز، و عبدالله در دشداشه‌ای سپید به سان شیر، با عبایی سیاه از پشم شتر بر دوش، بر این تخت بودند.

عبدالله عمامه‌ای کوچک و سبز بر سر داشت که زیبایی و شکوهش را افزون می‌ساخت. او با آن پیشانی گشاده تابناک و آن سیمای جوانِ مردانه، خاموش، شانه به شانه‌اش نشسته بود و سایه مژگان بلند تابدار او، بر گونه‌های برجسته‌اش افتاده بود.

مادرش، مادر عبدالله، و خواهران او، چونان نیم‌حلقه‌ای، در پسِ پشت ایشان بودند. بر دیگر تختها نیز، چون این یک، فرشهای عربی گسترده بود؛ و بر آنها، عبدالمطلب و دیگر بزرگان از قریش و غیر آن نشسته بودند؛ به گفت و گو و خنده.

صحنِ رملی میانه، با شاخ و برگهای جوان و تُرد درختان اُکالیپتوس، مو و بُرّز پوشیده بود. گهگاه، نسیمی خوشْ به سبکی می‌وزید و با خود، بوی خوش و مرطوب گیاهان را می‌آورد؛ چندان که گویی به باغهای طایف اندر

نشسته بودند. گام تا گام، بخوردانهای بلندپایه، از ورشو و برنج بود. در آنها عود و صَندل و کُندر و صَمغ عربی و بخور یمنی می‌سوخت، و دودی نرم و عطرآگین در فضا می‌پراکند. بر چهارپایه‌ای کوتاه از سنگ خارا، در حاشیه تختها، حَبّه‌هایی سرخ از آتش بود، و بر آنها، اسپند و زاغ می‌سوخت؛ به دور ساختن چشم زخم از عبدالله و او.

پیرامون صحن میانه، سربه‌سر، زن و مرد و خرد و کلان، ایستاده یا نشسته بودند. در انتهای صحن، رو در روی تختها، سرنا و دُهُل زنان، بر فراز سنگی بزرگ، به نواختن آهنگی تند و حماسی بودند. به میانه اندر، دو صحرانشینِ میانه بالای ترکه‌گون اندام، به رقصِ شمشیر بودند: هر یک خودی بر سر و جفتی شمشیر هلالی کار هند در دستان داشت، و گرمِ نمایشی رزمی بودند. گاه رو در رو، با گامهایی همسان، از دو سوی مخالفْ گِرد خویش می‌گشتند. پس، در هوا شمشیرها را دُور مچ می‌چرخانیدند و به جانب یکدیگر می‌آمدند. گاه چونان دو قرینه، بغل به بغل یا پشت بر پشت، بازیهایی شگفت داشتند: یکی بر گِرد آن دیگر می‌چرخید. پس، آن یک می‌ایستاد و آن دیگر به گِرد او می‌گشت. چون نوایِ سُرنا و دُهُل شتاب می‌گرفت، چرخش و نمایش آنان نیز تندتر می‌شد: پشت بر پشت، شمشیر در دست، سوی بالا می‌جستند. گاهِ فرو آمدن، چونان برقْ چَرخ می‌زدند و رو در رو، چُمباتمه، بر زمین می‌نشستند، و در آن حال، با نعره‌ای بلند، شمشیرها را بر هم می‌کوفتند. چندان که گاه برقی از آنها در دل شب می‌جست. (در این حال، مردم هلهله می‌کردند و جوانان سوت می‌زدند.) گاه یکی عقب می‌نشست و آن یَک، در پیاش می‌رفت. پس، دومی نعره‌ای می‌کشید و خیز می‌گرفت، و آن دیگر، پس می‌نشست. آنگاه یکی به زانو می‌شد و آن یک بر پای می‌خاست؛ و در آن حال، با هر دو شمشیر بر هم می‌کوفتند.

در حاشیه تختها، دو خُرد بچه، چوبی در هر دست، گرم تقلیدِ رقص شمشیر بودند. ناگاه، دخترکی، ترسیده، جیغ کشید؛ و مادر، او را در بر گرفت و از معرکه به در برد.

پسران عبدالمطلب، به دستیاری غلامان و خدمتکاران، به سامان بخشیدن کارها بودند. در این میانه، بوطالب و حمزه و زبیر، بیشتر در جوش و جلا بودند.

در گوشه‌ای دور از معرکه، آتش از اجاقها فراز می‌شد. بر اجاقها، دیگهای بزرگ طعام در جوشش بود، یا تکه‌های بزرگ گوشت، بر فراز آتشْ بریان می‌شد. در چهارسو، چهار حوض از سنگ، انباشته شربتها از شیرهٔ انگور طایف و خرما و سرکه ـ انگبین بود، و گرداگرد آنها، تنی چند از بچگان و زنان و مردان، به نوشیدن بودند.

او، از پس تور سبز فروافتاده بر چهره، شانه به شانه عبدالله‌اش نشسته بود، و آن شادکامی بزرگ را، جرعه‌جرعه می‌نوشید. عبدالله نیز، لبخندی شیرین بر لب، لختی او و لختی رقص دو صحرانشین را می‌نگریست....

آمنه را عُرِ کشیده شتری، از آن حال به درآورد.

ـ بانو؛ کاروان در این مکان فرود می‌آید، تا لختی بیاساییم و با آب، سر و رویی تازه سازیم.

آمنه، با اشاره‌ای مهرآمیز، موافقت خویش را، به بَرَکه باز نمود. پس، سرهای شتران را به جانب چپِ راه کج ساختند، و دور از دیگران، در حاشیه نخلستانی فرو آمدند. محمّد نیز که با تکانهای کجاوه به هنگام زانو زدن شتر بر زمین بیدار گشته بود، از کجاوه به درآمد.

آمنه، با دستمال حریر سپید، قطره‌های درشتِ عرقِ همچون شبنم را از پیشانی پسرکش گرفت. موهای ریخته بر پیشانی محمد را به کنار زد، و لبخند، بر لب، او را به خویش فشرد.

تا برکه به کار میزان کردن کجاوه بر پشت شتر و محکم ساختن طنابهای آن بود، آمنه مَشکِ آب را از بارِ شتر گرفت و گفت: دلبندم؛ دست و رویی بشوی تا شادابَ شوی.

محمد، همچنان مست از خواب، دامن دشداشه راه راهِ خویش را بالا گرفت، و در پی مادر، روانه شد.

بر لب جویی خشک نشستند. محمد، با آبی که مادر از مشک می‌ریخت، به شستن دست و روی پرداخت. در این‌گاه، برکه، فارغ شده از کار کجاوه شتر بانویش و رَحلِ شتر خویش، آمد.

زن جوان و دختر نوجوان، بر دستان یکدیگر آب ریختند و دست و رو را شستند. پس، برکه، شتران را به کناره چاهی که آن‌سوتر بود برد تا به آنها نیز آب بنوشاند.

خورشید به میانه آسمان رسیده بود. نغمه چند پرنده، که گویی برای

آسودن نیمروزی به نخلستان پناه آورده بودند، چونان لالایی‌ای محزون، دیدگان خسته آمنه را به خواب می‌خواند.

برکه، با شتران آمد، و با خود زیراندازی سپید آورد. آمنه، زیرانداز پشمین را از او گرفت و در سایه نخلی، گسترد. آنگاه سفره نان و دیگچه‌ای مسین را از خورجین پشت شتر برکه آورد. محمد، دورتر، در میان سبزه‌های کوتاه رُسته در زیر نخلها، گویا به یافتن چیزی بود. برکه آواز در داد و او را خواند. محمد آمد. دستان کوچک خویش را در پس پُشت نهان ساخته بود و لبخندی پنهان، در چهره داشت. پس، با حرکتی تند، دستان را به دو سوی گشود و گفت: برای شما!

در دست راستش شاخه‌ای نرگس صحرایی، و در دست چپ، یک شاخه شقایق بود.

آمنه و بَرَکه، به شادی، گلها را از او گرفتند. برکه دست لطیف محمد را بوسید و گفت: به گل نیاز نبود، ای عزیز کوچکم؛ تو خود گلی! آمنه، اندکی حلوا از دیگ مسین به درآورد و با قطعه‌ای نان ساج، پیش محمد گذاشت. پس، اندکی نیز بر نان خود نهاد، و دیگچه را به برکه داد.

برکه و محمد به خوردن پرداختند. لیک، آمنه، دو ـ سه لقمه بیش نتوانست خوردن.

برکه، نگران، او را نگریست: آمنه رنگ بر رخسار نداشت.

ـ حالتان خوش نیست، ای بانوی من؟

ـ نه؛ تنها به طعام اشتهایم نیست. شاید از گرمای راه باشد!

برکه دیگر هیچ نگفت. آمنه پشت بر تنه نخل، خیره روبه‌رو گشت؛ و آرام آرام، نگاهش دور شدن گرفت:

«زمین و مردم آن دیگرگون گشته‌اند

و دنیا کَدِر و زَشت است.

جمله رنگها و مزه‌ها دیگر شده است،

و مردمان به جای باغستانهای گسترده

درختان خاردار و سِدر دارند.

دشمنی که هرگز فراموش نمی‌کند

و موجودی که هیچگاه نابود نمی‌شود
مجاور ما گشته است.
ای دریغ از آن سیمای دلپذیر
که در خاکِ گور خفته است!

«....»

خورشید به کارِ نشستن در انتهای دشت بود. کاروان، چونان پیش، در رفتن به جانب مکه بود؛ تا از آن پیش که شب در رسد، به دیاری امن راه بَرَد. محمد، نشسته بر رَحلِ شتر، پیش برکه، او را گفت: پس چه هنگام به مکه می‌رسیم، ای دایه؟

برکه، مهرآمیز، گفت: اینک تنها دو روز است که در راهایم. کار اگر بر این مِنوال باشد، هشت روز دیگر در مکه‌ایم.

محمد خمیازه‌ای کشید و گفت: چون به مکه رسیم، نیایَم آیا از یمن آمده است؟

- آری. تاکنون نیز شاید که آمده باشد.

- دایه...؛ مردم چه‌گاه از جهان بیرون می‌شوند؟

- چون سالشان بسیار شود. از چه رو اما، می‌پرسی؟

- پدرم در سالخوردگی از جهان بیرون شد؟

- چه چیزها می‌پرسی، ای عزیزِ کوچکم!

- سالخورده بود؟

- خوب... نه.... جوان بود. بیمار شد؛ آنگاه.....

- به یثرب اندر؟

- خوب... آری.

- از پس تبی، از جهان بیرون شد؟

- آری؛ چنین می‌گویند.

- مادر نیز چون از یَثرب به درآمدیم بیمار شد. او هم تَبدار است. او نیز آیا...؟

گریه، امان محمد را برید، و از آن بیش، سخن گفتن نتوانست. برکه با مهر او را به خویش فشرد و گفت: آرام، ای عزیز کوچکم! که تو را گفته است که هر کس را که تب بگیرد، از جهان بیرون می‌شود؟!

پس، تا سخن را به دیگر سو بَرَد، گفت: نیایَت را بسیار می‌خواهی؟

محمد پاسخ نداد. سر در گریبان، آرام اشک می‌ریخت و فرو شدنِ
گردهٔ خونین خورشید را در چاهِ باختر می‌نگریست.

ـ می‌دانی که نیایَت تاکنون چند بهار را دیده است؟؛ افزون بر صد!
تو چنین گمان داری که نیایَت تاکنون به تب مبتلا نشده است؟ نه، عزیز
دایه...!

آدمی هست و دَمی. گاه او را بیماری فرا می‌گیرد، و دیگر روز،
تندرست بر پای می‌خیزد.

برکه اینها را گفت؛ لیک، با خود اندیشید که بیماری بانوی او، شاید
بیشتر، از غم مرگ شویش است.

ـ تو را گفته‌ام‌که در سال پیل، نیایِ تو، چه‌پهلوانیها کرد، و چه‌ها
روی‌داد؟

محمد با پشتِ دست راستْ آب از دیدگان سترد و گفت: کدام
سال؟

ـ در آنگاه که ابرهه بینی بریده[1]، با لشکریان و پیلانِ خویش سوی
مکه آمد تا کعبه را ویران سازد.

ـ نیایَم چه کرد در آن روزگار؟

ـ این خودْ داستانی غریب دارد. باشد تا به روز یا شبی که مجال فراخ
باشد، سربه‌سر، تو را حکایت کنم.

در این‌گاه، چند نخل، و سپس، کلبه‌هایی گِلین به چشمانشان آمد.
کاروانسالار، کاروانیان را ندا در داد، که آن محل، قریه ابواء[2] است؛ و
بر آن‌اند که شب را در آنجا اُتراق کنند.

شـــب، دراز شبی بود آن شب؛ هر لحظه، ساعتی! خورشید انگار در چاه خاور غرق گشـــته، و در آنجا مانده بود و سر بر دمیدن نداشت. گاه تب می‌آمد و چونان کوره‌ای ســـرخ، تنِ رنجورِ آمنه را می‌گداخت؛ و عرق، همچون جویهایی باریک از آب، از روزنه‌هایَ تن او به در می‌جست. در این حال، نفســـش به شماره می‌افتاد؛ چندان که می‌پنداشت هوایی برای تنفس نیست. آنگاه روانداز را به یک سو می‌افکند و می‌کوشید تا از جای برخیزد و خویشـــتن را به بیرون رساند. لیک، دستان و پاهایش آن توان را نداشتند که در این خواسته، بدو یاری رسانند. پس، تا کودکش و برکه بیدار نشـــوند، ناتوان از هر کار، افتاده بر بستر، لب به دندان می‌گزید و بی‌صدا می‌گریست.

گاه لرزش می‌گرفت. در این حال، جمله توان خود را در بازوان گِرد می‌آورد، روانداز را بر خویش می‌کشید، در خود مچاله می‌گشت، و عرقی سرد، سر به سر، اندامش را می‌پوشانید. آنگاه سستی‌ای غریب بر او غالب می‌شد. پس، چندی، از خویش بی‌خویش می‌شد و هیچ در نمی‌یافت. لیک، رنج آشوب دل و دردِ سر، از جمله اینها بیش بود: انگار پیوسته از درون پُتکَی بر مغزش نواخته می‌شد. مغز گویی وَرَم کرده بود و به کاسه سر فشرده می‌شد و راهِ بیرون رفتن می‌جست. آنگاه معده پیچ و تاب می‌گرفت و ناگاه موجی تند، از آن به گلو و دهان می‌آمد. لیک، چندان

تهی بود که هیچ روی نمی‌داد، جز آنکه آمنه آرزو کند که ای کاش جمله آن دردها می‌بود و این یک نمی‌بود!

در میانه این تَبها و لرزها و آشوبهای دل و درد سر، گهگاه - هر چند کوتاه - رنج کاستی می‌گرفت: آسایش. دَر این حال، آمنه به ناتوانیِ آدمی و بی‌اعتباری زندگی می‌اندیشید. پس، شویش به خاطر او می‌آمد.

«تو نیز به این حال گرفتار آمدی، ای عبدالله؟ تنِ چون گل شاداب تو نیز بدین سان پژمرد؟ آمنه فدای تنهایی و رنجوریِ تو، در آن لحظه‌ها! ای کاش می‌بودم و از جانْ پرستاری‌ات می‌کردم!»

سستی. کَرَختی. خستگی. بندهای تن، انگار از هم فاصله گرفته بودند و آن پیوند همیشگی در میانشان نبود. اندامها گویی به اراده آمنه نبودند. رفتن. آمدن. سعیِ میان مرگ و زندگی. «کجایی ای مرگ...؟»

آمنه در این سه شب که با تب به پگاه می‌پیوست چندان رنج برده بود که اینک مرگ را به آرزو می‌خواست. پیشتر هر چند زندگانی‌اش بس تلخ بود، لیک، هیچگاه مرگ را این‌سان شیرین نیافته بود. دیگر، بسیاریِ درد و اندوه و یأس، او را به اینجا کشانیده بود که مرگ را گشایشی برای خویش می‌یافت.

پیشتر، پیوسته او را یک اندیشه هراسان می‌ساخت: «بی من، بر محمدم چه خواهد رفت؟ این کودک شش‌ساله بی‌پدر، آیا تاب پذیرش یتیمی‌ای بر یتیمیِ پیشین را خواهد آورد؟ در این زمانه پر آشوب بی‌ترحم، او چه خواهد کرد؟» اینک نیز هر چند باز دلمشغول این اندیشه بود، لیک، درد و رنجش چنان بود که تاب پرداختنِ بسیار بدان را نمی‌یافت:

«آنچه را که گریزی نیست، از اندیشیدن به آن، چه سود!؟»

آنگاه ناخواسته، آن رؤیای شگفتِ پیش از زادنِ محمد در خاطرش آمد، و آن نظرهای غیبی به سوی یتیمش. پس، با خویش زمزمه کرد: «او را از شر هر حسودِ بدخواه، به آن یگانه بی‌نیاز پناه می‌دهم.»

به راستی، محمد اگر بی‌مهر و پشتیبانیِ پدر، سالیانی آن‌سان حساس و پر خطر را پشت سر نهاده بود، از این پس نیز بی‌مادر می‌توانست بزَید. عبدالله اگر نبود، و آمنه نیز اگر نباشد، خدای آنان و او که بود. همو که کودکش را در آن خطرها و دشواریها نگاه داشته بود، از آن پس نیز بر نگاهداریِ او توانا بود....

نخستین پرتوهای سپیده، دمیدن آغازیده بود. تابش روشنایی شیریِ
صبح از روزنه‌هایِ در اتاق، برای آمنه آرامشی‌غریب در پی آورد؛ چونان
آن کس که بر فراز بامِ جهان ایستاده باشد و از آن نقطه بر آفریدگان و
کار ایشان بنگرد.

با آغاز روز، درد و تب کاهش یافت. افزون بر آن، حتی، آمنه،
خویشتن را بس تواناتر از آن دو روز می‌یافت. پس، در جا نیم‌خیز شد، و
پشت بر بالش، نیم نشسته، ماند.

اینک روستای کوچک ابواء نیز از خواب دوشین بر می‌خاست. از
کلبه‌های گِلین و کویهای تنگ و پیچ پیچ آن، صدای زندگی به گوش
می‌آمد. در طویله‌ای، گاوی ما کشید. پس، صدای جیرجیر چرخشِ یک
چرخ چاه آمد، و آنگاه شُرشُر ریزش آب به آبشخور چهارپایان.

آمنه، از کوچه‌ای که کلبه پشت به آن داشت، صدای حرکت گله‌ای
کوچک از بُزان و بُزغالگان و عَه عَه چوبانی را، که خردسال می‌نمود،
شنید. در پی آن، بوی گلّه، اتاق را انباشت، و غبار، از شکافهای درِ دو لنگه
آن، به اندرون خزید. در همین دَم، گنجشکانی چند - لابُد به جستجوی
خوراکی - پُرصدا، در حیاط نشستند.

با جیریک جیریک آنها، برکه از خواب برخاست. شتابناک، پیرامون
را نگریست. گویی بیمناکِ چیزی بود. پس، چون نگاه او بر بانویش افتاد،
در لحظه، هم شاد و هم شرمسار شد.

«از من درگذر، ای بانو؛ که خستگی و خواب، از تو غافلم ساخت!»
«آرام باش، ای برکه؛ آرام! در این چند روز، تو چندان به
پای من و کودکم رنج بردی، که چنین غفلتی نباید که باعث
شرمساری‌ات شود. خواب و آسایش بر تو حلال! آسوده، ای مونسِ
سالیانِ درازِ غم آمنه! آرام، ای غمخوار شکیبای یتیم عبدالله!»
این سخنان، بی‌تبادلِ هیچ کلام، و تنها با چند نگاه، به بیان درآمد.
آمنه و برکه، در این هفتِ سال، چندان با یکدیگر انس یافته بودند که
بسیار سخنان، ناآمده بر زبان، با نگاهی، از یکی به دیگری برسد.

- زندگانی روز بر تو نیکو باد، ای بانوی من! به خجستگی، گویا بهتری!
- روز بر تو نیز خوش باد، ای برکه! اینک بهترم. لیک....
با نگاهِ محمد اما، که‌از بستر برمی‌خاست، آمنه، رَسله سخن را

فروخورد.

- بامدادت نیکو، ای پسرم! دوش، آسوده آیا خُفتی؟

محمد، با لبخندی شیرین، مادر را پاسخ گفت. پس، در سیمای او باریک شد.

آمنه، از راه دل، دغدغه نگاه پسر را خواند. پس، او نیز با نگاه، فرزند را دلداری داد:

«این‌سان غم‌مخور، ای غمخوارِ کوچک مادر! من نیز اگر نباشم نگاهدار تو، هست.»

«آن روز چون از خواب برخاستم، بانویم را دیدم که نیم‌خیز بر بستر نشسته بود. حالش از پیش، بهتر می‌نمود. من شاد گشتم، و بیرون رفتم تا برای او پیاله‌ای شیر فراهم کنم.

لیک، بانویم، جُز جرعه‌ای چند، از آن شیر نخورد.

چون محمد و من چاشت خوردیم، بانویم، محمد را در بر گرفت؛ بوسید؛ بویید، و چندی اشک ریخت. محمد نیز سر بر سینه او نهاد و بسیار گریست؛ چندان که مرا تاب نماند، و زار گریستم. پس، بانو، محمد را به کاری روانه حیاط کرد، و مرا به نزدیک خویش خواند.

او دستان مرا در میان دستانِ تبدارش گرفت و بر رویم بوسه زد. من، سخت به گریه درآمدم و بر دستانِ چون گلش بوسه زدم. او، دستِ ناتوان و تکیده خویش را بر موهای من کشید و نوازشم کرد. پس، با آن صدای شیرین آرامش بخشِ خود، مرا سپارش کرد تا از پسِ او، محمد را به نیایَش برسانم، و خودِ نیز تا آنگاه که بتوانم، دَمی از او جدا نشوم.

بانویم مرا گفت: برکه؛ خود نیک آگاهی که محمد شش بهار بیش به خود ندیده است. او از ابتدا پدر به خویش ندید. از مهرِ مادر نیز جز اندکی، بهره نیافت. او، برادر و خواهری نیز ندارد. از این رو، از پس من، بس تنها و غریب خواهد شد. در این میانه، او با تو اُنسی ویژه دارد. باشد که بودنِ تو در کنارش، برای او آرامشی و تسکینی در پی آورد.

من، باز، تلخ گریستم. پس، کوشیدم تا دلداری‌اش دهم که از آن بیماری رستن تواند. لیک، او گفت: نه، ای برکه! هر تازه کهنه می‌شود، و هر زنده، می‌میرد. من نیز می‌میرم. این را که اکنون تو می‌بینی، آرامش

پیش از توفان است. من به حالِ خویش آگاهترم. دوش نیز در آن چند لحظه که خفتن توانستم، عبدالله را دیدم. غم محمدش را می‌خورد. لیک، مرا می‌گفت که باید با او بروم.... من رفتنی‌اَم، ای بر که!

با آن روز، سه روز و سه شب بود که به روستای ابواء اندر بودیم. در روز دوّم از اُتراق، کاروان رفته بود و ما به ناگزیر مانده بودیم. آنجا به سرایِ پیرزنی تنها و نابینا درآمده بودیم و از او، اتاقی به کرایه گرفته بودیم.

در آن دو روز، حال بانویم گاه چنان خراب می‌شد، که محمد را و مرا ترس می‌گرفت. نخست، هرچه که خود از گیاهانِ دارویی می‌شناختم و در دسترس بود، به او خورانیدم. لیک، ثمر نبخشید. پس، دست در دامان پیران قریه آویختم، و آنچه را که ایشان طبابت کردند، فراهم آوردم و به وی خورانیدم. باز اما، اثر نکرد. آن روز، چون آن سخنان را از بانویم شنیدم، گریان به نزدِ پیر صاحب سرا رفتم و از او چاره جستم. او مرا گفت، که بر فراز تپه‌ای دور از روستا، کاهنی دانا می‌زیَد، که چندی است از مکّه بدان سو آمده است. به نزد او رَوَم و بر بالین بانویم بیاورمش؛ باشد که گشایشی پیش آید.

محمد را گفتم که از خانه بیرون نرود؛ و خود به سراغ آن زن کاهن رفتم. لیک، چون به سرایش رسیدم، کنیزش گفت: بانویم روانه نیایشگاه خویش در کوه ابواء شده است؛ و تا سه روز، باز نمی‌آید.

دلمرده، سوی قریه باز آمدم. هنوز به اتاق نرسیده، صدای شیونِ محمد به گوشم آمد. شتابناک به اتاق رفتم. محمد را دیدم که چهره بر چهره مادر نهاده بود. زار می‌گریست و می‌نالید: مادر، چه شده‌ای؟! از چه رو دیگر با من سخن نمی‌گویی؟! چرا بر نمی‌خیزی تا با هم به مکه رویم؟ نمی‌دانی آیا که من جز تو، کسی ندارم!؟

من، از بُنِ دل ضجه‌ای زدم و خویشتن را به بانویم رسانیدم. پلکهایش فرو افتاده بود و سیمای مهتابگونِ تکیده‌اش، چونان فرشته‌ای رنج کشیده می‌نمود که به خوابی ژرفْ اندر باشد.

هراسان گوش بر سینه‌اش نهادم: قلبش نمی‌تپید. دو دست فراز کردم تا بر سر بکوبم و موی پریشان سازم و گریبان چاک زنم. لیک، چون سیمایِ هراسان و غمین محمد را دیدم، بیمناک شدم که مبادا از

بسياريِ اندوه، روح از تن کوچکش پرواز کند. بر خود نهيب زدم: آرام،
ای بر که! اينک اين تو و اين يادگار سرور و بانويت! او را درياب!
پس، با کوشش بسيار، محمد را از مادر جدا ساختم و گفتم: دلبندم؛ او
ديگر ياراي سخن گفتن با تو را ندارد.
چون ابهام در سيماي معصومش ديدم، افزودم: بر که به فداي تو باد؛
نامِ اين حالت، مرگ است. مادر... مرده است...!»

اینک باز روز. باز سـپیده و دمیدن خورشـــید. روزیِ دیگر از عمرِ دراز
جهانِ پیر. دیگر بار چرخشِ آرامش‌ناپذیر چرخه زندگی: زیستها، مرگها.
ساختنها برای ویران شدن؛ ویران کردن‌ها از بهر ساختن، مرگها و زایشها؛
زادنها، برای مرگ...!

«چه بسیار مرگها دیده‌اید شما، ای خورشید، زمین، کوهها، دشتها و
آسمان؛ و خود هنوز برجایید. چه سان بی‌احساس، چه مایه سنگدل...!
آنان‌که دراز زمانی با شما آن‌گونه پیوسته و بدان مایه دلبسته بودند
و احساس خویشی و آشنایی‌شان بود، اینک نیستند. شمایان اما، بی‌هیچ
تغییر مانده‌اید و بی‌اعتنا، هستی خویش را پی می‌گیرید. گویی هیچگاه
نمی‌شناخته‌ایدشان، و میان آنانَ با شما الفتی نبوده‌است! انگار که بود و
نبودِ ایشان برای شما یکی است!
آه که چه ناپایدار مونسانی هستید!»

کوچکِ کاروان سوگوار، با کجاوه‌خالی، سینه خشک دشت را می‌شکافت
و رو سوی مکه داشت. دشت خلوت و ساکت پیش رو، گویی تا ابدیت
گسترش می‌یافت. سر به سر، صاف، یکدست و نرم. ماسه‌هایش گویی با
آفتاب بی‌ترحم صحرا، تافته و ارغوانی گشته بود.

دلَنگ دلَنگِ بَم و عمیق زنگوله بزرگ شتر خالی از مسافر آمنه، با صدای
زیر و خاطره‌انگیزِ زنگوله‌های کوچکِ آن شَتر دیگر در هم می‌آمیخت،

و خفته یادهایی گنگ را در ذهن محمد و بَرَکه بیدار می‌ساخت. همگام آن، حزنی تلخ دلهای ایشان را می‌انباشت و از راه رگان، زهر خویش را در جانهایشان می‌ریخت و جمله وجود آن دو را در چنبره خود می‌گرفت.

برکه خوش می‌داشت که این سکوت دیر می‌پایید و او به خود می‌بود، تا در آینه روح، خویش را بنگرد و چینها و لایه‌های مرموز حیات را درنَوَردد، تا شاید به سرچشمه راز و رمزهای هستی‌اش دست یابد. لیک، سکوتِ آن تنها یتیم خردسال که اینک پشت بر سینه او بر رحل شتر سیاه موی نشسته بود و به دور دست چشم داشت، به او رخصت پرداختنی بیش از آن را به خویش نمی‌داد. افزون بر آن، چون ژرف می‌اندیشید، همدمیِ این مهربان دُر دانه شیرین، خود برای او غنیمتی بود.

به ‌راستی، که در آن غریب‌وار زندگانی خشک و خشن او، این خردسال خواستنی زیبا، چونان چشمه‌ای آب خنک و گوارا و جوشان بود که با خویش، بس مایه گلها و سبزه‌ها به بار آورده بود.....

چون محمد پای در جهان نهاد، برکه گویی خود فرزندی زاده باشد، دنیا را دیگرگون یافت. بر زندگانی ملال‌زده و غبار غربت گرفته‌اش، انگار بارانی از رحمت بارید و جمله تیَرگیها را شست. پس، جهان شفافیت و درخششی شگفت یافت. هستی مهربان شد. سیمای عبوس زندگی گشاده شد، و بر آن، لبخندی دلنشین پدیدار گشت.

چه گسترشی می‌یافت قلب نوجوان برکه، چون آن نوزاد عزیز را در بر می‌کشید، و چه مایه غمگین گشت آنگاه که او به شیرخوارگی به صحرا برده شد. اینک اما، این شکفته غنچه، که عطر تنش برکه را مست می‌ساخت، بدو سپرده شده بود.

محمد برای برکه، یادگار سروَرش عبدالله، و بانویش، آمنه، نیز بود. به هنگام مرگ، بانویش مگر محمد را به او نسپرد و درباره‌اش سپارش نکرد...!؟ پس، بر برکه بود که این امانت عزیز را نیک بدارد و پرستاری کند.....

ـ سخنی بگو، ای دلبندم! تشنه آیا نیستی؟

محمد، لبخندی حزن‌آمیز بر لب آورد. آنگاه، چونان پیش، خیره روبه‌رو، گفت: تا مکه بسیار بسیار مانده است؟

برکه گفت: چند روزی بیش راه نیست.

پس، تا اندیشه محمد را به دیگر سو گرداند، گفت: تو را ماجرای ابرهه و پیلان او حکایت نکنم؟

از شوق، برقی از دیدگان درشت محمد جستن کرد، و گفت: آری؛ حکایت کن! حکایت کن، ای دایه!

برکه، مسرور از این حالت او، گفت: به دیده مِنّت، ای دلبندم! آنگاه بر جای خویش در رَحل شتر راست شد. سینه صاف کرد. به مهر دستی بر شانه محمد نهاد، و نرم، لب به سخن گشود:

- این ماجرا در نزد عرب و غیر آن، مشهور است. چندان که، آن سال که این ماجرا در آن رخ داد سالِ پیل نام یافت؛ و آغاز تاریخ تازه عرب شد.

آن دروازه مکه را می‌شناسی که دروازه پیلش می‌نامند...؟ از این‌رو این نام را به خود گرفته است که سپاه ابرهه از آن دروازه به مکه ورود کرد. به راه اندر نیز، آن چشمه که پیلان از آن آب نوشیدند، چشمه پیل نام یافت. راهی که سپاه ابرهه از صَنْعا تا به مکه پیمود نیز به خط پیل شُهره شد. کوتاه سخن آنکه، بر هر مکان که این سپاه در آنجا کاری کرد، نام پیل ماند.

محمد بر رحل شتراندکی جابه‌جا شد. سپس پرسید: صنعا در کجاست؟ از کدام سو به جانب آن می‌رَوَند؟

- صنعا اندر دیار یمن است. یمن نیز خود در جنوبِ مکه است.

- از این سو که ماییم که نیست؟

- نه، ای دلبندم! یَثْرِب در این جانبِ مکه - در شمال آن - است. لیک، یمن، در آن سوی مَکه - در جنوب آن - است. یمن خود سرزمینی بزرگ و بس آباد است. یمنیان مردمی عرب زبانند، و با قریش، خویشاوندی‌ای دور دارند.

- در سفری که من با حلیمه به مکه می‌آمدیم اما، چند یمنی دیدیم که بس سپیدرو بودند.

- آری؛ پوست یمنیان سپیدتر از عربان مکه و یثرب و صحراست. لیک، دیار ایشان نیز در جزیره عرب است، و جمله به زبان عرب سخن می‌گویند.

- تو پیشتر نگفتی که ابرهه، شاه یمن، سیاه بود؟! او آیا از مردم یمن نبود؟

برکه از روی چَپْیه سپید، بر سر محمد بوسه زد و گفت: فدای هوش تو، دایه‌ات...! نه؛ ابرهه از حَبَش بود. حبشه دیاری است بزرگ، در آن سوی دریای سرخ. یمن در این سوی آن دریاست.

- پس ابرهه در یمن چه می‌کرد؟!

- قصّه این، بس دراز است، ای دلبندم. بیم آن دارم که اگر از ابتدا حکایت کنم، در حوصله‌ات نگنجد. ابرهه اما، سرداری از لشکر حبشیان بود. چون شاه حبشه، نَجاشی، سپاهی گرد کرد تا روانه یمن سازد، اَریاط را بر ایشان فرمانروا ساخت. ابرهه نیز، با این سپاه بود. ذونُواسْ، شاه یمن، تاب سپاه حبشیان را نیاورد. پس، آنان بر یمن حاکم شدند. آنگاه نجاشی، اریاط را فرمانروای آن دیار ساخت.

- تو نیز از مردم حبشی، ای دایه؟

- آری، ای‌دلبندم! مرا نیز از آن سوی دریا بدین سوی آوردند، به کنیزی.

- چه شد که ابرهه، شاه یمن شد؟

- ابرهه سرداری از سرداران اریاط بود. چون سالیانی چند از فرمانفرمایی اریاط بر یمن گذشت (گروهی گویند: دو سال) طمع شاهی آن سرزمین در سر ابرهه افتاد؛ و از لشکر نیز برخی با او همَداستان شدند. در آن روزگار، اریاط در صنعا و پیرامون آن بود و ابرهه در جَنَد و گرداگرد آن.

- جند در کجا بود؟

- جند شهری از شهرهای یمن است؛ چهل فرسنگ دور از صنعا. مکانی بس ناخوش است، و آبی ناگوارا دارد.... باری، اریاط چون چنین دید، عزم آن کرد تا ابرهه را بر جای خویش نشاند. پس، به جانب یکدیگر آمدند و میان آنان و هوادارانشان پیکار در گرفت.

گروهی از دو سوی جان باختند. تا آنکه ابرهه، اریاط را پیغام داد: این جنگ به سبب من و تو در لشکر حبشه افتاده است. لیک، روا نیست که سپاهیان ما، که جمله از یک دیار و بر یک کیشَند، تباه شوند. اکنون تو تنها به رزم من آی. پس، چون از ما یکی کشته شد، آن دیگر، پادشاه باشد.

اریاط این‌نظر را پسندید. چه، او دلاور مردی‌بود خوش‌سیما و

بلندقامت و درشت اندام و بس زورمند. ابرهه نیز هر چند توانا و جنگاور و چابک بود، لیک قامتی کوتاه و اندامی فربه داشت، و پشتش اندکی خمیده بود.

پس، ارباط گفت: این نهایت انصاف است. حال که او از جان خود به تنگ آمده است و با من برابری می‌جوید، از چه رو من نپذیرم؟

ابرهه نیک می‌دانست که او را تاب رزم با ارباط نیست. پس، پیشتر تا پیکار درگیرد، حیله‌ای اندیشید: او غلام خویش، عَتَودَه، را گفت تا به گاه رزم وی با ارباط، در صف اول لشکر، مهیا باشد. پس، چون کار دشوار شد، به میدان آید و با نیزه، ارباط را بکشد.

به‌فردا روز، لشکریان، پیکار دو سردار نامور خویش را به‌تماشا ایستادند.

کوس رزم به نوا درآمد. ارباط، زرهی از چرم سرخ بر تن، با نیزه‌ای بلند در دست، از سپاه خویش بیرون رفت. ابرهه نیز چنین کرد. چون رو در رو شدند، نخست ارباط با نیزه حمله برد و سر ابرهه را نشان ساخت. ابرهه، به چابکی، سر فرو دزدید. نیزه ارباط اما، پیشانی و ابرو و پلک چشمان او را درید و بینی و لب زَبَرینَش را برد.

غلام ابرهه، چون چنین دید، پیش تاخت و بی‌هوا، از پشت بر ارباط یورش برد و نیزه خویش را در قلب او فرو کرد.

کوتاه سخن؛ ارباط جان باخت. لشکریان نیز چون چنین دیدند، جمله روی سوی ابرهه آوردند و سر بر فرمان او نهادند.

گویند: چون نجاشی این قصه را شنید، سخت بر آشفت که ابرهه با فرمانروای گماشته او چنان کرده بود. پس، در دم، به عیسی مسیح سوگند خورد که تا به تنِ خویش به یمن نرود و موهای سر و روی ابرهه را نکنَد و خون او را بر زمین نریزد و خاک خِطه فرمانروایی‌اش را لگدمال نکند، آرام ننشیند.

خبر به ابرهه آوردند. ابرهه، مردی زیرک بود و بردباری بسیار داشت. او، چون بر این سوگند آگاه شد، به اندیشه اندر شد که چه کند تا این شر را از خویش دور سازد.

پس، چندی موی از سر و روی کند و بر تکه‌ای چرم نشانید. نیز، انبانی از خاک پُر ساخت. آنگاه خونگیری را گفت تا شیشه‌ای از خون او بگیرد. دیگر، نامه‌ای نوشت و در آن، بر پایبندی خویش به دین عیسوی

و سرسپردگی‌اش به نجاشی اقرار کرد. او در آن نامه نوشت: «اریاط بنده و خدمتکارِ تو بود، و من نیز بنده‌ای از بندگان و خدمتگزاری از خدمتگزاران توام. من این کار که کردم نه از بهرِ خود، که برای تو کردم. چه، اریاط لشکرداری نمی‌کرد و شیوهٔ جهانداری نمی‌دانست.

لشکر، همه از او به شِکوه بود. من بیمناک گشتم که اختلاف اندر میانه حبشیان افتد و یمن از کَفِ ما برود. پس، کار بدانجا کشید که می‌دانی. اینک به مسیحیت و پدر و پسر و روح القُدُس سوگند، که یمن و آنچه که در آن است، از آنِ تو است، و من نیز گماشتهٔ تو بر آنم. جز آنکه امروز من به کارِ حبشیانِ از اریاط تواناتر، و از او سیاستمدارتر و مردمدارترم. حال، آیا رَواست که برای چنین ماجرایی کوچک، شاه، خویشتن و سپاه را به دشواری افکَنَد و تا بدینجا آید؟!

گویند اما، که شاه دربارهٔ این بنده خود، سوگندانی غلیظ یاد کرده است. تا سوگندِ تو راست آید، اینک این موی سر و روی من! آنها را به دست خویش بکَن. این نیز خون من. بر خاکش ریز. و این خاک یمن، که برای تو فرستاده‌ام. بفرمای تا بر زمین ریزند و آن را در زیر پای خویش بکوب.»

آنگاه، اینها را با پیشکشهای بسیار، از هرگونه، روانه دربار نجاشی، در حبشه، ساخت.

گویند: نجاشی چون چنین دید، آرامش یافت. لبخندی زد و گفت: چه زیرک مردی است این بینی بریده بی‌لب!

پس، فرمانروایی یمن را بدو سپرد.

بدین سان، دلبندم، ابرهه بر یمن شاه شد.....

روز اینک به گرمگاه خویش نزدیک می‌گشت. تا آفتاب محمد را نیازارَد، برکه خواست او را گوید که به کجاوه رَوَد و در آن نشیند. زود اما، در یادش آمد که در این سه - چهار روز، به چند بار در این‌باره او را گفته بود. لیک، هر بار، محمد از نشستن در کجاوه سرتافته بود. گویی آن را نداشت که در کجاوه‌ای بنشیند که پیشتر مادرش در آن می‌نشست و بر آن پشتیِ کوچک درونش تکیه می‌زد و سر او را بر زانوان خویش می‌نهاد و با انگشتانِ باریک و کشیدهٔ خود، موهایش را می‌نواخت. برکه نیز بر خویش روا نمی‌دید که بر جای بانوی خود، که آن سان

عزیزش می‌داشت، تکیه زَنَد. پس، به سازشی پنهان، نوجوانْ کنیزِ حبشی و بزرگزاده یتیم قُرشی پذیرفته بودند که کجاوه آمنه، تهی، بر پشتِ شتر سپید موی او، همسفر ایشان از ابواء تا مکه باشد.

برای هر دو، چه مایه دشوار بود باور آنکه دیگر آمنه نبود: آن سیمای گشاده که شادی‌اش آشکار و اندوهش نهان بود، اینک در گوشه‌ای غریبْ از قریه‌ای پرت، بر بستری از خاک تیره خفته بود. آن دیدگان پرحیای زیبا که جمله غمهای جهان را از دل ایشان می‌برد، اینک بی‌فروغ گشته، و در کاسه سر خشکیده بود. دیگر آن صدای نرم دلنشین و مهربان در گوششان نمی‌نشست....

در این چند روز که از ابواء راهی شده بودند محمد چندان گریسته بود که برکه ترسیده بود که مبادا روح لطیف او، قالب تُرد تن را بشکند و به روح مادر بپیوندد. پس، با آنکه خود به دل خون می‌گریست، پیوسته بر آن بود که یک دم او را به حال خویش وامَنَهد؛ تا از آن بیشْ به اندیشه اندر نشود و غم مخورَد. چه، شادی روح بانویش نیز در آن بود که یتیمش کمتر اندوه خواری کند و تندرست به نزد نیایش رسد. هر چند این پرسش خویشانِ آمنه را پاسخی نمی‌یافت، که چه‌سان با وی رفته، و بی او بازَ آمده بود!

– دلبندم، تشنه آیا نیستی؟

– نه،.... ماجرای ابرهه را پی نمی‌گیری؟

– خسته نیستی؟ اگر بخواهی، چندی در سایه این صخره‌ها می‌آساییم و آنگاه، دوباره به رفتار درمی‌آییم.

– تو نمی‌گفتی که زودتر به مکه رسیم، بهتر است؟! اینک برویم؛ شب بیاساییم.

پیشتر تا خورشید به رنجشان آوَرَد، برکه ابری را دید که نرم نرم بر سرشان فراز شد و بر ایشان سایه افکند. برکه از مشکِ آویخته بر پهلوی شتر، به محمد جامی آب داد و گفت: بنوش! تشنه هم که نباشی، بنوش! گرما تند است. مبادا که تو را بزند!

محمد، جام را از برکه گرفت. چندان که با تکانهای آرام شتر آبش نریزد، آن را به لب نزدیک ساخت، و تند نوشید. پس، جام را به برکه داد.

برکه جام را در خورجین پس رحل جای داد و با لبخندی محزون بر لب، گفت: یمن شهرهای بسیار دارد؛ و خرمترینِ جمله جهان است. شهرهایش هم صاف است و هم کوهستانی؛ و هم بر خشکی و هم بر کناره دریا. عَدَن و حَضْر مَوْت بر کناره دریایند؛ و صنعا - شهری که شاه در آن می‌نشیند - بر خشکی. آب یمن بسیار و کشت و کار آن پررونق است. بوستانها و درختستانهای بی‌شمار دارد، چونان بهشت. بازرگانی آن نیز، رونق بسیار دارد. می‌دانی که ستد و داد زمستانی قریش، پیوسته در آن دیار است.

باری...؛ چون چندی گذشت، ابرهه دانست که هر سال، به هنگام حج، از هر کران جزیره عرب، گروه گروه مردم، سوی مکه می‌روند. پس، بر آن شد که سبب را بداند. گفتندش: به مکه اندر، بنایی است، که کعبه‌اش می‌نامند. عرب، هر سال به زیارت و طواف آن می‌رَوَد. به پیش و پس این عبادت نیز، در آن شهر و پیرامونش بازارها برپاست؛ و در آنها، ستد و داد بسیار صورت می‌گیرد.

ابرهه پرسید: این کعبه، چگونه جایی است که عرب، چنین اشتیاق آن را دارد؟!

گفتند: ساده بنایی است چهارگوش، از سنگ و گِل؛ که بر آن، پارچه‌ای کشیده‌اند.

از آن روز، ابرهه بر آن شد تا به صنعا اندر پرستشگاهی سازد، به شکوه و جلال و زیبایی، در جهانْ بی‌همتا. پس، در جزیره عرب بانگ دراندازد و مردم را به زیارتِ آن فرا خواند. ابرهه بر این خیال بود که با این حیله، کعبه و مکه را از درخشش و فروغ بیندازد، و بر رونق یمن و صنعا بیفزاید.

پس، برای قیصر روم و نجاشی و دیگر ترسایان نامه‌ها گسیل داشت و نقشه خویش را بدیشان باز گفت.

جمله، او را آفرین گفتند، و بدو یاریها رسانیدند: از آن میان، شاه روم، برای ابرهه، مهندسان و معمارانی کارکشته، با سنگهایی مرمرین به رنگهای گونه‌گون فرستاد.

از آن سو، ملکه سبا که روزگاری در شهرمَآرب - برخی گویند: سبا - بود و بر یمن فرمان می‌راند، کاخی بس بزرگ و با شکوه داشت. مآرب

در جانب خاور صنعا بود، به سه و نیم فرسنگ راه. (و این سبا، همان بانوست که سپس به همسریِ سلیمانِ پیامبر درآمد.)

به روزگار ابرهه، از آن کاخ، چیزی بر جای بود. ابرهه فرمود تا سنگهای مرمر، سنگهای نقشدار رنگ رنگ، و دیگر تزیینها را که از آن کاخ بر جای بود، به صنعا بردند.

او، جمله مردمان را فرمان داد که با نوبت، در ساختن آن کار کنند. پس، جایی بس بلند را که بر کنار کاخ او، در دشتی فراخ بود، پاک ساختند. آنگاه در آن، بنایی پی ریختند، چهارگوش؛ که جمله جانبهایش یکسان بود.

تا این پرستشگاه بنا شد، سالیانی چند گذشت. در این دوران، ابرهه بر یمنیان ستمهای بسیار روا داشت، و بی‌مزد، از ایشان کارِ بسیار گرفت. او فرمود تا هر آن کس را از پس دمیدن خورشید به کارِ حاضر شود، دست ببُرند. و بسیار مردان و جوانانِ یمنی، که بدین‌سان، بی‌دست شدند.

پرستشگاه اما، چون ساخته و پرداخته شد، عظیم بنایی بی‌همتا بود. گِرد تا گِردش بارویی بود که از هر سو، صد گز فاصله داشت. کف این مسافت، سر به سر، با سنگهای نقش‌دارِ تراش خورده، فرش شده بود. می‌گویند: این سنگها چنان با یکدیگر جفت بودند که سوزن در میانشان نمی‌رفت.

دیوار بارو نیز با همان سنگها چیده شده بود؛ و ده گز بلندا و سه گز پهنا داشت. کنگره‌های این دیوار از سنگهای سه‌گوشِ سبز و سرخ و زرد و سپید و سیاه بود. بر چهار گوشه بارو، چهار برج بود؛ دایره‌وار؛ ساخته از مرمر سپید. بر بالای هر یک، بُرجکی به بلندای یک گز بود. هر ردیف از سنگ این برجکها، به یک رنگ بود: نخست ردیفی از مرمر سیاه برّاق بود، که از کوه نَقُّم آورده بودند. (و این کوه، بر کنار صنعا، در جانب خاور آن پرستشگاه بود.) پس، ردیفی از مرمر زرد بود. بر آن، ردیفی از مرمر سپید؛ درخشان همچون سیم.

به میانه اندر، بنایی بود چهارگوش، که سی‌گز بلندا داشت. چندان که گویند: از فرازش، دریای عَدَن نمایان بود. پلگانش نیز از سنگ مرمر بود. این بنا خود، سه مرتبه بود؛ هر مرتبه به رنگی. دیوارهای آن با چوبهای نقش‌دار زینت یافته بود. در هر جای دیوار که پیش آمدگی داشت، سنگ مرمر به کار

برده بودند. بر فراز مرمرها، سنگهای سیاه براق بود، و بر آنها، سنگهای سپید. این بنا دری از مس داشت؛ نقش یافته با تصویرهایی بس زیبا. بر آن، ورقها از سیم و زر کوفته، و جای به‌جایش گوهرها نشانیده بودند. این در، پنج گز بلندا و دو گز پهنا داشت.

چون در آن بنا ورود می‌کردی، تالاری بود فراخ؛ چهل گز درازا و بیست گز پهنا. در آن، ستونها بود از چوب ساج؛ زینت یافته با میخهای زرین و سیمین. آنگاه ایوانی بود، از هر سو بیست گز. ایوان پنجره‌هایی با شیشه‌های مشبّر و نقش‌دار داشت. پس، صحنی بود که پانزده گز درازا و پانزده گز پهنا داشت. دیوارهای این صحن با کاشیهایی لاجوردین پوشیده بود. بر کاشیها، صلیبهایی طلایی یا ستارگانی سیمین می‌درخشید. به این تالار اندر، دو ستون بود، از چوب ساج. بر آنها نقشهایی بس شگفت، از صورت انسان کنده بودند. (چون روزگاری سپری شد، مردم یکی را کَعیب و آن دیگر را زن کَعیب نام نهادند؛ و بدانها تَبَرّک می‌جستند.) میانه سقف صحن، گنبدین بود. سقفْ پوشیده به کاشیهایی نقش یافته با صلیبهایی زرین بود. در جانبِ شرقی گنبد، سنگی مرمرین بود؛ شفاف چون شیشه. چندان که از پسِ آن، نورِ خورشید و ماه، به صحن اندر می‌تافت. در زیر آن گنبد، منبریَ از چوب آبنوس بود. پلّگان منبر از چوب ساج بود؛ زینت یافته با طلا و نقره. بر دَو جانب آن نیز دانه‌هایی سپید، از عاج نشانیده بودند.

از گنبد، زنجیرهایی طلایی آویخته، و چلچراغدانهای مفرغی شامی بدانها متصل ساخته بودند. در هر گوشه صحن نیز بخوردانهای مِفرغین می‌سوخت و عطری خوش در فضا می‌پراکند.

این پرستشگاه را قُلّیسْ نام نهادند. (و گروهی گویند به سبب بلندی بسیارِ گنبدش، بدین نام خوانده شد.) آنگاه ابرهه جامه‌هایی نیکو بر آن پوشانید و مردانی را به خدمتش گماشت. پس، فرمود تا در دیگر شهرها نیز کلیساها بسازند. و مردم را به کیش ترسایی فرا خواند؛ و بر هر که بدان آیین درنیامد، جزیه نهاد.

ابرهه، خبر پرستشگاه قلیس را در جهان پراکند. از جمله، برای نجاشی نامه گسیل داشت؛ که «من پرستشگاهی بنا کردم به نام تو؛ که به گیتی اندر، چون آن نیست.»

همو، نگارگران را فرمود تا صورتِ آن بنا را بر پوست نگاشتند، و به همراه نامه، روانه ساخت.

آوازه قلیس، در هر سو پیچید. هر جا که راهبی بود به دیدار آن شتافت؛ و جملگی، آنجا قربانی کردند و ابرهه را برای ساختن آن پرستشگاه ثناها گفتند. تا خبر به شاه روم، قیصر، رسید. او این بار برای ابرهه رنگهایی فرستاد، با صورتها از عیسی و مریم و دیگر مقدسان این کیش؛ تا در پرستشگاه به کار گیرند. قیصر، برای نجاشی نیز نامه‌ای نوشت؛ که «این کاردار تو در یمن کاری کرد، که اندر جهان، هیچ شاه نه چون آن دیده، و نه شنیده است. او با این کار، نام تو و نام خویش را چندان بلند ساخت، که از آن بلندتر نتوان....»

نجاشی شادمان شد؛ و نامه به ابرهه نوشت و او را آفرینها گفت.

پس، ابرهه، به نجاشی نوشت: «اینجا، به مکه اندر، عرب خانه‌ای دارد از سنگ، که بدان کعبه می‌گویند؛ و طواف و حجّش می‌کنند. لیک، این پرستشگاه که تو ساخته‌ای، از آن نیکوتر است. از این پس، به عرب فرمان ده تا زیارت آن خانه را رها سازند و حجّ و طواف این پرستشگاه را به جای آورند؛ تَا فخر و شُوکت تو بیش شود و جاودان مانَد.»

نجاشی، به این نیز شادمان شد، و بدو رُخصت داد.

ابرهه، نخست به اهل یمن فرمود تا ترسا و جهود، جمله، قلیس را حج و طواف کنند.

چون چندی گذشت، دیگر مردمان جزیره عرب را نیز پیام فرستاد تا به زیارت آن آیند. سپس، در ماه حجّ، مأمورانی به ابتدای راههای مکه گسیل داشت تا راهیان مکه را سوی قلیْس خواندند و راندند.»

برکه، با زبان، لبان خشکیده خویش را تر ساخت و گفت: اینک هنگام خوردن طعام، و لَختی آسودن است. تو نیز، به یقین از شنیدن خسته شده‌ای. باقی را چون باز به رفتار در آمدیم، بشنو.

پس، هر سه شتر را به جانب کرانه راه، آنجا که چند نخل خرمای پیر گرد هم بودند، راند.

«ابرهه در کیش ترسایی، بس سخت و پابرجا بود؛ و بر قلیس امیدها بسته بود. لیک، آنچه که او گمان می‌برد روی نداد؛ و هر سال چون هنگام حج می‌شد، باز، عرب، از هر کران، فوج فوج، راه مکه را در پیش می‌گرفت.

ابرهه را خبر می‌آوردند که در این روزها، از شهرهای یمن نیز مردمان، دسته دسته یا یک‌یک، پنهان و آشکار، روی سوی مکه می‌بردند. ابرهه به خشم اندر می‌شد و فرمانهای سخت درباره آنان می‌داد. لیک، ماجرا از آن بزرگتر بود.

کار بر این حالت بود، و ابرهه روز به روز خشمگین‌تر می‌شد. تا آنکه قصد کعبه را کرد.

مردمان به حیرتی عظیم اندر شدند که سبب این عزم چیست؟! برخی گفتند: «به جبران آن کار که آن مرد بنی فُقَیمی کرد.» و این بنی‌فُقَیم، تیره‌ای از قبیله بنی کِنانه بود، که در مسیر مکه تا یمن می‌زیست. گفتند: بر مردی از این تیره، فرمانِ کار ابرهه گران آمده‌بود. پس، خویش را به صورت راهبان ترسا ساخت، و به صنعا رفت. آنجا چنان وانمود، که از راهی دور به زیارت قلیس آمده است. آنگاه، به پرستشگاه اندر شد و زیارت کرد و چندان آنجا نشست تا شب برآمد.

خادمان آمدند و او را گفتند تا برخیزد و بیرون رود. چه، شب، هیچ‌کس رُخصتِ خفتن در اندرون پرستشگاه را نداشت.

مرد بنی فقیمی گفت: من چندین مسافت پیموده، و رنجها برده‌ام، تا شبی را در این مکان به نیایش پردازم؛ و زیارتی، چنان که شرط آن باشد، به جای آرم. اینک شما چه سان روا می‌دارید که رنج من تباه شود و مراد خویش را از این جایگاه پر شوکت برنگیرم!

این را گفت، و زاری و خواهش بسیار کرد. چندان که دل کلیددار بر او سوخت، و رخصت ماندنش داد.

پس، درها را بر او بستند و خود رفتند.

چون روز نزدیک شد، آن مرد، در آن جایگاه، پلیدی بسیار کرد، و در و دیوار و زینتهای آن بنا را، به آن پلیدیها آلود. آنگاه، در گوشه‌ای پنهان شد.

پگاه، چون کلیددار آمد و در را گشود، آن مرد، نهان از او، به چالاکی از قلیس به در جست و گریخت.

این خبر به ابرهه رسید. سخت بر آشفت؛ و در دم، سوگندی غلیظ یاد کرد که تا به مکه نرود و خانه کعبه را ویران نسازد و سنگهای آن را به یمن نیاورد، آرام نگیرد.

پس، فرمود تا قلیس را با آب و گلاب ایران شستند، و در و دیوار آن را به مشک ختن و عنبر، آلودند. نیز، هزار مجمر پُر عود ساختند و در آن جایگاه سوختند، تا بوی بد، از آن برود. سپس برای نجاشی نامه گسیل داشت تا آن پیل بزرگ سپید خویش را به نزد او فرستد. (آن پیل، پیشاهنگ سپاه حبشیان بود. و می‌گفتند که در هیچ رزم نبوده، جز آنکه حبشیان در آن پیروز گشته‌اند.)

برخی اما، قصه‌ای دیگر می‌گفتند. دعوی آنان این بود که شبانگاهی، کاروانی از بازرگانان عرب، به نزدیکی دیواره قلیس آتش افروخته‌اند تا طعامی مهیّا سازند و خویش را از سرمای شبانه نگاه دارند. به نیمه شب اما، توفان درگرفته، و آن آتش را به دیوارهای قلیس کشانیده و بخشی از آن را سوخته است....

در ابتدا، گروهی، از این ماجرا شادمان شدند؛ که «حرمت ابرهه و شاه حبش و پرستشگاه ایشان، نزد عرب و غیر آن، شکسته شد.» لیک، برخی پیران بر این گمان بودند که این قصه، خوَد، پرداخته ابرهه است. چه، او با این دستاویز، بر آن است که کعبه را ویران کند، تا برای عرب، دیگر

پرستشگاهی در مکه نباشد؛ و ناگزیر، رو سوی قلیس آوَرَد.

آنگاه خبر آمد که ابرهه، شصت هزار لشکر گرد کرده است؛ چونان پرستو سیاه، بر مثالِ دیوانْ هولناک، و همچون سوسمار، چابک. اینان با هشت پیل، قصد مکه را دارند.

پس، گفتند: ذونَفْر به کار گردآوری لشکری است؛ تا راه را بر سپاه ابرهه بربندند. (و این ذونَفْر، مردی بود مردانه. و اصل او از حِمیَریان بود؛ که پیش از اریاط، به یمن اندر، فرمان می‌راندند.) از پیرامون مکه نیز مردانی سوی او شتافتند، تا در این رزم یاری‌اش کنند. و گفتند که ذونفر، ده هزار لشکر گرد کرده است. لیک، ابرهه درهمشان شکست؛ و ذونفر نیز خود اسیر گشت. ابرهه خواست تا جان از ذونفر بگیرد. او اما، ابرهه را گفت: پادشاها؛ از کشتن من دست بدار؛ و با این بخشش، گروهی بزرگ از یمنیان را وامدار خویش ساز! به یقین، بودِ من، از نبودم، بیشتر به کار تو می‌آید.

ابرهه، مردی زیرک و بردبار بود. پس، چنین کرد. و ذونفر، به اسیری، با او همراه شد.

چون سپاه ابرهه به سرزمین خُثْعَم رسید، گفتند که نُفَیْل، بزرگ قبیله خثعم، راه را بر آن گرفته است. (و این خثعم، خود دو تیره بود: شَهران و ناهِس. و در این دو تیره، پنجاه هزار خانه بود. نفیل، از ایشان ده‌هزار جنگاور گرد کرده بود.) لیک، خثعمیان نیز مغلوب ابرهه گشتند؛ و نفیل به اسیری درآمد.

ابرهه خواست تا نفیل را بکشد. نفیل او را گفت: ای ابرهه؛ تو از جایگاه من در میان عرب آگاهی. از پسِ من پنجاه هزار خانه است. با بخشودن من، جمله ایشان را، بنده خویشْ توانی کردن. به من امان ده، تا با تو همراه شوم و سپاهت را راه بنمایم؛ که در دیار عرب، بی بلدِ راه نتوان رفت.

من خود پیل دیده‌ام: هر پیل چند چندِ ده شتر آب می‌نوشد. هم از این‌رو، در آن راهِ درازِ یمن تا مکه، بلدی خبره می‌بایست تا چشمه‌ها و آبگیرها را بشناسد و به ابرهه بازشان نماید؛ تا سپاه و پیلان آن، به تشنگی گرفتار نیایند و از پای نیفتند. پس، با این اندیشه، ابرهه چنان کرد که نفیل خواسته بود؛ و از کشتنش دست باز داشت. نفیل نیز ابرهه را تا طایف بلدی کرد.»

در این هنگام، محمد لبخندی محزون بر لب آورد و گفت: در آن روزگار که در صحرا با دایه‌ام بودم، طایفهٔ ایشان هر بهار به نزدیک طایف بار می‌افکنْد. در این دوران، گاه شوی حلیمه به طایف می‌رفت و برای ما میوه‌های گونه‌گون می‌آورْد.

برکه، به مهردستی بر سر او کشید و گفت: من نیز چندی در طایف بوده‌ام. آبادی‌ای است بس بزرگ، بر زمینی بلند، در میانهٔ یک دره. هوایی لطیف و آبی بسیار دارد. چندان که گویی شهری از شهرهای دیار شام است.

باری... طایفیان از در سازش با ابرهه درآمدند: بزرگ آنان، مسعودِ مُعْتَب، با گروهی از بزرگانِ شهر، به پیشباز او رفت و گفت: شهریارا! ما همه، بندگان و فرمانبرداران توایم، و از ما، کسی با تو سر ستیز ندارد. چه، شاه برای ویران کردن شهر و پرستشگاه ما نیامده است. (و مقصود ایشان بتخانه بت لات بود؛ که جایگاهی در طایف بود؛ و عرب، بزرگش می‌داشت.)

ابرهه خرسند شد. پس، سپاه او چندی در طایف ماند، و خستگی راه را از تن گرفت. طایفیان نیز نیکویشان داشتند و آنچه که از طعام لشکر و علوفه و آب چهارپایان و پیلان لازم بود، به کمال بدیشان دادند. دیگر، چون ابرهه قصد مکه کرد، ابو رغال نام‌مردی از خویش را، با او روانه ساختند، تا بلدِ راهش باشد.

بر دل مکیان بیمی بزرگ افتاد. چه، از طایف تا مکه، دوازده فرسنگ بیش راه نبود.

از بزرگان عرب، جمعی سوی ابرهه شتافتند و گفتند: سه یکِ دامها و چهارپایان و جمله داراییِ دیگرِ ما و قبیله‌مان را بستان، و از ویرانی کعبه دست بدار.

لیک، ابرهه رضا نداد.

بیش از همه، سخنِ پیلان بود. بیشتر عربان، تا بدان روزگار پیل ندیده بودند. از همین رو، در نظر ایشان بس شگفت می‌آمد. یکی می‌گفت: «پیکرش چونان یک تپه، و بلندای قامتش چندِ عمارتی است.» دومی می‌گفت: «پاهایش به ستونهایی عظیم همانند است.» آن دیگر می‌گفت: «بینی‌اش را می‌گویند همچون لوله‌ای است کلفت؛ و چندان دراز، که

تا زمینِ می‌رسد. چون در خشم شود، با آن، درختان تناور را از ریشه برمی‌کند و به دورها می‌افکند.» یا: «دو دندان دارد؛ در بزرگی، چندِ یک شمشیر.» برخی نیز از نعره‌اش می‌گفتند، که از بیم، بند از دلِ مردانِ مرد می‌گسست.

قصه کوتاه... چندان از هیبت پیلان گفتند، که باقی مانده دلیری مردان نیز رفت؛ و جمله، نومید و ترسان و درمانده شدند. پس، اغلب، چهارپایان و ابزارهای‌زندگانی خویش‌را برگرفتند و رو به‌جانب کوههای پیرامون مکه نهادند.

گاهِ آزمایشی دشوار فرا رسیده بود. نیایت، عبدالمطلب، مردم را به پناه بردنِ به کعبه می‌خواند. او، تا بیم از دلِ ایشان بَرَد، قصه آن سه شاهِ پیشین یمن را می‌گفت که آنان نیز قصد کعبه را داشتند؛ لیک، این مکان را نیافتند.... در آن هنگامه هول و خطر اما، هیچ‌کس گوشی شنوا برای این سخنان نداشت. برخی نیز او را پاسخ می‌گفتند: هر چه بود، آن شاهانْ خود عرب و از ما بودند. ولی این، سیاه و حبشی است، و بر عرب تعصبش نیست. دیگر اینکه، آنان پیل نداشتند. ابرهه پیلانی دارد ترسناک، چونان قلعه کوب‌هایی عظیم؛ و ما از آنها ایمن نیستیم.

چون بیشتر مردم رفتند، نیایت گفت: من از خداوند این سرا شرم دارم که از حرم او بگریزم. جمله نیز اگر بروید، من بر بر جای می‌مانم، تا او در میان من و اینان حکم کند.

پس، بزرگان شهر را در انجمن‌سرا گرد کرد تا رأی ایشان را نیز بداند.

جمله گفتند: در ما یارای ایستادن و نبرد با سپاه پیل نیست. همان به، که شهر را وانهیم و جان خویش را به در بریم.

در این هنگام خبر آمد که سپاه ابرهه به مُغَمَّس رسیده، و در آنجا بار افکنده است. چه، در آن محل، مردانی از عرب، در مجالی، بر سر ابو رغال ریخته، و او را کشته بودند. (و این مغمس، در دو منزلی مکه است.)

چون این خبر به نیایت رسید، آب در چشم آورد، و آن را به فال نیک گرفت. دیگر مکیان نیز به این خبر شادمان شدند، و کشندگان ابو رغال را ستایشها کردند. (از آن پس نیز، هر که از عرب بر آن محل می‌گذرد، ابو رغال را نفرین می‌کند و بر گورش سنگ می‌افکند. از همین رو، اینک، آن

گور، دو چندِ تپّه‌ای شده است، از بسیاری سنگهایی که بر آن افکنده‌اند.)

در آن روز، پیکی از سوی ابرهه به مَکه آمد؛ و نشان از بزرگ شهر گرفت. پیک را سوی عبدالمطلب راه نمودند.

او، نیایت را گفت: ابرهه، شهریار یمن، مرا روانه ساخته است، تا شما را پیغام دهم، که جنگ او با مکیان نیست. پس، مردم اگر با وی نستیزند، او به ویرانی کعبه بسنده خواهد کرد.

نیایت گفت: او را بگوی: در ما یارای برابری و پیکار با سپاه تو نیست. این بنای مقدس، سرای خدای و ساخته دوست راستین او، ابراهیم است. خداوند سرا، اگر که خواهد سرای خویش را نگاه دارد، می‌تواند. نیز آن را اگر فروگذارد، که ما هیچ نتوانیم کردن.

پیک بازگشت و آن مردم که بودند نیز، از مکه بیرون رفتند. تنها نیای تو بود و شهر.»

جمله مردمان رفتند. مکه ماند؛ تهی، خاموش و غمزده؛ با عبدالمطلب و بُغضِ گلوگیرش.

عبدالمطلب، روانه کعبه شد. چنگ در پوششِ سیاهِ رنگ‌باخته از آفتاب آن زد و گرم راز و نیاز شد:

ـ بار خدایا؛ بندگان تو دارایی خویش را برگرفتند تا دست دشمن خود را از آن کوتاه سازند. تو نیز دست دشمن خویش را از سَرایت کوتاه فرما!

پروردگارا؛ اینک جمله درها بسته و چراغ همه امیدها فرو مرده، و برای ما، جز تو، امیدی نمانده است. خدایا، مگذار صلیب آنان بر سرای تو چیرگی یابد، و شوکت و قدرت ایشان بر شکوه و قوّت تو پیشی گیرد! ای رواکننده خواستها و برطرف سازنده غمها؛ ای که دانای رازهای نهان و درهم کوبنده ستمگرانی؛ ما را در برابر این سیل بنیان کن، پشتیبانی فرما!

بار پروردگارا؛ اینان که در پیرامون حرمت منزل گزیده‌اند، با جمله گناهان خویش، بندگان و کنیزان توآند. اینک، تو اگر سرا و حرم خویش را فروگذاری تا دشمنان ویرانش سازند، پس ما را بفرمای که از آن پس، تو را در کجا پرستش کنیم؟!

«نیایت در آن روز چندان گریست که چون ساعتی دیگر،

همسرش، سمراء، او را دید، دیدگانش هنوز سرخ و برآمده بود.....
غروبگاه، عبدالمطلب را آگهی دادند که گروهی از لشکر ابرهه،
دویست شتر از گله او را گرفته، و با خود برده‌اند.

دیگر روز، نیایت، با گروهی از فرزندان و خویشان، راهی اردوگاه ابرهه
شد. آنجا، سوی ذونفر رفت، که با وی پیشینه دوستی داشت. او، ذونفر
را گفت: در این گرفتاری که به ما رسیده، از تو آیا هیچ ساخته است؟

ذونفر گفت: ای عموزاده؛ چون منی که خود اسیر است و هر دم بیمِ
آن دارد که بامداد یا شامگاه او را بکشند، چه می‌تواند کردن!؟

عبدالمطلب گفت: اینک به من راهی بنمای!

ذونفر گفت: پیلبانی که پیل بزرگ را می‌رانَد، صاحب خبر ابرهه
است. نام او انَیْس است، و هر روز برای ابرهه، خبرِ سپاه را می‌برد. من با
او، در دوستی پیشینه‌ای دارم. بهتر آنکه او را پیشْ فرستیم.

ذونفر به نزد انیس رفت و قصه را باز گفت. پس، افزود: ای انیس؛
ما با قرشیان خویشاوندی‌ای دور داریم. و این عبدالمطلب، بزرگ مکیان
و سالار کاروان ایشان در کوه و دشت است. در میان جمله عرب،
بخشنده‌تر از او نیست. او در گشاده‌دستی، با باد شمال برابری می‌کند.
پیوسته نیازمندان را طعام می‌دهد و از زیادی آن، برای حیوانهای وحشی و
پرندگان کوه و دشت نیز غذا می‌فرستد. اینک بنگر که می‌توانی شترانش
را بازپس گیری؟

انیس گفت: من شرح این صفتهای وی را نزد ابرهه خواهم داد، و
برای او رخصت دیدار خواهم گرفت. ماجرای شتران را، خود، به ابرهه
باز گوید.

بر نقطه‌ای بلند در میانه لشکرگاه، خیمه‌ای قُبّه‌گون از دیبای سرخ بر
پا بود، و بر فراز آن، پرچم نبرد با وزش نسیم می‌جنبید. این پرچم نیز
رنگی سرخ داشت، و بر میانه‌اش نقشِ صلیبی به رنگ زرد بود. به خیمه
اندر، ابرهه، بر تختی طلاکوب و جواهرنشان نشسته بود و بر بالشی از پرِ
قو تکیه داشت. چون خبرِ آمدنِ بزرگ مکه به او رسید، برخاست و تاج
بر سر نهاد و ردای شاهی بر دوش افکند، تا هیبتش در دل عبدالمطلب
افتد. آنگاه او را بار داد.

نیایت - چنان که می‌دانی - رشید و تنومند و با هیبت است، و شکل

و منظری سخت خوش دارد.

چون نیایت به خیمه ورود کرد، شکوه و وقارش بر دل ابرهه افتاد؛ چندان‌که از تخت به زیر آمد و او را پیشباز کرد. پس، بر تخت باز نگشت، و با او بر تشکچه‌ای نهاده بر فرش، نشست.

ابرهه، نیایت را بس بزرگ داشت. آنگاه به ترجمان خود گفت تا خواسته او را باز پرسد.

عبدالمطلب، شتران خویش را خواست.

چون ترجمان، سخنان او را باز گفت، حالت ابرهه دیگر شد. پس، به آهنگی دیگر گون گفت: او را بگوی، نخست چون دیدمت، شوکت و هیبتی از تو بر دلم افتاد. اینک اما، چون این خواسته کوچک را از تو شنیدم، درباره‌ات گمانی دیگر در من پدید آمد، و آن شکوه و بزرگی، در نظرم کاستی گرفت. من در این اندیشه بودم که تو به شفاعت پرستشگاه خود و مردمت به نزد من آمده‌ای. لیک، تو را می‌بینم که اساس کیش خود و نیاکان خویش و فخر عرب را رها ساخته‌ای، و تنها دلواپس چند شتری!

عبدالمطلب، به پاسخ، او را گفت: شفاعت سرای خدای را کنم...؟! نزد بنده‌ای، شفاعت پروردگار او را کنم...؟! من...؟! کیستم من؟! نه... بنده‌ای کوچک چون من، چنین جسارتی ندارد! کعبه خداوندی دارد، که اگر بخواهد، از نگاهداری‌اش ناتوان نیست. من تنها صاحب شتران خویشم.

ابرهه فرمود تا آن شتران را به نیایت بازپس دهند. آنگاه سپاه پیل اندکی پیشتر آمد و خیمه و خرگاه خویش را در اَبْطَح گسترد. (و این ابطح، در حاشیه مکه بود.)

دیگر روز، چون خورشید از پسِ کوههای سیاه مکه سر برآورد، ابرهه فرمان تاختن داد. کوس و شیپورِ رزم، چونان تندر به غرش درآمد، و سپاه، با آرایشی شگفت، راه مکه را در پیش گرفت.

مکیان، نشسته بر کوهها، چون چنین دیدند، بر خود لرزیدند، و از آن جاها که بودند، فراتر رفتند.

نیایت، دیده‌بانانی چند بر نقطه‌هایی بلند نهاده‌بود، از غلامان و پسران خویش؛ و آنان هر دم او را خبرها می‌آوردند. خود نیز در کوه حِرا، به دعا و گریه بود.

او، چون روانه شدن سپاه ابرهه را به جانب مکه دید، رگان گردنش از

خشم برآمد و خون بر چهره‌اش دوید. در آن حال گفت: ابرهه به حرم مغرور شده است. زود باشد اما، که سزای گستاخی خویش را ببیند.»
پیلِ سپید، از جمله پیلان بزرگتر بود. او چونان کوهی، پیشاپیش سپاه در رفتن بود، و در پسِ پشتش، پیش سواران، برنشسته بر دیگر پیلان و اسبان تیزرو، می‌آمدند. دو عاج پیل سپید را با گوهرهای گونه‌گون زینت داده بودند، و بر پیشانی‌اش یاقوتی بس درشت می‌درخشید. منگوله‌هایی رنگارنگ و سکّه‌هایی از طلا و نقره، گرداگرد گردنش آویزان بود. بر پشتش فرشچه‌ای زیبا گسترده بودند. دیگر جاهای تنش را نیز زرهی بزرگ پوشیده بود.

بر فراز سر دیگر پیلان، دو شاخ از پولاد، و بر عاجهایشان شمشیرهای کارِ هند بسته بودند. جمله سپاه، خود بر سر و زره‌های پولادین بر تن داشت. بر دست هر کس سپری بزرگ بود، و بر میانشْ شمشیری بلند، آویزان. پیش سواران، جز اینها، نیزه‌ای بلند نیز در دست داشتند.

چون خورشید در آسمان فراز شد، برق آهن و پولاد زرهها و اسلحه سپاه چنان بود که از آن فرازها که از مکیان بودند، چشم از نگریستن بدانها آزرده می‌گشت و در آب می‌نشست.

مکیان، اینک بی‌هیچ کلام، بیم زده، سپاه پیل را می‌نگریستند. لیک، سپاهیان، بی‌شتاب و دغدغه، روی سوی پیش داشتند. همهمه ایشان با صدای گامهای استوار و برخوردِ سلاحهایشان در هم می‌شد و نوایی شوم و وهمناک می‌ساخت، تا هراس را در دل مردم مکه، دوچندان سازد.

هوا سنگین بود؛ بی‌هیچ نسیم. بر جای، ایستاده بود. غبار رفتن سپاه، نرم نرم، چونان توده‌هایی ابر به هوا می‌رفت و بر فراز ایشان ثابت می‌ماند. سپاه ابرهه، از همان دروازه که امروز دروازه پیلش می‌نامند، به مکه ورود کرد.

جمله بر این گمان شدند که کار به پایان رسید: دیری نمی‌گذرد که پیلان ابرهه، چونان قلعه کوب‌هایی عظیم، کعبه و سراهای مکه را با خاک برابر می‌سازند.

پیل بزرگ سپید اما، چون به مرز حرم رسید، ایستاد. پیلبان با چوب و آهنَ و کجک بر سرش کوفت، و پوست بر پهلویش خراشید. لیک، پیل، پا پیش ننهاد. در همان‌جا زانو زد و چونان مادری کودک مُرده، ناله‌های

بلند سر داد.

انیس، آشنا با خوی پیل خویش، گفت: در این کار، رازی نهفته است!

سرداری گفت: شاید این را جادو کرده‌اند!

دیگر پیلان نیز، چون چنین دیدند، پا پیش ننهادند.

ابرهه، خشمگین، گفت: اینها گمانهای واهی است.

انیس پیلبان، تا درستی سخن خویش را به شاه بنماید، روی پیل سپید را به جانب یمن گردانید. پیل برخاست و با شتاب به رفتار درآمد. بازش آوردند و دیگر بار، روی آن را سوی کعبه کردند. چون به حد حرم رسید، باز زانو زد، و برنخاست. چندان او را زدند که سرش شکافت ، و خون بر پوستِ سپیدش جاری شد. لیک، نالید و پیش نرفت.

انیس، روی پیل را به جانب شام کرد. حیوان بر پاخاست و به تاخت درآمد.

کوتاه قصه آنکه، به هر سویش که روی چرخانیدند، رفت؛ جز به جانبِ حرم. دیگر پیلان نیز، پا در حریم حرم ننهادند.

سپاه درماند، و آرایش آن بر هم ریخت. گروهی از مکیان، بر فراز کوهساران، با دیدن این صحنه، از سر شوق و اندوه، زار می‌گریستند. اینک دلها، نازک شده، و حالی خوشَ یافته بود. در این میانه، نیایت، چندان غرقه گریه بود که گفتی زود باشد تا روح از تنش بیرون رود. پیوسته سر می‌جنبانید و زار می‌گریست و بلند و با بغض، تکبیر می‌گفت. تنی چند از مردم نیز، صدا به الله‌اکبر فراز کرده بودند.

در این حال، نفیل و ذونفر گریختند و سویِ مردم، بر فراز کوهها، روی کردند.

ناگاه، در آسمانِ سویِ بندرِ جَدّه، سرخی‌ای پدیدار گشت. (و می‌دانی که جده در جانب باختر مکّه، بر کناره دریای سرخ است.) پس، آن سرخی، به جانب مکه روان شد. آنگاه روی سوی سیاهی نهاد، و سرانجام سُربگون شد. دایره خورشید رنگ باخت و چونان کره‌ای از خون به نظر آمد. نخست نسیمی می‌وزید. پس، رفته رفته، بادی تند شد. باد نیز توفانی شد که در کوه و دشت می‌پیچید و از بیم، بند از دل مردانِ مرد می‌گسست. جهان را ماسه دربرگرفت. چندان که به کوهها اندر، جمله مردم به رُوزنها و زیر صخره‌ها خزیدند، و آنچه که داشتند بر سر

کشیدند. نفسها در سینه‌ها تنگی گرفت. چشمان سرخ و لبان خشک شد. در اندرون مردم، التهابی غریب پدید آمد، بیرون از طاقت. به دشت اندر، هر چهارپا که بود، چونان دیوانگان، بنای دویدن نهاد. از شتران، برخی، گاه بر جای می‌ایستادند و گردنهای دراز خویش را در زیر ماسه‌ها و ریگها نهان می‌ساختند و پوزه بر زمین می‌مالیدند. شعور جمله موجودها، گویی از سرشان پریده بود. انسان و دام، هیچیک، حال خویش را در نمی‌یافت. تابیتابی افزون گردد، هوا نیز بس داغ شده بود. سرها به دَوَران، و دستان و پاها بی‌حس و یکسر از کار افتاده بودند. پس، جمله مردم، ناگزیر، زمینگیر شدند.

چون توفان آرام گرفت، مکیان، سپاه ابرهه را دیدند؛ از هم پاشیده و بر زمین مانده. از سپاه، صدای ناله و فریاد به آسمان فراز بود. پس، نزدیکتران خبر دادند: پرندگانی چونان پرستو، از جانب دریا آمده‌اند. آنان بر فراز سپاه در چرخشند. آشکار نیست که به چه کارند. لیک، سپاهیان، فوج فوج بر خاک فرو می‌غلتند و بر نمی‌خیزند.

چندی دیگر آشکار شد که هر پرنده سه چیز، چونان سنگریزه، هر یک، چندِ یک نخود، با خود داشت؛ دو به چنگالها و یکی به منقار. پرندگان، هر سنگریزه را بر سر یا تن یکی از سپاه فرو می‌افکندند. آن سنگریزه‌ها چونان آتشی بودند که گویی از دوزخشان آورده بودند. چه، بر هر که از سپاهیان فرو می‌آمدند، انگار آتش بر تن او می‌افتاد: پوستش آبله‌گون می‌شد و گوشش می‌پاشید و اندامهایش از هم می‌گسست. از سپاه، برخی به جانب یمن، روی سوی گریز نهادند. بیشتر اما، در جای، جان سپردند. تنی چند نیز درماندند و اسیر شدند و به بردگی اهل مکه درآمدند. (از آن اسیران، انیس پیلبان، نابینا شد. او اکنون زمینگیر، در مکّه است. بر گذرها می‌نشیند، و مردم، به طعامی، دستگیری‌اش می‌کنند.)

ابرهه، خود، جان به در نبُرد. سنگریزه‌ای بر تنش فرود آمد و در آن نشست. شگفتا اما، زود جان نداد. می‌گویند: تا به صنعا بازش بردند، چندان رنج بُرد و گوشت از تنش فرو ریخت، که چونان مرغکی تازه از تخم درآمده، کوچک و زشت شد. از جمله اندامش، پوست رفت. پس، هر چندگاه، بندی از بندهای تنش از هم می‌گسست، و از جای آن، خون و چرک بیرون می‌ریخت. اندامش چنان بویناک شده بود که پسرانش

نیز تابِ تحمل او را نمی‌آوردند. پیوسته در ناله بود، و به اصرار، از خدای مرگ می‌خواست. سرانجام نیز، مرگ را، چونان شربتی گوارا، پذیرا شد....
برکه، خسته از گفتار دراز، لب از سخن فرو بست. محمد گفت: قصه ابرهه پایان گرفت؟
- آری، ای دلبندم. ابرهه بدان‌گونه از جهان بیرون شد. لیک، قصه او به یادگار ماند، و برای مردمان مایه عبرت شد. شنیده‌ام که به یمن اندر، از او لُوحها بر جای مانده؛ که در آنها، درباره خویش داد سخنها داده و گزافه‌ها گفته است. اینک اما، مردم، چونان مزاحی سرد و تلخ بدانها می‌نگرند.
محمد خمیازه‌ای کشید و گفت: آنگاه سیف ذی یَزَن، شاه شد؟
- نه، ای دلبندم. از پسِ ابرهه، پسرانش، یکسوم و مَسْروق بر یمن فرمان راندند. در روزگار مَسروق، ایرانیان به یاری سیف آمدند. پس، مسروق درهم شکست، و سیف، شاه شد. این ماجرا، چندی بیش نیست که رخ نموده است. نیایت نیز برای گفتن شاد باشِ این رویداد به یمن رفته بود....
پس، دایه و کودک، بیش، هیچ نگفتند. هر دو، دیده بر افق و خورشید خونرنگ دوختند، که در کار غروب بود.
شترانِ کاروان کوچک تنها، اینک خسته از روزی دراز، گامها را سست ساخته بودَند. لیک، شکیبا، دیدگان انسانی خویش را، چونان مسافرانی غریب، به افق خونین داشتند. آنگاه، زمزمه‌ای نرم از برکه در گوشهای محمد نشست.
چه مایه غمگنانه بود آواز آن کنیز سیاه حبشی...!

صنعا به گرمای خورشید واپسین روزهای بهار، تافته بود. بادهای سَموم
نیز از جانب دشت می‌وزید و هُرْم هوا را بیشتر می‌ساخت. کوچه‌ها و
گذرگاههای شهر، در آن ساعت نیمروز، خلوت و تهی از مردمان بود. در
آن میانه اما، کاروان کوچک بزرگان قُرَیْش، غبار گرفته و خسته، نرم نرم،
روی سویِ کاخ غَمْدانْ داشت.

کاروان، ساعتی پیش، از سفرِ دور و دراز خویش فارغ گشته، و به شهر
ورود کرده بود. کاروانیانْ نخست بر آن بودند تا به جانب کاخ وَرْدی
روند. لیک، ایشان را گفته بودند که اینک موسم گل است و امیر در
کاخ غَمْدان به سر می‌برد. پیری هشدارشان داده بود که سیف، خسته
از سالها دربه‌دری و آن پیکار دشوار با مَسْروق، پسرابْرَهِه، اینک در
استراحت است. پس، دور نیست که به خویش نپذیردشان.

عبدالمطلب اما، همراهان را گفته بود: امیر با ما خویشاوندی‌ای دور
دارد. به یقین، چون داند که ماییم و با کدام نیت به دیدارش آمده‌ایم،
پذیرایمان خواهد شد.

صنعا را بس زیبا آراسته بودند. در کویها و گذرگاهها و میدانها و
بازارها، پارچه‌ها و دیگر زینتهای رنگ‌رنگ آویخته بودند. از محله‌ای در
دوردست، آوای سُرنا و دُهُل به گوش می‌آمد. شهر اینک مهیای آن بود
که پس دهه‌ها چیرگی حبشیان ستمگر، بر تخت‌نشینی فرمانروایی از

خویش را به شادی بنشیند....

گذرگاهی فراخ و بس پاکیزه در برابر ایشان پدیدار گشت. بسترش با سنگهای سیاه و سپید فرش بود، و هُرمی تند، از آن، فراز می‌شد. بر دو سوی گذرگاه درختان نارنج، همسان و همقامت، گویی سپاهیانی نگاهبان، در یک ردیف ایستاده بودند. در انتهای آن، بر بلندترین نقطه پایتخت، کاخی شگفت سر بر آسمان می‌سود. در آن خورشید تابنده، چندان از آن نور می‌تافت که چشم یارای نگریستنی دراز را بدان نداشت.

«باغی که آن روز سیف در آن به سر می‌برد بر جانب چپ کاخ غمدان بود؛ و دری روی سوی دشت داشت. چون به دروازهٔ کاخ غمدان رسیدیم، نیزه‌داری نگاهبان، ما را گفت که باید از آن در به باغ رویم. پس، بازگشتیم و بدان سوی روانه شدیم....»

«بر دو سوی در بس بزرگ و خوش نقش و نگار باغ، دو نگاهبان، زره بر تن، با نیزه‌هایی بلند در دست، ایستاده بودند. چون از خواست ما آگاهی یافتند، از ایشان یکی به باغ اندر شد، تا از سیف، تکلیف را باز پرسد. پس، باز آمد، و در را به روی ما گشود.

ما ده تن، شتران و بارها را به غلامان خویش سپردیم، و خود، به باغ اندر شدیم.

هوای باغ خنک و لطیف بود. چون بدان ورود کردیم، عطر گلها و گیاهانش، هوش از سرِ ما ربود.

باغچه‌ها، سر به سر، پوشیده از گُل و گیاه بود. گلهای رنگ رنگ، چنان زیبا در یکدیگر آمیخته بودند که به دیدارشان، جان، غرقه نشاط و سرور می‌گشت.

در برابر ما گذرگاهی بود، باریک؛ فرش شده با آجرهایی چهارگوش؛ که در میانه شکافهای آنها، سبزه‌ای نرم و کوتاه رسته بود. بر دو سوی آن گذرگاه، درختان پر سایه چنار، به ردیف، ایستاده بودند. در هر جانب نیز، جویی، با آبی همچون بلور، به آوایی نرم، در رفتار بود.

به باغ اندر، چندان پرنده خوشنوا به خواندن بودند که هر تازه‌وارد بدین وهم دچار می‌آمد که شاید به بهشت اندر شده است.»

«در میانه باغ، بنایی بود، یک مرتبه؛ با ایوانها در هر سو؛ سر به سر سپید. سیف، پسرذی یَزَن، با آن قامت رشید و خَدَّنگ، پوشیده به جامه

عربی سپید، در ایوانی که رو سویِ در باغ داشت نشسته بود. به سال، میانه چهل و پنجاه می‌نمود؛ با ریشی آراسته؛ که تارهای سپیدِ بسیار در آن رسته بود. پوستی سپید و سیمایی روشن داشت. بر فرشی بزرگ نشسته بود و در پشتش، پشتی‌ای به نقش همان فرش بود. در برابرش قدحهایی بزرگ از میوه و نقل، و تُنگهایی از شربتهای گونه‌گون بود. تنی چند از بزرگان یمن نیز، بر دو جانبش نشسته بودند؛ و از چپ و راست، کنیزان و غلامان، به خدمت ایشان کمر بسته.

سیف، به دیدار ما، گشاده سیما، از جای برخاست، و چند گام، به پیشبازمان آمد. پس، یک‌یک، ما را در بر کشید و خوش آمدها گفت و شادیها کرد.

من او را گفتم: ماییم همسایگان خدا، و خدمتگزاران سرای او. از صحراهای خشک سرزمینِ خویش و چراگاههای سرسبز و درّه‌های ژرف دیارِ تو گذشتیم و سویِ صنعا آمدیم. راهی بس دراز را پیمودیم، و از ابرهای باران‌زا آذرخشهایی پی‌درپی دیدیم، تا به بارگاه تو رسیدیم.

سیف، با لبخندی شیرین به ما رخصتِ نشستن داد. پس، خود نیز بر جای خویش نشست و گفت: نگاهبان کاخ مرا گفت که کیستید و از کدام دیارید. اینک به زادبوم دوم خویش خوش آمدید، ای خانواده خدا[۱]! شتر و کوچ و جایگاه فرودتان خوش باد! شما، تا بدانگاه که در اینجایید، گرامی‌اید؛ و چون عزم بازگشت کنید، عطایی در خور خواهید یافت.

گفتم: سپاس داریم، ای امیر! اهل صحرا و دیگر مردم، گروه گروه فدای تو باد! ابرهه حبشی، دراز زمانی بر سرزمین و مردم شما ستم رواداشت. سپس، با بهانه‌ای، قصد حرم و کعبه و شهر ما را کرد. لیک، سرانجام بدان بلا گرفتار شد. و سرنوشتش، بدینسان به نزد مردمان صورت مَثَل و عبرت گرفت.

از پس او، پسرانش، یَکْسوم و مَسْروق، راه پدر را پی گرفتند و بر ستم وی افزودَند. اکنون، به شکرانه پیروزی شگرف تو بر مسروق و رهاییِ یمن از چنگال حبشیان، ما این راه دراز را پیموده‌ایم، تا تو و مردم تو را تهنیت گوییم.

---

۱. پس از آن بلا که در حمله به مکه بر سر ابرهه و سپاهیانش آمد، مردم جزیره عرب اعتقاد یافتند که افراد قبیله قریش مورد توجه خاص و نظرکرده خداوند هستند. به همین سبب، آنان را عیال‌ا... (خانواده خدا) نامیدند.

آنگاه، پیشکشهای خویش را به او دادیم.

سیف گفت: سپاس خدای را، که دشمنان ما و شما را به خاک خواری نشاند. اینک نیز تا روز تاجگذاری فرا رسد، شما در میهمانسرای کاخ باشید. در ساعت می‌فرمایم تا به نیکوترین روش، از شما پذیرایی شود.

ما، او را سپاس گفتیم.

پس، فرمود تا غلامان از ما پذیرایی کردند.

چون جمله، گرم خوردن و آشامیدن شدند، سیفَ مرا به نزد خویش خواند و گفت: خواهرزاده ما، پسر هاشم، تویی؟

گفتم: آری، ای امیر.

(چه، سیف از نوادگان قَحْطان[1] بود، و ما از خاندان اسماعیل؛ و آل‌قحطان از برادر بودند و آل اسماعیل، از خواهر وی.)

سیف، آن‌سان که دیگران نشنوند، گفت: در سینه من رازی است عظیم؛ که باید در مجالی شایسته، آن را با تو در میان بگذارم.

گفتم: به دیده منّت دارم، ای امیر!

پس، از همانگاه به اندیشه اندر شدم:

«راز امیر یمن با من چیست؟ آن راز کدام است و درباره کیست؟ این چه راز است که تنها من از آن باید آگاه شوم؟....»

آن روز، چندی دیگر به نزد سیف بودیم. غلامان و کنیزان، باز از ما پذیراییها کردند؛ و سیف، از ما، از مکه و کعبه و آمدن ابرهه بدانجا پرسشها کرد و پاسخها شنید. پس، مُرَخّصمان ساخت؛ و ما به میهمانسرای کاخ رفتیم.»

---

۱. قحطان نام نخستین پدر قبیله‌ای است از عرب، که به نام عرب قحطانی نامیده می‌شود. او پدر خاندانهای حِمْیَر و کهلان و تبابعه یمن و غسّانیان شام محسوب می‌شود.

«ما، روزها در میهمانسرای کاخ غمدان بودیم. در این دوران، من پیوسته در انتظار بودم که آن مجال که ســیف گفته بود چه گاه دست می‌دهد. هم، در این اندیشـــه، که آن چگونه رازی بود که او به گفتنش، آن مایه اشتیاق داشت؛ و در این میانه، نسبت من با آن چه بود؟

غمدان، شگفت کاخی بود اندر جهان. بنایی چهارگوش داشت، از سنگ؛ هر سو به رنگی: یک سوی آن سپید؛ سوی دیگر سرخ؛ دیگر زرد، و دیگر سو، سبز. بر ستونهای بی‌شمارش، با گچ، سرها از شیر یا شاهین بریده بودند.

کاخ هفت مرتبه داشت. شاعری یمنی، ما را گفت: در روزهای ابری، کاخ غمدان، گویی عمامه‌ای از ابر بر سر می‌نهد.

میهمانسرایی که ما در آن بودیم، در مرتبه نخست کاخ بود. در پی ما نیز، باز میهمانانی از دور و نزدیک جزیره عرب آمدند و در دیگر اتاقهای آن جای گرفتند.

در پانزدهمین سحرگاه، ما به کارِ مهیا ساختن خویش بودیم تا به جشن تاجگذاری سیف رویم. چه، روزِ پیش، از پس روزها که از سیف هیچ خبر نداشتیم، غلامی از جانب او آمد و ما را گفت که فردا، جشن تاجگذاری است. پس، به من کیسه‌ای کوچک داد و گفت: اینک گرمابه مهیاست. این خَضاب از سوی امیر است؛ تا به گرمابه اندر، موهای سر و روی را با آن سیاه کنید.

من از پیش با خضاب آشنا بودم: در میانسالی، یک‌بار چون به قصدِ
ستد و داد به یمن آمدم، دانستم که چیست، و به چه کار می‌آید. در آن
سفر، با خود خضاب بسیار به مکه بردم؛ و از آن، سودی کلان به دست
آوردم. آنک نیز، چون دریافتم که سیف ما را در خاطر داشته است،
شادمان شدم. غلام را گفتم تا سپاسداری ما را بدو بازگوید. آنگاه به
گرمابه میهمانسرا رفتیم، و جمله، بر موی سروروی خود خضاب نهادند،
و من ننهادم.

آن شام، زود خفتیم، و پگاه برخاستیم. چون خورشید بردمید،
جامه‌های ویژه بر تن، مهیای آن بودیم تا به جشنمان فرا خوانند.»

«تاجگذاری، در مرتبه هفتم کاخ بود؛ در تالاری بس فراخ؛ چندِ
میدانی بزرگ.

در هر سوی تالار، پنجره‌هایی بسیار از چوب آبنوس، جلا یافته با
روغن چوب، سوی بیرون، گشاده بود. چون از آنها به بیرون می‌نگریستی،
صنعا و باغهایش، سر به سر، در چشم‌انداز تو بود. بر میانه سقف، سنگی
بزرگ بود، صاف و زلال، چونان شیشه. آن‌سان که از این سویِ آن،
آسمان، نیک پدیدار بود؛ و زاغ را از کلاغ باز می‌توانستی شناخت.

در جای‌جای سقف، چلچراغدانهای بلورین آویخته بود؛ و بر دیوارها،
چراغدانهایی برنجین یا نقره‌ای قرار داشت. غلامی ما را گفت: شبانگاهانْ
چون چراغهای تالار افروخته شوند، نورشان از یک روز راه به چشم
می‌رسد.

در هر چهار گوشه تالار، مجسمه‌ای مسین از شیری درشت قواره بود؛
میان تُهی. گفتند: چون باد از سویی وزد، به اندرون یکی از آنها می‌پیچد،
و از آن، آوایی همچون غرش درندگان به گوش می‌آید.

غلامان، با جامه‌هایی همسان، به هر سو، درآمد و رفت بودند، و از
میهمانان پذیرایی می‌کردند.

چندی به تالار اندر بودیم؛ تا از جانب شمال آن، همهمه‌ای برخاست.
پس، سرها، جمله، بدان سوی چرخید. آنگاه، یک‌یک برخاستند. چه، امیر
به تالار آمده بود.

سیف، بس شکوهمندتر از روزی می‌نمود که در باغ دیده بودیمش؛
با همراهانی چند، از بزرگان ایران و یمن. عمامه‌ای سیاه و زرتار بر سر

داشت و دِشداشه و عبایی به سپیدی عاج، بر تن. بر تارک عمامه‌اش، یاقوتی درشت می‌درخشید. در دست راست او، عصایی مُرَصّع بود، و بر کمرش، شمشیری زمردنشان. باوقار می‌آمد، و با چشم و سر، حاضران را خوش آمد می‌گفت. موهای سر و رویَش، اینک سر به سر، سیاه بود. گویی از همان خضاب که برای ما فرستاده بود، خود نیز بر سر و روی نهاده بود.

سیف سوی تخت‌شاهی رفت، که در همان جانب شمال تالار بود. آنجا، لَختی روی سوی جمع ایستاد. لبخندی بر لب آورد. با اشاره دست، ما را رخصت نشستن داد. پس، خود بر تخت نشست، و ما در دو جانب تخت، بر فرش نشستیم و به پشتیها تکیه زدیم. لیک، بزرگان و بزرگزادگان یمنی و ایرانی، بر دو سوی تخت، ایستادند؛ جز وَهْریز، سردار سپاه ایران.»

«به تالار اندر، من در سوی راست تخت، نزدیک سیف بودم؛ هنوز در این اندیشه که، آن روز آیا آن مجال شایسته روی خواهد نمود تا او، مرا آن راز عظیم باز گوید؟... در این هنگامه آیا، سیف هنوز به یاد آنچه که با من گفته بود، هست؟»

«سیفْ تن به عنبر آغشته بود و سیاهی مُشک، از گیسوان و موهای صورتش آشکار بود. در جانب راست تخت او، پایه‌ای بود باریک، از عقیق سرخ؛ به بلندی، تا سینه وی. بر فراز آن، جامی کوچک از یاقوت بود، انباشته مشک ناب. در جانب چپ تخت، بر فراز پایه‌ای همسان با آن یک - لیک از نقره - جامی از طلای سرخ بود.

در سوی راست سیف، تختی کوتاه‌تر بود. بر فراز آن، سالخورده مردی دراز گیسو و بلند ریش، چونان کوه، نشسته بود. به سال، نزدیک به هفتاد می‌نمود. آثار بزرگی، در چهره و رفتارش آشکار بود. سیما و قواره‌ای همچون پهلوانان و بزرگ سرداران داشت. تنش نیز پوشیده به زره بود. (چون چندی گذشت، دریافتم که او، وَهْریز، سردار ایرانی است.)

آنگاه، نخستین کس نشسته بر فرش، کاروانسالار ما، عبدالمطلب، بود. او با آن قامت بلند و قواره درشت و خوش‌منظر، بیش از جمله نشستگان، در چشم می‌آمد. موهای سر و چهره‌اش چونان نقره سپید بود، و تابندگی‌ای ویژه بر پیشانی بلند خود داشت. به راستی که هیبت پیامبران و شکوه شاهان، با هم، در او گرد آمده بود.

سیف لب به سخن گشود: نخست ستایش پروردگار را به جای آورد. آنگاه، حاضران را خوش آمد و سپاس گفت.

از پس او، وَهریز بر پای شد و ستایش یزدان پاک را به جای آورد. آنگاه سینی‌ای بزرگ آورده شد، که بر آن، تاجی و زرهی و جامه‌ای شاهانه بود. گفتند که اینها، پیشکش کسری انوشیروان، شاه ایران، است. در اینگاه، سیف عمامه از سر برگرفت. پس، وهریز پیش رفت و تاج بر سر او نهاد و جامه شاهی بر وی پوشید و زره نقره بدو پیشکش کرد. آنگاه، سیف را به دلیری و پایمردی و دوستی زادبومش ستود، و از جانب انوشیروان، خطبه شاهی یمن را، به نام او خواند.

چون هنگام تهنیت گویی میهمانان فرا رسید، نخست، به عبدالمطلب رخصت دادند. او با آرامش و وقار برخاست. با وی، دیگر بزرگان قریش نیز برخاستند. اینک جمله دیدگان، خیره او بود. برخی، به پرسش، دیگران را می‌گفتند، که این خوش‌منظرِ پیر باشکوه کیست.

عبدالمطلب، گامی فرا پیش نهاد و سخن خویش را آغاز کرد:

- پادشاها! پروردگار بزرگ عزیز، به تو پایگاهی بالا و جایگاهی والا بخشیده است. او تو را از خاندانی برآورده، که ریشه‌اش پاک، مایه‌اش تابناک، بُنش استوار و شاخه‌اش بسیار است.

تو، در سرایی گرامی و مسکنی پاکیزه و معدنی نیکو پرورش یافتی. گزند از تو دورباد؛ که امیر عرب، و بهارِ خرمِ آنانی؛ و از آن بهار، جمله، سرسبزی می‌گیرند.

امیرا؛ تو سروَر عربی، که بدو گردن می‌نهند. تو ستون ایشانی، که بدان تکیه می‌زنند. تو جایگاهی بلندی، که بندگان بدان پناه می‌برند. پدرانت نیکوترین پدران، و تو برای ایشان بهتر جانشینی. آن که از پیِ تو آید، بی‌نام نباشد؛ و آن که چون تو بازمانده‌ای دارد، هرگز از یادها نرود.

امیرا؛ ما ساکنان حرم خدا، و پرده‌داران سرای اوییم. خرسندیِ دفع آن بلا که همه بدان دچار بودیم، ما را روانه درگاه تو ساخت. اینک ما به گروه آمده‌ایم تا تو را تبریک و شادباش گوییم، پس، تهنیت ما را بپذیر؛ و تندرست باش و دیر زی؛ تا مردمت، از پس آن مایه رنج و اندوه، تو را چونان پدری مهربان و توانا، در کنار خویش داشته باشند.

آثار شادمانی، در دیدگان هوشیار و سیمای گشاده سیف پدیدار گشت؛

و او، عبدالمطلب را آفرین گفت. پس، دیگران نیز یک یک برخاستند و از سوی قوم و قبیله و مردمان خویش، سیف را ستودند و تبریکها گفتند.

«چون روز به نیمه رسید و هنگام خوردن طعام شد، سفره‌ها گستردند، رنگین.

در پیِ خوردن طعام نیز، پیشکار سیف، حاضران را گفت که شب، جملگی، در باغ کاخ گرد آیند.»

آنگاه سیف از جای برخاست؛ و دیگران نیز برخاستند.....

به آسمان اندر، ماه چونان شمشیری عربی فراز می‌شد. ستارگان، به‌سان الماسهایی درخشان، دوخته بر روپوشِ تیره آسمانِ شب بودند. سبک نسیمی، با وزش ملایم خویش، سرشاخه‌های درختانِ بید و سپیدار را به بازی گرفته بود.

صنعا، با مشعلها و چراغهایش، همچون جزیره‌ای از نور، در سیاهی شب، می‌درخشید. مردمان، سبکبال، در هر کوی و برزن و میدان، به شادمانی و سرور بودند. از هر سو، نوای سرنا و دهل و هلهله و پایکوبی، به آسمان فراز بود. لیک، در کاخ غمدان، کارْ دیگر بود:

برابر پلّگانی که در ابتدای بنای کاخ بود، حوضی بزرگ و دایره‌وار بود، با فوّاره‌گانی کوچک؛ که نرم فراز می‌شدند و فرو می‌آمدند. چند مرغابی کوچک، چونان زورقهایی سبکْ بر آب آن می‌لغزیدند و به این سوی و آن سوی می‌رفتند. گردتاگرد حوض، تختهای بسیار چیده، و بر آنها فرشچه‌هایی یکنقش گسترده، و پشتیهایی به همان نقش، نهاده بودند.

تخت سیف و وهریز و دیگر بزرگان از دیگر تختها بزرگتر بود. سیف بر میانه آن لمیده بود و آرنج بر پشتی‌ای، ستون ساخته بود. جامه‌ای سپید و لطیف بر تن کرده بود و عمامه‌ای سپید و زمردنشان بر سر داشت. وهریز اما، چون روز، زره بر تن، بر مثال کوه، در کنارش نشسته، و آرنجها را بر دو زانوی گشوده نهاده بود. بر باقی تختها، دیگر بزرگان

عرب، از یمن و غیر آن، به گفت و شنود و خنده و سرور بودند. در میانه هر دو تخت، مشعلدانی از مس، برپایه‌ای ایستاده بود، و اندر آن، مشعلی می‌سوخت. روشنی اما، آن‌سان نبود که برای خیال مجال پرواز نماند.

در آن سوی حوض، رو به‌جانب تخت سیف، فضایی باز، با مشعلهایی فروزان پیرامونش، چونان روز، روشن بود. در انتهای آن، پرده‌ای بزرگ آویخته بودند. شب، با نوای نرم و خوش عود، که از گوشه‌ای ناپیدا از باغ فراز می‌شد، جلوه‌ای خیال‌انگیز یافته بود.

«در جانب راست تختی که سیف بر آن نشسته بود، تخت ما قرشیان بود. غلامان و کنیزان، پیوسته به آمد و رفت بودند، و با ادب و نرمی، به میهمانان خدمت می‌کردند.

من، باز، در این اندیشه بودم که هنوز آیا هنگام شنیدن آن راز از دهان سیف نیست؟ آن شب آیا، آن مجال که سیف خواهانش بود، پیش می‌آید؟ از اصل آیا، وعده‌ای که به من داده بود، در یادش هست؟ ناگاه، سیف، دست بر دست کوفت. جمله، از گفت و خنده باز ماندند، و رامشگر نیز، از نواختن عود باز ایستاد. پس، ندانستم که از کدام سوی، پیری به معرکه آمد. قامتی میانه داشت، و موهای سر و رویَش، چونان شیر شتر، یکسر سپید بود. گیسوان بر شانه‌ها و پشت افشانده بود، و عصایی سرِ گِرد، چونان گرزی کوچک، در دست داشت. جامه‌ای سر به سر سپید، بر تن کرده، و آن را با شالی سیاه، بر تنْ استوار ساخته بود. مردان، در سکوت او را نگریستند.

پیر، از شاه رخصت خواست. آنگاه لب به سخن گشاد: نخست خدای را یاد کرد. سپس، با صدایی گرم و بم، سخن خویش را آغاز کرد.....

چون چندی گفت، دانستیم که قصه‌اش، ماجرای پایمردی سیف، از آغاز تا شکست مَسروق، پسر ابرهه، است. ما، پیشتر، از حکایت آمدن حبشیان به یمن و پیروزی ایشان بر آخرین شاه آن دیار، آگاه بودیم. او، قصّه خویش را از آنگاه که ابرهه مرده بود و سیف کمر بر بسته بود تا یمن را از حبشیان باز ستاند، آغازید.»

«ماجرا بدینسان بود، که دراز سالیانی پیشتر، فرمانروایان یمن، شاهانی از خاندان حِمْیَر بودند. ایشان سده‌هایی چند، نسل در نسل، بر این سرزمین شاهی می‌کردند، تا دوران به زُرْعَه ذونَواس رسید.

زرعه به آیین یهود درآمد و یوسف نام گرفت. در این روزگار، گروهی از ترسایان در نَجران - از شهرهای یمن - بودند؛ باورمند به انجیل، و اهل نیکی و پارسایی. دیگر نجرانیان اما، بت می‌پرستیدند.

یوسف ذونواس، سوگندانی غلیظ یاد کرده بود که از خواب و آسایش کام نستاند، تا کیش یهود را در جمله یمن منتشر سازد و حکم تورات را در زمین جاری گردانَد.

او سپاهی گِرد کرد و رو سوی نجران برد. چون بدانجا رسید، مردم را گفت که یا باید به کیش یهود درآیند، یا جان خویش را ببازند. ترسایان، به ناگزیر، مرگ را برگزیدند. ذونواس فرمود تا گودالهایی چند کندند، و در آنها، آتشهایی عظیم افروختند. پس، یک‌یک، ترسایان را در آن گودالها افکند و سوخت؛ تا نزدیکِ هشتاد و چند کس. باقی را نیز به شمشیر کشت؛ تا دو هزار تن. (و بیست هزار نیز گفته‌اند.) لیک، هیچ‌کس از کیش خویش، بازنگشت. (و این سوختگان، همانانند که به اصحاب اُخدود[1] شهره گشتند، و حکایت ایشان بر زبانها افتاد.)

از آن مؤمنان اما، یکی بر اسبی نشست و از آن معرکه گریخت. سپاهیان ذونواس نیز بدو دست نیافتند؛ و او، جان به در برد.

آن مرد، به نزد قیصر روم، به دادخواهی رفت. چه، رومیان خود ترسا بودند. قیصر، سوی نجاشی، شاه حبشه، روانه‌اش ساخت؛ با نامه‌ای. از آنرو که حبشیان نیز خود ترسا بودند؛ و حبشه به یمن، نزدیکتر از روم بود.

نجاشی، چون از ماجرای آن سوختگان در گودالهای آتش آگاه شد، سوگند یاد کرد که تا تقاص خون آن ستم‌رسیدگان بی‌گناه را از ذونواس نگیرد، آرام و قرار را بر خویش حرام سازد.

پس، آن ماجرا شد که همه می‌دانید: ذونواس به دست رِیاطِ حبشی به خواری شکست و مرگ تن در داد؛ شاهی از خاندان حمیریان بیرون رفت؛ و حبشیان بر یمن فرمانروایی یافتند.

لیک، چون ابرهه حبشی بر یمن شاه شد، ستم بر ما یمنیان افزون گشت. تا که این دلیر مرد، که سیف پسر ذی یزنش خوانند، بر پای خاست، و خواری از یمنیان برد و بزرگی پیشین را برای ایشان باز آورد.»

---

۱. اصحاب اُخدود: در قرآن مجید، با این نام، به این عده اشاره شده است.

«پیشتر، ما قصه‌گو زیاد دیده و قصه، بسیار شنیده بودیم. آن شب اما، آن شیوه که شنیدیم و دیدیم، برایمان غریب بود. چه، یک تنْ تنها، حکایت نمی‌کرد؛ لختی آن پیر به گفتنِ قصه بود. آنگاه، از پس یک پرده، مردانی، به سیما و جامه سیف یا قیصرَ یا کسری یا وهریز و مَانند ایشان بیرون می‌آمدند، و به کلام آنان، با یکدیگر سخن می‌گفتند.»

ـ قیصرا! من، سیف، پسر ذی یزنم؛ از حمیریان یمن. پادشاهی یمن، در خاندان ما بود. لیک، سپاه حبشه، از آن سوی دریا یورش آورد و کشور را از ما گرفت.

حبشیان، ما را زبون ساختند و بر مردم ما ستم بسیار رسانیدند. چند دهه، ما بر این خواری، شکیبایی ورزیدیم. لیک، اینک، مردم یمن، تاب از کف داده‌اند.

قیصرا! ستمها بر ما رسیده است، از خون و مال و حرمت و ناموس؛ و کارهایی چندان زشت صورت پذیرفته است، که از بازگویی‌شان در پیشگاه تو، شرم دارم.

ـ سخنانت را شنیدیم، ای جوان. لیک، می‌دانی که یمن از روم بس دور است، و سپاهیان ما، بدان جانب، کمتر رغبت می‌کنند.

ـ قیصرا! من در اندیشه خود نیستم. آنچه مرا بدینجا کشیده، غم مردم ستمدیده‌ام است. قیصر اگر آگاه بود که بر ما چه رفته است، شایسته مقام و بزرگی او در میان شاهان جهان چنان بود که بی‌کمک خواهی ما به یاری‌مان شتابد. اکنون نیز من به امید بدین درگاه آمده‌ام؛ تا خداوند با دست قیصر، دشمن ما را در هم شکند و تقاص ما را بگیرد.

ـ گویا جوانی‌ات مانع آن شده است تا بدانی که روزگاری، شاهی از همین شمایان، با همکیشَان ما در نجران، چه کرد؟! گمان آیا نمی‌کنی که آنچه که در این سالیان بر شما رسیده است، تقاص آن مؤمنان ترسا باشد که تنها گناه ایشان، پایداری بر باورشان به پروردگار خویش بود؟!

ـ آن، خطایی‌بوده که صورت پذیرفته‌است؛ و ما نیز پیوسته‌شرمسار آنیم. آن که فرمان به آن ستمگری داد نیز، خود به جزای کار خویش رسید. اینک اما، بر مردم ما نیز اگر گناهی بوده است، سزایش را دیده، و از آن پاک گشته‌اند.

ـ به هر رو، این حبشیان که بر شما فرمان می‌رانند، همچون ما، ترسایند؛

و شما بر کیشی دیگرید. این نشاید که ما، دیگران را به شکستن همکیشان خویش یاری کنیم. اکنون، بر تو اگر جفایی رفته است بازگوی، تا نامه نویسیم، و ستم از تو برگیرند....

ـ چون سیف از دربار هِرْقل امید برید، رو سوی دربار کسری انوشیروان، شاه ایران، برد، و او را، قصه خویش، به شرح، باز گفت:

ـ شاهنشها! سرزمین من، حاصل و برکت بسیار دارد، و چون دیگر سرزمینهای عرب نیست. هم، از این رو، یونانیان و رومیان، عربستان خوشبخت ش خوانند. چه، به فراوانی و آبادانی و بسیاری باران و سرسبزی، شهره است. افزون بر این، یمن گذرگاه بازرگانی هند اسّت؛ و بازرگانان از هر سو، پیوسته، به آن، درآمد و شدند. ایشان بُخور، چرم، پارچه، سنگهای گرانبها و دیگر کانیها را از یمن خریداری می‌کنند و به دورترین سرزمینهای جهان می‌برند. مروارید دریای پارس، حریر و ابریشم چین، برده و عاج و طلای حبشه، همه، نخست به دیار من می‌آیند و سپس به دیگر بازارهای جهان روانه می‌شوند. اینک، پادشاه اگر به فریاد من رسد به سپاهی از سپاهیان خویش، تا یمن را از چنگ حبشیان به در آورم، کشوری این‌گونه را نیز بر دیگر سرزمینهای خود، افزوده است.

ـ آگاهم که ستم رسیده‌ای، و این سخنان را از دل می‌گویی. شرط دادگری و سیاست اما چنین است که پادشاه نخست کشور خویش را نگاهدارد و آنگاه به دیگر سرزمینها پردازد.

کشور تو، از پادشاهی من سخت دور است. نیز، سویی از آن دریا، و جانب دیگرش صحرایی بی‌آب و علف است. گسیل کردن سپاه به جانب چونان صحرایی، هلاک ساختن آن است؛ و از سوی دریا نیز خطرها در کمین است. این، کاری است که در آن، درنگ و اندیشه باید کرد.

ـ کسری فرمود تا به سیف سرایی نیکو دهند و او را بسیار بزرگ بدارند. لیک، چون چندی گذشت، خود به کار رومیان مشغول شد، و سیف از یاد او رفت. بدین سان، ده‌سال گذشت، و امیر ما در آنجا بود. پس، چون سیف او را پیام فرستاد و آن عهد را به یادش آورد، کسری فرمود تا به او ده‌هزار درم پول، و جامه‌ای نیکو دهند.

بر سیف این ماجرا بس گران آمد؛ و آن درمها را میان خدمتگزاران دربار انوشیروان، پخش کرد.

خبرچینان - که ایشان را چشمان و گوشهای شاه می‌خوانند - این ماجرا را به کسری باز گفتند.

- با بخشش شاهان چنان نکنند، که تو با درم ما کردی، از خواری! سبب این کار چه بود؟!

- این، که عطای شاه را در سرای او فرو ریختم، نه از بی‌ادبی کردم، یا آنکه بخشش تو، در نظرم نیامد. بل، این کار را به شکرانه نعمت خداوند کردم، که از پسِ روزگاری دراز، روی پادشاه را به من نمود، و آواز مرا به گوش او رسانید.

شاه آگاه است که من، در پی زر و سیم به بارگاه او نیامده بودم. چه، خاک جمله کوه و دشت سرزمین من، خود، زر و سیم است. و زر و سیم به معدن آن بردن، نه شایسته من بُود و نه شاهنشاه.

من بدان قصد روی سوی درگاه شاه کرده بودم تا ستم را از مردم من برگیرد و زبونی را از ما بردارد؛ نه اینکه به من درم بخشد. من امیدِ آن داشتم که شاه با من سپاهی روانه سازد، تا داد ستمدیده را از ستمگر بازستانم، و برای پادشاه نیز خدمتی به جای آورم، تا بی‌دشواری و رنج، قلمروی آباد را صاحب شود.

- کسری، چون چنین دید، خشم فرو خورد و گفت: باش، تا در کار تو بنگرم.

پس، سیف را مرخص ساخت، و وزیر خویش را خواست، و ماجرا را بدو باز گفت.

- همت این مرد بس بلند است. لیک، من چنین می‌بینم که به او اگر یاری نکنیم، برای ما ننگ خواهد بود. و اگر با وی لشکر فرستیم و هلاک شوند، نیک نخواهد بود. اینک، تو در این کار چه می‌بینی؟

- شاهنشاها! این مرد بر ما حقی دارد. چه، ده سال به انتظار ما بوده است.... شاه زندانیان بسیار دارد. از ایشان، برخی سپاهی، و تنی چند نیز، سردارانی کارآزموده‌اند. جملگی را نیز شما بدان قصد در زندان افکنده‌اید که در آنجا هلاک شوند. رأی من چنین است که توانایان آنان را با این شاهزاده روانه کنید. پس، یا ایشان بر لشکر حبش پیروزی می‌یابند و بر قلمرو ما سرزمین یمن را می‌افزایند؛ یا به کشتن در می‌آیند؛ که آن نیز مراد شاهنشاه بوده است.

- نیک گفتی، ای وزیر! چنین کن!

- مردم را از زندانها به در آوردند، و مردان چابک را از میان ایشان برگزیدند. نیز، جنگاورانی از طایفه‌های ترک و دیلم را با ایشان همراه ساختند. پس، کسری انوشیروان، سرداری بزرگ از سرداران خویش را بر آنان فرمانروا ساخت. وی از مردم دیلمان بود؛ نامش وهریز. وهریز از خاندانی بزرگ بود وبا شاه، خویشی‌ای داشت؛ و مردی بود مردانه. هر چند سالخورده بود، لیک، برای کسری، برابر هزار سوار بود. چون به جانبی روانه‌اش می‌ساخت، می‌گفت: هزار سوار روانه کرده‌ام.

وهریز فرمود تا در ساحل دریای پارس[۱]، هشت کشتی بسازند؛ برای هر صد مرد، یک کشتی. آنگاه - تا کشتیها ساخته شدند - به آن مردان شیوه‌های رزم را آموخت، از هر گونه.

پس، از مَداینِ به کنار دجله رفتند؛ بر دهانه دریای پارس. آنجا، بر کشتیها نشستند و به جانب یمن روانه شدند. به راه اندر اما، به توفان دچار آمدند، و دو کشتی از ایشان غرق شد.

چون به ساحل حَضرِ مَوْت رسیدند، در مَثْوب، که مکانی در آن ساحل است، فرود آمدند.

- اینک این ما و این یمن!

- آری. گاه، گاه پیکار است...! با این عده مردان اما، با حبشیان برابری نمی‌توان کرد، ای سردار.

- غم مخور؛ که بسیاری هیزم را، اندکی مایه از آتش، بسنده باشد. اکنون تو چه داری و چه خواهی کرد، ای سیف؟

- هر چه که خواهی: مردان عربی و اسبان عربی! مردان خویش را با مردان تو همراه می‌سازم؛ و گام تا گام با تو خواهیم بود؛ تا جمله جامه مرگ پوشیم، یا شربت پیروزی بنوشیم.

- انصاف دادی و نیکو گفتی. اکنون گام فرا پیش نه، و آنچه که از مرد و ساز و برگِ رزم می‌توانی، با خویش بیاور.

- سیف سوی قبیله خویش و دیگر قبیله‌های یمن آمد و یاور جست. چند هزار جنگاور، پیرامونش گرد آمدند.

از آن سو، خبرچینان، قصه را به مسروق باز گفتند. مسروق، با سی‌هزار سپاهی، از حبشی و عرب، سویِ ایشان شتافت.

چون دو سپاه، روی در روی، صف آراستند، کرانه سپاه مسروق از دو سوی، ناپیدا بود. این سو اما، سپاهیان، کم از چهار هزار مرد بودند.

مسروق، چون اندکی آن گروه را دید، کوچکشان شمرد. پس، وهریز را پیام فرستاد: با این جمع کم‌شمار، چه شد که قصد ما کردی؟ با اینان اگر در ما طمع بسته‌ای، قصد جان خویش کرده‌ای. برای من ننگ است که با این مردان کم که تو داری، با تو رزم کنم.

اینک نیک بنگر: خواهی سوی دیار خویش اگر باز گردی، من با تو و سپاهت هیچ کار نخواهم داشت. سرِ خویش گیرید و بازگردید! لیک، عزم رزمت اگر هست، من نیز با تو رزم خواهم کرد.

وهریز، چندی مجال خواست تا در این‌باره بیندیشد. ولی امید آن داشت که در این مجال، گروهی بیشتر از مردم یمن بدیشان بپیوندند.

جز شماری اندک اما، روی سوی آنان نکردند.

روزی مانده تا پایان مجال، وهریز فرمود تا سپاهیان گرد آیند و آرایش رزم گیرند. پس، از ایشان سان دید. با سپاه – از ایرانی و عرب – سخن گفت. یک‌یک، زره و خود و شمشیر و سپر و کمان ایشان را آزمود. آنگاه فرمان داد تا جمله آن کشتیها را، که یاد یار و دیار را در دل ایرانیان زنده می‌داشتند، به آتش سوختند. نیز، آنچه را که از خیمه و توشه داشتند، فرمود تا به دریا ریختند؛ جز جامه‌ای که بر تنها بود، و سلاحها و ساز و برگ رزم سپاه، و قوتی اندک.

– کشتیها را از این رو به آتش سوختم تا باور کنید که دیگر برای شما راهی به دیارتان نیست. زاد و توشه‌تان را نیز بدین سبب به دریا ریختم تا از صحرا هم نتوانید رفتن. هم، بدین قصد، که زیب و زیور و مالی نداشته باشید تا غنیمت حبشیان شود. پس، هر که را یارای آن را دارد که بی‌کشتی از دریا، یا بی‌زاد و توشه از صحرا بگذرد، خود داند!

اینک تنها دو راه در پیش روی شماست: پیروزی، یا مرگ! پیروز اگر شوید، هرچه که خواهید در انتظار شماست. کشته نیز اگر شوید، که مرده را به مال و منال نیازی نیست.

اکنون اگر شما از آن گروه مردانید که گام به گام با من می‌رزمید و پایداری می‌ورزید، مرا بگویید. من اما، خود، نه پشت سویِ دشمن می‌کنم

و ننگ زمانه را می‌پذیرم، و نه خویش را، زنده به دست او می‌دهم.

- ما همگام تو، رزم خواهیم کرد؛ تا مرگ یا پیروزی!

- ما یمنیان نیز با توایم! ماییم و شمشیرهایمان! پاهای خویش را در کنار پای تو می‌نهیم؛ تا کشته، یا پیروز شویم.

- دیگر روز، پگاه، وهریز پارسی فرمود تا سپاهیانْ آرایش جنگ گرفتند. پس، ایشان را پشت به دریا و روی سوی دشمن داشت، و گفت: دلیری کنید و مردی؛ تا به شما یکی از این دو بهره رسد: یا بر دشمن پیروز شوید، یا نیکنام بمیرید.

اینک کمانها را به زه کنید. چون فرمان تیر دادم، به یکباره، جملگی، تیرافکنی آغازید، و پی در پی بر دشمن تیر بارید. دیگر... از یمنیان، یک تن که مسروق را نیک می‌شناسد، به کنار من آید.

- من، خود، مسروق را نیک می‌شناسم، ای سردار.

- نیکوست! اینک او را به من بنمای، ای سیف.

- آنی است که بر پیل نشسته است و تاجی از طلا، چونان خودی بزرگ بر سر دارد. همان که از تاج او، یاقوتی درخشان، چندِ تخم‌مرغی، بر پیشانی‌اش آویخته است.

- بگذار باشد! پیل، مرکب شاهان است.

- ... اکنون اما، گویی عزم فرو آمدن از پیل را دارد...! آری؛ از پیل فرو آمد و بر یک اسب نشست.

- بگذار تا باز باشد! چه، اسب نیز مرکب بزرگی است.... لیک، از چه‌رو چنین کرد؟! از این کار، قصد او چیست؟!

- گویا به خوار شماریِ ما چنین می‌کند؛ تا مردمان را گوید که ارزش ما آن مایه نیست که در رزممان، به پیل نیاز باشد..... اینک، ای سردار؛ او را می‌بینم که از اسب فرو آمده است و خیال نشستن بر استری را دارد! گویا...!

- ... بر، همان، که زاده درازگوش است؟!

- آری، ای سردار!

- پادشاهی او بر باد رفت؛ که از بزرگ بر کوچک نشست. تیر و کمان مرا بیاورید تا این درازگوش سوار را نشان کنم و تیری سویش رها سازم. پس، شما نیک بنگرید: سپاه او اگر از جای جنبید، بدانید که تیر من خطا کرده، و

نیافته است. ایشان اما، اگر از جای جستند و پیرامون وی گرد آمدند، تیر به هدف خورده است. پس، شما نیز به یکباره، بارش تیر را بر ایشان بیاغازید.

ـ مسروق حبشی، از شراب پیروزی سرمست بود. لیک، وهریز پارسی، بسیار رزم دیده و گرم و سرد روزگار چشیده بود. او، تیرافکنی بهنام بود؛ و در نیروی بازو، بیهمانند. زندگانی دراز اما، نوردیدگانش را کاسته بود. وهریز چون مهیای افکندن تیر شد، فرمود تا ابروان سپید او را که بر دیدگان فروافتاده بودند بالا بردند و با رشتهای پارچه، بر پیشانیاش بستند. پس، کمانی را که جز او هیچکس توان کشیدنش را نداشت، برگرفت. تیری زهرآگین در چله کمان نهاد؛ و یاقوتی را که بر پیشانی مسروق بود، نشان کرد. آنگاه، به سنت ایرانیان، یزدان پاک را یاد کرد، و زه را کشید.

تیر، چونان شهابی سوزان پیش رفت، و در مغز مسروق نشست. به یکباره، حبشیان پیرامون او گرد شدند. ایرانیان نیز، آنسان که سردارشان فرموده بود، بارش تیر خویش را بر ایشان آغاز کرد.

مردم حبش و یمن، پیشتر، آنگونه رزم با تیر ندیده بودند. چه، پیکار ایشان، رویاروی، با شمشیر یا نیزه یا تبر بود. لیک، ایرانیان، از دیرباز، به تیرافکنی در رزم، شهره بودند.

سپاه مسروق از هم گسیخت. در اینگاه، چابک سواران ایرانی و عربی بر ایشان تاختند و هر یک، چهار ـ پنج اسیر گرفتند؛ و به صف، آنان را میبردند.

امیر ما، سیف، نیز، بدین میانه، پهلوانیها کرد و پایمردیها از خویش نمود؛ تا که یمنیانِ سپاه مسروق، بدو پیوستند. وهریز، چون چنین دید، سپاهیان خویش را فرمود تا با تازیان نستیزند، و تنها حبشیان را دنبال کنند و بگیرند یا بکشند. آنک، آن شد که جمله نیک میدانید، و به تهنیتگوییِ آن، در این مکان گرد آمدهاید.

شب بر همگان خوش؛ دولت امیر، پایدار!

چون پیرِ قصهگو لب از گفتار فرو بست، حاضران، او و یارانش را آفرینها گفتند.

پس، اُمیّه، پسر اَبیصَلَت، شاعر نامدار عرب، بر پای شد و در ستایش سیف و وهریز و سپاه ایشان، شعری خواند:

- هیچ کس چون پسر ذی‌یزن تقاص نگرفته است:
او که سالها بر خشکیها و دریاها، بخشش جان و مال کرد...!
و هیچ کس، چون آزادگان ایران زمین، نبرد نکرده است:
آنان که بر زمین، چونان کوهشان می‌پنداری.
مرزبانان سپیدروی، و سوارکاران پیروز،
که هنگام رزم، چونان شیر در بیشه، نبرد می‌کنند.
آفرین خدا بر آن گروه باد، که شکیبا بودند؛
و میان جمله مردم، همانند ایشان ندیده‌ای:
چون زرههایشان دریده شود، دلتنگ نمی‌گردند،
و به گاه نیزه زدن، از جای خویش نمی‌جنبند.
آری، ای امیر دلاور ما، ای سیف!
تو، شیرانی را سوی سگانی آوردی، که گروههایی بسیار از ایشان، در میان مردم بودند.

پیروزی بر تو گوارا، و تاج بر سرت افراشته باد!
جمله حاضران، پسر ابی‌صلت را آفرینها گفتند؛ و سیف، به او و قصه‌گو و آن بازیگران، پاداشی نیکو بخشید. پس، از جای برخاست. و دیگران نیز بر پای خاستند.....

«آن شب نیز آن مجال دست نداد تا سیف، مرا آن راز بازگوید. هم از این رو، چون به بستر رفتم، باز آن اندیشه با من بود و تا پاسی از شب گذشته، خواب را از دیدگانم ربوده بود. چه، ماندن ما در صنعا دراز شده، و اینک، سیف نیز تاج بر سر نهاده بود. فردا روز، جمله میهمانان، راه دیار خویش را در پیش می‌گرفتند. پس، دیگر سببی برای ماندن من نیز در آنجا نبود.....»

«دیگر روز، پگاه، به صداهایی، از خواب برخاستم. همراهانم، آماده رفتن
شده بودند. من نیز به مهیاسازی خویش پرداختم.

در خوردن چاشت بودیم، که غلامی، مرا خواند. سویش رفتم. گفتم
که امیر مرا خواسته است؛ و به نزد سیفم برد.

به اتاقی ساده اندر، سیف، تنها نشسته بود. او بزرگم داشت و مرا بر
کنار خویش نشاند. پس، گفت: بسیاری کارها، برای من مجالی برجا ننهاد
تا دمی با تو خلوت کنم. اینک اما، شنیدم که در کارِ رفتنی. تا بیشتر کار
به درازا نکشد، گفتم که تو را بخوانند، تا آنچه را که باید، که باز گویم.

گفتم: سپاس‌می‌دارم. فرمان، تو راست، ای امیر! اینک من، سراپا
گوشم.

گفت: این، رازی است بس بزرگ؛ و باید که نهان بماند، تا گاهِ
انجامش فرا رسد.

گفتم: چنین باشد!

گفت: در نزد من، کتابی است از اسرار جهان؛ که تنها بزرگانِ روحانیانِ
یهود بر آن آگاهند. آنچه که اینک تو را می‌گویم، از آن کتاب است.....؛
در این روزگار، به سرزمین حجاز اندر، کودکی می‌زید، خوشرو و
خوشخو؛ به زیبایی و نیکی، یگانه اهل زمین. در میانه دو کتف او، نشانه‌ای
است؛ چونان خزی که میل به سیاهی دارد. پدر و مادرش، به خُردیِ او از

جهان بیرون شده‌اند، یا خواهند شد؛ و نیا و عمو، به سرپرستی‌اش خواهند پرداخت. همانا او، پیام‌آور خداست. در مکه یا دیگر شهرها از جنوب حجاز، برانگیخته می‌شود؛ و هموست صاحب شفاعت بزرگ به روز رستاخیز.

چون برانگیخته شود، خداوند، گروهی از ما یمنیان را یاور او می‌گرداند؛ و دوستانش را عزیز، و دشمنان وی را خوار می‌سازد.

او بتها را می‌شکند و آتشکده‌ها را خاموش می‌سازد. گفتارش حکمت است و کردارش عدالت. به نیکی امر می‌کند و از بدی و نادرستی باز می‌دارد.

سیف، لختی دم از سخن فرو بست و به اندیشه اندر شد. پس، آب در دیده آورد و گفت: کاش تا بدانگاه سیف باشد، تا با جمله بود و نبود خویش، سر بر فرمان او نهد و یاری‌اش کند! اینک نیز، اگر بیم آن نبود که دشمنان بر او آسیبی رسانند، آشکارش می‌ساختم، و جمله عَرب را سویِ وی می‌خواندم.

لیک، ای خواهرزاده؛ تو او را بیاب و دریاب و در نهانْ نگاهبانی کن؛ خاصه از قوم یهود، که بزرگ‌ترین دشمنان اویند.

بر آمنه بیمناک شدم. سیف را اما، گفتم: تو را سپاس می‌دارم، ای امیر، که مرا بدین راز آگاه ساختی. با آن نشانه‌ها که پیشتر دیده‌ام، گمان من این است که او همان محمد، نواده من است؛ هر چند که اکنون مادر او از جهان بیرون نشده است.

سیف گفت: نیکبختی ای بزرگ برای تو است، اگر که چنین باشد. خوشا بر تو، ای پسر هاشم! خوشا بر تو!

اینک اما، گواه باش که من به او، و آنچه که از جانب پروردگار جهانیان آورد، ایمان آورده‌ام.

پس، با اندوه و دردی عظیم، آه کشید، و گفت: چه می‌شود که آن هنگام را دریابم، و در یاری‌اش جان ببازم...!

چندی در این حال ماند. آنگاه مرا در بر کشید و بر رویم بوسه زد، و مرخصم ساخت.

چون راهیِ مکه شدیم، از جانب او، به من نهصد مثقال طلا و نهصد مثقال نقره و شَکمبه‌ای پر عنبر دادند؛ و با همراهانم نیز، به رسم سوغات، بیش و کم، چیزی از این‌گونه، همراه ساختند.»

غروبگاه بود و چونان همه روز، محمد روی ســوی حرم داشت. خسته، اما خرســند بود. در سیمای روشــن و تابناک او، خشنودی بر خستگی چیرگی داشت. آن روزش در خدمت به ناتوانی سپری گشته بود؛ و این، خرسندش می‌ساخت....

محمد، کویهای شیبدار مکه را از زیر پاهای کوچک خویش گذر می‌داد، و شتابناک به سوی نیایَش می‌رفت. شیب مسیر، به آن پاها که بر زمین صاف نیز چنان راه می‌پیمود که گویی بر سطحی شیبدار به رفتار بود، تنشی دو چندان می‌داد: زانوان در زیر سنگینی تنْ اندکی خمیده می‌شد، و نیمه بالایی اندام، در هر گام، رو به پیش، اندکی لنگر می‌گرفت....

در زیر نگاه او، مکه، چونان برکه‌ای آب که ناگاه سیاه سنگی بزرگ در میانه آن افکنده باشند، به سان موجهایی، دایره‌وار دامن گسترده بود. در قلب آن دره لمیده در آغوش کوههای برهنه سیاه و سرخ و ارغوانی، خانه کعبه، چونان نگینی ایستاده بود: چهارگوش، بلندقامت، پوشیده با کتان سیاه یمنی. پس، صحن چهارگوش ماسه‌ای حَرَم بود. آنگاه، رواقهای پیرامون صحن؛ با بلندایی به قامت مردی میانه بالا. گرداگرد آن، سراهای شهر، با سقفهای بلند و دیوارهای کوتاه حیاط؛ از سنگهای تراش خورده یا ناخورده یا خشت پخته یا خام. جمله، مکعب وار؛ با پنجره‌ها و درهایی

چونان دیدگان و دهانهایی گشوده‌روی به جانب کعبه.

سراها در ردیفهایی دایره‌وار، گرداگرد حرم چنبر زده بودند. نخست دایره‌ها کوچکتر بودند. سپس، رفته‌رفته شعاع می‌گشودند و فراختر می‌شدند. آغازین دایره، سراهای قُصَی و پسران و نوادگان او بود؛ به سبب پیشینه درازتر در سکونت، و نَسَب و جایگاه والاتر ایشان. سپس، سراهای دیگر تیره‌های قریش و دیگر قبیله‌ها؛ آنها نیز بر پایه پیشینه و جایگاه هر یک. در این میانه، سرای قصی، بزرگی و شکوهی بیشتر داشت. از همین رو، در پی مرگش، به سپارش او، آن را محل انجمن سرا[1]ی شهر ساخته بودند.

در هر کوی و برزن اما، آب و رنگ سراها به گونه‌ای بود: برخی بزرگتر و برخی کوچکتر، چندی با سنگ مرمر یا دیگر سنگهای رنگین زینت یافته، و چندی نیز به صورتهایی غریب، با صدفهای رنگین دریایی تزیین شده بودند. در این یا آنجا، نخلی تنها، سر از حیاط‌سرایی فراز کرده بود، و برگهای خزان‌زده‌اشْ با نرمه نسیم عصر گاهی، جنبشی نیمه پیدا داشت....

محمد با پر چَپْیه سپید خویش، نم بازمانده از شستن چهره را گرفت، و عَقال کوچک سبزش را گرد سَرَ میزان کرد. نسیم ملایمی که با فرونشستن خورشید وزیدن آغازیده بود، سیمای گلگون از راهسپاریِ تند و بی‌توقف او را، به مهر می‌نواخت.

محمد نفسی‌ژرف کشید، و با شادی، هوای‌سبک پاییزی را به ریه‌ها برد.

با کاسته شدن از گرما، شهر اینک گویی جانی دوباره یافته بود؛ و مردمان سرازیر کویها و گذرها گشته بودند. در امتداد خیابانی باریک که محمد در گَذَر از آن بود، به حجره‌ها و کَپَرها اندر، بازرگانان در کارِ فروش آدویه و عطر و پارچه و جامه و پای‌افزار و مَشک و ظرفهای سنگی و کوزه‌های عسل بودند. فروشندگان خرده‌پا نیز، اینجا و آنجا، بر سکوها یا زمین، بساط گسترده بودند و کالاهای خویش را به رهگذران عرضه می‌داشتند. در گوشه‌ای، پیرامون حلوافروشی پیر، کودکانی ژنده‌پوش گرد بودند و سکه‌های خرد خویش را با پاره‌ای از حلوای او عوض می‌کردند. آن سوتر، بر حاشیه خیابان، زنی شیرفروشْ، در جامهایی سفالین، به چند

---

۱. دارالنُدوه. مجلس مشورتی قریش برای اداره مکه و کعبه.

عرب صحرانشین شیرمی‌داد. عطر خوش و شیرینِ شیرِ شتر، ناخواسته، روی هر رهگذر را بدان سوی می‌گردانید.

در کنار شیرفروش، کنیزی سیاه، بادبیزنهای رنگین دست‌ساز خویش را جار می‌زد. به میانه خیابان اندر، خُردبچگانی برهنه‌پا، پر هیاهو، به بازی بودند. بازی ایشان، لختی دیدگان درشت محمد را به سوی خویش کشید. لیک، او زود راه خود را پی گرفت.

«محمد، چونان دیگر همسالانش، میلی بسیار به بازی و هیاهو نداشت. خاصه از آن روزگار که مادرش، آمنه، در جوانی از جهان بیرون شد، و او، از هر دو سو یتیم گشت، این میل در او، بسیار روی سوی سستی نهاد.»

هر چند او هشت سال بیش نداشت، لیک، پیوسته، حزنی ژرف بر سیمایش سایه افکنده بود. بیشتر در خود بود، و کم می‌شد که لبان نازکش به لبخندی گشوده شود. با این رو، بردباری‌ای بسیار داشت، و نرمدل و خوشخو بود. در بازی و غیر آن، هرگز به شدت و زور گرایش نداشت. ذره‌ای خویشتن‌خواهی در وی نبود. بیشتر، دیگران را بر خود مقدم می‌داشت. پیوسته آماده بود تا در راه دوستان، از حق خویش بگذرد. اینها، و راستی‌اش در گفتار و کردار، دیگر کودکان را ـ از خویش و بیگانه ـ سخت خواستار دوستی و بازی با وی می‌ساخت. محمد اما، خلوت و تنهایی را، از هر بازی دوست‌تر می‌داشت. می‌خواست که به حال خویش، در گوشه‌ای آرام باشد، تا به هستی، زندگانی و گذشته خود اندیشه کند. باشد که با یاد آن روزگار کوتاهِ خوش که با مادر سپری ساخته بود، غم جانکاهِ یتیمی را، چندی به فراموشی سپارد.

«در این دوَران، دایه نوجوان محمد، برای او پرستاری نیکو بود، برَکه، از بیم آنکه مبادا زهر غم، این نوشکفته گل نازک و لطیف را بپژمرد، هر دم که مجالی می‌داشت با او به گفت و گو و همراهی می‌پرداخت. تلاش آن کنیز جوان آن بود که محمد، هر چه کمتر به خود وانهاده باشد. او، محمد را به رفتن به کوی و بازی با پسرکان همسال وا می‌داشت. گاه نیز کودکان را می‌گفت تا خود در پی محمد بیایند و او را به بازی خویش بخوانند. ایشان نیز، با خرسندی و شوق، چنین می‌کردند. حمزه، پسر عبدالمطلب، نیز، بسیار ساعتها با او بود.

حمزه از هاله بود؛ و هاله، خود، واپسین همسر عبدالمطلب و دخت

عمّ آمنه، مادر محمد، بود. حمزه، به سال نیز، بیش و کم، با محمد یکی بود؛ و این دو با هم دوست بودند. خاصه از آن روز که محمد از آن سفر غمبارِ یثرب باز آمد، و بیشتر در سرای هاله بود، دوستی ایشان، هر روز ژرفتر می‌شد.»

افزون بر بزرگان قوم و محله، که این یتیم دوست‌داشتنی را از دل می‌خواستند، کودکانِ خویش و بیگانه نیز او را بسیار دوست می‌داشتند. گاه عمویش،زبیر، کَه خوشرو جوانی بس بانشاط بود، چون بر محمد می‌گذشت، چندی به بازی‌اش می‌گرفت و می‌کوشید تا او را به خنده وادارد. دیگر عموی محمد، بوطالب، گاه او را به سرای درویشانه خویش می‌برد، و از هیچ مهرورزی بدو دریغ نمی‌کرد. در این میانه اما، محمد به عبدالمطلب، گرایشی دیگر داشت. او بوی پدر نادیده‌اش را می‌داد، و یاد مهر مادر را در خاطرش زنده می‌ساخت. هم از این رو بود که محمد، نیای خویش را از بن جان می‌خواست، و پیوسته به دیدار و همنشینی‌اش رغبت داشت....

در دهانه بازاری که به درِ پسران هاشم می‌پیوست، محمد، حَفَصْ، پسر مُرَّه را دید. حفص بر کرسی ای، در یک حجره عطرفروشی نشسته، و با صاحب حجره، به گفت و گو بود. محمد با لبخندی شیرین، او را عصرخوش گفت.

حفص، مردی ترشرو و تلخ زبان بود. لیک، با محمد، رفتاری دیگر داشت. در این هنگام نیز، نخست غریب‌وار محمد را پاسخ گفت. پس، چون دانستِ که او کیست، چین از ابروان گرفت، و با آوازی بلند گفت: جمله ساعتهایت خوش باد، ای پسر زیباخوی و زیباروی من! پیوسته نیکبختی همراه تو باد!

محمد، نرم، او را گفت: سپاس می‌دارم، ای عمو. تو نیز پیوسته شادمان باشی.

آنگاه به راه خویش رفت. در این حال، ماجرایی که چندی پیش با حفص داشت به خاطرش آمد....

نیایَش، بزرگ قریش و رئیس مکه بود. پس، تا طعام و آب‌رسانی به حاجیانْ نیک صورت گیرد و شهر نیکو نگاه داشته شود، جمله دارایان مکه، هر سال، از مال خویش، بخشی را به او می‌دادند. حفص نیز صاحب دارایی

بسیار بود. به طایف اندر، مزرعه‌ای بس بارآور داشت. جز آن، مالک دارایی‌ها و شتران بسیار بود. لیک، در دادن سهم خویش به نیای محمد، بسیار بخل می‌ورزید. آن سال نیز کار او بر این روال بود. عبدالمطلب چند بار، کس سویش روانه داشته بود تا آن مال را از او بگیرد. حفص اما، هر بار با عذری، از دادن آن، سر باز زده بود.

ماه حج نزدیک بود. عبدالمطلب به انجمن‌سرا رفته بود تا حساب‌ها را باز بیند، و به کارگزاران خویش دستورهای لازم را بدهد. این انجمن‌سرا، مرکز شُور بزرگان و جمله کارها و تصمیم‌های مهم مکه بود. لیک، تنها فرزندان و نوادگان قُصی و همپیمانان ایشان رخصت آن را داشتند که در آن ورود کنند. دیگر مردم، تا به چهل ساله نمی‌رسید، این رخصت را نمی‌یافتند؛ جز دختران، آن روز که بایستی پیراهن بلوغ خویش را بر تن می‌کردند، یا زنان به گاه عقد و پسران هنگام ختنه.

آن روز محمد نیز با نیای خویش به انجمن‌سرا اندر بود؛ تا سخن از حفص به میان آمد. مردانی که آنجا بودند گفتند که ایشان چاره حفص نمی‌توانند کردن. چه، او افزون بر بخل، بسیار آتش‌زبان است، و پیوسته با فرستادگان آنان درشتی می‌کند. چندان‌که در هیچ‌کس رغبت آن نیست که دیگربار سویِ او رود. نیای او لبخندی زد و گفت: چگونه است که این بار پسرم، محمد، را سویِ او روانه کنیم؟

جمله حاضران، از این کار بر حذرش داشتند. لیک، او گفت: این نیز، خود، برای محمد و برای ما تجربه‌ای است.

در این هنگام، محمد در نیمه هشت سالگی خویش بود.

او، فرمان نیا را پیروی کرد، و سویِ سرایِ حفص رفت.

چون بدانجا رسید، در باز بود. با اَین رو، محمد به سرا ورود نکرد. ایستاد. باری چند، دست بر در کوفت، و با احترام، حفص را خواند. چندی نگذشته، صدای حفص آمد:

- هر که هستی، به درون آی!

محمد چون به سرا ورود کرد، حفص را دید، که خشمناک، در ابتدای حیاط، بر یک کرسی نشسته بود.

محمد، او را وقت‌خوش گفت. حفص اما، وی را پاسخ نگفت. پس،

پرسید: کیستی تو، و سخنت چیست؟

ـ من، محمد، پسر عبدالله، پسر عبدالمطلبم.

سیمای گرفته حفص، اندکی گشوده گشت. این‌بار، نرمتر، گفت: نگفتی که کارِ تو با من چیست؟

پیشتر تا محمد پاسخی گوید، شتربان حفص، شادمان خبر آورد که سرانجام، ماده شتر او، فرزند خویش را به دنیا آورده است.

«در آنگاه که نواده عبدالمطلب آمد، سخت خشمناک و دلمشغول بودم. من ماده شتری داشتم بس پربها؛ که سخت می‌خواستمش. این شتر، باردار بود، و هنگام زادنش فرا رسیده بود. لیک، درد می‌کشید، و نمی‌زایید. بدین حالت، ساعتها سپری شده بود؛ چندان که بیمِ آن می‌رفت که خود و کودکش، هر دو، هلاک شوند.

در حیاط سرایم نشسته بودم، اندر کار خویش فرومانده؛ که آن صدای شیرین از کوچه آمد که با احترام مرا می‌خواند.

تا آن روز، در میان عرب رسم نبود که چون کسی قصد رفتن به سرایی را داشت، اهل آن خانه را ندایی دهد و رخصت ورود خواهد. از این سنت بد، به ما بس رنجها می‌رسید. لیک، چون میهمان در نزدمان گرامی بود، هیچ‌کس بر خویش روا نمی‌دید که بدین سبب، آن آینده را سرزنش کند یا از این کار باز دارد. از این رو، چون آن حالت و ادب را، از کودکی در آن سال و زاد دیدم، بسیار خوشدل شدم. آنگاه نیز که اندر سرای من پای نهاد و آن روی زیبا و خوش‌زبانی او را دیدم، خوشدلی‌ام فزونی گرفت.

تازه به سخن با او آغازیده بودم، که شتربانم مرا مژده آورد که سرانجام ماده شترم زاییده است، و خود و نوزاد او تندرستند.

بسیار شادمان شدم؛ و برایم یقین حاصل شد که آن ، از مبارکی پای این کودک خواستنی است. پس، در وقت، با خود پیمان بستم که هر چه که از من خواهد، بی‌کم و کاست برآورم.... او گفت: نیایم، عبدالمطلب، تو را تهنیت گفت، و خواست تا به پیمان خویش وفا کنی.

خرسند، گفتم: خدایان نگاهدار تو باشند؛ چه مایه رسا سخن می‌گویی و چه لطیف و نرمْ بیانِ مقصود می‌کنی! چون چنین است، من نیز به جمله

پیمان خویش وفا می‌کنم، و چیزی نیز بر آن می‌افزایم. خواهنده اگر چون تو کسی باشد، مانند من دهنده‌ای نیز تنگ‌نظری نمی‌کند.

او، چونان مردان، مرا سپاس گفت. پس، پرسیدم: هیچ کس با تو هست، آیا؟

گفت: خیر.

غلامی از غلامان خویش را گفتم که پنج شتر با وی روانه سازد؛ و بر ششمی نیز او را سوار کند. که آن، هدیه‌ای است از سوی من، به او.»

خدمتکاران و بردگان حفص، به شگفتی اندر شدند. چه، ایشان تا بدان‌گاه، این‌گونه گشاده‌دستی ــ بل، زیاده‌روی در بخشش ــ از او ندیده بودند.

«چون نواده‌ام با آن شتران بازگشت، جمله حاضران در انجمن‌سرا، مبهوت شدند. آن‌سان که، چندی، سخن گفتن نتوانستند. سرانجام، از ایشان، یکی گفت: این آیا افسون نیست که کودکی بدین سال و زاد، آن تنگ چشم را به گشادبازی وادارد؟! تا این روز او پیوسته از سهم مقرر خویش کمتر می‌داد. آن را نیز آن‌گونه دشوار، و گاه از پسِ ستیزها و تلخ‌زبانی‌های بسیار! اینک اما...!

دیگری پرسید: حفص آیا به دست خود، اینها را به تو داد؟! او مست یا آشفته احوال نبود، آیا؟!

محمد، لبخندی زد و ایشان را پاسخی نگفت. پس، جمله، وی را آفرینها گفتند.....»

اینک حرم. زمین ماسه‌ای صحن. بتان کوچک و بزرگ، از جنسها و رنگها و با جامه‌های رنگ‌رنگِ گونه‌گون. برخی ایستاده در جای جای صحن، چندی نیز نشسته بر دیوارهای کعبه. پس، کعبه. در کنار آن، بر جانب خاور، زیراندازی بزرگ گسترده، از موی بز، به رنگ سیاه. بر فراز آن، مردی سپیدپوش، با گیسوان و ریشهایی سپید چونان شیر، تکیه زده بر پشتی‌ای از پشم شتر. درشت قواره، با شکوه، و غرورانگیز. هر چند دیگر اندکی شکسته: عبدالمطلب. نیای مهربان و خواستنی محمدِ خردسال.

لبخندی لبریز مهر؛ آشنا، از دو سو: پیری در آستانه غروب زندگی، و کودکی در سپیده‌دمِ عمر: نیا و نواده!

محمد، از لابه‌لای تنی چند از حلقه‌زدگان پیرامون عبدالمطلب گذشت،

و راست بر بالای زیرانداز رفت. نیا، با خشنودی، برای او جایی گشود. اینک دیرگاهی بود که این مکان، ویژهٔ محمد بود: در نخستین روزها از پسِ بیرون شدن آمنه از جهان، آنگاه که عبدالمطلب تازه محمد را در زیر چتر سرپرستی خویش گرفته بود، چون او بر آن می‌شد که در کنار نیایَش نشیند، برخی عمویان، بازش می‌داشتند. لیک، روزی، عبدالمطلب آنان را گفت که با او کارشان نباشد، تا هر جا که خواست، بنشیند. پس، گفت: او، از هم اینک، جایگاه خویش را می‌جوید. این نور چشم مرا آزاد بگذارید؛ که او مایهٔ سرورِ دل و آرامش روان من است....

عبدالمطلب، به لطفِ دستی بر سر و پشت نواده کشید و با شوق، روی او را بوسید. از این بوسه، جریانی پنهانی از عشق پدرانه در قلب او دوید، و چهره دردمندش را از هم گشود. محمد نیز، خرسند، به نیای سالخورده‌اش تکیه داد، و سنگینی تن کوچک خویش را بر وی افکند.

بزرگِ قریش، گویی به دیدارِ نواده دلبندشْ گفت‌وگوی پیشین با بزرگان شهر را از یاد برده باشد، یکسره گرم گفتار با او شد:

ـ از پگاه تو را ندیده‌ام، ای پسرکم! در کجا بودی؟

ـ به کار عمارت. من و عمویم، حمزه، با تنی چند از دیگر کودکان.

ـ عمارت؟! در کجا؟ برای که؟

ـ در کلبه عُذَیْب، پسر مهدل.

ـ همان مردِ درویشْ نابینا؟

ـ آری.

ـ زنده‌باشی، ای پسرم. آفرین بر شما پسرکان نیک! اینک نیایت را به شرحْ بازگوی، که تو، خود، چه کردی در آنجا؟

ـ من با جماعتی از کودکان بودم از قریش، که با هم می‌بازیدیم. و حمزه نیز با ما بود. چون دیدیم که عذیب به کارِ ساختن دیوار خانه خویش است، من، همبازیان خود را گفتم: چه شودَ که ما به یاری او رویم؟ چه، عذیب مالی ندارد که به مزدور دهد تا در این کار یاری‌اش کند.

جمله، پذیرفتند. پس، به کارِ آوردن سنگ و خاک برای او پرداختیم. نخست، من نیز همچون دیگر دوستانم، سنگهایی چند به دامان دشداشه خویش ریختم، چون خواستم قد راست کنم و بر پای شوم اما، گویا...!

- گویا چه، ای پسرم؟

محمد، شرم‌زده، سر به گوش نیای خویش نزدیک ساخت و آهسته گفت: گویا کسی - که نمی‌دیدمش - بر پشت دستان من کوفت. هر چند کوفتنش سخت نبود، ولی دامان از دستم رها شد، و جمله سنگهایی که در آن بود، بر زمین ریخت. آنگاه، انگار ندایی شنیدم که مرا گفت: دامان پیراهن را فروافکن! چه، تو نیز هر چند کودکی، لیک، چونان ایشان نیستی. هیچ‌کس نباید که تو را برهنه ببیند!

پس، دامان فروافکندم، و سخت، پاهای خویش را پوشیدم؛ و با زنبیلی که عذیب به من داد، خاک و سنگ کشیدم. دوستانم اما، جمله، به همان‌سان، سنگ می‌کشیدند.

عبدالمطلب بوسه‌ای بر سر نواده خردسالش زد. سپس، به نرمی، با دست بر شانه او کوفت و گفت: آفرین بر تو! آفرین...! نیایَت را اما نگفتی که طعام نیمروز را چه کردید و چه خوردید؟

- برکه را گفتیم؛ برایمان طعام آورد. عذیب نیز با ما خورد، و بسیار ما را ستود.

- چه می‌گفت، ای فرزندم؟

- ما و تیره مان را می‌ستود. می‌گفت: «لات وعُزّی نگاهدار شما باشند. دیوارم را آباد کردید و برای من طعام نیز آوردید. به راستی که پیوسته از خاندان شما بوده‌اند نان دِهان و جامه‌پوشان و بناکنندگان و یاری‌دهندگان.» می‌گفت: «سوگند به لات، که از ماهها پیش، چنین طعامی نخورده بودم.»

سیمای عبدالمطلب، از سرور، گشاده گشت. پس، گفت: نیک گفتی و نیکو کردی، ای پسرم.

آنگاه از سرِ یأس، آهی دردآلود کشید و زیرلب گفت: افسوس که آفتاب عمر من، بر لب بام است! آه که چه مایه آرزو داشتم که تا آخر تو را در زیر بال و پر خویش می‌گرفتم و روزگارِ عزت و بالندگی‌ات را به چشم می‌دیدم...!

- پسرکم، تو نیز چون عمویت، حمزه، به کوچه برو، و با دیگر کودکان به بازی مشغول شو! به خانه اندر، روانَت می‌پژمرد.

محمد، محزون، به نیای خویش نگریست، و گفت: تو که باشی، در خانه، خوشترم.

عبدالمطلب، به قدرشناسی لبخندی بر لب آورد، و دیگر هیچ نگفت. لیک، این لبخند، دیر نپایید: چونان شهابی، دَمی، آن سیمای سالخورده دردمند را روشن ساخت، و گم شد. دیگر بار، درد ماند و او.

هاله به اتاق ورود کرد. پشتی را بر پشت عبدالمطلب میزان کرد. بالشی کوچک، تکیه‌گاه آرنجِ شویِ بیمار خویش ساخت، و گفت: جوشانده مهیاست. برایت بیاورم؟

عبدالمطلب، نرم، به همسر نگریست و گفت: پیشتر نیز گفتمت که، کار از دارو و درمان گذشته است. این بار ماجرا از گونه‌ای دیگر است. این، دردِ سالخوردگی است. درد سالمندی نیز تنها یک درمان دارد....

بر آن بود تا بگوید «مرگ»، که اشاره هاله به یادش آورد که محمد در اتاق است.

عبدالمطلب، نیک از اندازه عشق این نواده خردسالش به خویش، آگاه بود. از آنگاه که محمد بی‌مادر از یثرب باز آمد و چون آخرین پناه به دامان او آویخت، تا این هنگام، پیوسته با وی بود. با هم در یک اتاق می‌زیستند

و بر یک بستر می‌خفتند. روزی، دوری یکدیگر را تاب نمی‌آوردند. تا محمد حاضر نبود، عبدالمطلب دست سوی طعام نمی‌برد. محمد نیز تا بود، هیچ‌کس را رخصت آن نمی‌داد تا برای نیایَش آب و طعام بَرَد و عصای خیزرانش را به دست او دهد و نعلین را مقابل پاهایش جفت سازد. اینک اما، روزگار بازی‌ای دیگر در آستین داشت: حسی پیش آگاهاننده، به عبدالمطلب هشدار داده بود که از بستر این بیماری برنخواهد خاست. برای او یقین حاصل شده بود که چند روزی بیش تا پایان زندگانی‌اش باقی نیست.

عبدالمطلب از مرگ باکی نداشت. چه، عمری به کمال کرده، و در دوران دراز زندگانی خویش، بسیار از نعمتهای جهان برخوردار گشته بود. چونان بسیاری دیگر از مردم عرب هم، مرگ را پایان زندگانی نمی‌دید تا از آن، تأسف و بیمی در دل داشته باشد. نیز، هر چند به کارهایش غره نبود، لیک، آن مایه پاک و نیک زیسته بود تا نگران نامه کردارهای خویش نباشد. اینک او را تنها یک دغدغه می‌آزرد: «بر محمد، از پس مردنِ من، چه خواهد گذشت...؟ این یتیم دُردانه نازکدل، آیا تاب پذیرش این سوگ و غم تازه را خواهد داشت...؟»

عبدالمطلب هیچگاه - در اندیشه حتی - سر آن نداشت تا در کار آفرینش به چند و چون پردازد. چه، آن مایه عمَر کرده، و زندگانیها و سرانجامها دیده بود تا بداند که هستی رازها و حکمتهایی دارد که بسا خِرد اندک انسان، از پی بردن بدانها ناتوان باشد. بسیار ماجراها و حالتها که در زمان خود بر انسان گران می‌آیند و پذیرش آنها دشوار است؛ لیک، چون زمانی از آنها می‌گذرد، او درمی‌یابد که آن بذرهای تلخ، چه میوه‌های شیرین در دل خویش پنهان داشته بوده‌اند. با این رو، دل، حکایتی دیگر داشت. آن مهر و دلبستگی که او به این یادگار عبدالله‌اش داشت، با نهیب عقل، فرو خفتنی نبود.

«آه ای نواده کوچکم؛ تسلیتت باد این مایه غم، که پی‌درپی به تو می‌رسد! من در حیرت مانده‌ام که این چه حکمت است که تو بر هر که دل می‌بندی، زود به دوری همیشگی او دچار می‌آیی! از خدای کعبه اما، با درماندگی می‌خواهم، حال که این مایه غم بر تن کوچک تو آوار می‌شود، دستِ کم سینه‌ای فراخ و دلی بزرگ ارزانی‌ات کند، تا تحمل این

مصیبتها، بر تو آسان شود!»

عبدالمطلب، ناگاه به خویش آمد. شتابان خواست تا پنهان از محمد، قطره اشکِ لبِ پَر زده در چشمان را با انگشت شست بگیرد. لیک، محمد را دید که در کنار در اتاق، نشسته بر فرش، پاها گرفته در آغوش، چانه بر زانوان نهاده، چشمانِ میشی خویش را غمگنانه به او دوخته بود.

چه هشیار بود این کودک، و چه مایه دانا! عبدالمطلب نیک می‌دانست که پنهان ساختن این قصه از او، اگر نه ناممکن، بس دشوار بود. نیز، چون ژرف می‌اندیشید، پنهان‌کاری را بیهوده می‌یافت. اینک که مرگ ناگزیر آمده و در کمین او نشسته بود و زود یا دیر آنچه روی دادنی بود رخ می‌داد، پس، آن به، که نرم‌نرم، از پیش، او را مهیا می‌ساخت؛ تا فاجعه، به ناگاه بر سرش آوار نشود، و از پایش در نیندازد....

ـ هاله...!

هاله که در این دم به کارِ سامان‌بخشی به اتاق بود، سرچرخانید.

ـ پسرم، بوطالب، را آگاه کن، تا شامگاه به دیدار من آید! دخترانم را نیز بگو، تا بیایند!

هاله، بیم‌زده از بوی ناخوشی که از این سخنان به مشام جانش می‌رسید، کوشید تا این سخن شوی را به جدّ نگیرد. لیک، عبدالمطلب، با نگاه نافذ خویش به او هشدار داد که این بار، کار، از جنسی دیگر است. تا هاله راهی انجام آنچه که او گفته بود شد، عبدالمطلب روی سوی محمد، گفت: در چه حالی، ای پسرکم؟

محمد، بغض‌آلود گفت: با من پیمان ببند که بهبود یابی، ای پدربزرگ! عبدالمطلب کوشید تا خود را تندرست بنماید: تلاشی بی‌ثمر، چه، ناتوان‌تر از آن بود که از پس این کار برآید.

ـ هیچ می‌دانی، ای پسرکم، که من نیز چون تو، پدر نداشتم؟

محمد خود را پیشتر کشید. در کنار نیایَش نشست، و مشتاق گفت: از این قصه، مرا نگفته بودی!

ـ آری، ای فرزندم؛ من نیز چونان تو، هرگز پدر به خویش ندیدم. افزون بر آن، به سال، همچندِ اکنون تو بودم، که از مادر نیز جدا شدم.

ـ شگفتا! پس تو نیز چون من بوده‌ای؟!

برقی زودگذر از شوخ حالی، بر دیدگان خسته عبدالمطلب جهید. پس

گفت: تو همچون منی، نه من چون تو!

لبخندی کمرنگ، دهان کوچک محمد را از هم گشود، و برق دو ردیف دندانهای سپیدش در دیدگان عبدالمطلب نشست. پس، به مهر، دو دست گرم نواده شیرینش را در دستان چروکیده و سرد خود گرفت، و فشرد.

ـ آری، ای عزیز کوچکم! من نیز، بیش و کم، کودکی‌ای چونان تو داشتم. پدر من نیز در سفری بازرگانی سوی شام بیمار گشت و سپس از جهان بیرون شد. افزون اینکه، تو اینک در شهرِ زادگاه خویشی. من اما، بدین سالِ تو که بودم، از مادر و زادگاه و جمله خویشانی که با ایشان انس داشتم، یکسر جدا شدم.

آهی کشید و افزود: با این رو، چونان یک مَرد، تن به سرنوشت خویش سپردم. با دشواری و غمْ پنجه در پنجه افکندم، تا پشتشان را بر خاک مالیدم و بر آنان چیره شدم.

نخستْ کارْ این‌سان سهل که می‌گویم، نبود. بسیار اندوهها خوردم، و دشواریها دیدم. لیک، سرانجام، این من بودم که چیرگی یافتم. پس، در بزرگی، چون نیک بدان دورانِ تلخ عمر نگریستم، دریافتم که همان رنجها اگر نبود، آن شَیْبه خردسال، در بزرگی سرکرده قریش و رئیس مکه، عبدالمطلب، نمی‌شد. آری، ای پسرم؛ حکایت غمها در زندگانی انسان، حکایت زمستانها در طبیعت است. زمستان اگر نباشد، بهاری در کار نخواهد بود. آن نیز هرچه دشوارتر، بهارِ پس از آن، زیباتر و پربارتر.

ـ مادرم مرا گفت که تو به یثرب اندر زاده شده‌ای. بیشتر اما، مرا هیچ نگفت.

ـ مادرم، دخترِعمرو، پسرِ عائذ مَخْزومی، خود از مردم یثرب بود. اینکه من نیز به یثرب اندر زاده شدم، از این رو بود. او از خاندانی است شریف از یثربیان، که بَنی نجّارشان می‌گویند. یثرب ـ چنانکه در آن سفر خویش دیدی ـ انباشته از قلعه بود. به محله بَنی‌قَیْله اندر، قلعه‌ای بود بس بزرگ؛ که خاندان نجار، در آن می‌زیستند. من نیز در آن قلعه زاده شدم، و خردی خویش را در آن سپری ساختم.

مادرم، پاکخو زنی بزرگ‌منش بود. هنگامی که به همسری پدرم درآمد، از او پیمان گرفت که وی را به مکه نبرد، و اختیار جدایی نیز با

او باشد، پدر، گردن نهاد. می‌گویند: چون دو - سه ماه از پیوند ایشان گذشت، گاهِ سفرِ بازرگانان مکی به شام شد. پدرم، خود، در هر سال دو نوبت از این سفرها را بنا نهاده بود: تابستان به شام، و زمستان به یَمَن. او افزون بر سرکردگی قریش و سرپرستی مکه، راهبر این کاروانها نیز بود. پس، همسر تازه خویش را بِدرود گفت، و همراه کاروان، رو سویِ شام نهاد.

به شام اندر، بیمار شد. همراهانش، باز آمدند. لیک، او زمینگیر شد، و با تنی چند از خویشان، در آنجا ماند. سپس سپارش کرد که مادرم اگر از او صاحب پسری شد، تا دوران خردی آن کودک سپری شود، به یثرب اندر، با وی باشد. پس، آنگاه، به خویشان پدری‌اش، در مکه، سپرده شود.

بدین سان، نیایَت، پدر نادیده، دیده بر جهان گشود و بالید، تا سال‌زادش به هشت رسید.

در این دوران، به سپارش پدر، نگاهداری حَرَم و سرپرستی قوم، در دست عمویم، مُطلّب، بود. در جوانی‌ام، همو، مرا حکایت کرد: «به مکه اندر، روزی در انجمن‌سرا بودم. مردی مکی از تیره بنی‌حارث بر من ورود کرد و گفت: از یثرب می‌آیم. در آنجا شگفت ماجرایی دیدم، که باید تو را باز گویم.

گفتم: بگو؛ تا چه باشد!

گفت: به یثرب اندر، درگذر بودم. در کویی، بر کودکی نظرم افتاد که به سیما و حالتها، با دیگران فرق داشت. او با گروهی از کودکان به بازیدن بود. من، فرومانده در زیبایی و شیرینی او، لختی ایستادم و محو تماشایش شدم. کودک، با تیر، نشانه‌ای را زد. پس، همچون مردان میدان کارزار، به رجزخوانی پرداخت، و خاندان خویش را ستود. پیشتر رفتم و از او پرسیدم: نام تو چیست، ای پهلوان؟

گفت: منم شِیْبَه، پسر هاشم، پسر عبدمَناف.

پرسیدم: هاشم مکی بود. فرزندش در این‌جا چه می‌کند؟

گفت: چون پدرم از دنیا بیرون شد، عمویان سپارش او را از یاد بردند و بر من ستم روا داشتند. پس، من، غریب، با مادر خویش در یثرب ماندم.

آنگاه، آن مرد بنی‌حارثی گفت: ای فرزندان عبدمناف؛ شما را چه شده

است که از عزت خود غافل شده‌اید و چراغ بزرگی خویش را در سرای دیگران باقی نهاده‌اید...؟!»

عمویم، مطلب، می‌گفت: «چون این سخنان را از آن مرد شنیدم، سپارش برادر، به یادم آمد. پس، در ساعت، شتری تندرو خواستم؛ و تنها، راهی یثرب شدم....»

نیک در خاطرم هست که چون او به یثرب رسید، نخست من دیدمش. جامه‌ای به رنگ زعفران بر تن داشت. بر آن، کمربندی ارغوانی رنگ، نشان از بزرگ‌زادگی قریش، بسته بود. در آن ساعت، من با کودکان خاندان، در زمین روبه‌روی قلعه بنی‌نجار در مسابقه بودیم. من، سنگی بزرگتر از دیگر همسالان از زمین برداشته بودم و می‌گفتم: منم پسر هاشم، سرورِ مکه، بزرگ قریش!

در این هنگام، آن مرد را دیدم که از شترش فرو آمد. آشنا نمی‌نمود. او، شتر را خوابانید، و سویِ من آمد. پس، اشک‌ریزان گفت: به نزدیک من آی، ای یادگار برادر!

آنگاه مرا در برگرفت و بوسید، و دیگر بار گریست.

چون قرار یافت، گفت: ای پسر برادر، می‌خواهی که تو را به شهر پدر و عمویانت ببرم؟

شادمان و هم نگران، گفتم: آری.

مادر اما، چون از ماجرا آگاه شد، او را گفت: تو چگونه می‌خواهی میان کودکی خرد، و مادرش، جدایی افکنی؟!

عمویم گفت: می‌خواهم بر شرف و بزرگی او و تو بیفزایم. سرِ آن دارم که از پسِ خود، نگاهبانی حرم و پیشوایی قوم را به او بدهم. پس، سپارشِ پدر را به یاد مادرم آورد. بدین سان، مادرم، با اشک و آه و افسوس، به آمدن من به مکه تن در داد.

عبدالمطلب لب از سخن فرو بست. محمد، شیفته قصّه نیای خود، چندی خیره نقطه‌ای دور در حیاط، باقی ماند. آنگاه چونان کسی که از خوابی سنگین جسته باشد، پلکی زد و مشتاق گفت: به یثرب اندر، نامت شیبه بود. عمویت آیا عبدالمطلبت نام کرد؟

عبدالمطلب، چشمان پژمرده خویش را به دیدگان جوان نواده دوخت، و لبخندی بی‌رنگ زد. آنگاه به دهان خشکیده‌اش اشاره کرد و گفت:

نیایَت را اگر به جامی آب میهمان کنی، حکایت آن را نیز باز خواهم گفت.

محمد به حیاط رفت. جام سفالی واژگون بر سرِ کوزه را برداشت. آن را از آب کوزه پر کرد؛ و ـ تا آب جام نریزد ـ آهَسته به اتاق باز آمد. عبدالمطلب، آب را نوشید.

ـ ولی حکایت این نام...! می‌گویند که من چون زاده شدم در جلو سر موهایی نقره‌فام داشتم. از این رو، شیبه‌ام نام کردند. در آنگاه که با عمویم به مکه رسیدیم، من در پشت او، بر شتر سوار بودم. او همان جامه گران‌بها را بر تن داشت. لیک من، جامه ساده سفری بر تنم بود.

مکیان چون مرا در آن حال دیدند، از ماجرایم پرسیدند. عمویم، چندی امر مرا از مردمان پوشیده داشت. آنان نیز گمان بردند که من برده اویم. پس، عبدالمطلبم نامیدند؛ و این نام، بر من ماند....

چون حمزه، به فرمان پدر، محمد را به کوچه برد، عبدالمطلب روی سوی دخترانش، صَفیّه، بُرّه، عاتکه، اَرْوَی، بَیْضاء، و پسرانش، عباس، ابوطالب، زُبَیْر، حارث، حَجل، مُقَوّم، ضِرار و اَبولَهَب کرد و گفت: فرزندانم؛ اینکه در این شامگاه تیره در این مکان گردتان آوردم از آن رو بود که آخرین سپارشهای خویش را به شما بازگویم.

صدای دختران، به گریه فراز شد. ابوطالب و زبیر نیز آب به چشمان آوردند، و بغض در گلو، به پدر خیره ماندند.

–... اینک به یقین رسیده‌ام که زندگانی‌ام به پایان رسیده، و از آن، جز اند کی، نمانده است.

بوطالب، بغض‌آلود، گفت: پدر، تو، ....

عبدالمطلب، سخن فرزند را برید:

– این، فرجامی است که هیچ‌کس را از آن گریز نیست. اینک گاهِ آشکار شدن آنچه که می‌گویم نزدیک است؛ و امر ناگزیر را چاره نتوان کرد. پس تا مجالی باقی است، گوش بسپارید تا سخن بگویم؛ مبادا که از پسِ خود، کاری را در ابهام باقی نهاده باشم.

نخستِ روی سخنم با تو است، ای هاله...!

هاله، به اتاق اندر نبود. به آوردن چیزی، از آنجا بیرون رفته بود. عباس در پیِ او رفت. هاله، چون باز آمد، در کنار دختران عبدالمطلب

نشست، و گریان، خیره شوی شد. پس، چون دانست که فروغ دیدگان عبدالمطلب رو سوی کاستی نهاده است و توانای تشخیص او نیست، بغض‌آلود گفت: در اینجایم، ای پدر حارث!

ـ هان...؟ آری! تو را سپارش می‌کنم به محمد، از پس خود! او را که زاده دختِ عَمِّ تو است، دریاب. برای او مادری مهربان باش، و بسیار در آغوشش گیر. به طعام و پوشاکش توجه کن. در نگاهداری وی بکوش. چه، او یگانه مرکز امید فرزندان عبدمناف و دُردانه قریش، بل، جمله عرب است.

عبدالمطلب، چشمان کم‌فروغ خویش را میان فرزندان چرخانید و گفت: و شما، ای فرزندانم...! شما، عصاره فرزندان اسماعیلید. همانان که خدای کعبه، آنان را برای خویش برگزید، و ساکنان حرم و همسایگانِ خانه خود کرد. من که امروز پیشوا و بزرگ شمایم، اینک سرپرستی کعبه و عَلَم نیایمان، نَزار، و ریاست مکه را، به فرزندم، زُبیر، و نگاهبانی زمزم و آبَرسانی به حاجیان و مردم و نگاهداری از نواده‌ام، محمد، را به دیگر پسرم، بوطالب می‌سپارم. نیک، این سپارشهای مرا به گوش گیرید و با آنها مخالفت مکنید. دیگر، شما را سپارش می‌کنم به پسر برادرتان، محمد؛ که او صاحب جایگاهی بلند و مرتبه‌ای بزرگ است!

پسران، خرسند یا ناخرسند، یکصدا گفتند: عمرت دراز، ای پدر! فرموده‌هایت را شنیدیم، و از آنها پیروی می‌کنیم!

بوطالب افزود: با این سخنان خود اما، دلهای ما را شکستی.

ـ لیک، تو، ای بوطالب! از پسِ خود، تو را درباره یتیمی که از پدر و مادر و نیایَش جدا مانده است، سپارش می‌کنم! او از برادرِ تو است، که هر دو از یک مادرید. چندان که تاکنون بوده‌ای ـ بل بیشتر ـ محمد را چونان مادری دلسوز باش که فرزندش را تنگ در آغوش می‌کشد! مبادا که دل کوچک او، از این بیشْ رنجور شود!

آنگاه، جویای برکه شد. چون آمد، او را گفت: تو دختری پاک و امانتداری. محمد نیز به تو دلبستگی بسیار دارد. پس، بر تو باد مراقبت و دلجوییِ او!

ـ به دَیده منت، ای سرورم!

عبدالمطلب، با دستمال سپید خویشْ اشک از دیدگان سترد، و دیگر

هیچ نگفت.

آنگاه، صدا از صَفیّه، به حزن برخاست:

- کسی اگر در این جهان جاوید بمانَد

- با آنکه هیچ‌کس جاویدان نیست -

همانا او، تو خواهی بود، ای پدر

که به سبب عظمت خود و بزرگی پدرانت

سزاوار جاودانگی‌ای...!

عبدالمطلب، با ناتوانی گفت: آفرین، این دخترم! نیک انشا کردی و نیکو خواندی. این، برای مردی سالخورده که زندگانی دراز و کارهای شایسته اندک دارد، بهترین آرامش است.

در این هنگام صدا از بیضاء، دختر سپیدروی عبدالمطلب، برخاست. او، گریان، خواند:

- تو سرایی بودی که راه گم کرده در آن مأوی می‌یافت.

آستانه‌ای بودی که گرسنه در آن سیر می‌شد.

سرچشمه‌ای بودی که تشنه از آن آب می‌نوشید.

و پناهگاهی بودی که ستمدیده، در آن ایمن می‌گشت.

از پسِ تو، نیازمندان و به زبونی گرفته شدگان

از کَه درخواست کنند، و به که پناه برند...؟

جمله دختران و پسران عبدالمطلب، و همسرش، پر صدا گریستند.

عبدالمطلب، با آوایی چندان پست که دشوار به گوش نشستگان آمد، گفت: آب از دیدگان پاک کنید و بیش، غم مخورید! چه، بازگشتگاه فرزند آدم، جز این نیست. اینک به سراهای خویش بازگردید؛ که فرزندان و همسرانتانْ چشم به راه شمایند. یک یک، گریان به سوی پدر رفتند، و بر دست و روی او بوسه زدند. چون عازم بازگشت شدند، محمد را دیدند که شتابان به اتاق دوید. او، از میان عمویان و عمّگان راه گشود، و خود را به نیایَش رساند. پس، دست به گردن او افکند و سر بر سینه‌اش نهاد، و چنان زار گریست که جمله، دیگر بار، به گریه درآمدند.

شبانگاه بود و سکوت. تیره شبی گرفته و دلگیر. ابری سیاه، رخساره ماه را پوشیده بود. هوا بس سنگین و ساکن بود. مکه، سر به سر، به خواب اندر بود. پسران و دختران عبدالمطلب نیز، به سراهای خویش اندر، در خواب بودنـــد. هاله و عباس در اتاقی که عبدالمطلب بود، خفته بودند. لیک، به محمد رخصت نداده بودند که آنجا بخسبد. او و حمزه را روانه اتاقی که در کنار اتاق عبدالمطلب بود ساخته بودند، تا در آنجا بخسبند. حمزه نیز، چونان محمد، نگران حال پدر بود.

آن دو، چندی در تاریکیِ ساکت اتاق گریسته بودند؛ تا که حمزه را خواب در ربوده بود. اینک محمد بود و شب. محمد بود و تاریکی. او و خواب، چونان دو ناآشنا، دو غریبه....

محمد، از آن بیش، به اتاق بودن نتوانست. نفس در سینه‌اش سنگینی می‌کرد. چیزی، راه بر گلویش بسته بود. بیم آن داشت که آن حال اگر دوام یابد، نفسش از سینه بالا نیاید، و حالت خَفگی به او دست دهد. آبی نیز در چشمانش نمانده بود تا با گریه، راه گلو را بگشاید. پس، بی‌صدا از بستر برخاست و به حیاط رفت. روی درروی اتاقی که نیایَش در آن خفته بود، ایستاد. چندی به درون نگریست: پیه‌سوزی، با روشنایی اندک، در تاقچه می‌سوخت. نیایَش، آرام، چونان کودکی، یک دست در زیر گونه، به پهلو، بر بستر خفته بود. در دوردست، مرغ حقّی، به حزن، می‌خواند.

محمد آهی کشید و سوی آسمان نگریست: ابرها هر دم فشرده‌تر می‌شدند. ناگاه قطره‌ای باران بر گونه‌اش لغزید. محمد آن روز را به یاد آورد که با نیایَش، به دعای باران از مکه بیرون رفته بود.

آن روز، جمله بزرگان به نزد عبدالمطلب آمدند و گفتند: ای حفر کننده زمزم و ای سیراب سازنده حاجیان؛ خود آگاهی که مکه سه سال پی‌درپی است که به خشکسالی دچار است. پستانهای چارپایان ما خشکیده، و در صحرا علف نایاب شده است. آسمان، بسیار ما را به واسطه تو سیراب ساخته است. اینک نیز خدایان را بخوان، تا بر ما رحمتی کنند.

نیایَش به خانه آمد. سر و تن شست، و خویشتن را خوشبو ساخت. پس، او را نیز با خود برد.

چون به کوچه رسیدند، مردمی انبوه در پیِ ایشان، روانه کوه ابوقُبَیْس شدند.

بر فراز کوه، نیایَش او را بر دوش خویش نشانید؛ دستان او را گرفت و با دستان خود به آسمان فراز کرد، و خواند:

ـ ای باز دارنده درویشی و زداینده اندوه!

تویی دانای بی‌آموزگار و بخشاینده بی‌تنگ نظری!

اینک غلامان و کنیزان تو که پیرامون حرمت ساکنند

شکایت قحطی به نزد تو آورده‌اند؛

آن قحطی که زمینِ تو را چندان خُشک ساخته

که خَفِ شتران و سم گوسفندان را برده،

پستانهای آنها را خشکانیده،

و کشتها را تباه ساخته است.

پروردگارا؛ درخواست عاجزانه ما را بشنو

و بر ما بارانی پر برکت فرو فرست...!

پس، زار گریست؛ و مردم نیز به زاریِ زار، با او گریستند.

چندی در آن حالت بودند. چون رویِ سوی بازگشت آوردند، محمد، نخستین قطره باران را دید که بر گونه‌اش فرو غلتید.....

محمد، قیرگون آسمان شب را نگریست. گویی در میان آن تیرگی انبوه، چیزی را می‌جست. آسمان صحرا به یاد او آمد، آنگاه که در نزد حلیمه بود.... آسمان را، خاصه در شبها، بسیار دوست می‌داشت! چه مایه

روزان و شبان که به این پهنه شگفت بیکران نگریسته، و به اندیشه اندر شده بود:

این ستارگان بی‌شمار از کجا آمده بودند؟ از آغاز آیا بوده بودند؟ می‌شد آیا این!؟ این‌گونه اگر نبود، پس چه گاه پدید آمده بودند؟ خود آیا خویش را ساخته بودند؟ شدنی بود آیا که کس یا چیزی، آن هنگام که نبوده بود، خود را بیافریند؟! پس این ستارگان، ماه، خورشید، زمین، کوهها، شتران، گوسفندان، چارپایان و انسانها را که آفریده بود؟ آن آفریدگار، خود چگونه بود...؟ هر چه بود، به یقین که او خود بس برتر و تواناتر و داناتر از جمله آنچه که آفریده بود می‌بایست باشد.

روزی از نیایش پرسیده بود:

- مادر و پدرم اینک در کجایند؟

- آنان، ای فرزندم، اکنون در جهان دیگرند.

- در آن جهان، آدمیان چگونه می‌زیَند؟

- در این جهان اگر نیکوکار بوده باشند، در آنجا نیک خواهند زیست. ستمگر و بدکار نیز اگر بوده باشند، به جزای آن کارها خواهند رسید، ای پسرکم!

روزی، در راهی، در رفتن بودند. چون به دشت رسیدند، مردی ژنده‌پوش را دیدند گرم کارِ حفرِ زمین. چند گام آن سوتر، زنی، نوزادی در آغوش، برَ خاک نشسته بود، و بی‌صدا می‌گریست. عبدالمطلب، محمد را بدان سو برد.

- بامداد نیکو!

- بامداد بر تو نیز خوش باد!

- به چه کاری، ای مرد؟ می‌خواهی که تو را یاری کنیم؟

- سپاس‌دار توام! به بازداریِ درویشیِ بیشتر از خویش مشغولم. محمد، نیت مرد را از این کنایَه، در نیافت. لیک، نیای او، به سنگینی سرجنبانید و چندی هیچ نگفت.

مرد، چون از کندن گودال فارغ شد، بر زن بانگ زد:

- آن دخترک را بیاور!

محمد اندیشید که آن زن و مرد نوزادی دختر داشته‌اند که از جهان بیرون شده است، و اینک به خاک‌سپاری او آمده‌اند. پس، اندوهگین

گشت، و آب در دیدگان آورد. در این‌گاه اما، صدای نوزاد، به گریه فراز شد. با گریه‌ی او، زن نیز، بلند، گریست. گریه‌اش از جنسی غریب بود. ناتوانی و درماندگی و خواهش و خشم و کینه‌ای سرکوفته و فروخورده و گله از روزگار، یکجا از آن به گوش می‌آمد.

- به تو مگر نگفتم که آن نوزاد را بیاور!؟ زود؛ که امروز نیز از کار باز ماندم!

زن، سخت‌تر نوزادش را در آغوش فشرد و بلندتر گریست. محمد، غمگین، نیای خویش را گفت: این مرد به چه قصد، آن نوزاد را می‌خواهد؟

مرد، چون صدای محمد را شنید، گویی تازه دیده دیده باشدش، نرم، گفت: تا در گورش کنم.

محمد، شگفتی زده، پرسید: او را زنده در خاک کنی؟!

- آری، ای پسرکم!

- از چه رو؟!

- از این‌رو که او دختر است. تو آیا تا بدین‌گاه مردمانی را که چنین می‌کنند ندیده‌ای؟

- از چه رو چنین می‌کنند؟!

- زیرا دخترانْ در کوچکی درویشی ما را افزون می‌سازند، و در بزرگی، بسا که مایه‌ی ننگ و بی‌آبرویی‌مان شوند.

محمد از بسیاریِ خشم و غم، توان سخن گفتنی بیشتر را نیافت. در این هنگام، نیایَش به سخن درآمد:

- ایشان اما، برای ما توانگری و شرف نیز می‌آورند.

مرد، گویی در انتظار این سخن نبوده باشد، لختی درنگ کرد، و در پاسخ، درماند. پس، نیایَش به او مجال سخنی دیگر نداد:

- تو خود آیا مادر نداشته‌ای؟

مرد، سر در زیر، سنگین، گفت: داشته‌ام.

- این که همسر تو است، آیا روزی دختری نبوده است؟

- بوده است.

- بی‌زنان آیا، مردان می‌توانستند بود!؟ بی‌زنان آیا، مردان زیست می‌توانستند کرد!؟

- این... سنت عرب است. من نیز یکی از ایشان.

محمد با خود اندیشید: «در پاسخ می‌مانَد، به پیشینیان دست می‌آویزد...! پیشینیان ما اگر به خطا بوده باشند، باز آیا شایسته است که ما پیروی آنان کنیم!؟»

نیایَش گفت: چنین گمان می‌دارم که زندگانی بر تو بس تنگ گرفته است، ای مرد! روزگار اما، یکسان نمی‌ماند. به جای این، به حرم برو، و از خداوند کعبه، یاری و گشایش در زندگانی خویش بخواه.

چون دودلی در سیمای مرد دید، گفت: دست از این کارِ نکوهیده بدار! با من به شهر باز گرد، تا نگاه کنم که برای تو، چه می‌توانَم کرد...... برقی در آسمان تیرهٔ شب جهید، و حیاط، سر به سر، با نوری تند روشن شد. سپس، رعد غرّید. آنگاه بارانی تند، به بارش درآمد. پلکهای محمد سنگین شده بود. پس، برخاست تا به اتاق باز رود، و اندکی بخسبد.

«آنگاه که عبدالمطلب از جهان بیرون شـــد، یکصد سال، افزون داشت. مردم بر این باور بودند که از صد، بیسـت سالی بیش داشت. برخی نیز سالش را صد و چهل می‌گفتند. با این‌رو، در آنِ پگاه، چون صدای شیون از ســـرای هاله فراز شد، نخست در سراهای همسایگان، سپس در دیگر سراهای محله، و آنگاه، در همه ســـراها و برزنهای مکه، مردم به گریه درآمدند. پس، در حرم، جارچی‌ای بر نقطه‌ای بلند رفت و با گریه ندا در داد: ای مردم؛ بزرگی و بخشش، از دنیا رفت!

غم بر فراز مکه خیمه افراشت. جمله مردم دست از کار شستند و آب در دیدگان، سوی سرای هاله شتافتند.

به سرای هاله اندر، زُبَیر و بوطالب، به سنت قریش، پیکر پدر را با آب و سدر شستند. سپس آن را در دو تکه کتان یمنی پیچیدند، و چندان مشک بر آن افشانیدند که محله را سر به سر، بوی عطر آکَند. آنگاه جنازه را بر تخته‌ای بزرگ نهادند و بیرون آوردند.

آن روز در مکه، معرکه‌ای شگفت بود. زنان موی پریشان می‌ساختند و گریبان چاک می‌زدند و بر سر و روی می‌کوفتند. تنی چند از ایشان، با هم، دایره می‌زدند و به آهنگ آن، شعرهای سوگ‌آمیز می‌خواندند. مردان نیز، چونان کودکان، پر صدا می‌گریستند. لیک، در این میانه، من هیچ کس را سوگوارتر از نواده یتیم او، محمد، ندیدم. آن روز او را دیدم

که سربرهنه ساخته، گیسوان شبق‌گون را بر شانه‌ها ریخته، با شانه‌هایی فروافتاده، در پی پیکر نیای خویش می‌رفت و به زاریِ زار می‌گریست. چندان غمگین و خودباخته می‌نمود که ترسیدم مبادا این ماتم، هوش از سرِ او ببرد!»

«هستی چیست؟ از چه‌رو ما روزی پای در این جهانِ پر رنج می‌نهیم و روزی دیگر، ناگزیر باید از آن بیرون رویم؟ سبب این آمدنِ ناخواسته و رفتنِ ناگزیر چیست؟ در پسِ این آمد و رفت، آیا مقصودی نهفته است؟ آن مقصود، خود، چیست؟ چه‌سان باید زیست تا بدان مقصود رسیدن توانست؟....

در این میانه اما، اجل با من چه دشمنی دارد؟! از چه رو جمله آنان را که من بدیشان نیازمندم با خود می‌برد؟! چرا هر که من به او دل می‌بندم، زود از میان می‌رود و مرا به دردِ جداییِ خویش گرفتار می‌سازد؟!»

محمد، غرقه دنیای غمزده خویش، سوگوار، در پی جنازه عبدالمطلب می‌رفت. از بسیاری گریه، چشمان و بینی‌اش سرخ شده، و ورم کرده بود. در آن معرکه شگفت، یکه و غریب‌وار می‌رفت. گویی هیچ‌کس غم او را نمی‌خورد. هم از این‌رو بود که چون به خویش آمد، خود نیز این بی‌کسیِ ژرف را، با جمله وجود، دریافت.

به گورستان بنی‌هاشم رسیده‌بودند. گور، از پیش مهیّا گشته بود. جنازه را در کنار آن بر زمین نهادند، و مردم، حلقه‌وار گرد آن نشستند. چنان درهم فشرده بودند که محمد یارای پیش رفتن نداشت. پس، دل‌گرفته، بر سنگی نشست.

حُذَیفه، پسر غانمِ بر پای شد و قصیده‌ای در ستایش عبدالمطلب خواند. آنگاه مَطرود، پسر کَعبِ خُزاعی مرثیه‌ای در سوگ وی خواند. در پیِ او، زُبیر برپای خاست و گفت: پدرم پیوسته ما را به بزرگداشت حرم سپارش می‌کرد. او ما را می‌گفت: کعبه، از دیرباز محترم بوده است. زنهار؛ حرمت آن را نگاه دارید!

پس، بوطالب برخاست و گفت: سالار قریش، در روزگار زندگانی خویش، پنج سنت نیکو از خویش به یادگار نهاد. باشد که از پسِ او نیز این سنتها برقرار ماند و بزرگ داشته شود:

نخست اینکه، زنان پدران را بر فرزندان ایشان حرام کرد. دوم: گنجی

یافت و پنج یکِ آن را به کعبه داد. سوم: دیگر بار، چاهِ زمزم را حفر کرد، تا آبش، حاجیَان را سیراب سازد. چهارم: خونبهای آدمی را صد شتر مقرّر ساخت. پنجمین آن سنتها نیز این بود که طواف کعبه نزد قریش عددی نداشت، و او آن را هفت بار معین کرد.

نیز، جمله آگاهید که او شراب نمی‌نوشید و از آن بیزاری می‌جست. زشت‌کاری و فساد زنان و مردان را حرام می‌شمرد. قمار با تیرها و طواف با تن برهنه را نهی می‌کرد. و... بسیار از این کارها، که خود از آنها آگاهید.....

آنگاه زبیر به گور اندر شد، و بوطالب و حارث، جنازه پدر را به او دادند. در این هنگام جمعیت بر پای شد. محمد خواست تا به آخرین وداعِ سویِ گور نیای مهربان خویش رود. مردم اما، چنان راه را بر او بسته بودند که پیش رفتن نتوانست.

ناگاه دستی گرم بر شانه‌اش نشست، و صدایی نرم در گوشش پیچید:
- به کجا بودی، ای دلبندم؟ دیری است به دنبال توام!
برکه بود. دایه مهربان و غمخوارِ او. یگانه یادگار بازمانده از پدر و مادر.

محمد چون در آغوش وی جای گرفت، در آسمان گرفته دلش، گویی ابرهای سیاه غم به یک سو رفتند، و خورشید زندگی، لحظه‌هایی چند، تابیدن گرفت.....

واپسین ستارگانِ شبانگاهیِ شناور در آسمان شیری صبح، یک‌یک رنگ می‌باختند. خانه‌های مکه، و کعبه، از پس پرده هر دم نازک شونده تاریکی، رفته‌رفته، سیمایی آشکارتر به خود می‌گرفتند. نرمه نسیمی، با رگه‌ای از خنکی، از جانب شمال می‌وزید، و پس‌مانده‌های خواب را از دیدگان سحرخیزان می‌زدود. در دوردست، خروسی می‌خواند، و صدایش، سکوتِ نشسته بر شهر را می‌شکست.

محمد، شتابناک، می‌رفت و به اندیشه‌هایی ژرف غرقه بود. پگاه، به‌گاه برخاستن از خواب، عمویش را در بستر کنار خویش نیافته بود. او، در حیاط کوچک سرا نیز نبود. پس، زن عمو، به یاد محمد آورده بود که آن روز هنگام رفتن کاروان به جانب شام بود؛ و بوطالب سوی کاروان روان گشته بود.

فاطمه، نیک آگاه بود که محمد به بوطالب چندان دلبستگی داشت که روزی نیز دوری او را تاب نمی‌آورد. پس، در آن آغازین ساعت روز، چون نشانه‌های دلتنگی و تشویش در سیمای کوچک او دیده بود، رخصتش داده بود تا به واپسین دیدار عمو پیش از سفر شتابد.

«شویم، بوطالب نیز سخت دلبسته محمد بود. در این چهار سال که محمد با ما بود، او به هر جا که خود وی را نیز می‌برد. گویی پیوسته نگاهبان این یتیمِ برادر بود، و دمی از او غافل نمی‌گشت. هر چند

خود، طالب و عقیل و جعفر و هم دخترکی داشت، هر شام محمد را در بستر خویش می‌خوابانید تا مبادا او بر خویش گمان تنهایی و بی‌پناهی برد، یا آنکه به نیمه شبی از خواب برخیزد و از تاریکی، بیم بر دلش افتد.»

محمد، چونان پیش، دایه‌اش، برکه، را هم داشت. فاطمه، همسر عمویش نیز، بانویی بس شریف و بزرگوار بود. او خود از زنان هاشمی بود، و بدین یکتا یادگارِ برادر شوی خویش، مهری غریب داشت؛ چندان که گاه برخی غریبگانَ، بر وی زبان به خرده‌گیری می‌گشادند، که به یتیم عبدالله، مهری افزون بر فرزندان خویش دارد.

محمد هرگز از یاد نمی‌برد که آن روز سخت دل گرفته بود. پس، تا دیگران به حالش پی نبرند، به گوشه‌ای خزیده بود و با یاد مادر، تلخ می‌گریست. چونان دیگر کودکان، گریه‌اش با صدا نبود تا کسی آگهی یابد که در کجا و به چه کار است. هم، در سرا، جز زن‌عمویش هیچ‌کس نبود. او نیز به کار شستن و گستردن پشمهای شتر بر بام بود. ناگاه اما، محمد، دستی گرم را بر شانه خویش یافت، و صدایی پرمهر، در گوشش نشست:

- از چه رو گریانی، ای جان فاطمه؟

محمد کوشید تا از گریه باز ایستد. چه، با جمله خُردی، هیچ خوش نمی‌داشت که غم خویش را به دیگران سرایت دهد. لیک، ندانست چه شد که چون گرمای آغوش زن عمو در برِش گرفت و انگشتان باریک و کشیده او اشک از دیدگان وی سترد، ناگاه بغض پنهان در گلویش، پرصدا شکست، و اشک، سیل‌آسا بر گونه‌ها باریدن گرفت....

- با یاد مادرم می‌گریستم، ای زن عمو.

- پدر و مادرم به فدای تو؛ غم مخور! فاطمه، به جای مادر تو....

به راستی، فاطمه، برای او چونان مادری دلسوز و مهربان بود. با این‌رو، بوطالب، در دل کوچک محمد، جایگاهی دیگر داشت. او عطر و بو و خوی نیاکَش را داشت. نیز، هر چند محمد به خویش پدر ندیده بود، پیوسته بوطالب را چونان پدر می‌یافت. بدین‌سان، او پدر، مادر، و نیای خویش را در وجود این عموی تنگدست ولی پرعاطفه خود می‌جست، و در کنارش، رنج جانکاه یتیمی را تاب می‌آورد. آنک اما، بوطالب نیز دل بر آن نهاده بود که ترکش کند و به سفر دراز بازرگانی، سوی شام رود....

«کار پدر با عموزاده‌مان از مهر گذشته بود. او به محمد، گونه‌ای شیفتگی داشت، شگفت. هم از این‌رو بود که عموزاده‌مان نیز پدر ما را چونان جان شیرین می‌خواست. غریب‌تر آنکه، من، خود، هر چند از جمله پسران پدر خردتر، و به سال، از محمد کوچک‌تر بودم، او را بسیار می‌خواستم و هیچ بدو رشک نمی‌بردم. برادران و خواهر من نیز چنین بودند. چه، او با جمله کودکانی که ما می‌شناختیم فرق بسیار داشت: محمد جز آنکه سیمایی دلنشین داشت و بس خوشرو بود، هیچ در بند طعام و شکم نبود. من خود هیچگاه ندیدم و نشنیدم که او به خوراکی آز ورزیده باشد.

نخست که نیایمان، عبدالمطلب، از جهان بیرون شد و او به سرای ما آمد، پدر چنان تنگدست بود که ما گاه چیزی برای خوردن نداشتیم. چون در سفره نیز طعامی بود، چندان نبود تا همگی ما را بسنده باشد. با این‌رو، تا محمد بر سر سفره حاضر نمی‌شد، پدر دست سوی طعام نمی‌برد. او، ما را هم از خوردن باز می‌داشت؛ و می‌گفت: درنگی؛ تا عموزاده‌تان برسد.....
چون محمد می‌آمد - گویی به دیدن اندکِ طعام - می‌خواست تا کم بخورد. لیک، پدر، پیوسته او را به خوردن سفارش می‌کرد؛ و در این کار، بس پای می‌فشرد..»

روزی محمد، بوطالب را گفته بود: عموجان؛ چه شود که چون سفره می‌گسترید و من نیستم، عموزادگانم را از دست بردن سوی طعام بازمداری؟

بوطالب، با لبخندی گفته بود: نه چنین است که تو باری بر دوش ما باشی، فرزندم! تو، برای ما خجسته پسری هستی، ای جان عمو! هر چند ما مالی چندان نداریم؛ ولی بدان: از آن روز که تو به نزد ما آمده‌ای، آشکارا، درویشی ما کاستی گرفته است. چندان که، این، از چشم عموزاده کوچک تو، جعفر، نیز پنهان نمانده است.

پس، چون نشان پرسش در سیمای محمد دیده بود، گفته بود: یک شب که تو با دایه‌ات، برکه، به سرای پدریِ خود اندر بودی (و محمد گاه خوش می‌داشت که شبی را در سرای پدریِ خویش به سر برد)، چون طعام شبانه را خوردیم، جعفر گفت: ای کاش عموزاده ما نیز بود!
تا اندیشه‌اش را باز خوانم، پرسیدم: از چه رو؟

با آن لحن کودکانه خود گفت: هرگاه که او بر سر سفره نیست، ما سیر نمی‌شویم. حال آنکه با بودنش، سیر می‌خوریم، و باز طعامی در سفره می‌مانَد.

و آن شب، طعام ما، از هیچ شب کمتر نبود....

محمد از چندی پیش دانسته بود که یگانه پناهگاه استوار او، به کار مهیا شدن برای سفر سوی شام است. آن روز، چون از این ماجرا آگهی یافت، گویی دنیا در نگاهش رنگ باخت؛ و بر سر شهر و جمله مردمانِ آن، غباری سنگین از غربت نشست. آسمانِ دل او را، سربه‌سر، ابران سیاه غم پوشید، و افقهای زندگانی خویش را سخت تیره و تار یافت. پس، دیگر، هر روز، به دل خون می‌گریست. لیک، روی آن را نداشت تا عمو را گوید که از آن سفر چشم بپوشد و تنهایش مگذارد. هم، در خود نمی‌دید که بوطالب را گوید تا او را نیز با خود ببرد. چه، رسم عرب این نبود که در این‌گونه سفرها، کودکان نابالغ خویش را با خود همراه سازد.....

محمد، دهانه‌ای از بازار را پسِ پشت نهاد و از چند کوچه گذشت. آنک، پست‌ترین بخش از زمینِ شهر: جایگاه گرد آمدن و گذر جمله سیلابهای مکه. محل کلبه‌های گلین کوچک قامت شکسته. برزن بینوایان شهر و راندگانِ بی‌کس دیگر قبیله‌های پناهْ آورده سوی قریش.

آن سوتر، زمینی باز بود، بس گسترده؛ که از گذرگاهی میان دو کوه‌بچه، رو سوی دشت داشت. پوشیده از شتر؛ به عدد، افزون از هزار. بر پشت شتران، بسته‌های بزرگ کالا. بر پشت برخی نیز، رحلهای چوبین؛ پوشیده با پوستی از گوسفند یا تشکچه‌ای پُر شده با پشم. در هر سو، مردان به کار: یکی رحل بر پشت شتر میزان می‌ساخت. آن دیگر، استواری بار را بر پشت شتران می‌آزمود. آن یک نواله در دهان شتری می‌نهاد. تنی چند، به کارِ گفت و شنود یا وداع با اهل سرا و خاندان خود بودند. شتربانانی چند نیز، در میانه شتران و بارها دستمالی گسترده بودند و چاشت خویش را می‌خوردند.

به حاشیه اندر، بر بام کلبه‌های گلین کوتاه قامت، خردبچگانی برهنه‌پا ـ برخی نیز با مادران خَویش ـ به تماشا ایستاده بودند. صداها، از شتر و انسان، درهم آمیخته بود؛ چندان که از دور، هیچ سخن، آشکارا مفهوم نمی‌گشت.

محمد، تا در آن هنگامه، عمو را بازیابد، بر تخته‌سنگی فراز شد و به هر سو چشم گردانید. چون از این راه کام نیافت، به ابتدای کاروان رفت و بر کناره راه ایستاد، تا شاید به گاهِ رفتن، بوطالب را بیند.

سرانجام طبل حرکت کوفته شد، و هنگام رفتن کاروان رسید. پس، شترانی که به زانو بودند بر پای داشته شدند و به رفتار درآمدند.

نزدیک دویست مرد و افزون بر دو هزار شتر، رو سوی گذرگاه میان دو کوه‌بچه و دشت روبه‌رو آوردند. نخست جنبشی در هر سو پدید آمد. پس، با حرکت نخستین شتران، کلافِ درهم کاروان، رفته رفته از هم گشود، و نرم‌نرم، چونان خطی دراز ـ شتر بر پَشت شتر ـ شد.

نوای زنگهای شتران که در آغاز درهم و آشفته بود، اندک‌اندک آهنگی موزون یافت؛ آهنگی که بر دل می‌نشست و یادهایی خفته و غبارگرفته را در ذهن بیدار می‌ساخت و حزنی سنگین را در جان می‌ریخت. در این میانه اما، آنچه برای محمد به ارمغان می‌آورد، اندوهی ژرف بود و قطره‌هایی اشک، که در چشمه چشمان می‌جوشید و با جمله خویشتنداری او، می‌رفت تا در گوشه دیدگان نیش زند.

خورشید اینک سر برآورده بود و شعاعهای زرینش سر قله‌های کوهها را رنگی درخشان زده بود. هم، هر چند واپسین ماه بهار بود و هنوز ساعتی از روز نرفته بود، با این رو، هوا سخت رو سوی گرمی داشت.

ناگاه محمد، عمو را دید: بوطالب، با آن اندام درشت مردانه، عبایی نازک از ململ به رنگ زعفران بر دشداشه راه‌راه کتان یمنی بر تن، چپیه‌ای از همان کتان با عقالی سیاه بر سر، پیشاپیش کاروان، می‌آمد. سوار بر شتری تیزرو با میانی باریک و سر و گوشهایی کوچک و پرمو بود. می‌آمد، و خط دراز شتران در پس پشت او.

«من نیز از جدایی یگانه یادگار برادرم، دل خون بودم. لیک، چاره‌ای پیش‌رو نمی‌دیدم: زندگانی‌ام دشوار می‌گذشت. با خود چنین اندیشیده بودم که با آن اندک دارایی که داشتم سفری به شام کنم؛ باشد که گشایشی در کارم پدید آید.

تازه دل به راه سپرده و آهنگِ رفتن کرده بودیم، که برادرزاده‌ام را دیدم. غریب‌وار بر کران راه ایستاده بود و غمگین، کاروان را می‌نگریست. چون مرا دید، ناگاه پیش دوید و چنگ در مهار شترم زد و با گریه‌ای از

بن دل، گفت: چه می‌شود که مرا نیز با خویش ببری، ای عمو؟!»

به دیدار این حالت و کار برادرزاده، حال بوطالب دیگرگون شد. پس، اشک در دیده، از شتر فرود آمد و او را به یک سو برد و گفت: راست گفتی، ای جان عمو؛ که من نیز بی‌وجود تو، آنی قرار ندارم!

در لحظه، روی سوی غلامی از اهل کاروان کرد و گفت: هم اینک بر اسبی بنشین و زود سوی سرای ما برو! مادر طالب را بگو تا برای محمد جامگانی چند در بقچه‌ای نهد و به تو دهد. دیگر، او را بگو که محمد با من راهی شام شد.

آنگاه، با نرمه انگشت شست، اشک از دیدگان محمد گرفت، و او را در پس پشت خویش، بر رحل شتر نشانید.....

به آنی، جمله ابران تیره اندوه، از آسمان دل محمد به یک سوی رفتند، و سیمای دوست داشتنی‌اش، چونان خورشیدی، درخشیدن گرفت.....

کاروان، با گذر از میانه گذرگاه، کوه‌های برهنه سوی شمال مکه را پس پشت نهاد، و چونان رودی باریک، بر بستر دشتَ ساده سوخته، جاری گشت.

شش سال از نخستین و هم واپسین سفر محمد می‌گذشت. در این سالیان، جز چند بار که با عموزادگان به چرای رمه به دشت آمده بود، از مکه پا بیرون ننهاده بود. نیز، آن سفر به یثرب بود و این یک هم هر چند از یثرب می‌گذشت، لیک، از آن، بس آن سوتر می‌رفت.

محمد، پیشتر، از شام و شهرهای آن، نکته‌ها شنیده بود. اینک، این سفر، برای او امکانی بود تا آن شنیده‌ها ـ و بل افزون بر آن ـ را خود ببیند، و تجربه کند.

در آن سفر که با مادر و برکه به یثرب می‌رفت نیز، هنگام رفتن، با یک کاروان بودند. آن کاروان اما، تا یثرب بیش نمی‌رفت، و کاروان بازرگانی نیز نبود. هم از این رو بود که چون اینک با برخی مردان، افزون بر شمشیر، کمان و تیردان بر پشت دید، از عمو، سبب را پرسید.

ـ این مردان را که می‌بینی، جمله، رزم‌آورانی آزموده کارزارند، که برای پاسداری کالاها از دستبرد راهزنان اجیر شده‌اند. البته قریش از میان قبیله‌هایی که در مسیر سفرند، همپیمانانی توانا دارد. ما هر سال، از مال و کالا، چیزی به ایشان می‌دهیم. در عوض، چون به قلمرو هر یک

ورود می‌کنیم در پناه ایشانیم، و سلحشورانی از آنان، در آن خطّه با ما همراه می‌شوند. باز اما، حکم خرد و تجربه آن است که احتیاط از کف ننهیم، و خود نیز در هر آن، هشیارِ کار خویش باشیم.

خورشیدْ نرم‌نرم در آسمان فراز می‌شد و دشتْ اندک با گرمای آن تافته می‌شد. شتران با گامهایی بلند، با نشاطی تمام پیش می‌رفتند. با هر گام، زانوانِ پسین، به زیر تنهای سنگین‌شان اندکی خم می‌شد، و همراه آن، سرهای پرموی آنها رو به جانب زمینْ موج می‌گرفت.

مکه، رفته رفته از دیدگان محمد نهان می‌شد. تنها کوههای سیاه درخشان انتهایی آن به چشم می‌آمدند. همانها نیز، در پسِ غبارِ ارغوانیِ پایِ شتران، به نمایی تار بدل گشته بودند.

در اینگاه نوایی دلنشین از مردی، به آوازِ حُداء برخاست. صدا، اندکی زیر بود. همین، نرمی‌ای مهربانانه بدان می‌داد. هم، در آن، حزنی بود، که سایه‌ای از اندوهی ملایم و گنگ بر دل می‌افکند:

- برو...! برو...!

ای شتر نجیب من!

از بارهای گران خویش مَرَنج!

.....

نوای مرد، هماهنگ گامهای شتران و جنبشهای مداوم و یکنواخت سرهایشان با هر گام بود. پس، با شنیدن آن، شوقی غریب، شتران را در برمی‌گرفت؛ آن‌سان که خستگی و گرما و تشنگی و گرسنگی، جمله از یادشان می‌رفت، و با شتابی افزون، گام برمی‌داشتند.

محمد، فرورفته در خود، گاه روبه‌رو و گاه پیرامون خویش را می‌نگریست: چندی دورتر، به جانب چپ او، قَراریط بود؛ همان چراگاه که چندبار به چرای رمه بدانجا رفته بود. کمی پیشتر، توده کوههایی کم‌بلندا ولی انبوه، چونان اژدهایی دهان گشوده بود تا راه و کاروان را یکجا ببلعد و در کام سیاه خویش فرو برد. آنگاه، دیگر جمله کوه بود و کوه؛ از سیاه و سپید، تا گاه ارغوانی. پیچ در پیچ. بی‌هیچ نشان از دشت، تا سی فرسنگ آن سوتر....

- داغدیده بسیار کسانم؛ ای خداوندگاران عرب و عجم
که روزگار مجالشان نداد تا شب را به سپیده پیوند زنند.
آری؛
روزگار مرا به تیر می‌زند
و من در برابرش ناتوانم.
حال که تیرم کارگرش نیست، کاش یکی شاخم بود
تا با او می‌جنگیدم؛
یا چون می‌گفتمش که «سهم خویش را بردی، سهم مرا نیز بگذار»
داد می‌ورزید و رضا می‌داد.
ای روزگار!
بسیار از عزیزان مرا کشتی
و استخوانهای ایشان را شکستی.
هر آنچه که داشتم بردی،
و چیزی بر جای نگذاشتی.
چه بیدادها که بر من روا داشته‌ای تو!
....

غلامی سیاه بود که با حزن، شعری از زُهَیر را، به آوازی خوش
می‌خواند. محمد هر چند به خویش بود، این صدا را چنان دلنشین و

حزین یافت که گوش و هوش بدان سپرد. شاید از آن رو، که او نیز بسیار عزیزان از کف داده بود.

آن سوتر، گورستانی بود: کوچک، غبارگرفته، دور؛ بر کرانه روستایی کوچک و خشک.

محمد چون نیک نگریست، آشنایش یافت. پس، در ذهنش گویی پرده‌ها یک‌یک به سویی رفتند؛ و او ابواء را دید و خویش را، در شش سالگی. هم، مادر مهربانش: آمنه را.

چه ساده و آسان بود زندگانی در خردسالی، و چه زیبا می‌نمود جهان، در کنار مادر!

یاد آن روزگارِ خوش کوتاه در خاطر محمد زنده شد: آن روزها، چون به سرا باز می‌گشت، مادَر را می‌دید که طعامی فراهم ساخته، و به انتظار آمدنش نشسته بود. پس، مادر، به دیدار او، دستی از مهر بر سرش می‌کشید و بوسه‌ای گرم بر گونه‌اش می‌نهاد. آنگاه دست و پا و صورت او را می‌شست؛ طعام پیش رویش می‌نهاد، و به خوردن ترغیبش می‌کرد. اینک اما...!

ـ ... به دیده خاری فرو رفته، یا باژگونه می‌بیند؟

یا چون دیار از یار تهی می‌یابد، لبریزِ اشک است؟

هرگاه به خاطرم می‌آید،

دیدگانم بر رخسار

چونان ابرهایی تند باران می‌شوند.

دیدگان من اشکبارند

ـ و باید که باشند ـ

بر آن عزیز،

که در میان خاکش نهفتند.....

اینک غلامی دیگر بود که بغض در گلو، به آوازی پر سوز، شعری از خَنْساء را می‌خواند.

با یاد مادر، اشک در چشمان محمد جوشیدن گرفت.

چه‌سان غریب بود مادرش، و چه مایه تنها! دیدار گورش نیز ـ که می‌شد برای محمد تسلایی باشد ـ از او دریغ گشته بود. این حال محمد، از نگاه بوطالب دور نماند. مهرآمیز، دستی بر سر او کشید و با آهی سرد، گفت: می‌دانی که آرامگاه مادرت در کجاست؟

- آری.

بوطالب گفت تا کاروان به راه خویش رود. پس، سرِ شتر را به جانب گورستان گردانید، تا یتیم برادر را به دیدار آرامگاه مادر برد....

تا پایان سفرِ درازِ کاروان، بسیار نمانده بود. اینک، از پسِ نزدیکِ ماهی راهسپاری، در انتهای جزیره عرب و نزدیک قلمرو شام بودند.

به راه اندر، به رسم دیرین، سه روز بر کرانه جنوبی یثرب بار افکنده بودند. در آنجا، یثربیان و مردمان پیرامون آن، از قبیله‌های اَوْس و خَزْرَج و یهودیان بَنی‌قُرَیْظَه و بَنی نَضّیر و بَنی‌قَیْنُقاع، سوی کاروان آمده بودند و کالاهایی چند از ایشان خریده و کالاهایی به ایشان فروخته بودند. هم، برای محمد مجالی پیش آمده بود تا با عمویش، به دیدار خویشانِ پدریِ خود و آرامگاه پدرش، در دارُالتّابغه رود.

سرانجام سطح پوشیده از سنگهای سیاه و تیز آتشفشانی کرانه‌های جنوب و شرق یثرب را پسِ پشت نهاده، و از نزدیک دشتِ پر آب خیبر نیز گذشته بودند. پس، دیگر بار طبیعت رو سوی خشکی و خشونت نهاده بود. چه، ایشان به حاشیه صحرای تفته و دراز نفوذ رسیده بودند.

در پی چند روز گذر از آن وادی مرگ، زمینْ اندکی رنگ زندگی به خویش یافته بود. آنجا قلمرو قبیله بَنی‌سُلَیْم بود. به جبران آن روزهای سختی و تنگی، کاروانْ روزی از رفتن باز ایستاده بود تا در پذیرایی بنی‌سلیمیان لختی بیاساید. هم، باج سالانه قریش را به ایشان بپردازد و مشکهای تهی شده از آب را، دیگربار پر سازد. آنگاه، باز روی به راه نهاده بودند، و از پسِ روزی و شبی، به زیستگاه قبیله بنی‌غَطَفان ورود کرده

بودند، و نیم روز، و شبی نیز در کنار آن قبیله، بار افکنده بودند.

از آن پس، دشت پایان گرفته بود. اینک در جانب راست کاروان، رشته‌کوهی به هم پیوسته، و بس دراز بود. در سوی دیگر نیز گاه کوهها پراکنده بود و گاه به هم می‌پیوست. چندان که کاروانیان، اغلب، گویی از میان دره‌ای دراز می‌گذشتند.

آن خطّه، هوایی بس ملایمتر از جمله آن راه داشت که پیشتر پیموده بودند. این سوی و آن سوی آنْ چشمه‌هایی از آب بود. بر اثر آنها، بوته‌ها و تکدرختهایی در هر جا روییده بود، و پرندگان خرد و بزرگ، تک‌تک یا گروه گروه، بر فراز دره یا کوهها، در پروازی نرم و بی‌شتاب بودند. اینجا و آنجا، پس مانده اجاقی از سنگ یا خاکستر آتش و پشکل شتران، نشان آن بود که کاروانها در آن وادی، اتراق می‌کردند. با این رو، سکوتی مرموز و ژرف بر آن سایه افکنده بود؛ چندان که، در خلوت دهشتناک آن، هر صدای بلند به کوهها می‌خورد و باز می‌آمد و چندان تکرار می‌شد که رفته‌رفته گم و ناپدید می‌گشت.

محمد سکوت را و تنهایی را بسیار دوست می‌داشت، و از پس آن گذرِ دراز از آن وادیهای خشک و عبوس نیز، اینک این طبیعتِ دیگرگونِ ملایم می‌بایست بر او بس خوش می‌آمد. لیک می‌دید که بر ژرفاهای دلش، بیمی غریب سایه افکنده بود. از آن فضا، گویی بویی شومْ بر مشام جانش می‌رسید. احساسی غریب، او را می‌گفت که از این خطه خلوت زیبا، بوی نفرینی ابدی بر می‌خیزد. هم از این رو، ناخواسته، پرده‌ای از غم بر دیدگان درشت سیاهش کشیده شد.

می‌خواست از عمویش نام آن وادی را باز پرسد، که صدای گرم و مردانه بوطالب، به زمزمه‌ای حزین برخاست:

- در مردمان درگذشته، برای ما عبرتهاست:

چون دیدم آنان به آبشخوری رفتند که بازگشتی نداشت

و خویشاوندان را نیز - از خُرد و بزرگ -

رو بدان سوی روان دیدم،

- که نه رفتگان باز می‌آمدند و نه زندگان ماندنی بودند -

برایم یقین شد که خود نیز به همان راه رفتنی‌ام.

- این شعر از کیست، ای عموجان؟

- از قُسّ ساعِدِه، ای فرزندم.

محمد به فَراست دریافت که بوطالب آن شعر را بیهوده نبایست خوانده باشد. چه، می‌دانست که عمویش هر چند به شعر و کلام خوش گِرایش بسیار داشت و خود نیز شعرهای بسیار سروده بود، لیک، کلام را، هرگز به بیهودگی به کار نمی‌گرفت. بوطالب، گویی آگاه به آنچه که در ذهن کوچک محمد می‌گذشت، او را گفت: اینجا را وادی حِجر می‌گویند. افزون بر دو هزار سال پیش، پیش از روزگار ابراهیم پیامبر، اینجا سرزمینی آباد و پربرکت بود، و در آن، قومی توانگر، با رفاه و آسودگی می‌زیستند. نام آن قوم ثَمود بود. تا آنکه بلایی بزرگ بر ایشان فرو آمد، و جمله، به سراهای خویش اندر، هلاک شدند. پس با دست به رُوزنهایی که در کوههای جانب راست بود اشاره کرد و گفت: شهر ایشان در این مکان بود. آنان سراها و بناهایی بس استوار از سنگ ساخته یا در دل کوه کنده، و بریده بودند. چون نیک بنگری، آثار آن بناها هنوز برجاست.

محمد، به آن سو که بوطالب اشاره می‌کرد نگریست: بر دامنه کوه، در شیبی ملایم به جانب قله، حفره‌هایی دخمه‌وار، با دهانه‌هایی تاریک بود. بناها چنان استوار بود که از پسِ آن سالیانِ دراز، بیش یا کم بر جای بود. ریزش سنگها از کوه یا رویشِ بوته‌ها و علفهای خودرو، گرداگرد یا دهانه برخی را پوشیده بود. از آن فاصله که ایشان بودند، آثار آن سراها در دل کوه، چونان چشمخانه‌های تاریک و تهیِ کاسه سر مردگانی بود، که بی‌پروا، ایشان را می‌نگریستند.

- من پیشتر - در سفری دیگر - به دیدار آن سراها رفته‌ام. چه، کاروانها، پیوسته، ساعتهایی چند، در این دره‌ها بار می‌افکنند. بناهایی که روزگاری دراز زیستگاه آن قوم توانا و توانگر بود، اینک به ویرانه‌هایی بس دلگیر بدل گشته، و جایگاه کفتاران و شغالان و کرکسان و جغدان و دیگر حیوانهای صحراست. بر فراز برخی اما، هنوز نوشته‌هایی حک شده بر سنگ باقی است. بر برخی دیوارهای سراها یا دیواره‌های کوه هم، نقشها از پرندگان یا بتان برجاست. اینک نیز، اگر غروبگاه نزدیک نبود، تو را به دیدار آنها می‌بردم.

چنان بود که بوطالب گفته بود. در آن دره که کوههایش چنان بود که

سپیده‌دمْ خورشید دیرتر نور خود را بر آن می‌تابانید و غروبگاه نیز زودتر پرتوهایش را از آن برمی‌چید، غروبی زودرس در کار آمدن بود. سایه‌ها اندک‌اندک دراز می‌شدند و بر حفره‌های بر جای مانده از شهر ثمودیان، تاریکی سایه می‌افکند. پس، از آن میانه، تک آوایی غمگنانه، از جغدی فراز شد، و در خلوت کوهستان، به چندبار پیچید. آنگاه دیگر جغدان، گویی نرم‌نرم جان گرفتند و صداهای مویه‌وار خویش را سر دادند، تا شومی آن دیار متروکِ بلازده را در ذهن کاروانیان، دو چندان سازند.

محمد، دل‌گرفته از آن غروب زودرس در آن خطه غریب وهمناک، در دل آرزو کرد که زودتر از آن دره‌ها بگذرند، و شب را در وادی‌ای دیگر فرو آیند....

محمد، نشسته بر بسته‌ای بار بر کران بازار دُوْمَئُ الْجَنْدَل، آمد و شد و گفت و شنود و ستد و داد مردمان را می‌نگریست. در آن بازار انباشته کالا، که بس بزرگ و پررونق بود، بازرگانان ازعراق و شام و حجاز بسیار بودند. هر یک با کالاهای ویژه خویش؛ جمله، به کار ستد و داد.

کاروان قریش اینک سه روز بود که در آنجا بار افکنده بود و کاروانیانْ بارها را گشوده، و به کارِ عرضه و مبادله کالاهای خویش با بازرگانان شامی و عراقی بودند. در آن میانه، مردمان شهر نیز گرم تماشا و گاه خرید کالاهای گونه‌گون بازرگانان بودند.

چون از وادی حجر و دیار قوم ثمود گذشته بودند، از پس روزی دیگر راهسپاری، به سرزمین شام ورود کرده بودند. پس، روزی نیز به جانب خاور راه سپرده و به دُومَةُالْجَنْدَل رسیده بودند: دیاری بس سبز و خرم، با آب بسیار و خرمایستانهای انبوه. چونان زمردی نشسته بر میانه دشت سِتَرون. آنجا که راه حجاز و شام و عراق به یکدیگر می‌پیوست.

آن سه روز ماندن در آن شهر شلوغ، جز فروش و ستد و دادِ کالا، برای مردان و شتران کاروان قریش فراغتی پیش آورده بود تا تن و جان را از رنج سفرِ دراز بیاسایند و غبارِ راه را از تن و جامه بشویند. جز آن، محمد، شهر و مردمانی تازه را دیده بود که سیماها و جامه‌ها و گویشها و کردارهایشان، با مردم حجاز فرقها داشت. با این رو، چون

ژرف می‌نگریست، بازرگانان را، از هر قوم و ملت، بسیار همانند یکدیگر می‌یافت: جمله، به مال بس آزمند؛ و برای رسیدن به سود بیشتر، مهیای دست یازیدن به هر نیرنگ و دروغ.

محمد هرچند در این سفر تنش بس فرسوده گشته، و دشواری بسیار بر خود هموار ساخته بود، باز از بُن دل، خرسند بود. او نخست تا از عمو دور نماند تن بدین سفر پررنج سپرده بود. اینک نیز خویشتن را دلتنگ مکه و زن عمو و عموزادگان مهربان و دایه‌اش، برکه، می‌دید، و تازه درمی‌یافت که چگونه به آن شهر خشن و طبیعتِ خشک پیرامونش دلبسته بود. با این‌رو، دیدن آن سرزمینها و شهرها و مردمان گونه‌گون و آیینهای ویژه ایشان؛ راه سپردن در دشتهای باز و کوهها و دره‌های پیچ‌درپیچ و طبیعتِ رنگ‌رنگ؛ و شبانگاهان، خفتن به زیر آسمان پرستاره صحرا، خود کتابی پرمایه بود، که برای او آموختنیهای بسیار به همراه داشت.

– محمد، تو به دیدار و زیارت وَدْ نمی‌روی؟

صدا از زَیْد عَمْروْ بود. زید مردی از بنی‌عَدی بود، که از مکه، با کاروان بود. او، کالایی بسیار نداشت. هم، محمد با جمله کودکی خویش دریافته بود که کردار او، چونان دیگر بازرگانان نبود.

زید، به راه اندر، پیوسته می‌کوشید تا تنها باشد. بیشتر به اندیشه اندر بود، و جز از سر نیاز سخن نمی‌گفت. پیشتر نیز در مکه، محمد، گهگاه دیده بودش. او به شیوه‌ای دیگر کعبه را زیارت می‌کرد، و با بتان نیز میانه‌ای نداشت. هم از این‌رو، بت‌پرستان مکه از او رویگردان بودند. به طعنه یکدیگر را می‌گفتند که خویش را جویای حقیقت می‌داند. شگفتا اما، اینک، او محمد را به زیارت یک بت فرا می‌خواند!

محمد از شنیدن آن سخن چنان غرقه بیزاری شد، که در پاسخ زید فروماند. زید، بدان گمان که محمد سخن او را نشنیده است، پرسش خویش را باز گفت.

محمد، گلایه‌مند، گفت: نمی‌روم!

– لیک، همراهان ما، امروز چون بارهای خویش را بربندند، دسته‌دسته، به زیارت آن می‌شتابند!

محمد از این ماجرا آگاه بود. چه، از ساعتی پیش می‌دید که آن عده

از کاروانیان که از ستد و داد فارغ می‌شدند، بارهای خویش را می‌بستند و در گوشه‌ای می‌نهادند، و با پیشکشهایی به جانب تپّه‌ای در حاشیه شهر روان می‌شدند. بر آن تپه، قلعه‌ای بود با باروهای بلند؛ که از هر سوی شهر به چشم می‌آمد.

عمویش گفته بود که در آن قلعه، پرستشگاه بت وَد است. پس، کودکی از مردمان دومة‌الجندل، آن بت را وصف کرده بود:

ـ بتی است تراشیده از سنگ، بر مثال مردان جنگاور. قامتی بس بلند و درشت دارد. با گردنی افراخته، ایستاده است. از گردنش شمشیری آویخته، و بر شانه‌اش کمانی و تیردانی است. در دست راست آن نیزه‌ای است؛ بر سرِ آن، پرچمی به اهتزاز. جعبه‌ای پر سنگ نیز، بر زمین، در کنار پای اوست. و جمله اینها، یکپارچه، از سنگ است.....

محمد در این‌باره، پرسشهای بسیار داشت: این که مردم از چه رو با دست خویش مجسمه‌هایی از سنگ یا گل یا خمیر یا خرما و مانند اینها می‌ساختند و آنگاه به عبادت آنها می‌پرداختند، برای او مسأله‌ای حل ناشده بود. نیز، می‌خواست بداند که چه شد که مردم از آیین ابراهیم پیامبر انحراف جستند، و بدین‌سان دیگرگونش ساختند؛ و اصل دین ابراهیم و آیینهای آن، چه بوده است؟

ـ از چه رو تو نیز همچون دیگران به زیارت نمی‌روی؟

ـ از این‌رو که دوست ندارم!

ـ آفرین بر تو، ای پسرم! ای کاش پیران این مردم خردِ تو را داشتند.

ـ این راست است که تو چندی است پرستش بتان را رها ساخته‌ای؟

ـ آری؛ چنین است، ای پسرم.

ـ چه شد که چنین کردی؟

ـ با اندیشه! اندیشیدم و با خرد خویش بدینجا رسیدم. هم، دراز سالیانی است که در هر مجال به هر سو روانه می‌شوم و از دانایان و پیران هر قوم، در این باره، پرسشها می‌کنم.

زید بر بسته‌ای کالا، رو در روی محمد نشست و گفت: آنچه را که من درباره بتان و بت‌پرستیِ مردم دریافته‌ام، هر بیدار دل که درمی‌یافت، جز اینکه من می‌کنم، نمی‌کرد.

پس، چون محمد را شنوای سخنان خویش یافت، چونان پیری که

شوق آموختنِ انبوه تجربه‌ها و دانسته‌ها به دیگرانْ بیقرارش ساخته باشد، گفت: مردمِ ما پیروِ دین خدایی و پاک ابراهیم، و فرزندش، اسماعیل، - درود بر ایشان - بودند. کعبه نیز از بتان و پیرایه‌هایی که اینک بدان آلوده‌اش ساخته‌اند، پاک بود. هر سال در ماه حج، مردم عرب، از هر کران جزیره، سوی مکه سرازیر می‌شدند و به زیارت خانه خدا، به شیوه ابراهیمی می‌پرداختند. تا عَمروِ لُحَیّ - نفرین ابدی بر او - بر مکه فرمانروایی یافت.

وی از خُزاعَیان بود؛ و همو، آیین پاک ابراهیم را دیگرگون ساخت. عمرو، نخست چنین نبود. او در میان مردم، شریف و گرامی بود. مردمان را طعام می‌داد و پرداخت وام وامداران نادار را بر گردن می‌گرفت. مردم نیز خواهانش بودند، و هر فرمان که می‌داد، پیرویِ‌اش می‌کردند. لیک، نرم‌نرم، ابلیسِ چیزها بدو القا کرد که غیرِ آیینِ ابراهیم بود، و در نظر عمرو نیکو می‌آمد. تا آنکه بت هُبَل را به مَکه آورد و به کعبه اندر جای داد. پس، هفت بت دیگر را در جای مِنی جای نهاد. نیز، به گاه حج، لبّیک ابراهیمی¹ را دیگر کرد، و بدان، چیزها از خود افزود و گویند که به تلقین ابلیس چنین کرد، که در حجی، به شمایل مردی پیر، سوار بر شتری با موهای سپید و سرخ، بر وی آشکار شد. پس، دیگر قبایل عرب نیز به بت‌پرستی گرویدند؛ و عمرو، به بزرگ هر قبیله بتی داد تا به میان قوم خویش برد و با خداوند شریک قرار دهد....

خورشید در کار غروب بود. در بازار دومةالجندل، هیاهو و شلوغیِ پیشین، فرو خفته بود. حجره‌ها، یک‌یک بسته می‌شدند و بازرگانان بیگانه، به کارِ گرد کردن کالاهای خویش بودند. بوطالب نیز، با چند اجیرش، به کار بستنِ کالاهای خود، و مهیا شدن برای سفر فردا بود.

زید نگاه از بازار برگرفت و محمد را گفت: آری، ای فرزندم؛ چنین بود که مردمی یکتاپرست، رو سوی شرک آوردند، و اینچنین با دست خویش، گرفتار تیره‌روزی و گمراهی شدند.

پس، چون آثار بیقراری در محمد دید، گفت: می‌دانم که خواهان

---

۱. لبیک ابراهیمی همان لبیکی است که امروز نیز حاجیان مسلمان در روزهایی ویژه از حج بر زبان می‌آورند (لبیک، اللهم لبیک. لا شریک لک لبیک...). عمرولحی، به تلقین شیطان آن را به این صورت تغییر داد: لبیک اللهم لبیک. لبیک لا شریک لک لبیک، الا هو لک (مگر شریکی که او برای تو است). تملکه و ماملک (او و هر چه دارد از آنِ تو است)....

یاری عموی خویشی. برخیز، ای فرزندم؛ برخیز و به یاری او برو! خداوند به تو پاداش خیر دهاد...!

از پسِ دومئ‌الجندل، از آن زهر پیشین گرما، رفته‌رفته کاسته شده بود.
با آنَ، طبیعت نیز دیگرگون گشته، و رو به نرمی و ملایمت نهاده بود. در
آن، رفته‌رفته، آثار زندگی، بیش وهم بیشتر شده بود. اندک‌اندک، زمین
از آن مردگی و برهنگی و خشـــکی پیشین به درآمده، و عطر و آهنگ
زندگی گرفته بود. پس، روستاها بود و رمه‌های پر شمار گاو و گوسفند و
بز، و گاه شتر. کشتزارها و بوستانها و باغها. چشمه‌ها و جویباران. مردمان
سپید چهره شامی، با اندامها و قواره‌های اندک درشت‌تر و فربه‌تر از مردم
حجاز؛ هر چند نه به چابکی و ورزیدگی و هشیاری آن مردم. جامه‌های
ایشان نیز لطیف‌تر و رنگ‌رنگ‌تر و گونه‌گون‌تر از تن‌پوش‌های آنان.
در این چند روز که کاروان در وادی شام پیش می‌رفت، محمد، با همان
اندک مردمان از این سرزمین که دیده بود، دریافته بود که شامیان جز
سیما و قواره و جامه، به خوی و رفتار نیز با عربان حجاز فرقها داشتند: این
مردم هر چند آن سادگی و راستی و یکرویگی عربان صحرانشین حجاز را
نداشتند، لیک، بس نرم‌خوتر و مردم‌دارتر و شکیباتر از ایشان بودند.
محمد با آن هوش و تیزبینی خویش، می‌دید و می‌سنجید و به خاطر
می‌سپرد؛ و خرسندیِ این تجربه‌ها، خستگی راه را از تن او می‌زدود. بودن
در کنار عمویش نیز، خود، برای او، برترین سرخوشی بود.
محمد، اینک نشسته بر فرازِ بارِ یکی از شتران، بی‌بیمی از سوزش

آفتاب، چَپیه از سر برگرفته و گیسوان سیاهْ سپرده به نسیم نمناک دشت سرسبز، در پسِ شترِ عمویش می‌رفت و بدان مایه دیدنی که در آن سفر دیده بود، می‌اندیشید. هر چند در راه حجاز، آفتاب، چندان که قرار همیشه آن بود او را نیازرده بود، ولی بر گونه‌های لطیف گلگون او، ته رنگی ارغوانی نشانیده بود.

شتران کاروان چونان دانه‌های زنجیری روان، شکیبا، سر در پی یکدیگر داشتند. از پس آن راهسپاری دراز، اینک نشانه‌های خستگی، در سیمای جمله کاروانیانَ آشکار بود. گامهای شتران هم، آشکارا، از روزهای آغازین سفر، کندتر بود. گهگاه نیز تک ناله‌ای بلند و کشیده ـ به گلایه از خستگی راه دراز ـ از حنجره یکی از آنها برمی‌خاست، و سکوت دشت را می‌شکست.

در اینگاه، صدا از راهنمای کاروان برخاست:

ـ اینک بُصری...!

پس، بوطالب از فراز شتر با تمام نیمتنه سوی محمد چرخید و گفت: این، شهری است بزرگ از وادی شام، در جانب مشرق آن؛ و بازاری دارد پررونق.

محمد نیز، با مهری آمیخته به سپاس، عمو را نگریست.

به شهر هنوز چندی مانده بود. تازه، از دور آثار باغها و سیاهی بناهای پیرامون آن نمودار گشته بود.

چون اندکی پیشتر رفتند، در جانب راست راه، درختستانی کوچک بود؛ بی‌صاحب. از میان آن، جویی می‌گذشت که رو سوی کشتزارهای فرودست داشت. در انتهای درختان ـ رو به جانب بُصری ـ تپّه‌ای سنگین بود. بر فراز آن، ساده بنایی بزرگ و زیبا و سر به سر سپید بود. بر فراز آن، برجک‌گونه‌ای، با بامی شیب‌دار بود. جمله پنجره‌هایش به جانب همان مسیر که کاروان از آن می‌آمد گشوده می‌شد. پنجره‌های سیاه چوبین، در میان آن دیوارهای سپیدِ روشن، چونان دیدگانی گشوده به راهِ آمدن مسافری از دور دست به نظر می‌آمدند.

بوطالبَ فرمان ایستادن داد. کاروانیان، سرهای شتران را به جانب دشتِ باز انتهای درختستانِ کوچک کج کردند. کلاف دراز شترانْ نرم‌نرم پیچید و دَر آن فَضای باز گِرد شد و در هم رفت. پس، شتران هر کاروان، در گوشه‌ای، به زانو درآمدند....

«بنایی که بر فراز آن تپه بود، یک دِیْر بود. عمری آن‌سان دراز نداشت: سی تا چهل سال. می‌گفتند بحیرای راهب که خود بزرگ راهبان آن بود، بنایش کرده بود. پس، بحیرا از همان روزگار در آن جا مانده بود و از مردم کناره گرفته بود و با تنی چند از شاگردان خویش، عمر به نیایش می‌گذرانید.

آن روزگار که ما در پای آن تپه فرود آمدیم، بحیرا و دیر او، شهرت بسیار داشت. مردمان آن خطه، از عظمتها و شگفتیهای کار او، بس حکایتها می‌گفتند؛ و از دور و نزدیک، به دیدار و درخواست تبرّک و دعای او می‌شتافتند. لیک، بحیرا، جز به ضرورت، میلی به دیدار دیگران نشان نمی‌داد، و دوستدار خلوت و تنهایی بود.»

کاروان تازه قرار یافته بود که در دیر گشوده شد و راهبی جوان و باریک اندام، از آن به درآمد. او راهِی درختستانٔ محل اتراق بزرگان کاروان مکه شد. پس، ایشان را درودِ و خوش‌آمد گفت، و سراغ از کاروانسالار گرفت. بوطالب را به وی باز نمودند. راهب جوان، او را گفت: بزرگ ما، جناب بحیرا، فرمود تا درود و تهنیت او را به شما بازگویم، و جمله بزرگان کاروان را برای طعام نیمروزی، به دِیْر میهمان کنم. چون لختی آسودید و غبار سفر از سر و تن گرفتید، گام بر دیدگان ما نهید و به دیر آیید.

بوطالب و جمله پیرامونیان او، سخت به شگفتی اندر شدند. پس، از ایشان، یکی گفت: فرخنده ماجرایی است اِین! امروز باید که خورشید از سویی دیگر دمیده باشد که راهب بزرگ بر درویشان گوشه‌چشمی افکنده است!

ـ آری؛ باید که چنین باشد. چه، دراز زمانی است که ما هر سال، روزی و شبی را در این جایگاه بار می‌افکنیم. لیک، به خاطر من نمی‌آید که جناب بحیرا، هرگز از ما یاد کرده باشد!

راهب جوان، دیدگان عسلی خویش را بر زمین دوخته بود و در پاسخ، هیچ نمی‌گفت. بوطالب، تا سخن را به سمت و سویی درست برد و راهب جوان را از آن وضع که بر وی دشوار می‌نمود برهاند، به آهنگی نرم، وی را گفت: این، برای ما مایه مباهات است؛ و بدین سبب، سپاسدار جناب بحیراییم. آنچه یاران مرا به شگفتی واداشته، بی‌پیشینگی این محبت است.

راهب جوان، دلخوش از ادب و نرمی کلام بوطالب، گفت: من نیز خود در این کار اُستادم فرو مانده‌ام. لیک، در این سالیان که شاگرد اویم، نیک دریافته‌ام که هیچ کار وی خالی از حکمت نیست؛ هر چند در ابتدا، آن حکمت بر دیگران آشکار نباشد.

بوطالب، به تأیید، گفت: آری؛ ما نیز در ستایش او، بسیار سخنان شنیده‌ایم.

راهب جوان، گویی مجالی برای بیان ناگفته‌های پنهان در دل یافته باشد، گفت: بسا که گمان برید که چون خود ترسا و از شاگردان جناب بحیرایم، تعصّب او را دارم. لیک، من در عمر خود، در این پایه از دانش و پارسایی که اوست، کس ندیده‌ام، از راهبان و غیرِ ایشان.

چنان بود که آن راهب جوان می‌گفت. بحیرا در دانش و پارسایی به مرتبه‌ای بلند رسیده بود. او از تورات و انجیل و خبرهای پیشینیان رمزها می‌دانست که کمتر کس بدانها دسترسی داشت.

بوطالب، بیش و کم آگاه بدین نکته‌ها، راهب را گفت: سپاس ما را به جناب بحیرا بازگوی. چنان می‌کنیم که او فرموده است....

در تالاری بزرگ، سفره‌ای دراز گسترده بودند؛ بر آن، طعامهای گونه‌گون، از ماست و پنیر و زیتون و لیمو، تا گوشت بریان.

چون بزرگان کاروان پیرامون سفره نشستند، بحیرا بر پای شد و ایشان را خوش‌آمد گفت. جمله، او را سپاس گفتند.

عطر خوش‌طعام، اشتهای مردان گرسنه را تیزتر می‌ساخت. لیک، از آن بیش، دیدار راهب نامدار شامی برای ایشان غنیمت بود. آنان هر چند خود هیچیک پیرو آیین ترسایی نبودند، به چونان بحیرا مردی میهمان شدن را مایه مباهات خویش می‌دانستند. هم از این رو، جمله خیره او بودند تا نیک در خاطرش سپارند، و چون به دیار خویش بازگشتند، دیگران را وصف او باز گویند.

«بحیرا بلندقامت بود. یک ردای بلند کشیشان بر تن داشت، به رنگ سیاه. ردا، قالب تن باریک او بود؛ ولی آستینهایی بس گشاد داشت. به زیر آن، گویی جامه‌ای سپید بر تن داشت؛ و بر کمرش، رشته‌ای چونان کمربند بسته بود.

گیسوان و ریشهایی بلند و سربه‌سر سپید داشت. سیمایش چنان روشن و آرام بود که به دیدارش، بیننده، احساس آرامشی شگفت می‌کرد. نگاه ژرف و پاکش تا ژرفای جان رخنه می‌کرد؛ چندان که گمان می‌بردی روحت در برابر او برهنه است.»

بحیرا، گروهِ آمدگان را نگریست. پس، با خویش گفت: فرعیان گِردآمده‌اند و از اصلی نشانی نیست!

آنگاه، رو به ایشان گفت: ای بزرگواران؛ گویا یکی را گذاشته، و با خویش نیاورده‌اید؟

ـ جمله آمده‌ایم، جز کودکی؛ که او را به نگاهبانی جامه‌ها و اثاث خویش نهاده‌ایم.

بحیرا زیر لب گفت: او کودک نیست؛ بل بزرگی است از جمله ما پخته‌تر و داناتر.

این نجوا از گوش بوطالب که در کنار او نشسته بود، دور نماند. پس، چون بحیرا آن راهب جوان را گفت تا محمد را نیز فرا خواند، بس شادمان گشت.

«هنگامی که برادرزاده‌ام آمد، بحیرا، ژرف در او نگریست. آنگاه وی را در کنار خویش نشانید و به او محبت بسیار کرد. پس، همگی طعام خوردیم، و بحیرا و دیگر راهبان را سپاس گفتیم، و سوی کاروان روان شدیم. لیک، بحیرا، مرا و محمد را نگاه داشت. در اینگاه دریافتم که او با ما سخنی دارد؛ و آن فراخوانی به طعام نیز به همان سبب بوده است. از این‌رو، در انتظار ماندم، تا او به سخن بیاغازد.

چون دیگر کاروانیان رفتند، بحیرا ما را به اتاقی برد. پس، نشستیم. بحیرا به سخن آغازید، و از من پرسید: میان تو با این پسر، آیا نسبتی هست؟

گفتم: آری. او فرزند من است.

به نشانه ناباوری، ابروان پرپشتش درهم رفت. گفت: وی نباید که پدر داشته باشد! او باید که در خردی، پدر و هم مادر خویش را از کف داده باشد.

با شگفتی گفتم: راست گفتی! من عموی اویم. لیک او، برای من، از فرزند گرامیتر است.»

ـ نامت چیست، ای فرزندم؟

ـ محمد.

ـ آری؛ چنین است: محمد یا احمد...! اینک، ای پسرم؛ تو را به لات و عُزّی سوگند می‌دهم که....

- از لات و عزی با من سخن مگوی، که بر زمین، چیزی را از آنها دشمنتر نمی‌دارم.

- آری، آری! باید که همین‌گونه باشد! اینک تو را به خدایت سوگند می‌دهم که پرسشهای مرا از سرِ راستی پاسخ گویی.

- دل قوی دار، ای راهب بزرگ، که از برادرزاده من، تاکنون کس سخن ناراست نشنیده‌است. او از دروغ سخت بیزار است. اینک بگوی، تا چه می‌پرسی.

- چنین است ای آزادمرد که تو گفتی! در دل مگیر. چه، من، از این‌گونه سخنان بر زبان راندن، مقصودی دارم. حال ای محمد؛ بازگوی که چه را دوست‌تر می‌داری؟

- تنهایی را.

- در تنهایی، به چه می‌اندیشی؟

- به آفرینش؛ هستی؛ زندگانی؛ مرگ؛ جهان دیگر...؛ و این‌گونه چیزها....

- ... و آن دیگر چیزها...؟

- ....

- از آنچه در جهان می‌بینی، کدامها را دوست‌تر می‌داری؟

- طبیعت را.

- ... و از میان طبیعت...؟

- آسمان و ستارگانش را.

- رؤیا آیا بسیار می‌بینی؟

- آری.

- و سپس...؟

- به بیداری اندر همانها را می‌بینم، که رخ می‌دهند.

- در خوابهایت چه می‌بینی؟

- ....

ناخواسته، چشم بوطالب در چشم راهب پیر افتاد. در آن دیدگان پژمرده آبی‌رنگ، اینک گویی نوری از زندگی دمیده بود. پس، شوق‌زده، گفت: دیگر برای من تنها یک کار مانده است: اینکه میان دو کتف این پسر را بنگرم. به من آیا رخصت این کار را می‌دهید؟

بوطالب به محمد نگریست. چون مخالفتی در او ندید، بندِ چاکِ یقه دشداشه‌اش را گشود، و پیراهن او را به پس کشید؛ چندان که پشت شانه‌هایش هویدا گشت. بحیرا، شتابناک، به میان دو کتف محمد نگریست. چون آن نشان خزگونه مایل به سیاهی را دید، در دیدگانش، اشک جوشیدن گرفت. پس، چونان کودکان، پرصدا به گریه درآمد. اشک‌ریزان، آن نشانه را بوسید و گفت: درود بر تو، ای رازِ کتابهای آسمانی! درود بر تو، ای موعود منتظران! درود بر تو، ای لطیفترینِ روحها؛ ای جلوه‌گاه لطف خدا!... سوگند به خداوندی که جان بحیرا در دست اوست، که وی، هموست: همو که تورات و انجیل مژده آمدنش را داده‌اند، و پیامبران پیشین، نشانه‌های او را بیان کرده‌اند! آه که چه نیکبختم من، که سرانجام دیدمش! چه نیکو روزی بود امروز، برای من!

آنگاه به سجده درآمد و گفت: خداوندا! سپاس، که انتظار سالیان دراز مرا به پایان رسانیدی، و دیدگانم را به دیدار او روشن ساختی! بوطالب به یاد رؤیاهای آمنه به هنگام بارداری، و پدرش، عبدالمطلب، پیش از زاده شدن محمد، و آن شگفتیها که حلیمه از یتیمِ برادرش باز گفته بود افتاد، و سخت به اندیشه اندر شده بود.

بحیرا، دیگر بار به سخن درآمد. این‌بار روی سخنش با بوطالب بود:
ـ جمله نشانه‌های او درست همانهاست که در کتابهای آسمانی و خبرهای پیشینیان ما آمده است: او احمد، محمد و همان فارقلیط است. ای مرد نیکبخت؛ آگاه باش که این پسر برادر تو ماجراهایی بس بزرگ در پیش دارد: با اوست کلیدهای بهشت و دوزخ، و با اوست سودمندی بزرگ. او بتان را نابود خواهد ساخت و پرده‌های کفر و شرک را از برابر دیدگان مردمان به کنار خواهد زد.

او بهترین فرزند آدم و آخرینِ پیام‌آوران، و پیشوای پرهیزگاران است. در خبرهاست که چون او از مادر بزاید، زمین خندان شود؛ و تا روز رستاخیز، به شادی وجودِ او خندان بماند. نیز، ابلیسان و بتان و پیروان ایشان، از به جهان آمدن او گریان شوند؛ و گریان باشند، تا روز رستاخیز.

آهی کشید و افزود: من هفتاد سال دارم؛ و چندین‌گاه است که در انتظار آشکار شدن پیامبری و دعوتِ او هستم. چون در خبرهای پیشینیان خواندم و از بزرگان دین شنیدم که روزی او از این سرزمین می‌گذرد،

بدینجا آمدم و بر کنار این راه منزل گزیدم. از آن پس، بسا روزها که دیدگانم به این راه بود، تا چه هنگام او برسد و به زیارتش نایل آیم. تا آنکه دیروز دیگر شکیبایی‌ام به سر رسید. پس، به درگاه پروردگار بسیار گریستم و دیدارش را از او خواستم. دوش، رؤیایی شگفت دیدم؛ که تعبیرش این بود که پایان انتظار نزدیک است.

امروز، از پگاه، دیدگانم به راه سپید شد. تا ناگاه، از دور، غباری دیدم. آنگاه کاروان شما پدیدار گشت؛ و بر فراز آن، پاره ابری سپید، چونان یک کبوتر بود. چون کاروان پیشتر آمد، آن ابر را دیدم که با آن می‌آمد، و بر سر این عزیز سایه بسته بود.

نخست دو دل شدم؛ که شاید به خطا رفته‌ام. چون نیک نگریستم اما، دیدم که همان است. یقین کردم که رؤیایم راست بوده، و آن مژده داده شده به آمدنش، در این کاروان است.

بحیرا آهی از بن دل کشید و محمد را گفت: کاش آن مایه از عمر من باقی بود تا دعوت تو را می‌دیدم، و در راهت جان می‌سپردم.

چون بوطالب را اندیشناک دید، او را گفت: این خبر اما، پوشیده نمانده است: برخی دیگر، از جهودان و راهبان، نیز از آن آگاهند. دور نیست که اگر او را بشناسند، برباییندش، و بدو زیانی رسانند. هر چند، او را نمی‌توانند کشت – که نظر کرده خدای را، کس نمی‌تواند نابود سازد – لیک، شود که دست یا پا یا اندامی دیگر از وی را تباه سازند.....

«آنگاه که آهنگ بازگشت سوی کاروان کردیم، بحیرا بسته‌ای کلوچه و کوزه‌ای زیتونِ پرورده با ما همراه کرد؛ پیشکش، برای برادرزاده‌ام.»

محمد مهیای رفتن با رَمه می‌شد که بوطالب او را گفت: پسرم؛ خدیجه، دختر خُوَیْلد تو را پیامی فرستاده است.

- خدیجه طاهره؟

- آری پسرم...! می‌دانی که چندی است شوی خدیجه مُرده، و از او مالی فراوان بر جای مانده است. خدیجه با این مال بازرگانی می‌کند و هر سال به شام و یَمَن کالا روانه می‌سازد و از آن سرزمینها کالا به مکه می‌آورد. پیشتر، او کالاهای خویش را با غلامش، مَیْسَره، روانه می‌ساخت. اینک امّا، دل بر این نهاده است تا آنها را به دست تو سپارد. دیروز که تو با رمه در صحرا بودی، میسره این پیام را آورده است.

محمّد لختی به اندیشه اندر شد و هیچ نگفت. او بیش و کم از خدیجه چیزها شنیده بود. چه، آن بانو به‌نام‌تر از آن بود که در مکّه کسی او را نشناسد. بازرگانان شهر می‌گفتند که در یَثْرب و شام و یمن نیز جمله بازرگانان وی را می‌شناسند. از آن فراتر، خدیجه از نیکان مکه بود. بسیار کاسبان خُرده‌پا که در سفرهای بازرگانی خویش، به سرمایه با وی شریک می‌شدند یا در اصلْ با پول او ستد و داد می‌کردند. هم، بسیار کسان که به گاه درماندگی، از او وام می‌ستدند. لیک، در آن روزگار که وام دادن به ربا امری رایج بود و خود، گونه‌ای بازرگانی به شمار می‌رفت، این بانو، هرگز ربا از کس نمی‌خواست، و جز اصل پول خویش، چیزی بازپس نمی‌گرفت.

محمّد، میسره را نیز بیش و کم می‌شناخت. آن غلام میانسال درشت قواره سیه چَرده که آثار پاکی و پرهیزگاری و بزرگمنشی در سیمای پهنش آشکار بود، به راستی که شایستگی آن مایه اعتماد چونان بانویی را داشت. چه رخ داده بود اما، که اینک خدیجه دل بر آن نهاده بود تا کار میسره را بدو سپارد، آشکار نبود.

با این‌رو، اینها، بسیار ذهن و دل محمد را به خویش مشغول نمی‌داشت. آنچه اکنون او را به اندیشه فرو برده بود، حکایت خود با عمویش بود: زندگانی بوطالب بس دشوار می‌گذشت. او هر چند اغلب تنگ‌دست بود، ولی چندی بود که درویشی‌اش شدت گرفته بود. چه، سال او به پنجاه و اَند رسیده بود و پنج فرزند داشت؛ و از آن سفر نیز که محمد به کودکی با وی به شام رفته بود دیگر به سفر بازرگانی نتوانسته بود رفتن. از پسرانش، طالب هنوز مال و کسبی آن‌گونه نداشت تا بتواند به پدر یاری‌ای رساند. عقیل آن مایه بینایی نداشت تا بر وی امیدی باشد. جعفر، نیز خُردبچه‌ای بیش نبود. باقی هم دو دختر بودند. در این میانه، محمد، تا سر بارعموی خویش نباشد، بسیار کوشیده بود: او نخست چند بز و شتر بوطالب را به چَرا، به صحرا می‌برد. چون چندی گذشت، دیگر عمویان و خویشان نیز رمه خویش را بدو می‌سپردند تا به چَرا برد. لیک، اکنون که سال او به بیست و پنج رسیده بود، می‌بایست که کاری دیگر در پیش می‌گرفت، تا شاید از آن راه بتواند از عموی خویش دستی گیرد و بدو یاری‌ای رساند. از این‌رو، سر در زیر، عمو را گفت: تا شما چه بگویید؟

بوطالب با همان بزرگ‌منشی و وقار همیشگی گفت: هر چند اینک جوانی برومندی و در عقلْ پُختگی پیران را داری، لیک، برای من هنوز همان محمد کوچکی؛ و روزی، تاب دوری تو را ندارم. نیک اما چون می‌نگرم، هنگام آن رسیده است که تو برای خود همسری گزینی، و زندگانی خویش را سامانی بخشی. هر چند برای عمویت پیوسته این شرمساری بر جای می‌ماندَ که مالی نداشت تا خود در این کار برای تو آستین بالا زند. اینک، امید آن دارم

که با بهره این سفر بتوانیم به این مهم دست یازیم. با این‌رو، رأی رأی تو است! هر آنچه که تو اراده کنی، من نیز همان را می‌پسندم. از این‌سخن بوطالب، سیمای‌پیوسته گلگون‌محمد، گلگونتر گشت.

پس، سر در زیر، گفت: به من چندی مجال ده، ای عمو، تا در این‌باره، اندیشه کنم.

ـ اندیشه کن، ای پسرم. نیز، اگر رأی تو بر رفتن قرار گرفت، به مهیّا ساختن خویش بپرداز. امروز به طالب می‌گویم که او رمه را به صحرا ببرد.

محمد گفت: سپاس دارم، ای عمو.

آنگاه بوطالب را بدرود گفت، و از سرا به درآمد. این، امری بزرگ بود؛ و او می‌بایست در آن اندیشه می‌کرد. پس، چونان گذشته ـ آنگاه که به خلوت و تنهایی‌اش نیاز بود ـ راه کوه نور و غار حرا را در پیش گرفت....

در پای کوه نور ایستاد. از پس دو فرسنگ راه پیمودن پرشتاب - آن‌سان که خوی او بود - در آن هوای گرم، اینک گاه آن بود که لختی بیاسـاید. پس، بر تخته‌سنگی، بر کران راه نشست.

اینجا همان مکان بود که می‌گفتند نیای بزرگشان، ابراهیم، بر آن شد تا فرزندش را برای خدای خویش قربانی سازد.

در پس او، کوه تَبیربود؛ هرَم‌وار و بلند. روبه‌رو، کوه نور بود؛ مونس دلتنگیها و تنهاییهای او. همان، که به مکه اندر نیز، چون اندوهگین می‌شد، با نگریستن به قله تیزنما و مخروطی شکل آن، غمش سبکی می‌گرفت.

گرمای آغازین ماه تابستان، صخره‌ها و سنگهای کوه را تافته بود. عرقْ چونان جویبارانی کوچک، از شقیقه‌های جوان محمد به جانب چانه معتدلش سرازیر می‌گشت و در میان ریشهای سیاه پرپشتش گم می‌شد. با این رو، هوای آنجا، از مکه فرو رفته در گودی میان کوهها لطیفتر بود. گاه نیز نرمه نسیمی گذرا می‌وزید و بوته‌های خار میان صخره‌ها و سنگها را جنبشی آرام می‌داد.

محمد عقال وچَپْیه را از سر گرفت. گیسوان سیاهش بر دو سوی چهره‌اش ریخت. پس، رو به جانب دشت شمالی مکه کرد؛ آنجا که مسیر یثرب، چونان رودی لاغر و خشکْ در میان صحرا راه می‌گشود و در انتها، در میان توده کوههایی تیره‌رنگ گم می‌شد.

چه مایه طبیعت آفریدگار، گونه‌گون بود! سویی از آن، این وادی سَتَرْوَن خشک و عبوس بود و سویی دیگر، کشتزارها و بوستانها و باغها و چشمه‌ساران پرآب دیار شام...!

محمد عرق از پیشانی سترد. از جای برخاست؛ و تا آخرین بدرود را با همدم دوست‌داشتنی و رازدار ساعتهای بی‌خویشی خود کند، راه قله کوه نور را به زیر پا گرفت....

نور هر چند افزون بر دویست گز بلندا نداشت، لیک راهش ناهموار و تیز بود. سطحی پوشیده از صخره‌ها و سنگها و بوته‌های خاردار داشت، که فراز شدن بدان را دشوار می‌ساخت. با این رو، محمد، در سالیان دراز ـ از نوجوانی و جوانی ـ چندان در نوردیده بودش که اینک فراز شدن به آن، برایش دشوار ننماید. خاصه، آن مایه راه‌پیمایی در دشت و کوه در پی رمه، پاهای او را چنان ورزیده و توانا ساخته بود که راههایی بس دشوارتر از این نیز نفرساید و از نفس نیندازدش....

محمد رو سوی پس پشت چرخانید: در زیر پایش، رو به جانب شهر، تنگه دره‌وار منی بود. خاموش و خلوت. تُهی از هر گذرنده. آن سوتر، مکه؛ که جز همهمه‌ای دور و گنگ، از آن به گوش نمی‌آمد.

ناگاه یاد عبدالمطلب، در خاطر محمد آمد، و از غم، قلبش فشرده گشت: عبدالمطلب نیز چونان محمد، گاه تنها روی به جانب این کوه می‌آورد و پاره‌ای از روز را در غار حرا خلوت می‌کرد. هر سال نیز چون رمضان می‌شد، جمله ماه، حرا بیتوته‌گاه او بود. در این دوران، غلام سالخورده‌اش، عامر، برای او طعام و آب می‌آورد. محمد کوچک نیز، گاه با عامر می‌آمد، تا با نیای خویش، دیدار تازه سازد....

محمد پای بر قله نهاد: صحنی بیش و کم صاف؛ به گسترش، نزدیک چهل گز. از هر سو ـ گردتاگردش ـ آسمان صاف و آبی بی‌غش. نسیمی آرام به وزش بود، و برای تن گرمازده محمد، خوشی‌ای بهشتی به ارمغان می‌آورد.

محمد، به عادت پیشین، چندی بر آن فراز درنگ کرد و پیرامون را نگریست: در جانب مشرق کوه، راهی بود که رو سوی عرفات داشت. مکه، در جنوب شرقی کوه بود؛ لمیده در دامان کوههایی کم‌بلندا! در مرکزش، کعبه، چونان نگینی سیاه، در میانه حلقه‌حلقه بناهای شهر،

غم‌گرفته، ایستاده بود. توده‌ای کمرنگ و نازک از غباری ارغوانی، در آسمان شهر، شناور، ایستاده بود: ساکن، چونان پاره‌ای بزرگ از ابر.

به شهر اندر، سراها، بیش یا کم، چونان پیش، دایره‌وار گرد حَرَم شعاع می‌گشودند و از گودی میان، رو به جانب بلندیها داشتند. اینک اما، در آن بخش از سوی شمالی شهر که در بلندی بود و سیل بدان دسترس نداشت، دارایان قریش، از هر تیره، سُکنی گزیده بودند. هم از این‌رو، آن محله، بَطحاء نام یافته بود.

سراهای محله بَطحاء، بزرگ و شکوهمند بود. دیوارهایی از سنگ داشت؛ و بیشتر نیز دو مرتبه بود. در این میانه، باز، سرای بزرگ و دو مرتبه خدیجه، با آن خیمه ابریشمین گنبدگون سبزرنگ بر فراز بامش، جلوه‌ای دیگر داشت.

«چون کسی بر بام سرای خدیجه می‌ایستاد، راه یثرب و شام، نیک در چشم‌اندازش بود. هر عصرگاه خدیجه در آن خیمه گنبدین می‌نشست و میهمانان، همانجا به دیدارش می‌رفتند.»

درباره خدیجه، سخنان بسیار می‌گفتند؛ و گروهی نیز در این راه، به خوی عرب، گزافه‌گویی می‌کردند.

«زنی است بس خوب‌رو. هر چند چهل ساله است و دو شوی به خود دیده است و از ایشان سه فرزند دارد، باز اما، خواستاران بسیار دارد. جز برخی دارایان قریش چونان بولَهَب وعمروهشام، جمله شاهان جزیره عرب هم خواستار پیوند با اویند.»

محمد خود شنیده بود که برخی جوانان مکه نیز، که بس کم سال‌تر از خدیجه بودند ـ به هوای دارایی بسیارش، یا دیگر سببها ـ سخت خواهان همسری او بودند. لیک، خدیجه، جمله ایشان را پاسخ به رد داده بود.

تا آنگاه، محمد خدیجه را هرگز ندیده بود. این سخنان را هم این سو و آن‌سو شنیده بود. نیز، دانسته بود که بی‌گمان، او داراترین زن سرزمین حجاز است؛ بی‌آنکه آن خویهای بد دارایانْ در وی باشد.

«به بخشندگی و دادرسی درماندگان، هیچ کس همسنگ او نیست.»

هم از این‌رو بود که برخی بانوی قریش لقبش داده بودند. نیز، آن‌سان زیسته بود که گروهی او را خدیجه طاهره می‌نامیدند....

محمد، رو سوی مکه، بر زمین نشست. چه بسیار این شهر را دوست

می‌داشت، و چه مایه از کردار و سنتهای بد مردم آن بیزار و اندوهگین بود!

به روزگار زندگانی نیاکَش، عبدالمطلب نیز، هر چند مردم همین‌گونه بودند، لیک، شهر قرار و قاعده‌ای بهتر داشت. چه، بزرگی و نفوذ او چنان بود که بیش یا کم، گردنکشان را از ستم آشکار بر ناتوانان باز می‌داشت. چون او از جهان بیرون شد و فرزندش، زُبَیْر، بر جای پدر تکیه زد، اندک‌اندک، وضع دیگرگون گشت. چه، زبیر نیز هر چند نیکمردی دلاور بود، ولی بزرگی و شکوه پدر را، نزد قوم نداشت....

نگاه محمد به جانب کعبه کشیده شد، و ماجرای آن مرد غریب در خاطرش آمد:

عصرگاهی بود، و او به طواف کعبه می‌رفت، که در حَرَم، مردمانی را دید. ایشان پیرامون مردی لاغر اندام و میانسال گرد آمده بودند؛ و مرد بر سکویی که بت اَساف بر آن قرار داشت رفته بود و به فریاد، سخنانی می‌گفت.

محمد، چون پیشتر رفت، دریافت که او مردی از قبیله بنی‌زُبَیْد است. مرد بنی‌زُبَیْدی کالاهایی چند به مکه آورده بود و عاص وائل از تیره بنی‌سَهم، آن کالاها را به نام خرید، از او سِتَده بود، و اینک از پرداخت بهای آنها، سر باز می‌زد.

مرد بنی زبیدی، با درد فریاد می‌کرد: ای مردان قریش؛ به داد ستمدیده‌ای دور از قبیله و کسان خویش برسید، که در شهر اَمن، هستی او را به ستم بُرده‌اند.

با شنیدن این سخنان، دل محمد به درد آمد. لختی به اندیشه اندر شد؛ که داد آن درمانده دورافتاده از دیار را چگونه می‌توان باز گرفت. پس، چاره در آن دید که حکایت این ماجرا را به عمویش، زبیر، رساند. باشد که او، در این کار، چاره‌ای بیندیشد.

زبیر، چون از چند و چون قصه آگاه شد، آن مرد ستمدیده را خواست، و او را گفت تا روزی شکیبایی ورزد. آنگاه بزرگان تیره‌های دهگانه قریش را پیام فرستاد تا شامگاه، در انجمن سرا گرد آیند. شب، برخی آمدند، و تنی چند ـ هر یک با بهانه‌ای ـ حاضر نشدند. محمد، خود با عمویش، زبیر، به آنجا رفت.

زبیر، حاضران را حکایت آن مرد باز گفت. پس، افزود: این ماجرا دو صورت می‌یابد؛ و هر دوی آن، برای قریش و مکّه، زشت و زیانبار است: نخست آنکه، چون این خبر انتشار یابد، جمله مردم، از عرب و غیر آن، می‌گویند که حُرمت حَرَم شکسته شد، و مکه، دیگر شهر امن نیست. پس، بازرگانان دیگر سرزمینها، چونان پیش به این شهر نمی‌آیند؛ و دارایی و کسب شما به زیان و رکود دچار می‌شود. دیگر آنکه، بزرگی و جایگاه بلند قریش، نزد عرب، شکسته می‌شود. چه، هم اداره شهر در دست آن است و هم ستمگر از آن.

با شنیدن این سخنان، همهمه در جمع افتاد، و هرکس چیزی گفت. آنگاه زبیر گفت: تا این ماجرا مکرر نشود، تدبیر باید اندیشید. یکی گفت: کدام تدبیر!؟ مکه به سرکردگانی با هیبت چونان هاشم و عبدالمطلب نیازمند است تا کسی جسارت ستم بر غریب و درمانده‌ای را نکند؛ که اینک، از چنین کسان تهی است. زبیر، بی‌آنکه این کنایه را به دل گیرد، گفت: آری؛ چنین است. من اما، دراز زمانی است که در این باره، اندیشه می‌کنم. اینک، چون ما چنان مردان با شوکت نداریم، نشاید که بنشینیم و گستاخی گردنکشان را تماشاگر باشیم. رأی من این است که از میان تیره‌های گونه‌گون قریش، دلاوران و جوانمردانی، خودخواسته پیش آیند، و با یکدیگر پیمان ببندند تا از این پسْ، پشتیبان ناتوانان و ستمدیدگان باشند، و در رفع ستم، ایشان را یاری کنند.

این پیشنهاد عمو، بسیار پسند محمد افتاد. از آن میانه، رای دیگر مردان نیز، اغلب، همین بود. پس، زبیر گفت: امشب را در این کار اندیشه کنید. جمله مردان قوم خویش را نیز این پیام برسانید؛ تا هر که خواهد، در این پیمان درآید، فردا روز، عصرگاه، در همین مکان، حاضر آید. در اینگاه، عبدالله جَدْعان گفت: من پذیرای آن جوانمردان دلاور می‌شوم. دوست می‌دارم که این پیمان فرخنده، در سرای من بسته شود. جمله، پذیرفتند؛ و او را آفرین گفتند.

دیگر روز، تنی چند از نیکان بَنی‌هاشم، بَنی اسد، بَنی زُهْره، بنی‌تَیم، و حارث پسر فَهْر از بنی‌نَضیر، در وعده‌گاه فراهم آمدند. محمد و زبیر نیز بودند. پس، گاوی را کشتند، و خون آن را در تشتی مسین ریختند. آنگاه،

مادر حکیم‌بَیضاء - از عمّگان محمد - آن تشت خون را آورد. یک‌یک دست در خون فرو بردند و سوگند یاد کردند که تا کوههای تَبیر و نور برجایند و تا آبی پشمی را تر می‌کند، پشتیبان یکدیگر در این راه باشند.

خبر این پیمان، زود در مکه پیچید، و به پیمان جوانمردان شهره گشت. مردم نیز کار آن جوانمردان همپیمان را بزرگ شمردند و ایشان را ستایشها کردند.

به دیگر روز، آنان عاص را پیام فرستادند که بهای کالاهای آن مرد بنی‌زبیدی را به او بپردازد. عاص نیز چون پیشتر قصه این پیمان را شنیده بود بر خویش بیمناک شد؛ و چنان کرد....

به خشنودی، لبخندی بر لبان سُرخفام محمد نشست. پس، از سرآسودگی آهی کشید، و از جای برخاست.

این، تنها گروهی بود که محمد تا آن روز به آن پیوسته بود؛ و بدان مایه از آن خشنود بود که روزی، در گفتاری، بوطالب، را گفته بود: این پیمانی است که به جایش اگر به من شترانی سرخموی می‌دادند، به آنها خرسند و شادمان نمی‌شدم....

محمد به جانب دامنه جنوبی کوه نور، سوی غار حرا سرازیر گشت. حرا، در بلندایی چهل گزی از زمین پای کوه بود. آن‌گونه غاری چونان دیگر غارها نبود که حفره‌ای پدید آمده در سینه کوه باشد. گویی صخره‌هایی چند بر یکدیگر فرو ریخته، و در زیر آنها، فضایی غارگونه، شکل یافته بود.

او از میان دو تخته سنگی که رو به روی غار افتاده بود به دشواری گذشت‌و به حرا ورود کرد: غار گونه‌ای کوچک، با دیواره‌ها و سقفی خوشتراش. بلندای آن، چند قامت مردی میانه بالا. فضایش چندان، که چونان او مردی بتواند در آن بخُسبد. هم، کَفَش نرم، پوشیده با ماسه‌هایی ارغوانی و درخشان.

محمّد به این غار دلبستگی بسیار داشت. چه، جز آنکه همدم و خلوتگاه او بود، از آسیب باد و باران و آفتاب تند نیز نگاهش می‌داشت. دیگر، حرا چنان بود که او چون در آن می‌ایستاد یا می‌نشست یا دراز می‌کشید، کعبه محبوب خویش را می‌دید.

بر کف غار نشست، و پشت به دیوار آن داد. هوای اینجا لطیفتر از

بیرون بود.

او به دشت میانه کوه نور و تبیر چشم دوخت: دشت، پوشیده از بوته‌های خاردار بود. پس، بیابان برهنه دامن گستر. دشت آشنای محمد. محل گذر، و چراگاه روزان و شبان بسیار رمه‌ای که او شبانش بود.....

تا خورشـــید در آســمان فراز نشـده بود، می‌بایســت که کاروان به راه می‌زد. محمد هر چند پیشـــتر جز یک ســفر در کودکـــی، به بازرگانی نرفتـــه بـــود، از آن، بـــس چیزها دیده و شـــنیده بود و می‌دانســت.

در آنجا که خانه‌های شهر پایان می‌گرفت، چندی مانده به گذرگاهی که راه یثرب از آن آغاز می‌گشت، کاروان اینک مهیای رفتن شده بود. پیشتر، محمد با میسره و دیگر غلامان خدیجه، روزانی چند را به بستن کالاها گذرانیده بود؛ بارهایی بس بزرگ از پوست و چرم و پشم طایف، مشکها و گیاهان خودروی شفابخش مکه، عاجهای حبش، نارگیلها و ادویه و بخور معطر و چوبهای گرانبهای آبنوس و شمشیرهای فولادی هند، پسته‌های خندان و فرشچه‌های زیبا و مخملهای لطیف و زیورهای ظریف طلایی و نقره‌ای پارس، پارچه‌های رنگ‌رنگ ابریشمین و مُشک چین، عَنْبَر و مرواریدهای غلتان بحرین وعمان، صمغ و سُرمه و خَضاب و پارچه‌های ریزبافت و کتانهای ساده و راه‌راه یمن...، جز اینها، چند جعبه از چوب و آهن و چرم بود؛ پر ازسکه‌هایطلا ونقره روم وپارس. طلاها ونقره‌ها -ازسکه و زیور - جمله به این جعبه‌ها اندر بود؛ در سرای خدیجه. با این قرار که، چون بارها بر پشت شتران بسته شد، میسره به سرا باز رود و آن جعبه‌ها را با خود بیاورد.

پیشتر محمد، ابزار سفر خود را در کیسه‌ای چرمین نهاده بود: دوگونه

جامه. یکی ساده؛ برای میانه راه، آن دیگر، مرغوب‌تر؛ تا در شهرها بپوشد. نیز، شانه‌ای از چوب، سُرمه‌دانی کوچک با سُرمه سنگ، مُشکدانی مفرغی، تایی چند مسواک چوبی، جامی کوچک از برنج، برای آشامیدن آب، روغندانی با روغن بنفشه، سوزنی با نخ، و یک قیچی.

سحرگاه، عقیل و طالب، همراه رمه به دشت رفته بودند. عمویش، بوطالب، پیشتر، به کاری، از سرا بیرون رفته بود. لیک گفته بود که در کاروان، به بدرود با او می‌رود.

محمد، با زن عموی مهربانش وداع کرد. سپس، به مهر، دستی بر سر دخت کوچک عموی خویش کشید و با او نیز بدرود کرد. فاطمه، چونان مادری که فرزند دلبند خویش را راهی سفر سازد، بی‌قرار بود. لیک، خوش نمی‌داشت که در این واپسین دم، با گریه، خاطر محمد را آزرده سازد. پس، بغض در گلو - تا حال خویش را بپوشاند - لبخندی بر لب آورد، و تا دَرِ سرا، در پی او رفت.

محمد از دَر کوچک چوبی سرا به درآمد، و پای در راه نهاد.

«آفریدگارا! با تکیه بر پشتیبانی تو به سفر می‌پردازم. سوی تو توجه می‌کنم، و به رحمت تو چنگ می‌زنم. پشتگرمی‌ام به تو، و امیدم نیز به توست.

پروردگارا! در دشواریها مرا دریاب، و در آنچه که نادانسته بزرگش نمی‌شمارم و بزرگ است، پشتیبانی‌ام فرما!

خدایا؛ پاکی و درستی را توشه من قرار ده، و از گناهم در گذر؛ و به هر سوی که رو می‌کنم، مرا به نیکی و درستی متوجّه ساز!»

به راه اندر، اَبی الْحَمْیسا را دید. او نیز گویی در آن کاروان آشنایی داشت، و به بدرود با وی می‌رفت. ابی‌الحمیسا، خندان، محمد راوقت خوش گفت. محمد نیز، لبخند بر لب، او را پاسخ گفت. پس، با یکدیگر، همراه شدند.....

«روزی من، به امین چیزی فروخته بودم. پس، تا باقیِ بهای آن را بستانم، قرار شد که پگاه فردا، در ابتدای بازار کنار حَرم باشیم. این قصه گذشت، و من قرار خویش را از یاد بردم. آنگاه، به کاری، از مکه بیرون رفتم، و تا سه روز باز نیامدم.

به سوم روز، چون بازگشتم - و باز آن قرار در یادم نبود - از همانجا

می‌گذشتم، که محمد را دیدم. بر سکویی نشسته بود و چشم به راه داشت. تازه، آن قرار به یادم آمد.

چون به جانبش رفتم و با او سخن گفتم، دانستم که آن جوان پاکیزه‌خو، جمله آن سه‌روز را بدانجا می‌آمده، و تا شام، انتظار آمدن مرا می‌کشیده است.

بس در شگفت شدم از وفای او، و شرمسار گشتم از فراموشی خویش. آنگاه بود که دانستم از چه رو مردم بدو امین لقب داده بودند و با آن جوانی، آن‌سان بزرگش می‌داشتند.»

چون بازار به انتها رسید، دربنی‌هاشم نمودار گشت. در این‌گاه، محمد، ابی‌الحمیسا را بدرود گفت، و از آن در، به حَرَم ورود کرد.

حَرَم، در آن هوای شیری سپیده‌دم، خلوت و تُهی بود. بُتان با سیماهای خشن و گرفته و سرد خویش، این سوی و آن سوی صحن، بی‌زیارتگر مانده بودند.

محمد، با نفرت و اندوه، نگاه از آنها برگرفت، و سویکعبه رفت. آنجا نخست بر سنگ سیاه دست کشید. پس، خواست تا به طواف کعبه آغاز کند، که صدایی‌در گوشش‌نشست. مردی‌با گریه، سخنانی‌را زمزمه می‌کرد. در صدایش سوزی بود که جمله وجود محمد را به جانب خویش می‌کشید:

- بار خدایا؛ اگر می‌دانستم که دوست‌تر داری تا تو را به کدام گونه بپرستند، به همان صورت می‌پرستیدمت. لیک، از من درگذر؛ که آن شیوه را نمی‌دانم....

محمد، با شنیدن این سخنان، دانست که گوینده کیست. چه، پیشتر نیز چندبار او را در این حالت دیده بود. او عَمْرو زَیْد، یکی از آن چهار یکتاپرست مکه بود، که نامشان بر زبانها بود. همو، که در آن سفر نوجوانی محمد به شام، با کاروان قریش بود. «آن دیگر سه تن، وَرَقَه نَوْفِل، عُبَیْدُالله جَحْشوعثمان حُوَیرِث بودند. از آن میانه، وَرَقَه و عثمان، آیین عیسوی گزیده بودند. عبیدالله دینی ویژه نگزیده بود. زَیْد قریش را می‌گفت که او، خدای ابراهیم را می‌پرستد. هر چند از آیینهای آن کیش، به چیزی دست نیافته بود.»

محمد در پی اندکی درنگ، به طواف کعبه پرداخت.

در جانب دیگر دیوار کعبه، زید را دید که رو سوی کعبه، پیشانی نهاده بر زمین، در حال خویش بود. محمد هر چند مهر زید را در دل داشت، باز اما، بر خویش روا ندید که آن حال خوش او را، با سخنی، بر هم زند. پس، بی‌صدا، هفت طواف وداع را به جای آورد، و به رفتار درآمد....

پانصد شتر بارکش و چند شتر سواری کاروان خدیجه، با منگوله‌های‌قرمزِ پشمین گرداگرد گوش و سر و گردن، پیدا در میانه دیگر شتران کاروان، مهیای رفتن بودند. جز میسره، پنجاه غلام و مزدور توانا و کارآزموده و سفر بسیار دیده، در رکاب محمد بودند.

«من بدیشان سپرده بودم که جمله، سر بر فرمان امین باشند، و در هیچ‌کار با او از در مخالفت در نیایند. امین را نیز گفته بودم که در این سفر، میسره را مشاور خویش قراردهد. چه، پیشتر، میسره راهبر کاروان من بود. و او هر چند غلام بود، لیک، مردی پاک و پخته سفر بود، و در این کار، تجربه بسیار داشت.»

محمد، شتران را قسمت کرد، و هر ده شتر را به مردی سپرد. آن پنج شتر را نیز که بار سکّه و مروارید و طلا و نقره داشتند به میسره سپرد.

با سرزدن نخستین پرتوها خورشید از پس کوههای مشرق مکه، طبل رفتن کوفته شد.

«دام دادام دام...

گاهِ کوچ شد.....

نشَستگان،برخیزید!

ایستادگان، شتران به زانو را بر پای دارید....!

دام دادا دام....

اینک واپسین وداع...!
داممم ....
پس، بر پشت شتران راهوار شکیبای خویش بنشینید...!
دادامم....
شتران به ردیفْ بر پشت هم...!
دام دام....
مهیّای رفتن...!»

«رسم قریش آن بود که چون کاروانی بازرگانی به جانبی روانه
می‌کرد، از میان آنان یکی را برمی‌گزید تا سالار جمله کاروانها،
او باشد. پس، به راه اندر، کاروانیان سر بر فرمان او می‌نهادند.
در این سفر، از چند تیره قریش، بزرگانی با کاروان همراه بودند.
تا بدانجا که در خاطر من است، ازبَنی مَخزوم، عمروهشام بود، و از
بَنوعَدی، مُطْعَم، و از بَنونَضیر، نصرحارث و از بنو زهره، اَحْجَه حَلاّج و از
بَنولوی، بوسُفیان. از بنی‌هاشم نیز اَمین، سالار کاروان ما بود.
کاروانی که محمد راهبرش بود، از جمله کاروانها بزرگ‌تر بود. تنی چند
از بنی‌هاشم نیز، با کالاهای خویش، با ما بودند.
من، و جمله بَنی‌هاشمیان گفتیم که کاروانسالار، محمد امین باشد.
عمروهشام اما، گردن ننهاد. حمزه، عموی محمد، که از جمله دلاوران و
پهلوانان مکه بود، نیز با ما بود. او، چون چنان دید، به خشم اندرِ شد. پس،
شمشیر از نیام کشید و به‌جانب عمرو رفت. محمد اما، زود پیش‌رفت و
او را گفت: ای‌عمو، شمشیر خویش را نیام کن. چنین باشد که در رفتن
ایشان در پیش باشند و در بازگشت، ما. به‌هر رو، هر دو، از یک‌قبیله‌ایم،
و درهرحال، قریش‌در پیش است.
آنگاه، کاروان به رفتار آمد..»

راه و کاروان. مردان و شتران. شتران با بارهای سنگین، از
کالاهای چین و هند و پارس و حبشه و یمن و بحرین و عَمّان
و حجاز. مردان، شمشیر و خنجر بر کمر. برخی نیز، تیردان و کمان
بر پشت و شانه. هوشیار. آماده ایستادن در برابر هر خطر....
قطار دراز کاروان شتران، با گامهای بلند، در بستر خشک راه یثرب،
رو سوی پیش داشت. افزون بر سه هزار شتر، کالاها را بر پشت داشتند،

و نزدیک سیصد مرد، به اداره و نگاهبانی آن کالاها بودند.

آغازین غم ابتدای سفر، هنوز از سینه‌های مردان و شتران، برنخاسته بود. این، از آن سکوت و بی‌کلامی مردان و آن نگاههای انسانی شتران که پیوسته دور می‌گشت، نیک، آشکار بود.

پیشتاز کاروان، شتران عمروهشام بودند. نخستین کس نشسته بر شتر نیز، او بود. یاور وی در این سفر، عَمّار جوان بود؛ همو که پدرش، یاسر، در پناه بنی‌مخزوم بود، و خود و مادرش، سمیه، هر دو، برده ابوحُذَیْفه بودند.

سپس، کاروان خدیجه بود. چندان بزرگ که پیشتر، عرب، بدان بزرگی، کاروان از یک کس ندیده بود. پیشاپیش آن، محمد، بر شتر تندروی زردموی، نشسته بود.

از پس این کاروان، کاروانهای بنی‌هاشم بود؛ و در پی ایشان، کاروانهایی دیگر از دیگر تیره‌های قریش.

تکانهای گاهواره‌وار شتران، مردان خسته زود هنگام برخاسته از خواب را، به حالتی خوشْ غوطه‌ور میانه بیداری و خواب فرو می‌برد. خوشترین حالت، تا در آن، رؤیاها و یادهای دور، از ژرفترین لایه‌های ذهن سر برآورند، و در برابر دیدگان، جان گیرند.

محمد اما، چشم و دل بیدار، گاه روبه‌رو و گاه پیرامون خویش را می‌نگریست: دشت آشنای دوست. خاک همدم روزگار شبانی او.

در جانب چپ کاروان، قراریط بود. همانجا که محمد، اغلب رمه را به چرا به آن می‌برد. گستره فراخ اندیشه‌های بی‌پایان او، به روزان و شبهای بسیار....

- روز خوش، ای امین!

محمد به روبه‌رو نگریست: عَمّار بود، که اکنون به انتهای کاروان ابوحذیفه آمده بود تا پس نگاهدار آن باشد.

- روز بر تو نیز خوش باد، ای برادر!

با شنیدن این سخن، خونی گرم بر چهره عمار دوید. چندان که این سرخی، از پس پوست سبزه سیمای جوانش، آشکارا به چشم آمد.

جوانی آزاد با آن مایه بزرگی، از والاتبارترین تیره قریش و نواده شریفترین ایشان، هم، سالار بزرگترین کاروان مکه، او را برادر نامیده بود؛ اویی را که برده و برده‌زاده‌ای بیش نبود، و بها و ارزشی نیز از بهای یک

شتر، بیشتر نداشت....

عمار، سرخوش و هم شرمسار از این خطاب، جمله احساس خویش را در کلامی کوتاه، باز گفت: سپاس می‌دارم، ای سرورم.

محمد، با لبخندی آمیخته مهر، وی را پاسخ گفت. پس، چون ناخرسندی او را از قرار گرفتن شترش در جلو شتر خود دید، گفت: آسوده، ای عمّار! میان دوستان، این‌گونه آداب نیست.

باز شرمساری‌ای دیگر، برای عمار. محمد امین، اوی بی‌مقدار را، دوست خویش خطاب کرده بود! به راستی که این جوان مهربان خواستنی، چه مایه بزرگوار و فروتن بود....!

«جز مردمان آزاد، جمله بردگانی که محمد را می‌شناختند نیز، همچون من، او را بس دوست می‌داشتند. چه، او هر چند بزرگ‌زاده‌ای با شوکت بود، لیک، زندگانی و رفتاری بسیار ساده و فروتنانه داشت: جامه‌ای ساده، لیک، پاکیزه می‌پوشید. چون در راهی می‌رفت، به حالت خود بزرگ شماران، گردن نمی‌کشید و سر راست نمی‌گرفت. گام‌ها را اندکی دور از هم می‌نهاد، و به شیوه کسی که از بلندی به نشیب می‌آید راه می‌رفت. هنگام نشستن، تکیه نمی‌زد. چونان ما بردگان، بر زمین می‌نشست و بر زمین طعام می‌خورد و بر زمین می‌خفت، و پای‌افزار و جامه‌های خویش را پینه می‌زد. هم، به روش بردگان، دو زانو می‌نشست، یا دستان را بر گرد زانوان حلقه می‌کرد. هیچ کس او را ندیده بود که چهار زانو نشسته باشد.

جز اینها، درستکاری او، در میان اهل مکه، زبانزد بود. من که خود شبان رمه بنی‌مخزوم بودم، به صحرا اندر، محمد را بسیار می‌دیدم. روزی او را گفتم: ای امین؛ شنیده‌ام که در فَحْ چراگاهی نیکو است. چه می‌گویی که فردا، رمه‌ها را به آنجا بریم؟ گفت: نیکوست.

فردا روز، چون بدانجا رفتم، امین را دیدم که از من پیشتر رسیده بود. لیک، رمه خویش را از ورود به آن چراگاه، سختْ باز می‌داشت. با شگفتی او را گفتم: چرا چنین می‌کنی، ای امین؟! گفت: قرار ما این بود که با یکدیگر به این چراگاه درآییم. از این‌رو، نخواستم که در این کار، بر تو پیشی گرفته باشم.»

بر کران راه کاروان، رمه‌ای در انتظار بود تا بدان سو رود. شبان آن،

با دیدن محمد، به آشنایی، برای او دستی تکان داد. پس، به شیوه شبانان، به آوایی بلند، او را سفرخوش گفت. محمد نیز، گرم، وی را پاسخ گفت.

شبان جوان، در نظرش آشنا می‌نمود. چون چندی خیره او شد، به خاطرش آورد: این جوان غبارگرفته ژولیده مو، همان هُشام نوجوان چند سال پیش بود. او، برده نبود. نیز، در آن روزگار، شبانی را خوش نمی‌داشت. لیک، پدر، او را بدین کار وا می‌داشت. سرانجام نیز هشام از شبانی دست شست؛ و محمد ندانست که به چه کار رفت. اینک، از پس چند سال، گویا باز به شبانی روی آورده بود.

محمد با دیدن هشام، ماجرایی را که در ابتدای جوانی‌اش رخ داده بود به یاد آورد: ... بهارگاه بود و به دشت اندر، علف بسیار بود. در این دوران، شبانان، شب هنگام نیز با رمه در دشت می‌ماندند. چون شب فرا می‌رسید، چند شبان، رَمه‌های خویش را در گوشه‌ای گرد می‌کردند، و تا سپیده‌دم، با یکدیگر بودند. گاه نیز، از ایشان، یکی، رمه خویش را به دیگران می‌سپرد، و سوی شهر می‌رفت، تا به گشت و تماشا، یا دیگر کارها پردازد.

آنان – با محمد – چهار شبان بودند. جمله، به سهم خویش، شبی به شهر رفته بودند؛ جز محمد. آن شب، چون نوبت بدو رسید، هشام و آن دو دیگر شبان پرسیدند که او آیا به شهر نمی‌رود؟

محمد گفت: نه. چه، مرا، شب هنگام، در شهر، کاری نیست.

هشام گفت: تو هیچ در مکه گشته‌ای شباهنگام، به دیرگاه؟

محمد گفت: نه.

– شگفت عالمی است، بس دیدنی!

شبانی دیگر از ایشان، گفت: بیشتر جوانان شهر در این ساعتها از شب بیدارند، و به کویها و مجلسها که در شهر برپاست، می‌روند.

محمد گفت: مرا با آن مجلسها نیز کاری نیست.

هشام گفت: با عروسیها و مجلسهای نَقل چه؟ جمله اینها، شب هنگام برپاست. هوای دیدن آنها نیز در سر تو نیست؟

پس، بسیار از این سخنان با محمد گفتند. تا هشام گفت: برای تو، یک بار دیدن اینها لازم است. به هر رو، به یک بار دیدن، می‌ارزند.

سرانجام محمد پذیرفت، و راه شهر را در پیش گرفت.

چون به مکه رسید، در کویها روان شد؛ و سر گردش داشت. بر آن بود تا نیک دریابد که خیل شب زنده‌داران شهر را، چه، تا دیرگاه بیدار می‌دارد؛ و آن مایه کوشش و پشتکار و شوق ایشان در این‌باره، برای چیست.

به راه اندر، در گذرگاهی، صدای دَف و نای شنید. پرسید: آنجا چه می‌گذرد؟

گفتند که جشن پیوندان است.

او پیش رفت، و در گوشه‌ای از مجلس نشست. زود اما، خوابش در رُبود؛ و... از گرمای آفتاب روز، بیدار شد.

دیگر روز، چون به دشت باز گشت، هشام گفت: اینک ما را حکایت کن که چه دیدی؟

محمد، قصه را باز گفت. ایشان، به شوخ‌طبعی، خندیدند.

چون آن روز شب شد، دیگر بار، آن سخنان در میان آمد؛ و باز محمد تن در داد که به شهر رود. لیک، باز او را خواب در ربود، و هیچ ندید. پس، صبحگاه به دشت بازگشت، و حکایت را باز گفت. آنگاه افزود: گمان من بر این است که خیرم در آن نیست که بدین مجلسها درآیم. پس، دیگر هرگز به آن‌گونه جاها نرفت....

دشت صاف برهنه، پایان گرفته بود. اینک کاروان، نرم‌نرم، به راه باریک گشوده در میان توده کوههای تافته به گرمای خورشید فرو می‌رفت.

چندی دیگر، از دشت و کوههای مکه، هیچ نشان نبود. در هر سو کوهها بود: برهنه. بی‌هیچ پوشش از گیاه. و سنگهای کوچک و بزرگ، پراکنده، این‌سوی و آن سوی.

در اینگاه، با یاد عمو و زن‌عمو و عموزادگان، اندوهی سنگین بر دل محمد نشست....

دوش بوطالب سخت بیتاب می‌نمود. چندان که محمد را این گمان پدید آمد که رأی او از فرستادن وی به سفر، گشته است.

ـ فرزندم؛ ای کاش زبانم نگشته بود و به رفتن تو، رضا نداده بودم!

ـ از چه رو، ای عمو؟

ـ از جهودان و برخی عیسویان، بر جان تو بیمناکم. در یادت هست

آیا که بَحیرای راهب در این‌باره چه گفت...؟ هر چند، اینک سیزده سال از آن روزگار می‌گذرد و تو دیگر جوانی برومندی؛ لیک، در آن سرزمین‌ها بیگانه‌ای؛ و نیرنگ جهودان نیز بسیار است.....

سوسماری درشت، از زیرپای شتر محمد گریخت. شتر، در پی درنگی کوتاه، راه خویش را پی گرفت. سوسمار با حرکت‌هایی تند ولی بریده بریده، خود را به صخره‌های ارغوانی رنگ رسانید. لختی ایستاد و سر ذوزنقه‌ای شکل خود را به جانب کاروان چرخانید. آنگاه در میان تخته‌سنگ‌ها، از نظر ناپدید شد. در این هنگام، میسره، سوار بر شتر، از راه رسید. بر سیمای مردانه سیّه چَرده‌اش، دانه‌های درشت عرق نشسته بود.

او، چندان پیش آمد که شترش پوزه به پوزه شتر محمد شد. پس، با لبخندی آمیخته احترام، گفت: از هوا، گویی آتش می‌بارد! محمد گفت: آری. روزی بس گرم است. در میان این سنگستان نیز هوا داغتر است. چه، سنگهای آنْ، گرما را به خویش می‌گیرند و بازپس می‌تابند. در پس پشت و لابه‌لای این کوهها نیز نسیم می‌شکند و از جنبش می‌ماند.

- چنین است، ای سرورم...! این توده کوهها اما، روزگاری، سبب رهایی بزرگان قریش از مرگ شدند.

پس، چون نشانه‌های پرسش در چشمان محمد دید، افزود: بازگشت این ماجرا، به ابتدای جنگهای فِجار است.... بر این گمانم که نُه سال از این پیشتر بود؛ به ماه رَجَب. در آن روزْ من نیز چونان دیگر مکیان به ستد و داد در بازار عُکّاظ بودم که ناگاه ولوله‌ای در قرشیان دیدم. سبب را پرسیدم؛ و دانستم که در ساعت، پنهانی، ایشان را خبر آورده‌اند که بَرّاض قیس کنانی عُروه رَحّال از هَوازن را کشته است. چون در آن بازار، قرشیان، به شمار، از مردان قبیله هَوازن کمتر بودند، بیم آن می‌رفت که با هجوم هوازنیان، جمله، تار و مار شوند. پس، بزرگان قریش مصلحت خویش آن دیدند تا بهانه‌ای بیاورند، و زود، سوی مکه باز روند. من نیز، با ایشان آمدم.

ما با شتاب می‌آمدیم، و ترسان بودیم. چون به نزدیک این کوهها رسیدیم، از دور آنان را دیدیم، که سر در پی ما داشتند.

با دیدن آن حال، بیم ما فزونی گرفت. چه، ایشان، به شمار، دو چند

ما بودند.

عصرگاه، دیگر میان ایشان با ما، فاصله‌ای نبود. پس، پیکار در گرفت. ما، به جنگ و گریز، مشغولشان داشتیم، تا به این کوهها رسیدیم. تاریکی نیز به یاری‌مان آمد؛ و جان به در بردیم.

آن شب هیچ نخفتیم و پیوسته، در میان این کوهها راه سپردیم، تا به حریم امن مکه رسیدیم، و از شر آنان ایمن شدیم.

محمد، به اندوه سر جنبانید. او هر چند خود بیش و کم شرح آن ماجرا را شنیده بود، لیک هر بار که بدان می‌اندیشید، به غم اندر می‌شد. چه، آن را ستیزی بی‌منطق می‌یافت که می‌شد در نگیرد، و جان آن عده مردمان از دو سو، در آن تباه نشود. هرزه‌ای سبک مغز چونان بَرّاض، از سر حسد، به ناجوانمردی، پهلوانی چونان عُروه را، در ماهی که به سنّت عربْ ستیز در آن حرام بود، کشته بود. همو، پیشتر، چندان در زشتکاری زیاده‌روی کرده بود که قبیله‌اش - کنانه - وی را از خود رانده بود. پس، به مکه آمده بود و به حَرْب اُمَیّه - از قرشیان - پناه آورده بود. در آنجا نیز، اما، دست از فساد نَشُسته بود. حَرب بر آن شده بود تا حق پناه خود را از او بر گیرد. لیک، با این قرار که بَرّاض از مکه بیرون رود، از عزم خویش بازگشته بود. آنگاه براض به سرزمین حیره رفته، و این آشوب را بر پا ساخته بود. تا سرانجام، قبیله عروه، به خونخواهی او، بر قریش و کنانه تاخته بودند. چه، براض جز آنکه از کنانه بود، در پناه مردی از بزرگان قریش نیز بود....

باور جمله قریش این بود که مردی هرزه چونان براض، آن مایه بها نداشت تا به سببش، آن جنگ دراز چهارساله درگیرد، و خون آن عده مردمان، از دو سوی، بر زمین ریزد. چه چاره اما، که پناه آورده را از خویش راندن به هنگام خطر، ننگی بزرگ برای یک قبیله بود. هم، از دیرباز، سنت عرب آن بود که چون یک کس از قبیله‌ای، خونی از مردم قبیله‌ای دیگر را می‌ریخت، جمله مردم قبیله او، خونی به شمار می‌آمدند؛ و چون قبیله کشته، بر ایشان دست می‌یافت، ریختن خون هر یک از آنان را بر خویش روا می‌شمرد. پس، هر کشته از یک سوی، کشته‌ای را از دیگر سوی در پی می‌آورد. بدین‌سان، کینه ژرفا می‌گرفت، و کشتار، گاه دهه‌ها دوام می‌یافت. چون آسیای جنگ به چرخش درمی‌آمد نیز، هر خون، گویی

شتابی بیشتر بدان می‌داد. چندان که، بازداری آن از گردش، هر دَم، دشوارتر می‌شد. آنگاه، دیگر برای هر کس گُزیری جز آن نمی‌ماند تا یا شکار باشد یا شکارچی: کشته یا کشنده.....

سکوت محمد دراز شده بود، و آثار اندوه، بر سیمایش، هر دَم آشکارتر می‌گشت. میسره، تا مجالی به پیشروی این حال در سرورَش ندهد، گفت: گمان ندارم که تو خود در جنگهای فجار بوده باشی، ای سرورم.

ـ در ابتدایش ـ که تو شرح آن را دادی ـ نبودم. در سال دیگر اما، چون قریش و کِنانه راهی میدان رزم با هَوازن شدند، عمویم مرا نیز برد.

ـ بوطالب هم در آن جنگ بود؟

ـ عمویم این جنگ را خوش نمی‌داشت. او می‌گفت: «من و خاندانم، خویش را بدان نمی‌آلاییم.» لیک، قوم او را گفتند: «این، کاری است که صورت گرفته؛ و قریش نیز آغازگر آن نبوده است.» هم، می‌گفتند که چون او با قریش باشد، پیروزی به ایشان روی می‌کند. عمویم نیز، با این پیمان که در هر حال، ایشان دست از ستم بدارند، با آنان رفت. تا که آن سال، پیروز شدند. من نیز در آن پیکار، در کنار عمویم بودم؛ و با سپر، تیرهایی را که به جانبش می‌آمد، از او دور می‌کردم. چون تیرهای عمویانم پایان می‌گرفت نیز، در رزمگاه می‌گردیدم، و هر تیر که می‌یافتم بر می‌داشتم و به ایشان می‌دادم.

ـ در آن حال، هیچ آیا ترسیدی؟

ـ نه. چه، یقین داشتم که عمرم اگر به دنیا باشد، نمی‌میرم. چنین نیز اگر نباشد، که از مرگ ناگزیر، گریز نیست.

در اینگاه، سایه‌ای بزرگ بر سر کاروان افتاد. محمد و میسره، سر سوی آسمان فراز کردند: پاره ابری سیاه، راه را بر خورشید بسته بود.....

ـ سرورم؛ به اینجا وادی سیلها می‌گویند.

سه روز بود که در میان آن توده کوهها به رفتن بودند.

محمد از فراز شتر، پیرامون را نگریست. پس، در پاسخ میسره گفت: آری؛ وجود آبرُفتها در هر جا، حکایت از گذر سیلهای بسیار دارد. هم از این‌رو، بهتر این است که در این محل اُتراق نکنیم.

میسره با همان پختگی و نرمش پیوسته در کلام، گفت: این وادی اما، گذرگاهی باریک و دراز در میان این دو رشته کوه است، و زود پایان

نمی‌پذیرد. شب نیز در رسیده است، و بیم آن می‌رود که به راه‌اندر، به شتران آسیبی رسد، یا از ایشان، نفرهایی چند، گم شوند.

- به هر رو، این ابرهای سیاه که به جانب مکه دامن کشیده‌اند، نشانه‌ای نیکو نیستند.

میسره نیک آگاه بود که در تابستان، هرگاه گرما بسیار تند می‌شد، بارانی اگر می‌بارید، بیم سیل در آن بسیار بود. در آن وادی نیز، این بیم دوچندان بود. پس، پذیرا، گفت: فرمان فرمانِ تو است، ای سرورم! آنچه فرمایی، همان می‌کنیم.

- حال که هیچ گزیر جز ماندن نیست، باید که در بلندایی که در آن نشان آبرفت نیست فرود آییم.

- چنین می‌کنیم. هر چند که دشواری آن، دو چندان است.

محمد، به حال گذر در میان تاریکی کمرنگ ابتدای شامگاه، به هر سو چشم دوانید. پس، چندی بیشتر، به نقطه‌ای در دامان کوهی با چند صخره بزرگ اشاره کرد و گفت: آنجا را چگونه می‌بینی، ای میسره؟

میسره گفت: نیکوست. صخره‌ها، خود به هنگام ریزش سیل، برای کاروان پناهگاه‌هایی استوار می‌توانند بود.

آنگاه، رو به جانب کاروان، فریاد کرد: مهیای فرود....! در پی من؛ مهیای فرود....!

شتربانان کاروان خدیجه و بنی‌هاشم، خرسند یا ناخرسند، سرهای شتران خویش را به جانب دامنه آن کوه کج ساختند، و در پی شتر محمد و میسره، روانه شدند.

محمد تا به آنجا که شتران خسته و سنگین‌بار توان رفتن داشتند از کوه فراز شد. پس، دیگر شتران نیز از پی او رفتند. آنگاه فرمان داد تا بار از شتران برگیرند، و به کار خور و طعام آنان بپردازند.

دیگر کاروان‌ها نیز، چون چنین دیدند، بر بلندی‌ها بار افکندند؛ جز کاروان مُصْعَب از تیره بَنی جُمَح.

کاروان او، به راه اندر، در پس مانده بود. چون رسیدند، مردان خویش را گفت که در میان دره، بر زمینی باز در کران راه، بار افکندند.

میسره، هنگامی که چنین دید، از سر نیک خواهی، او را گفت که چنین نکند. مصعب اما، به تمسخر پاسخ داد: سرورت را بگو که ترس بسیار،

با مرگ برابر است! ما اگر پروای چند پاره ابر می‌داشتیم، پای در این راه نمی‌نهادیم!

میسره، چون این را شنید، از آن بیش، هیچ نگفت.

اینک، شب، چادر سیاه خویش را بر سر آن وادی برافراشته بود. به آسمان اندر، پاره ابری سیاه، راه بر نور هلال خنجری ماه بسته بود؛ و در سایه‌های دراز کوهها، تیرگی انبوه‌تر می‌نمود. شتران هر یک به گوشه‌ای، پاهای پیشین را در زیر شکم تا ساخته، به کار نشخوار، یا در خواب بودند. مردان نیز هر یک به کاری بودند: یکی نواله در دهان شتری می‌نهاد. برخی، تا مارها و عقربها و رُطیلها را از خویش دور سازند، بوته‌هایی از خار و خاشاک گرد می‌کردند، و اینجا و آنجا، با سنگ آتش‌زنه، آتشهایی کوچک می‌افروختند. تنی چند، سفره‌های کوچک خویش را گشوده بودند و طعام شب می‌خوردند. گروهی نیز، از بسیاری خستگی، طعام ناخورده، تکیه بر رَحل شتر یا سر بر پای‌افزار یا بُقچه‌ای، گرداگرد کالاهای کاروان خویش خفته بودند. لیک، سالمندتران، گرد یکدیگر فراهم آمده، به کار بازگفت حکایتها از سفرهای پیشین خویش بودند. در کاروان بنی‌مخزوم، قصه‌گویی پیر، بر سنگی کوچک نشسته بود و پیرامونیان خویش را قصّه سِیْف ذی یَزَن می‌گفت.

در این میانه، محمد، فارغ از سامان‌بخشی کار کاروان، اینک بر تخته‌سنگی بر فراز کوه نشسته بود، و چشم بر آسمان و بازی ابر و ماه و ستارگان داشت.

بدینگاه، در جانب شمال آسمان، کَلب اکبر از پس ابر سر بیرون کرد، و در پوزه‌اش، شُعَرا ـ درخشانترین ستاره آسمان ـ رخ نمود؛ نشان آغاز ماه جُوْزا شدت گرفتن گرما....

شب، نرم‌نرم دراز می‌شد. ماه، اینک رها از چنگال ابرها، از جانب رشته‌کوههای آن سوی راه، در آسمان فراز می‌شد. لیک، ابرها، رفته‌رفته فشرده می‌شدند و درّه، در تاریکی‌ای انبوه غرقه می‌گشت. از مصعب و کاروان او، اکنون هیچ به چشم نمی‌آمد. دیگر کاروانیان نیز، آرام آرام، به خواب می‌رفتند. در اجاقهای سنگی کوچک، شعله‌ها، رو سوی خاموشی داشت. همهمه و صداها، از دور و نزدیک در حال فرو خفتن بود. عُرهای گهگاه شتران و تک ناله‌های از سر خستگی آنان نیز اینک خاموشی گرفته

بود. آن نرمه نسیم شامگاهی اما، دیگر به بادی بدل گشته بود. از دور دست، صدای زوزه شغالان و کفتاران گرسنه می‌آمد. محمد، فارغ از جمله این ماجراها، چونان پیش، خیره آسمان گرفته شب، و غَرقه عالم خوش رازآمیز خویش بود....

چهار روز بود که در آن وادی بلاخیز بودند....

«در آغازین شب، با قطره‌های درشت باران، از خواب جستم. از هرسوی، صدا به‌فریاد بلندبود. من به جستجوی سرورم، امین، برآمدم. پس، او را دیدم که گرم بیدار ساختن دیگران و راهنمایی آنان بود.من نیز، هراسان، به ایشان پیوستم.»

«باران چنان تند می‌بارید که ما پیشتر بارش مانند آن ندیده بودیم. به اندک زمانی، سیلاب، چونان نهرهایی بزرگ، از کوهها سرازیر گشته بود و در نقطه‌ای به هم پیوسته، و به دره اندر، رودی کوچک اما بس پرشتاب و نیرومند ساخته بود. من، خود، دیدم که آن سیلاب، چه‌گونه مردان و شتران و جمله کالاهای مصعب را در خود می‌غلتانید و می‌برد. مصعب و مردان او، با ترس و زبونی فریاد می‌کشیدند و یاری می‌خواستند. لیک، دیگر کاروانها، چنان بیم‌زده و در تدبیر کار و نگاهداری کالاهای خویش از سیل بودند که هیچ‌کس را مجال یاری به آنان نبود. تنها محمد، در همان حال که گرم سامان‌بخشی یاران خویش بود، پیوسته بر ایشان فریاد می‌زد که کالاها و شتران را رها سازند و جان خویش را به در برند. آنان اما، گویا گوش شنوا نداشتند. در این میانه، تاریکی هم بر بیم و سرگشتگی می‌افزود. چندان‌که چشم را توان دیدن چشم نبود؛ و شتران نیز، با جمله شکیبایی و دریادلی، اختیار از کف داده بودند و نعره‌کشان، به این‌سوی و آن سوی می‌گریختند.»

سرانجام، آن شب سیاه به روز پیوسته بود. نیمروزگاه، ابرهای تیره به یک سو رفته بودند، و باران ایستاده بود. پس، مردان به جستجوی شتران پراکنده برآمده بودند. بخت با ایشان بود که شتران، در آن تاریکی و بیم، به غریزه، سوی بلندیها روی کرده بودند؛ و از ایشان، سیل، هیچیک را نبرده بود. میسره نیز بارها را چنان بسته بود که آب به کالاهای خدیجه زیانی چندان نتوانسته بود برساند.

در دیگر کاروانها نیز، بیش و کم، حال، از همین قرار بود؛ جز کاروان

مصعب....

«چون تاریکی از هوا رفت، دانستیم که جمله، تندرست رسته‌ایم. تنها، شتری از آن عمروهشام، گویا شباهنگام به جست و جوی علف سوی درّه سرازیر گشته، و سپس، با سیل رفته بود. از مصعب اما، بیست مرد مُرده بودند؛ و او خود نیز، با ایشان مُرده بود. تنها پنج غلامش ـ ایشان هم به سبب سرتابی از فرمان او ـ جان به در برده بودند. به سوم روز، ما آنان را دیدیم، که از فراز کوهها آمدند، و ما را آن خبرها باز گفتند.

پس، سرورم، امین، مرا فرمود. ای میسره، ایشان را طعامی ده و جامه‌ای بپوشان. چون عزم بازگشت مکه کردند نیز، با آنان آب و توشه همراه کن، تا به راه اندر، نمانند.

من، چنان کردم. آنگاه. ایشان، پیاده، راهی مکه شدند، تا قوم بَنی‌جمح را، این خبر بازبرند.

اینک‌بارها را خشک کرده، و مهیای‌آن بودیم که به‌راه زنیم. لیک، در پیش رو گذرگاهی‌تنگ و گود بودکه آبی بسیار در آن گرد آمده‌بود. کاروان، دلیری گذر از آن را نداشت.چه، هیچ‌کس از ژرفایش آگاه نبود؛ و در ابتدای آن نیز زمین گلین بود و بیم فرورفتن و ماندن شتران در گل می‌رفت. بر دوجانب‌آن گذرگاه هم، کوهها شیبهایی چنان تند و لغزنده داشتند که هیچ شتر، یارای گذر از آن راه را نداشت.

شگفت حکایتی بود این؛ که از ما بسیار سفر کردگان نیز، پیشتر، کس، مانند آن ندیده بود.

در سپیده‌دم چهارمین روز، چون سر از خواب برداشتیم، کاروان بنی‌مخزوم را دیدیم که مهیابازگشت به مکه می‌شد. چه، از آن سو، راه باز بود.

من، چون چنین دیدم، به چاره‌جویی، نزد سروَرم رفتم. امین گفت: مردان کاروان را بگوی که بارها را بر پشت شتران ببندند، و آماده رفتن شوند.

ما چنان کردیم؛ و جمله بر این گمان بودیم که با بنی‌مخزوم، سوی مکه باز می‌گردیم.

پس، سروَرم بر شتر تیزرُو خویش نشست و خدای را یاد کرد و روی به راه شام نهاد.

عمروهشام، به دیدن این کار او، به تمسخر گفت: سودای دریانوردی داری، ای پسر عبدالله؟

لیک، امین، او را هیچ نگفت. من، چون دودلی و بیم در مردان کاروان دیدم، سرورم را گفتم: چه شد که امروز چنین عزم کردی؟ حال آنکه چونان پیش، سیلاب راه را بر ما بسته است! گفت: دوش در خواب دیدم که مرا گفتند، سپیده‌دم کاروان را بار کنم. پس، چون مرغی سپید، در آسمان پدیدار شد و با بال خود خطی بر آب کشید، خدای را یاد کنم، و از همان محل، به آب اندر شوم. اینک، آن مرغ را دیدم که آمد، و چنان کرد.

با لبخندی شیرین، افزود: دل قوی‌دار، ای میسره! پروردگار، بندگان دوستدار خویش را، بی‌پناه و تنها وا نمی‌نهد.»

آن روز ما بنوزُهره‌ایان دو دل مانده بودیم که چونان بنی‌مخزومْ عزم بازگشت مکه کنیم، یا باز در انتظار بنشینیم. چون خورشید سرزد، امین را دیدیم که پیشاپیش کاروان خدیجه، رو سوی سیلابها داشت.

جمله ایستادیم، و خیره او شدیم: امین از گوشه‌ای به آب زد، و نرم‌نرم، پیش رفت. دیگر شتران کاروان او هم در پی اش روان شدند. چون ایشان تندرست از آن آب گذشتند، دیگر کاروانها، به شادی، هلهله کردند، و خود نیز از پس آنان رفتند. کاروان عمروهشام هم چنان کرد. پس، دیگر تا بُصری، کاروان خدیجه در پیش بود.....»

میسره، فارغ از سامان‌بخشی کار کاروانْ به زیر درخت زیتونی نشست و آهی از سر خستگی و هم خرسندی کشید. در یادش بود که هر سال، از پس ماهی راهسپاری از مکه تا بُصری، چون در اینجا فرو می‌آمدند، این حس دوگانه خوش در او پدیدار می‌گشت. نیز، این یقین که دیگر بیمی از راهزنان و تشنگی و گمراهی در کارشان نبود، بدو آرامشی ژرف می‌بخشید. میسره، پشت بر درخت زیتون داد و پای‌افزار را از پا بیرون کرد. نسیمی خنک، بی‌صدا از میان درختزار پیرامون چشمه می‌وزید، و جان او را تازه می‌کرد.

این، از آن ساعتها بود که کاروانیان - بیش یا کم - جمله، چنین حالی می‌یافتند: آن شتاب پیشین از میان برمی‌خاست. نگاهها رنگ مهربانی می‌گرفت و رفتارها به نرمی می‌گرایید. از هیچسو،

به خشونت، صدایی فراز نمی‌شد. گویی حتی شتران کاروان بر آن بودند که آن ساعتهای خوش، به هیچ بها، هدر نشود.... هر کاروان، کالاهای خویش را در گوشه‌ای گرد کرده بود. بزرگان هر قوم، بر سبزه‌های کوتاه خودرو، در زیر درختان، نشسته یا لمیده بودند، و گرم گفت یا شنود بودند. گروهی، گرد چشمه، در کار شستن تن یا جامه بودند. از غلامان، تنی چند، در این سو و آن سو، آتشی افروخته بودند و بر آن طعام می‌پختند. بر اجاقی سنگی، تکه‌های بزرگ گوشت، بر سیخهای بلند به بریان شدن بود، و عطر خوش آن، در هر سو منتشر می‌شد. شتران نیز، سر خوش و سبکبار، در دشت آن سوی راه، به چرا بودند.

میسره، تا لختی بیاساید، پای‌افزار را به زیر سر نهاد، و بر پهلو دراز کشید. در این حال، رو به روی آن تپّه سنگی قرار گرفت که دیْر بَحیرای راهب بر فرازش بود. دیْر با آن دیوارهای سنگی بلند، یکّه، بر کمر کش تپّه بود، و راهی باریک، چونان نواری سپید، از آن، به درختزاری که کاروان در آن بود، می‌پیوست.

در ابتدای آن راه، مردی بلندقامت و باریک اندام، روی به جانب درختزار داشت. ردای بلند و سیاهْ چونان کشیشان بر تن، و کلاهی استوانه‌ای، بی‌لبه - آن نیز همچون کلاه کشیشان - بر سر داشت. گیسوان بلند طلایی‌اش که از دو سو بر کناره‌های چهره‌افشان بود، با هر گام او بر راه شیبناک، به اهتزاز درمی‌آمد.

مرد، چون به ابتدای درختزار رسید چندی درنگ کرد و به جانبی خیره ماند. میسره بر جای نیم‌خیز شد و به همان‌سو نگریست. آنجا، محمد، خسته کار بسیار، در زیر درخت سدری خفته بود. چون درنگ آن مرد به درازا کشید، تردید در دل میسره افتاد. پس، از جای برخاست و بی‌پای‌افزار، سوی وی شتافت.

او، مردی سپیدروی بود؛ به سال نزدیک پنجاه. موهایی طلایی داشت که جای جای آن، تارهای سپید رُسته بود.

راهب میانسال چون آن حالت میسره را دید، تا تردید و بیم را از دل او ببرد، گفت: روزخوش!

- روز بر تو نیز خوش باد!

- به سرزمین ما خوش آمدید. امید که سفرتان پرخیر و برکت باشد.

- سپاس دارم.

راهب اندکی پیشتر آمد و در پیِ درنگی کوتاه، گفت: مرا از تو پرسشی هست، ای برادر.

- بگو؛ تا چه باشد!

- آن جوانِ خوب‌رو که در سایه آن درخت سدر خفته است، کیست؟

- مردی است از قریش؛ نامش محمد. او، سالار کاروان ماست.

- در میان قوم خویش، چگونه مردی است، او؟

- جوانی تهیدست، لیک، بس شریف است. چندان بر راستی و درستی پای می‌فشرد که مکیان، امین لقبش داده‌اند. اینک ای مرد؛ مقصود تو از این پرسشها چیست؟!

- او باید که همان فارْقلیط باشد، که نامش در انجیل آمده است.

- فارقلیط...؟! فارقلیط کیست؟!

- به واژه عرب، همان احمد یا محمد است. او پیام‌آور آخرین و پایان‌بخش هدایت خدا بر بشر است؛ و گاه آشکار شدن امرش نیز نزدیک است.

- از کجا این سخنان را می‌گویی، ای مرد؟

- از نشانه‌های او و شیوه آشکار شدنش، که در زَبور و تُورات و انجیل و دیگر کتابهای بزرگان کیش ما آمده است. وی باید همو باشد که در کودکی نیز از این محل گذر کرد. آن روزگار، بَحیرای دانا، ما را خبر او باز گفت. امروز نیز، چون شما به این سو در آمدن بودید، من، به آسمان اندر ابری دیدم که بر نقطه‌ای از کاروانتان سایه بسته بود و با آن می‌آمد. چون نزدیکتر شدید، دیدم که سایه آن ابر، بر سر این جوان بود. نیز، این درخت سدر که او به زیر آن خفته است، روزگاری دراز می‌گذشت که خشکیده بود. اینک اما، بنگر که چگونه زندگی یافته و شاخ و برگ نو بر آورده است! چه سان شاخه‌های خود را به جانب او خم ساخته است، تا آفتاب نیازاردش...! اینها نیز نشانه‌هایی دیگر از پیامبری اوست، که در کتابهای ما آمده است....

راهبْ همچنان به گفتن بود. میسره اما، دیگر هیچ نمی‌شنید. نگاهش دور گشته بود و بدانچه که خود در این سفر از محمد دیده بود، می‌اندیشید: آن شب بیداری‌ها و خلوت‌گزینی‌های شگفت، آن روشن‌بینی‌ها و

پیشگوییهای درست، آن رؤیای راست که از پس آن سیل دیده بود، آن رفتار بزرگمنشانه، آن خوی پاکیزه و نیکو... میسره اینک می‌دید که به راه اندر، چون گرما سخت می‌شد، او، خود، نیز احساس می‌کرد که دو موجود اثیری - انگار از جنس بلور؛ که بودند و هم نبودند - بر فراز سر محمد به پرواز درمی‌آمدند. میسره در نمی‌یافت که آن دو بر محمد سایه می‌افکندند یا که با بالهای ناپیدای خود بادش می‌زدند. پس، تا دریابد که دیگر کاروانیان نیز آیا آنان را می‌بینند، پرسشها از ایشان کرده بود. جز او اما، هیچ‌کس ندیده بودشان. آنگاه به تردید دچار آمده بود که شاید وهم بر وی چیرگی یافته است. پس، تا دیگران بر او گمان دیوانگی نبرند دم فرو بسته بود و از این قصه، هیچ نگفته بود. اکنون، با این سخنان که این راهب می‌گفت...!

میسره خواست تا آنچه را که در دل داشت به راهب بازگوید. لیک، چون به خود بازگشت، او را بر جای خویش ندید. میسره، پیرامون را نگریست: در زیر آن درخت سدر، اینک محمد نشسته بود و راهب، ایستاده، در کنار او، به گفتار بود. آنگاه راهب در برابر محمد بر خاک افتاد و خواست تا بر پاهای او بوسه زند. محمد اما، نگذاشت. پس، به مهر بازویش را گرفت و او را بر کنار خویش نشانید.

به دیدن این صحنه، اشک در دیدگان میسره، جوشیدن گرفت. در اینگاه، راهب را دید که محمد را تنگ در آغوش گرفت و چونان یتیمان پدر یافته، سر بر شانه او نهاد. پس، بغض مانده در گلو را رها ساخت؛ و از شدّت گریه، شانه‌هایش به لرزه درآمد.....

عروس شهرهای شام، پشت داده بر کوههای بلند جانب لبنان و لمیده در میان انجیرستانها و بیشه‌های زردآلو و انار و فندق و زیتون، سر از خواب دوشین برمی‌داشت. خورشید، اندک اندک از پس درختزارهای انبوه جانب خاور سرفراز می‌کرد و با پرتوها زرّین خود، سر قله‌های بلند کوهها را رنگ می‌زد؛ و در پرتو آن، کاخهای بزرگِ نشسته در میان بوستانهای گل، با آن ستونهای بلند و ایوانهای وسیع در چهار سو، جلوه‌ای خیال‌انگیز می‌یافتند.

دمشق با آن بازار بزرگ و بازرگانان نامور و دارایان تازگی جوی غرقه در رفاه، برای جمله کاروانهای بازرگانی، هم نقطه پایان و هم آغاز سفر

بود. در این شهر و بازار پررونق آن، به برکت سودهای بسیار آسان‌یاب، به روزهایی چند، رنج سفر دراز و پرخطر از تن کاروانیان می‌رفت، و ایشان، با دستانی پر و کالاهایی تازه، دیگر بار راه دیار خویش را در پیش می‌گرفتند. این بار اما، گویی برای کاروان خدیجه، ماجرایی دیگر در پیش بود.....

کاروانْ دوش به شهر ورود کرده، و در فضایی در ابتدای بازار، بار افکنده بود. کاروانیان، به خوی عربان، پگاه سر از خواب برداشته بودند. پس، با آب سرد رود بَردی، که از برفابهای کوهها سرچشمه می‌گرفت، سر و رویی شسته بودند. آنگاه، بارهای خویش را گشوده، و مهیای پذیرش خریداران گشته بودند. هرچند با آن دیرکرد دو روزه که کاروان خدیجه به بازار دمشق رسیده بود و دیگر بازرگانان مکی، بازار را از بسیاری از کالاهای همچون کالاهای آن انباشته بودند، امیدی چندان به خریدارانی نیکو نبود.

«سبب آن دیرکرد آن بود که در میانه راه بُصری و دمشق، برخی از مردان کاروان ما آشفتگی‌ای تند در مزاجشان پدید آمد؛ چندان‌که سفر برایشان بس دشوار می‌نمود. سرورَم، چون از ماجرا آگاه شد، مرا گفت: تو در این کار چه می‌بینی، ای میسره؟
من گفتم که بازار دمشق اینک از کالاهای ما تُهی است. و اگر به هنگام بدانجا رسیم، چونان هر سال، برای کالاهای خویش خریدارانی نیکو می‌توانیم یافت. به روزی اما حتی اگر دیر برسیم، زیانی بزرگ بر ما وارد خواهد آمد.

با این رو، دل او نپذیرفت تا بدان سبب، آن مردان بیمار رنجور، به دشواری افتند. پس، در روستایی در میانه راه ماندیم و به مداوای بیماران پرداختیم. بدین سان، از دیگر رقیبان پس ماندیم، به دو روز؛ و هنگامی به دمشق رسیدیم که دیگر بازرگانان مکی، بیشتر کالاهای خود را فروخته، و گرم خرید کالاهای رومی و فلسطینی و لبنانی و شامی بودند.»

خورشید اینک خنکای سحرگاهی را از تن شهر می‌زدود و شبنمهای نشسته بر در و دیوار و باغها را، برمی‌چید. همگام آن، بازار بزرگ نیز رونقی یافته، و همهمه و هیاهو و آمد و شد، در آن فزونی گرفته بود. میسره، با تشویشی در دل، گفت: سرورَم؛ در سفرهای پیشین، کاروان

ما با تنی چند از بازرگانان دمشقی ستد و دادی دو سویه داشت. اینک نیز اگر بفرمایی، به سراغ ایشان رویم و کالاهای خویش را به آنان عرضه کنیم. شاید گشایشی در کار پدید آید.

محمد، با آرامشی آسمانی در دیدگان زلال خویش، گفت: آنچه درست می‌دانی، آن کن.

پس، کالاها را به مردان خود سپردند، و هر دو، راهی بازار سرپوشیده شهر شدند.

«آن روز با سرورم، بازار دمشق را، سر به سر، از زیر پا گذر دادیم و به هر جای آن رفتیم؛ از راسته پارچه‌فروشان تا راسته پوست و چرم و کفش‌فروشان و طلا و جواهریان و فلزکاران و شیشه‌گران و ادویه و عطرفروشان. من، آنچه که کالا داشتیم به جمله بازرگانانی که می‌شناختم عرضه کردم. ایشانْ هرچند به زبان بر ما دل می‌سوزانیدند، لیک، بدین بهانه که بازار از کالاهای ما انباشته است، بر آن بودند تا آنها را به بهایی بس اندک بخرند.

سرانجام نیز، جز نزدیک نیمی از کالاها – که دیگر بازرگانان مکی از آنها نداشتند – ، باقی، برای ما ماند.»

بازار از پس تعطیل نیمروزی، اینک رونق و جانی دوباره گرفته بود. مردمان شهر، در پی خوابی کوتاه، اینک، یک‌یک یا گروه‌گروه، رو سوی بازار کرده بودند. جز غلامان، اغلب، سپیدچهره بودند. برخی نیز موهایی بور و چشمانی سبز یا زاغ داشتند. بازرگانان شامی، در پس پیشخان حجره‌های انباشته از کالای خود، گرم فرمان‌دهی به غلامان و غلام‌بچگان یا مزدوران، و سامان‌بخشی به حجره یا فروش کالاهای خویش بودند. برخی نیز که خریداری نداشتند، نشسته بر کرسی‌ای بلند، گویی خواب نیمروزی خویش را پی می‌گرفتند. محمد و میسره، در فضای باز ابتدای بازار، بر کنار مانده کالاهای خویش، بی‌خریداری چشمگیر، نشسته بودند. اینک، بازرگانان دیگر کاروانهای مکه، زبان به کنایه و تمسخر محمّد گشوده بودند. آنان بر خدیجه نیز خرده می‌گرفتند که کاروانی آن مایه سنگین را، به جوانکی نازک‌دل، چونان او، سپرده بود. میسره، با شنیدن آن سخنان برمی‌آشفت. لیک، ایشان را پاسخی نداشت. چه، خود نیز به تشویشی سخت دچار

آمده بود. محمد اما، چنان آرام بود که گویی هیچ غمش نبود.

در این هنگامه، ناگاه از سوی خیابانی که به ابتدای بازار می‌پیوست، همهمه و صداهایی به گوش آمد.

جمله آن کسان که آن صداها را شنیدند، دمی لب از گفت و شنود و دست از ستد و داد بازداشتند و سر بدان سوی چرخانیدند: لختی دیگر، آشکار گشت که قصه چه بود: کاروانی بزرگ از کالا، از جانب فلسطین، همان ساعتْ به دمشق ورود کرده بود، و رو سوی بازار داشت.

این، خود برای بازار کالاهای مکی، نوید رونقی دوباره بود. لیک، از آن میان، تنها کاروان محمد کالاهایی داشت تا بدیشان عرضه کند. پس، پایان یأس و تشویش میسره. هم، رفع تردیدها به شایستگی محمد در اداره کاروان و کار بازرگانی.... چه، اکنون نیک آشکار گشته بود که ایشان نیز اگر چونان رقیبان خویش، نخستین روز به دمشق رسیده بودند، از این مایه بخت و رونق که اینک در انتظارشان بود، بهره‌ای نداشتند.....

... شامی بود، و خدیجه، در اتاق رو سوی حیاط بزرگ سرایَش، در پس پنجره نشسته بود. نیمه شبی بود یا ابتدای شبی، نیک بر وی آشکار نبود. او اما، تنها، آسمان را می‌نگریست و به سرنوشت و تنهایی خویش اندیشه می‌کرد.

ناگاه در آسمان تیره و شب‌زده شهر، نقطه‌ای روشن در جانب افق پدیدار گشت. آن نقطه، نرم‌نرم پیش آمد و به زمینْ نزدیک شدن گرفت. در این حال، نور آن هر دم فزونی می‌گرفت؛ تا صورت خورشیدی تابان یافت.

خدیجه، مبهوتِ آن بردمیدن ناهنگام و خیره نور آن خورشید بود که ناگاه ماجرایی غریب‌تر رخ نمود: آن خورشید، بر فراز سرای او ایستاد. سپس، آرامْ و نرم، به حیاط سرا اندر فرو آمد، و جمله‌سرا، با نور آن، گرم و روشن شد.

در این هنگام، خدیجه از خواب برجست. بر بستر، نیم‌خیز، نشست، و از پنجره، حیاط را نگریست. سپیده بامدادی به کار بردمیدن بود، و در روشنای شیری آن، توده‌های کالا که به ردیف در هر سوی حیاط بر هم چیده شده بود، آشکارا به چشم می‌آمد.

خدیجه، شادمان، به اندیشه آن خواب اندر شد:

تعبیر آن، چه بود؟

بی‌هیچ شک، نیکبختی‌ای بزرگ رو سوی او داشت. آن نیکبختی اما، چه بود؟... شاید آن سود چشمگیر و این کالاهای ناب بود که امین برای او از سفر شام آورده بود...؟

نه؛ این نمی‌توانست تفسیر چونان رؤیایی باشد! سودی که محمد برای خدیجه آورده بود چندان بود که پیشتر، از هیچ سفر عاید او نشده بود. در این سه روز نیز، بر خدیجه آشکار گشته بود که کالاهایی که امین از شام آورده بود سودی افزون از آنچه که به شام برده بود با خود داشت. با این رو، معنی آن رؤیا می‌بایست بسیار فراتر از آنها می‌بود.

پس تعبیر آن، چه می‌توانست بود؟ آن کدام نیکبختی بود که رو سوی او داشت؟

کاش می‌شد که پیشاپیش، از آن، آگهی می‌یافت...!

خدیجه از تخت فرو آمد؛ در را گشود، و خدمتکارش، را خواند. نفیسه، بریق و لگن وَرشُو کار شام در دست، آمد.

– بامداد خوش، ای بانویم!

– بامداد بر تو نیز نیکو باد!

نفیسه، لگن بر پیشگاه در اتاق نهاد. خدیجه رو در روی او بر زمین نشست، و با آبی که نفیسه بر دستانش می‌ریخت، دست و رو را شست.

– بانوی من؛ امروز بازرگانانی چند از بازارهای مکه و طایف به دیدار و خرید کالاها می‌آیند. امین را نیز گفته‌ایم تا برای دریافت دستمزد خویش، نزد تو آید.

با شنیدن نام محمد، خدیجه، یکه‌ای خورد. پس، آنچه که به چند روز پیش دیده بود به خاطرش آمد....

«غروبگاه بود، و من، چونان هر غروب، در خیمه برفراز بام سرای خویش نشسته بودم. گاه باز آمدن کاروان از شام نزدیک بود، و دیده بر راه داشتم تا کی نشان پیشسوار آن را ببینم. ناگاه، گویی پرده‌ای از برابر دیدگانم به یک سو رفت. آنگاه، نوری تابان را دیدم که در راه می‌آمد، و روی سوی مکه داشت. نخست به شک اندر شدم که آن آیا وَهم نیست که بر من چیرگی یافته است؟ چون پلک زدم و چشم بستم و باز گشودم و باز آن نور را دیدم، حالی

دیگر یافتم. پس، گویی سینه‌ام وسعت گرفت، و شور و سروری در دلم دوید. گویی کوههای مکه نیز از شوق جنبیدند، و هر درخت که در شهر بود قامت کشید و هر پرنده که بود با زیباترین لحن، به نغمه‌سرایی آغاز کرد. در اینگاه، زنان پیرامونم، با شگفتی پرسیدند: این چه حالت است که در تو می‌بینیم؟!

پرسیدم: مرا باز گویید که در خوابم آیا، یا به بیداری؟
گفتند: بیداری.
گفتم: آنچه که من می‌بینم، شما نیز آیا می‌بینید؟
گفتند: سیاهی‌ای کوچک می‌بینیم، که گویا سواری است؛ و رو سوی مکه دارد.

دانستم که آنان، آن نقطه را، به گونه‌ای دیگر می‌بینند.

چون ساعتی گذشت، جمله، سواری را دیدیم که به مکه ورود کرد. چندی دیگر، صدای کوفتن در، از کوچه برخاست....»

خدیجه، خود نیز ندانست از چه رو، پابرهنه از خیمه بیرون دوید، و دو - یک، پلگان را پیمود، و پا در حیاط‌سرا نهاد. پس، پیشتر تا کنیزان او به در رسند، پرسید: کیست آنکه در را می‌کوبد؟

صدای گرم که تا ژرفای دل خدیجه نفوذ کرد، گفت: روز بر شما نیکو، ای اهل سرا!!

امین بود. پس، آن سوار یکپارچه نور، او بود...!

- گوارا باد بر تو تندرستی، ای نور دیده قریش!
- مژده باد به تو، که دارایی‌ات به سلامت رسید!
- مژده سلامت تو برای ما، خود خوشترین خبرهاست....
- بانوی من، امین آمده است.

خدیجه، ناگاه از تخت برجست. نفیسه بود.

- از چه رو چاشت خویش را نخورده‌ای، ای بانوی من؟!
- چه...؟! چاشت...؟!

خدیجه به سینی بزرگ مسین چاشت که دست ناخورده در کنارش بود، نگریست. هیچ در یادش نبود که چه‌گاه و که، برای او چاشت آورده بود. چون بیرون را دید، به آسمان اندر خورشید، فراز شده، و نورش، حیاط را، سربه‌سر، روشن ساخته بود.

نفیسه، با دیدن درنگ بانویش، گفت: تا شما چاشت بخورید، امین را می‌گویم که در انتظار بماند.

ـ نه، نه، نه...! امروز به چاشتم میل نیست.

پس، مقنعه بر سر کشید و بالاپوشی سیاه و زرتار بر قبای ابریشمین گلدار رنگ‌رنگ پوشید، و به جانب حیاط روی کرد.

در آن جامه، قامت بلند و پرش، وقاری چشمگیر یافته بود. چون به اتاقی که محمد در آن بود ورود کرد، با پَر مقنعه، چانه و دهان و بینی را پوشید؛ چندان که تنها دو چشم گیرای سیاهش با آن مژگان تابدار و آن ابروان پر، در میان چهره گشاده‌اش آشکار بود.

ـ روز خوش، ای محمد!

ـ روز بر تو نیز نیکو باد، ای دختر عمو!

محمد با جامه‌ای سپید و پاکیزه بر کرسی‌ای نشسته بود، و عطر خوش تنش، فضای میهمانسرای بزرگ سرای را انباشته بود. خدیجه بر تختی رو در روی محمد نشست. پس، نفیسه با جامی از شربت انگبین آمد. او جام را پیش روی محمد نهاد و به اشاره خدیجه، خود نیز بر گوشه‌ای از تخت نشست.

محمد، پلک فرو خوابانیده، دستان خویش را بر زانوی راست قلاب ساخته بود و هیچ نمی‌گفت. خدیجه، دیدگان دوخته بر زمین، گفت: ای امین؛ تو نیز در این سودها که فراچنگ آمده است، بهری داری. اینک بگو چه می‌خواهی؛ که هر خواسته که داشته باشی، نزد من رواست.

محمد گفت: آنچه در این سفر به تو رسید، از جانب خداوند بود. در این میانه، من وسیله‌ای بیش نبودم.

ـ چون در این‌باره سخن نمی‌گویی، من خود برایت بهری مقرر می‌سازم، تا میسره به تو بپردازد.

خدیجه اندکی درنگ کرد. آنگاه پرسید: اینک ای پسرعمو، برای این مزد و بهر که به تو می‌رسد چه تصمیم داری؟!

محمد، نامهیای این پرسش، از پس مکثی کوتاه گفت: عمویم، بوطالب، بر گردن من حق بسیار دارد. نیتم آن بود که جبران بخشی کوچک از آن دینها، جمله دستمزد خویش را به او بدهم. لیک، پذیرا نشد. او بر آن است تا با آن، برای من همسری بگزیند.

خدیجه، لختی نفیسه را نگریست. نفیسه نیز دیده در دیده بانویش دوخت. آنگاه نفیسه گفت: نیکوست، ای امین! پیش از آنکه این سخن را از تو بشنوم بر آن بودم که بپرسم: تو که جوانی نیکورو و به نیرو و پاک و درستکاری، از چه رو برای خویش همسری نمی‌گزینی؟

در پاسخ او، محمد هیچ نگفت. پس، خدیجه گفت: ای پسر عمو؛ می‌خواهی آیا که من برای تو همسری بگزینم که دلخواه من باشد؟

محمد، به حجب، گفت: آری.

نفیسه گفت: زنی از قبیله تو، که به زیبایی و پاکی و مال و کمال، یگانه زنان اهل مکه است. بیشتر مردان و بزرگان عرب خواستار اویند؛ ولی او تنها به تو رغبت دارد. هم، با تو، در هر چیز، به اندکی خرسند است؛ و در هر حال، یاورت خواهد بود.

خدیجه بر سخنان نفیسه افزود: لیک، او دو عیب دارد: نخست آنکه پیش از تو بر خود دو شوی دیده است. دو دیگر اینکه: از تو پانزده سال بیش دارد.

محمد، چندی به اندیشه اندر شد، و هیچ نگفت. سپس، گفت: نام نمی‌برید که کیست؟

ـ بانویم، و بانوی قریش، خدیجه!

به لحظه‌ای، سیمای پیوسته گلگون محمد، از شرم، سر به سر سرخی گرفت و پیشانی گشاده‌اش را دانه‌های درشت عرق پوشانید.

چون سکوتش به درازا کشید، خدیجه گفت: از چه رو سخن نمی‌گویی، ای عموزاده؟

محمد، به آوایی پست، گفت: دختر عمو؛ تو بسیار مالمندی، و من مردی درویشم. هم، از این رو، همسری می‌خواهم که در مال و حال به من مانند باشد.

ـ ای محمد؛ این چه سخنان است که می‌گویی! در میان جمله عرب، در نسب و خاندان، کس از تو برتر نیست. در بین ایشان، به راستی و درستی نیز، کس مانند تو نیست. نیز، آگاهی که من خواستاران بسیار دارم، از بزرگان و جوانان عرب. من اما، درباره تو چیزها شنیده‌ام از میسره و غیر او، و خود نیز چیزها دیده‌ام، که سوی تو رغبت کرده‌ام. اینک تو نیز اگر به من راغب باشی، من خود را کنیز تو خواهم دانست، و جمله دارایی

و غلامان و کنیزان خویش را به تو واخواهم گذارد.

خدیجه، لختی ساکت شد. پس، چون آثار پذیرش در سیمای محمد دید، گفت: بر من گمان‌نیک بدار، ای‌پسر عمو؛ چنان‌که من بر تو گمان نیک دارم. از بسیاری مَهر نیز پروا مکن؛ که هرچه باشد، من‌از مال‌خویش خواهم پرداخت.

محمد با انگشت شست عرق از پیشانی گرفت و گفت: چنین باشد!

عمرو نَوفل منگ از مستی دوشین، به صداهایی، سر از بستر برگرفت. خورشید در آسمان فراز شده بود و گرمایش بر دردِ سرِ او می‌افزود. پس، به خشم فریاد برآورد: جابر...؟

خدمتکاری سالخورده و ریزاندام، شتابان به درون آمد و گفت: روز خوش، ای سرورم! با مَنَت آیا کاری هست؟

ـ این آشوب چیست؟

ـ کدام آشوب، ای سرورم؟

ـ این صدای دف و هلهله و پایکوبی؟

ـ از سرای برادرزاده‌ات، خدیجه، است، ای سرورم.

ـ از سرای خدیجه...؟! از چه رو؟!

ـ چگونه است که تو را آگهی نیست، ای سرورم؟! دوش جشنِ پیوندِ او بود.

ـ ها، ها، ها...؟ پیوند او...؟! با که؟!

ـ با امین، پسر عبدالله، پسر عبدالمطلب.

ـ با امین؟! او اما، که جوانی درویش بیش نیست! خدیجه چگونه بی‌رخصت من، که عموی بزرگ و بزرگِ خاندان اویم، چنین کرد؟!

ـ سرورم؛ او بی‌رخصت تو چنین نکرد. نخست بوطالب و دیگر عمویان امین به خواستاریِ وی رفته‌بودند. لیک، بانویم ایشان را به نزد تو روانه ساخت. تو، با دیگر همپیالانگان خویش به باده‌گساری بودی، که ایشان آمدند.

ـ خوب، خوب...! به شرح بازگو تا بدانم که در آن چند ساعت بی‌خبری من، چه‌ها رخ نموده است!

ـ امین، سر و تن شسته، و جامه‌هایی پاکیزه پوشیده بود. شمشیر هندی بر گردن حمایل کرده، و بر اسبی عربی سوار بود. عمویانش و ده

تن از بزرگان قریش نیز با او بودند.

ـ آری؛ اینک چیزی از اینها که گفتی به خاطرم می‌آید!

ـ آری، ای سرورم! چون ایشان آمدند، تو مست و سرخوش بودی. پس، به دیدار آنان شادیها کردی و بزرگشان داشتی. آنگاه بوطالب گفت که به خواسته‌ای برای برادرزاده‌اش، به نزد تو آمده‌اند. تو، مسرور گفتی: آفرین بر محمد! به خدا و لات و عزّی سوگند که پیوسته او را دوست می‌داشته‌ام، و امروز مهرش در دلم فزونی گرفته است. پس، هر خواسته که داشته باشد، نزد من رواست.

بوطالب گفت: خواهش محمد و ما این است که برادرزاده‌ات، خدیجه، را به همسری به او بدهی.

تو نیز، بی‌درنگ، در برابر جمله جمع حاضر، گفتی: ای اهل مجلس؛ گواه باشید که من، خدیجه، دختر خویلد را به محمد، پسر عبدالله، پسر عبدالمطلب دادم، به زناشوییِ درست، و آن مهر که خدیجه خواهد. و خواهنده، بوطالب بُوَد.

بوطالب نیز از سوی محمد، خطبه عقد خواند، و مهر را ـ هر چه که باشد ـ خود بر گردن گرفت، از مال خویش و غیر آن. پس، محمد به تو حُلّه‌ای یمانی پیشکش داد ـ به سنت ـ؛ و تو نیز به خرسندی گرفتی.

جابر به آن پارچه کتانِ سپید با راه راهِ پهنِ آبی که بر کنار بالش عمرو بود اشاره کرد و گفت: این، همان است.

عمرو، چندی حُله را نگریست. آنگاه، خشم‌آلود آن را به گوشه‌ای افکند و گفت: خدیجه را بگو تا به نزد من آید!

جابر گفت: چنین می‌کنم!

پس، تند، بیرون رفت.

«سرای خدیجه، دو در آن سوتر از سرای عمرو بود.»

تا خدیجه بیاید، عمرو از بستر برخاست و به حیاط رفت، تا با آب، دست و رویی تازه کند.

چون از شستنِ رو فارغ شد، خدیجه، با جابر به سرا ورود کرد. سر و رو پوشیده، و روپوشی سپید بر جامه‌های خود کشیده بود.

ـ روز خوش، ای عمو!

ـ این چه بود که کردی، ای خدیجه؟!

بر دیدگان شادمان خدیجه، به ناگاه، پرده‌ای تیره فرو افتاد. پس، با آهنگی که لرزه‌ای ملایم از خشم در آن بود، گفت: چه کرده‌ام ای عمو، که بر تو خوش نیامده است؟!

عمرو، گرفته، گفت: این کار که دوش کردی!

ـ نه آیا با رخصت تو بود، ای عمو؛ و نه تو خود از سوی من خطبه عقد خواندی؟!

عمرو، درمانده، لختی سکوت کرد. پس آبرو را به پَر قبا گرفت و گفت: نه آیا تو، آن همه خواستاران داشتَی، از بزرگان قریش؟

ـ ای عمو؛ تو آیا والایی نَسَب و بزرگیِ جایگاه محمد را در میان قریش منکری؟

ـ نه. لیک، او درویش است.

ـ او نیز اگر درویش باشد، من از مال و دارایی چندان دارم که بسنده تو و من و او باشد.

با شنیدن این سخن، به یکباره گره از ابروان عمرو گشوده شد. پس، با لحنی خالی از هر گرفتگی، گفت: ای خدیجه؛ تو اگر خرسندی که محمد شوی تو باشد، من نیز به این پیوند خرسندم. پس، دیروز هم اگر تو را به همسری به او نداده بودم، امروز دادم.

با لبخندی افزود: اینک شوی جوانت در کجاست؟

چشمان سیاه خدیجه، حالتی شوخ گرفت و گفت: من اگر او را باز نداشته بودم، اکنون چونان پیش، در سرای عمویش، بوطالب، بود. عمرو، خوشدل، گفت: هان...؟ از چه رو؟

ـ دوش، چون ولیمه داده شد و جمله بزرگان خاندان هاشم رفتند، محمد نیز برخاست تا برود. من گوشه عبای او را گرفتم و پرسیدم: «به کجا؟» گفت: «به سرای عمویم.» با خنده گفتم: «اینک دیگر عمو را واگذار، و با همسر خویش باش.»

«با شنیدن این سخن، عمویم چندان خندید، که نفسش تنگی گرفت، و اشک بر گونه‌هایش روان شد....»

ابالقاسم از اتاق به درآمد و حیاط را نگریست. از آن مایه هیاهو و آشوبِ روز و شبِ پیشین، هیچ نشان نبود. لیک، هوا خنکایی لطیف داشت. در پی آن بارشِ بی‌امان و تند و آن سیلابهای سنگین افسار گسیخته، مکه را اینک سکوتی ژرف و دلنشین فرا گرفته بود. صدایی نیز اگر بود، غُل غُلِ زندگی بود و زندگان و چهارپایان، و سرفراز ساختنِ شهر، از کابوسِ ترسَناک یک روز و یک شبه خویش.

از آن ابران فشرده و انبوه تیره و دلگیر، به آسمان اندر هیچ نمانده بود؛ جز چند پاره کوچک سپید، چونان پنبه‌های تازه زده شده؛ که هر یک به قواره و سیمای موجودی درآمده بودند. آسمان بی‌غبار تن شسته به باران، چنان آبی و ژرف می‌نمود که گویی انتها نَداشت. آن پاره ابرها، چونان زورقهایی سپید، نرم بر سینه آن نشسته بودند، و با دستِ ناپیدایِ نسیم، سوی جنوب می‌لغزیدند.

خورشید، از پس روزانی چند رخ نهان داشتن از زمینْ در پس نقاب ابر، اینک چهره آشکَار ساخته بود و تند و پُر توان‌تر از پیش می‌درخشید و آبشارِ نور و گرمای ملایم خویش را بر سر شهر و ساکنان آن می‌ریخت. باز امّا، در آن آغازین سَپیده‌دم از واپسین ماه پاییز و در پیِ آن مایه بارش بی‌امان باران، نرمه نسیم شمالی که از پس گذر از کوهها و دشتهای خیس به شهر می‌رسید، برای مکیانِ یک لا قبایِ ناآزموده سرما، خنکایی

لرزآور به همراه می‌آورد.

محمد، خدای را سپاس گفت و از هر بلا و شر دیگر به او پناه برد. پس، مَیْسَره را فرا خواند.

میسره بر پشت‌بام، با همسرش و بَرَکَه و حلیمه و زید، به کار بازسازی و برپاداشتن دوباره خیمه ابریشمین قبّه‌گون خدیجه بود. (این خیمه هر چند دیگر آن تازگی و شکوه و زیبایی پیشین را نداشت، لیک، چونان سالیان بیوگی خدیجه، نشیمنگاه عصرگاههای او و جایگاه پذیرایی‌اش از زنانِ آشنا و بیگانه بود.) میسره، با شنیدن صدای محمد، تند به کناره بام رفت و به جانب پایین پُشت خمانید. دو دست را بر لبه کنگره‌دار دیواره کوتاهِ پیرامونِ بام نهاد و گفت: آمدم، ای سرورم! آنگاه سوی مرتبه دوم سرا، روانه شد.

میسره هر چند چون از آن سفر بازرگانی ده سال پیش به شام باز آمد و بانویش را آن نکته‌های شگفت که به راه اندر از محمد دیده یا درباره‌اش شنیده بود باز گفت خدیجه بند بردگی از گردنِ او و همسرش برداشت، لیک همچنان در کنار بانویش ماند. نیز، چونان پیش و از بُن جان، پیوسته دوست می‌داشت تا همچون بردگان، خدیجه را بانوی من و ابالقاسم را سرورَم خطاب کند. هر چند، نیک آگاه بود که محمد، از این خطاب خشنود نبود.

«رفتارِ سرورم نه با ما تنها، که با بردگان نیز، چونان رفتارش با آزادگان و شریفان بود؛ با جمله ما، گفتار و کردارش با احترام و مهر بود. از همان طعام که خود می‌خوردند ما را می‌خورانید، و از همان جنس پوشاک که خود می‌پوشیدند بر ما می‌پوشانید. کارهای دشوارِ بیرون از توان بر دوشمان نمی‌نهاد؛ و پیوسته بر ما آسان می‌گرفت.»

- بامدادت نیکو، ای میسره!

- بامداد بر تو نیز نیکو باد، ای سرورم!

- می‌بینم که سخت گرفتاری!

- آری، ای سرورم. از پگاه، به کار وارسیِ دیوارها و سقفها و بام سرا مشغولم.

پس، در پی درنگی کوتاه، افزود: ساروجهای بام، با باران شسته شده، و به ترمیمش نیاز است. سقف چهار اتاق رو به جانب کوچه نیز

خیس است و باید که مرمت شود. لیک، بر دیوارهای سوی کوچه، آسیبی چشمگیر وارد نیامده است؛ جز یک شیار، که سنگی بزرگ، به هنگام غلتیدن با سیلاب، بر آن پدید آورده است. ستون خیمه بانویم نیز فرو افتاده، و طنابهای آن در چند نقطه گسیخته بود؛ و اینک به کار مرمت و بر پای داشتن آنیم.

- دیگر سراهای شهر چه؛ خاصه آنها که در گودی و بر کنار گذرگاه سیلند...؟ این مایه باران و سیلاب، به یقین بدانها بیشتر زیان رسانیده است!

- آری؛ باید که چنین باشد. لیک، برای من هنوز آن مجال پیش نیامده است تا از سرا به در روم و در این‌باره آگهی یابم.

میسره، با گفتن این سخن، سر به زیر افکند. هم، این آخرین گفته خویش را به‌آهنگی پست و لحنی گناهکارانه بر زبان راند. چه، آگاه بود که در زمانهایی اینچنینْ که بلایی بر جمله مردم فرو می‌آمد، سرورش، از آن بیش که غم خود و اهل سرای خویش را خورد، نگران درویشان و درماندگان شهر بود.

محمد، در پی لختی درنگ، سر از زمین برگرفت، و بی‌آنکه خیره چهره و دیدگان میسره گردد، گفت: اینک سرا را واگذار و مهیای آمدن به بیرون شو! برکه را نیز بگو تا با ما همراه شود. دور نیست که بدو نیز نیاز افتد.

- چنین می‌کنم، ای سرورم.

میسره خواست تا سوی پلگان رَوَد، که محمد گفت: حلیمه به چه کار است؟ چاشت آیا خورده است؟

میسره، با لبخندی محجوبانه - آن‌سان که خوی همیشه‌اش بود - گفت: آری، ای سرورم. می‌دانی که صحرانشینان، با پرندگان از خواب برمی‌خیزند. او چاشتِ خویش را، پگاه، با ما خورد. اینک نیز با دیگران بر بام است، و به ایشان در برپاییِ خیمه، یاری می‌رساند.

با شنیدن این سخن، سیمایَ ابالقاسم در هم شد. میسره، آشنا با خوی سرورش، دانست که او، از آنکه میهمان را به کار واداشته بودند به خشم اندر شده بود. چه، پیشتر بارها شنیده بود که می‌گفت: «چون کسی به دیدار شما آمد، بزرگش بدارید.» به ویژه که آن میهمان، همچون حلیمه

کسی بود که محمد چونان مادرِ بزرگش می‌داشت و بدو مهر می‌ورزید. اویی که چون به مکه و دیدارِ محمد می‌آمد، سرورش از شادی، چون گل می‌شکفت؛ در برابر وی بر پای می‌شد، و زیراندازی اگر در دسترس نبود، عبای خویش را بر زمین می‌گسترد تا حلیمه بر آن بنشیند....

میسره، تا هر گونه گمان بد را از خود دور سازد، گفت: او، خود، خواهانِ یاری ما شد. من خواستم که از این کارش باز دارم. گفتمش که سرورم این را خوش نمی‌دارد. لیک، او دست باز نداشت؛ و گفت که بی‌هیچ کار در یکجانشستن، ناخوش و کسِلش می‌ساخت.

ابالقاسم، بی‌هیچ گفتگو، راهِ پلّگانِ سنگیِ بام را در پیش گرفت، و میسره نیز از پی او روان شد.

«از آنگاه که محمد، خدیجه طاهره را به همسری خویش درآورد، من، چونان پیش، هرگاه که به مکه می‌آمدم، به دیدارش می‌رفتم. او نیز با من به نیکیبسیار می‌کرد. بس گرامی‌ام می‌داشت، و هر بار با پیشکشهای فراوان، مرا روانه قبیله‌ام، در صحرا، می‌ساخت. آن سال زندگانی ما بس دشوار گشته، و از چهارپایان، چیزی برایمان نمانده بود تا با آنها گذرانِ زندگی کنیم. (و آن سیل، از پسِ سه سال خشکسالی بود.) من، چون پیشتر شنیده و هم دیده بودم که محمد و همسرش پشتیبان درماندگان و یاورِ مستمندانند، شویم را گفتم: چه می‌شود که ما نیز حکایتِ درویشی خویش را نزد پسرم، محمد، باز بریم. باشد که از ما نیز دستی بگیرد.

حارث از این کار شرم داشت. لیک، از رفتنِ من پیش نگرفت. من نیز با درازگوشی پیر، راهی مکه شدم؛ و آنجا به سَرای محمد درآمدم. تا آن سیل درگرفت، و چونان دیگر مردم، به روزی و شبی، زمینگیر شدم....»

چون ابالقاسم و میسره به بام رسیدند، هر سه زن، دست از کار شستند. ابالقاسم به لبخندی مهرآمیز آنان را بامداد نیکو گفت و از حالشان پرسید. ایشان نیز با همان حال خوش که پیوسته با دیدار او به آنان دست می‌داد، وی را پاسخ گفتند.

آنگاه، ابالقاسم سوی حلیمه رفت. دستی بر شانه استخوانی او نهاد و به مهر گفت: دوش را چه‌سان به بامداد پیوستی، ای‌دایه؟ آسوده آیا خفتن توانستی؟

برقی از شیطنت و شوخ‌طبعیِ مادرانه در چشمان به گودی نشسته

حلیمه جهید. پس، خندان گفت: با آن مایه صدای تندر و آذرخش و باران و سیل، یک کس اگر در این شهر خواب آسوده کرده باشد، من دومی آن! هر چند به این شاهانه سرا اندر و در کنارِ پسرم، خویش را از هر گزند ایمن می‌دیدم.

ابالقاسم گفت: سلامت و امنیّت دو نعمت بزرگ است که بیشترِ مردم - بَل جمله ایشان - تا از کفشان نداده‌اند، از آنها غافلند.
پس، گفت: امروز نیز که با مایی، ای دایه؟

- نه، نه، نه...!

محمد با شِکر خندی گفت: یعنی که در کنارِ ما، این مایه بر تو دشوار می‌گذرد...!؟

حلیمه، با دست مچِ او را فشرد و گفت: خود نیک آگاهی، ای فرزندم، که چه مایه خواهان توام. لیک، چه کنم که کودکان و شویم چشم به راهند؛ و با این سیل که جاری گشته است، بسا که دل‌نگران من شده باشند.

ابالقاسم گفت: مزاح کردم، ای دایه. چنان است که تو می‌گویی. آنگاه رو سوی همسر میسره، گفت: چون دایه‌ام عزم رفتن کرد، چهل گوسفند و بزْ از رمه جدا کنید و با او روانه سازید، تا شبانی‌شان کند و از شیر و اجرت نگاهداری آنها بهره‌مند شود. از توشه راه و آنچه که نیاز دارد نیز، هیچ فروگذار مکنید.

سیمای شکسته و لاغر حلیمه، به یکباره از قدرشناسی و مهر لبریز شد، و اشک شوق در دیدگانش جوشیدن گرفت. پس، چندبار لب جنبانید تا به بازگویی سپاسِ قلبیِ خویش کلامی بر لب آورد. لیک، محمد، با پرسشی، مجال رَا از او گَرفت:

- می‌خواهی تا به همراهی و یاری‌ات، کسی را با تو روانه سازم؟

حلیمه، بغض شادی در گلو، گفت: حلیمه فدای وفا و بزرگمنشی تو! دایه‌ات هر چند اینک به سال از پنجاه گذشته است، لیک، هنوز چوپانی می‌تواند!

محمد گفت: از این سخنان مگو، ای دایه؛ که من هر چه با تو نیکی کنم، زیاد نکرده‌ام.

افزود: من کاری دارم، که برای انجام دادن آنْ باید زودتر، از سرا به

در روم؛ وگرنه، نزد تو می‌ماندم. آنک، چون به محله رسیدی، تحیّت مرا به شوی و فرزندانت بازگوی. من هرگز نیکیهای ایشان را از یاد نبرده‌ام و نمی‌برم.

ـ چنین خواهم کرد؛ پدر و مادرم به فدای تو!

آنگاه ابالقاسم او را بدرود گفت و سوی پلگان روان شد. لیک، چون پا بر نخستین پله نهاد، روی چرخانید و گفت: زَید!

نوجوان درشت استخوان، که به کار بستن طنابهای ابریشمین خیمه به میخهای پولادین بود، سر از کار برداشت و پاسخ گفت: بله، ای پدر!

ـ تو نیز با ما باش، ای پسرم.

ـ چنین می‌کنم، ای پدر.

پس، دست از کار شست، و در پی او، روان شد.

«و این زید، پسر خوانده سرورم بود؛ و پسر او نبود. خاندان زید، در دیار شام می‌زیستند. به خُردی ـ آنگاه که زید هشت سال بیش نداشت ـ راهزنان او را ربوده بودند تا به غلامی بفروشند. حکیمِ حِزام خُوَیْلد، که بازرگانیِ برده می‌کرد، او را خریده بود.

حکیمِ، چون از سفر شام باز آمد و خاله او ـ بانویم ـ به دیدارش رفت، وی را گفت: از این بردگان که با خود آورده‌ام، هر یک را که می‌خواهی، برگزین؛ از آنِ تو.

بانویم، زید را که کودکی سبزه‌رو و نمکین بود، برگزید.

چون چندی گذشت، بانویم، زید را به سرورم بخشید. او نیز پسرک را آزاد ساخت. آنگاه وی را به حرم برد، و چنان که سنت بود، در برابر سنگ سیاه، به فرزند خواندگی پذیرفت.

در این هنگام، سه سال از وصلت سرورم با بانویم رفته بود، و قاسم، پسر ایشان، شیرخواره بود. با این رو، سرورم، زید را بس عزیز می‌داشت و به او مهر می‌ورزید؛ و جمله تلاشش بر آن بود تا او از دوری پدر و مادر خویش، غم مخورد.

این بود، تا دو سال از این قصه گذشت و قاسم از جهان بیرون شد. پس، مهر زید در دل ابالقاسم فزونی گرفت. چندان که دیگر از خویش دورش نمی‌ساخت، و به هر جا، او را با خود می‌برد.»

چون به مرتبه دوم سرا رسیدند، ابالقاسم، زید را روانه حیاط ساخت و

خود به اتاقی که سوی راست راهرو بود و رو به جانب حیاط داشت، رفت.
پس، تایی از درِ تختهای دولنگه آن را گشود و به درون نگریست: زینب،
دختِ بزرگترش، از خواب برخاسته، و در بسترِ خویش نشسته بود.

محمد نگاهی ژرف و از سرِ مهر به چشمانِ گیرا و سیمای سپید و
دوستداشتنی او افکند و لبخندَی نثارش کرد. با این نگاه، باز ذهنش را
یاد و خاطرههای قاسم انباشت؛ و با آن، سایهای از غم، بر دیدگانش افتاد.
... آه که چه زود پرکشیده بود قاسم، و چه مایه اندوه بر دل پدر جوان
و پرعاطفه خویش نهاده بود...!

پنج سال بود که او از جهان بیرون شده بود؛ لیک، یادش، روزی پدر را
رها نساخته بود. هر چند ابالقاسم، اینک چون به پسِ پشت مینگریست و
به گذشته خویش و مرگهای عزیزانش میاندیشید، جز تسلیمی رضامندانه
به خواست آفریدگار، برای خویش گزیری نمییافت....

ابالقاسم، به آهی کوتاه، نگاهی گذرا بر دیگر دختران خُردسالش،
رقیه و امکلثوم، افکند. هر دو، در بستر، به خوابِ ناز اندر
بودند. پس، از زینب پرسید: مادرت در کجاست، ای دخترم؟
زینب با صدای شیرین خوابآلوده کودکانهاش پاسخ داد: گویی به
حیاط رفت، ای پدر.

ابالقاسم بازگشت. پلگان بلند را از زیر پا گذرانید و گام به حیاط نهاد.
پس، چون آنجا نیز همسرش را ندید، رو سوی کوچه کرد. در این هنگام،
میسره و برکه نیز آمدند.

زید در پس در بزرگ دو لنگه سرا، بر سکوی سنگی بزرگ جانب
چپ، به زیر طاق کوچک ضربی در نشسته بود. او، به دیدار پدر خوانده،
از جای برخاست. محمد دست مردانه او را در دست گرم خویش گرفت؛
و هر چهارتن، سوی برزنهای میانه و حاشیهای شهر روان شدند.

مکه، نرمنرم میرفت تا حال پیشین خویش را باز یابد. از پس روز و
شبی بارش تند و روان شدن آن سیل ترسناک، اینکه برای مردم مجالی
پیش آمدَه بود تا سر از سراهای خویش به در کنند، و به بازبینیِ آنچه که
بر ایشان رفته بود، بپردازند.

ابطح و دیگر برزنهای قرار گرفته در بلندیهای مکه، آسیبی چندان
ندیده بودند. چه، بناهای آنها نیز بس استوار بود. باران و سیلاب اما، در

و دیوارها و بام سراهای آن محله‌ها را شسته، و غبار و کثیفی را از چهره آنها زدوده بودَ. چندان که از دور، در نور تند خورشید بامدادی، چونان نگینهایی رنگ‌رنگ، می‌درخشیدند.

جز این، سیلاب، حیاطهای خاکی آن سراها را زیر و زبر ساخته، و آنچه از آلودگیهای ساکنان آنها به خاک اندر پنهان بود، بیرون کرده، و با خود سوی محله‌های پایین مکه برده بود. چه، مکیان، چون دیگر عربان حجاز رسم نداشتند که در سراهای خویشْ آبریزگاه بسازند. پس، به قضای حاجت، به دره‌ها و زمینهای باز حاشیه شهر می‌رفتند. و از جمله آن جاها، زمینی شیبناک بر دامنه کوه ابوقبیس بود؛ نام آن فاضح. لیک، کودکان و زنان و پیران، گاه در حیاط خاکی سرا قضای حاجت می‌کردند و بر آن خاک می‌ریختند، تا پوشیده بماند. از همین رو، با آن سیل، محله‌های میانه و حاشیه شهر، اینک جز گلها و کثیفیهای خود، انباشته آلودگیهای فرازنشینان نیز بود. خاصه محله احابیش، که بر حاشیه گذرگاه سیلابی بزرگ نیز بود.....

به کویهای این محله اندر، گِل و لای چندان بود که هیچ پیاده، به آسانی از آنها گذشتن نمی‌توانست. سنگی بزرگ، به هنگام غلتیدن و فروآمدن، بر سقف کومه‌ای گلین خورده و درهمش شکسته بود، و زنی پیر و بینوا را، در آن کشته بود. دیوار چند سرا نیز با ضربه سنگ یا سیلاب، فروریخته یا تَرَک برداشته بود.

چون ابالقاسم با زید و میسره و برکه به آنجا رسید، همسایگان، تازه جنازه آن زن را از زیر آوار بیرون کشیده بودند. پیرزن پیکری کوچک و لاغر داشت. گویی از آن پناه‌آوردگان به مکه بود که هیچ خویشاوندی در آنجا نداشت. چه، از آن جمله زنان بی‌کس بود که خدیجه سرپرستی‌شان می‌کرد و محمد پیشتر، یک – دو بار دیده بودش که به دریافت پوشاک یا طعامی، به درِ سرای ایشان آمده بود.

محمد، میسره و برکه را گفت تا به کار خاکسپاری آن پیرزن بپردازند. پس، خود با زید سوی حرم روانه شد. از پسِ روزی دوری، اینک دلش سخت در شوق دیدار کعبه پر می‌کشید. هر چند با آنچه دورادور از آثار سیل در حرم دیده بود، یقین داشت که اینک نیز به طواف آن نمی‌تواند پرداختن.

گمانش نادرست نبود: از دور، چون انبوه مردمان را که با فاصله از کعبه ایستاده بودند دید و همهمه ایشان را شنید، دانست که سیلاب پیرامون کعبه، هنوز چندان است که بدان نزدیک نمی‌توان شد. پس، چون پیشتر رفت، آب و توده‌های گِل و لای و سنگ را دید که گِرد تا گِرد کعبه را گرفته بود. در ابتدای آبها، لاشه سوسماری بزرگ بود؛ و کودکان پیرامونش گِرد آمده بودند. در میانه بت اساف و نائله، نزدیک جایگاه سنگ قربانگاه نیز، جنازه گوساله‌ای سیاه و سپید بود، که سیلاب آورده بودش.

سیلاب تا سنگ سیاه می‌رسید؛ چند بلندای قامت مردی میانه بالا. بُتان، آلوده گِل و لای، خاموش و ناتوان، در میانه سیلابها ایستاده بودند. از آن سیصد و شصت بت، از برخی هیچ نشان نبود. تایی چند، از شدت جریان آب، بر زمین در غلتیده بودند. برخی نیز که پایه نداشتند یا به قامت کوتاه بودند، اینک در زیر آب نهان بودند. در این میانه اما، اساف، ایستاده بر پایه بلند سنگی خود، چسبیده گوشه کعبه در سمتِ سنگ سیاه، چونان پیش بر پای بود، و آب از گلوگاهش فراتر نمی‌رفت.

به دیدار سرِ بزرگ مِسین اساف که در زیر تابش خورشید درخششی زنگارگون داشتَ، زید ماجرای آن روز را که با پدرخوانده‌اش به کار طواف کعبه بود به خاطر آورد.

«آن روز، چون به بت مسین اساف رسیدم، به سنت عرب، بر آن دست کشیدم. پدر - و من پدرخوانده‌ام را پدر می‌خواندم - چون این کردار را از من دید، فرمود: بر این، دست مکش!

من طواف خویش را پی گرفتم؛ و چون به اساف رسیدم، ناخواسته، دیگر بار بر آن دست کشیدم. پدر، که با من بود، چون چنین دید، آزرده‌خاطر، گفت: نه تو را از این کار باز داشتم؟!

از آن پس، دیگر هرگز بر آن بت، و بر هیچ بت دیگر، به قصد تبرک، دست نکشیدم.»

ابالقاسم، با افسوس، کعبه را نگریست: آن بنای ساده کهن، با آن دیوارهای سنگی بی‌ملاط، از پس افزون بر دوهزار و پانصد سال، چه‌سان، از درون و برون، آلوده غفلتَ و نادانی مردم گشته بود! نیز، بنایش، که پیشتر با آتشِ آتشدان زنی که به پوشش آن در افتاده بود سست

شده بود، اینک با این سیل، رو سوی ویرانی داشت: از جمله، در آن دو دیوارش که رو در روی ابالقاسم بود، شکافهایی چندان بزرگ پدیدار گشته بود که از آن فاصله، آشکارا به چشم می‌آمد.

پوشش سیاه کتانی کعبه، هر چند از هر سو به بالا کشیده، و با چهار طناب، بر فراز دیوارهای آن نگاهداشته شده بود، باز، سر به سر، خیس از آب بود. مردمان، از زن و مرد و کودک، به گفتار درباره سیل و ویرانی کعبه بودند. جوانکی که در کنار محمد و زید بود، چندان بلند که دیگران نیز بشنوند، با آب و تاب گفت: اینک سیلاب بس فرو نشسته است. پگاه، چون من به اینجا آمدم، از اساف و نائله – نامشان بلند – هیچ آشکار نبود، از بسیاری آب.

رفیقش، که به سال از او بزرگتر می‌نمود، گفت: من شنیدم که گویا کسی به سیلاب گرفتار آمده بوده است، در حرم.

– یکی را من دیدم که گرد کعبه به شنا بود. ولی در آن گرگ و میش هوا، نشناختمش. چه، از این سو که من بودم نیز، از آب به درنیامد تا ببینمش.

صدایی آشنا از پیشاپیش آن گروه، به کنایه و تمسخر گفت: یقین، به کار طواف کعبه و زیارت بتان بوده است، در آن ساعت! لابد از هول سیل، ایمان او فزونی گرفته، و تابش نمانده که تا فرونشستن سیلاب درنگ کند و آنگاه به طواف بیاید!

ابالقاسم، گوینده این سخنان را ندید. لیک، از لحن خودپسندانه و کلام زهرآگینش دانست که او باید عمروهشام باشد. عمرو هر چند از دارایان و پهلوانان قریش بود، لیک، مَنِشی پَست و سرشتی بد داشت. از این رو، مردمان همنشینی‌اش را خوش نمی‌داشتند؛ و تا از زخم زبان و بدسرشتیهایش ایمن بمانند، از وی کناره می‌گرفتند. ابالقاسم نیز هر چند با چون عمرو مردمانْ هرگز میانه نداشت، لیک، از آن سفر بازرگانی به شام و پیوند با خدیجه، از او دوری می‌جست. چه، دانسته بود که رشک، چه‌سان آتش کینه او را در دل عمرو شعله‌ور ساخته بود. با این رو، باز، روزی شر او، دامانش را گرفته بود: در جایی، عمرو، غَرّه نیروی بازوی خویش، بر آن شده بود تا با او درآویزد، و در برابر مردم، خوار و زبونش سازد. ابالقاسم نیز با جمله ناخشنودی از این

کار، ناگزیر با او درآویخته بود. پس، در میانه شگفتی دیگرانْ بر زمینش کوفته بود؛ و در این حال، رانِ عمرو بر سنگی تیز خورده، و شکافته بود.....
- من آن کس را که شما می‌گویید، نمی‌دانم که ماجرایش چیست. لیک، ساعتی پیش، با هر دو چشم خویش، بووَهَب را دیدم که در آن سرما تن به آب زد و تا هفت بار طواف کعبه نکرد، از آن به در نیامد. خدایان یاورش باشند؛ که من در این سالیان دراز که عمر کرده‌ام، این گونه طواف ندیده بودم.
این گفته‌ها، از پیری خمیده قامت بود که سنگینی نیمه تاشده تن را بر عصایی گره‌گره از چوب خیزران افکنده، و در حاشیهٔ آن گروه، ایستاده بود.

ابالقاسم، دست در دست پسرخوانده، از آن مردم کناره گرفت، تا از همان دور، به کعبه، ادای احترام کند. ولی هنوز به این کار نیاغازیده بود که ناگاه صدای عرِ خشمگین شتری را شنید.
صدا از جانب بازاری بود که به در بنی‌هاشم می‌پیوست. جمله سرها، بدان سو چرخید. آنگاه، از پس دیوار، شتر نری سیاه‌موی پدیدار گشت، که بی‌پروا، سوی آن مردمان می‌آمد.
شتر، درشت‌قواره و گشاده پهلو بود؛ از تیره شتران باربر. کف بر لب آورده بود، و چنان می‌دوید که زمین‌گویی در زیر گامهایش می‌لرزید. به دیدار مردمان، عری دراز کشید و بر چهره مردی، آب دهان افکند.
جمله مردمان، به دیدار این حالتها از حیوان، دانستند که از حال خویش به در شده، و خشمگین است. حال، این خشم از سر کینه از ستمی بود که بر او رفته بود یا مستی، در آن لحظه‌ها، هیچ فرق نداشت. هر چند، آغازِگاه طبیعی مستی شتران، از دیگرماه - نخستین ماه زمستان - بود.
هر چه بود، اینک خویی سرکش، در حیوان سرفراز ساخته بود؛ و او با نیرویی دوچندانِ نیروی یک شتر، بر هر که بر سر راه خویش می‌یافت، هجوم می‌برد.

هراس در جمع افتاد، و هر کس، فریادزنان به سویی گریخت. خطر چندان بزرگ بود که عمروهشام نیز، با آن مایه غرور و دعوی، بی‌هیچ درنگ، از معرکه گریخت. چه، جمله، آشنای آن حالت شتران، آگاه بودند که ایستادن در برابر آن شتر، پیشباز از مرگ بود.

در این حال، شتر، ابتدا با افکندن آب دهان در دیدگان حریف، غافلگیرش می‌ساخت. آنگاه آرواره‌های استوار خویش را به کار می‌گرفت، و با دندان، گوشت بر تن او تکّه ـ پاره می‌کرد. در این حال، با پاهای پیشین نیز، به او ضربه‌هایی مرگبار می‌زد، تا از پایش درمی‌آورد و بر زمینش می‌افکند.....

ابالقاسم بر آن بود تا چونان دیگر مردم، به یک سو رود و بیهوده تن به خطر نسپارد. لیک، با شنیدن جیغی از یک زن، بر جای ماند:

در میانه معرکه، چند گام مانده تا آن شتر، دختری خرد بر زمین افتاده بود، و مادرش، آن سوتر، پشت داده بر دیواری، خودباخته، از بُنِ دل جیغ می‌کشید. دو ـ سه گامی پستر، آن پیرِ پشت دو تا، هول مرگ در دیدگان، با تلاشی بی‌ثمر، بر آن بود تا تنِ رنجور خویش را از صحنه به یک‌سو کشد.

زید، ایستاده بر بلندی‌ای در کنار، ترسان، فریاد برآورد: بگریز، ای پدر!

پیشتر اما تا سخن خویش را به پایان بَرَد، پدرخوانده‌اش را دید که راه را بر شتر بست. پس، به آنی، چنگ در افسار آویزانش زد و شتابان به پهلوی چپ او پیچید و با ضربه‌ای تُند، سخت، سر حیوان را به جانب خویش کشید.

شتر، گویی هوایی بسیار بلعیده باشد، با صدا، باد گلو را بیرون داد. در همان حال، نیم چرخی زد تا سرِ خویش را برهاند. لیک، نیرو و کاردانی حریف، بر خشم کور او چیرگی یافت؛ و حیوان، با لغزشی ناگهانی در آن زمین شیبناک گل‌آلود، با جمله سنگینی تن خود، بر زمین خورد. این، برای ابالقاسم مجالی پیش آورد تا سوی شتر خیز بَرَد، و افسارش را، تنگ، در مُشت بفشارد. چندان که سرِ شتر به یک سو چرخید و در همان حال ماند، و دیگر هیچ نتوانست. پس، در پی یک ـ دو تقّلای بی‌ثمر، تسلیم شد.....

غایله پایان گرفته بود. نفسهای زندانی در سینه‌ها، یکجا و باصدا، رها گشت. مادر جوان، گویی از کابوسی هراسناک رسته باشد، سوی فرزند کوچک خویش دوید و او را در آغوش فشرد و پرصدا به گریه درآمد. پیرِخمیده قامت، به یاری مردی، از صحنه به یک سو برده شد. زید نیز

به جانب پدرخوانده‌اش روان شد، و با غرور، در کنار او ایستاد. در این حال، نیک آشکار بود که بر آن بود تا جمله آن مردمان را گوید: «این پهلوان بی‌همتا، پدر من است!» دیگر، کودکان نیز، جملگی پیش آمدند و در پیرامون محمد گرد شدند و با شگفتی و تحسین، آن پهلوان نوشناخته شهر را نگریستند:

این آیا همان ابالقاسم بود که دست بدین کار بزرگ زده بود؟!

پیشتر در نظر ایشان مکه دو پهلوان داشت: حمزه، پسر عبدالمطلب و همین عمرو، پسر هشام؛ که امروز این‌سان از برابر آن شتر خشمگین گریخته بود. حمزه یال و کوپالی درشت و بازوانی ستبر و سینه‌ای بس فراخ داشت. او کمتر در میان مردم آشکار می‌شد. گاه اما، کودکان می‌دیدندش که کمانی بزرگ بر شانه، تیردانی بر پشت، شمشیری بر کمر، بالاپوشی از پوست شیر بر تن، سوار بر اسب سیاه عربی خویش، رو سوی کوههای بیرون مکه داشت.

اینها و آن دیدگان درشت نافذ، در ذهن کودکان شهر، از حمزه، اسطوره‌ای ساخته بود، دست نایافتنی. هم از این‌رو، از او در دل ایشان بیمی بود که از نزدیک شدن به وی بازشان می‌داشت. هرچند به دل شیفته‌اش بودند، و رؤیای ایشان، همانندی با او، در بزرگسالی بود.

عمروهشام، به قامت و قواره همچند حمزه نبود، و به شکار شیر و پلنگ نیز نمی‌رفت. لیک، به شهر اندر، پشتِ جمله گردنکشان و زورمندان را بر خاک مالیده بود. هر چند از حمزه پرهیز داشت؛ و آن روز در آن مجلس و امروز در این معرکه نیز، این‌سان زبونِ ابالقاسم گشته بود.

عمرو، به قواره، از ابالقاسم، اندکی درشت‌تر بود؛ و پسر بچگان مکی، به پیروی پدران خویش، به پهلوانی و نیرو می‌ستودندش. با این رو، شراره‌های تندی که پیوسته از دیدگان ریزش در جستن بود، ایشان را می‌رمانید.

این پهلوان نوشناخته شهر اما، از جنسی دیگر بود: در دیدگان او نیز نفوذی شگفت بود که بر بیننده، سخت اثر می‌کرد. لیک، این نفوذ نه از جنس خشونت و بدخواهی و بدسرشتیِ صاحب آن نگاه بود. نیز، او کودکان را عظیم دوست می‌داشت؛ و چونَ با ایشان رو به رو می‌شد، به یکباره چهره‌اش همچون گل می‌شکفت. پس، آبشاری از مهری پدرانه

بود که از نگاهش باریدن می‌گرفت، و قلب کوچک ایشان را در زلالِ پاک خویش جلا می‌داد.

اینک آن روح بزرگ مهربان، چون با این مایه نیروی تن و بازو در یک تن گرد می‌آمد، در ذهن ایشان، از محمد، چونان پهلوانی می‌ساخت که آن دو دیگر، در برابرش رنگ می‌باختند.

- آفرین بر تو، ای پهلوان! هُبَل به تو جزای خیر دهاد!

با شنیدن این سخن، جمله سرها، سوی گوینده آن چرخید: او مردی میانه‌سال و سیه‌چَرده با ظاهر صحرانشینان بود، که دوانْ از راه رسیده بود، و ناباور، ابالقاسم و شتر خویش را می‌نگریست.

چون او افسار شتر خویش را در دست گرفت، دیگر مردمان نیز، تازه به خویش آمده، یک یک و چندچند، لب به ستایش و سپاسداری از ابالقاسم گشودند؛ جز عمرو، که سرافکنده زبونی خویش در برابر او، و آکنده از رشک، پشت به مردم، در رفتن بود....

- من چنین می‌پندارم که این بنای کهنه کعبه باید پاک ویران گردد، و در جای آن، بنایی نو بر پای شود. مرمت، چاره کار آن نیست.
- چنین است که تو می‌گویی، ای ولید. چه، عمرش نیز بس دراز شده است، و با مرمت، کار آن سامان نمی‌یابد.
- تا آن ماجرای دستبرد مکرر نشود نیز، باید که دیوارهای آن را بلندتر بسازیم.

«بنایی که ابراهیم پیامبر برای کعبه ساخته بود، سی ذِراع درازا و بیست و چهار ذراع پهنا داشت؛ و بلندای آن هم نُه ذراع بود. نیز، دیرگاهی بود که سقف نداشت. از این رو، فراز شدن به آن و رفتن به درونش، کاری سهل بود. از آن سو، به کعبه اندر، به جانب راست در ورودی، در پیش پای هُبَل، خزانه‌ای چاه‌وار بود. و می‌گفتند که این چاهک، از روزگار ابراهیم پیامبر در آنجا بوده بود. پس، آنچه مردمان برای کعبه پیشکش می‌آوردند از طلا و نقره و جواهر و مانند آنها، در آن می‌نهادند.

در آن سال که آن سیل در مکه جاری شد، هیچ کس ندانست که چه‌کس یا کسان، به کعبه ورود کردند، و به آن خزانه، دستبرد زدند. پس، پیران قوم چاره کار را آن دیدند که بر بلندای دیوارهای کعبه بیفزایند.»

محمد در گوشه‌ای از تالار بزرگ انجمن‌سرا نشسته بود، و خاموش،

گوش به سخنان پیران قوم داشت.

به فرجام، از پس لختی همهمه، عمویش، بوطالب، لب به سخن گشود:

- اینک که جملگی بر ویران کردن کعبه و نوسازی آن همدلید، تا کلام دراز نشود و کار از این بیش پس نیفتد، در شیوهٔ انجام آن سخن به میان کشیم.

- نیکوست!

- رأیی بس پخته و پسندیده است.

- آری؛ تا هنگام کار ستیز در میان نیاید، آن به، که چنین کنیم.

دیگر عموی محمد، زبیر، گفت: نخست آنکه، افتخار و ثواب این کار را نباید که با هیچ قبیله و گروه دیگر تقسیم کرد. از آغاز تا به انجام آن، جز به دست مردم قریش نباید که صورت پذیرد. هم، قرشیان نباید که در این کار بزرگ، از غلامان و کنیزان خویش بهره گیرند.

هیچ‌کس با این رأی مخالف نبود. پس، جمله، به تأیید، سر جنبانیدند. لیک، محمد با شنیدن این سخن، به یاد نیایَش - آنگاه که به کارِ حفر زمزم پرداخته بود - افتاد، و دل در سینه‌اش سنگین شد.

زبیر افزود: اینک چه می‌گویید که تقسیم کار را به پیرترینِ بزرگانِ قریش، ولیدِ مُغیره واگذاریم؛ و آنچه که او گفت، جمله بدان گردن نهیم.

ولید، افزون بر آنکه پیری پخته و هوشمند بود، بزرگِ تیره بنی‌مخزوم نیز بود. از این رو، مخالفت با داوری او دلیلی نداشت. پس، هر کس با گفتن کلامی، موافقت خویش را بیان داشت.

ولید، به دیدن این حالت، جمع را به نگاهی از نظر گذرانید. آنگاه رو سوی بوطالب، گفت: من چنین می‌بینم که در ویرانی آن، هیچ قاعده و قرار در کار نباشد، و جمله، بکوشند. برای ساختن آن اما، قراری روشن بنهیم. ها...؟ چه می‌گویید، ای پسران عبدالمطلب؟

زبیر و بوطالب گفتند: چنین باشد!

- اینک آن قرار... دیواری را که درِ کعبه در آن است، بنی‌هاشم و بنی‌زُهْره بنا کنند.

- نیکوست!

- دیوار میان رکن یمانی و بت اساف را بنی‌جُمَح و بنی‌سهم بر پای دارند.

- آفرین!

- بنای دیوار جانب حِجر اسماعیل با بنی عَبْدالدّار و بنی اسد عبدالعُزّی و بنی عَدِی کَعْبَ باشد. آن دیوار را هم که در میان سنگ سیاه و رکن یمانی است، بنی‌مخزوم و تَیْم و باقی بنا کنند.

- انصاف دادی، و دادگرانه قسمت کردی، ای ولید.

ولید، با آن تجربه ژرف و آشنایی بسنده با جایگاه و رتبه هر تیره، به ایشان سهمی شایسته داده بود. نیز، موافقت پیر شوکتمند قریش - بوطالب - با او، به رأیش پشتوانه‌ای استوار بخشید. پس، چنان شد که در آن میانه، کسی نیز اگر از آن رأی خرسند نبود، لب از گلایه فرو بست و کلامی بر زبان نیاورد.

آنگاه، بوطالب، تا برای هیچ اندیشه و سخن نادرست مجال باقی ننهد، کلام را به جانبی دیگر برد:

- برای این کار هزینه‌ای نیز لازم است؛ که هر تیره، باید سهم خویش را از آن، بپردازد. جملگی اما، باید نیک نظر کنیم تا مبادا جز از مال پاک و حلال، در این کار صرف شود.

صدا از جمع، به تأیید او برخاست. لبخندی، سیمای روشن ابالقاسم را از هم گشود؛ و او، در دل، عمو را دعای خیر کرد. پس، با این قرار که دیگر روز، بامداد، جمله در حرم فراهم آیند، از جای برخاستند.....

‌ـ اینک کعبه! تا چه‌کس دلیری‌آن را داشته باشد که به ویرانی آن آغاز کند؟

آن مرد کهنسال هر چند به خنده این سخن را بر زبان راند، لیک، آشکار بود که از انجام این کار، سخت بیم داشت. دیگر مردان نیز، گویی پیشتر به یاد این مشکل نبوده بودند، ناگاه به اندیشه‌ای ژرف اندر شدند: نه این بود آیا که تا بدان روزگار هر که قصد ویرانی کعبه را کرده بود پیشتر تا به مقصود رسد خود نابود گشته یا از این کار بازداشته شده بود؟! با این قرار، چه کس را دلیری آن بود تا به ویرانی بنایی دست یازد که از روزگار ابراهیم پیامبر، هیچ کس آن را از جای نجنبانیده بود؟!

بوطالب، آگاه به آنچه که در سرها می‌گذشت، آن‌سان که جمله حاضران بشنوند، گفت: قصد ما از این ویران کردن، نه خودْ ویرانی است. خدای کعبه نیز از نیت ما آگاه است، که چه می‌خواهیم کردن در این سرا.

این سخن با خرد موافق می‌نمود. لیک، آن بیم ریشه‌دار کهن را از دلهای مردمان نزدود.

ولید، تا به آن تردید آزارنده پایان دهد، گفت: این عزم یا نبایست کردن از ابتدا، یا چون کرده شد، بایدش که به انجام رسانید.

عمروهشام، به طعنه گفت: تو از جمله ما پیرتری، ای عمو. چه شود که

خود به این کار ابتدا کنی؟ ما نیز بنگریم که چه رخ می‌نماید. پس، بر تو اگر بلایی نرسید، ما کار را پی می‌گیریم.

ولید، شوخ، گفت: مادرت به سوگت بنشیند ای عمرو؛ که جز شر، از تو بر نمی‌خیزد.

پس، کلنگی از زمین برگرفت و سوی کعبه روی کرد.

هنوز اما چند گامی بیش فراپیش ننهاده، سر سوی دیوار، بر جای ماند. به دیدار این حالت، سرهای جمله مردمان نیز بدان سو چرخید: بر دیوار کعبه، افعی‌ای بس بزرگ چنبر زده بود. تنی زردرنگ داشت. از همین‌رو، نخستْ دشوار به چشم می‌آمد.

افعی، سرِ ذوزنقه‌وار خویش را سوی ولید گرفته بود. دهانش، فراخ، گشاده بود، و دندنهای خمیده سوزن‌وارش، بیم در دل می‌افکند. زبان دو شاخ سرخرنگش، پیوسته، چون آذرخشی، پیدا و ناپیدا می‌شد، و در هوا، نقشی گذرا بر جای می‌نهاد.

جمله، افسون شده دیدگان ترسناک آن، بر جای مانده بودند، و هیچ کار نمی‌توانستند کردن.

این آیا نه همان افعی بود که پیشینیان ایشان گفته بودند که نگاهبان خزانه کعبه بود؟

«به روزگار جُرْهَمیان - پیشتر تا قرشیان به مکه درآیند - چندی، پی‌درپی، مالها از خزانه کعبه ربوده شد. جرهمیان، ناگزیر، برای کعبه نگاهبانانی گماشتند.

لیک، از پسِ سالیانی، از آن نگاهبانان، یکی به وسوسه ابلیس گرفتار شد. پس، روزیَ، هنگامی که گرما به نهایت رسید و جمله مردمان سوی سراهای خویش رفتند، او به کعبه ورود کرد و به چاهک خزانه اندر شد و آنچه طلا و نقره و جواهر بود، از آن به در برد. آنگاه، چون خواست که درپوشِ سنگی خزانه را بر جای خویش نهد - و این، عظیم سنگین سنگی بود خود در خزانه افتاد، و آن سنگ، راه گریز را بر او بست.

مرد، چندان در آنجا ماند تا دیگر نگاهبانان بازآمدند و او را در آن حال یافتند.....

به اندک زمانی از پس آن ماجرا، افعی‌ای بزرگ در آن چاهک پدیدار شد. اینک پانصد سال است که آن افعی آنجاست؛ و هیچ‌کس به چاه

خزانه ورود نمی‌کند، جز که آن افعی، قصد جان او را می‌کند.....»

چون سرگردانی مردم دراز شد، یکی گفت: این می‌تواند نشان آن باشد که خدایان، به ویرانی کعبه خرسند نیستند.

دیگر مردان نیز، با سکوت خویش، گویی سخن او را تأیید کردند. لیک، در این میانه، ابالقاسم و بوطالب و ولید، رأیی دیگر داشتند. چه، با خِرد راست نمی‌آمد که خداوند سرایی، ویرانی آن را خوشتر بدارد، و کوشندگان آبادی‌اش را از کارشان باز دارد. پس، بوطالب در پیش و دیگران در پی او، روانه مقام ابراهیم، که چندگام آن‌سوتر بود، شدند، تا دست به نیایش بردارند و رفع آن مشکل را درخواست کنند. و ابالقاسم نیز با ایشان همراه شد.

آنجا، بوطالب، نعلین را از پا بیرون کرد، و به جایگاه، اندر شد. پس، رو سوی کعبه، دو زانو بر کف سنگی جایگاه نشست. دیگر مردان نیز -پیران در پیش و جوانتران پستر - در پسِ پشتِ بوطالب، بر زمین ماسه‌ای حرم نشستند

بوطالب حلقه‌ای از عمامه سبزرنگ را از سر گشود و آویزان، بر کنار گردن و سینه افکند. آنگاه، به حالت بنده‌ای ناتوان و درمانده، گردن کج ساخت؛ دستان را به نشانه نیاز و خواهشْ سوی کعبه دراز کرد؛ و لب به نیایش گشود.

«آن روز من نیز با پدرخوانده‌ام، ابالقاسم، در آنجا بودم. او هرچند در میان مردم بود و در نیایش با ایشان همراهی می‌کرد، لیک نیایشش پیوسته به شیوه ویژه خویش بود.

چندی بر آن حال گذشت؛ و جمله مردمان هنوز در نیایش بودند. تا ناگاه، هیچ‌کس ندانست از کدامین سوی، به آسمان اندر، پرنده‌ای درشت قواره پدیدار شد. پس، تند، چونان پاره‌ای سنگین از سنگ، در میانه حرم فرود آمد؛ چندان که جمله حاضران چنین گمان بردند که به تیری ناغافل، بر زمین افتاده است.

زود اما، دیدیمش که به آسمان فراز شد، و چیزی چونان شلاقی کلفت، در میان چنگالهای درشتش، در پیچ و تاب بود. عقابی بود گویا، که آن افعی عظیم زرد را با خود برده بود.

جمله این ماجرا، در لحظه‌هایی چند رخ نمود؛ چندان تند، که از

آن مردمان، برای هیچ‌کس مجال هیچ اندیشه و کار پیش نیامد. لیک، قرشیان از این رویداد عظیم خرم شدند؛ و صدای ایشان به تکبیر فراز شد.»

مردان، شادمان و هم سپاسگزار، تن از زمین برگرفتند و سوی کعبه روان شدند. پایان جمله بیمها و تردیدها. یقین به درستیِ کارِ بزرگی که در پیش داشتند.....

در این حال، از میانه جمع، صدایی گفت: گویی از پسِ سده‌ها، اینک خداوند خانه را سیاستی دیگر آمده است!

تنی‌چند از جوانان، تا گوینده این سخن شگفت را ببینند، گردن کشیدند:

او، زید عمرو بود. همان یکتاپرست جویای حقیقت، که عمر و جوانی خویش را بر سر این کار نهاده بود.

چون به کعبه رسیدند، ولید پا پیش نهاد. گویی با آن مایه نشانه‌های روشن به درستی کار، باز این او بود که بایست به آن کار آغاز می‌کرد.

ولید، عبا را از دوش برگرفت و بر سنگ پایه بت اساف نهاد. پس، برای او نردبانی چوبین آوردند.

ولید پا بر پلگان نردبان نهاد، و خشک و کُند، با اندام درشت خویش، بر دیوار کعبه فراز شد. در اینگاه، زانوانش – نه از بیم؛ که از بسیاریِ عمر – لرزشی آشکار داشت.

– اینک، کلنگ!

زبیر از نردبان فراز شد و کلنگی خوشدست به او داد.

ولید، در آن‌حال، چندی بر دیوار درنگ کرد.

نفس جمله حاضران در سینه حبس شد، و صدا از هیچ‌کس برنیامد.

– خدایا، بیم مکن! خدایا، قصد ما، جز نیکی نیست.

با گفتن این سخنان، نرم، کلنگ را بر دیوار فرو آورد. در لحظه، تنی چند از مردمان، گامی فرا پس رفتند.

صدایی خشک برخاست، و نوک کلنگ در شکاف میان دو سنگ نشست.

ولید، به تکانی، سنگ رویی را از دیوار جدا ساخت و بر زمین افکند. هیچ رخ نداد: نه آذرخشی از آسمان جست تا خاکسترش سازد، و نه

اندامش در جای خشکید.

ولید قد راست کرد، و پیروزمند، مردمان را نگریست. آنگاه دستار کوچک سیاهش را از سر بر گرفت و بر دیوار نهاد؛ دو پای درشت خویش را از هم گشود، و با یقینی بیش از پیش، به کار پرداخت.

اینک کلنگ را تندتر می‌کوفت؛ و ضربه‌هایی کاری‌تر داشت.... تلّی کوچک از سنگهایی که ولید از دیوار کنده بود بر زمین گرد آمده بود. بدینگاه او کمر راست کرد، و جمع را نگریست. نگاه خسته‌اش، گویی کنایه‌وار، ایشان را می‌گفت: برای ریختن هراستان، آیا بسنده نیست؟

زبیر، در پاسخ، دست پیش گرفت:

زندگانی‌ات دراز، ای ولید! اینک فرو آی، که تو کار خویش را کردی.

ولید کلنگ را بر زمین افکند و دستارش را از دیوار برگرفت و بر سر نهاد. آنگاه پا بر نردبان نهاد، و آهسته، از دیوار فرو آمد.

چون عبا را بر دوش افکند، رو سوی بزرگان قریش گفت: دیدید که هیچ نشد. اینک مانده کار با شما!

عمروهشام، از آن میان گفت: دیگر عصرگاه است؛ و زود باشد که هوا رو به تاریکی نهد. رأی من چنین است که کار، از فردا آغاز شود.

از دیگر بزرگان، هیچ کس با عمرو مخالفت نکرد. چه، ایشان نیز چون او، هنوز از بیم دست یازیدن بدان کار نرسته بودند. هم از این رو، همدل با عمرو، می‌اندیشیدند: «درنگی، تا امشب سپری شود و بنگریم که بر ولید چه می‌رود. پس، او را اگر رنجی نرسید، شاید که بدین کار دست یازیم.»

- پدر...! ای پدر...!

جعفر بود که نفس‌زنان و شتابان، از کوچه، به سرا اندر شده بود. چه روی نموده بود اما که جوان بوطالب را چنین آشفته حال ساخته بود؟!

بوطالب، تشویشناک پرسید: ها...؟ برای علی آیا ماجرایی پیش آمده است؟

پیشتر تا جعفر مجالی به گفتن پاسخ پدر یابد، مادرش که به کار آسیای گندم با دست‌آسِ سنگی بود، شتابان پرسید: حیدر...؟

(و فاطمه دوست می‌داشت که پسرکِ خویش را حیدر بنامد. هرچند بوطالب، نام او را علی نهاده بود.)

جعفر، از پسِ تازه کردن نفس، گفت: نه؛ برای علی هیچ پیش نیامده است. او در کوچه، با دیگر کودکان به بازی است.

بوطالب گفت: پس قصه چیست؟

- در حرم...! اکنون است که تیره‌های قریش به روی هم شمشیر بکشند و خون یکدیگر را بریزند!

بوطالب، بی‌پرسشی دیگر، پشت از دیوار گچی ایوان برگرفت و برخاست. پس، تند، عبا بر دوش افکند و دستار بر سر بست و نعلین پوشید، و پای از حیاط خاکی سرای به در نهاد.

چهار روز بود که به حرم نرفته بود؛ از همان روز که دیوارهای کعبه

چندان بلند شد که هنگام نصبِ سنگِ سیاه رسید و بر سر آن، آن ناسازگاریها در میان برخاست....

«ماجرا بدین‌گونه بود که چون آن شب سپری شد و بر ولید رنجی نرسید، کار آغاز گشت.

نخست ویران کردن بنای کهن کعبه بود؛ که در نیم روز به انجام رسید. پس، به کندن پی پرداختیم؛ و چندِ قامتِ مردی، در زمین فرو شدیم. آنجا سنگهایی سبز پدیدار گشت، به‌سان دندانه‌هایی به هم پیوسته. چون یکی از ما، دیلم در میان آنها کوفت، برقی تند جستن کرد؛ و آن سنگها به لرزه درآمدند. لیک، سنگی از جای نجنبید.

پدرم گفت: این باید همان شالوده باشد که ابراهیم ـ درود بر او ـ کعبه را بر آن بنا نهاده است. پس، بدان تجاوز مکنید و از آن فراتر مروید.

ما، چنان کردیم.

تا ویران کردن به سر رسید، به کارِ آوردن سنگ از کوه سیادَه شدیم. (و این سیاده، بر فراز دره‌ای در حاشیهٔ مکه قرار دارد؛ و سنگ آن، برای بنا بسیار مناسب است.)

آنجا، برخی به شکستن سنگ پرداختند و گروهی به نهادن آنها بر بار جای پشت شتران و درازگوشان یا گاوان. زنان و دختران و کودکان نیز، در کارریختن گچ و گل در بارجای‌ها و بردن چارپایان تا حرم بودند. هنگام بنا کردن، زنان ملاط می‌ساختند، و مردان، دو به دو، سنگ می‌کشیدند. و رفیق عموزاده‌ام، ابالقاسم، در این کار، عمویمان، عباس، بود.

چون دیوارها به بلندی نزدیک یک‌ونیم گز شد و هنگام بازجای نهادن سنگ سیاه رسید، ستیزه در میان آمد. چه، هر طایفه بر این دعوی بود که این کار باید به دست او صورت گیرد؛ تا نامش بر آن بماند.

از این رو، کار بر زمین ماند؛ و با تلاش پیران نیز، گره از کار گشوده نشد. هم از آن روز، دیگر ابالقاسم و پدرم، به حرم نیامدند. لیک، من و برادرم، طالب، با دیگر مردان بنی‌هاشم، هر روز به آنجا می‌رفتیم. پس، شبانگاه باز می‌گشتیم و آنچه را که رخ داده بود، برای پدر باز می‌گفتیم.»

ـ ها... جعفر...؟ نگفتی که چه‌سان، کار این‌گونه شد؟

جعفر، به حال تلاش در هماهنگ‌سازی گامها با گامهای بلند و شتابناک

بوطالب، نفس‌زنان گفت: هیچ، ای پدر! امروز نیز همچون آن چند روز، آغاز شد. دیگربار، جمله مردان تیره‌های گونه‌گون قریش پیرامون سنگ سیاه نشستند و به بازگفتِ افتخارهای گذشته پدران و خاندان خویش پرداختند. تا نرم‌نرم، کار به پرخاش کشید و سخنان ناسزا در میان آمد. آنگاه مردان بنی‌عبدالدار و عدی کعب ظرفی پرخون آوردند، و به پیمان مرگ در آن دست فرو بردند، تا به محروم شدن از بازجای نهادن سنگ سیاه تن در ندهند.

چون کار بدینجا کشید، ولید مرا گفت تا زود در پیِ تو بیایم، و تو را قصه بازگویم....

صدای همهمه و هیاهو، از یک - دو کوچه مانده به حرم، به گوش می‌آمد. برخی، صدا به دشنام فراز ساخته بودند. تنی چند، به فریاد، ستیزه‌جویان را به آرامش و رعایت حق خویشاوندی می‌خواندند. چند زن، پیوسته از بن جگر جیغ می‌کشیدند؛ و کودکان خردسالشان نیز، با گریه‌های بیم‌آلود خود، مادران خویش را همراهی می‌کردند.

چون پدر و پسر به حرم رسیدند، فضای آن را انباشته غبار یافتند. گردتاگرد کعبه، چندان مردمان - از زن و مرد و کودک - بودند که پیشتر، بیرون از ماه حج، هیچ‌کس آن عده را، یکجا در حرم ندیده بود. در گوشه‌ای، ولید، به حالت قهر، دست ستون چانه ساخته، بر تلِّ الوارهای تخته نشسته بود.

«و این، همان تخته‌ها بود که از بندرگاهِ جَده خَریده بودند تا با آنها، برای کعبه سقفی بسازند.»

ولید، به دیدار بوطالب، بر فراز تل الوارها ایستاد و فریاد برآورد: آرام بگیرید! آرام...! آرام...!

درنگی کوتاه در کار ستیزه‌گران پدید آمد. ولید، بهره‌جو از این مجال، افزود: اینک بزرگِ شما، بوطالب...! بنگرید تا او، خود، چه می‌گوید!

با این سخن، جمله سرها سویِ بوطالب چرخید؛ و جمعیت، در میان خویش کوچه‌ای گشود، تا او پیش رفتن بتواند.

بوطالب با آن قامت میانه و قواره درشت و سیمای روشن با هیبت، بی‌هیچ سخن پیش آمد. گره در ابروان سپید پرپشت خویش داشت، و سخت اندیشناک می‌نمود.

چون به کنار سنگ سیاه رسید، ایستاد. پس، لختی، ژرف، دو سوی خویش را نگریست: به جانب چپ، همپیمانان مرگ - بنی‌عبدالدار و عدی کعب - بودند. دسته‌های شمشیرهای برهنه بر کف، به حالت هجوم؛ با دیدگانی خون گرفته، که خشمی کور از آنها زبانه می‌کشید. رو در رویشان، تنی چند از پیران و زنان، چونان دیواری، راه را بر ایشان گرفته بودند.

سوی راست، گروهی دیگر از مردان قریش بودند: خشماگین؛ تلخ، و مهیای دفاع.

بوطالب، در پی درنگی کوتاه، به لحنی آمیخته نیکخواهی و سرزنش، گفت: می‌بینم که بر سرِ کاری خیر، قصد آلودن خویش به شر را دارید! همهمه از دو سوی برخاست، و باز آن سکوت کوتاه، رو سویِ شکستن نهاد.

بوطالب، آشنا با روحیه قوم، تا زمام کار از کَفَش نرود، بی‌درنگ رشته کلام را در دست گرفت:

- آرام باشید! آرام...! آرام...!

دیگر بزرگان قریش نیز به یاری او شتافتند؛ و هر کس، طایفه خویش را به آرامش خواند. لیک، ناگاه، کودکی خُرد، آویخته در دامان مادر، پرصدا به گریه درآمد.

جمله دیدگان، به اعتراض، به آن دو، دوخته شد. زن، با دیدن این حالت، کودک خویش را برگرفت و از معرکه دور شد.

بوطالب، سرزنش‌آمیز گفت: شگفت حکایتی است که قریش خویش را پاسدار حرمت و امنیّت حرم می‌داند، و اینک مردانش، خود در قلب حرم دست به شمشیر برده‌اند و بنای ریختن خون یکدیگر را دارند.

نگاهی به مردان دو سوی خویش افکند و افزود: بیم آن ندارید آیا، که چون شما، خود، حرمت حرم را شکستید، دیگران نیز به این کار دلیر شوند؟! پس، آسایش و نعمتْ از شما بریده شود، و بلاها، سویتان فرود آمدن گیرد؟!

چه می‌گویم من...؟! همین سیل، و آبله و وبایی که از پسِ آن در مکه رخ نموده است و هر روز از کودکان و بزرگان ما کشتار می‌کند، برای شما بس نیست تا به نادرستی کارهای خویش پی ببرید؟

سخنان بوطالب و لحن آرام او، گویی وجدانهای خفته و غفلت‌زده را بیدار ساخت. به یکباره، شعله‌های فروزان خشم در دیدگان فرو نشست و گویی خاکستری از غم بر چهره‌ها پاشیده شد. پس، دستانی که آن‌سان سخت دسته‌های شمشیرها را می‌فشردند، سست شدند. هم، از آن مردان، برخی، شمشیرهای خویش را در نیام کردند. آنگاه، جوانی از بنی‌عبدالدار گامی سوی بوطالب فرا پیش نهاد و گفت: اینک، تو که پیر و بزرگ مایی، بگو که چه بایدمان کردن، تا این فتنه فرو خسبد، و هیچ خاندان نیز خوار نشود؟

بوطالب دست سوی چانه محکم خویش برد، و چندی، سر در زیر، ریشهای انبوه سپیدش را در پنجه‌های درشت خود فشرد. جمله، خیره او، ساکت‌ماندند. گویی‌تنها او توانای گشایش آن گره کور بود.

سرانجام بوطالب سربرداشت و رو به دو سوی، گفت: چنین می‌پندارم که هیچ گزیر جز تن دادن به داوری باقی نمانده باشد.

- داوری؟!

- داوری که؟

- چه کس را بیابیم که جمله به داوری او گردن نهند؟

اَبی اُمَیّه، که سالخورده‌ترین مرد قریش و هم مردی پخته و خوشنام بود، به این پرسشها پاسخ گفت:

- چه می‌گویید، که کار را به داوری تقدیر واگذاریم؟

- داوری تقدیر؟!

- آری؛ تقدیر!

- چه‌سان؟!

- هم اینک جمله روی به چهار در حرم کنیم و چشم بداریم تا چه کس پیشتر به حرم ورود می‌کند. پس، او را در میان خویش داور قرار دهیم؛ و هرچه که فرمود - بی‌گفت و گو - همان کنیم.

- اما...!

- در این ماجرا، اگر و اما را باید که به یک سو افکند. چه، بیم آن می‌رود که ستیزه دوام یابد، و کار، هرگز به سامان نرسد. در آن معرکه درماندگی و خطر، این، راهی هوشمندانه می‌نمود.

بهترین شیوه، تا کشمکشها از میان برخیزند و شمشیرها از کفها بیفتند و کار به فرجامی نیکو رسد.

پس، تا جای هیچ دودلی و ناسازگاری نماند، سخن از شرطهای آن در میان آمد. در این میانه، روی جمله سخنان با ابی‌امیه بود. گویی تنها او بود که هر پرسش را می‌بایست پاسخ می‌گفت و هر دشواری را بر طرف می‌ساخت:

ـ آن کس، باید از این مردمان که اینک در حرمند، نباشد.

ـ آری! او نباید از این قرار که ما با هم نهاده‌ایم با خبر باشد.

زبیر گفت: هم اینک مردانی را در برابر چهار در حرم می‌گذارم، تا هیچ‌کس از اینجا بیرون نرود.

آنگاه، شتابان از حلقه بزرگان قوم دور شد.

ـ ای ابی‌امیه؛ دو تن اگر با هم، از دو در یا بیشتر به حرم ورود کنند...؟

ـ برای این نیز چاره هست. بنا را بر این بگذاریم که تنها یک در از این درها در حساب آید.

ـ در بنی‌شیبه را چگونه می‌بینید؟

(این در، رو سوی در کعبه و بیت‌المقدس داشت. از این رو، مردمان به ورود از آن، گرایش بیشتر داشتند.)

ابی‌امیه گفت: سببی نمی‌بینم تا کسی با آن مخالف باشد.

دیگر سرکردگان قوم نیز، با جنبانیدن سر یا بر زبان راندن کلامی کوتاه، رأی او را تأیید کردند.

ولید گفت: آن کس، نباید که زن یا کودک باشد.

ابی‌امیه گفت: پذیرفته است! او باید مرد و بالغ و رشید باشد. سَبُک مغز و نادان و بیمار هم برای این کار شایسته نیست.

ـ بدکاران و بدنامان نیز، سزاوار چنین داوری نیستند.

ـ پدر و مادرم به فدای تو، ای بوطالب؛ که نیک گفتی و حق سخن را ادا کردی. سر سپردن به داوری این‌چنین کسان، برای قریشْ ننگی ابدی در پی می‌آوَرَد.

ـ از قریش اگر باشد، تیره خویش را بر دیگران برتری ندهد.

ـ ای عمرو؛ این سخن هر چند رواست، لیک، سبب دشواریِ بسیار تواند شد. هنگامی که کار به داوری با آن مایه مَنشهای نیک سپرده شد،

چون و چرا در رأی او - هر آنچه که فرماید - روا نباشد.

ولید گفت: چنین باشد که ابی‌امیّه گفت! اینک سخن کوتاه کنیم و رو سوی عمل آوریم.

با شنیدن این کلام، جمله لب از گفتار فرو بستند و رو سوی در بنی‌شیبه کردند.

آنگاه، ابی‌امیه بر توده‌ای سنگ فراز شد، و به فریاد - چندان که جمله شنوند - گفت: اینک...!

به یکباره، هر صدا و زمزمه که بود، فرو خفت، و سکوتی ژرف بر سرِ حرم خیمه افراشت؛ آن‌سان که دیگر هر آوا که در کویها و برزنهای شهر فراز می‌شد، روشن، در گوشهای تیز شده به راه آن مردمان می‌نشست. در سینه‌ها، تپش دلها تندی گرفته، و دیدگان، گشاده تا به آخر، به راه خیره شده بود.

کلاغی، به حال گذر از آسمان حرم - گویی شگفتی زده از بی‌صدایی آن عده مردمان - قارقاری بلند سر داد. در آن سکوت سنگین و آن حالت ویژه، این قارقار، چنان بلند و ناساز بود، که ناگاه از جمع، صدا به خنده‌ای بلند، سوی آسمان فراز شد.

به دیدار این حالت، ولید مغیره، خندان، ابی‌امیه را گفت: دروازه آسمان را از یاد برده بودی، ای ابی‌امیه!

ابی‌امیه، لبخند بر لب، خواست تا ولید را پاسخی گوید، که همهمه‌ای از سوی در بنی‌شیبه برخاست:

- آمد...! آمد...!

سرها، جمله، بدان سو چرخید؛ و ابی‌امیه، از فراز توده سنگها، شادمان فریاد بر آورد: امین است!

ولید، خرسند، گفت: امین، راستگو و درست کردار و دادگر است. ما بنی‌مخزومیانْ داوری او را پذیراییم.

دیگر سرکردگان قریش نیز، خرسند، با ولید همراهی کردند.

امین، با آن قامت متناسب، دشداشه‌ای سپید از کتان یمنی با خالهایی به رنگ زعفران بر تن، عبایی به رنگ زرد شتری از پشم شتر بر دوش، و دستاری از ململی به همان رنگ بر سر، از راه رسید.

سر در زیر داشت، و غرقه اندیشه بود: به راه اندر، در سرای ویران

پیرزنی که سیل کشته بودش، جمعی را در حال قمار با بَژول[1] دیده بود. زنی جوان نیز، شیون‌کنان خاک بر سر می‌افشاند و گرد ایشان می‌گشت و به فریاد، نفرینشان می‌کرد. محمد، غمزده ایستاده بود تا شاید بتواند به او یاری‌ای رساند. پس، دانسته بود که از آن قمارزنان، یکی، شوی اوست.

آن مرد، نخست شتر خویش را باخته بود. آنگاه، سرایش را. سرانجام، تا شاید شتر و سرای را، دیگربار فراچنگ آورد، بر سرِ ده سال عمر خویش قمار زده بود. ولی آن را هم باخته بود. آنک، هستی باخته، بایستی که ده سال نیز به بردگيِ بی‌مزدِ آن برنده می‌رفت. و... شیون زن، از همین بود.....

امین، خون در دل از آن ماجرا، غرقه اندیشه‌های ژرف خویشْ پیش می‌آمد، که ناگاه سر فراز ساخت و انبوه مردمان را، خیره خود یافت.

بوطالب، بسیار خرسند از این رخداد، سوی برادرزاده شتافت، و با شرح آنچه که گذشته بود، او را از شگفتی به در برد.

امین، سر در زیر، لختی به اندیشه اندر شد. پس، رو سوی بزرگان قریش گفت: چنین باشد! اینک اندکی ملاط مهیا سازید.

جعفر و طالب، در پی ساختن ملاط رفتند.

امین به جانب سنگ سیاه رفت، و در کنار آن، عبا را از دوش برگرفت و بر زمین گسترد.

اینک دایره مردمانِ گردِ او تنگ شده بود. آن کسان که در پس بودند گردن می‌کشیدند، و بر آنان‌که پیشتر بودند فشار می‌آوردند. جمله، منتظر، که جوان سی‌وپنج ساله خوشنام قبیله، آن گره کور را به کدامین انگشت تدبیر می‌گشاید.

امینْ پشت خمانید و با دو دست، سنگ سیاه را از زمین برگرفت و در میانه عبا نهاد. پس، صدای دلنشینش، با آن بیان روشن، برخاست:

ـ اینک بزرگ هر تیره، گوشه‌ای از این عبا را در دست بگیرد؛ و جملگی، همراه، سنگ را به پای جایگاه آن ببرید.

بزرگان تیره‌ها، مبهوت آن هوشمندی و خرسند از آن مایه دادگری، به جانب عبا خیز برداشتند. از جمع، صدا به هلهله و ستایش او، فراز شد.

---

[1]. قاب. استخوانی کوچک از مفصل دست یا پای گوسفند یا چهارپایان مانند آن، که با آن قمار می‌کردند.

سنگ سیاه، نشسته در میان عبای امین، با دست جمله سرکردگان قریش، سوی کعبه برده شد. دیگر مردان هر طایفه نیز، شادمان، در پیِ ایشان روان شدند.

در کنار دیوار، امین، سنگ سیاه را از میان عبا برداشت، و با دست خویش، در جای تهی آن نهاد. پس، گفت: اینک تیره‌هایی که بنای این دیوار با ایشان است پیرامون آن ملاط بریزند و در جای خویش استوارش سازند.

غایله پایان پذیرفته، و ستیزه از میان برخاسته بود. مردانی که ساعتی پیش قصد جان یکدیگر را داشتند، اینک به روی هم، لبخند می‌زدند.... از پسِ روزی چند، دیگربار، جمله، به کار ساختن کعبه روی کردند. امین نیز، عبا و عمامه را به گوشه‌ای نهاد، تا به همراه عموی خویش، عباس، به آوردن سنگ بپردازد. در این حال، عباس شنید که مردی، که پیشتر او را ندیده بود، خشمگین، دیگری را گفت: شگفتا از این قوم؛ که بزرگان و پیرانش کاهلند؛ و آن را که از جمله ایشان کم‌سال‌تر و کم‌مال‌تر است، سَروَر و داور خود قرار می‌دهند! سوگند به لات و عُزّی، که دور نباشد که او بر آنان برتری یابد، و سرنوشتشان را به دست خویش گیرد....

غروبگاه بود و امین، خسته از کار سنگین روزانه، رو سوی حَرَم داشت. از روز پیوند با خدیجه، اداره جمله کارهای بیرون سَرا با او بود: از ستد و داد کالا تا گُسیل داشتن کاروانهای بازرگانی سوی شام و یَمَن و روانه ساختن کالا به جانب بازارهای موسمی در چهارماه حرام – خاصه ماه حج – و ارزیابی دَخل و خرج و حساب دارایی او. هر چند او، پیوسته خویش را از خویهای بد بازرگانان، به دور داشته بود.

«من، که سائب پسر اَبی‌السّائِبام، چندی در کارِ بازرگانی، با اَمین شریک بودم. از هرنظر، بهترین شریکانش یافتم. نیز، خو و روش او را در این کار، با جمله بازرگانان، دیگر دیدم: پیوسته رفتارش با راستی و درستی همراه بود. در ستد و داد – آن‌سان که شیوه بازرگانان است – اهل دروغ و پنهان‌سازی عیبِ کالای خویش‌نبود. به سودی اندک بسنده می‌کرد؛ و ندیدم که بر خریدَاری سخت‌گیری کند. هرگز نیز کار خود را بر گردن من – که شریکش بودم – نیفکند.»

محمد کار را بس دوست می‌داشت، و از آن – هر چند دشوار بیم‌نداشت. خلوت و تنهایی‌را اما، از هر کار دیگر دوست‌تر می‌داشت.

«خوشا شبانی! خوشا گستره آزاد و خاموش دشت!»

اینک، او هر چند پا در پله چهلم زندگانی نهاده بود، باز آن اُنس که از خردی با طبیعت داشت، رهایش نساخته بود. کاش باز برای او آن امکان

و مجال فراهم می‌بود تا به دامانِ خاموش و آرامِ آن پناه می‌برد و غرقه تنهایی ژرف و پُر راز و رمزِ خویش می‌شد!

به شهر اندر، گفت و شنود و آمد و شد و شلوغی و کار و هر آنچه که از نیک و بد بود، ناخواسته، ذهن را به خویش مشغول می‌داشت. دیوارها و تنگناهای کوچه‌ها و سراها، چونان قفسهایی، راه را بر پرواز اندیشه به ژرفاها و اوجها می‌بستند. افقها بر نگاه بسته بود، و دل، سخت، تنگی می‌گرفت. پس، اندیشه‌ها خُرد و نظرها تنگ می‌شد.

به دشت اندر اما، کار دیگر بود. آنجا، هستی، بکر و بی‌هیچ خدشه، در هر سو دامن گسترده بود. خوشترین مجال برای محمد، تا بی‌هیچ مانع، موجهای بلندِ اندیشه خویش را به هر سو روانه سازد، و با دیده دل، ژرف، به مطالعهٔ کتابِ شگفت و هزار لای طبیعت، پردازد.

کاش ناگزیر آمیزش با مردمان و زیستن در میان ایشان نبود. پس، در دامان پاک طبیعت، برای خویش خلوتی می‌گزید، و دیدگان منتظر پر نیاز را بر آسمان می‌دوخت و چندان در آن می‌نگریست تا خداوند جانش را می‌ستاند، یا در خزانه رازهای آفرینش خویش را، بر وی می‌گشاد.....

حرم، چونان هر شامگاه، انباشته مردمان بود. برخی به طواف کعبه، و گروهی به راز و نیاز با بُتِ تیرهٔ خویش، یا در کار مالیدن عطر و دیگر بوهای خوش بر سر و روی آنها بودند. مردی میانسال و فربه، جامه فرسوده پیشین را از تنِ بُتی به درآورده بود و جامه‌ای رنگین و تازه بر آن می‌پوشانید. در چهار سوی حَرَم، در کنار رواقها یا میانه صحن، حلقه‌ها از مردان - هر حلقه پیرامونِ بزرگی از تیره‌ای - گرد شده، و به کار گفت و شنود بودند. پس، هر کس به حرم ورود می‌کرد، از پس طواف کعبه و سجده در برابر بت مورد پرستش خویش یا دست کشیدن بر آن به‌قصد تَبَرّک، به‌حلقه‌ای از آن حلقه‌ها می‌پیوست.

ابالقاسم نیز به حرم ورود کرد و به طواف کعبه روی برد. لیک، چونان گذشته، طواف و نیایش او به شیوه ویژه خویش بود؛ بی‌نظر سوی هیچ بت، یا دست کشیدن بر هیچیک از آنها.

«من، چون چنان دیدم - و پیشتر نیز به چند بار در این حال دیده بودمش - او را گفتم: ای ابالقاسم؛ از چه رو تو همچون ما، هیچ بت را نمی‌پرستی و به هیچیک سجده نمی‌کنی؟!

گفت: مرا دل بر نمی‌تابد ای بوبکر، که بر چیزی که مردمان با دست خویش می‌سازند و می‌تراشند و از آنها به هیچ‌کس سودی و زیانی نمی‌رسد، سجده بَرَم. »

محمد رو سوی سرا کرد. از حرم اما، هنوز به در نشده، وَرَقَه نَوْفِل را دید. او نیز عصاکوبان، رو به جانب بیرون حرم داشت. ابالقاسم دانست که ورقه عزم بازگشت سوی سرای خویش را دارد. چه، این پیر پرهیزگار هر چند سالیانی دراز بود که آیین ترسایی گزیده بود، لیک چونان پیش، طواف کعبه را رها نساخته بود. او با آن دیدگان که فروغ بینایی از آنها رفته بود، هر شامگاه، عصاکوبانْ کوچه‌های ناهموار مکه را از زیر پا گذر می‌داد تا به طواف کعبه بیاید.

محمد، چون پیشتر رفت، دریافت که ورقه، گریان و روان، به زمزمه شعری در زیر لب است:

- رهنمون و کامیاب شدی، ای پسر عمو؛
و از تنور بسیار گرم آتش دور گشتی.
آیین آن خداوندی َرا برگزیدی
که پروردگاری چون او نیست.
هرگاه

- در شب یا روز -
از سرزمینهای ترسناک می‌گذشتی
تنها نام خدای را بر زبان می‌راندی.
و در هَر پرستشگاه نماز می‌گزاردی
و از خدای می‌خواستی تا به رحمت خود،
کافران را بر تو چیره نسازد....

محمد دانست که آن شعر، در سوگ زَیدِ عَمرو، یار دیرین ورقه است. چندی بود که از زَید هیچ خبر نبود. پیشتر، گاه محمد او را دیده بود که پیر و شکسته، به حرم اندرْ، پشت بر کعبه داده، مردم را به ترکِ پرستش بتان و روی کردن سوی آیین ابراهیم پیامبر فرا می‌خواند. لیک، چون چندی گذشت، عموی زَید، خَطّاب، جمعَی جوانان شرور و فرومایه را برانگیخت تا از مکه بیرونش برانند. چه، بیم آن داشت که سخنان او، باور مردمان را به بتان سست کند، و کیش ایشان را تباه سازد.

زید، ناگزیر، در کوه نور مسکن گزید. پس، چون گاهی نهانی به مکه ورود می‌کرد و به زیارت کعبه می‌رفت، دیگر بار آن فرومایگان بر سرش می‌ریختند و چندان می‌کوفتندش تا به مرگ نزدیک می‌شد. خطاب، صَفیّه حَضْرَمی، همسر زید، را نیز گفته بود تا او اگر عزم سفر کرد، آگاهش سازد. بدین سان، زید رانده‌ای آواره بود که رُخصت ترکِ پیرامونِ شهرِ خویش را نیز نداشت.

با این رو، روزی، خدیجه خبر آورده بود که گویی زید، بی‌زاد و توشه، راه سفر را در پیش گرفته است.

پس، دیگر هیچ نشان از او نبود. آنک اما، چه روی کرده بود که یارِهمدلش، وَرَقَه، این‌گونه با یاد او آب از دیده فرو می‌ریخت؟!

ـ عصر خوش!

ـ آه، تویی، ای اَبالقاسم...! عصرگاه تو نیز خوش باد!

ـ می‌بینم که سخت اندوهگینی! برای دوستت، زَید، آیا ماجرایی پیش آمده است؟

با شنیدنِ این سخن، بغض در گلوی ورقه شکست، و زار گریست. محمد، به همدلی، دست بر شانه استخوانی او نهاد و گفت: به تو، خبری از او رسیده است؟

ورقه با دستمال آب از دیدگان پژمرده گرفت و بُغض‌آلود گفت: آری، ای فرزندم. زید از جهان بیرون شد. او را کشتند.....

ـ کشتند؟!... به کجا؟!... کیان؟!

ـ آری، ای پسرم! زید را کشتند. در بازگشت از شام، به نزدیک خَیْبَر، راهزنان ستمگر قوم خَفاجَه او را کشتند.

پس، باز گریست.

با شنیدن این سخن، محمد را اندوهی ژرف فرا گرفت. سپس، در پی درنگی کوتاه گفت: راهزنان خَفاجَه اما، با آن پیر روشن روان چه کارشان بود؟! زید در آنجا به چه کار بود؟!

ورقه، گویی که بیناست، سر سوی چپ و راست گردانید. آنگاه، پرسید: در پیرامون ما آیا کسی هست؟

محمد گفت: نیست.

ـ تو نیز با ما بیگانه نیستی. با من همراه شو، تا در راه تو را حکایت کنم.

محمد دست خشکیده و پرچروک ورقه را در دست گرم و مردانه خویش گرفت، و رو سوی محله اَبْطَح کردند.

- دوش، پسر عمه تو، عُبَیدالله جَحْش، مرا این خبر آورد. (و او نیز از جمله یاران ماست.) نمی‌دانم که آیا می‌دانی؟: ما چهار یار بودیم از روزگاران دیرین؛ زید، عُبَیدُالله، عثمانِ حُوَیْرَث و من. نخست ما نیز همچون دیگر مردم شهر، مشرک بودیم و بت می‌پرستیدیم. لیک، چون به سنِّ تمیز رسیدیم، در این‌باره به تردید گرفتار آمدیم. تا که نرم نرم، به اندیشه یکدیگر پی بردیم، و نهانی، با هم راز گفتیم

به روزگار میانسالی من، روزی مردم قریش به رسمِ عیدِ هر ساله، بت بزرگ بَوانه را با خود برداشتند و راهی عیدگاه بیرونَ شهر شدند. آنجا، چون قربانیها کرده، و نیایشها به جای آورده شد، گاهِ سرور و شادمانی و باده‌گساری فرا رسید. آنگاه، ما چهار تن، در گوشه‌ای خلوت گزیدیم، و پیمان بستیم تا به جست و جوی دین راستین، در جهان پراکنده شویم.

من سوی شام روانه شدم، و در پی پرس و جو و درنگ بسیار، به فرجام، آیین ترسایی را برگزیدم. عثمانِ حُوَیْرَث، نیز، در روم چنین کرد. پس، من سوی مکه باز آمدم. عثمان اما، به روم‌اندر ماند، و نزدِ قیصر، جایگاه و رتبه‌ای بلند یافت. پسر عمه تو، عبیدالله، هیچ آیین نتوانست برگزیند. لیک، به بتان، کافر ماند. بَنی مَخزوم، مانع زید شدند؛ و او از مکه، بیرون رفتن نتوانست. او اما، خود را پیرو دین ابراهیم - درود بر او - خواند، و کیش خویش را آشکار ساخت. هم، از آن روز، به جستجو اندر بود، تا بر آیینها و نیایشهای این دین آگهی یابد. لیک، به مکه و جمله حجاز اندر، هیچ کس را دانا به آنها نیافت. سرانجام یک - دو سال پیش، از مکه گریخت. در این دوران، ما را نیز از او هیچ آگهی نبود. تا ماهی پیش، که عبیدالله، به دمشق اندر دیده بودش: تکیده اندام، با جامه‌های خشن مُندرس، و دستان و پاهایی لرزان.

آنجا، زیّد او را حکایت کرده بود که پیاده، حجاز و موصل و شام را در نوردیده بود. پس، روحانیان دین یهود و راهبانِ ترسا، کیشهای خویش را بر وی عرضه کرده بودند. پسندِ دل زید نیفتاده بود، و از آیین ابراهیم از ایشان پرسیده بود. از آنان اما، هیچ‌یک از ریز آن، آگهی نداشته بود. تا

او را سوی راهبی در سرزمین بَلقاء راه نموده بودند؛ که خبرها و دانشهای دین عیسی مسیح - درود بر او - بدو رسیده، و جمله نزد اوست.

زید، عبیدالله را گفته بود: چون شرح پرسش و جستجوی خویش را بدو باز گفتم، گفت: تو در پی آن کیشی که امروز بر زمین نیست؛ و به آیینهای آن دست نمی‌توانی یافت. لیک، آنچه که اینک می‌توانم با تو بگویم این است که، زود باشد که پیام‌آوری از دیار تو، سرفراز کند. او بر دین ابراهیم برانگیخته می‌شود، و جمله کیشها را، با آیین خویش باطل می‌سازد. اینک، تو خود را به او رسان، و چون پیامبری آشکار کرد، پیروی او کن. چه، حقیقتِ کیشی را که در جست و جوی آنی، از بَرِ وی می‌یابی.

زید، عظیم خرم شده، و در ساعت، روی سوی مکه کرده بود. به راه اندر، آن نادانان - نمی‌دانم از چه رو - خونش را بر زمین ریختند.

محمد، چاروق بر پای، مهیای رفتن سوی حرا بود.

«آیین قریش چنان بود که هر که از ایشان سوی نیکی گرایش داشت، هر ساله، به ماه رَجَب اندر، از مکه بیرون می‌رفت، و جمله آن ماه را بر فراز کوه خلوت می‌گزید، به روزان و شبان. و باور ایشان این بود که در این دوران باید که از مردمان جدا بود، و نه بایدشان دید و نه سخن ایشان را شنید. آنان، آن خاموشی و خلوت گزینی را گونه‌ای عبادت می‌دانستند.

در این میانه، نخست فرزندان هاشم این رسم را نهادند. پس، دیگر تیره‌ها نیز چنان کردند. ولی هاشمیان بر آن، اهتمامی بیشتر داشتند و در این کار، همتِ محمدِ عبدالله، از جمله ایشان، فزونیِ داشت.»

«آری؛ شویم، ابالقاسم، به آن خلوت و گوشه گزینی، دلبستگی بسیار داشت. لیک، آن سال، چون مهیای رفتن سوی حرا شد، وی را اندیشناک دیدم. چه، آن سال، پی‌درپی، برای او چند رخداد شگفت روی نموده بود که اندیشناکش کرده بود:

پیشتر، و در سراسر عمر، محمد بس رؤیاها می‌دید، که به بیداری اندر، تعبیری راست می‌یافتند. لیک، چون زاد سال او چهل شد – و شاید چندی از آن پیشتر – خوابهایش حالتی غریبتر یافتند: جمله آنچه که به رؤیا اندر می‌دید، چونان سپیده‌دمان، روشن و آشکار بودند.

آنچه را که او در خواب می‌دید، رؤیا شاید نتوان گفت. چه، رؤیا

این‌گونه نیست. خواب ابالقاسم هم، چونان دیگران نبود: به خواب اندر نیز – همچون بیداری – غفلت از یاد خدا در وی راه نداشت. (خود، روزی دراین‌باره، مرا گفته بود: دیدگانم در خواب، و دلم بیدار است.) این گونه می‌توان گفت که، آنها رؤیاهایی راست بودند: سپیده دمانی روشنابخش خاطر و دلش؛ تا در پرتوشان، او، جمله چیزها را، چنان‌که بودند، ببیند.

چون در این‌باره با من سخن گفت – و در آن دوران، او، از این حالتهای خویش، تنها مرا حکایت می‌کرد – من آن سخنان را به عموزاده خود، وَرَقه، بازگفتم. (و این ورقه، مردی یزدان‌پرست و پرهیزگار بود، و گنجینه‌هایی بسیار از دانشِ دین اندوخته بود.) ورقه مرا گفت: ای دختر عمو؛ با آن حکایتها کَه پیشتر، مرا از آن سفر او به شام گفتی، اینها می‌توانند نشانه‌هایی نیکو باشند. شاید که پروردگار، شوی تو را به پیامبری خویش برگزیده باشد! چه، پیامبران، پیشتر تا ایشان به این کار برانگیخته شوند، به خواب اندر، قلبهایشان مهیای دریافت وحی می‌شود. نیز، بر پیامبران پیشین، برخی وحیها، در خواب فرو آمده است....

در روزگاری پس آن، هر شب، مردی بزرگ و بس شکوهمند در خواب بر وی آشکار می‌شد، که شویم را با او آشنایی نبود، و پیشتر نیز، بر مثالش کس ندیده بود.

چون چندی دیگر گذشت، روزی مرا گفت: ای خدیجه؛ اینک آن شخص، در بیداری نیز بر من آشکار می‌شود.

پرسیدم: چه گاه و در کجا؟

گفت: آن را گاه و جایگاهی ویژه نیست: هم در شهر و هم در دشت و کوه؛ گاه به شب و گاه به روز....

نیک در یادم هست که از جوانی نیز به گوش شویم زمزمه‌هایی گنگ و دوردست می‌آمد، که جز او، هیچ کس آنها را نمی‌شنید. گاه نیز او چیزها می‌دید، و ما نمی‌دیدیم. لیک، در این ماهها، آن صداها فزونی گرفته بود. پس، چون در راهی، تنها به رفتن بود، از بُنِ هر سنگ و کلوخ و بوته خار، زمزمه بر می‌خاست: درود بر تو، ای برگزیده!

در این گاه، به راست و به چپ و پسِ پشت می‌نگریست. جز سنگ و کلوخ و خاربوته اما، هیچ نمی‌دید.

چون این رخدادها مکرر شد، خور و خواب او کاستی گرفت، و تنش

رو سوی رنجوری نهاد.

از این رو، آن روز، چون مهیای خلوت‌گزینی هر ساله خویش در حرا شد و آن دغدغه را در نگاه وی دیدم، اندیشیدم که او شاید به دیدار این حالتها، بر خویش بیمناک گشته است.

پس، به کنارش رفتم و بوسه بر میان دیدگانش زدم و گفتم: پدر و مادرم به فدایت؛ از چه رو، این‌سان اندیشناکی؟! تو مردی تندرست و به نیرویی؛ و پیشینیان تو نیز، جمله، این‌گونه بوده‌اند. هم، تو، در جمله زندگانی خویش، پاک زیسته‌ای، و جز راستی و درستی، از تو سر نزده است: دیدگانت بر ناروا دوخته نشده است و تنت به ناپاکی نیالوده. با خویشانت پیوند داشته‌ای، و پیوسته به اصلاح بین مردم کوشیده‌ای. یاوری ستمدیدگان و سرپرستی بی‌سرپرستان کرده‌ای. دستگیر مستمندان، و برای دیگر مردمان، امانتداری بس شایسته بوده‌ای. با این رو، چگونه می‌شود که ایزد، دیوی را بر تو چیره سازد!؟

ابالقاسم، در پاسخ من، لبخندی زد، و هیچ نگفت.

آنگاه کوزه‌ای آب و بسته‌ای نان کَعَک و ظرفی روغنِ زیتون همراهش ساختم، و او، راهِ کوه حرا را در پیش گرفت.»

آنک باز حِرا. همدم خلوتهای ژرف و رازآمیز محمد. با آن چشم‌اندازهای فراخ پیرامون، که مَوجهای نیرومند اندیشه او، بی‌برخورد با هیچ مانع، در هر سوی آن گسترش می‌یافت، و تا بینهایتْ پیش می‌تاخت. بلندایی با آن امکان، که او گسترهای فراخ از هستی را یکجا و در یک نگاه ببیند. گونه‌ای ویژه از دیدن، که برای ماندگان در سطحِ زمین، امکان آن، هرگز پیش نمی‌آمد.

از آن فراز، مردم چه مایه کوچک و ناتوان و کودک سان می‌نمودند! هم، چگونه رفت و آمد و گفت و گو و تلاش و ستیز ایشان، معنایی حقیر به خویش می‌گرفت.

چه مایه غرقه غفلت و روزمرّگی بودند آن مردمان! چه‌سان اندیشه‌هایشان زندانی عادتهای پست گشته، و از آنچه که بایست، دورمانده بود!

«در آن روزگار، مردم عربْ بر پست‌ترین آیینها دل خوش داشتند، و در بدترین حالت می‌زیستند. پیرامونشان صخره‌های خشن و ماران سهمناک بود. آبهای آلوده می‌نوشیدند و طعامهای ناگوار می‌خوردند. با بهانه‌ای کوچک، خون یکدیگر را می‌ریختند، و پیوند خویش را از نزدیکان می‌بریدند. بُتان در میان ایشان برپا بود، و گناهان، آنان را فرا گرفته بود. مردمانْ سخت به گمراهی غرقه بودند، و حیران و سرگردان، در

فتنه و تباهی غوطه می‌خوردند. هوا و هوس از هر سو فرایشان گرفته، و خودپرستی و خودبرتربینی، خوار و پریشانشان ساخته بود.

از دیرباز، پیام‌آوری انگیخته نشده بود. جهان را تاریکی‌ای ژرف در خود فرو پیچیده بود، و مردمان، به خوابی ژرف، اندر بودند. رشته جمله کارها از هم گسیخته بود. بیم چنان دلها را گرفته بود که هیچ‌کس برای خویش پناهگاهی جز شمشیر نمی‌یافت. هم از این‌رو، درخت زندگانی انسان آن‌سان به زردی گراییده بود که امیدِ دادن هیچ برگ و بار، به آن نمی‌رفت.»

محمد اینک در آستانه چهلمین سال از زندگانی خویش، بیننده جمله این ماجراها بود. لیک، جز اندوه و غمخواری و آرزویی مبهم برای آینده، هیچ کار نمی‌توانست کردن. چه، کار از آن فراتر رفته بود که با تلاش تنهای یک یا چند تن از پیش خود، سامان یابد.

زید و ورقه و عثمان و عبیدالله مگر نبودند!؟ رنج زید در این راه، آیا اندک بود!؟ پاسخ آن مردم اما، که او بر ایشانَ دل می‌سوزانید، بدو چه بود، جز دشنام و تمسخر و سنگسار و زدن؟ و چه کرده بود او، جز آنکه چونان شهابی زودگذر، در آن تاریکی بی‌رُوزن، برای لحظه‌ای شکافی افکنده بود، تا در پرتو آن، لَختی، زشتیِ زندگانیِ نکبت‌بار خویش را ببینند!؟

بیرون از مکه، باز چند تن همچون ایشان بودند: محمد آن روز را در بازار عُکّاظ نیک به یاد داشت، که قَس ساعده ایّادی از طایفه بکرِ وائل، بر شتری سرخ‌موی نشسته بود و در میان مردم می‌گشت و پندشان می‌داد:

ـ ای مردم؛ پیرامون من گرد آیید و به من گوش سپارید و بیاموزید: هر آن که زیست، از جهان بیرون شد؛ و آنچه که آمدنی است، می‌آید.

به درستی که در آسمان خبرها، و در زمین عبرتهاست.

سوگند می‌خورد قَس به درستی، که اگر شما به این آیین که دارید خشنودید، خدای برتر، از آن ناخرسند است. خدای را کیشی دیگر هست، که آن را از آیین شما دوست‌تر می‌دارد.

ای مردم؛ چه شده است که گمان بُرده‌اید که مردمانی که آمده‌اند باز نمی‌گردند؟!....

او اما، می‌گفت، و مردمان هر یک به کار ستد و دادِ خویش بودند. آن

چند تن نیز که گوش می‌سپردند، جز شوخی و لُودگی و مسخرگی، قَس را پاسخی نمی‌دادند....

به راستی، چگونه بود که مردم اندیشه نمی‌کردند که هستی با آن مایه شکوه و عظمت و پیچیدگی و ژرفا، بیهوده آیا آفریده شده بود؟! معنای زندگانی انسان آیا همان خور و خواب و زناشویی و غارت و تجاوز و مانند آنها بود...؟!

محمد، لَختی به آسمانِ رنگ باخته غروب چشم دوخت: شب، نرم‌نرم از راه می‌رسید و خیمهٔ سیاه خویش را بر فراز زمین می‌افراشت. ستارگان، تک تک، در گوشه و کنار آسمان رخ می‌نمودند، و هر دم نمودی آشکارتر می‌یافتند. با روی کردن شب، سکوت دشت و کوه حرا، ژرفایی چند چندان می‌یافت: مجالی بس بیشتر برای محمد، تا در آن خلوت و سکوت بی‌خدشه، اندیشه پایان‌ناپذیر خویش را پی گیرد.

آسمان شب، برای محمد شگفت عالمی بود، چندان بزرگ، ژرف، گونه‌گون و رازآمیز، که هرگز مکرر نمی‌نمود. کتابی چندان غنی، که هر گوشه - نه، که هر نقطه - اش، خود دنیایی غریب و تازه بود.

حاشا که هستی، از پس آفرینش شگفتش، سرگردان به حال خویش رها گشته باشد! این مایهٔ نظم و شکوه بهت‌انگیز، به یقین، پیوسته با هدایت آفریدگاری دانا و توانا بود.

مردمان نیز هرگز به حال خویش رها نمی‌توانستند بودن؛ و پروردگارشان، هیچگاه از ایشان غافل نبوده بود. لیک، از چه رو آنک بدان حال دچار آمده بودند؟!

محمد چندان دل مشغول خویش نبود. چه، از آن روز که بر وجود خود آگهی یافت، با دیدهٔ دل دید که تنها نیست. پیوسته، چون کار بر او دشواری می‌گرفت، با هدایتهایی از درون و بیرون، راهها بر وی گشوده می‌شدند. هرگاه که در کاریِ صلاحش نبود، به نیروی عقل بدان پی می‌برد. پس، چون عقل در آن درمی‌ماند، نهیب و بدآمدن دل، از آن کار بازش می‌داشت؛ یا، با رؤیایی راست، راه از چاه، بدو باز نموده می‌شد. آنگاه نیز که جمله اینها هدایتگرش نمی‌شدند، از بیرون، مانعی سرفراز می‌کرد، تا آن کار، سر نگیرد. پس، نمی‌گرفت.

هرچه بود، محمد، در جمله حالتها، نیرویی برتر را یاور و راهنمای

خویش می‌یافت؛ نیرویی، که زندگانی‌اش را، یک‌دم از حضور او تهی نیافته بود. لیک، اینک، در آستانه پختگی عقل و کمال اندیشه، می‌دید که نیاز و اندیشه‌هایش، به افقهایی بس فراتر از آنچه که به زندگانی روزمرّه‌اش ربط می‌یافت، رفته بودند.

او، به نیروی عقل و هدایت دل و رؤیاهای ژرف خویش دریافته بود که چه چیزها بر مدار درست خود نیست، و نادرست کدام است. درستِ بسیار چیزها اما کدام بود و پاسخ آن پرسشهای بزرگ او درباره هستی چه بود، پیوسته، آن‌سان که خواهانش بود، بر وی آشکار نمی‌گشت.

محمد، کتاب ناخوانده و مکتب نادیده بود. لیک، آنچه که می‌خواست، در میان قصه‌های روحانیان یهودی و راهبان ترسا نیز یافت نمی‌شد. چون ژرف می‌نگریست، در کتاب طبیعت، آموختنیهایی بس بیشتر می‌یافت: سپیده‌دم، به گاه سر بر آوردن از دل سیاهی شب؛ خورشید، چون می‌دمید و سر از افق فراز می‌ساخت؛ تاریکیِ شامگاه، آن هنگام که سپیدی روز را در خود به تحلیل می‌بُرد؛ ستارگان، آنگاه که بر مثال چراغهایی بر طاق تیره آسمان شب می‌آویختند؛ ماهتاب، هنگامی که طبیعتِ ساکنِ شب را در نور نقره‌گون خویش می‌شست، و رعد و برق و باران و کوه و دشت و شتر حتی - با آن آفرینش شگفت خویش - ، برای او آموختنیهایی بسیار با خود داشتند. با این رو، اینها جمله نشانه‌هایی از حقیقتی بس ژرف و بزرگ بودند.

آن حقیقتِ محض و بی‌کاستی و زوال اما، خود، چگونه بود؟

نشانه‌ها، با بی‌زبانی خویش، برای محمد، بس سخنها می‌گفتند. لیک، اینک، از پسِ چهاردهه عمر، و در این سن پختگیِ عقل، پرسشهای محمد از مرز آن نَشانه‌ها فراتر رفته بود. دلمشغولی او نیز از خویشتن خویش گذشته، و گستره‌ای بس فراختر را در بر گرفته بود.

چه می‌شد آیا که آن حقیقت ناب، آن رازِ ژرف و کلید جمله این نشانه‌ها و پرسشها، خود لب به سخن می‌گشود و از پسِ آن سالیان دراز سکوت، دیگر بار با آفریدگانش، از خویش سخن می‌گفت؟....

- نیمروز خوش، ای پسر عمو!
- نیمروز خوش، ای ابالقاسم!
صدا از عموزاده‌اش، علی کوچک، و همسرش، خدیجه بود؛ کودک و
زنی، که مهربان‌ترین کسان به محمد و وفادارترین ایشان به او بودند. آن
دو، تا بی‌خبر بر وی ورود نکرده باشند، چند گام مانده تا غارِ حرا، صدا به
تهنیت فراز ساخته بودند.
محمد، شادمان آمدنِ ایشان، به پیشبازشانْ از غار بیرون رفت، و صدا
به پاسخ فراز ساخت:
- جمله وقتهای شما نیز نیکو باد!
پس، از سرِ حق‌شناسی، نگاهی ژرف به دیدگان گیرنده همسر افکند،
و به مهر، بر سرِ علی دستی کشید.
خدیجه دستمال بسته‌ای بزرگ در دست داشت، و علی کوزه‌ای پر
آب. هوا هر چند پاییزی و خنک بود، لیک بر سیمای عریض خدیجه و
چهره گندمگون علی، دانه‌های درشت عرق نشسته بود.
خدیجه، پیشتر تا به غار رسد، به درنگی کوتاه کوشیده بود تا نفس به
شماره افتاده خویش را آرامش بخشد. لیک، هنوز نفسش قرار نیافته بود.
پریدگی رنگ سیمای سپیدش نیز، آشکارا از فشاری که پیمایش آن راه
دراز بر جسم اندکی فربه او آورده بود، حکایت داشت.

علی اما، شاداب و پرتوان، بی‌هیچ نشان از خستگی، رو در روی پسر عموی محبوب خویش ایستاده بود. با آن دیدگان درشت درخشان که شکستی ملایم در خط بالایی‌اش زیبایی‌ای گرم به آن بخشیده بود، گویی محمد را می‌گفت: چه مایه شادمانم از دیدار تو، ای پدر ـ پسر عمو!

خدیجه و علی، دو فرسنگ راهِ مکه تا پای کوه حرا را با شتر پیموده بودند. پس، نیمی از یک ساعت، سنگلاخهای سیاهِ خشن کوه را از زیر پا گذر داده بودند، تا برای محمد، آب و طعام بیاورند.

در این میانه، علی هر چند ده سال بیش نداشت، لیک، کودکی به نیرو و با نشاط بود. برای خدیجه اما، از پس پنج و نیم دهه عمر و زادن هفت فرزند، فراز شدن از حرا با آن شیب تند، دشوار می‌نمود. خاصه، که او در این‌گونه کارها تجربه‌ای بسیار نداشت؛ و اندام نیمه فربه وی نیز، بر دشواری کارش می‌افزود. پیوسته، چون اندک نان خشک و روغن زیتون و آب محمد پایان می‌گرفت، او، خود، سوی مکه باز می‌گشت، و با خویش آب و طعام می‌آورد. نیز، پیشتر، به چندبار، همسر باوفایش را گفته‌بود که با آمدن به کوه، خویش را به رنج در نیفکند. لیک، خدیجه، گاه، از برآوردن این خواسته او، سر باز می‌زد.

ابالقاسم، کوزه و دستمال بسته را از دست همسر و پسرعمو گرفت. پس، ایشان را به اندرون غار خواند. خدیجه اما گفت که هوای بیرون، خوشتر است.

ابالقاسم، به غار اندر شد، و از پس نهادن طعام و آب در آن، با عبای خود بیرون آمد. آنگاه عبا را بر تختهَ سنگی صاف گسترد، و خدیجه و علی را به نشستن بر آن خواند؛ و خود نیز رو سوی کعبه، در میان ایشان نشست.

چه مایه این دو، محبوب دل محمد بودند! هم، چه اندازه که آن دو، او را می‌خواستند! هرچند، چون با یکدیگر بودند، سکوتِ آمیخته با اندیشه محمد، مجال برای سخنی بسیار بر جای نمی‌نهاد، لیک، آن نگاههای گویا و آن موجهای ناپیدای جاری عشق در میانه ایشان، از هر گفته، بی‌نیازشان می‌ساخت:

«نمی‌دانی آیا که چه مایه دلتنگ تو می‌شوم، ای ابالقاسم؟ با این رو،

چگونه از من چشم می‌داری که ماهی را، بی‌دیدار تو سپری سازم! از چه رو می‌خواهی که به بهانه دشواری راه، مرا از این لحظه‌های خوش دیدار خویش محروم سازی؟! نمی‌دانی آیا که به آب و طعامت نیز اگر نیاز نبود، من باز برای دیدار تو بهانه‌ای می‌جستم، و در پی دل، سوی تو پر می‌کشیدم؟!»

«پسرعمو - پدرم! ای از پدر برای من مهربانتر! هیچ می‌دانی آیا که از جمله برادران و دوستان و حتی پدر خویش، دوست‌تر می‌دارمت؟... کاش هرگز از من دور نمی‌شدی!»

«آری؛ آری! جمله اینها را نیک می‌دانم. شما نیز از دلبستگی من به خویش، باید که آگاه باشید. از همین روست که در این روزها از دیدارتان پرهیز دارم. چه، دوست نمی‌دارم که در این دوران، جز یاد و مهر آن حقیقت مطلق، چیزی در ذهن و دلم راه یابد.»

محمد، دست بر شانه علی، از خدیجه، از جریان کارها و آنچه که به مکه اندر درگذر بود، پرسید. تازه، هیچ خبر نبود. پسر خوانده‌شان، زید، بر آن شده بود تا با همسرش، برکه، برای محمد طعام و آب آورد. لیک، خدیجه به ایشان رُخصت نداده بود. پس، خدیجه خواسته بود تا تنها سوی محمد آید. علی چون آگهی یافته بود، چونان دیگر بارها که او عازم حرا می‌شد، سخت پای فشرده بود تا با وی همراه شود. پس، هر دو، آمده بودند.

محمد، با مهر، شانه علی را فشرد، و ژرف در روی او نگریست. سیمای گردِ علی، از شادی، چون گل، شکفت.

از پسِ چهارسال زندگی با هم، مهر میان آن دو چنان ژرفا گرفته بود که روزی، تاب دوری یکدیگر را نمی‌آوردند.

به مکه اندر، محمد به هر جا که می‌رفت، اغلب، علی نیز با او بود. هم، چون در راهی به رفتن بودند، محمد با او سخنان شیرین می‌گفت و مهربانیها می‌کرد.

«پسرعمویم، مرا در دامانِ خویش می‌پرورْد. بسیار مرا بر سینه خود می‌چسبانید، و در بستر خویش می‌خوابانید؛ و در این حال، عطر خوش تنش را استشمام می‌کردم. من نیز چونان رفتن بچه شتری در پی مادر خویش پیوسته در پیِ او روان بودم.»

اینک محمد چون به آن چهار سال که علی با ایشان زیسته بود می‌اندیشید، در دل، پروردگار را سپاس می‌گفت؛ چه، آن خشکسالی و قحطی سخت اگر روی نداده بود، اینک، بسا که آن انس غریب، در میان او و این پسر عموی کوچک دوست‌داشتنی‌اش نبود. نیز، با آن کار، برای محمد این امکان پیش آمده بود تا چندی از دِیْن خویش را به عموی بزرگ‌منشش، بازپردازد.

«محمد، از خویش و بیگانه، دستگیری بسیار می‌کرد. در آن سال قحطی نیز سخت در این اندیشه بود که چگونه به بوطالب یاری‌ای رساند. تا روزی در حرم نشسته بودم که سوی من آمد و گفت: ای عمو؛ برادرت، بوطالب، نانخوران بسیار دارد؛ و مالی در دستش نمانده است. روزگار نیز بدین‌گونه است که می‌بینی؛ و هر کس در کار خود فرومانده است. بوطالب اما، می‌دانی که از بلندیِ طبع، یاری از کس نمی‌پذیرد.

خداوند به من و تو فراخی در روزی داده است؛ و اینک در میان جمله هاشمیان، از من و تو، کس توانگرتر نیست. چه می‌گویی که نزد او رَویم، و هر یک، فرزندی از وی بستانیم، تا نزد خود نگاه داریم؟

گفتم: روا باشد!

پس، در ساعت به نزد بوطالب رفتیم، و بدان‌گونه که بر وی گران نیاید، قصدِ خویش را باز گفتیم. برادرم، در پیِ لختی درنگ گفت: تا آنگاه که این قحطی سر آید...!

گفتم: چنین باشد!

گفت: ای عباس؛ می‌دانی که من تاب دوری عَقیل را ندارم. اینک او را برای من بگذارید، و از باقی، هر یک را که می‌خواهید، با خود ببرید.

گفتیم: چنین می‌کنیم که تو می‌خواهی!

پس، ابالقاسم علی را برگرفت، و من، جعفر را.»

محمد، تا سکوت از میان برخیزد، رو سوی علی، به شوخ‌طبعی گفت: در این روزها که من در مکه نبودم، هیچ آیا با کودکان، کشتی گرفتی؟

علی، به لبخندی آمیخته شرم، گفت: نه.

خدیجه، خندان، گفت: بوطالب در مکه نبود تا برای علی حریف بیاورد.

گفته خدیجه هر چند رنگِ شوخ‌طبعی داشت، پُر بیراه نبود.

«بوطالب، همچون دیگر مردمان عرب، تماشای کشتی را دوست می‌داشت. پس، هنگامی‌که حالش خوش بود، پسران خود و پسران برادرانش را گرد می‌کرد، و با هم به کشتی گرفتنشان وامی‌داشت. در این میانه، علی، کودکی درشت استخوان و به نیرو بود. او، با هر که در می‌آویخت، بر زمینش می‌کوفت و بر وی چیرگی می‌یافت. بوطالب نیز به دیدار این حالت، شادمان می‌شد و می‌گفت: علی بر بالا قرار گرفت!»

ابالقاسم، از پس کشیدنِ دست نوازشی بر سر علی، رو سوی خدیجه، پرسید: کودکانمان در چه حَال بودند؟

ـ نیک! لیک، دلتنگِ پدر بودند.

آنگاه محمد از حال زید و همسرش، برکه، و مَیْسره، و همسر او پرسید. خدیجه گفت که همه تندرستند، و جویای حال او بوده‌اند.

ـ ... و پسر عمویت، ورقه؟

ـ حال او خوش نیست.

ـ بیمار است آیا؟

ـ خیر! سخت دل غمین است. از خود؛ که دیدگانش دیگر فروغی ندارد تا بتواند برای خلوت گزینی و نیایش به کوه بیاید. غم زید عمرو نیز، هنوز از دلش بیرون نرفته است.

با یاد زید عمرو، سایه‌ای سنگین از غمْ بر دیدگان درشت و سیاه محمد افتاد. پس، آهی کشید و گفت: زمانه پَلشتی است، ای خدیجه!

آنگاه نگاهش دور و دورتر گشت؛ چندان‌که گویی دیگر روحش در آن جهان نبود.

به دیدار این کار او، علی نیز بر پای خاست. او، کوزه تهی و سفره پیشین را از غار به در آورد؛ و از پس بدرودی کوتاه، زن و کودک، راه دامنه کوه را پیش گرفتند. در این حال، محمد ـ هر چند غرقه حالت پیشین ـ ایستاده، رو سوی ایشان داشت؛ و نسیمی نو پا، گیسوان بلند سیاهش را به بازی گرفته بود.

محمد، از پس خوابی کوتاه، ســر از زمین ماســـه‌ای غارِ حرا برگرفت. هـــوا خنکایی لرزآور داشـــت. شـــب، گویی به نیمه خود رســیده بود. محمد، سر سوی بیرون چرخانید: به آسمان اندر، هلالِ لاغر ماه، نور کم‌جان خویش را بر کوههای حرا و تَبیر و دشت گسترده جنوبی افشانده بود. مکه، طبیعت پیرامون آن و سربه‌سر جهان، در خوابی ژرف غرقه بودند. سکوتی سنگین و غریب، هستی را یکسره در خود فرو پیچیده بود. از هیچ سو، هیچ صدا فراز نمی‌شد. گویی آن شب، زمین و زمان نیز با زندگان، به خواب اندر شده بودند: نسیم، از جنبش بازمانده بود، و رودی نیز اگر بود، به یقین، آنک پای از رفتار کشیده بود.

محمد، پیشتر بسیار نیمه شبان را با بیداری سپری ساخته بود. لیک، آن مایه سکوت و آرامش را، هرگز نه شنیده و نه احساس کرده بود: گوش، از شدت بی‌صدایی به درد دچار می‌آمد. فضاگویی جنسی از ابدیت یافته بود. زمان انگار از گذر ایستاده بود؛ و هستی، در لحظه‌ای از بی‌مرگی و زوال‌ناپذیری، معلق مانده بود.

سکون و سکوت چنان بود که گیاهی اگر می‌رست یا غنچه‌ای اگر بر بوته‌ای می‌شکفت، به یقین، صدای آن به گوش می‌آمد. پس، ناگاه، به آسمان اندر، نوری تند، از جنسی غریب آشکار گشت، و جمله افقِ نگاه محمد را پرساخت. آنگاه او، ترسان، در جسم و جان

خویش، جنبشی احساس کرد: لرزشی در تن. دَوّار سر. دَوَران. دَوَران. تا
مرزِسرگیجه.
فشار. فشردگی تن و روح. بیرون شدن چیزی از تن: ذرّه ذرّه. درد.
درد. درد. دردی بیرون از توانِ مردی به نیرو حتی، چونان محمد. دردِ
واپسین دم زندگی: مرگ. بیرون رفتن کُند و کشنده جان از تن.
پس، لرزش. ورود موجهایی نرم در بدن. شستشوی روح در مایعی
لطیفْ از جنس نور. گویی زایشی دوباره. زندگانی‌ای نو. دیگر شدنِ جنسِ
جان. آنگاه، احساس سبکی و زُلالی و شفاف شدن. گسترش گنجایشَ
وجود. فرو افتادن پرده‌ها از برابر دیدگان و گوشها و دل و عقل.
چه اندازه، هستی دیگر گون شده بود! چه مایه زنده، زیبا و ژرف!
آن توده نور، ناگاه در هم پیچیدن و از هم گشودن گرفت. پس، از میانه
آن، موجودی بس با شکوه پدیدار شد. آشنا می‌نمود: گویی همان بود که
پیشتر به چندین بار، در رؤیا و بیداری بر محمد آشکار گشته بود. لیک،
اینک بس آشکارتر و روشنتر می‌نمود. نیز، در بزرگی چندان، که دیدگان
محمد، با او پر شد. به سیما و هیأت، چونان مردی به غایت خوبرو؛ با جُبّه
ای از دیبای سبز بر تن؛ فروپیچیده در هاله‌ای از نوری آسمانی.
محمد به هر گوشه آسمان که نگریست، او را دید.
پس، صدایی به لطافت باران و خوشنوایی آوای جویباران، از او
برخاست:
- ای محمـ...د!
محمد، با لرزه‌ای آشکار در صدا، پاسخ گفت: ب... بله؟
- بخ ...وان!
- من...؟! چ ... چه بخوانم؟!
- نام خدایت را!
- چ َ... چگونه بخوانم؟
- بخوان به نام پروردگارت که بیافرید.
محمد، همنوا با آن موجود آسمانی، خواندن آغازید:
- ... آدمی را از لخته‌ای خون آفرید.
بخوان؛ و پروردگار تو، ارجمندترین است.
همو که به وسیله قلم آموزش داد.

و آدمی را، آنچه که نمی‌دانست، آموخت....

خواندن پایان گرفته بود. صدای آسمانی، فرو خُفت. آنگاه، دیگربار، گوینده آن به هیأت نخستین درآمد؛ و آن توده نور آسمانی، به یکباره کمرنگ، و سپس ناپدید گشت.

احساس خستگی‌ای ژرف، محمد را در برگرفته بود. خویش را سخت کوفته می‌یافت. گویی تن او را با جمله استخوانهایش، در هاونی کوفته بودند. گرمایی تند در پیکر و سر خویش می‌یافت. انگار که در درونشْ کوره‌ای افروخته بودند. با این رو اما، شانه‌هایش، در لرزشی تند، از هیجان بود.

بُهتناک، خواست تا از جای برخیزد. لیک، در زانوانش نایی نمانده بود. پس، پاها در زیر سنگینی تن، دو تا شدند؛ و او، بر زمین پهن شد. در همان حال، پیشانی بر زمین نهاد، و صدایش به گریه، فراز شد....

محمّد دستِ راست را تکیه‌گاه خویش ساخت و تنْ از زمین ماسه‌ای کفِ غار بر کند. در پی آن دقیقه‌های بس دشوار که بر او گذشته بود اینک بیش و کم احساسِ توانی در زانوان می‌کرد. نه‌چندان بسیار. در آن مایه که بتواند بر پای ایستد و تنِ لَخت و سنگین شده را – هر چند دشوار و کُند – سویِ شهر و سرایِ خویش کشانَد.

بر پای ایستاد. ردا و عَبا را بر شانه‌ها و تن میزان ساخت، و از حرا پای به در نهاد.

شب همان شب ساعتِ پیشین بود و آسمان و ستارگان و هلالِ باریک ماه همان و کوه حرا و دشتِ گسترده جنوبی پیش پای آن و مکّه نیز همان. لیک گویی در پس پشتِ آن آرامش و سَکوت ظاهری، جُنبش و ولوله‌ای آغاز گشته بود. در پسِ پرده انگار ماجراها در جریان بود.

قلبِ هستی، از پس آن ایستادَن پیشین، دیگر بار، تپش از سر گرفته بود. جهان کهنسال خَسته، جان گرفته، و جوان شده بود. در پی آن سکون و مرگ گذرا، زندگی در رگان زمین جاری گشته بود. طبیعت، رها شده از آن سکونِ مرگ‌گونه چندی پیش، اینک در کار از سر گیری زندگانی‌ای دوباره بود. تنفسی ژرف، از بُنِ وجود؛ چونان کسانِ سر برداشته از مرگی ناگهانی و ناتمام. بازگشت به زندگانی‌ای دوباره. مرگی؛ و زایشی دیگر، از دلِ آن. به در آمدن از پوسته پیر و کهنه پیشین، و آغاز زیستی نو.

به آسمان اندر، گویی آمد و شدهایی آغاز گشته بود. فضا انگار انباشته زمزمه‌ای شورانگیز بود. کوه و دشت و سنگ و خار بوته و خاک، به نجوایی مرموز در گوشِ جانِ یکدیگر بودند.

– درود بر تو، ای برگزیده خدا.

محمد به این سو و آن سو سر چرخانید. جز طبیعت آشنای بی‌جان پیرامون اما، هیچ ندید: همان کوه حرا بود و تخته‌سنگ‌های برهنه سیاه و خشن آن. نیز، در جنوب آن، سلسله کوههای کم‌بلندای گِردِ تا گِردِ مکه. پس، امتداد آن کوهها، که از سویی، رو به جانب یثرب داشت؛ با درّه‌ها و ساده دشتهای خشک حاشیه آنها. دیگر، از شمال، پَسله همان کوهها بود، تا بندرِ جِدّه در کناره‌ٔ دریای سرخ و دیگر تا دشتِ عرفات و سرزمینِ مِنی و شهرِ طایف.

سر به سر، طبیعت بود؛ غنوده در آغوش تیره شب. ژرف، خاموش و اسرارآمیز؛ بی‌هیچ موجودِ سخنگو در آن.

محمد، تن کوفته در زیر فشاری بیرون از طاقت، سنگین و سُست، از مسیر سنگلاخ کوه، راه دامنه و دشت را در پیش گرفت. گامهایش آهسته و درنگ‌آمیز بود. نیز، هرچند گاه، زانوان کم رمق، به زیر بار تن، تا می‌شدند. پس، تا آن کلامهای شگفت که شنیده بود در خاطرش نشیند، با آهنگ صدای هر گام، بازشان می‌گفت:

– بخوان به نام پروردگارت

که... بیافرید

آدمی را...

از لخته‌ای خون بیافرید

بخوان...

و پروردگار تو

ارجمندترین است....[1]

بدین‌سان، دلش می‌آرامید. لیک در جسم و روان – هر دو – احساس کوفتگی می‌کرد. جان و تنِ او آزموده و مُهیّای این ارتباط و دریافت دشوار و مرموز نبود. نه او، که هیچ‌کس، تاب پذیرش این دگرگونی غریب را در جسم و روان خویش نداشت. فشار چندان زیاد بود که در آن لحظه‌ها

گمان برد که جان از تنش به در رفت. پس، روحش سوی افقی بس برتر برده شد و بزرگی و گنجایشی چند چندان یافت؛ تا به آنگاه که او آن جهان روحانی ناب را، با جمله وجود لمس کرد و پیام آن را، دریافت.

اینک او، ته مانده آن حالت دشوار و دردآلود را در تن خویش می‌یافت. با آنکه هوای نیمه شبان پاییزی خُنکایی لطیف داشت، حال محمد چونان تب‌زدگان بود: تنش، سر به سر، اسیر چنبره گرما و التهابی آزارنده بود. جویی باریک از عرق، از پیشانیِ متناسبِ روشننش سرازیر گشته، از میان دو ابروی کمانی گذشته و راهِ سویِ بینی کشیده‌اش برده بود. لیک، این، در برابر آن هول و اضطراب که هنوز از قلبش رخت بر نبسته بود، هیچ بود؛ همان بیم و آشفتگیِ متراکمِ روان، که آن گریه ناگهانیِ پر صدا اگر از فشارش نکاسته بود، بسا که قلب محمد را، از تپش ایستانیده بود.

تقدیر آیا برای او چه بازی تازه در آستین داشت...؟

دلشوره‌ای بس بزرگ، روانش را به خلجان درآورده بود.

او آیا این توان را داشت که از این آزمایش دشوار، سرفراز به در آید؟!

به خود اندیشید و انتظار دراز دردناکِ سالیان خویش.

اینک که گویا آن انتظار در کارِ پایان گرفتن بود، او آیا تاب رویارویی با آن حقیقتِ ناب جاودانی را که آن مایه در اشتیاق یافتنش سوخته بود، داشت؟... از چه رو اینک با جمله وجود خویش شاد نبود و شادمانی نمی‌کرد؟! این مایه تشویش و بیم، از چه رو در خاطر و دلش لانه گزیده بود؟!

به کمرکش کوه اندر، ناگاه دگرگونی‌ای مرموز در فضای پیرامون خویش احساس کرد. پس، در افق رو به رو - آنجا که آسمان در پیوند پیوسته خویش با زمین یکی می‌شد - نوری شگرف و اثیری دید که سر به سر، فضا را پوشیده بود.

چون نیک نگریست، در میان آن هاله نور، همان موجود آسمانی پیشین را دید، که حضورش جمله افقِ نگاهِ او را پر ساخته بود. در بیداری بود این، آیا؟

شتابان سر به جانب راست چرخانید. شگفتا...! آنجا نیز او بود؛ با همان

سیما و هیأت مردانه؛ آن زیبایی شگفت، و آن شکوه فرا زمینی. گویی با هزاران بال ایستاده بود. گامها گشاده از هم. انگار هر پای را در کرانی از آسمان استوار ساخته بود. این یک در خاور و آن دیگر در باختر.

دیگر سو و آن دیگر سو... باز او بود. به همان گونه و با همان صورت! بیم و خلجانی تازه بر جان محمد افتاد.

پروردگارا... او کیست؟! از جانِ محمد چه می‌خواهد...؟!

ناگاه همان صدای آسمانی روح‌بخش در فضا پیچید و در گوشِ جانِ محمد نشست:

ـ ای محمّد... تو پیامبر خدایی، و من فرشته او، جبریلم.

«چه...؟!»

ـ ای محمّد... تو پیامبر خدایی، و من فرشته او، جبریلم.

پروردگارا... چه می‌شنید او؟! درست آیا شنیده بود؟!

ـ ای محمد... تو پیامبر خدایی، و من فرشته او، جبریلم!

نه... این نه رؤیا بود! این از هر بیداری آشکارتر و حقیقی‌تر بود! پس، از پس آن سده‌ها سکوت، خواست آفریدگار جهان بر آن قرار گرفتهَ بود تا باری دیگر با بندگان خویش سخن گوید! نیز، از میان جمله آفریدگان بیرون از شمار خویش، او را شایسته این همسخنی و میانجی رسانیدنِ پیام خود به مردم دانسته بود! آه... که این بس فراتر از انتظارِ و گنجایش روح او ـ دستِ کم در آن ساعت ـ بود!

محمد، هرچند پیوسته اندیشه مردم و گمراهی و تیره‌بختیِ ایشان را داشت، لیک به راه‌یابی و رستگاری خویش خرسند بود. اینک آیا از پسِ برداشتن این بار سنگین برمی‌توانستِ آمد؟! این نه کاری خُرد و ناچیز بود! بَل، بارِ وظیفه کمرشکن راهنمایی جمله آدمیان بود، تا آن روز که انسانی بر زمین می‌زیست. این نَه خطر زندگانی یک تن و چند تن بود؛ این زمام سرنوشت جمله انسانها و هدایت ایشان بود. کاری که جز با چشمپوشی از خود و فدا شدن در راه دیگران، شدنی نبود. کوچی از خویش سوی خدا؛ و از او سوی آفریدگانش. نه... این نه کاری ساده بود...!

شادمانی و اندوه. امید و بیم. یقین و هم تردید. محمد با این

آمیزه‌ای تلخ و شیرین؛ این دوگانه آرامشِ فرا چنگ آمده از پس سالیان دراز و دلشوره ژرفِ نو روی کرده، چه می‌بایست می‌کرد...؟! موجود شکوهمند آسمانی رفته بود و پیامبر نوانگیخته، با دریایی از احساسهای گونه‌گون، بر جای مانده بود.

پیامبر، تب زده، با لرزشی پیاپی از هیجان در شانه‌ها، سر فرو افتاده و بی‌رمق، پای بر دشت دامنه حرا نهاد.

اینک حالتش چُنان بود که آن سکوت و سکون و خلوتی بی‌خدشه طبیعت را که پیشتر آن مایه دوست می‌داشت، تاب نمی‌آورد. آرزومند سرای امن خویش بود و کنار آسوده همسرش، خدیجه. گویی تنهایی، تاب تحملِ آن مایه شور و هیجان و اضطرابِ یکباره را نداشت. زودتر بایستی همرازی همدل می‌یافت و بخشی از اینِ بارِ پشت شکن را بر دوش وی آوار می‌ساخت.

کاش این دو فرسنگ راهِ حرا تا محله اَبطح چندی کوتاهتر بود! یا کاش یک تن از اهل سرایش بود، تا با وی، این راهِ درازِ پایان‌ناپذیر را، کوتاه می‌ساخت!

«آن شب، زینب و رُقیّه را در کنار خویش خوابانیده بودم. علی نیز به اتاقی دیگر اندر، خفته بود. بر آن گمان بودم که ابالقاسم در غار حرا مانده بود. پس، روشنایی پیه‌سوز را کشتم و خود نیز خفتم. لیک، ساعتی بیش نگذشته، ناگاه، بی‌هیچ سبب، از خواب جستم.

به خواب اندر چیزی دیده یا ندیده بودم، ندانستم. حسی مبهم اما، از ژرفای وجودم، بر دلم چنین می‌افکند که شویم، از جایی دوردست، به یاری، مرا می‌خوانَد. دلم سخت مشغولِ او شد.

نخست چنین اندیشیدم که این از وَهم شب و تاریکی و خوابزدگی است. لیک، چون آن آشوبِ دل دوام یافت، دانستم که ابالقاسم، در هر جا که بود، در دلْ مرا می‌خواند.

نخست بر آن شدم تا جامه بیرون بر تن کنم و روانه حرا شوم. لیک، دیدم که روا نیست در آن ساعت از نیمه شب، کودکان خویش را رها سازم و یِکّه بیرون روم. پس، زید را، که دیگر جوانی بود، صدا زدم، و در جستجوی پدر خوانده‌اش روانه ساختم. او اما، ابالقاسم نایافته، بازگشت. چون چنین دیدم، شورشِ دلم فزونی گرفت. از این‌رو، بر آن شدم تا

خود در پیِ او رهسپار شوم؛ که در کوفتند. نرم. آن‌سان که عادتِ ابالقاسم به دیرگاهانِ شب و ناوقت‌ها بود.

دانستم که اوست.

چون در بر وی گشودم، در پرتو نور شمع دیدمش: نه بر آن حال بود که رفته بود: رنگِ پیوسته گلگونِ رخساره‌اش سخت پریده بود و چشمان درشت سیاه و نافذش حالتی تب‌زده داشت. چندان رمق از کف داده بود که گاهِ ورود به سرای، دست بر در و دیوار می‌نهاد و گام‌های کوچک و آهسته برمی‌داشت. با این رو، بویی خوش - خوشتر از بویِ جمله آن عطرها که به کار می‌برد - با وی بود. چندان خوش، که من از آن پیشتر، آن‌گونه بو نشنیده بودم. هم، سیمای پیوسته تابناکش اینک تابشی دو چندان یافته بود.

ترسان سویش رفتم و دست در زیر بغل او بردم و کمرش را گرفتم. او نیز دست گِرد شانه‌هایم افکند و بر من تکیه کرد. تنش گویا در آتشِ تب می‌گداخت!

با آن حال به جانبِ میهمانسرا، که نخستین اتاق در حیاط بود، روانه شدیم. اینک او هرچندَ تکیه بر من داشت، لیک باز بر زمین پا می‌کشید. به اتاق اندر، چون بر تخت آوار شد بر کنارش نشستم و دستان داغ او را در دو دست گرفتم و پرسیدم: مرا بازگوی، ای پسر عمو؛ که بر تو چه رفته است؟!

با صدایی که گویی از بُنِ چاه برمی‌آمد، به شرح، ماجرا را باز گفت. با شنیدن آن سخنان، انگار جهان، یکسر، از آنِ من شد. چندان که، شرم اگر بازم نمی‌داشت و هم نیمه شب نبود، پیوسته و بلند کِل می‌زدم و شهر را از هیاهوی شادمانه خویش می‌انباشتم.

رو سوی ابالقاسم، گفتم: در خاطرت هست ای پسر عمو، که پیشتر، چون جبریل به چند بار بر تو آشکار شد و تو راز با من گفتی، روزی گفتمت که او نه شیطان، بل فرشته است؟

شویم، بی‌رمق، سرجنبانید.

گفتم: ای ابالقاسم؛ تو پیوسته مردی باوفا و درست کردار و راست گفتار و دادرسِ ستمدیدگان و پشتیبانِ حق و داد بوده‌ای. قلب مهربان و خویِ پسندیدَه تو و میهمان نوازی و کوشش بسیارت در استوارسازی

پیوند با خویشان، به نزد دوست و دشمن زبانزد است. پس چه جایِ شگفتی، که پروردگار جهانیان تو را به پیامبری خویش، بر گزیده باشد! راستی را که جز این نبود، و بل از اینها بیش نیز بود. ابالقاسم، به روزگار جوانی دلبسته هیچیک از آن زشتکاریها که در نزد جمله جوانان عرب رواج داشت، نبود. به میانسالی نیز هیچ‌کس لغزش و گناه از وی ندیده بود. در لحظه‌لحظه زندگانی او، بیرون از پاکی و راستی و نیکخواهی، هیچ نبود. هم از این رو بود که مردمان، آن‌سان خواهان و دلبسته‌ او بودند.»

خدیجه دست بر پیشانی شوی نهاد: کوره آتش. لیک گویی آن دغدغه پیشین در نگاه او، اندکی کاستی گرفته بود.

«آرام، ای پسرعمو! شادمان و استوار باش! سوگند به آن که جان خدیجه در دست اوست، که این، پاداش آن مایه رنجها و پرهیزگاریهای توست! پیامبریِ خدای، بر تو خجسته باد، ای امین جمله مردمان شهر!»

خدیجه، چونان مادری، به مهر، دست شوی رآ گرفت و او را از تخت برخیزانید.

ـ تَبت تند است، ای ابالقاسم. با من به حیاط آی، تا چندی آب بر سر و رویِ تو ریزم. باشد تا این التهاب فرو نشیند.

پیامبر عقال و چپیه را از سر بر گرفت و ردا و عبا را از تن بیرون کرد. پس، جمله آنها را بر تخت نهاد و همراهِ خدیجه، روان شد.

چون به انتهای حیاطِ پیچیده در تاریکی رسیدند، پیامبر بر تخته سنگی چهارگوش، چمباتمه، نشست.

خدیجه در پوشِ چوبین را از دهانه نخستین خُمره که بر کناره دیوار بود برگرفت و دَلوچه چرمین را که آویخته دیوار بود برداشت. پس، با آن از خمره آب گرفت و بَر سر و رویِ شوی ریخت.

«چون آب بر ابالقاسم ریختم و به میهمانسرا بازگشتیم، او، رنجور بر تخت دراز کشید و من در کنارش نشستم. چندی بیش نگذشته بود که گفت: ای خدیجه، من در خویش سرما می‌یابم. روی‌اندازی بر من افکن. بالشی چرمین در زیر سرش نهادم و عبا بر او کشیدم. لرز اما، رهایش نمی‌ساخت.

آنگاه لحافی آوردم و بر وی افکندم. لیک، لرزش تنش هنوز چندان بود که لحاف را به جنبش درمی‌آورد.

این‌بار گلیمی بر لحاف کشیدم. تا نرم نرم، آرام گرفت. باز امّا، گهگاه موج لرزه‌ای گذرا بر تن او می‌افتاد. چندان تند، که جنبش تنش، از ورای گلیم، آشکار می‌گشت.

چون چندی گذشت و نفسهای او آرام و کشیده شد، دانستم که به خواب اندر شده است. پس، ردا بر تن کشیدم و مقنعه بر سر کردم، و راهیِ سرای عموزاده خویش، وَرَقه، شدم.

سرایِ ورقه، از سرای ما، چند در آن سوتر بود. از آن نور که از رُوزن اتاقش در کوچه می‌تابید، دانستم که شب زنده‌دار است. نَرم در کوفتم. دختِ عمویم - خواهرش - بر من در گشود. چون به سرا ورود کردم، صُهَیْبْ را دیدم. او از اتاق پسرعمویم بیرون می‌آمد. عزم رفتن داشت. (و این صهیب، دراز زمانی پیش، به بردگی، از شام به مکه آورده شده بود؛ و عبدالله جُدعان او را خریده بود. لیک، چون مردی فرزانه بود و هنرهای بسیار داشت، از پسِ کوتاه زمانی، خویش را باز خریده بود.) چون صهیب رفت، به اتاق ورود کردم.»

- شب بر تو خوش باد، ای پسر عمو!

- شب بر تو نیز خوش باد! تو نه آیا خدیجه طاهره‌ای؟

- آری، ای ورقه.

- چه پیش آمده است که در این ساعتِ شب، از سرای خویش به در آمده‌ای؟!

- برایم پرسشی پیش آمد، که به دریافت پاسخش، تا بامداد، شکیبایی نتوانستم کردن.

- ها... نیکوست! نیکوست! دانستن، شب و روز نشناسد. و آنچه‌که شود اینک از آن آگهی یابی، دانستنِ امروزش از فردا به. اینک بر گوی، تا چه پرسی!

- ای عموزاده؛ مرا بازگوی که هیچ دانی که جبریل کیست؟

به ناگاه ورقه اندام تکیده و استخوانی خویش را از زمین بر کَند و نیم‌خیز، رو سوی خدیجه، گردن کشید و گفت: ها...؟! درست آیا شنیدم؟! تو آیا نام جبریل امین را بر زبان راندی؟!

- آری، ای عموزاده. مرا بر گوی که جبریل کیست؟

ورقه به سجده درآمد. پس، ترسان سر از زمین برداشت و گفت:

چه می‌گویی، ای خدیجه؛ و چه سان که در این شهر که خدای برتر در آن پرستیده نمی‌شود، نام پاکِ جبریل را بر زبان می‌رانی! اینک نیز به عیسی مسیح سوگند، که تا مَرا باز نگویی که این نام را از کجا دانستی، یک کلام از وی با تو سخن نخواهم گفت!

- ای عموزاده؛ تو را خواهم گفت! لیک، تو نیز باید که پیمان بندی که این راز را پوشیده داری، تا گاه انتشارِ آن فرا رسد.

- چنین خواهم کرد، ای دخترِعمو؛ چنین خواهم کرد...!

- امشب جبریل بر ابالقاسم آشکار شده، و با وی سخن گفته است. سیمای لاغر ورقه ناگاه از هم گشودن گرفت و چندان خون به آن هجوم آورد که سرخی آنی‌اش، آشکارا در دیدگان خدیجه نشست.

- پاکا خدایا... پاکا خدایا؛ که این چُنین شگفتیها، از نشانه‌های قدرت و حکمت اوست...! اینک مرا باز گوی، که او در کجا بر شوی تو آشکار گشته است؟

- به غار حرا اندر.

دیدگان بی‌فروغ ورقه در چَشمخانه‌های به گودیِ نشسته‌اش جنبشی تند یافت.

- ای خدیجه؛ آگاه باش که جبریل چون در دیاری فرو آید، برای آن دیار ماجراها و خبرهایی شگرف در پیش خواهد بود.

- ای ورقه، در آن کتابها که خوانده‌ای، هیچ از او نوشته‌اند؟

ورقه، آب در دیدگان، گفت: چه می‌گویی ای خدیجه...! جبریل فرشته بزرگ خداوند است! او پیک است، و میانجیِ میان آفریدگار و پیامبران بزرگ او. همو بود که بر موسی و عیسی - درود بر ایشان - فرو می‌آمد و بر آنان وحی می‌آورد.

از شادی، برقی از دیدگان گیرای خدیجه برجهید:

- ای عموزاده؛ در کتابهای پیشین، هیچ از محمد نام برده‌اند؟

- ای خدیجه؛ من خود در خبرهای پیشینیان خوانده‌ام که خدای بلندمرتبه، از این دیار پیامبری بر خواهد انگیخت که یتیم است و او پناهش می‌دهد؛ و درویش است و خداوند بی‌نیازش می‌گرداند؛ و حیران و سرگردان است و خدایش راه می‌نماید.

او پیامبر آخرین است و از پسِ وی هیچ پیامبری نخواهد بود.

- بیرون از اینها که گفتی نیز، آیا یادی از وی هست؟

- آری... آری، ای خدیجه! مردگان با وی سخن می‌گویند، چنان که با عیسی سخن گفتند؛ و سنگ و کلوخ بر وی درود می‌فرستند؛ و درخت بر پیامبری‌اش گواهی می‌دهد. اینک ای خدیجه، این حکایت که مرا گفتی، اگر راست باشد، بدان که آنچه که جبریل امین با ابالقاسم گفته، وحی پروردگار بوده است؛ و او همان پیامبر است.

خدیجه بر آن بود تا سوی سرای خویش باز رود، که ورقه گفت: ای سرورِ زنان قریش؛ من خود نیز سه شب بود که در خواب می‌دیدم که خداوند فرستاده‌ای سوی مکه روانه ساخته است. اینک نیز در میان جمله مردم، من از کسی از او بهتر نمی‌شناسم که سزاوار این جایگاه باشد.

پس، خدیجه او را سپاس گفت، و از جای برخاست....

روز با روحِ شیری خویش، در کارِ دمیدن در کالبد رخوت زده شهر بود. تاریکی نرم نرم واپس می‌نشست و روشنایی پیش می‌خزید. سیاهی رنگ می‌باخت و هر دَم نازک‌تر می‌گشت، و سپیدی بر آن چیرگی می‌یافت.

خدیجه، در کنار شوی، بر تختِ میهمانسرا، در خوابی سنگین بود. هم، پیامبر را خوابی ژرف در خود گرفته بود. از پس آن ماجرایِ شگفتِ دوشین و آن مایه هیجانها و خلجانها و آن خفتنِ دیرگاه، این سان ماندن ایشان در خواب، امری شگفت نبود. هرچند پیشتر، پیوسته، در این ساعت، از خواب برخاسته بودند.

با نشستن نخستین گنجشک بر کفِ سنگفرشِ حیاط، پیامبر ناگاه در جانِ خویش جنبشی احساس کرد. نخست در زیرِ عبا و لحاف و گلیم، سنگین، جنبید. پس، نرم پلک گشود، و دیگر بار دیده بر بست. از آن تب و لرزِ پیشین، هیچ اثر نمانده بود. لیک کوفتگی‌ای سخت در تن و دردی اندک در سر، بر جای مانده بود.

به حیاط اندر، خنکای سپیده دم واپسین روزهای پاییز که از جانب صحرا در زیر پوستِ شهر می‌دوید، لرزه بر تن گنجشکان می‌افکند. در زیر آن روی اندازهای کُلفت اما، گرمایی دلچسبْ تنِ سست پیامبر را در بر گرفته بود.

چه مایه پیکر کوفته و روانِ خسته‌اش در تمنایِ خواب بود! چه‌سان

دلخواه و شیرین بود آن لحظه‌ها!

لیک، آن لحظه‌های خوش، دیر نپایید. پیامبر، غوطه‌ور در میانه خواب و بیداری، ناگاه، چندی، صدایی، چونان کشیده شدن آهن بر آهن، شنید. آنگاه صدایی دیگر در گوشش نشست:

- ای جامه بر سر کشیده،

برخیز![1]

صدا، بیگانه و هم آشنا می‌نمود. نرم و هموار، چونان زمزمه ملایم نسیم که در میان برگهای نخلی پیچد، یا آواز خیال‌انگیز جویباری که از میانه قلوه‌سنگ‌هایی کوچک، در دشتی ساکت راه گشاید و پیش رود. لیک در بُن آن، صلابتی پدرانه بود: آمیزه مهر و نرمی و قدرت. نه از جنس صدای آدمیان. زلال و شفّاف، چونان بلوری روشن و بی‌حُباب. بُرنده و با نفوذ، بر مثال شمشیر آب داده شامی.

محمّد پلک بر هم زد و سر، از زیر رو انداز به در کرد.

درست آیا شنیده بود او؟! این صدَا آیا در بیداری بود؟!

در تاریک - روشنِ نور تابنده از رُوزنهای پنجره اتاق، هیچ در چشم نمی‌آمد: او بود. آن سَوتر، همسر باوفایش، خدیجه. بی‌روی انداز. سر نهاده بر بازوی دست چپ. غرقه خوابی ژرف. نیز، آن صدا، از هیچیک از اهل این سرای نبود: نه زَیْد، نه مَیْسره و نه آن دیگران.

محمد خواست تا دیگر بار روی انداز بر سر کشد و خسبد، که باز آن صدای آسمانی - این بار چندی بلندتر - در گوشِ جانِ پیوسته بیدارش نشست:

- ای جامه بر سر کشیده،

برخیز!

آه... چگونه از یاد برده بود....! این، همان صدای فرشته دوشین بود که در غار حرا و از پس آن، در افقهایِ آسمانِ صحرا بر او آشکار گشته بود. این، صدای جبریلَ بود!

محمد، چونان بنده‌ای گنهکار که در خدمت به سَروَر خویش کوتاهی کرده و از یاد او غافل گشته باشد، به تکانی تند، سر از بالش چرمین برداشت؛ روی انداز به یک سوی افکند، و در جای نشست. پس، تند

---

۱. مدّثّر ۲-۱

تند سر سوی پیرامون چرخانید و به حالتِ ناگاه از خواب پریدگان، بریده بریده، گفت: ها... برخاستم... برخاستم! اینک چه کنم؟

ـ برخیز، و مردم را بیم ده؛ و پروردگارت را به بزرگی یاد کن، و جامه خویش را پاکیزه گردان!

صدا، گویی که در کوهستانی تهی و برهنه پیچیده باشد، به چند بار در ذهن پیامبر پیچید و در گوش جانش تکرار شد:

«ای جامه بر سر کشیده؛

برخیز، و مردمان را بیم ده؛

و پروردگارت را به بزرگی یاد کن؛

و جامه خویش را پاکیزه گردان[1] ...! ای جامه بر سر کشیده؛ برخیز، و مردمان را بیم ده؛ و پروردگارت را به بزرگی یاد کن؛ و جامه خویش را پاکیزه گردان...! ای....»

فرشته وحی رفته بود. بی بر جای نهادنِ هیچ نشان از خویش؛ جز آن عبارتِ خوش آهنگِ هشدار دهنده، که اینک ناخودآگاه، بر زبان پیامبر جاری بود:

ـ ای جامه بر سر کشیده....

ـ ها... ابالقاسم...؟ چه روی نموده است؟ حالت آیا خوشتر شده است؟... به چیزی‌ات نیاز نیست؟!

صدای خسته و خوابزده خدیجه بود. او که از برخاستن پیامبر از بستر و صدای نجوایش با خویشْ از خواب جسته بود، بیم آن را داشت که مباد شویش را، تب، به رنج در افکنده باشد! پیامبر، اندیشناک، گفت: دورانِ خواب و آسودن من به سر آمد، ای خدیجه!

چون آثار ابهام در سیمای عریض و روشن خدیجه دید، او را شرحِ ماجرا باز گفت. پس، روی سوی حیاط، به اندیشه‌ای ژرف اندر شد.

هر چند ماه از آن روز که محمد خدیجه را به همسری گرفت غرقه آسایش و رفاه شد، چندان که اگر می‌خواست، یارای آن را داشت که مانده عمر را، برخوردار از جمله خوشیهای مرسوم زمانه سپری سازد. لیک او هرگز به زندگانی‌ای غفلتناک تن در نداد. با این رو، اینک چون نیک

---

[1]. مدّثر؛ ۱-۴.

می‌اندیشید، در می‌یافت که در برابر آنچه که در این دَم بر دوشش نهاده شده بود، آن زندگی پیشین - با جمله آن کارها و تلاشها و حق‌جویی‌ها و حق‌پویی‌های توانفرسایش - چه مایه آسوده و آرام و بی‌دغدغه بوده بود!

«برخیز ای غنوده بستر امن و آسایش؛ که دوران خواب و آسایش تو، تا آخرین دم زندگانی‌اتَ، به سر آمد! برخیز و ندا در ده و خوابزدگان غافل را بیدار سازَ! بر پای شو و در جهان صدا در افکن و به آغاز دورانی نو، نوید ده!»

این، نیک! برخاستن از بهرِ حق، اوج آرزوی سالیان دراز محمد بود. هم، یادِ خدای بلندمرتبه، پیوسته با وی بود. هر چند آداب درستِ این یاد کرد، نیک بر او آشکار نبود..... لیک، اینک چه سان مردم را بیم دهد و سوی خدای خوانَد؟ از چه کس بیاغازد؟... که را خواند تا اجابتش کند؟ سخنِ وی را آیا پذیرا می‌شدند؟ دروغگویش آیا نمی‌خواندند؟..... زمانه برایش چه بازیها در آستین داشت که او از آنها آگهی نداشت؟.....

- هان، ای اباالقاسم؛ تو را سخت در اندیشه می‌بینم! حال آنکه این نوید می‌بایست شادمانت می‌ساخت!

پیامبر، دغدغه خاطر را باز گفت. خدیجه، ساده و سبکبار، چونان کودکی شوق‌زده، گفت: این نباید که بر تو دشوار نماید!

پس، چون نشانه پرسش در دیدگانِ شوی دید، افزود: از مردمان یکی من! نخست از جمله ایشان، کیش خویش را بر من عرضه کن. اینک برگو که چه بایدم کرد؟

ابرهای اندوه، به یکباره گویی از آسمان دل محمد به یک سو رانده شدند. سایَه تاریک غم از دیدگانش زدوده گشت، و برقی از شادی در آنها جستن گرفت.

چه مایه زلال و همدل و همراه بود این زن؛ این همسر؛ این همراز؛ این یاور! دلش چه مایه دریایی بود این عزیز!

در آنگاه که محمد تنگدست و گمنام بود و خدیجه دارا و زبانزد و کانون توجه جمله بزرگان و جوانان قریش، آداب و رسمهای دیرین را به یک سوی زد و خود پا پیش نهاد و از محمد خواستاری کرد. پس، جمله دارایی کلان خویش را - بی‌هیچ دغدغه و شرط - بدو سپرد تا آن‌سان که می‌خواست صرف کند: به هر که خواهد بخشد و در هر کار

که خواهد، افکند. دیگر، چونان ساده‌زنی - گو، کنیزی - سر برخواست وی نهاد. در این سالیان، چونان مادری، روان غمگین و رنج دیده او را، در دریای مهر خویش آرامش بخشید. همچون یاوری، در راههای دشوار زندگی همراهش رفت. از بار غمها و اندوههایش، نیمی را او بر دوش خویش می‌کشید. چون سختیها روان لطیفش را می‌آزردند، او دلجویی‌اش می‌کرد و دلداری‌اش می‌داد و آن استواری پیشین را بدو باز می‌گردانید.

با خدیجه، کمتر می‌شد که محمد بر خویش گمان بی‌کسی برد و احساس ناتوانی کند. هم، خدیجه، برای محمد فرزندانی آورده بود، روشنابخش دل و گرما ده کانون زندگانی وی. اینک در این آزمایش بس دشوار نیز، خدیجه پیشگام گواهی بر درستی دعوت و پذیرش آیین وی گشته بود.....

- ها...، ای پسر عمو؛ بر گو که چه بایدم کرد؟

- آه...آری! نخست باید که بر یگانگی خدای بلند جایگاه و برتر گواهی

دهی.

- و آنگاه...؟

پیامبر با حُجب همواره خود، که به حیای دوشیزگان نوجوان پهلو می‌زد، گفت: بر پیامبری من گواهی دهی.

پس، به خدیجه آداب گفتن آنها را آموخت.

خدیجه، بی‌هیچ درنگ، با رغبت بسیار گفت: گواهی دهد خدیجه که خدایی جز آفریدگار یکتا نیست؛ و محمد، بنده و فرستاده اوست.

پیامبر در حال طواف، ورقه را دید. او نیز در کارِ زیارتِ کعبه بود. عصای خیزرانِ تراش خورده در دستِ راست، با نهادَنِ دستِ دیگر بر دیواره پارچه‌پوش کعبه، گِرد آن می‌چرخید و زیر لب به راز و نیازی نیایش‌گونه با پروردگارِ خویش بود.

با برخورد عصایش با پای رسول خدا، پوزشخواه گفت: آه...، از من درگذر ای بنده خدا!!

پیامبر با لبخنده‌ای مهرآمیز گفت: بخشیده پروردگار.

با شنیدن آن صدای آشنای شیرین، مردمکان به خاکستری گرویده دیدگان ورقه، چند بار در چشمخانه‌ها جنبشی تندَ تند گرفت؛ و هم در آن حالت گفت: ها...؛ تویی، ای ابالقاسم؟

پیامبر با آمیزه‌ای از صمیمیت و احترام گفت: آری، ای ورقه.

ـ نیکو...! نیکو...! اینک ای برادرزاده، مرا بازگوی که به کجا و در چه کاری؟ چه دیده و چه شنیده‌ای؟

ـ خیر و نیکویی، ای ورقه.

ـ به یقین که از غار حِرا می‌آیی که در این ساعتِ شامگاه به طواف کعبه آمده‌ای؟

(چه، آشنایان نیک می‌دانستند که عادت ابالقاسم این بود که چون از حرا به مکه باز می‌آمد، نخست از هر کار به طواف کعبه می‌رفت.)

- آری.

- دوش همسرت حکایتها می‌کرد، شگفت. لیک، دوست‌تر می‌دارم تا جمله آن ماجراها را از زبان تو باز شنوم.

پس، چونان بینایان، سر به هر سوی چرخانید، و گفت: نباید که در این پیرامون، بیرون از ما دو تن، کسی باشد!

- چُنین است!

ورقه دست گرم و مردانه رسول خدا را در میان دست سرد و خشکیده خویش گرفت، و با هم، راهیِ گوشه‌ای از صحن حرم شدند که در آن ساعتِ شامگاه، تُهی از هر آمدَ و شد بود.

به راه اندر، تا با آن گامهای مردد و آهسته ورقه به مقصد رسند، او، شوخ، گفت: در یادت هست ای ابالقاسم، آن روز به دوران خردسالی‌ات، که با دایه‌ات... نامش چه بود؟

- حلیمه.

-... آری؛ با حلیمه، از صحرا به مکه می‌آمده بودی. به راه اندر او تو را گم کرده بود، و نیایت آن سان شتابزده و بیمناک، جمله مردم شهر را، به جست و جو و یافتنت بسیج کرده بود؟

پیامبر، بیش و کم، آن روز به خاطرش می‌آمد. هم، هیچگاه از یاد نمی‌برد که آن که بر حاشیه راه، به زیر آن بوته خار بزرگ بازش یافت همین ورقه بود. لیک، آن ورقه شاداب و برومند با آن دیدگان عسلیِ لبریز از شور و زندگی کجا و این پیر رنجور قامت شکسته کجا!

به کنار رواقها رسیده بودند. ورقه، با یاری پیامبر، بر پاره سنگی صاف نشست که بر کناره دیوار رواقی، چونان سکویی نهاده شده بود. پیامبر نیز بر کنار او نشست و سخن آغاز کرد....

«چون شرح جمله آن ماجرا که پیشتر از خدیجه شنیده بودم از زبان ابالقاسم نیز بازَ شنیدم، دیگر مرا هیچ شک بر جای نماند که او همان پیامبر و موعودِ واپسین است. چه، نخست اینکه، هرگز، هیچ کس، ناراست از محمد نشنیده بود. (و چگونه می‌شد که از پس چهل سال که او آن سان پاک و درست کردار در میان ما زیسته بود، به ناگاه، لب به دروغی این مایه بزرگ گشاید!؟)

دو دیگر آنکه، جمله آن نشانه‌ها که در کتابها و خبرهای رسیده از

پیشینیان خوانده یا شنیده بودم، با او و خویها و زندگانی وی همخوانی داشت.»

با پایان گرفتن سخن پیامبر، ورقه دستان او را در میان دستان خویش گرفت و با فشاری از سرِ هیجان گفت: ای محمد؛ سوگند به آن پروردگار که روانِ ورقه در دستِ اوست، آن فرشته که دوش بر تو فرو آمد، همان نگاهدار بزرگِ رازِ خداوند است، که پیشتر بر موسی و عیسی فرو می‌آمد. و آن سخنَ که تو را گفته، وحیِ خدای بوده است. اینک تو پیامبر آخرین و بهترینِ جهانیانی. لیک، بایدَ که در این راه پایداریِ بسیار ورزی. چه، هرگز چون تو مردی تو نیامده است، جز آنکه قومش به دشمنی وی کمر بسته‌اند. پس، تو نیز آنگاه که پیامبری خویش را آشکار کنی و مردمان را سوی خدای خوانی، دروغگویت خوانند و برنجانندت. پس، از مکه به درت کنند، و با تو ستیزه در پیش گیرند.

ورقه آهی از بُنِ جان کشید، و آب در دیدگان، گفت: من اگر آن زمان می‌بودم که قوم تو با تو چُنین می‌کنند، هر آینه، خدای را - چُنان که او داند - یاری می‌کردم!

قطره‌ای درشت از اشک، از دیدگانِ ورقه که اینک خیره به دوردست ثابت مانده بود بر ریش بلند سپیدش لغزید و در میان آن گم گشت. پس، با صدایی که گویی از زمانهایی دور دست می‌آمد، افزود: آنچه که جبریل - نامش بلند - بر تو عرضه کرده است و از این پس عرضه خواهد کرد، همان حقیقت است که من در پی‌اش تا شام و اردن رفتم و جوانی و تندرستی خویش را بر سرِ بازجست آن نهادم. همانها که زیدِ عَمرو در پی‌اش جمله جزیره عرَب را از زیر پا گذر داد و تا بیت المقدس و بین‌النهرین رفت، و سرانجام نیز نقد عمر را بر سر آن نهاد.

ورقه، از پس درنگی کوتاه در سخن، گفت: ای کاش اینک زید می‌بود و درستیِ راه و پایانِ انتظارِ دراز خویش را می‌دید. هرچند که او گرویده به تو، از جهان بیرون شد.

آری ای برگزیده خدای...! او پیشتر تا تو برانگیخته شوی، به پیامبری‌ات گواهی داد.... چون خبر کشته شدنش آمد، عامر، پسر ربیعه، مرا گفت: روزی زیدِ عمرو مرا گفت: ای عامر؛ من چشم به راهِ پیامبری از فرزندان اسماعیلَم. لیک، بیمِ آن دارم که به روزگار وی نرسم. از این

رو، از هم اینک به او باور آورده‌ام و بر پیامبری‌اش گواهی می‌دهم. پس،
تو، اگر زندگانی‌ات دراز بود و دیدی‌اش، درود زید را به او برسان.

از زید پرسیدم: مرا نشانه‌های او نمی‌گویی؟

گفت: می‌گویم.

پس، گفت: وی نه کوتاه قامت است و نه درازبالا. نه پرموست و نه کم
مو. سیمایی نمکین دارد که به سرخی می‌زند. در دیده او، سرخی‌ای است.
هم، نشانی، چونان لکی خزگون با رنگی رو به سیاهی بر پشتش ـ در میان
دو کتف ـ دارد. نامش احمد است؛ و در این دیار دیده بر جهان می‌گشاید.

ای عامر؛ چون او دعوت آشکار ساخت، مباد که از وی غفلت کنی ـ که
من در جستجوی دین ابراهیم، جمله سرزمینها را گردیدم و از یهود و ترسا
و آتش‌پرست درباره آن پرسیدم. لیک، جمله گفتند که این کیش، از این
پس خواهد بود. و وصفِ پیام‌آورِ آن ـ بیش یا کم ـ چُنین کردند.

خدیجه با صدا و هم احساسِ جنبشـی، از خوابِ شـبانه برجسـت. در پرتـو فروغ کم جانِ پیه‌سـوز که در تاقچه می‌سـوخت، شـوی خویش را دید: از بسـتر برخاسته بود و رو سـوی بیرون اتاق داشت. خدیجه، خواب‌آلود، پرسید: به کجا، ای ابالقاسم؟ با مَنَّت آیا کاری نیست؟

پیامبر گفت: پگاه است و گاهِ ادای نماز بامداد فرا رسیده.

خدیجه را تازه در یاد آمد که دوش، شویش، به گاه بازگشت از کوه، گفته بود که آن روز، دیگر بار جبریل در حِرا بر وی آشکار گشته، و او را به نماز کردن سوی درگاه خدای فرا خوانده بود. پس، جبریل خود به ساختن وضو پرداخته، و رسول خدا را نیز گفته بود تا چُنان کند. آنگاه خود در پیش - رو سوی بیت المقدس - ایستاده بود و با آدابی ویژه نماز کرده بود؛ و پیامبر نیز در پس پشت او نماز کرده بود. دیگر، جبریل وی را گفته بود تا هر روز در پنج‌گاه و بار، آن سان، نماز گزارد.

خدیجه با یاد کرد این ماجرا، تند از بستر برخاست و در پیِ شوی، روانه حیاط شد.

به حیاط اندر، از خمره آب آورد؛ و آن سان که پیامبر آموختش، به ساختنِ وضو پرداخت.

خدیجه هر چند چونان دیگر زنان عربْ پیوسته سپیده‌دم سر

از بستر خُفت برمی‌گرفت، لیک هرگز در این ساعت برنخاسته بود. چه، آنک، تازه، به افق اندر، نواری از سپیدیِ خاکسترگون رو به آشکار شدن داشت، و تیرگیِ شب، نرم نرمَ رنگ می‌باخت. این، خود، برای خدیجه تجربه‌ای تازه بود. برخاستن در آن ساعت که جمله مردمان غرقه خواب بودند و سکوتی ژرف و پرمعنا بر سر شهر چنبر زده بود، حالتی روحانی و خوش در وی برانگیخته بود. جهان در نگاهش سیمایی دیگر یافته بود. در ذره‌ذره آن، زندگانی موج می‌زد. آسمان و ستارگان و کوه و سنگ، آنک در نظرش روح یافته بودند. هستی، معنایی بس ژرف به خویش گرفته بود. آسمان تُهی نبود. روحی بزرگ – به بزرگیِ جمله هستی – در جهان دمیده گشته بود. دیدگانی بی‌شمار، در هر ساعت از شب یا روز، بیدار و هم هوشیار، بینای یک یک کارهای انسان – از نیک تا بد – بودند. نیز، سنگ، کلوخ، خاک، دشت، آب، آسمان و آنچه که در آن بود در برابر انسان بی‌اعتنا نبودند. بل، چونان کوه، که صداها را در خویش باز می‌تابانید، هر کار انسان – از هر گونه – بازتابی از سوی جمله هستی در پی داشت؛ هر چند او خود بر آن آگهی نمی‌یافت.

بدین سان، هستی، چه مایه گرمی و شورِ زندگی می‌یافت! هم، چه اندازه بیداری و هشیاری از انسان می‌خواست!

خدیجه، به راهنماییِ شوی، آب بر روی می‌ریخت؛ و با هر مشتِ آن، گویی این دلش بود که در چشمه‌ای آسمانی شسته می‌شد و زنگارها از آن زدوده می‌گشت. انگار روشناییِ دیدگانش فزونی می‌گرفت و روانش تازه می‌شد.

نسیم خنک سپیده دمان، چون از گونه‌های خیسش گذر می‌کرد، چونان جریانی از رحمت خداوندی بود که بر روان تشنه و گرمازده او می‌وزید.

«که ای تو، ای خدیجه؟! چه کرده بودی تو، که شایستگی آن را یافتی که آفریدگار جهان و فرشته برتر او، آن‌سان گرامی‌ات دارند؟!»

خدیجه، با یادکرد آنچه دوش، شویش، به گاهِ بازگشت از حرا وی را گفته بود، آشوبی در روان خویش احساس کرد؛ و در پی آن، اشک، چونان رگباری بهاری، از آسمان دیدگانْ بر گونه‌هایش روانْ شد و با آبِ

روی درآمیخت.

«درود بر تو، ای خدیجه طاهره!»

این نخستین بار بود که ابالقاسم به گاهِ دیدارِ او، با این کلام شادباشش می‌گفت.

«درودی، نه از سوی من تنها؛ که از جانب پروردگار یکتا؛ و فرشته برتر او، جبریل.»

جبریل این پیام خدای را بر شویش فرو آورده بود.

پس، سیمای سپید خدیجه را سرخی‌ای تند از شرم و هیجان فرا گرفته بود و بهتناک و دست و پا گم کرده و لکنت آلود و شتابناک گفته بود: خدایْ خود درود است. و درود از اوست. و بر جبریل امین نیز درود باد!....

رسول خدا، و در پی او، خدیجه، روی سوی میهمانسرا داشتند، که ناگاه خدیجه، در مرتبه دوم بنا، بر آستانه درِ آن اتاق که علیِ نوجوان در آن می‌خفت، جُنبشی دید. سایه‌ای، گوییَ، در آن تاریک ـ روشنِ سپیده‌دم، از اتاق به در آمده بود و رو به جانب حیاطِ ایستاده بود.

طرح پُر اندام میانه بالای شبح، در آن دشداشه سپید، برای خدیجه هیچ شک بر جایَ ننهاد که او علیِ بوطالب، عموزاده شویش، است.

ـ وضو می‌ساختیم.

ـ برای چه؟

ـ تا به درگاه آفریدگار آسمان و زمینْ نماز گزاریم؟

پس، پیامبر، علی را ماجرای فرو آمدن جبریل و برگزیدگی خویش باز گفت. دیگر، افزود: تو نیز برای خدای اسلام‌آور، و خویشتن را تسلیم او ساز.... اسلام آر تا پاک مانی؛ و از خدای فرمان بر، تا رستگاری یابی.

علی، در پی درنگی کوتاه گفت: تا از پدرم باز پرسم! که می‌دانی ای پسرعمو، بی‌فرمان او، من کاری نمی‌کنم.

پس، راهِ کوچه را در پیش گرفت تا سوی سرایِ پدری خویش رود. در اینگاه، رسول خدا او را گفت: این راز را از مردمان پوشیده‌دار، و جز عمویم، کسی را از آن آگاه مکن.

علی گفت: چُنین باشد!

لیک، چون به درِ سرا رسید، در جای ایستاد. لختی سر در زیر، به

اندیشه فرو شد. سپس بازگشت و گفت: چنان کنم که تو فرمودی، ای پسرعمو. اینک اسلام را بر من عرضه کن.

پیامبر، اندیشناک، پرسید: چه شد ای علی، که رأیت دیگر شد؟

علی گفت: با خود اندیشه کردم که آفریدگارم چون عزم آفرینش من کرد، با پدرم رای نزد. پس، من نیز در پذیرش کیش او و پرستشش، به رایزنی با کسی نیازم نیست.

رسول خدا سخت شادمان گشت و در دل بر او آفرین گفت. پس، گفت: نُخست باید که بر آفریدگار یکتایی گواهی دهی که جز او خدایی نیست. به جمله هستی اندر، بی‌مانند و شریک است. فرزندی ندارد؛ و پاک است. و از هر کاستی به دور است.

علی، چُنان کرد.

پیامبر باز گفت: اینک باید گواهی دهی که محمد، بنده خدای و فرستاده اوست.

علی چنان گفت.

رسول خدا، شادمان، آغوش گشود و تنگ، علی را دربرگرفت. آنگاه گفت: آگاه باش ای علی، که خدای آنچه که خواهد، تواند کرد. خداست که زنده می‌کند و می‌میراند، فراز می‌بَرَد و فرو می‌آرد، و بی‌نیاز می‌سازد و نیازمند می‌گرداند.

علی گفت: چنین است.

پیامبر دست بر دوش او ئهاد و گفت: به خدای کعبه سوگند ای علی، که سوی حقیقت رهنمون شدی و به رشد و کامیابی خدایی رسیدی. پس، او را به وضو ساختن واداشت. آنگاه خدیجه را و علی را آداب نمازگزاردن آموخت. هم، در آن حال گفت: ای علی؛ نماز اندیشه انسان را با خدای آسمان و زمین پیوند می‌دهد، و او را از زشتی و پلیدی باز می‌دارد.

از پی این، هر سه، سوی اتاقی در مرتبه دوم بنا رفتند. در آنجا رسول خدا در پیش ایستاد، و علی و خدیجه در پسِ پشتِ او ایستادند؛ و به نمازِ دوگانه آغازیدند.

«از مردم، ســوم کس که به شویم، ابالقاسم، گروید، غلام آزاد کرده او،
زَید بود.

زید را حکیم حِزام در سفری که از شام باز آمد، همراهِ گروهی
دیگر از بردگان، با خویش آورد. و این حکیم را کار، برده فروشی بود.
در آنگاه زید نوجوانی بود؛ به سال نزدیک به پانزده. آثار پاکی و
هوش، از دیدگان زیتونی رنگ و رویِ گشاده سبزه‌اش، نیک آشکار بود.»

«آن روز چون عمه‌ام، خدیجه، به سرایِم آمد، به دیدار زید، از
روزگارش پرسید. او را گفتم که وی از قبیله کَلْب است، که گویا در
پیرامون دُوْمَةُالجَندَل می‌زینند. کلبیان با یهود و ترسایان آمد و شد و ستد
و دادی داشتند. لیک، از راهزنان، گروهی بر ایشان تاخته بودند (و این
حکایت را، من از پسِ خریدن زید دانستم) و در میان اسیرانی که از آنان
گرفته بودند، یکی نیز این زید بود. پس، در بازار دومةالجندل به فروشش
نهاده بودند. تا من، خریدمش، به چهارصد درهم. آن روز اما، چون دیدم
که عمه‌ام از وی پرسید، بدو بخشیدمش؛ پیشکش پیوندش با امین.
عمه‌ام، خشنود، پذیرفت. لیک، چون چندی گَذشت، دانستم که مهرِ
زید در دل شویش افتاده؛ و عمه‌ام، آن غلام بچه را به وی بخشیده است.
سپس، امین آزادش ساخت و به فرزند خواندگی‌اش پذیرفت. پس، او
زیدِ محمد نام گرفت.»

«در آغاز مرا دوری از قبیله و خانمان، بس دشوار بود. چندان که از پسِ اسیری و بردگی، به روز و به شب، در نهان و آشکار می‌گرییدم و اندوه خواری می‌کردم. تا به سرای بانویم، خدیجه، برده شدم. در آنجا چندان از وی و شویش نیکی دیدم که جمله آن غمها گویی دود شد و بر هوا رفت. چه، آن مایه مهر و آسایش که من در آن سرا دیدم، پیشتر در قبیله و خانمان خویش نیز ندیده بودم.»

«چون پسر ما، زید، به اسیری رفت، به مادرش، ثَعْلَبه، و هم من، از بسیاریِ غم، حالت دیوانگی دست داد. آن‌سان که دیگر هیچ کار نتوانستم کرد. پس، آنچه از شتر و بز و غیر آن داشتیم فروختم و خود بر شتری تیز رُو نشستم و به جست و جوی او برآمدم. لیک، چون به بازار برده‌فروشان دُومةالجندل رسیدم، جمله بازرگانان رفته بودند و از ایشان هیچ اثر نبود. تا که از پسِ سالیانی دراز، دانستم که بازرگانی از مکه، خریدارش بوده است.

باز، توشه‌ای اندک برگرفتم و این بار راهی مکه شدم. شب و روز نخفتم و نیاسودم و پیوسته راه می‌پیمودم. چندان که خود و هم شترم، از بسیاریِ خستگی، به مرگ نزدیک شدیم. می‌رفتم و نوحه‌سرایی می‌کردم و زار می‌گریستم. تا که سرانجام، به مکه رسیدم.

بی‌هیچ درنگ به جست و جوی او برآمدم. سرای ابالقاسم را به من باز نمودند. چون به آنجا رفتم و زید را دیدم، نخست او را نشناختم. زید دیگر جوانی برومند بود؛ نیک خُورده و نیک زیسته و نیک پروریده. گویی نه از قبیله‌ای صحرانشین، که از شریفان و بزرگان عرب بود.

ابالقاسم چون دانست که من پدر زیدم، سخت گرامی‌ام داشت. به گاهِ بازگشت، او را گفتم: ای جوانمرد؛ اینک بهای این پسر را از من بستان و به من بازش ده.

گفت: من بها نستانم. لیک، او را آزاد گذاردم تا آنچه که خواهد، کند: با تو سوی قوم و قبیله خویش باز گردد، یا چونان پیش، در اینجا مانَد و پسر ما باشد.

شگفتا اما، که پسرم، ماندن در نزد ایشان را برگزید!

من نخست بسیار پای فشردم تا با خویش بازش برم. او اما نپذیرفت. چون چُنان دیدم، بدین کار رضا دادم. چه، دانستم که نیکبختی او در

همان است. آنگاه، خوشدل بازگشتم، و مادرش را، به دیدار او، به مکه بردم. نیز، از آن پس، چون دلتنگِ زید می‌شدیم، ما به دیدار او روانه مکه می‌شدیم. تا که شنیدم پدر خوانده‌اش، بَرَکه را به زنی به وی داده است. هم، در پی آن، مرا خبر آوردند که ابالقاسم دینی نو آورده، و زید نیز به کیشِ او درآمده است.»

«مرا، از یمن، باعباس عبدالمطّلب در مکه، ستد و داد بود. او بیرون از آنکه پول به ربا می‌دَاد، گهگاه نیز بازرگانی می‌کرد؛ و بیشتر در کار عطر بود.

عباس پیشتر خود برای خرید عطر به یمن می‌آمد. لیک، آن سال مرا پیام روانه ساخته بود تا از یمن، برای او عطرهای گونه‌گون برم.
چون به مکه رسیدم، عباس را در سرایش نیافتم. سوی حرم روانه شدم؛ باشد که در آنجا بازش یابم. لیک به حرم اندر، پیشتر تا او را یابم، مردی میانسال را دیدم با اندامی مردانه، که دیدگانِ درشت و پُر مژه او را، سرمه، گیراتر ساخته بود.

مرد، نخست آسمان و خورشید را نگریست. پس، سوی چاه زمزم روانه شد، و با آدابی ویژه، روی و دستان خویش را شست و سر و پاها را مسح کرد. دیگر، به گوشه‌ای از حرم رفت و عبا را از دوش برگرفت و بر زمین گسترد و به حالت ادب بر آن ایستاد. در اینگاه، نوجوانی درشت استخوان و سبزه‌رو، جوانی به سیمای شامیان، و زنی با اندامی پُر، به همانِ حالت، در پسِ پشتِ او ایستادند.
من، گرم تماشای ایشان و آن کارهای شگفتشان بودم، که عباس سویم آمد. او مرا در آغوش کشید و خوش‌آمدها گفت. سپس، چون دانست که در کار آن چهارتن فرومانده‌ام، گفت:ای عَفیف کَندی، می‌دانی آیا که این جوان کیست؟
گفتم: نمی‌دانم.
گفت: این، محمدِ عبدالله، برادرزاده من است.
پس، گفت: و آن پسر...؟ او را آیا می‌شناسی؟
گفتم: نمی‌شناسم.
گفت: او نیز دیگر برادرزاده من، علی بوطالب است.
گفتم: بزرگ قریش آیا می‌داند کَه پسرش به این کیش درآمده

است؟

گفت: آری. شنیده‌ام که او روزی سرزده بر ایشان ورود کرده است و آنان در حال همین نماز بوده‌اند. پس، از علی ماجرا را باز پرسیده است. علی گفته است که این، نیایش آیین اسلام است؛ و خود به خدای یکتای بلندمرتبه و فرستاده‌اش، محمد، ایمان آورده، و به درستی آنچه که او آورده، گواهی داده است. بوطالب، از پس لختی درنگ گفته است: بی‌گمان او تو را جز به نیکی و صلاح نمی‌خوانَد. پس، با وی باش.

این، امری بس شگفت می‌نمود که بزرگ قبیله و شهری، بر آیینی نو، این سان سهل گیرد. لیک، بر من که اهل مکه نبودم روا نبود تا از آن بیش، در آن باره کنکاش کنم. از این‌رو، پرسیدم: و آن جوانک خوشرو...؟ او کیست؟

عباس گفت: او زید، پسر خوانده محمد است. آن بانو نیز خدیجه طاهره، همسر محمد است.

گفتم: خدیجه، دختر خُوَیلد، بازرگان ناموَر مکه؟

گفت: آری ای عفیف. چندی است که این برادرزاده‌ام می‌گوید که پروردگار آسمان و زمینْ وی را به برپایی این کیش مأمور ساخته؛ و او فرستاده خداست. اینک اما، به جمله زمین و آسمان اندر، بیرون از این سه تن، هیچ کس بر این آیین نیست.

آن روز به دیدار آن فروتنی و ادب و صمیمیّت ایشان در برابر پروردگارشان، به ناگاه بر دلم گذشت که ای کاش من نیز چهارمینِ ایشان می‌بودم.»

«غروبگاه بود و به حرم اندر، مردان، گروه گروه نشسته بودند؛ به گفت و شنود. من نیز در حلقهٔ طایفهٔ خویش نشسته بودم. مردی از قوم، مرا گفت: هیچ حکایتِ آن مرد بادیه‌نشین را با بُت سعد شنیده‌ای، ای پسرِ عَبَسه؟

من، چندی بود که ناخوش بودم و از سرای به در نیامده بودم. هم از این رو، از آن ماجرا هیچ نمی‌دانستم. او گفت: قصه بدین قرار است ای عبسه، که مردی صحرانشین، تنی چند از شتران خودش را برداشته، و به آن قصد که پیشکشِ سعد، بتِ قبیله خویششان سازد، راهیِ قرارگاه آن بت شده است. چونَ به نزدیکیِ آن رسیده، نمی‌دانم چه رویَ داده است که شتران رَم کرده، و هر یک از سویی گریخته‌اند. او سر در پی ایشان نهاده است. لیک، شتران در صحرا پراکنده شده‌اند و او بر هیچیک دست نیافته است. آنگاه که از گرد کردن ایشان درمانده، خشمناک، سنگی از زمین بر گرفته و رو سوی سعد کرده و سنگ را بر سر آن کوفته و گفته است: برای تو، از جانب آفریدگارِ جهان، خیری نیست.

آنگاه، باز از پی شترانَ خویش رفته و در همان حال، سروده است:

ـ به نزد سعدَ آمدیم تا ما را گرد هم آرد و یکپارچه‌مان سازد.

لیک، او پراکنده و دور از هَممان ساخت.

پس، دیگر از پیروان سعد نخواهیم بود.

و سعد، آیا جز تکه‌ای سنگ است

که در گوشه‌ای از زمین افتاده است

و سوی هیچ نیکی و بدی نمی‌خواند!؟»

مرد، از پسِ بازگویی این ماجرا، لبخندی زد و ساکت ماند.

پیری از آن میان، روی تُرش کرد و گفت: از آن روز که جوانِ پسر عبدالمطّلب دعوی سخن گفتن از آسمان کرد و جمله خدایان ما را باطل شمرد، باور برخی جوانان عرب به بتان سستی گرفته است. پس، دور نیست که این‌گونه ماجراها روی نماید.

در اینگاه، عمرو عبسه ناخواسته حکایت امرؤُالقیس را به یاد آورد، که در سالیانی پیشتر رخ داده بود.

«گروهی، پدر امرؤُالقیس را کشته بودند. او به کین‌کشی، خواست تا از قبیله بیرون رود. پیروان قوم پندش دادند که پیشتر تا دست خویش را به خون کسی آلاید، سوی پرستشگاه بتِ قبیله رود و از رأی او در این‌باره جویا شود.

او نیز چنان کرد، و در سرِ راه، به معبد ذُوالْخَلصه رفت. (و خدای این پرستشگاه، پاره سنگی سپید بود.) پس با تیرهای ویژه چوبین قرعه زد؛ به سه بار، هر سه بار، تیرِ منع آمد.

امرؤُالقیس، خشمگین، جمله تیرها را شکست و بر سر و روی بت قبیله کوفت و گفت: ای نفرین شده! پدر خود تو را نیز اگر کشته بودند، آیا مرا از خونخواهی‌اش باز می‌داشتی!

پس، آن سخنِ آخرینِ او صورت مَثَل گرفت، و در زبان مردمان افتاد.»

ناگاه ولوله‌ای در دل عمرو افتاد. گویی به یکباره، جمله قرار و آرامشش از کفَ رفت.

«عمرت از نیمه نیز گذشته است، ای عمرو. تا به کِی دو دلی و ماندن در تردید؟! برخیز، ای عمرو! برخیز و سوی سرای محمد بشتاب! نه آیا او راستگوترین مرد و امانتدارترین مردمانِ جمله قریش است! برخیز و سخنِ او را باز شنو؛ شاید که حقیقتی در آن باشد و بر عقل تو خوش آید!»

عمرو، بی‌هیچ سخن، تن از جای کند و روی در راه نهاد. مردانِ قوم چندان گرم گفتار خویش بودند که هیچ‌کس به آن حال او پی نبرد تا از

مقصدش باز پرسد.

عمرو، غرقه اندیشه‌های خویش، سوی ابطح به رفتار بود. او، چون ماجرای آن صحرانشین را با قصه امرؤالقیس در کنار هم می‌نهاد و با آنچه که خود در آن سالیان درباره بتان دانسته بود می‌سنجید، در می‌یافت که این سُستیها در باور برخی مردمان، پُر بی‌جا نبود. چون نیک می‌اندیشید، خویش را می‌دید که هر چند در جمله آیینهای پرستش بتان با قوم شرکت می‌جُست، هرگز از بُن دل، آن خدایان سنگی را دوست نمی‌داشت و باوری بی‌غش به آنها نداشت. چه سان می‌شد که کسی با دست خویش، با سنگ یا گِل و خرما و مانند آن چیزی تراشد یا سازد، و آنگاه پرستشش کند و از آن، خواسته خواهد!

عمرو، پیشتر، بیش و کم در این‌باره از زید عمرو سخنها شنیده بود، و همان سخنان، بر سستی باورِ او به بتان افزوده بود. کار زید اما، تنها ویران‌سازی بنای باورِ کهن مردمان بود. لیک، از خود هیچ آیین تازه نداشت تا باز جای آنَ ویرانَه‌ها نهد. این امین اما، چون ویران می‌کرد، باز می‌ساخت. رد می‌کرد و در جای آن، راههایِ تازه می‌نمود. پس، شنیدن سخن او لازم بود.

«چون به سرای ابالقاسم اندر شدم، پیشتر تا مرا به اتاق بَرَد، با هر دو دست دستان او را گرفتم و گفتم: ای امین؛ امر خویش را به شرح بر من بازگوی!

او لبخندی بر لب آورد؛ و با آن، چونان آذرخشی که در دل آسمان پدید آید، به چند لحظه، دندانهای صدفگونش از میان دو لب آشکار شدند و نهان گشتند. آنگاه گشاده‌رو، مرا به میهمانسرای سرای خویش برد و بر تختی نشانید.

پرسیدم: ای امین، کار تو چیست؟

گفت: بنده‌ای از بندگان آفریدگار جهان هستم؛ و پیام‌آورِ او سویِ دیگر بندگانش.

پرسیدم: خدای، تو را به چه برانگیخته است؟

گفت: به آنکه بی‌هیچ شریک پرستیده شود و خونریزی از میان برخیزد و با خویشاوندان مهربانی شود.

گفتم: در این امر، که با تو همداستان است؟

گفت: آزادی و آزاد شده‌ای و بانویی. (و مقصودش علی، پسر بوطالب، زید، پسرخوانده‌اش، و خدیجه، همسرش، بود.)

گفتم: اینک دست خویش بازگشا تا با تو پیمان دوستی و وفاداری بندم.

دست خویش گشود؛ و بر اسلام با وی پیمان بستم؛ و خویش را چهارم مسلمان می‌دانستم.»

بوذر، چونان جمله روزها، رَمه کوچک بز و شتر را در سویی رها ساخته بود و مُهیّای آن می‌گشت تا در برابر پروردگار، به شیوه ویژه خویش نماز کند.

در آن زمین برهنه سنگلاخ، جز بوته‌هایی اندک از خار مُغیلان، برای شتران و بزانِ او هیچ خوردنی یافت نمی‌شد. نیز، در آن گرمگاهِ روز و تابش راست خورشید بر آن دره گرفتار در میان آن کوههای کم بلندا، سایه‌ای نبود تا برای او، از آن هُرم سوزان مرگبار جان پناهی باشد. در آن گوشه از دره که او بود، دامنه کوهَها چنان صاف و دیواروار بود که گویی دستی به عمد، آن‌سان بریده بودشان. بی‌هیچ شکاف و سایبان؛ تا بتوان در پناهشان از نیزه‌های کشنده خورشید یَنْبوع جان به در برد. لیک، در آن دور تَرَک، در کمرکشِ کوهکی سپید، رمِه، برای خویش شکافی غارگون یافته بود و پهلو بر پهلو، خپ کرده بر زمین، آرام گرفته بود.

بوذر پروای گرما و سوزش خورشید را نداشت. هرچند در این سه سال که از پرستش بت دست شسته بود، گاه پیش می‌آمد که چون گرم نیایش با خدایش می‌شد، چندان از خویش غافل می‌گشت که از بسیاریِ گرما تاب از کف می‌داد و بی‌رمق، نقش زمین می‌شد؛ تا که برادرش، اُنیس، به جست و جوی وی بر می‌آمد و او را در آن حال می‌یافت و از مرگ می‌رهانید....

بوذر، چونان دیگر روزها، زمام خویش را به دست دل سپرد، و بدان سو که دل گفتش روی چرخانید و آنگاه به نیایش ایستاد.

«با بوذر، روزی دست در دست، در راهی می‌رفتیم. من، در آن حال که انگشتانم در میان انگشتان وی بود، پرسیدم: مرا بر گوی تا بدانم: به روزگار جاهلیت نیز هیچ نماز می‌کردی؟

گفت: آری، ای عُبَیدالله.

گفتم: بر که، ای جُنادَه؟

گفت: بر پروردگار جهانیان.

گفتم: رو به کدام سو بر او نماز می‌بردی؟

گفت: به هر سو که خداوند خود رویم را می‌گردانید، ای پسر صامت.

گفتم: چه سان در میان قوم غِفار، که جمله بت می‌پرستیدند، تو خود راه یافتی؟

گفت: قصه‌اش دراز است، ای عبیدالله.

گفتم: بر گو. من شوقمند شنیدن آنم.

پس، در سایه دیواری نشستیم؛ و او چنین آغاز کرد: آگاهی ای عبیدالله، که قبیله من، بس درویش بودند. جمله دارایی ایشان، رمه‌هایی کوچک از شتر و بز بود. چون سال خوش بود و بارش بسیار، روزگار ما بیش یا کم سپری می‌شد. لیک، سال اگر خشکی می‌گرفت، جمله آن چارپایان یا تلف می‌شدند و یا خود از بیم تلف شدن، می‌کشتیمشان. در این‌گاه، رسم مردمان قبیله ما آن بود که چوبها از درخت سَلَع و درختی زودسوز که نامش عَشر بود گرد می‌کردند و آنها را بر دُم گاوی می‌بستند و آن گاو را بر کوهی فراز می‌کردند و در چوبها آتش مَی‌افکندند. چون آتش شعله می‌کشید، گاو، ترسان و نعره‌زنان راه گریز را در پیش می‌گرفت. پس، مردم، آن آتشِ دونده را شبیهی از آذرخش و آن نعره‌های گاو را شبیهی از تندر می‌گرفتند؛ و بر آن بودند که در پی این کار، بسا که از آسمان، باران فرو ریزد.

روزی، چون سوختنِ گاوی را بدان حالت دیدم، سخت دلم بر آن سوخت. پس، به اندیشَه اندر شدم که آن چه کار است، و بارش باران را با آن چه نسبت!؟

همان‌گونه نیز شد: آن گاو سوخت و از کوه فرو افتاد و هیچ باران نیز

فرو نریخت.

آنگاه جارزن در میان قوم ندا در داد که هر کس قربانی‌ای برگیرد، تا دیگر روز، به نیایش، راهیِ پرستشگاه بتِ قبیله، مَنات، شویم؛ که تا ینبوع، به چند روز راه بود.

من چندی بود که در کارهای قوم خویش باریک می‌شدم و در آیین ایشان، بسیار اندیشه می‌کردم. هم از این رو، باورم بدان بتان و آن آداب و نیایشها، سخت کاستی گرفته بود. لیک در این امر آن سان استوار نگشته بودم تا از همراهیِ قوم در آن کار، سر باز زنم.

بوذر، گویی به کارِ یادآوری چیزی بود، لختی درنگ کرد و سپس افزود: آری ای عبیدالله! و دیگر روز، با برادرم، هر دو سوار بر یک شتر ماده، در پی قوم، رهسپار قرارگاه بت منات درنَخْله شدیم. از پسِ چند روز سفر، به آنجا رسیدیم، و هر کس قربانی خویش را پیشکشِ بت بزرگ کرد. اُنیس نیز، از جانب ما، کوزه‌ای شیرِ شتر بر پایِ منات نهاد.

چون نیایش باران و زیارت بت پایان گرفت و راه بازگشت در پیش گرفتیم، من به به پسِ پشت روی گردانیدم، و سگی را دیدم که کوزه ما را کج ساخته بود و به کارِ خوردنِ شیر آن بود. انیس، خشمگین، خواست تا سوی آن سگ رود و بتاراندش. لیک، ندانستم چه شد که من از این کار بازش داشتم و گفتم: خدای توانای ما به پشتیبانی بنده‌ای ناتوان چه نیاز دارد! اینک شکیبایی پیشه کن تا بنگریم که چه رخ می‌نماید.

سگ اما، به خوردن شیر خدای قوم بسنده نکرد. بل هنگامی که از این کار فارغ شد - چنان که خوی سگان است - یک پای خویش را فراز ساخت و بر پای منات پیشاب کرد. آنگاه، سر خوش و سبکبار، بی‌هیچ تشویش و دغدغه، در پی کار خویش رفت.

من، به دیدار آن حالَت، انیس را گفتم: آن که سگی پست با او چنین کند، چگونه می‌تواند خدای ما باشد!؟

انیس به اندیشه اندر شد. لیک، من، خود، از آن پس، خرده تردیدهای مانده در دل را به یک سوی زدم: پاک، ترکِ پرستشِ بتان کردم، و در جست‌وجوی پروردگار راستین برآمدم.

چون چندی بر آن حال گذرانیدم، به هستی اندر نشانه‌ها یافتم که سوی او رهنمونم می‌شد. دریافتم که جهانی این مایهٔ بزرگ، پیچیده و ژرف، نمی‌تواند آفریده چیزهایی باشد که خود ساخته دست انسان‌اند. آفرینش باید که آفریدگاری داشته باشد از جمله هستی بزرگ‌تر، و از یک یک آفریدگان تواناتر. او هست؛ هرچند دیدگان ما توانای دیدنش نباشد. نیز، هر آنچه که کوشیم، اندیشهٔ ما توانای پی بردن به اصل و جمله جنبه‌های وجودی وی نیست. چه، او بی‌کران، و فهم ما بس محدود است. خداوند چندان بزرگ است که عقل خُرد ما هرگز توان احاطه بر او را نمی‌یابد.

پس، در پاکی دل و وجود خویش سخت کوشیدم و در گفتار و کردار خود درنگ کردم، تا که اندک دلم روشنی یافت و سروری شگفت، وجودم را دربر گرفت. آنگاه پرده‌ها یک یک از برابر دل و دیدگانم فرو افتاد؛ و دانستم که باید که با عقل و دل ـ هر دو ـ بدو راه بَرَم و بازش شناسم.

قوم، چون چنان دیدند، کافرم خواندند، و از من روی بر تافتند. خُرد و کلان و پیر و جوانْ بر من خرده گرفتن و سرزنش کردن آغازیدند؛ جز برادرم و مادرم. لیک، من بی‌پروای ایشان، راه خویش را پی می‌گرفتم.

سه سال بر این حال بودم. تا که در غروبگاهی، در قبیله، سخت دلتنگ، بر دَرِ خیمه نشسته بودم. در اینگاه مردی شتر سوار را دیدم که رو سوی أبواءَ داشت. او را آواز دادم تا از شتر فرو آید و در خیمه ما لختی بیاساید.

شادمان، پذیرفت.

چون جامی شیر نوشید و اندکی آسود، از دیده‌ها و شنیده‌هایش در راه پرسیدم. گفت که از مکه باز می‌آید. هم گفت که به مکه اندر، ماجراها در کار رخ نمودن است: در آنجا مردی بر پای خاسته، و دعویِ آن دارد که از آسمان‌ها به وی خبر می‌رسد. او کیشی نو آورده و جمله خدایان را خدای یکتا قرار داده است.

من خواستم تا بیشتر، از آن مرد بدانم. لیک، آن مسافر، از آن بیش، از وی نمی‌دانست.

چون او رفت، انیس را خواندم و وی را، قصه باز گفتم. دیگر روز نیز

راهی مکه‌اش ساختم تا سوی آن مرد رود و سخنانش را بشنود و نیک به خاطر سپارد، و در بازگشت، نکته نکته، مرا بازگوید.»

بوذر، در زیر آن آفتاب داغ، گرم نیایش ویژهٔ خویش بود که انیس از مکه باز آمد. لیک بوذر چندان غرقهٔ راز و نیازِ عاشقانهٔ خود بود که طنین بلند گامهای شتابناک شتری را که هر دم به او نزدیکتر می‌شد، نشنید. تا آنگاه که انیس، غبار گرفته و خسته، از شتر فرو آمد، و به نام، او را خواند.

بوذر دست از نیایش شست و چونان به ناگاه از خواب جستگان، از پسِ درنگی - به بازشناسی حال و روز تازهٔ خویش - تهنیتِ برادر را پاسخ گفت.

آه...، این انیس بود! برادرش.... به کجا بود او؟ ها!... نه آیا به خواست او، رنج سفر دراز مکه را بر خویش هموار ساخته بود تا از آن مرد قرشی که دعوَیِ پیامبری داشت، خبری آرد؟!

اینک او از پسِ هیجده روز رهسپاری و هفته‌ای ماندن در مکه، باز آمده بود تا برادر را از دیده‌ها و شنیده‌های خویش آگاه سازد. هم، بوذر نبود آیا، که در این چند روز، پیوسته چشم سویِ راهِ مکه داشت تا کی انیس باز آید و او را گفتنیها باز گوید؟!

بوذر با آن مایه دریا دلی، در این چند روز بس بی‌تاب می‌نمود! چونان کودکان خسته از انتظاری دراز، آن سان تنگ حوصله و کج خلق گشته بود که گفت و گوی مادر پیر خویش را نیز - که آن‌گونه گرامی‌اش می‌داشت - تاب نمی‌آورد. گویی اوج شکیبایی و تاب انتظار او، تا همان روز بود.

بوذر، مبهوت این حالت، گاه با خود اندیشه می‌کرد که آن راهگذر آیا اگر آن روز نیامده بود و برای او آن خبر شگفت را نیاورده بود، باز آن سان بی‌تابی و ناشکیبایی بر جانش شرر می‌زد؟! شرمسارِ بهت و گیجی خویش، آغوش گشود و رو سوی برادرِ جوان خود رفت.

- نه خسته، ای اُنیس!

- سپاس دارم، ای برادر.

«من سپاسگزارِ توام که این سان حرمت برادر را پاس می‌داری و سر بر خواست او می‌نهی.»

مهرآمیز بر سر و روی غبارآلود انیس بوسه زد و او را به پناه سایه‌ای از کوه، که اینک چندی بود پدیدار شدن گرفته بود، کشانید.

- تشنه نیستی، ای انیس؟

- نه، ای برادر. به راه اندر، نخست به قبیله رفتم. مادر به من ظرفی شیر داد. پس، چون دانستم که با رمه از قبیله به درآمده‌ای، به این سو روانه شدم.

بوذر به مهر دست بر شانه ستبر برادر نهاد و خیره چشمان زلال و بی‌غش او گفت: سپاسدارم، ای انیس. بسیار سپاسدارم! اینک زود از دیده‌ها و شنیده‌های خویش مرا بازگوی.

انیس بر تخته سنگی نشست و چپیه از سر برگرفت. پس، با آستین چرکُمُرده دشداشه، عرق از پیشانی سترد و گفت: آن‌سان که تو سپاریده بودی، کوشیدم تا مردم از قصدم آگهی نیابند.

نخست به حرم اندر، به حلقه‌ها از مردم هر طایفه، که غروبگاه در هر سو بر پا بود، سرکشیدم. سخنها بیشتر در پیرامون آن مرد بود. نامش، آن‌گونه که آن مسافر تو را گفته بود، محمد است. پسر عبدالله، پسر عبدالمطلب. پدرش، پیشتر تا او دیده بر جهان گشاید، از جهان بیرون شده است. پس، مادرش، آمنه، دختر وَهب، از طایفه بنوزُهره، به تربیتش همت گماشته است.

کوتاه سخن آنکه، مادرش نیز در خردی او از جهان بیرون شده، و نیا و سپس عمویش، بوطالب، به سرپرستی او برخاسته‌اند.

- بوطالب، بزرگ و سرور قریش و مکه؟

- آری، ای برادر. آنگاه خدیجه دختر خویلد را به زنی گرفته است. از آن پیش که دعوی پیامبری کند، در میان قوم خویش به پاکی و راستی و امانت‌داری و شکیبایی نامور بوده است. چندان که امین لقبش داده بوده‌اند. در این‌باره، اینک نیز دوست و هم دشمن وی همرأی‌اند. چه، هیچ کس، در این چهل سال، کمتر بدی و زشتی در کِردار و گفتار، از وی ندیده است. هم از این روست که قومش، هرچند بر کیش خویش کافرش می‌دانند و دعوی پیامبری او را باور ندارند، لیک، چونان پیش، نزدش امانتها می‌نهند، و هیچ‌کس را درست کردارتر و باوفاتر از او، نمی‌شناسند.

- تو خود آیا او را دیدی، ای انیس؟

- دیدمش، ای برادر؛ به چند بار، غروبگاهان، و گاه در بامداد به زیارت کعبه می‌آمد. اندیشناک و گرفته می‌نمود؛ و در سکوتی ژرف و دراز غوطه‌ور بود. به گاهِ راهسپری، گامهای بلند بر می‌داشت و بر هر گام گویی لختی درنگ می‌کرد. جامه‌ای ساده اما پاکیزه بر تن داشت؛ از کتانِ سپید مصری و یا بُردِ راه راهِ یمانی. و بر آن، عبایی نازک بر تن می‌کشید. دیگر، دستاری عراقی بر سر و پای‌افزاری از چرم بر پای داشت.

هنگامی که می‌آمد، پیشتر تا پدیدار شود، بوی خوش عطرش مشام را می‌نواخت؛ که بیشتر مشک بود. گویی پیوسته گرداگرد او را هاله‌ای از عطر فرا گرفته بود.

در دیدگان، شکوهمند می‌نمود. چندان که چون به حرم ورود می‌کرد، مردم لختی از سخن گفتن باز می‌ماندند و خیره وی می‌شدند.

از میانه بالا، اندکی بلندتر بود. لیک، دراز نبود. سرش بزرگی‌ای مردانه داشت. میان دو کتفش پهن بود. بازوانی نیرومند، دستانی بلند، و انگشتانی کشیده داشت. استخوانهای بندهای دست و پایش درشت بود؛ و سینه و شکمش با یکدیگر برابر می‌نمود. سیمایش آن سان تابناک بود که گویی خورشید بر آن می‌گردید. نیز، چندان زیبا، که من خود تا بدین روز، مردی به زیبایی او ندیده‌ام. رنگ پوستش سپید بی‌حالت نبود، و گندمگون نیز نبود. سپیدی‌ای بود آمیخته سرخی.

گشاده پیشانی و پیوسته ابروان بود. در دیدگان کشیده بادامگونش نفوذ و تأثیری شگرف بود. چندان که، نگرنده را می‌گَرفت و رها نمی‌ساخت. گونه‌هایش هموار بود؛ و ریشهایش سیاه و انبوه. لیک، آبشخور سبیل پر پشت خویش را کوتاه نگاه می‌داشت. بینی‌ای کشیده داشت؛ و دهانش با دیگر عضوهای چهره‌اش متناسب بود. خنده‌اش از لبخند فراتر نمی‌رفت. هم، دندانهایی سپید و درخشان و گشاده از هم داشت.

روزی گروهی از مردان به سخنش کشیدند، و مجالی دست داد تا سخن گفتن او را باز بشنوم.

چون سخن می‌گفت خیره سیما و دیده شنوندگان نمی‌شد، و با گوشه چشم، آسمان را می‌نگریست. جوهره صدایش بلند، و آهنگ آن از آهنگ

صدای جمله مردم زیباتر بود. بس رسا و روشن و روان سخن می‌گفت. گفتارش با یکدیگر پیوستگی داشت. چون دیگران سخن می‌گفتند، سخنان ایشان را نمی‌برید و بر گستاخی‌شان شکیبایی می‌ورزید؛ جز آنگاه که لب به گفتن یاوه می‌گشودند.

بوذر هر چند شوقی سیری‌ناپذیر به شنیدن هر آنچه که به آن پیامبر نوخاسته مربوط می‌شد داشت، لیک، بیشتر شوقمندِ دانستن آموزه‌ها و سخنان او بود. این بزرگزاده قرشی آیا همان بود که می‌بایست انتظار دراز و دردآلود او را پایان می‌بخشید؟

- و سخنانش...؟ از آنها مرا بازگوی، ای انیس!

- برای من آن مجال پیش نیامد تا بسیار از سخنان او شنوم. چه، آنان که به سخن گفتن و پاسخ‌گویی‌اش وا می‌داشتند، از آن بیش که در پی دریافتِ حقیقتی باشند، کوشش در رد سخنان وی داشتند. لیک، از آن میانه و هم از دهان دیگر مردم شنیدم که هیچگاه از او دشنامی شنیده نشده، و هیچ کس در ستیز و جدلش ندیده است. پیوسته مردم را به نیکی می‌خوانده، و از زشتی و بدی باز می‌داشته است. اینک نیز بر آن است که آفریدگار جهان، یکتا، بی‌شریک و نادیدنی است. پیش از جمله مردم و آفریدگان بوده است، و از پس آنان نیز - تا همیشه - خواهد بود. او آفریدگار جمله هستی است. زاده نشده است، و کسی را نمی‌زاید. هیچ کس چون او و همسنگِ وی نیست. از آفریدگانِ خویش بی‌نیاز است. سخن گفتن با او و درخواست از وی، نیازمند هیچ میانجی نیست. چه، قرارگاه او، جمله دلهای پاک و بی‌غش است.

او مردم را از زنده در گور ساختن دختران منع می‌کند و فرزندان را به بزرگداشت پدر و مادر و نیکی بدیشان سپارش می‌کند. نیز، برده‌داران را به مدارا و سهل‌گیری با بردگان خویش فرا می‌خواند. چه، در نظر او، بردگان هم انسانهایی همچون صاحبان خویش‌اند. سپید را با سیاه و دارا را با درویش و سرور را با برده، هیچ فرق نیست؛ جز به راستی و درستی و نیک کرداریِ ایشان.

در پی چه بود بوذر، جز همینها!؟ آن مایه کوشش و جنب و جوش درونی سالیان او، بیرون از اینها به چه رهنمونش گشته بود مگر!؟ دردِ کهنه روان بیمار عرب را، جز این داروی شفابخش، چه می‌توانست درمان

کند!؟

دوران قرار و آرامش و سرفرو بردن در گریبان و به در کشیدنِ گلیم خویش از آب، سپری گشته بود. بوذر، می‌بایست پیله فرسوده تنهایی را از هم می‌گسیخت و رو سوی این سرچشمه جوشان و ناب می‌نهاد. گاهِ زدودن غبار کدورت سالیان، از دل و وجود فرا رسیده بود.....

بوذر، سر از پا ناشناخته، به رفتار درآمد.

- به کجا، ای برادر؟

- سوی مکه، ای اُنَیس.

- درنگی اما، تا دیگر روز. توشه راهی...!

- هیچ، ای انیس! تاب حتی ساعتی درنگ را نیز ندارم. هم اینک اگر راهی نشوم، آرام و قرارم از کف می‌رود.

بوذر این را گفت و سوی شتر خویش، در آن سوی دره، روانه گشت.....

«ای پروردگار من؛ مرا دریاب!»

بوذر از آن گروه مردمان نبود که در بند شکم و آسایش تن باشد. او پیشتر تا بوذر باشد عربی صحرانشین بود. و عرب بادیه، با تشنگی و گرسنگی، انســی دیرینه داشت. فراتر از آن، به صحرا اندر، این دو، همزاد یکدیگر بودند. در آنجا، بیشــتر آنچه که بود گرسنگی و تشنگی و درویشی بود. طبیعت صحرا تنگدست و تنگ چشم بود. گهگاه نیز اگر گشاده چشمی می‌نمود، دوامی در پی نداشت. یک ـ دو ماه از انتهای زمستان و ماهی از ابتدای بهار. یا، قبیله اگر اهل غارت و ستیز بود، غنیمتی گهگاه و دیریاب. دیگر هیچ. خویشتنداری بود و سخت گرفتن بر خود در خورد و خوراک. با این رو، پیوسته همان اندک طعام روزانه هم نبود. گاه نیز گم گشتن در صحرا بود، به روزها؛ و پایان گرفتن توشــه راه. چندان که فریاد معده و روده از درد تهی ماندگی، سوی آسمان فراز می‌شد. پس، درد بدان مایه می‌رســید که هیچ چاره جز فریفتن آنها نمی‌ماند: بستن سنگی بر شکمِ خشکیده چسبیده بر کمر....

بوذر نیز فرزند شکیبای بادیه بود. افزون بر آن، در این سه و چهار سال گوشه‌گیری از قبیله، آن سان تنِ خویش را پرورده و ساخته بود که طعام کودکی خرد سیرش می‌ساختَ. لیک، از پسِ نه روز راهسپاری و پایانَ گرفتن جمله توشه ناچیز سفر، اینک در سومینَ غروب گرسنگی، از

بستن سنگ بر شکم هم هیچ کار بر نمی‌آمد. آن چند سکه ناچیزش نیز که صرف کاروانسرایی گشته بود که شتر خویش را به آن سپرده بود.

اینها بود. لیک، بوذر را از آن بیش، غم ناکامیابی در دیدار آن پیامبر نوخاسته رنج می‌داد. چه شده بود که در این سه روز که بوذر به مکه ورود کرده بود و جمله ساعتهای شب و روز خویش را در حرم سپری ساخته بود، او یک بار نیز سوی حرم نیامده بود! نه آیا انیس گفته بود که او اغلب، هر روز به زیارت کعبه می‌آید؟! این نیز آیا آزمایشی دیگر از جانب پروردگار نبود، تا دیگر بار، استواری بوذر در راه باورش بر محک تجربه به زده شود!

دشواری کار این بود که می‌بایست پنهان از مشرکان - تا هیچ کس از عزمش آگاه نمی‌شد - برخواسته خویش دست می‌یافت. اگر نه، یافتن چنان محمد مردی، در آن شهر، کاری دشوار نبود.

سیمای گندمگون و سوخته به آفتاب بوذر، با آن پوستِ چغر چونان چرم خشکیده و آن اندام باریکِ بلند و آن جامه ژنده که بر تن داشت، از دورَ نیز بر هر بیننده آشکار می‌ساخت که او مردی درویش از اهالی بادیه است. این نیز خود برای او مانعی بزرگ بود، تا به شهر اندر، خاصه در محله ابطح، که جایگاه دارایان و شریفان مکه بود، به جست و جو برآید.

پس چه می‌بایست می‌کرد بوذر؟ تا چه گاه تاب پایداری در برابرِ این سرگردانی رنجبار را می‌آورد؟

«ای پروردگار من؛ مرا دریاب!»

بوذر سوی چاه زمزم روانه شد تا با نوشیدن آب از آن، چندی درد شکم را تسکین دهد.

غروبگاه بود و در هر سوی از حرمْ، حلقه‌ها از مردانِ تیره‌های دهگانه قریش گرد آمده بودند و به گفت یا شنود بودند. از میان سخنان درهم و همهمه بلند ایشان، یک نام، آشکارا در گوش بوذر می‌نشست: محمد.

سخنان ایشان رنگ پرسش داشت: دعوی محمد چیست؟ غرضش از آن سخنان چیست؟ او آیا آگاه نیست که آن‌گونه سخنان، چه آشوبها و فتنه‌ها در پی تواند داشت؟....

بوذر، خود، در قبیله، چندان از آن سخنان و خرده‌گیری‌ها از سالخوردگان و بزرگان قوم شنیده بود، که در خویش رغبتی به باز شنیدن

آنها از زبان این مردان غرقه در رفاه و خود پرستی نمی‌یافت. غریب آنکه، بُن مایه و مغز سخنان هر دو گروه، از یک جنس بود. هر چند اینان بنا بر فزونی دانش و شعور خویش، همان معناها را در لفافهایی خوش نماتر و به شیوه‌ای پیچیده‌تر بیان می‌کردند.

بوذر دلوی آب از چاه زمزم کشید. در کار ریختن آب در مشک خشکیده خویش بود که ناگاه دریافت جمله صداها و همهمه‌ها، به یکباره فرو نشست. دلو در دست، به پسِ پشت سر چرخانید؛ چند سر، سوی درِ بنی‌هاشم چرخیده بود.

بوذر به آن سو روی چرخانید: کهنسال مردی، با وقار و آرامشی ویژه، در آمدن به جانب کعبه بود.

بوذر نخست چنین اندیشید که آن مرد شاید همان پیامبر نوخواسته است! پس، سراسیمه خواست تا دلو و مشک را رها سازد و بدان سو رود. لیک، چون نیک نگریست، دانست که بر خطا رفته است. آن مرد نیز هر چند نشانه بزرگی از چهره و نگاهش آشکار بود و آن‌گونه رفتار مردان در برابر او هم نشان جایگاه بلند وی در نزد ایشان بود، لیک با آنچه که انیس وصف کرده بود، تفاوت بسیار داشت. نخست آنکه، موهای سر و روی این مرد، سر به سر سپید بود. دو دیگر آنکه، به اندام نیز فربه‌تر از محمد می‌نمود.

مردِ سالخورده شکوهمند، جامه‌ای ساده و پاکیزه و سپید بر تن داشت؛ حکایت از آنکه، مردی مالمند نیست. لیک، آن مایه بلند طبعی و بی‌نیازی در نگاهش موج می‌زد که هر بیننده، ناخواسته، در دل، بزرگش می‌داشت.

بوذر، تند، جمله آب دلو را در مشک ریخت و با رشته چرمی دراز، دهانه مشک را بست. پس، مشک را بر دوش افکند، و آن‌سان که نگاهی را سویِ خویش نکشد، پیشتر رفت تا سر از کار آن مرد درآوَرَد؛ شاید که وی، تواند او را در دستیابی به مقصدش یاری کند.

آری؛ بر خطا نرفته بود. زمزمه‌ها و سخنان آهسته مردان با یکدیگر، بر بوذر آشکار ساخت که آن پیرِ نیکرویِ خوش نما، همان بوطالب، عموی محمد است.

به دریافت این نکته، سروری بزرگ در دلِ بوذر دوید. سرانجام کسی را یافته بود که آشنای محمد بود و دشمنان محمد از وی پروا داشتند. پس،

امید آن بود که این مرد، دستان خسته و نیازمند بوذر را بگیرد و سوی محمدش راه نماید.

تا طواف بوطالب و سخن گفتنش با تنی چند از مردان پایان گرفت، غروب رفته بود و شب بر سر شهر سایه افکندن گرفته بود. چون خادمان کعبه به کار روشن ساختن مشعلها و پیه‌سوزها پرداختند، بوطالب راه بیرون حرم را در پیش گرفت.

مجالی نیکو، تا بوذر به آن انتظارِ تلخ و درازِ سه روزه، پایان بخشد.

- ای بزرگوار!

بوطالب تازه پای از درِ بنی‌هاشم بیرون نهاده بود که این صدا در گوشش نشست. پس، سویِ صدا سرچرخانید.

در آن هوای گاو گم، مردی بلند بالا و میانسال و ژنده‌پوش را دید؛ مشکی کوچک بر دوش. از بسیاريِ لاغری، استخوان سینه‌اش از چاک گریبان دشداشه ارغوانی رنگُ بیرون جسته بود.

بوطالب نخست پنداشت که او صحرانشینی در راه مانده است که درخواست کمک دارد. لیک، چون نگاهش بر وی افتاد، به دیدار آن سیمای روشن و آن دیدگان زنده پرنفوذ که گویی آتشی از جنسی غریب در ژرفایشان شعله می‌کشید، به فراست دریافت که کارِ او باید از گونه‌ای دیگر باشد.

- بله، ای مرد! با مَنَت آیا کاری بود؟

- آری، ای بزرگوار. می‌خواستم تا بر من مِنّت گذاری و سوی برادرزاده‌ات، محمد، رهنمونم شوی.

صدای این صحرانشین هرچند خسته و بی‌رمق می‌نمود، لیک از بُنِ آن آثار عزم و استواری ای آهنین، آشکار بود.

بوطالب، آمیخته تردید، گفت: محمد...؟! در اینگاه از شب اما، کار تو با وی چیست؟

بوذر، فرومانده و به خواهش، گفت: دشمن نیستم، ای مرد. نامم جناده جُنْدَب است. از قبیله غفارم. روزگاری دراز است که در جستجوی حقیقتم. تا شنیدم که به مکه اندر مردی برخاسته است، و او نیز بیش و کم از همان سخنان می‌گوید که من در پی آنم. خان و مان را رها ساختم و سرناشناخته از پا راهی این شهر شدم تا او را ببینم و سخنانش را بشنوم.

پس، اگر بر حقش یافتم، به او گروم، و سر بر راهش نهم.

در کلام و صدای آن مرد غریب، راستی و سوزی بود که دل را در سینه بوطالب لرزانید. هم از این رو، بی‌هیچ پرسش دیگر، او را گفت: چنین باشد! اینک از دور، در پی من روان شو؛ آن سان که گویی با مَنَت هیچ آشنایی نیست. به راه اندر اما، چون ایستادم، تو راه خویش را پی گیر و از من بگذر. تا آنگاه که به سرای برادرزاده‌ام رسیم، و با اشاره، بر تو بازش نمایم.

بوذر، اشک شوق در دیدگان، گفت: سپاسدار توأم، ای بزرگوار! چنان کنم که تو فرمودی!

پس، به چند گام پَستر، در پیِ او روان شد.

بوذر، ســرخوش از آن شب که با پیامبر سپری ساخته بود، راهی حرم بود. گویی مرده‌ای بود و زندگانی دوباره یافته بود. بیماری بود و از پسِ سالیانی دراز، به یکباره، با دمیده شدن نفسی زندگی‌بخش در کالبدش، تندرستی خویش را، به تمامی، باز یافته بود. گمگشته‌ای تنها و بی‌پشتیبان، که اینــک راه یافته، و بر کوهی بس بزرگ پشـــت داده بود. یا چونان تشنه‌ای، که در پی روزها تشنگی، به سر چشمه آب زندگی رسیده، و از آن سیراب گشته بود.

در خویش احساسی ژرف از بی‌مرگی می‌یافت. گویی در برابر مرگ، رویین تن گشته بود. انگار به جمله جهان اندر، هیچ کس و هیچ چیز بر او آسیبی نمی‌توانست رسانید.

از آن ساعت که دستان لاغر خشکیده‌اش در میان دستان گرم رسول خدا قرار گرفت، گویی جریانی ناب از زندگی، چونان موجی، در سراسر تنش دوید، که بیرون رفتنی نبود. پس، قلبش گرمایی غریب یافت. آن سان که هر که پیشتر او را دیده بود و آنک نیز می‌دید، در می‌یافت که این بوذر نمی‌تواند که آن بوذرِ پیشین باشد. در آن دیدگان، اینک آن مایه پرتو از زندگانی و شادابی و یقین بود که گویی به سنگ نیز اگر می‌نگریست در آن نفوذ می‌کرد و از هم می‌پاشیدش.

چه خوش بود گذر از وادی سست و وهمناک سرگشتگی، و رسیدن

به دیارِ استوار و امنِ یقین!

بوذر، دورانِ درازِ سرگردانیِ پیشین را به یاد آورد: چه مایه در خلوتهای درازِ خویش اندیشه کرده بود! گاه از شدت تأثر و حیرتْ چندان مغز و دلش در فشار قرار می‌گرفت که می‌خواست سر بر صخره‌های سخت کوبد و کوبد و کوبد، تا مغزش آشفته شود! پس، آن سان از بُنِ دل فریاد می‌کشید که شتران نیز ـ با آن دلهای بزرگشان ـ از دیدارِ آنَ حالِ او، می‌رمیدند.

در آن دوران هر چند از بُتان و جمله آن خرافه‌های قوم روی برتافته بود، باز انگار پیوسته چیزی مرموز رنجش می‌داد. گویی گمشده‌ای عزیز داشت که تا نمی‌یافتش، آرام و قرار به او باز نمی‌گشت. اینک اما... چه می‌خواست دیگر او، که بدان دست نیافته بود!؟

دل و هم ذهن بوذر، دیگر بار سوی آنچه که دوش بر وی گذشته بود، رفت.

«ـ درود بر تو، ای مرد خدای!

ـ بر تو نیز درود باد، و رحمت خدای. بازگوی که از کجایی، و کارِ تو چیست؟

ـ نامم جندب است و کُنیه‌ام بوذر. از قبیله غفار. در دیارِ یَنبوع. به نُه روز راه تا به مکه و سه روز تا به یثرب. ما مردمی درویشیم که در سرزمینی خشک و بی‌برکت می‌زییم. جز پاره‌ای عادتها و رسمهای پست و بی‌پایه، چیزی بر ما فرمان نمی‌راند. مردمانِ قبیله من، اغلب تند فهم و تیز هوش‌اند. لیک، بس ساده‌دل‌اند، و ذهنهایی خام و ناپرورده دارند. از همین‌رو، احساسهای تندِ ایشان، بر خردشان چیره است. از بیتی شعر به شادمانی و سرور درمی‌آیند و از بیتی دیگر، غرقه خشم و کینه می‌گردند. کوتاه سخن اینکه، مردمی نادان و دستخوش اندیشه‌هایی انباشته از پندارهای بی‌پایه‌اند.

هر چند به ظاهر بت می‌پرستند، لیک کیش و آیین در میانشان ریشه‌ای استوار ندارد. ایشان را با جهان دیگر و دوزخ و بهشت، هیچ کار نیست. به سوی بتان نیز تنها آنگاه روی می‌آورند که خواسته‌ای دنیایی داشته باشند ـ تا آنها یاری‌شان کنند و گره از کار فرو بسته‌شان باز گشایند.

در میان قومِ من، ستم بر دیگران و تجاوز به مردمان، کاری است

رایج؛ و هیچ زشت نمی‌نماید. از آن فراتر، ایشان به این ستمگریهای خویش مباهات می‌کنند و در بزرگداشتشان شعرها می‌سرایند. لیک، من خود چندی است که به راهنمایی عقل و تأیید دل، راهِ خویش را از آنان جدا ساخته، و ترک پرستش بتان کرده‌ام. تا شنیدم که به مکه اندر مردی بر پای خاسته، و بر همان راه می‌رود که من دیری است که در جست و جوی آنم. سوی او روان شدم؛ تا مرا به تو راه نمودند. اینک ای مرد خدای، کیش خویش را بر من عرضه کن، تا بدانم که برچه راه و روش است.»

پیامبر، خشنود، به سرای خویش اندر برده بودش. پس، گرم، پذیرایی‌اش کرده بود، و تا پاسی از شب رفته، پرسشهای پایان‌ناپذیر او را پاسخ گفته بود. آنگاه گفته بود: ای جناده؛ اسلام این است که گواهی دهی که خدایی جز آفریدگار یکتا نیست؛ و محمد فرستاده اوست. پس، نماز بر پای داری.

بوذر، بی‌هیچ درنگ، آن دو گواهی را باز گفته بود. دیگر، آداب وضو و نماز را از وی آموخته بود.

هنگامی‌که نخستین نماز را به پیشوایی پیامبر گزارده بود، رسول خدا گفته بود: ای بوذر؛ آگاه باش که نماز، ستونِ اسلام است. بامدادان، آنگاه که غرقه بزرگی و جاذبه پیامبر، عزم به در آمدنْ از سرای او را کرده بود، رسول خدا گفته بودش تا اسلام خوِیش را از مکیان پوشیده دارد، تا از آزار ایشان در امان مانَد. لیک، بوذر، بی‌لحظه‌ای درنگ گفته بود: چگونه می‌توانم بر این جنبش عظیم درون سرپوش نهم!؟ سوگند به آن خدای که تو را به حق برانگیخته اسَت، که باور و مَرام خود را بر سر هر کوی و برزن فریاد خواهم زد، و ایمان و دلبستگی خویش را به تو، از هیچ صاحب قدرت پنهان نخواهم ساخت!

آنگاه، از تکلیف خویش پرسیده بود. پیامبر گفته بود تا سوی قوم خویش باز رَوَد و ایشان را به اسلام فرا خوانَد. پس، چون گاهِ فراخوانیِ آشکار رسید و اسلام رواج یافت، سوی مکه باز آید.

«ـ اَی برگزیده خدای، اینک مرا سپارشی کن، تا چراغ راهم باشد.

ـ ای بوذر، پیوسته حق را بگو؛ هر چند بر زیان تو باشد.

ـ دیگر...؟

ـ در راه خدایت، از سرزنش مردم مَهَراس.

- و دیگر...؟

- مستمندان را دوست بدار، و با ایشان همنشین باش.

- بیفزای، ای فرستاده خدای!

- آگاه باش ای بوذر، که هیچ‌کس به جایگاه پرهیزگاری نرسد، تا از خویش چُنان حساب کشد که شریک از شریکش می‌کشد. پس، داند که از کجا می‌خورد، از کجا می‌آشامد و از کجا می‌پوشد؟ از حلال است آیا، یا از حرام؟

آن که اهمیت نمی‌دهد که مال خویش را از چه راه فراچنگ می‌آورد، خدای نیز اهمیت نخواهد داد که از کجا به آتشش دراندازد.

- و باز؛ پدر و مادرم به فدایت...؟

- چون از چیزی از تو پرسند که نمی‌دانی، بگو که نمی‌دانم؛ تا از فرجامهای بدِ آن، رهایی یابی.»

بوذر، غرقه شیفتگی، به حرم رسید. اینک خویشتن را چندان توانا می‌دید که یکّه در برابر جمله مردمان جهان ایستد.

- گواهی می‌دهم که خدایی جز آفریدگار یکتا نیست؛ و محمد، فرستاده اوست.

صدا، در گوش تنی چند از آنان که به کار زیارتِ بامدادی بُتان خویش بودند و برخی دیگر که به گفت و شنود یا گذرَ از میانه حرم بودند، نشست. لیک، گویی به شنیده خویش یقینشان نبوده باشد، از پی درنگی کوتاه، کارِ خود را از سر گرفتند. یک - دو تن از بیکارگان امّا، سر سویِ صدا چرخانیدند:

«آن صُدا آیا از این مردِ بیگانه ژنده‌پوش دراز بالا بود؟!»

بوذر، چون چُنان دید، بر سنگ قربانگاهَ - در میانه دو بتِ اَساف و نائله - فراز شد. پس، رو به جانب آنان که گرم چرخیدن بر گردِ بت طایفه خویش و دست کشیدن بر آن بودند، فریاد برآورد: ای مردم؛ اینک جُناده جندب از قبیله غفار، در برابر شما گواهی می‌دهد که خدایی جز آفریدگار یکتا نیست؛ و محمد، فرستاده اوست.

صدای بلند بوذر، که با آن تنِ لاغرش هیچ همخوانی نداشت، جمله مردان و آن چند زن سالخورده را سوی او کشانید.

«چه می‌گوید این بادیه‌نشین سبک مغز؟!»

- ای مردم؛ منم بوذر، از قبیله غفار....
- چه می‌گویی، ای مَردک!
- ای گمراهِ تیره‌بخت!
- بکوبیدش؛ که بر خدایان ما ناسزا گفت!
- این کافر گستاخ را باید که کشت، تا مایه عبرت دیگران شود!
لیک، صدای رسای بوذر، از جمله آن صداها فرازتر بود:
- گواهی می‌دهم که خدایی جز آفریدگار یکتا نیست؛ و گواهی می‌دهم
که محمد فرستاده اوست.

در میان آن همهمه خشماگینِ هر دَم اوج گیرنده، ناگاه پای‌افزاری
چوبین، صفیرکشان بر سر بوذر خورد، و چپیهِ سپیدِ رنگ برگشته از
آفتاب او، از سرش به یک سو افتاد. پس، مشتی بر بینی‌اش خورد، و خون
بر جامه‌اش شَتَک زد. دیگر، مشت و لگد و سیلی و ضربه‌های بی‌امان بود،
که بر سر و تن خشکیده‌اش باریدن گرفت.

بوذر، در میانه هشیاری و بیهوشی، خویش را می‌دید که هر دم سویی
کشانیده می‌شد، و فریادهایی در هم از دشنامها می‌شنید، که از چپ و
راست بر وی می‌بارید.

نخست درد بود. مر گبار، چون ضربه‌ها از حد گذشتند، کرختی آمد؛
و درد، رفته‌رفته، کاستی گرفت.

در اینگاه، فریادی، در گوش زنندگان پیچید:
- ای وای بر شما! این چه کار است که می‌کنید! این‌گونه این مرد
را می‌کُشید! نشنیدید آیا که او گفت که از قبیله غفار است؟! نه آیا کاروانهای
بازرگانی شما در مسیر شام، از کنار قبیله او می‌گذرد؟!

با شنیدن سخنِ عباس عبدالمطّلب، مردان خشمگین، به یکباره، دست
از کوفتن بوذر کشیدند. اینک، بیش و کم، نشانه‌هایی از بیم، در سیمای
برخی از ایشان که پیشه بازرگانی داشتند آشکار گشته بود. چه، آنان نیک
آگاه بودند که او اگر با دست ایشان می‌مرد، دیگر آرامش و امنیّت از
کاروانهای بازرگانی قریش رخت بر می‌بست.

پس، از آنان دو تن، اندرزگویان، پیکر نیم جانِ مرد صحرانشین را از
زمین بر گرفتند و نرم نرم سوی چاه زمزم بردند. آنجا بر سر و روی وی
آب ریختند و خون از چهره و تنش شستند. آنگاه در کامش جرعه‌ای

آب ریختند؛ تا اندک اندک، حال رفته، به تنش باز آمد.

چون مردمان در پیِ کار خویش رِفتند، بوذر، با لبخنده‌ای تلخ بر لب، از جای برخاست، و لنگ‌لنگان و لب گزان از درد، سویِ کعبه روان شد....

«روزی به کوچه اندر راه می‌سپردم - و در این گاه نزدیک به بیست و سه سال از عمر من گذشته بود - که پدر را دیدم. گفت: رو سوی کجا داری، ای جعفر؟

گفتم: عمویم، عباس، مرا به باز پس‌گیری پولی روانه ساخته است؛ به محله ابطح.

گفت: من نیز روانه دیدار عموزاده و برادرت هستم.

من چندی بود که ایشان را ندیده بودم. چه، علی به نزد عموزاده‌مان، ابالقاسم، بود، و من در سرای عمویمان، عباس، می‌زیستم. پس، گاه، روزها سپری می‌شد و برای ما مجال دیدار یکدیگر دست نمی‌داد. از این رو، چون چُنان دیدم، دل بر این نهادم که با پدر، نخست به دیدار ایشان روم، و آنگاه کار عمو را پی گیرم.

چندی بود که آگهی یافته بودم که پسر عمویمان کیشی تازه آورده است؛ و سخت کنجکاو آن شده بودم تا از آن ماجرا بیشتر دانم. از این رو، روزی، چون علی را دیدم، از چیستیِ آن کیش پرسیدم. به شرح، مرا باز گفت. هم، گفت که او نیز به آن دین درآمده است. پس، خندان افزود: روزی با پسر عمویمان به درّه بوطالب رفته بودیم، به گزاردن نماز. در آن حال، ناگاه پدر به آنجا درآمد و ما را در آن حال دید. و تا بدان روز، از آن کیش، آگهی نداشت.

او چندان درنگ کرد تا نماز ما پایان گرفت. در این حال، من سخت در هراس بودم. چه، از اسلام آوردن خویش، پدر را هیچ نگفته بودم. پدر، اندیشناک رو سوی ابالقاسم کرد و گفت: ای برادرزاده، مرا حکایت کن که این چه آیین است که به آن روی کرده‌ای، و این چه نیایش است که می‌کنی؟

عموزاده ما گفت: ای عمو؛ بدان که این کیش حق است، و کیش فرشتگان و پیامبران و نیای بزرگ ما، ابراهیم، خلیل خدا. پروردگار بلندمرتبه مرا برانگیخت و به پیامبری به جانب مردمان فرستاد، تا آنان را سوی اسلام فرا خوانم. اینک، سزاوارترین کس که پند من شنود و دعوت من پذیرد و در این کار یاری‌ام کند، تویی، ای عمو.

آنگاه از فرمانها و آموزه‌های این کیش، به شرح، او را باز گفت. پدر، از پی درنگی دراز گفت: تا در این کار اندیشه کنم.

پس، افزود: لیک آسوده دل باش، که بوطالب تا جان در بدن دارد، از پشتیبانی تو باز نمی‌ایستد و نمی‌گذارد که کسی بر تو آسیب رساند. دیگر، رو سوی من، گفت: تو نیز به این کیش درآمده‌ای، ای علی؟ ترسان گفتم: آری، ای پدر.

گفت: و این چه نیایش بود که می‌کردید؟

گفتم: این نماز است، ای پدر؛ که سوی آفریدگار یکتا بَرَند؛ و در این کیش، گزاردنش بر مردمان واجب است.

پدر گفت: ای پسر من؛ تاکنون کسی از پسر عموی تو دروغ نشنیده است. پس، این، کیشَ را نگاه دار و همراهیِ عموزاده خویش کن و از خدمتش دور مشو؛ که او را جز خیر و نیکی نفرماید.

آن روز چون آن سخنان را از برادرم شنیدم، سخت مشتاق آن شدم که به نزد عموزاده‌مان رَوَم و از آن آیین نو، بیشتر بدانم. لیک، چندی گذشت و آن مجال پیش نیامد. تا آن روز که آن ماجرا رخ نمود.»

بوطالب و جعفر، چون به سرای پیامبر ورود کردند، او را و علی را دیدند، که مهیّایِ گزاردن نماز می‌شدند.

به دیدار آن دو، رسول خدا، گشاده رو پیشوازشان کرد و ایشان را خوشامد گفت. پس، علی، در سایه‌ای، زیراندازی از موی بُز گسترد، و بر آن، دو پشتی بر کرانِ دیوار گذارد. پیامبر آن دو را بر زیرانداز نشانید و

برکه را گفت تا برای ایشان شربتی خنک آورد. آنگاه، بوطالب را گفت:
تا شما خستگی از تن گیرید و کامی تازه سازید، ما نیز نماز خویش را
گزارده‌ایم.

بوطالب گفت: چنین کن، ای برادرزاده.

رسول خدا بر زیراندازی دیگر ایستاد و علی در پسِ پشتِ او بر جانبِ
راست ایستاد؛ و به نماز اندر شدند.

بوطالب چندی خیره آن دو ماند. پس، رو سوی جعفر، گفت:
برخیز ای جعفر! برخیز و تو نیز بالِ دیگر عموزاده خویش شو!
جعفر، بُهتناک و هم خرسند، از جای برخاستَ و بی‌پای‌افزار، سوی آن
دو رفت. پس، در جانبِ چپ پیامبر ایستاد و بی‌آنکه آیین آن نیایش را
داند، پیروی ایشان کرد.

بوطالب، لختی به خرسندی غرقه آن منظره شد. پس،
خَلَجانی در دل احساس کرد؛ و نرم نرم، لبانش به جنبش درآمد:

— به دشواریهای روزگار اندر

علی و جعفر تکیه‌گاه من‌اند

و محمد نیز

چونان پسری از پسران من است.

سوگند به خدای کعبه

که نمی‌گذارم او زبون گردد

یا پسرانم، تنهایش گذارند...!

ای علی، و ای جعفر!

پیوسته یاور عموزاده خویش باشید

که از جمله عمویانتان

تنها پدرِ او هم پدر و هم مادرِ پدر شماست.

ها، ای عبدالکعبه؛ به کجا؟ چنین می‌بینم که در رفتن سخت شتاب
داری!

چنان بود که عثمان عَفّان گمان برده بود. بوبکر از آنگاه که از سفر
شام باز آمده، و آن سخنها را درباره امین شنیده بود، سخت شُوقمندِ
دیدارِ وی گشته بود. لیک، خوش نمی‌داشت که کسی از این ماجرا، آگهی
یابد.

- آری، ای عثمان. به دیدار دوستی، راهی‌ام.

عثمان پیشتر آمد و وقت‌خوش گفت، و پاسخ شنید. پس، افزود:
دیرگاهی بود که ندیده بودمت، ای بوبکر. می‌گفتند که در سفر شامی.

- آری! با کاروان بازرگانی شام بود.

- حتم که از پارچه‌های زیبای شامی نیز بسیار با خود آورده‌ای.

دراز سالیانی بود که بازرگانی اصلی بوبکر، پارچه و هم جامه بود. پس،
این چه پرسش بود که دوستش، عثمان، می‌کرد؟! خاصه که عثمان، خود
نیز پارچه‌فروشی نامور در مکه بود! بوبکر، با آن فراست ویژه خویش
دریافت که این، باید که بهانه‌ای برای سخنی دیگر باشد. لیک، هیچ
نگفت، تا دوستش، خود به سخن درآید.

عثمان، شانه به شانه بوبکر، به رفتار درآمد.

- خوب، ای عبدالکعبه؛ از شام چه خبرها؟ تو پیشتر چون از سفر

بازرگانی باز می‌آمدی، از شنیده‌ها و دیده‌های خویش، دوستان را حکایتها می‌کردی.

چنان بود که عثمان گفته بود. مکیان اغلب با بوبکر آمد و شد و ستد و دادی داشتند. برخی نیز به تعبیر خواب یا شنودن سخنان او به دیدارش می‌آمدند. نیز، گاه، چون درشناختن نیاکان و نَسَبها، در میان ایشان اختلاف رخ می‌نمود، رو سوی وی می‌آوردند. چه، به مکه اندر، او از جمله آن مردان بود که نسبهای عربان را نیک می‌شناختند. و این، خود، دانشی بس بزرگ به شمار می‌رفت. بوبکر نیز آمد و شد با مردمان را بس دوست می‌داشت. پس، چون خوش سخن و نیک محضر بود، مردمان به گفت و گوی با وی رغبت داشتند. از آن میانه اما، برخی چون عثمان، دوستی و آمد و شدی بیشتر با وی داشتند. هم از این رو که کسب و کار ایشان، بیش و کم یکی بود؛ و هم آنکه به سال و زاد، عثمان جز دو - سه سال با بوبکر تفاوت نداشت.

«بوبکر آنگاه از چهل، دو سالی کم داشت.»

- تو خود رو سوی کجا داری، ای عثمان؟

- روانه بازار و حجره خویش بودم. لیک، شتابی در کار نیست. دوش دانستم که از سفر باز آمده‌ای. بامداد به سراغ تو آمدم. در سرای خویش نبودی. سر آن داشتم تا هم تو را دیدار کنم و هم آنچه که از پارچه و جامه با خویش آورده‌ای، ببینم.

- نیکوست! نیکوست! اینک که شب در راه است. دیگر روز در سرا می‌مانم تا تو بیایی.

- چنین باشد.

دو دوست، نرم نرم، کوچه‌های شیبدار مکه را از زیر پا گذر می‌دادند و سوی محله ابطح به پیش می‌رفتند. بوبکر از دوستانشان پرسشها کرد، و اینکه هر یک به چه کارند. عثمان نیز، دیگر بار، از آنچه که بوبکر به آن سفر اندر دیده یا شنیده بود باز پرسید.

- تازه، بازگشت عُدَی، پسر حاتم از پرستش خدایان، و روی کردن او به کیش ترسایی است.

- به جدِ می‌گویی، ای عبدالکعبه؟!

- آری. به جمله حجاز اندر، قصه آن پراکنده است.

- شگفت حکایتی است! گویی در عرب ولوله‌ای در افتاده است! یک
یک، از آیین پدران خویش روی برمی‌تابند!

بوبکر دانست که کنایه نهفته در کلام عثمان، رو سوی که دارد.
عثمان نیز چونان بوبکر، در کارها سهل‌گیر، و خوش‌سخن بود. از این رو،
پیوسته سخن در پرده می‌گفت، تا برای کسی رنجشی پدید نیاید. لیک،
بوبکر با عثمان یک فرق داشت: او چون ضرور می‌دید، هر چند به نرمی،
باور و سخن دل را باز می‌گفت. خاصه چون می‌دید که شنونده سخنش،
چونان عثمان مردی است که در هیچ سخن بسیار پای نمی‌فشرد و لجاج
نمی‌کند.

- در شام و یمن و دیار پارس و دیگر سرزمینها، دیری است که کسی
بت نمی‌پرستد. به یثرب اندر و پیرامون آن نیز بسیار از مردمان، آیین
یهود را برگزیده‌اند.

عثمان، پذیرا سرجُنبانید. با این رو، آشکار بود که ذهنش مشغول
جایی دیگر است.

- و پسر حاتم...؟! چه شد که او از کیش پدران خویش دست شست؟
- شامگاه بر شما نیکو باد!

پیری خمیده قامت بود؛ ایستاده بر کناره دیوار؛ که با امید دریافت
سکه‌ای خرد، جمله رهگذران را، سخنی به خوش آمد می‌گفت.

- شامگاه بر تو نیز نیکو باد!

بوبکر سکه‌ای مسین در کف او نهاد؛ و دیگر بار به رفتن درآمدند.

- قصه‌اش دراز است، ای عثمان. کوتاه سخن اینکه، روزی عدی
به عزم قربانی ساختن شتری، روانه پرستشگاه بتِ قبیله خویش، فَلْس،
می‌شود. (من خود در سفری، این پرستشگاه و بت را دیده‌ام. بُتِ فلس بر
مثال انسانی، چونان سیاهان است؛ در میان کوهی، که می‌خوانند.)

قبیله طی به این بت باور بسیار دارد. چندان که برای آن قربانی و
هدیه‌های بسیار می‌برند و نذرها می‌کنند. جایگاه فلس در نزد ایشان
چنان است که چون خطاکاری نیز به آن پناه بَرَد، در امان می‌ماند؛ و
هیچ کس حق آزار او را ندارد.

آری.... آن روز چون عدی به پرستشگاه می‌رسد، شتری از شتران مردی
-نام او مالک، پسر کلثوم شَمْجی -از گله می‌گریزد و سوی پرستشگاه فلس

می‌آید. پس، مالک، نشسته بر اسب، در پیِ او سر می‌رسد و آن شتر را در نزدِ صیفی، خدمتگزار پرستشگاه، می‌یابد. او بر آن می‌شود تا شتر خویش را باز بَرَد. لیک، صیفی می‌گوید: شتر از آن خدایت، فلس، است.

مالک این سخن را نمی‌پذیرد، و باز، شتر خویش را می‌خواهد.

صیفی در پاسخ او می‌گوید: ای مالک؛ آیا پیمان فلس را می‌شکنی؟!

مالک، خشمناک، شمشیر از نیام می‌کشد و سوی او یورش می‌برد.

صیفی، هراسان، شتر را به او وامی‌گذارد. پس، رو سوی فلس، در لحظه، می‌سراید:

- ای خدای ما!

امروز مالک، پسر کلثوم، با شمشیر برهنه سوی تو یورش آورد و پیمان بندگی تو و حرمت مرا شکست.

با آنکه پیشتر در نزد قوم خود گرامی بودم.

آنگاه، مالک را نفرین بسیار می‌کند.

به دیدار این ماجرا، عدی، شگفتی زده، اطرافیان را می‌گوید: بنگرید تا فلس با او چه خواهد کرد!

چون چندی می‌گذرد و بر مالک هیچ زیان نمی‌رسد، باورِ پسر حاتم به خدایان سستی می‌گیرد و روی از پرستش بتان برمی‌تابد و به آیین ترسایی می‌گرود.

به شنیدن این حکایت، عثمان لختی به اندیشه فرو رفت و هیچ نگفت. آنگاه، سر در پیش، چندی به تأمل سرجنبانید و گفت: چه گویم ای عبدالکعبه...! گویی کار جهان دیگر شده است. عدی، بزرگ قوم خویش و در میان جمله عرب نامور است. پس، دور نباشد که این کارِ او، خود، ماجراها در پی آوَرَد.

بوبکر گفت: آری! من نیز چنین می‌پندارم.

پس، خسته از آن گفتِ دراز، و بدان عزم که عثمان را از مقصد خویش آگاه نسازد، لبخنده بر لب، گفت: فردا روز، بامداد، چشم در راه توام.

آنگاه او را بِدرود گفت و خود، در خم کوچه‌ای، از نگاه عثمان ناپدید گشت.

چون به نزدیک سرای محمد رسید، تند بر هر سو نظر افکند: کوچه،

خلوت و تهی از مردمان بود.

بوبکر، چالاک، کوبه آهنی را بر در کوفت. صدایی جوان گفت: کیستی؟

صدا از زیدِ محمد بود.

- بیگانه نیستم.

- به درون آی.

بوبکر به سرا ورود کرد. از دالانِ فراخ پشت در گذشت و به حیاط بزرگ سرا رسید.

زید به پیشواز او آمد.

- ابالقاسم آیا هست؟

- هست.

زید، بوبکر را سوی اتاق میهمانسرا برد.

از پسِ لحظه‌هایی چند، بوبکر صدای گامهایی شنید. آنگاه ابالقاسم به اتاق ورودَ کرد.

بوبکر از جای برخاست، و او را وقت خوش گفت. ابالقاسم نیز او را پاسخ و هم خوش آمد گفت.

پس، در کنار هم بر تخت نشستند، و زید برای ایشان ظرفی از مویز درشت طایف آورد.

پیامبر خواست تا از حال بوبکر و فرزندانش و کار و بازرگانی او و در شام پرسد. لیک، چون بر سیمای سپید استخوانی او نگریست، شتاب و بی‌قراری‌ای در دیدگانش دید که با آن حالت پختگی و قرار پیوسته آن، ناهمخوان بود. از این رو، تا سخن گفتن را بر وی آسان گرداند و از آن بیش در انتظارش ننهد، نرم، گفت: آسوده باش، ای بوبکر! تو را آیا با من کاری هست؟

- آری، ای ابالقاسم! نزد تو آمده‌ام تا از آن کیش که آورده‌ای مرا حکایت کنی.

رسول خدا، از آنچه که بر وی رفته بود - از فرو آمدن جبریل از آسمان و آن سخنان که با وی گفته بود - و راه در آمدن به اسلام و دستورهای آن، به شرح، سخن راند. در آن میانه، بوبکر نیز گاه پرسشها می‌کرد، و پیامبر وی را پاسخ می‌گفت.

چون سخن رسول خدا پایان گرفت، بوبکر دستِ راستِ وی را در میان دو دست خویش گرفت و گفت: راست گفتی ای آمین؛ که از تو کسی جز راست نشنیده است. اینک من نیز گواهی می‌دهم که جز آفریدگار یکتا خدایی نیست؛ و گواهی می‌دهم که تو، فرستاده اویی.

- ها، ای خالد درباره تو سخنها شنیده‌ام؟

خالد، اندکی دست و پا گم کرده، گفت: کدام سخنان، ای پدر؟

سعید چوبدستی کوتاه را در دستان خود تاب داد، دیدگان شرربار خویش را سوی فرزند جوانش دوخت، و خشماگین گفت: کدام سخنان؟!... یعنی که تو از آنها آگاه نیستی؟!

بدین سان، آمد و شد او با پیامبر، از دید مشرکان پنهان نمانده بود؛ و ایشان خبر این ماجرا را برای پدر او باز برده بودند.

خالد از جانب خویش بیمی نداشت. چه، اینک برای او دیگر هیچ تردید نبود که آن کیش که محمد آورده بود بر حق بود. هر چند، از این نیز آگاه بود که پدرش با اسلام چه مایه دشمنی می‌ورزید! آنچه که در دلش تشویش افکنده بود این بود که پیش از آنکه گاهِ آن فرا رسد، این ماجرا از پرده بیرون افتاده بود.

سعید هنگامی که سکوت پسر را دید، خود افزود: این سخنان که درباره تو می‌گویند، آیا درست است؟ تو آیا بر کیش پدران خویش کافر شده، و به آیینِ جوانِ عبدالمطّلب درآمده‌ای؟

خالد، باز هیچ نگفت. چه، می‌دانست که هر سخن او بسا که شراره‌های خشم پدر را تیزتر سازد؛ و آنگاه، دیگر آشکار نبود کَه چه پیش می‌آمد. خاصه با آن چوبدستی کلفت که در دستان سعید بود و سرای تهی از مادر

و خواهران، برای خالد هیچ تردید بر جای نمانده بود که پدرش نقشه‌ها در سر داشت.

سعید، اندام درشت و سنگین خویش را بر تخت چوبین کران دیوار رها کرد و گفت: راستی اگر پیشه‌سازی و مرا حقیقتِ ماجرا بازگویی، بسا که از گناهت در گذرم. اینک بر کنار من نشین و به شرح مرا بازگو که این مرد چه می‌گوید، و چه شد که بدو گرویدی؟

بر آن بود که آهنگ سخن را ملایم سازد، تا بدین سان، در دل پسر، به گفته خویش یقین برانگیزد. لیک، خالد، آشنای خوی پدر، نیک آگاه بود که این، وعده‌ای تهی بیش نبود. با این رو، ماجرا از آن فراتر رفته بود که پنهان کاری، کارگر افتد. پس، با خود چنین اندیشید که چون کار بدینجا رسیده است، آن بِه که از این مجال بهره بَرَد، و آنچه را که باید، باز گوید. باشد که در دل پدَرش اثر کند، و او نیز از آن گمراهی برهد.

- مرا امان می‌دهی ای پدر، تا سخن خویش را به پایان برم، و آنگاه، آنچه که می‌خواهی با من کنی؟

- امان می‌دهم.

- آری ای پدر؛ من چندی است که اسلام آورده‌ام.

- از این، که آگاهی یافته بودم. اینک مرا بازگوی که چه شد که بی‌رخصت من چنین کردی؟

- پیشتر تا امین این کیشِ نُو را آورد، رؤیایی بس شگفت دیدم.

- رؤیا؟ کدام رؤیا؟! از چه رو مرا از آن آگاه نساختی؟

- شبی در خواب دیدم که مکه را، سر به سر، تاریکی فرا گرفته بود. چندان که کوه و دشتِ پیرامون آن نیز به چشم نمی‌آمد. ناگاه نوری چونان روشنایی یک چراغ، از چاه زَمزَم بر آمدن گرفت؛ و هرچه که فرازتر می‌شد، بزرگی و روشنایی‌اش افزون می‌گشت. پس، چون به آسمان رفت، نخست در پرتوش، کعبه را دیدم. تا آنکه آن روشنی چندان فزونی گرفت که کوهی و دشتی نماند جز آنکه دیدمش. آن نور، باز در آسمان فرازتر شد؛ و آنگاه در جانبی دیگر، فرو آمدن گرفت. تا آنجا که در پرتوش خرمایستانهای یثرب در برابرم پدیدار شد. آن سان روشن، که غوره‌های خرما بر شاخه‌های نخلها آشکارا به چشم می‌آمد. در اینگاه، از میان آن روشنایی، صدایی شنیدم که می‌گفت: پاک است آفریدگار

جهان! پاک است آفریدگار جهان! کلمه خدایی کامل گشت. اهریمن بد کُنِش در زنجیر شد، و بهروزی به این مردمان روی کرد. پیامبر درس نیاموختگان آمد؛ و آنچه که بر قلم قضا رفته بود پدیدار گشت.

- خوب...! خوب...!

- چون ورقه نوفل را این رؤیا باز گفتم، لختی به اندیشه فرو شد. آنگاه گفت: شگفت رؤیایی است این! چُنین می‌پندارم که این، نشان از پیشامدی در میان فرزندان عبدالمطلب باشد. چه، آن نور که گفتی، از زمزم برآمده است.

- و چون جوان عبدالمطلب دعوی سخن گفتن با آسمان را کرد، تو گمان بردی که آن، تعبیر رؤیای تو است! آنگاه شتابان سوی او رفتی و به آنچه که گفت، گردن نهادی! نه چنین است؟

- نه، ای پدر.

- پس چه؟! چه شد که کار تو بدینجا کشید و این سان گمراه شدی؟

- از من درگذر ای پدر! قصد من گستاخی بر تو نیست. لیک، چون گفتی، ناگزیر حکایت می‌کنم.

- برگو! بیم نکن! لابد باز رؤیایی دیگر از همان سنخ دیدی. نه؟

- آری، ای پدر! ماه پیش، دیگر بار رؤیایی شگفت دیدم.

- خوب...! خوب...!

- در خواب دیدم که در برابرم صحرایی بود از آتش. آتش سوی آسمان زبانه می‌کشید و جمله آنچه را که در پیرامونش بود خاکستر می‌ساخت. ناگاه تو آمدی، و بر آن بودی که مرا در آن آتش افکنی. به یکباره امین را دیدم که در برابر ما آشکار شد و دست در گریبان من افکند و از آن بلایم رهانید.

سعید، مسخره‌آمیز گفت: به یقین که شب، سنگین خورده بوده‌ای! پس، لحنی دوستانه به صدای خویش داد و گفت: ای پسر؛ تو را این مایه خام نمی‌پنداشتم. کدام کس را دیده‌ای که در پی رؤیایی، آیین کهن نیاکان خویش را رها سازد و بر آن کافر شود!؟

خالد، سر در زیر، گفت: این رؤیاها، سخت به اندیشه‌ام فرو برد. لیک، من به آنها بسنده نکردم.

- ها...!

- از آن کسان که به امین گرویده بودند از آموزه‌ها و سخنانش پرسیدم؛ و جمله آنها را با خرد هماهنگ یافتم.

- خرد؟! کدام خرد؟ خرد سبک و نارسای خودت؟

خالد هیچ نگفت.

- خوب، پدرِ خویش را از آن آموزه‌ها و سخنانِ گهربارْ چندی بازگوی تا او نیز بی‌بهره نماند! دنیا را چه دیدی؛ شاید که در دل سنگ من نیز اثر کرد و از پیِ عمری، تازه، راه را از چاه باز شناختم!

خالد، بی‌پروای تمسخر و کنایه‌های پدر، گفت: فرمان تنها از سوی آفریدگارِ یکتاست. آن خداوندی که توانایی‌اش را مرزی نیست. نه زاده شده است و نه می‌زاید. پیوسته بوده است و همواره نیز خواهد بود. او بی‌همتاست. از هر آنچه که در گمان ما گنجد، بزرگ‌تر است. از این رو، در مکانی چونان کعبه و هم از آن بزرگ‌تر، محدود نمی‌شود. او در هر زمان، به هر جا هست. هم از این رو، سخن گفتن با او و خواستن چیزی از وی نیاز به میانجی‌ای همچون خدایان ندارد.

آفریدگارِ جهان، صاحب صورت نیست. جسم نیست. او یکتاست. از این رو، شایسته چُنان است که تنها او پرستیده شود....

- به دیگر سخن، خدایان ما جمله باطل‌اند!... وای بر تو، ای پسر! تو پیروی کسی را اختیار کرده‌ای که بر کیش پدران تو کافر گشته است!

- آری! من از آنچه که او گفته است پیروی می‌کنم.

- این دستور که محمد آورده است جز این نیست که در میان زن و شوی و پدر و فرزند و برادران جدایی می‌افکند. آموزه‌های او در دل مردمان فرومایه چُنین افکنده است که با مردم شریف برابرند. برده با سرورِ خویش یکی است. و... از این گونه سخنان یاوه، که جز تیره‌روزی مردمان و آشفتگی در کار ایشان، هیچ در پی ندارد.

- او از نزد خویش سخن نمی‌گوید، ای پدر.

- از این گفته‌ها بوی کفر و آشوب به مشام می‌رسد؛ و من رخصت نمی‌دهم تا در سرایم از این سخنان گفته شود. اکنون نیز شبی به تو مجال می‌دهم تا از این راه باز گردی. اگر نه، با تو آن خواهم کرد که عموی عثمان عفّان با وی کرد.

به راستی، کینه پدرش با کیش نو، آن‌گونه آیا ژرف بود که بر دست

و پای او غُل و زنجیر نهد و شکنجه‌اش کند؟!

- در این کار بسیار اندیشه کرده‌ام، ای پدر. سخنان محمد با خرد و دل موافق می‌آید.

خالد، خشمگین، گفت: تو بیهوده کرده‌ای! اینک کار تو به آنجا رسیده است که در برابر من می‌ایستی؟!

- امین جز نیکبختیِ مردمان نمی‌خواهد.

از بسیاریِ خشم، رنگِ سعید کبودی گرفت. پس، ناگاه چونان اسپندی افتاده بر آتش، از جای جست و سوی فرزند یورش برد:

- اینک مرا پند می‌دهی، ای گمراه کافر!

پس، ضربه‌های چوب بود که بر سر و روی خالد باریدن گرفت.

سعید، کف بر لب آورده بود و می‌کوفت. گویی به او حالت جنون دست داده بود. هم، نه انگار که این جوانک کوتاه قامتِ خرد جُثه، همان خالدِ دلبند او بود که تا به دیروز، آن سان عزیزش می‌داشت. بی‌هیچ پروا می‌کوفت. با کینه‌ای ژرف. گویی به قصد کُشت. نفس نفس می‌زد و می‌کوفت و دشنام می‌داد.

خالد، تا بر خویش جنبد، در زیر ضربه‌های سنگین چوب پدر گرفتار آمده بود. برای او تنها آن مجال پیش آمد تا با دو دست، سر و روی را، از آسیب چوبها در امان نگاه دارد. با این رو، چند ضربه بر سر و رویش خورد، و در پی آن، خون، سر به سر، سیمای جوانش را پوشانید. پس، دیدگانش سیاهی رفت و نقش زمین شد؛ و چندی، نه هیچ شنید و نه دریافت.

سعید، به دیدار این حالت در پسر، بیم زده، دست از زدن او کشید. آنگاه چوبدستیِ شکسته را به یک سوی افکند و تنِ بی‌رمق خویش را بر تختَ رها ساخت.

مجالی، تا خالد، اندکی به خویش آید و تنِ کوفته و زخمی را از زمین برگیرد و ته مانده توان را در پاها گرد کند، و لنگ لنگان سوی کوچه پای کشد.

در این حال، از پسِ پشت، صدای پدر را شنید که می‌گفت: دیگر برای تو، در سرای من جایی نیست!

خالد، در دل گفت: «روزی رسان بندگان، آفریدگار آنان است، نه

چونان تو کسان، ای پدر.»
پس، گام در کوچه نهاد و سویِ سرای رسول خدا روانه شد.

«دراز زمانی سپری شد و بر ابالقاسم هیچ وحی نیامد. در ابتدا او اندیشه‌ای بسیار از این امر نداشت. چه، خود نیز نیک آگاه نبود که چه گاه می‌بایست بر او وحی می‌رسید. لیک، چون چندی دیگر بر این حال گذشت، غم بردل او افتاد، و به اندیشه اندر شد.

من، تا از اندوه او بکاهم، گفتمش: ای ابالقاسم، شاید که این باز ایستادنِ وحی، از آن رو باشد که آن رنجها و تشویشهای پیشین که گاه رسیدن جبریل در تو پدیدار می‌شد کاستی گیرد، و اُنس تو با این حالت افزون گردد! یا شوقت به آن فزونی گیرد و برای دریافت وحی مهیّاتر شوی! شویم، تا چندی دیگر، بدان امید که شاید در این کار حکمتی از جانب پروردگار باشد، شکیبایی ورزید و بی‌تابی از خویش نشان نداد. لیک، آشکار بود که روزگار بر او بس دشوار می‌گذشت. چندان، که گویی آن دوران، ناگوارترین روزها از زندگانی او بود.»

«من، که چونان پسر رسول خدا در سرای او و با وی بودم، می‌دیدمش که چونان شمع، بی‌صدا می‌سوخت و آب می‌شد و پیوسته از جسمش می‌کاهید. آن شور و سرزندگی و شادابی پیشین که از پس فرو آمدن نخستین وحی در او پدیدار گشته بود، اینک جمله از وجودش رخت بر بسته بود. آن درخشش شوق و زندگانی و امید، از دیدگانش رفته بود، و در جایش، سایه‌ای سنگین از غمی جانکاه نشسته بود. تا بدانجا که،

خدیجه طاهره را و مرا و علی را، بیم آن بر دل افتاد که مباد این اندوه، رسول خدا را از پای در اندازد!»

«عادت ابالقاسم آن بود که شباهنگام، چون جمله مردمان می‌خفتند و مکه غرقه سکوت و آرامش می‌گشت، بر بام خانه یا در گوشه‌ای از حیاطِ سرای، با خویش خلوت می‌گزید و گرم راز و نیاز و نیایش با آفریدگار می‌شد. این حالت اما، از دیدِ ام جمیل، همسر بولهب، که سرایشان یک - دو در آن سوتر ما بود، پنهان نمانده بود. چه، او از آن جمله زنان بود که پیوسته در کارِ دیگران باریک می‌شوند تا از زندگانی مردم آگهی یابند. تا روزی، شویم بیمار شد و ناخوشی‌اش چندان شدّت گرفت که چند شب، بیدار ماندن نتوانست.

دیگر روز، چون راهیِ حرمِ شد، به راه اندر، ام‌جمیل راه را بر او گرفت و وی را گفت: ها، ای محمد؛ گویا شیطانت تو را بدرود گفته و به حال خویش رهایت ساخته است!

با شنیدن این سخن، پرده‌ای از غم، سیمای پیامبر را در خود فرو پوشید. من خواستم تا به پاسخ او، سخنی بر زبان آورم. لیک، ابالقاسم با دست مرا به سکوت فَراخواند؛ و خود نیز هیچ نگفت. به مکه اندر، این خبر پیچید. دیگر کافران نیز شادمان شدند؛ و چون رسول خدا از جایی می‌گذشت، آهسته، یکدیگر را می‌گفتند: خدای محمد او را رها ساخته است، و دیگر کس نزد او نمی‌فرستد.»

پیامبر، اندوهناک رو سوی حرا داشت و سخت به اندیشه اندر بود. چه روی داده بود آیا، که آن روشنایی پیشین را در ذهن و اندیشه خویش نمی‌یافت؟! آن شور و جنبش نُخُستین، از چه رو در وجودش رو سوی خاموشی نهاده بود؟! این سوتی و کوریِ تلخ و غمبار، چه سان در جانش لانه گزیده و بیتوته کرده بود؟!

پروردگار آیا او را ترک گفته، و به حال خویش رها ساخته بود؟!... لیک، از چه رو؟! از وی آیا گناهی و لغزشی سرزده بود که خود، بر آن آگهی نداشت؟!

پیشتر، روزی، چون اندوهش از این بابت بسیار شد، راه کوه و دشت را در پیش گرفت و بر فراز کوه تَبیر، به ناله و زاری درآمد. چون چندی بر این حال گذشت، به ناگاه جبریل بر وی آشکار گشت و گفت: «ای محمد؛

تو به راستی فرستاده آفریدگار جهانی.» لیک، باز از وحی هیچ خبر نشد. دیگر بار او ماند و جهانی مرده و سوت و کور و تهی از هر شور و امید.

در این دوران سیاه، او که در آتش شوق می‌سوخت و در میانه بیم و امید غوطه می‌خورد، روز تا روز بر ساعتهای اندیشه و راز و نیاز خویش با پروردگارش افزود. پیوسته در پاکی خود و روانش بیشتر می‌کوشید. تا آنکه خور و خُفت و آرامش را به یک سوی نهاد و بیشتر ساعتهای خویش را در این حالتها سپری می‌ساخت. باز اما، از سوی پروردگار، برای او هیچ پیام نیامد....

با یادآوری آنچه که در این دوران غمبار بر او رفته بود دل پیامبر از تلخی و اندوه و درد فشرده شد و کامش زهرآگین گشت. چندان‌که، بی‌اختیار، صدایش به ناله، سوی آسمان فراز شد.

چشم به راهی او سخت به درازا کشیده، و دلتنگی‌اش به غایت رسیده بود. در دیگر سو، کنایه‌ها و طعنه‌های دشمنان، بس دل آزار گشته بود. اینک برای پیامبر، از آن بیش، تاب شکیبایی نمانده بود. تا بدانجا که، در برابرِ آن سرخوردگی بزرگ و به خود وانهادگی سنگین، مرگ برایش بس شیرین می‌نمود. کاش از جهان بیرون می‌شد و آن سان به حال خویش وانهاده نمی‌گشت! کاش دست کم او را می‌گفتند که سببِ این رها شدگی چه بود!

پیامبر بر دامنه کوه تَبیر بر تخته سنگی نشست، و بی‌تاب، سنگینی تن را بر صخره‌ای داد و تلخ به گریه درآمد. سدّ خویشتنداری شکست و سیلاب اشک، با هق‌هقی بلند و بی‌پروا، بر چهره‌اش روان شد.

به ناگاه اما - پیشتر تا گریه‌اش به درازا کشد - در وجود خویش جنبشی احساس کرد. پس، در تنْ سرمایی یافت. جسمش سنگین شدن گرفت؛ و آنگاه، جمله آن حالتها که پیشتر به گاه وحی در او پدید می‌آمد، بر وی روی نمود.

پایان روزهای دراز انتظار.... آشکار گشتن پیک ویژه خداوند: جبریل....

– به نام خداوند بخشاینده مهربان.

سوگند به آغاز روز

و سوگند به شب، چون آرام و در خود شود؛

که پروردگارت تو را رها نساخته و بر تو خشم نگرفته است. و البته، برای تو، جهان دیگر، از این جهان بهتر باشد.

هم، زود باشد تا خدایت به تو چندان بخشاید که خشنودت سازد.
نه آیا تو را یتیم یافت، و پناهت داد؟
و نه راه گم کرده و سرگردانت یافت، و به تو راه نمود؟
و نه تو را درویش یافت، و توانگرت ساخت؟
پس، تو نیز یتیم را میازار
و مستمند را از خویش مران
و پیوسته از نعمت پروردگارت سخن بگوی...[1]

---

۱. الضحی؛ ۱-۱۱.

به فرجام، سپیده بر دَمید و شام دراز صُهَیببه روز پیوست. صهیب، خسته از بیخوابی و اندیشه‌های پُر تشویش شبانه، عزم استوار ساخت تا به جانب محمد رود و سخنان وی را از زبان خودِ او باز شنود. پس، تند از تخت برخاست و سوی حیاط سرا روانه شد. آنجا با آب خُمچه، سر و روی را شست؛ و سپس پای در کوچه نهاد و راهِ صفا را در پیش گرفت.

در این سه سال که آوازه محمد در مکه پیچیده بود و به هر جا و نشست سخن وی بود، صهیب نیز بیش و کم از آن سخنان شنیده بود. از آن جمله اینکه، محمد بر آن است که آفریدگار جهان جز این خدایان سنگی است که مردمان می‌پرستند. او در هر جای هست. با این رو، به دیدار در نمی‌آید و لمس نمی‌شود.....

صهیب این سخنان را با خرد موافق می‌یافت. چه، او از ابتدا نیز چندان دل با بتان و بت‌پرستان نداشت. با آنچه که او از آیین پارسیان به روزگار کودکی خویش درابُلّه وموصل در یادداشت و نیز آنچه که از کیش رومیان در روزگار جوانی و بردگی، به روم اندر دیده بود، آیین پرستش بتان در نظرش بس شگفت و سست می‌نمود. لیک، آنگاه که بردهِ عبدالله جدعان بود برای او آن مجال پیش نیامد تا در این کارها باریک شود. چون عبدالله از بردگی رهانیدش نیز، چندان غرقه کسب و کار و بازرگانی و افزایش سرمایه خویش شد که پاک از این اندیشه‌ها غافل ماند. اینک

اما، در آستانه پنجاهمین سال از عمر و غرقه رفاه، خویش را سرگشته‌ای درمانده در راه زندگی می‌یافت که از پسِ آن مایه عمر و تلاش، روحش از گرسنگی رو سوی مرگ داشت.

به راستی، چه پیش آمده بود که او با آن مایه دانش و تجربه از جهان و زندگی، که جمله مکّیان در حسرت آن بودند، این سان غرقه غفلت و روزمرّگی گشته بود؟! سه سال بود که چونان محمد مردی، با آن جایگاه بلند در میان قریش، به شهر اندر ولوله در افکنده بود و سخن از آیینی نو می‌گفت، و صهیب، یک بار نیز رو سوی او نکرده، و دل به سخنش نداده بود؟! در این سالیان، نزدیکِ چهل تن از مردمان - بیشتر ایشان به دانش و تجربه و سال، از صهیب فرو پایه‌تر - به او روی کرده، و به درستی سخنش گواهی داده بودند. لیک، صهیب، غافل از این ماجرا، سر در آخورِ خواب و خور و خویهای پست و کوچک گذشته خویش داشت. تا آنگاه که - به چند روز پیش - برای پیروان محمد، آن ماجرا پیش آمد.....

«عصرگاه بود و با تنی چند از همراهان خویش، از طایف سوی مکه باز می‌آمدم. چون به پیرامون مکه رسیدیم، ناگاه از سوی یکی از آن بسیار درّه‌ها که گرد تا گرد شهر است، صداها به همهمه فراز شد.

ما سرهای شتران به آن سو چرخانیدیم و شتابناک به جانب آن درّه روان شدیم. در آنجا، تنی چند از مکیان را دیدیم که با گروهی از پیروان محمد به ستیزه برخاسته بودند؛ و خون، از سر مردی از بت‌پرستان، جاری بود.

شتابان از شتران فرو آمدیم و در میان ایشان رفتیم و از یکدیگر سوایشان ساختیم. چون از ماجرا جویا شدیم، از پیروان محمد، یکی ما را گفت: گاهِ نیایش ما بود و به این دره به نماز آمده بودیم؛ که ناگاه این گروه - ندانستیم از کدام سوی - پدیدار شدند. ایشان کیش ما را خوار شمردند، و خواستند تا از گزاردنِ نماز بازمان دارند. پس، کار سخت شد و در یکدیگر آویختیم.

آن گروه نیز، همین‌گونه گفتند. و گفتند که در میانه ستیز،سعدِ وَقّاص استخوان فکِّ شتری را از زمین برگرفته، و با آن، سرِ یکی از ایشان را شکسته بود.

این سعد، از جمله دلاوران مکه و شریفان ایشان بود. لیک، مردی

خشن و ناشکیبا بود. هم، او از سوی آمنه، مادر محمد، خویشِ وی بود. با این‌رو، چون این ماجرا رخ داد، پیروان محمد بر جان خویش بیمناک شدند و در سرای زیدِ اَرْقم پناه گرفتند؛ که بر دامنه کوهک صفا بود. پس، دیگر در آنجا نماز می‌گزاردند و پروردگارِ خویش را پرستش می‌کردند.»

صفا از پس بناهای کوچک و بزرگ سر به در کرده بود و به چشم می‌آمد. هر چند در آن آغازین ساعت روز، کوچه تُهی از رهگذران بود، لیک صهیب، لختی در جای ایستاد و به پس پشت نگریست.

شگفتا اما، در آن گاو گم هوا، شبحی را دید، که به دیدار او، ناگاه از آمدن باز ایستاد و پشت برِ دیواری داد.

دل صهیب در سینه به تپش درآمد. آن مرد بلندبالا که بود؟ از خبرچینان بزرگان قریش نبود آیا؟ شاید که در پیرامون سرای زید ارقم می‌گشت تا از آمد و شد مردمان به آن، ایشان را خبر باز بَرَد!

صهیب خواست تا باز گردد یا راه کج سازد و از سویی دیگر رود. لیک، با خود اندیشید که به هر رو، این خبر پوشیده نخواهد ماند. چه، او شناخته‌تر از آن بود که آن مرد ـ اگر خبرچین بود ـ نشناخته باشدش. پس، دل بر دریا زد و تند، سویِ آن شبح روان شد.

ـ ها...؛ کیستی ای مرد؟

ـ تویی، ای صهیب؟

ـ آری. و تو کیستی، و در پی من چه می‌کنی؟

ـ من... من عَمّارم. عمارِ یاسر. در پی تو نبودم، ای صهیب.

ـ پس از چه رو، روی پنهان ساختی؟

ـ من به کاری بدین سوی آمده بودم، که.....

عمار، از پی درنگی، گویا بر دو دلی خویش چیره شده باشد، افزود: می‌خواستم تا کسی از مقصدم آگهی نیابد.

صهیب، خرسند از این یکرویگی، گفت: شاید که هر دو، روانه یک مقصدیم؟

پس، بی دادنِ مجال اندیشه‌ای، عمار را گفت: تو نیز آیا روانه صفا بودی؟

ـ آری.

ـ سویِ سرای زیدِ ارقم؟

- آری، ای صهیب.

- پس، از این بیش، درنگ روا نیست. تا سومی بر سرِ راهمان پدیدار نشده است، روانه شویم.

آنگاه هر دو، روانه شدند.

به راه اندر، صهیب پرسید: چه شد ای عمار، که عزم دیدار امین کردی؟

لبخنده‌ای شیرین، سیمای گندمگونِ عمار را هم گشود. پس، انگار که یادی سرور انگیز بر ذهنش گذر کرده باشد، چشمان میشی‌اش خیره نقطه‌ای ناپیدا در دوردست گشت؛ و گفت: می‌دانی ای صهیب که من، پنج سال از ابالقاسم بزرگترم. نخست آشنایی من با او، از آن روزگار بود که ما هر دو، نوجوان بودیم. در همان دوران، من چندان بزرگواری از او دیدم که شیفته‌اش شدم. پس، دَر جوانی که امینْ کاروانسالار قریش در سفر شام شد، با وی همراه بودم. در آن روزگار من هنوز غلام ابوحُذَیفه بودم، و او آزادم نساخته بود. در آن سفر چندان شگفتیها از وی دیدم تا برایم یقین شد که این امین، با جمله دیگر مردمان، از عرب و غیر آن، فرق بسیار دارد. دیگر، پیوسته شیوه زندگانی او را می‌دیدم؛ تا دانستم که بر خطا نرفته بوده‌ام. چه، می‌دیدم که در قریش و سربه‌سر مکه، هیچ‌کس با وی یارای برابری ندارد. تا روزی شنیدم که ورقه نوفل، کسی را گفته بود: ای فلان؛ بدان که آسمان آبستن رازی است.

پس، چون چندی گذشت و ماجرای سخن گفتن امین از آسمان پیش آمد، دیگربار شنیدم که ورقه گفته بود:... و فرزند عبدالمطلب، آورنده آن راز خواهد بود.

با این رو، ای صهیب، پیشتر نیز اگر کمتر تردیدی داشتم، اینک از پسِ این سه سال، با آنچه که از آموزه‌های محمد شنیده‌ام، دیگر یقین کرده‌ام که او در دعوی خود راستگوست. هم اینک نیز آمده‌ام تا به او بپیوندم و خویش را از آتش دوزخ برهانم.

صهیب، چندی سر در گریبان اندیشه، گام تا گام عَمار پیش رفت و هیچ نگفت. او نخست چون از عزم عمار آگهی یافته بود، چنین پنداشته بود که عمار از آن رو به جانب محمد گروش یافته است که امین مردمان را، از آزاد تا برده، برابر می‌داند. به گفته امین، آدمیان، چونان

دندانه‌های شانه، در برابر خداوند یکسان بودند. در پیشگاه پروردگار، توانگر و ناتوان، بلند جایگاه و فروپایه، و سرور و بنده، با یکدیگر تفاوتی نداشتند. برتری‌ای نیز اگر بود به پرهیزگاری و کردار و گفتار نیک بود.

در آغاز، صهیب بر این گمان بود که عمار یاسر اگرچه چندی است که دیگر برده نیست، لیک، از آن‌رو که مادرش، سُمیّه، همچون پیش، برده خاندان بَنی مَخزوم است، پس رویکرد او سوی امین، می‌تواند به این سبب باشد. با شنیدن این سخنان از عمار امّا، دانست که گرویش او به آیین نو، ژرفایی بیش از این ماجراها دارد؛ و از هر غرض و آز شخصی به دور است.

به سرای زید ارقم رسیده بودند. اینک خورشید در کار بَردمیدن از پسِ کوه بچگانِ جانب خاور مکه بود.

صهیب پیش‌تر ایستاد تا مراقب پیرامون باشد. عمار، شتابناک سوی درِ تخته‌ایِ بزرگِ سرا رفت و کوبه آهنین آن را به صدا درآورد.

- کیستی؟

- آشنا.... عمارِ یاسرم؛ همراه با صهیب.

- صهیب رومی؟

- آری؛ صهیب پسر سِنان.

- به چه کار آمده‌اید؟

عمار، ناشکیبا، گفت: تا سخنان امین را بشنویم و....

سخنش پایان نگرفته، تایی از درِ سنگینِ چوبی گشوده گشت و همان صدا گفت: به درون آیید!

صهیب به دیدار آن حالت، زود پیش آمد؛ و هر دو، به سرای ورود کردند.

«در آنجا گروهی از مردمان را دیدیم، از علی و جعفر بوطالب و زیدِ محمد و عمرو عبسه و بوبکر ابی قُحافه و عثمان عفان و زُبیر عَوّام و خالدِ سعید و عبدالرحمن عَوف و سعد و قاص و طلحه عُبَیدُالله و خَبّاب اَرَت و سعید زَید و اَرقم ارقم و عبدالله مسعود. جمله، از مردمانِ خوشنام. چونان یکی حلقه، بر گَردِ نگین امین نشسته بودند.

به دیدار ما، امین، خوشروی، برخاست.

چون ما نیز در حلقه نشستیم، او، عبدالله مسعود را گفت تا خواندن قرآنِ خویش را پی گیرد.

عبدالله چنان کرد؛ و ما دو تن نیز گوش سپردیم. بس نیکو می‌خواند. آنچه که او می‌خواند چونان جامی از آبی خنک که در بادیه‌ای خشک در کام گرمازده‌ای ریخته شود، در روان تشنه من جاری می‌شد. چه مایه شیرین و گوارا بود، آن آب زندگی بخش! از چه رو تا بدان روز، خویشتن را از آن محروم ساخته بودم!

... با شنیدن هر آیه، گویی زنجیری ناپیدا، از پای جانم گشاده می‌شد. پس، روحم سبک می‌شد و نرم نرم اوج می‌گرفت. آنگاه، جهان به یکباره در نگاهم دیگرگون شد. آن سنگستانِ گرمازده سوخته، انگار به یکباره سر به سر، سبز شدن گرفت. باغستانهای سر سبز طایف و شام، ناگاه گویی از هر سو در بَرش گرفتند. پرندگان کوچک خوشنوا، از هر جایْ به آن روی کردند و بر سر هر شاخه نشستند و نوای بهشتی‌شان، جمله فضا را انباشت. بر شاخساران تُرد و نازک هر درخت، برگهای جوان و شکوفه‌ها از هر رنگ رُست، و بوی خوشترین عطرهای جهان در هوا پراکند. در آن میانه، من خویش را دیدم که چونان عزیز گم کرده‌ای که از پس روزگاری درازْ اینک آن گم کرده را باز یافته باشد، به زاری زار می‌گرییدم. نه از غم و اندوه؛ که از بسیاریِ شوق. کدام جادو در آن کَلام و آن گونه خواندن نهفته بود، بر من آشکار نبود. لیک، ناگاه به خود آمدم، و دیدم که صهیب نیز چونان من، به پهنای چهره گرد خویش اشک می‌ریخت، و اشکها از موهای سیاه و سپید صورتش بر ردای گرانبهای او می‌چکید. پس، دیدمش که دست راست امین را در میان دستانش گرفته بود و از بنِ دل، بر یکتایی پروردگار جهان و پیامبری محمد گواهی می‌داد. و در پی اوَ، من نیز چنان کردم.»

«آن روز تا به شب، من با عمار در سرای ارقم بودیم. رسول خدا از اسلام با ما می‌گفت و یارانش به ما نماز می‌آموختند. عبدالله مسعود نیز به ما سوره‌هایی چند از قرآن آموخت.

میانه روز، از پس گزاردنِ نماز نیمروز و خوردن طعامی ساده، هر چند تن، در اتاقی از آن سَرای بزرگ آرمیدیم.

به خوابی ژرف غرقه بودم که ناگاه از همهمه‌ای بیدار شدم. صدا از اتاق سویِ دیگرِ حیاط بود. تنی چند از مردان، شادمان، تکبیر می‌گفتند. نخستَ اندیشیدم که این نیز شاید از جمله آداب اسلام باشد. لیک،

چون به آن سو رفتم، دانستم که بر رسول خدا، آیه‌هایی تازه فرو آمده بود. از پس سه سال، اینک خداوند فرستاده خود را فرموده بود تا دعوت آشکار سازد و جمله مردمان را سوی اسلام فرا خواند:

– آنچه که بدان مأمور گشته‌ای آشکار ساز؛ و از مشرکان روی بگردان.

ما مسخره‌کنندگان را از تو باز می‌داریم؛

آنان که با آفریدگار یکتا خدایی دیگر قایل می‌شوند، پس، زود باشد تا بدانند.

و نیک آگاهیم که سینه‌ات از گفتار ایشان تنگی می‌گیرد.

پس، به ستایش پروردگارت تسبیح کن، و از سجده‌کنندگان باش.

و پروردگار خویش را بپرست؛ تا لحظه مرگت فرا رسد....[1]

<hr>

۱. حجر؛ ۹۹-۹۴.

علی، واپسین نگاه را بر میهمانسرای بزرگِ سرایِ عمو، که خود آن را آراسته بود، افکند: چهار فرش بزرگ عربی با نقشهای درشت هندسی از شتر و بادیه و نخل، به رنگهای تند و یکدستِ سیاه و زرد و سبز، و حاشیه‌هایی پهن به رنگ سرخ، پاکیزه، بر کف اتاق گسترده بود. پنج درِ دو لنگه چوبی اتاق گشوده بود، و نرمه نسیم شامگاهی، پرده‌های به یک سو زده شده آنها را به بازی گرفته بود. گردتاگرد اتاق، پشتیهای کوچک پوست گوسفندِ انباشته از پشم، با ترتیبی زیبا بر دیوارها تکیه داشت. در برابر هر دو پشتی، کاسه‌ای سفالین از مویز طایف یا گندم بریان بود، که همسر عمویش، حارث، خود به علی داده بود. بر دو سوی چپ و راست اتاق، دو مشعل در جایگاه خویش بر دیوار آماده بود، و در رف کناری آنها، دو سنگ آتَشزنه قرار داشت.

هوا رو سوی تاریکی داشت و اندک اندک، گاه آمدن میهمانان نزدیک می‌شد. در دل نوجوان علی، دَمادم، احساسهایی از شادی و بیمْ جایگزین یکدیگر می‌شد: شادی از کاری بزرگ که پیامبر انجامش را، یکتنه، به وی سپرده بود و علی اینک از پسِ آن بر آمده بود، و بیمی دوگانه از فرجام کار...،

یک - دو روز پیش بود که پیامبر او را خواست و فرمود: ای علی؛ خدای مرا فرمان داده است تا خویشان نزدیک خود را بیم دهم و سوی

اسلامشان فرا خوانم. با آن پیشینه که از ایشان دارم، این کار بر من دشوار بود. چه، این گونه می‌پنداشتم که چنین اگر کنم، آنان مرا پاسخی تلخ و آزارنده خواهند داد. از این رو، تا برای این کار شیوه و روشی نیکو یابم، چندی دَم فرو بستم. تا آنکه امروز، دیگربار جبریل بر من فرو آمد و گفت: «آنچه را که بدان فرمان داده شده‌ای برسان، و از مشرکان رویگردان باش.»[1]

پس، آیه‌هایی را که در این‌باره بر وی فرو آمده بود، بر علی خواند:

– خویشاوندان نزدیکت را بیم ده.

و در برابر هر یک از مؤمنان که از تو پیروی می‌کند بال فروتنی فرو آر.

پس، بر تو اگر سرکشی کردند، بگو: من از آنچه که می‌کنید، بیزارم.

و بر خدای پیروزمند مهربان توکل کن.

همو که تو را می‌بیند، آنگاه که برمی‌خیزی؛

و نمازگزاردنت را با دیگر نمازگزاران می‌بیند.

به درستی که اوست شنوای دانا.

آنگاه او را فرمود: ای علی؛ رانی از یک گوسفند بریان کن و قَدَحی دوغ نیز فراهم ساز. سپس، جمله خویشان را به شام فراخوان؛ تا من با ایشان سخن بگویم.

علی گفت: چنین می‌کنم، ای پسرعمو. لیک، ایشان را به کجا فرا خوانم؟

پیامبر، از پس اندکی درنگ، فرمود: شاید که از آنان، برخی از آمدن در سرای من خَودداری ورزند. سرای پدرت نیز که آن سان بزرگ نیست تا جمله خویشان در آن بگنجند. از دیگران اما، چنین می‌پندارم که سرای عموی بزرگمان، حارث، شایسته این کار باشد. چه، هیچ‌کس با او مخالفتی ندارد تا از آمدن به سرایش خودداری ورزد.

علی گفت: چنین باشد، ای پسرعمو.

پس، خواست تا از او درباره سبب اندکی آن طعام که فرموده بود باز پرسد. لیک، شرم، او را از این پرسش بازَ داشت. هم، از آن‌رو که می‌دانست پیامبر بی‌سبب هیچ کار نمی‌کرد. به یقین از این کار نیز

منظوری داشت....

علی، با صدای گفت و گویی که از سویِ در سرا برخاست، از میهمانسرا به درآمد. عموی پهلوانش، حمزه، بود. بیش و کم همسال پسر عمویش، ابالقاسم، با آن قامت میانه و قواره درشت و آن یال و کوپال، که در میان مردان قبیله و مکه، نشاندارش می‌ساخت.

آن دو، در پای پلّگان گلین میهمانسرا، با یکدیگر رو در روی شدند. علی، عمو را شام‌خوش گفت، و حمزه نیز، با کوفتن مهرآمیز دستی بر کتف او، پاسخش داد.

این پهلوان پاکدل کم‌سخنْ که جمله اندیشه و کار او ورزش و شکار و پهلوانی بود، آیا پذیرای دعوت رسول‌خدا می‌شد؟

بس دور می‌نمود. چه، در حمزه، هر چند اغلب آلودگیهای بسیاری از دیگر مردان قریش نبود، لیک او، در اندیشه و باور، با ایشانْ تفاوتی چندان نداشت. جز آنکه با جمله شکوه هراس‌انگیز و نیروی پهلوانی‌اش، و در پس آن رویه خشن، دلی زلال و روشن و بی‌غش داشت. هم، برادرزاده‌اش، محمد، را، که برادر شیری او نیز بود، بسیار می‌خواست. چه، جز برادرزادگی و برادری، محمد، همبازی دوران کودکی و نوجوانی‌اش نیز بود. حمزه نیز همچون محمد، در کودکی پدر از دست داده بود؛ و با مرگ عبدالمطلب، هر دو، یکسان احساس بی‌پدری کرده بودند. همین نیز، در آن دوران، سخت با یکدیگر پیوندشان داده بود....

علی، چون پای در حیاط نهاد، پیامبر را دید که تازه از راه رسیده بود. جامه‌ای یکسر سپید با عبایی به رنگ زردِ شتری بر تن داشت، و دستاری سبز بر گردِ سر پیچیده بود. اندکی شتاب زده می‌نمود. گویی بیمِ آن را داشت که دیر رسیده باشد.

پیشتر تا علی مجال درود گفتن یابد، پیامبر بر او درود فرستاد و از جریان کارها پرسید. علی گفت که جمله، بدان‌سان که او فرموده بود، انجام پذیرفته است. پیامبر، از سرِ سپاس لبخندی زد و به مهر، شانه راست علی را فِشرد. پس، روانه میهمانسرا شد.

علی در برابر درِ بزرگِ سرا ایستاد. دیگر فراخواندگان، یک یک و چندچند می‌رسیدند و به سرای ورود می‌کردند، و علی ایشان را شام نیکو می‌گفت و سوی میهمانسرا راه می‌نمود.

نخستینِ ایشان، پدرش، بوطالب، بود؛ که علی به به دیدار شانه‌های اندک فرو افتاده و سیمای شکسته او، دلش فشرده شد. آنگاه، پیرترین عمو و مرد خاندانشان، حارث، بود؛ که در سرایش نبود، و می‌آمد. او اینک سالی نزدیکِ هشتاد داشت. پیری خمیده پشت؛ که با هیچ‌کس کار نداشت و دوست‌تر می‌داشت که هیچ‌کس نیز با وی کاری نداشته باشد. سر در گریبان خویش داشت و راه خود را می‌رفت؛ و چنین می‌نمود که واپسین ماههای زندگانی خویش را سپری می‌ساخت. از این رو، بس دور می‌نمود که در این دوران، باور دیرینِ ریشه‌دار را به یک سو نهد و پرستش پروردگار یگانه را در پیش گیرد.

دیگر، زُبَیر بود که آمد. با همان خوشدلی و خوشخویی و شوخ طبعیِ پیوسته خویش. او هرچند به بتان باوری راسخ و استوار نداشت، لیک، این امید که سوی اسلام گرود نیز بر وی نمی‌رفت. چه، او از آن سنخ مردمان بود که دل در گرو هیچ باور نمی‌نهند و دل‌مشغولی ایشان از این‌گونه چیزها نیست. شیفته شور و شراب و شیدایی. مرد عمل و دم غنیمت شمار و خوشگذران. بی‌هیچ پروا و اندیشه فردای نیامده.

دیگر عمویشان، عباس، نیز آمد. با همان جامه‌های گرانبها و پرزرق، و آن‌گونه راه رفتن آمیخته غرور خویش. بر او نیز هیچ امید پیوستن به اسلام نبود. چه، عباس پرده‌دار کعبه بود؛ و جایگاه و بزرگی‌اش، وابسته وجود بتان بود. هم، بخشی بزرگ از دارایی بسیارش، از راهِ گرفتنِ ربا گِرد آمده بود. حال آنکه این آیین که پیامبر آورده بود، بت پرستی و ربا را - هر دو - نادرست می‌شمرد.

شامگاه به تاریکی پیوسته بود و بیش یا کم، مردان خاندانُ آمده بودند. علی بر آن بود که سوی میهمانسرا رود، که در آن گاوگُم هوا، از سرِ پیچ کوچه خاکی، شبحی آشکار گشت. درشت اندام و فربهَ بود. علی، از آن‌گونه آمدن لختِ و پای کشیدن او بر زمین و صدای کوبش بی‌ترتیب عصایش بر کَف کوچه و خس‌خس نفسهایش، دانست که وی باید عمویش، بوُلَهَب، باشد. بازرگانِ بزرگ مکه، که پیوندش با خواهر مالمند بوسفیانه او نیرویی دوچندان بخشیده بود. یکرویه و بی‌هیچ پنهانکاری و پیچیدگی. لیک، ابزار دست همسر خودخواه و کینه توز و خودپرست خویش. بسیار تندخو و بدزبان. پیوسته گره در ابروان و شراره‌های خشم

از دیدگانش جَهان. چندان سرخ روی، که گویی تنوری بر چهره‌اش می‌تافت. تا بدانجا که بولهبش خوانده بودند. در او، آنچه که نبود، اندیشه و اندیشیدن بود. کیش و آیین و بتان نیز از آن رو در نزدش گرامی بودند که بخشی بزرگ از بازرگانی او، وابسته آنها بود.

به دیدار وی، علی، پیشتر تا از زبان تلخ و گزنده‌اش زخمی خورد، خویشتن را به درون سرای کشانید و روانه جایگاه میهمانان شد.

به میهمانسرا اندر، دو مشعل بر دیوارهای دو سوی اتاق می‌سوخت و جمله مردان خاندان ـ جز بولهب ـ گرد بودند. دو دو یا چند چند، به گفت و شنود یا خنده و شوخ طبعی. همهمه و صداهای درهم ایشان، اتاق را انباشته بود. پیامبر اما، به رسم میزبانان، بر کنار در، نشسته بود.

او، به دیدار علی، آهسته گفت: اینک طعام خویش را فرا پیش آر. علی، تند، روانه آن گوشه از حیاط شد که در آن، دو اجاق سنگی بزرگ بر پا بودند. طعامها، از چندی پیش مهیا بودند. لیک، تا سرد نشوند، علی همچنان بر اجاقشان نهاده بود و در اجاقها، آتشی ملایم نگاه داشته بود.

در این هنگام، زَید از راه رسید و با سپارش علی، گرمِ کارِ بردن سفره و ظرفها شد.

علی، از میان ظرفها، سینی گرد و بزرگ مسین را برداشت. با کفگیر مسین، بلغورهای پخته گندم دیگ را در سینی ریخت؛ ران بریان گوسفند را از سرِ سیخ به در کشید و بر بلغورها نهاد، و سینی طعام را به اتاق برد.

تا او به میهمانسرا رسید، زید سفره بزرگ کتانی سپید را بر کف اتاق گستریده بود و پیشدستیهای سفالین لعابدار فیروزه‌ای و قهوه‌ای را در چهار سوی سفره چیده بود. پیامبر سینی را اَز او گرفت و بر میان سفره نهاد.

میهمانان، نخست به دیدار آن سینی طعام، شگفتی زده، یکدیگر، و آنگاه ابالقاسم را نگریستند. چه، نیک آشکار بود که آن اندازه طعام، خوراک دو یا سه تن از آنان بیش نبود. که درمیان ایشان، کسانی بودند که در یک نشست، یک تنه، بزغاله‌ای بریان را می‌خوردند.

پیامبر، چون چنان دید، خود پیش رفت و نام خدای را بر زبان راند و برای هر یک از آنان پیشدستی‌ای بلغور گندم کشید. هنوز اما، در سینی، بلغوری

بسیار باقی بود. آنگاه با دست، ران گوسفند را پاره‌پاره کرد و به هر کس پاره‌ای بزرگ از گوشت بریان داد؛ و باز بیشترِ گوشتِ ران، در سینی، بر جای بود.

به دیدار این حالت، جمله - جز پیامبر و علی - ناباور، خوردن آغازیدند.

تنها بولهب بود که چونان همیشه، لودگی آغاز کرد:

- سوگند به خدایان، که این رفیقتان شما را جادو کرده است!

پیامبر، تا خشم خویش را از این نسبت ناروای عمو فرو خورد، نفسی بلند کشید؛ بر پشت و روی دست راست خویش نگریست، و هیچ نگفت.

حارث که بر فراز مجلس نشسته بود، آب خواست. به اشاره رسول خدا، علی از اتاق به در رفت و از آن سوی اجاقها، قَدَح دوغی را که از پیش مهیا ساخته بود، به درون آورد. قدح، دست تا دست پیش رفت، تا در دستان خشکیده و لرزان حارث جای گرفت. حارث از آن نوشید تا سیراب شد. لیک، شگفتا، که دوغ قدح، گویی هیچ کاستی نگرفته بود!

به دیدار این حالت، دیگران نیز، یک یک، قدح را از یکدیگر گرفتند و سیر نوشیدند. باز اما، دوغی بسیار در ظرف باقی بود. با آنکه در میان آن مردمان، کسانی بودند که جمله دوغ آن قدح، نوشابه یک نشستشان بود.

در اینگاه، پیامبر لب به سخن گشود و رو سوی بولهب، گفت: دیدید که این طعام و نوشیدنی اندک، شما را - جملگی - سیر کرد. حال آنکه جادو، سیر نمی‌سازد.

مردان، برخی در دل و برخی با سر، بر درستی سخن او گواهی دادند. بولهب نیز، در پاسخ، فرو ماند.

دیگربار علی و زید به میان آمدند و به چابکی، ظرفها و سفره را برچیدند.

اینک گاهِ آن بود که پیامبر سخن اصلی خویش را بگوید. لیک، باز آن بیم پیشین در دلش افتاده بود. اینان مردان والاتبارترین و بلند جایگاه‌ترین خاندانهای عرب بودند. آن‌سان، که شاعری درباره‌شان سروده بود: «چون خدای خواهد که دولتی پدید آورد، از بهر آن، اینچنین کسان در وجود می‌آیند. اینان کِشته خدایند، نه کِشته مردم.» پس، پذیرش یا ردِ دعوت او از سوی ایشان، نزد دیگر طایفه‌های عرب، بس معنی می‌یافت. اینان اگر ردِ دعوت او می‌کردند، کارش با دیگر قبیله‌ها بس دشوار می‌گشت. چه، آن قبیله‌ها چشم سوی قریش و فرزندان هاشم داشتند، که چه

می‌کنند، تا ایشان نیز همان کنند.

پیامبر تا از آن بیشْ این بیم را مجال پیشروی ندهد، بر پای ایستاد و با صدایی گیرا، سخن گفتن آغازید:

ـ نخست آفریدگار بزرگ را سپاس می‌گویم، که ستوده است. و از او یاری می‌جویم. و گواهی می‌دهم که پروردگاری جز او نیست. او یگانه است و شریکی ندارد.

ای خویشان من، آگاه باشید که من نیکخواه شمایم؛ و در سر، جز اندیشه بهروزی‌تان ندارم.

سوگند به خدا، که من پیامبر اویم؛ که بر شما و جمله مردمان برانگیخته شده‌ام. به خدا سوگند که خواهید مرد، چنان که می‌خسبید؛ و برانگیخته خواهید شد، چنان که از خفت برمی‌خیزید؛ و حساب کرده خواهید شد.

به درستی که بهشت هست و دوزخ هست، و جاودانه است.

فرزندان عبدالمطلب؛ جبریلِ فرو آمد و از جانب خدای، مرا گفت که بستگان نزدیک خویش را سوی پروردگارشان بخوانم و از نافرمانی او بیم دهم.

سوگند به خدا که من جوانمردی از عرب سراغ ندارم که بهتر از آنچه که من از بهر شما آورده‌ام، برای قوم خویش آورده باشد.

بولهب سخن پیامبر را برید و به تمسخر گفت: ما سخت مشتاق و بی‌تاب دریافت آن هدیه نابیم، ای پسر برادر!

پیامبر، بی دادن پاسخی به او، افزود: من برای شما نیکبختی این جهان و جهان دیگر را آورده‌ام. من به دو سخنتان می‌خوانم، که بر زبان سبک و در عمل سنگین است. با گفتن این دو سخن، از دوزخ رهایی یابید و به بهشت اندر شوید.

بولهب، با همان لحن پیشین، گفت: آن دو کلامِ شگفتِ جادویی را به ما نمی‌آموزی، ای برادرزاده؟

پیامبر، بی نمودار ساختن رنجش خویش، گفت: گواهی بر اینکه آفریدگاری جز پروردگار یکتا نیست، و من فرستاده اویم.

پس، پیشتر تا بولهب مجال سبکسری‌ای دیگر یابد، افزود: اینک از شما، کدامیک در این کار مرا یاری می‌کند تا برادرم و جانشین من و

نماینده‌ام در میان شما، پس از من باشد؟

با بیان این سخنان، لب از گفت فرو بست و خویشاوندان را نگریست. در آهنگ کلامش درستی و راستی‌ای بود که بر سخت‌ترین دلها اثر می‌گذاشت. لیک، از آن میان تنها صدا از بولهب برخاست، و باقی، چون آذرخش‌زدگان، بر جای خویش خشکیده بودند.

- تو خویشتن را برگزیده خدای می‌خوانی و یاری از ما می‌جویی؟!

«نه آیا پیشتر، پیامبر خود نیز همین‌گونه اندیشیده بود که ایشان کسانی نیستند که آیین خدای را پذیرند...! لیک، او کار دشوار خویش را آغاز کرده بود. پس، می‌بایست تا انتهای آن پیش می‌رفت.»

«از آنان یک تن - حتی - دعوت پیامبر را پاسخ نگفت. چون چنین دیدم، من، از جمله ایشان کم سال‌تر و به جثه کوچکتر بودم، پای پیش نهادم و گفتم: ای رسول خدا؛ از ایشان اگر کسی سخن نمی‌گوید، من به تو گرویدم و در این کار یاوری‌ات می‌کنم.

بولهب، به تمسخر گفت: تو را همین پسرک بس! با همو، کار خویش را پیش بر!

پیامبر، دست بر دوشم نهاد و گفت: بنشین!

پس، دوم بار، دعوت خویش را باز گفت. باز، هیچ‌کس او را پاسخی نداد.

دیگر بار از جای برخاستم و گفتم: من مهیای پشتیبانی توآم، ای رسول خدا!

فرمود: بنشین!

آنگاه، سوم بار، دعوت خود را بر زبان راند. باز او را - به کلامی حتی - پاسخی نگفتند.پس، من نیز سوم بار از جای برخاستم و سخن پیشین را باز گفتم.

پیامبر، این بار دست بر پشت گردن من نهاد و گفت: این است برادر من و جانشین من و نماینده من در میان شما. از وی سخن شنوید و آنچه را که گوید، بپذیرید.

خویشان خندیدند؛ و بولهب، پدرم را گفت: شنیدی، ای برادر! برادرزاده‌ات تو را فرمان داد که از پسرت سخن شنوی و پیروی او کنی! فرمانروایی فرزندت بر تو، فرخنده باد!

پیامبر، افسرده بر جای ماند و هیچ نگفت.

پس، همهمه در گرفت و یکی پس از یکی از جای برخاستند. تا در این حال، بوطالب، دلجو، پیامبر را گفت: تو پیام پروردگار خویش را رسانیدی، ای پسرم؛ و ما نیز شنیدیم. اینک مجالی، تا در آن بنگریم.

بولهب اما، با شنیدن این سخن، صدا فراز ساخت: ای فرزندان عبدالمطلب؛ زود باشد تا این خویشتان، با این کارش، شما را سخت به دشواری افکند. پس، پند مرا بشنوید و زودتر تا دیگران از او پیش گیرند، خود، از کار وی پیش گیرید. که آن روز، هر دو سوی این کار بر زیان شما باشد. چه، به یاری او اگر برخیزید، کشته شوید؛ و رهایش اگر سازید تا آنچه که خواهند با وی کنند، خوار گردید.

در پاسخ او، بوطالب، صدای لرزان خویش را - چندان که جمله شنوند - فراز ساخت و گفت: ای ننگ خاندان؛ به خدای کعبه سوگند که ما مهیای یاری اوییم، و تا پایان نیز یاور او خواهیم بود!

پس، پیامبر را گفت: ای پسر برادرم؛ هرگاه عزم فراخوانی کسان را سوی خدایت کردی، ما را آگهی ده، تا سلاح برگیریم و با تو همراه شویم.

پس، یک یک از اتاق به در شدند و راه سراهای خویش را در پیش گرفتند.

چون جمله ایشان رفتند، پیامبر نیز، دست علی در دست، راهی محله اَبْطَح شد. لیک، هنوز در کوچه چند گامی پیش نرفته بود که صدایی شنید:

- ای پسر عمو؛ لختی درنگ کن!

پیامبر و علی، روی گردانیدند: پسر عموی میانسالشان، عبیده حارث بود....

- برخیزید...! برخیزید...! برخیزید...!

سپیده تازه سرزده بود و خورشید در کارِ سر برآوردن از افق خاور بود و مردم نرم‌نرم در کارِ از سرگیری روزی نو بودند، که ناگاه این ندای هشداردهنده برخاست. پس، در آن سکوتِ سستی‌آورِ بامدادی، صدا در آن دره سنگستان پیچید و در هر سو به کوهها خورد و چندبار تکرار شد:

-... برخیزید... رخیزید... خیزید... یزید... زید... ید... د...!

راهزنان آیا به شهر یورش آورده بودند؟... دور نمی‌نمود. چه، رسم ایشان این بود که چون عزم غارتی بزرگ داشتند، در این ساعت از روز بر مردم می‌تاختند.

آری...! یقین که غارتیان بودند! چه، این کلام، با این بانگ بلند، در این ساعت از بامداد، جز این، از هیچ آگهی نمی‌داد:

«برخیزید؛ ای خواب ربودگانِ غرقه غفلت؛ که دشمن به شما بس نزدیک است!»

این نه کلامی ساده بود تا بتوان از کنارش گذشت و بدان بها نداد. پس، مردمان، کنجکاو، بیم‌زده، یا برخی کنجکاو و هم هراسان، اغلب، رنگ از رخسار پریده، هر آن کار که در دست داشتند فرو نهادند و در جستجوی سوی صدا، سر به هر جانب چرخانیدند.

فریاد از جانبِ صفا بود. جایگاهی بلند بر کوه بوقُبَیْس. دیده‌ور بر مکه

و کعبه. همانجا که بت مجاور الرّیح نیز در آن بود. صدایی رسا و شفاف، با جوهره‌ای بلند، که با هر موجش، باری از پاکی و راستی و مهر پدرانه همراه بود.

لیک، این صدا از که بود؟ کدامین کس بود که به دلسوزی قوم و در اندیشه رهایی ایشان از خطر بزرگ و نزدیک، این ساعتِ بامداد بر آن بلندی فراز شده بود و این‌سان بیمناک و از بن دل، به بیداری و هشیاری‌شان می‌خواند؟!

اینک اما، گاهِ درنگ بر این نکته نبود. مجال تنگ بود؛ و... شاید که دیر می‌شد.

ـ ای خاندان غالب، برخیزید...! ای خاندان لُوَیّ، برخیزید...! ای خاندان مُرّه، برخیزید...! ای خاندان کلاب برخیزید...! ای جمله قریش، برخیزید...! آه...! صدا از محمد عبدالله بود! راستگوترین و درست کردارترین مرد در شهر. آن که خوشنام‌ترین و باوفاترینِ کسان در مکه بود.

ـ امین است...! شتاب کنید!

بیداران، زود، خسبیدگان را از خفت برخیزانیدند. نشستگان، برخاستند. ایستادگان به رفتار درآمدند. روندگان، دویدن آغازیدند. از جمله قریش ـ از بَنو مُحارب و بَنو حارث و بَنو تَیْمْ اَدْرم و بنو عَدیّ و بَنوسَهْم و بَنو جُمَح و بَنو تَیم مُرّه و بَنو مَخْزوم و بنی‌هاشم ـ هر که این صدا را شنید، شتابان به جُنبش درآمد.

شهر ـ سربه‌سر ـ به یکباره، درهم ریخت. مردمان، چونان موران به ناگاه آب در لانه افتاده، از دهانهای گشوده اتاقها و سراها به در ریختند. پس، جویهای آدمیان ـ از زن و مرد و خرد و بزرگ و بُرنا و پیر ـ در کویها روان شدند. تا در بازارگاه میان حَرَم و صفا، این جویها به هم پیوست. دیگر، رودِ آدمیان بود که رو سوی صفا و آن جایگاه که امین بر آن فراز شده بود، داشت. شتابان؛ خروشان، و پرصدا.

مردی کهنسال، عصاکوبان و نفس‌نفس‌زنان، دامنه شیبدار و یکپارچه سنگی بوقُبَیس را به دشواری از زیر پا گذر می‌داد، و مردی جوان ـ نواده‌اَش ـ مراقبت و یاریِ وی می‌کرد، تا از برخورد مردمان در امان ماند. زنی جوان و سیاه چَرده، که کودکی خرد در بغل، آویخته بر پستان کم شیرِ پلاسیده خود داشت، بی‌پروای نگاههای رهگذران، شتابناک با

ایشان همراهی می‌کرد. هم در این حال، با دست دیگر، دخترک خردسال ژنده‌پوشِ خویش را در پی می‌کشید. برخی - از زن و مرد و کودکان یک خانواده - به گروه، با یکدیگر بودند. نیز، برده و سَرور و دون پایه و بلندجایگاه، درهم آمیخته بودند. گویی به یکباره، جمله آن خود برترشماری‌ها و شکافها و شکافها، از میان برخاسته بود.

در صفا، امین بود. ایستاده بر بلندترین نقطه؛ بر فراز سنگی بزرگ. پیرامون او، تنی چند از پیروانش بودند: عبدالله مسعود، زَید اَرْقم، صُهَیْبِ سِنان، سعید زَید، سعد وَقّاص، علی طالب نوجوان و زَیدِ حارثه.

گویا غارتی در کار نبود. چه، این حالَت که در رخسار دلنشین امین و پیروانش بود، نشان از آن نداشت. پس، چه روی داده بود که جوانِ عبدالمطلب، آن‌گونه به آنجا فرایشان خوانده بود؟! غرضِ او از آن کار شگفتْ چه بود؟

مردمان هیچ تردید نداشتند که امینِ قوم، دروغزن نبود؛ و نیز کاری به بیهودگی نمی‌کرد. لیک، آن امر بزرگ چه بود که او را بدان کار واداشته بود؟....

مکّیان، آن‌سان که پیامبر انتظار داشت، گرد آمده بودند. پس، آنان که پیشتر بودند - و بیشتر، کودکان و زنان و جوانان و مردمان درویش - بر سطح سنگی صفا نشستند. آنان که پَستر بودند اما - و بیشتر پیران و بزرگان و دارایان و ناموران قوم - بر تکه سنگی نشستند، یا بر صخره‌ای پشت دادند و یا بر سر پای ایستادند. نگاهها، جمله، خیره پیامبر بود. برخی آشکارا کنجکاو و سختْ منتظر؛ و گروهی، با جمله کنجکاوی شعله‌ور در جانشان، با ته‌رنگی از غرور در نگاه؛ کوشای پوشانیدن گرایشِ درون. لیک، از آن بیم و تشویش پیشین، اینک در ایشان، جز اندکی بر جای نبود. در نگاه پیروان محمد اما، دغدغه‌ای فرازمینی موج می‌زد.

چون عمروهُشام و بولهب نیز از راه رسیدند، صدایی از میان فراهم‌آمدگان گفت: اینک این تو و این جمله تیره‌های قریش! بر‌گو، که چه رخ داده است، ای محمد!

صدا آشناتر از آن بود که گوینده آن بر شنوندگان شناخته نشود: بوسُفیان بود. نامورترین بازرگانِ مکه، و داراترینِ ایشان. بسیار خواهنده سروریِ قریش. قامتِ پر رو به کوتاهی خویش را بر تخته سنگی بلند تکیه

داده بود و دست بر کمر، بر حاشیه مردمان ایستاده بود.

پیامبر، گویی در انتظار این پرسش بوده باشد، با صدایی که نیک در گوشِ جمله گردآمدگان می‌نشست، به سخن درآمد:

- ای قومَ؛ من تاکنون در میان شما چگونه بوده‌ام؟

این چه سخن بود که امین می‌پرسید؟! بیش از او آیا قوم از کسی نیکی دیده یا شنیده بود!؟

زنی که محمد نشناختش که بود، گفت: راستگو و درست‌کردار و نیکخواهِ مردمان بوده‌ای.

پس، از هر سو، صداها به همراهی گفته او فراز شد.

- اینک، اگر آگهی‌تان دهم که در پسِ پشتِ این کوه، سپاهی گران، آهنگ شما را دارد، به گفته من آیا باور می‌آورید؟

- باور می‌آوریم، ای پسر عبدالله.

- آری؛ ما از تو ناراست نشنیده‌ایم.

- ما از دیدگان خویش خطا دیده‌ایم و از تو ندیده‌ایم، ای ابالقاسم.

- مَثَل من و شما، اینک، چونان ماجرای آن دیده‌بان است که در سپیده‌دمی، در دوردست، لشکری سواره از دشمن می‌بیند که سوی قوم او تازان‌اند. پس، از آن بیم که دشمن از او پیشتر رسد، دوان سوی قبیله خویش می‌رود و در همان حال بانگ بر می‌دارد که «ای قوم، برخیزید و خویشتن را از خطر و مرگ برهانید!»

در سیماها، نشانه‌های ابهام پدیدار گشت. لیک، این سرگشتگی، دیر نپایید:

- اینک ای قوم؛ من شما را از خطری از آن بزرگتر بیم می‌دهم: ای خاندان غالب، ای خاندان لؤیّ، ای خاندان مرّه، ای خاندان کلاب، و ای جمله قریش؛ من شما را از عذابی سخت و بس دشوار بیم می‌دهم، دشمن شما، باورها و سنتهای نادرست شماست. در خویش برخیزید، و جان خود را از آنها برهانید!

- چه می‌گویی ای محمّد؟! از چه رو در پرده سخن می‌رانی؟!

- ... ای قوم؛ آگاه باشید که راهنمای کاروان، هرگز به ایشان دروغ نمی‌گوید. هم، به خداوندگاری خدای سوگند، که جمله مردمان نیز اگر از راستی روی گردانند، من با شما سخنِ ناراست نخواهم گفت؛ و جمله

آنان اگر بر آن شوند تا به گمراهی و نابودی‌تان دراندازند، من چنین نخواهم کرد!

پیامبر، از پسِ درنگی کوتاه افزود: ای قوم؛ به درستی که من فرستاده پروردگارتان و پیام‌آور او به جانب شما و جمله آدمیانم. همان پروردگار برتر، که آسمان و زمین از آنِ اوست؛ و جز او، آفریدگاری نیست.

خداوند مرا برانگیخته است تا شما را از نافرمانی او باز دارم و به راه راست بخوانم. پس، شما را از عذابی دردناک بیم می‌دهم، و سوی رهایی و رستگاری می‌خوانم.

ای قوم؛ آفریدگار یگانه بی‌همتا را بپرستید، و این بتان را که نه به شما بهره‌ای می‌رسانند و نه زیانی، و نمی‌آفرینند و روزی نمی‌دهند و زنده نمی‌سازند و نمی‌میرانند، رها سازید.

من هیچ بهره و مزد از شما نمی‌خواهم، جز اینکه بگویید: «خدایی جز آفریدگار یکتا نیست.» پس، پیرویِ من کنید؛ تا از آتش دوزخ و عذاب خدایی، رهایی یابید.

ـ به خدایان سوگند که برای ما خواری روزگار آورده‌ای، ای برادرزاده! بیزاری و نفرت بر تو و این آیین که آورده‌ای باد، و بر جمله این چیزها که ما را سوی آنها خوانده‌ای! مرگ و تیره‌روزی بر تو باد؛ این سخنان یاوه چه بود، که برای شنیدنشان، در این ساعتِ روز، این‌گونه، مردمان را به اینجا کشانیدی!

صدا از بولهب بود؛ که چشم بوطالب را دور دیده، کلام برادرزاده خویش را بریده بود. بولهب، آنگاه رو سوی مردمان، فریاد برآورد: چنین می‌نماید که این مرد، خردِ خویش را از کف داده باشد. پس، به گفته‌های او بها ندهید و روانه سراهای خویش شوید.

در پی او، صدا از عاص وائل و عمروهشام برخاست:

ـ این چه سخنان است که می‌گویی، ای از راه به در برنده جوانان!

ـ آب در غربال می‌ریزی، ای محمد!

سپس، بوسفیان و شَیْبه رَبیعه و برخی دیگر از بزرگان قریش، صدا به ردِ سخنان رسول خدا فراز ساختند. آنگاه، همهمه‌ها چندان بالا گرفت که دیگر، سخن پیامبر به گوش نیامد.

نخست بولهب، و در پی او، دیگر بزرگان قوم، و آنگاه گروهی از

مردمان، روی از پیامبر برتافتند، و راه بازگشت را در پیش گرفتند.

رسول خدا، غمگین، در کار فرو آمدن از آن تخته سنگ بود که ناگاه قلوه سنگی، صفیرکشان هوا را شکافت و بر پیشانی تابناکش نشست. زید دید که آن سنگ را بولهب افکند.

تا پیامبر به خود آید، سنگی دیگر بر بازویش خورد؛ و در پی آن، سنگهایی دیگر بر سر و تنش فرو آمدند.

در اینگاه، عبدالله مسعود و دیگر مسلمانانی که در پیرامون پیامبر پراکنده بودند، تند پیش دویدند و چونان حلقه‌ای، سر و تن خویش را سپرِ او ساختند؛ تا از معرکه به درش بردند.....

- آن روز که سنگ‌پرانی بولهب و عمرو و دیگران نگذاشت تا نیک بدانیم که امین چه می‌گوید. اینک تو، ای اُمَیّه می‌دانی آیا که ریشه دعوی او چیست؟

امیه خَلَف دستی بر پای آن بت رنگین جامه که بر کنارش نشسته بود کشید و در پاسخ وَلید مُغَیْره گفت: دعوی او این است که از آسمان با وی سخن می‌گویند و به آن مأمور شده است که کیشی نو آورد. گروهی نیز - در نهان - بدو پیوسته‌اند و سوی خدای برتر، نماز می‌برند.

عمروهشام، در جا، بر حصیر زیرانداز جابه‌جا شد و خشمناک گفت: دانم اگر که کیان به کیش او درآمده‌اند، سرهای ایشان را چون سرِ مار می‌کوبم. هم، اگر محمد را بینم که به حرم اندر آید و جز بر هُبَل سجده بَرد، چنان سنگی بر سرش می‌زنم، که مایه عبرت پیروانش شود.

- جمله، از کینه‌ای که من با محمد دارم، آگاهید؛ که کم از دشمنی هیچیک از شما با وی نیست. لیک ای عمرو، تو خود آگهی که او سه سال است که چنین دعوی‌ای می‌کند. تا آنکه اینک، دعوت آشکار کرده است. ما نیز بیم آن داریم که این کار او در میان قوم جدایی افکند و دشواریها در پی آورد. چاره کار او اما، نه این است که تو می‌پنداری.

عمرو، برافروخته، گفت: پس چاره کار او چیست، ای اُمَیّه! آنچه که تا بدین روز از او به ما رسیده است، آیا نباید که مایه عبرتمان

شود؟! شما جمله دیدید که در ابتدا، او چون دعوی پیامبری کرد، ما به تمسخر خندیدیم و سخنش را به هیچ گرفتیم. تا آنکه تنی چند بدو پیوستند و پیروی دین او آغاز کردند. هم، دیروز دیدید که او گستاخی را بدانجا رسانیدَ که آن‌سان، جمله قوم را مخاطب ساخت و از آتش دوزخ بیمشان داد. اینک نیز، تو که از بزرگان خاندان خویشی، چُنین می‌گویی...! گمان آیا نمی‌بری که کار اگر بر این روال پیش رود، به فردا روز، جمله کارها از دست ما به در رود و آن شود که نباید؟

– رأی من این است که تا امین در میان قریش این جایگاه بی‌مانند را دارد، این‌گونه نمی‌توان از کار او پیش گرفت. شما نیک آگاهید که برای جایگاه او در میان قوم، برابری نمی‌توان یافت. تا به امروز – جز این دعوی که آغاز کرده است – شما هیچ کارِ ناروا از وی ندیده‌اید. او همان کسی است که گاه باز جای نهادن سنگ سیاه، جملگی داوری‌اش را پذیرفتید و آن آشوب بزرگ، با اندیشه درست و دست او پایان گرفت. کودکان ما دوستدار اویند، و مستمندان و یتیمان و بیوه‌زنان و بردگان، از دل و جان، پشتیبانی وی می‌کنند....

ولیدِ مغیره، سخن او را برید و گفت: اینها که گفتی و بل از آن بیش را، ما، خود، نیک می‌دانیم. لیک، اینک بازگوی که رأی تو در این‌باره چیست و در این کار چه می‌اندیشی؟

– من چنین می‌پندارم که این آیین که محمد دعوی پیامبری آن را دارد، در میان قریش پیروانی چندان نمی‌یابد.

عمروهشام، با همان لحن ویژه خویش که پیوسته ته‌رنگی از غرور و تمسخر در آن بود، گفت: این پندار از کجا در تو راه یافته است، ای امیه؟

– از آنجا، که این کیش، بس دشوار می‌نماید.

امیه، چون نشانه‌های ابهام در سیمای عمرو و ولید دید، افزود: امین جز پیروی نیایش، عبدالمطّلب، کاری نمی‌کند. شیوه برخی از این خاندان این است که در کار جهان و آیین نیایش و پرستش، به گونه‌ای دیگر می‌اندیشند و راهی دیگر می‌پویند. در این راه، شما آسایش خود را می‌جویید و ایشان بر خویش دشواری روا می‌دارند: نخست آنکه امین در روز، پنج بار نماز می‌کند. دیگر اینکه ربا نمی‌گیرد و در جمله کارها، با بردگان آن‌سان مدارا می‌کند که گویی آنان یکی همسان وی‌اند. شراب

نمی‌نوشد و قمار نمی‌زند و آن خوشگذرانیها که ما می‌کنیم، او بر خویش روا نمی‌بیند. یا در حج، ما قریشیان و مردمان مکه، از قلمرو حرم بیرون نمی‌رویم و از عَرَفه در نمی‌گذریم و سوی مِنی و دیگر جاها که از حرم به در است و دیگر قبیله‌ها روانه آن جاها می‌شوند، نمی‌شویم. لیک، امین، جمله این کارها را می‌کند. حال آنکه دیگران تاب پذیرش این مایه دشواری در کیش را ندارند. دیگر؛ پیشتر، زَید عَمرو و وَرَقَه نَوْفل و عبدالله جَحْش و عثمان حُوَیْرِث نیز مگر نبودند که از این‌گونه سخنان می‌گفتند؟ محمد نیز یکی چون ایشان! گیرم که روزانی چند، جوانانی چند، و یا تنی چند از مردمان فرودستْ پیروی‌اش کنند. زود باشد اما که روی از او برتابند و سوی آیین پدرانِ خویش بازگردند. نیز، به این بیندیشید که بسا که دشمنیِ شما با او، سببِ رنجشِ خاندان هاشم شود؛ و در میان قبیله، جدایی افتد.

عمرو بر آن بود تا در پاسخ امیه سخنی گوید، که ناگاه از سوی کعبه، صدایی برخاست:

ـ آگاه باشید ای مردم، که جز آفریدگار یگانه، پروردگاری نیست؛ و من فرستاده او به جانب شمایم!

پس، سه بار، این سخن تکرار شد.

صدا از امین بود: روشن، زلال، بی‌خدشه و رسا. او بر حِجْرِ اسماعیل، رو سوی طواف کنندگان کعبه ایستاده و دستها را به جانب ایشان گشوده بود و به آوایی بلند، این سخنان را می‌گفت. پس، جمله آن کسان که در کار طوافِ کعبه بودند و دیگر مردمان که به کار زیارتِ غروبگاهی بتان یا گذرانِ شامگاه خویش با دوستانْ در حرم گِرد بودند، سوی او روان شدند. برخی همچون عمروهشام، خشماگین، و گروهی دیگر، از سرِ شگفتی و کنجکاوی.

چون ایشان بر پیرامون پیامبر گِرد شدند، دیگر بار صدا از او برخاست:

ـ ای قوم؛ پیروی من کنید، تا بر عرب فرمانروایی یابید و مردمان غیر عرب هم فرمانبر شما شوند؛ و به بهشت اندر نیز از فرمانروایان باشید.

پیری، شگفتی زده، پرسید: کیست این مرد؟

عمروهشام گفت: مردی است خیالباف، که اسیر رؤیاهای آشفته خویش است.

امیه گفت: پسر عبدالله است که به تازگی دیوانه شده است و بر پندارهای واهی خویش، جامه سَجع و قافیه می‌پوشاند.

عمروهشام، به ناگاه انبوه مردمان را شکافت و پیش رفت و رو در روی محمد، نعره برآورد: این چه آشوب است که بر پا کرده‌ای و چه نیرنگهاست که در کار آورده‌ای! تو بر آنی که یک خدا از سیصد و چند خدا بهتر است؟! آن خدا که نه به دیده درمی‌آید و نه لمس می‌شود، و جز با تو نیز سخن نمی‌گوید، به چه کار ما می‌آید!؟

پیامبر، نرم، لیک رسا، گفت: ای عمرو؛ بر تو اگر آسیبی رسد یا برایت گرفتاری‌ای پیش آید یا آنکه دارایی‌ات در خطر افتد، از چه کس یاری می‌جویی؟

عمرو، این پرسش زیرکانه پیامبر را پاسخی نگفت. لیک، جوانی از میان گردآمدگان، دست سوی آسمان فراز ساخت و گفت: از خدای برترِ بلند جایگاه، ای ابالقاسم!

چنین نیز بود. چه، بیشترِ آنان هر چند پرستش بتان نیز می‌کردند، لیک بر آن بودند که اینان مَیانجیان ایشان با آفریدَگار بزرگ‌اند. هم از این‌رو، پیامبر آن پرسش را از عمرو کرده بود و عمرو نیز در گفتنِ پاسخ درمانده بود.

پیامبر گفت: پس، با آنکه خدای آسمانها فریادرس و دستگیر شماست، از چه رو برای او شریکانی قرار می‌دهید؟

کار رو سوی دشواری داشت. در این حال، ولید مغیره، صدای درشت و ریشه‌دار خویش را فراز ساخت:

- ای محمد؛ چون باشد که من بزرگتر مکه باشم وعَمرو عُمَیْر ثَقَفی بزرگِ مردمان طایف، و با این مایه مال و دارایی، فرشتگان بر ما فرو نیامدند و به ما پیامبری ندادند و بر تو، یتیم بوطالب، که از دارایی دنیا بهره‌ای چندانت نیست فرو آمدند؟! این، چون تواند بود؟!

چنین بود: ولید از دانایان نامور مکه بود. چندان که برخی، او را دانای عرب می‌خواندند. پیری کهنسال بود که مردم، داوری کارهای خویش را نزد او می‌بردند.

پیشتر اما تا پیامبر به پاسخ ولید لب بگشاید، صداها از هر سو به پرخاش و تمسخر و انکار، فراز شد:

- در دعوی خویش اگر راستگویی، از چه رو بر آب راه نمی‌روی، ای پسر عبدالله؟!

- تو نه همان یتیمی که بر سفره نیا و عمویت بزرگ شدی و با دارایی همسرت سری از میان سرها به در آوردی! اینک چه شده است که از آسمان سخن می‌گویی؟!

- خدای آیا کسی دیگر نداشت، که همچون تویی را به پیامبری خویش برگزید!

- ....

پیامبر خواست تا سخنان ایشان را پاسخ گوید. لیک، هیاهو چندان فزونی گرفته بود که او، فریاد نیز اگر برمی‌آورد، صدایش از خویش فراتر نمی‌رفت. از دیگر سو، پرسشها و ایرادهای دشمنانه آنان، برای او سخت آشنا می‌نمود: اینها -بیش و کم - همان سخنانی بودند که قومهای پیشین به پیامبران خویش گفته بودند و خداوند نیز به شیوایی، پاسخ ایشان را داده بود. گویی نادانان و کوردلان هر قوم، در هر دوران -بیش یا کم - بر یک گونه بودند، و بهانه‌جویی‌های آنان نیز یکسان بود. پس، هزاربار نیز اگر پاسخ ایشان داده می‌شد، انگار بسنده‌شان نبود. چه، آنان گوشی برای شنیدن و خِردی از بَهر سنجیدن و اندیشیدن و دلی برای عبرت گرفتن نداشتند. افزون بر اینها، نیک آشکار بود که پرسشهای ایشان نه از سرِ ابهام و در جستجوی دریافت پاسخ و زدودن نادانی‌ای از خویش بود. بل، جمله، بهانه‌جویی، و به قصد رد و انکار بود. به هر رو، آنچه که بود، حقیقت‌جویی و گِرَوش به دانستن نبود، تا پیامبر به پاسخگویی آن برخیزد. اینان، درست، از آن گروه مردمان بودند که نمی‌دانستند و هم نمی‌خواستند که بدانند. خفتگانی نبودند تا بتوان بیدارشان ساخت. بل، کوردلانی بودند که خویشتن را به خواب زده بودند. و اینچنین خواب‌زدگان را، چه کس می‌توانست بیدار سازد!؟

پیامبر، تا بر خشم خویش لگام زند، چندی بر پس و پشتِ دست نگریست. آنگاه گویی که هیچیک از آن تیره‌روزان را نمی‌بیند، از میان آنان، برای خویش راهی گشود و روانه کعبه و طواف آن شد. پس، موجهای همهمه و کلامهای تمسخرآمیز ایشان را می‌شنید، که بدرقه راهش بود.....

- خوب، ای ولید...؛ فرجام کار تو با پسر عبدالله چه شد؟ چنین می‌بینم که سبک رفتی و بس سنگین باز آمده‌ای! نکند که کلام او، تو را نیز جادو کرده است!

چنین می‌نمود که شَیبه رَبیعه دریافته بود.

ماه حج نزدیک بود و با ورود مردمان از هر گوشه جزیره عرب به مکه، دور نبود که امین به میان ایشان رَوَد و سوی آیین خویش فرایشان خواند. پس، با آن تازگیهای شگرف و شیوه نو در بیان و دیگر ویژگیهای بی‌مانند جادویی که در کلام قرآن او بود و در زبان عرب پیشینه نداشت، بسا که گروهی از مردمان شیفته می‌شدند و سوی وی گِرَوش می‌یافتند. از این رو، تا پیشاپیش برای این کارِ او چاره‌ای اندیشیده باشند، آن روز، عصرگاه، در سرای بزرگ ولید مغیره، فراهم آمده بودند. چه، او، به خرد و هوش و تیزبینی و تجربه، سرآمد آنان بود. آنان از ولید خواسته بودند تا به جانب امین رَوَد و نیک، کلام او را بشنود؛ تا دریابد که آن سخنان که به حیرتشان فرو برده و سخت شگفتی‌شان را برانگیخته بود، به چه نسبت می‌توانستند کرد؟

ولید، چنان کرده بود. لیک، نیک آشکار بود که آن‌گونه که رفته بود، باز نیامده بود....

ولید، سنگین، بر زیرانداز پوستی ویژه خویش جابه‌جا شد و گفت:

کار جوان عبدالمطلب نه آن‌گونه ساده است که ما می‌پنداشتیم.

عمرو هشام، کنایه‌آمیز، گفت: قصه چیست، ای عمو؟

ولید، اندام درشت و سنگین خویش را بر پشتیِ انباشته از پشم شتر یَله ساخت؛ دیدگان ریزِ به گودی نشسته‌اش خیره نقطه‌ای ناپیدا در دوردست شد، و گفت: به نزد او رفتم و گفتم: ای محمد، شعر خویش را بر من باز خوان.

استوار گفت: «ای ولید؛ آنچه که من بر مردمان می‌خوانم نه شعر است. که سخن آن خداوندی است که پیامبران پیشین را نیز او فرستاده است.» پس، کَلامی چند از آن سخنان، بر من خواند؛ سخت شگرف.

ـ ای عمو؛ تو از جمله خردمندان عربی، و در شیوا سخنی و سنجش کلام و تدبیر و درستی نظر، در نزد ایشان ناموری. اینک، این چه سخن است که می‌گویی؟!

خوی ولید چنان نبود که در سخن گفتن، پرسش خام و ناسنجیده نادانان را پاسخی گوید. او، از انگشت شمار سخن‌سنجان حجاز بود. چه بسیار که شاعران عرب، سروده‌های خویش را بر وی می‌خواندند، و هر سروده را که او می‌پسندید، برگزیده می‌شناختند. اکنون چه روی کرده بود که چونان عمرو کسی، در این‌باره، این‌گونه با او سخن می‌گفت؟! هم از این رو، با رنجشی آشکار در چهره از این داوری شتابزده برادرزاده خویش، اندیشناک، سر در زیر افکند و هیچ نگفت. شَیْبه ربیعه، چون چُنین دید، پرسید: اینک می‌توانی از آنچه که او بر تو خواند، پاره‌ای ما را باز خوانی؟

ولید، سنگین، گفت: می‌توانم.

پس، خواندن آغازید:

ـ حا، میم.

کتابی است که از جانب آن بخشاینده مهربان آمده است.

کتابی است که آیه‌هایش به روشنی بیان گردیده است: قرآنی به زبان عربی، برای دانایان. هم مژده‌بخش و هم هشداردهنده است. لیک، بیشترِ ایشان از آن روی گردانیده‌اند و سخن نمی‌شنوند.

گفتند: دلهای ما بر آنچه که ما را به آن می‌خوانی پوشیده، و گوشهایمان سنگین است؛ و میان ما و تو پرده‌ای است. پس، تو به کار خویش پرداز

و ما نیز به کار خود می‌پردازیم.

بگو: من نیز انسانی همچون شما هستم. به من وحی شده است که خدایتان، خدایی یگانه است. پس، به او روی آورید و از وی آمرزش خواهید. و وای بر مشرکان!؛

آنان که زکات نمی‌دهند و به جهان دیگر ایمان ندارند.

آنان را که ایمان آورده‌اند و کارهای شایسته می‌کنند، پاداشی است پایان‌ناپذیر.

بگو: آیا به آن که زمین را در دو روز آفریده است کافر می‌شوید و برای او همتایانی قرار می‌دهید؟! اوست پروردگار جهانیان! بر زمین، کوهها پدید آورد؛ و آن را پربرکت ساخت و در چهار روز روزیِ جمله آفریدگان را معین کرد: یکسان، برای جمله خواهندگان. سپس به آسمان پرداخت. و آن، دودی بود. پس، آسمان و زمین را گفت: «خواسته یا ناخواسته، بیایید.» گفتند: «فرمانبردار، آمدیم.» آنگاه هفت آسمان را در دو روز پدید آورد. و کار هر آسمان را به آن وحی کرد.

و آسمان فرودین را به چراغهایی بیاراستیم و محفوظش داشتیم. این است تدبیر آن پیروزمندِ دانا.

پس، اگر روی برتافتند، بگو: شما را از آذرخشی همانند آن آذرخش که بر عاد و ثمود فرو آمد بیم می‌دهم.[1]

به راستی، که این کلام، در زبان عرب، پیشینه و همتایی نداشت. سرشار از نیروی تعبیر و تصویر بود. در آن، گونه‌ای حماسه روحانی و حساسیت شعرگونه و استواری ویژه، درهم آمیخته بود. موسیقی روحانی ویژه‌ای در سرتاسر آن موج می‌زد که دل را به سروری پاک درمی‌آورد. با این رو، توانایی‌ای شگرف در قانع ساختن شنوندگان خود داشت.

امیه خلف، اندیشناک گفت: آری؛ سلاح بُرّای محمد، کلام وی است. چنین می‌گویند که او هر بخش از این سخنان را سوره نامیده، و بر هر یک نیز نامی گیرا نهاده است: فاتَحَه، ناس، فَلَق، اِخلاص، نصر، کافِرون، کوثر، ماعون، قُرَیش، فیل، هُمَزَه، عصر، تکاثُر، قارِعَه، عادیات، زلزال، عَلَق... و، از این گونه نامها. پیروان او، این سوره‌ها را بر پوست بره یا آهو یا سنگهای

صیقل یافته یا ساقه‌های پهن و کلفت نخل خرما می‌نویسند، تا بر جای مانَد. از ایشان، بسیاری نیز، آنها را به یاد سپرده‌اند و در هر روز و هرجا، با صدایی بلند و آهنگی دلنشین، می‌خوانند. آن‌سان که، دیگر مردمان نیز چون بازشان می‌شنوند، سخت شیفته می‌شوند و بدانها گوش می‌سپارند.

ولید گفت: چنین است. شنیده‌ام که در هر نشست آنان، یک – دو تن که خوش صداترند، سوره‌ها یا بخشهایی از یک سوره را بر دیگران می‌خوانند و برخی که از دانشْ بهره‌ای بیش از دیگران دارند، درباره آنها سخن می‌رانند.

– آری ای عمو، و گویا، از خوش صداترین ایشان، یکی، آن مردک خُرد جثه، عبدالله مسعود، است، که دیروز هوس آن کرده بود تا از صدای خوش خویش، دیگران را نیز بی‌بهره نَنَهد. لیک، بر او رفت که رفت!

– آن جنجال که می‌گفتند دیروز در حرم روی داده بود، بر سر قرآن خواندن او بود، ای بوحَکَم؟

– آری، ای عمو. آن فرودستِ بی‌خاندان و طایفه را، آیین پسر عبدالله چنان گستاخ ساخته است، که دیروز به حرم آمده، و بر جایگاه ابراهیم ایستاده بود و با صدای بلند، قرآن خواندن آغازیده بود. لیک، چنان کوفتیمش که از پسِ ماهی دیگر که از بستر برخاست، دیگر از این هوسهای واهی بر دلش نیفتد.

– شگفت حکایتی است این! پس کار پیروان پسر عبدالله تا این پایه بالا گرفته است که از ایشان، ناتوانانی چون عبدالله مسعود، از ایشان، در حرم، به بانگ بلند، قرآن می‌خوانند!

– آری، ای امیّه! چنین شنوده‌ام که از پسِ آنکه محمد پیروان خویش را گفته که از جانب خدایش به او فرمان رسیده است تا مسلمانانْ کیش خویش را آشکار سازند، روزی پیروانش فراهم آمده، و گفته‌اند: «این قریشیان تا این روز، قرآن، آشکارا نشنوده‌اند.» پس، محمد گفته است: «از شما که هست که خویشتن را به خدای باز فروشد و به حرم اندر شود و سوره‌ای از قرآن، به بانگ بلند برخوانَد؟» عبدالله مسعود گفته است: «من.» و می‌دانید که در میان یاران محمد، او از بسیاری از ایشان فروتر است و خویشانِ کمتر دارد. از همین‌رو، محمد گفته است: «کسی

باید بدان کار برخیزد که طایفه‌ای داشته باشد. تا چون مشرکان خواستند که سختی‌ای بر وی رسانند، آنان بازشان دارند.» می‌دانید اما، که عبدالله مسعود چه پاسخ گفته است؟... هِ ... «مرا خدای من نگاه می‌دارد!» سپس، در آنگاه که از قوم، بسیاری در حرم گِرد بودند، به آنجا ورود کرد، و خواندن آغازید. در آن ساعت، من، خود، در حرم بودم، و غروبگاه بود. چون صدا از وی فراز شد، مردمانْ پیرامونش گرد شدند. من از او پرسیدم: «ای کنیززاده؛ این چیست که می‌خوانی؟» گفت: «چیزی از کلام خداوند است.» آنگاه، جمله بر سر او ریختیم و به کوفتنش پرداختیم. آن تهی مغزِ فرومایه اما، همچنان بر خواندن خویش پای می‌فشرد. ما می‌کوفتیم و او می‌خواند. چندان کوفتیمش و او خواند، تا آن سوره پایان گرفت، و وی نیز، از هوش رفت.

ـ لیک ای بوحَکَم؛ من چنین می‌پندارم که این، چاره کار پیروان محمد نباشد.

ـ از چه رو چنین می‌پنداری، ای امیه؟!

ـ از آنچه که از پسِ این ماجرا، از یک برده خویش شنیدم.

ـ ها...؟ چه شنیدیَ، ای پسر خلف؟

ـ دوش، از نجوای آن برده با همسرش شنیدم که می‌گفت، چون عبدالله مسعود، خونین و کوفته، نزد یاران خویش بازگشته، به دیدار او، دل ابالقاسم به درد آمده است. پس، او را گفته است: «از همین بر تو بیم داشتم!» عبدالله اما، گفته است: «این بر من آسان است، ای رسول خدا. سوگند به خدا، که دشمنان او، هیچگاه چون امروز در نظر منْ زبون جلوه نکرده بودند. اگر خواهی، تا به فردا روز نیز باز روم، و سوره‌ای دیگر برخوانم!» تا آنکه او را گفته‌اند: «بس است! آنچه را که خوش نمی‌داشتند، به گوش ایشان رسانیدی.»

با شنودن این ماجرا، سایه‌ای از نومیدی بر دیدگانِ شعله‌ور از شورِ زندگی عمروهشام افتاد؛ و بیش، هیچ نگفت. پس، سکوتی سنگین، بر جمع سایه افَکند.

به راستی، که ماجرا نه آن‌گونه ساده بود که ایشان در آغاز پنداشته بودند. نیز، کار از نفوذ سخن امین در آن چهل تن که به او گرویده بودند، بس فراتر رفته بود. تا بدانجا که، چونان عمروهشام کسی نیز، که خود

بازرگانی نامور در مکه و از بزرگان قوم خویش به شمار بود، هر چند در آشکار آن‌سان کوشش در ریشخند امین داشت، نهانی، نظرش با او، دیگر بود.

«شبی عمروهشام از سرای خویش به در آمده بود تا پنهان از مردمان، کلام قرآن را شنود و رازِ نفوذ آن را در دلهای مردمان، باز شناسد. چه، شنیده بود که پیامبر، به نیمه شبان، در آن اتاق از سرای خویش که به جانب کوچه است نماز می‌کند؛ و در نماز خود، به آواز بلند قرآن می‌خواند. قضا را، در آن شب، بوسُفیانِ حَرب و اَخْنَس شریق نیز به همین قصد، از سراهای خویش به درآمده، و سوی سرای پیامبر روانه گشته بودند. پس، هر یک، در پس دیوار، در گوشه‌ای تاریک ایستاده بودند. چنان که به چشم نمی‌آمدند. تا نماز پیامبر پایان گرفته بود و آن سه، راهِ سراهای خویش را در پیش گرفته بودند. در این حال، یکدیگر را دیده، و به سرزنشِ خویش آغازیده بودند، که «بر ما روا نَبُود، شنیدن قرآن از محمد. چه، مردمان اگر ما را بینند که چنین می‌کنیم، ایشان را چنین گمان می‌افتد که این، آیینی است راست؛ و بسا که پیروی محمد را بر گزینند.»

لیک، شگفتا؛ که چون دیگر بار، شب درآمده بود، باز همان هوس پیشین در دل ایشان افتاده بود و به پس دیوار سرای پیامبر آمده، و به شنیدن قرآن از وی آغاز کرده بودند. تا آنگاه که باز یکدیگر را دیده بودند و آن سخنان و سرزنش‌های پیشین را در میان آورده بودند. سپس با یکدیگر گفته بودند: «نزدیک است که محمد، دلهای ما را از راه به در بَرَد؛ و دیگربار اگر قرآن او شنویم، بسا که باورمند دعوی او شویم.» پس، با خویش چنین پیمان بسته پیمان بودند، که از آن پس، قرآن محمد نشنوند.

در راه، چون می‌رفته بودند، اَخْنَس، پنهان از عمرو، بوسفیان را گفته بود: «ای بوحَنْظَلَه؛ رأی تو در این قرآن که از محمد شنیدی، چیست؟» سفیان حرب گفته بود: «سوگند بر سه دختران خدا، لات و مَنات و عُزّی، که آن را سخنی سخت نیکو یافتم. هر چند فهم بخشی از آن را کردم و دانستم که مراد از آن چیست و بخشی دیگر را فهم نکردم و مراد از آن را ندانستم.» آنگاه اَخنس، همان پرسش را از عمروهُشام کرده بود. عمرو

اما، پاسخ گفته بود: «من چیزی که به کاری خورَد، نشنیدم.»

پس، چون ناباوری در آن دو دیده بود، گفته بود: «راستیِ حال را با شما بازگویم که این چیست که محمد در پیش گرفته است؟» دو رفیقش گفته بودند: «بازگوی، ای بوحَکَم.» عمرو گفته بود: «آگاه باشید که تیره او با تیره ما، بَنی مَخْزوم، پیوسته در شرف و بزرگی، همچشمی کرده‌اند، تا بر ما پیشی گیرند. لیک، به هر جایگاه که آنان رسیدند، ما با ایشان برابری کردیم. چنان که آنان بر ما، در هیچ حال، پیشی و برتری نیافتند. ایشان اگر مستمندان را طعام دادند، ما نیز دادیم؛ و اگر مردمان را چیزی بخشیدند، ما نیز بخشیدیم. چون آنان درماندگان را پناه دادند، ما هم‌چنان کردیم؛ و اگر پشتیبانیِ ناتوانان کردند، ما نیز کردیم. آنگاه که دیگر هیچ نتوانستند کرد، این محمد را برانگیختند تا دعویِ پیامبری آغاز کرد و کیشی دیگر نهاد؛ و هر ساعت می‌گوید که از آسمان با وی سخن می‌گویند؛ تا ما در این کار با ایشان برابری نتوانیم کردن؛ و برتریِ آنان بر ما آشکار شود. اینک اما، شما را بازگویم؛ که به جمله خدایان سوگند که من هیچگاه به آیین محمد ایمان نخواهم آورد؛ اگر در این راه، سر از تن من جدا سازند.»

در اینگاه، اخنس و سفیان نیز دریافته بودند که جملهٔ این سخنان وی، از سرِ رشک بوده است.»

اینَک اما، با آنکه ایشان، خود، این‌گونه در پیچ‌وخم و راز و رمز این کلام شگفت درمانده بودند، دیگران را چه سان می‌توانستند از تأثیر جادووار آن نگاه دارند؟!

آنان هر چند بیم یا شرمِ بازگوییِ آن را داشتند، لیک، بی‌آنکه خود خواسته باشند، چون آن سوره‌های خوش‌آهنگ را، با آن درون مایه‌های ژرف می‌شنیدند، به ناگاه، جمله خویشتنداری و ایستادگی‌شان در هم می‌شکست. نشاطی روحانی در جانشان می‌دوید؛ خَلَجانی در ژرفای وجودشان پدید می‌آمد، و روانهای افسرده ایشان را یادهایی دوردست و بس آشنا - هر چند گنگ - از جای می‌جنبانید. گویی در درونشان بازگشتی به جانب آشنایی گم کرده - گم کرده‌ای از زمانی بی‌آغاز، که دیری بود به فراموشی‌اش سپرده بودند - روی می‌داد. پس، حزنی شیرین و برتر، سینه‌هایشان را می‌انباشت. دلهایشان نرمی می‌گرفت، و گروش به جانب راستی و نیکی و مهر و جبران پاکیهایی که از دست داده بودند،

در آن بیدار می‌گشت. گویی، تازه درمی‌یافتند که زندگانی‌شان چه سان خشک و خشن و تلخ و تیره و تهی از هر آرامش و خوشیِ راستین است. که چه مایه زیستشان از آن بهتر می‌توانست بود، و نبود. که جایگاه ایشان در جهان چه اندازه می‌توانسته از آنچه که بود فراتر باشد، و نبود.

آن آیه‌ها گویی تازیانه‌هایی درونی بر کالبد وجدانهای خفته ایشان بود؛ که از خواب غفلتشان برمی‌جهانید و با بیداری‌ای دردناک آشنایشان می‌ساخت. از آنان آگاهی و هشیاری‌ای ویژه می‌خواست. در خویش، به پرسش و محاکمه‌شان می‌کشانید. چونان نیشتری، بر دملهای چرکین و کهنه وجودشان فرو می‌رفت، تا در پی آن، برای ایشان امید بهبودی و بهروزی در پی آورد.

لیک، بر آنان آشکار نمی‌گشت که این تأثیرِ شگفتِ هراس‌انگیز، از چه رو بود: از شیرینی و آهنگ ویژه آن کلام، یا ریشه‌های سترگ آن، که در بن وجود خویش و جمله هستی، نشانه‌های آن را باز می‌یافتند؟ چه‌سان این محمد که نوشتن و خواندن هم نیاموخته بود و پیشتر نیز هرگز شعر و سَجع و خطابه و مانند آن نگفته بود، به ناگاه این توانایی را یافته بود تا با کلام، این‌گونه کارهای شگفت کند! تا بدانجا که، در این‌باره، روزی، سخن‌شناسی گفته بود: «بالای این سخنان ـ چونان شاخه‌های درختان ـ پرمیوه، و پایینش، و بِه‌سان ریشه‌های درختان کهن ـ پرمایه است.»

این هیجان غریب که در دلهای ایشان برمی‌انگیخت و از آن، روحشان گرم می‌شد، آیا تنها از تَرَنُّم بی‌مانند و آهنگ ویژه نهفته در آن بود؟ این نشاط مست کننده که با شنیدن آن کلمه‌هایِ متناسبِ هماهنگ در ذره ذره جان می‌دوید و از آن، وجود گسترش می‌یافت و دلَ باز شدن می‌گرفت، از چه رو و کدام سنخ بود؟ این چه کلام جادویی بود که گاه به شعر می‌مانست و شعر نبود، و گاه چون سجع می‌نمود و لیک، سجع نیز نبود؟ اینها و بسیار از این پرسشها، همانها بود که آن روز، تاب از کف آن چند تن برده بود و سوی پیر خردمندِ سخن‌شناس قبیله ـ ولید ـ روانه‌شان ساخته بود، تا برای ایشان، سَره را از ناسَره بازشناساند. اینک اما، ولید نیز که بدو آن مایه امیدها بسته بودند، در پی گفت و شنودی کوتاه با محمد، خود چنان در چنبره جادوی کلام او دچار آمده بود که از

پرداختن به فرجام آنچه که از وی خواسته بودند، شانه تهی می‌ساخت.
ولید را اما، چاره چه بود؟! او، آن گروه منتظر را که دیده بر دهان
وی دوخته بودند چه می‌توانست گفت؟ ایشان را حقیقت آنچه که بر وی
رفته بود آیا می‌بایست می‌گفت؟! بایستی آیا می‌گفت، که چون محمد به
واپسین آیه رسید، در لحظه، موج لرزه‌ای تند بر تیره‌های پشت او دوید؛
چندان که جمله مویهای تنش، راست شدن گرفت؟!.....

- ها...، ای عمو؛ سخن نمی‌گویی؟! ما را آیا رسوا و سرشکسته ساختی
و تو نیز به کیش محمد دل دادی؟!

- نه، ای عمرو! من همچنان بر آیین شمایانم. لیک، سخنی دشوار از
او شنیدم، که بدنها از آن به لرزه درمی‌آید.

- کلام او نه آیا شعر است؛ آن‌سان که برخی می‌گویند؟

- شما نیک آگاهید که در میانتان، کسی چون من، با شعر آشنا
نیست. من، جمله گونه‌های قصیده و رَجَز و شعرهای منسوب به جنّیان را
حتی، نیک می‌شناسم. با این‌رو، به خدایان سوگند که گفتار او به هیچیک
از سروده‌ها مانند نیست. سخت شیرین است. گرداگرد آن گویی با
هاله‌ای جادویی پوشیده است. فراز و فرود سخنش پربار است. بر هر چیز
برتری می‌جوید و هیچ سخن بر آن فزونی نمی‌گیرد؛ و آن کلام، هر چیز
را فرو می‌شکند.

- خُطبه آیا نیست؟

- خطبه نیز نیست. چه، خطبه، کلامی پیوسته است؛ و این کلام
پراکنده می‌نماید و برخی از آن به برخی نمی‌ماند. هم، آن‌گونه
که گفتم، در آن شیرینی‌ای است، که وصف آن نمی‌توان کرد.

- پس، شاید که از سنخ کلام کاهنان است؟

- من سخن کاهنان را نیز بسیار شنیده‌ام. سخن او همچون زمزمه‌های
کاهنان و نجواهای جادویی ایشان نیست. راست سخن اینکه، این سخنان
که من امروز از محمد شنیدم، از سنخ کلام انسان و جن نمی‌تواند بود.

- چه می‌گویی، تا در هر جا بپراکنیم که او جن زده و دیوانه است؟

- این نیز نشاید گفت. چه، از آن نشانه‌ها که در جن‌زدگان و دیوانگان
است - همچون وسوسه‌ها و اندوه و نگرانی آن حالت - نیست. هم از این
رو، این سخن را اگر بگوییم، جز آنکه مردمان به دروغ‌زنی نسبتمان دهند

و از گرد ما پراکنده شوند، بهره‌ای نخواهیم برد.

ـ اینک، ای عمو؛ تو خود بازگو، که ما قوم و دیگر مردمان ـ از عرب و غیر عرب ـ را چه گوییم، تا کیش نیاکان خویش را فرو ننهند و سوی او نگروند؟

ولید، دست بر زیر چانه برد. ریش سپید بلند و تُنُک خویش را در مشت فشرد، و چندی، سر در زیر، به اندیشه‌ای ژرف، اندر شد.

پس، سر فراز ساخت و رو سوی گرد آمدگان، گفت: به هر رو، هر چه که درباره او بگویید، نادرست خواهد بود. لیک، گویا از جمله آنچه که گفتید، بهتر این باشد که گویید: این، جادویی است که دشوار آموخته می‌شود؛ و محمد، از دیگری می‌آموزدش. پس، با شنیدن آن، در میان انسان و پدر و برادر و همسر و خویشاوندانش، جدایی می‌افتد.

آنگاه، ایشان را به مراقبت از جوانانشان سپارش کرد.

سخن، سخت دراز شده، و شب به دیر کشیده بود. ولید، میهمانان را گفت تا از ظرفهای حلوا و خرما و مویز، کام خویش را شیرین سازند. آن سخنان اما، چندان کام ایشان را تلخ ساخته بود که رغبتشان به هر خوراکی، از دست رفته بود. خاصه عمرو؛ که جز شراب کهنه، برای درد دل خود، درمانی نمی‌یافت. از این رو، یک‌یک برخاستند و راهِ سراهای خویش را در پیش گرفتند.

بیرون، آسمان صاف و پرستاره بود؛ و کمان ماه نو، نرم‌نرم، از پس قله مخروطی حِرا، در آسمان فراز می‌شد.....

عصرگاه بود، و تا خورشید در چاه باختر فرو شود، چندِ بلندای نیزه‌ای مانده بود. در این مجال، و تا فرا خوانده‌شدگان از قوم سر رسند، علی و جعفرو عقیل و طالب و خواهران ایشان، هند و ریحانه، سختْ گرمِ کارِ پاکیزه و مهیّاسازی میهمانسرا و حیاط کوچک سرا بودند. به مَطْبَخ اندر نیز، مادرشان، فاطمه، در کار ساختن شربت و پختن حلوا و چیدن خرما در مجمعه مسین دایره‌ای شکل بود.

بوطالب اما، خود، نشسته بر پلگان گلین بام، غرقه اندیشه‌های تلخ دور و درازِ خویش بود. نیز، از این‌رو که، از پسِ هفتاد و هشت سال زندگانی، که افزون بر چهار دهه آن به درویشی و دشواری سپری گشته‌بود، اکنون، دیگر آن نا و توان را نداشت تا در این‌گونه کارها به فرزندان و همسر خویش یاری رساند.

«چه مایه خودخواه و نادان‌اند این قوم! از من خواستار آن‌اند که برادرزاده خویش به ایشان واگذارم تا خون او را بریزند و در اِزای آن، جوانِ ایشان را نزد خویش آورم و بپرورم!»

«- ای بوطالب؛ تو خود نیک آگاهی که در این ساعت، در جمله قریش، جوانی زیباتر و نیکخوی‌تر و نیرومندتر از عُماره، پسر ولید مغیره، نیست. نیز، در میان قوم، کسی، ناموریِ پدر وی را ندارد. اینک که بر آن خواستهای پیشین ما گردن ننهادی، این خواستِ ما را بپذیر؛ مردی در

برابر مردی! ما عَماره را به تو می‌دهیم، تا به جای محمد و خونبهای او، از آنِ تو باشد. تو نیز محمد را به ما واگذار، تا خون او را بریزیم. چه، در برابرِ آنچه که برادرزاده تو بر کیش ما روا می‌دارد، ما بیش از این، تابِ شکیبایی نداریم.

- ای قوم؛ این چه اندیشه بد است که شما کرده‌اید! چگونه باشد، که من فرزند شما را بستانم و بپرورم، و فرزند خویش را به شما دهم، تا بکشیدش! کدام کس این کار را کرده است، تا من نیز کنم؟!

- ای بوطالب؛ هرچه قومْ خرسندی تو را می‌جویند و در پی تو می‌آیند، تو به هیچ‌گونه، خشنودی ایشان را نمی‌خواهی. تا به امروز نیز اگر بر من آشکار نبود، اکنون دانستم که ایشان دادگری می‌کنند و تو نمی‌کنی.

- دروغ می‌گویی ای مُطعَم. که قوم، هیچ دادِ من را نداده‌اند؛ و تو نیز که از سرانِ ایشانی، این سخن را از سرِ نیکخواهی نمی‌گویی. اینان گرد آمده‌اند تا مرا خوار سازند و قریش را بر مَن بشورانند. چنین می‌بینم که تو نیز با ایشان به دشمنیِ من و برادرزاده من بیرون آمده‌ای، و این سخنان هم جز بهانه، هیچ نیست. اکنون -اگر چنین است -باز روید و آنچه که می‌خواهید، بکنید. من نیز، چُنانچه از پسِ شما برآمدن توانستم، که برمی‌آیم. و اگر نتوانستم، شما می‌دانید و مرادِ خویش. تا این ساعت نیز اگر آشکارا نگفته‌ام، اینک می‌گویم: آگاه باشید ای قوم، که هر که دشمن محمد است من دشمنِ اویم؛ و هر که دشمن کیش اوست، من دشمنِ کیشِ وی‌ام.»

دیروز، چون بوطالب این واپسین سخنِ خویش را گفته بود، بزرگان قوم، خشماگین برخاسته، و از سرای او رفته بودند. لیک، امروز بوطالب آگهی یافته بود که دوش، جمله ایشان در سرای ولید مغیره گرد آمده، و بر این کار همدل شده بودند که از آن پس، با محمد، راهِ ستیزِ آشکار را در پیش گیرند و در برابر او بایستند. پس، بوطالب، مردان بنی هاشم را به سرای خویش فرا خوانده بود تا آنان را از این ماجرا آگاه سازد، و رأی خود را در این‌باره، بگوید....

بر بوطالب -با آن مایه سال که در میان این قوم زیسته بود و آن آشناییها که با خوی و اندیشه‌های ایشان داشت -نیک آشکار بود که از آن پس، برای برادرزاده‌اش روزهایی بس دشوار در پیش بود. آنچه که محمد، از باورها و سخنان درباره خدایان و بتان در میان آورده بود،

نه امری ساده بود، تا قوم بتواند از کنار آن بگذرد. او، تا در نهانْ نیایشِ خویش را می‌کرد و خدای خود را می‌پرستید، دیگران را با وی سخنی نبود. چه، از جانبِ او، گمانِ بیمی بر خویش نمی‌بردند. پس، چون با یکدیگر رو در روی می‌شدند، به خنده و شوخ‌طبعی می‌گفتند: «جوانِ فرزندِ عبدالمطلب، از آسمان سخن می‌گوید!» لیک، از آنگاه که او جمله مردمان را سوی آیین خویش فرا خواند و بر کیش ایشان و خدایانشان خرده گرفت و از سوختن پدرانشان ـ که کافر مرده بودند ـ در آتش دوزخ سخن گفت، کار، دیگر شد. نخست به تمسخر و آزار او آغازیدند.

چون از این کارها بهره‌ای نیافتند، گِله نزد بوطالب آورند؛ به دوبار:

«ـ ای بوطالب؛ هرچه ما در جمله کارها خرسندی تو را می‌جوییم و برآنیم که کاری نکنیم تا غباری بر خاطر تو نشیند، تو هیچ پاسِ جانبِ ما را نمی‌داری و در بندِ خشنودیِ ما نمی‌شوی!

ـ چه پیش آمدَه است، ای پسر حَرْب؟

ـ چندی پیشتر نیز به نزد تو آمدیم، با همین عُتْبَه و شَیْبَه ربیعه و عاص وائل و اَسْوَدِ مُطّلب و نُبَیْه و مُنَبّه حَجّاج و هم ولید مغیره ـ که اینک با ما نیست ـ و تو را گفتیم که «این برادرزاده‌ات، کیش پدران و نیاکان را رها ساخته و آیینی دیگر آشکار ساخته است. نیک و بدِ این کار بر خودِ او. لیک، از چه رو بر خدایان ما ناروا می‌بندد و ما و پدران ما را گمراه و کافر می‌شُمَرَد و مردمان را از راه به در می‌بَرَد...؟» پس، از تو خواستیم که اندرزش دهی تا از این کارها دست بدارد. تو نیز ما را سخنی نرم گفتی و دلجوییِ ما کردی و روانه‌مان ساختی. او اما، دیگربار، راه پیشین را پی گرفت؛ و بل، از آن بیش کرد که می‌کرد. اینک ای بوطالب، بَرِ تو آمده‌ایم تا سخن واپسین را بگوییم: تو در میان ما، مردی بزرگوار و شریفی، و بزرگتر مآ و پیشوای قومی. خود برگو، که چه بایدمان کرد؟ قصد برادرزاده تو اَز این کارها اگر جُستن سَروری و برتری در میان قوم است، رواست که گفتن این سخنان را فرو نهد، تا آنچه که می‌جوید از بزرگی، ما، خود، به او دهیم. و اگر مال می‌خواهد؛ جمله داراییِ خویش را در کف او نهیم، تا آنچه که می‌خواهد، در آن کند. به این چیزها اما اگر خرسند نشد، برای ما هیچ گزیر نخواهد ماند جز آنکه با وی زبان شمشیر در میان کشیم؛ تا یا ما در مکه باشیم یا او!»

بوطالب، با شنیدن این سخنان، سختْ دل‌مشغول گشته بود. در این میان، او چه می‌توانست کرد...؟ محمد نه کودک بود یا این سخنان را از سرِ هوس و بازی می‌گفت، تا او بتواند به پندی پیرانه، از این راه بازش گرداند. از دیگر سو، تجربه سالیان دراز عمر و آشنایی با خوی قوم نیز، بر آنش می‌داشت تا این هشدارِ ایشان را نادیده نگیرد و برای آن، چاره‌ای بیندیشد. پس، محمد را به نزد خویش فرا خوانده بود و حکایت را به وی گفته بود.

«ـ بر من پیکار و دشمنی با قوم، دشوار می‌آید، ای فرزندم. هم، چنین می‌اندیشم که اگر در این کار با ایشان مدارایی کنی و نرمشی نمایی، روا باشد.»

به ناگاه، خون بر سیمای گلگون محمد هجوم آورده، و رگِ آبیِ میان دو ابرویش، برآمده بود. لیک، تا خشم خود را در برابر عمو فرو خورَد، چندی بر کف و پشتِ دست نگریستَه بود. آنگاه، با صدایی که در آن ته‌لرزه‌ای از خشم یا بُغضی فرو خورده بود، گفته بود: «ای عمو؛ خدای مرا برای فراهم ساختن جهان و دل بستن بدان نفرستاده است. بل، مرا برانگیخته است تا پیام او را برسانم، و سوی وی راهبری کنم. به آن خدایی که جان محمد دَر دست اوست سوگند، که اگر قریش خورشید را در دست راست و ماه را در دست چپم بگذارند و مرا بگویند که «از این کار دست بدار»، من دست باز ندارم؛ و چندان بکوشم، تا مراد خویش را بیابم و اسلام را آشکار گردانم؛ تا آنگاه که مرگم در رسد.»

پس، آب از دیدگانش روان گشته بود و بر پای خاسته بود و راهِ رفتن را در پیش گرفته بود.

به دیدار دلتنگی یگانه یادگار برادر، دل در سینه بوطالب فشردن گرفته بود. این گونه می‌نمود که محمد، از آن سخنان او چُنان گمان برده بود که شاید عمویش بر آن شده است که دست از پشتیبانی او بدارد و او را و قوم را، به یکدیگر واگذارد. پس، پشیمان از گفته خویش، زود بازپَسَش خوانده بود و سرِ او را در بر گرفته بود و گفته بود: پسرم؛ آگاهم که تو اندرزِ مردمان می‌دهی و راست می‌گویی. پس، دل خوش دار، که من آنجا خواهم بود که خرسندی تو باشد. اینک نیز فرمان خدای بلندمرتبه را به جای آور، و آنچه که خواهی بکن و برگوی، و از هیچ کس میندیش؛ که تا

عمویت به زیر خاک نشده باشد، کسی یارای آن را نخواهد داشت که تو را چیزی گوید....

بوطالب از جای برخاست و اندام درشت خویش را به جانب میهمانسرا کشانید. خورشید اینک از شهر رخ نهان ساخته بود و خنکای پاییزی رو به سردی هوا، اندک اندک در استخوانهای تنِ پیرِ او اثر می‌کرد و رگه‌هایی از درد، در زانوان و کمرش می‌دوانید.

به دیدار روانه گشتن پدر سوی میهمانسرا، علی پیش دوید و تختهِ پوستِ زیرانداز او را، از دیگر اتاق سرای، آورد. پس، بر فرازِ اتاق، تختهِ پوست را بر فرش عربی کفِ آن افکند و پشتی‌ای از پوست بره، انباشته پشم شتر، در کنار آن، بر دیوار تکیه داد.

بوطالب بر پوستین نشست و پسر را سپاس گفت. تا هند، پیه سوزهای روشن را در رَفها گذارَد، سه تن از میهمانان، از راه رسیدند: کهنسالترین پسر عبدالمطّلب: حارث. بلندقامت و باریک اندام. با پشتی خمیده؛ که عصایی بر پایش می‌داشت. حمزه. با آن قواره و اندام درشت پهلوانی و سیمای مردانه مطمئن. دیگر، بولهب. میانه قامت و فربه و لَخت. با موهای بورِ سر و روی، و دیدگان اندک لوچ. سست و لاابالی و بی‌قید. لیک، با غرور و اطمینان بازرگانانِ کامیاب، در نگاه و گفتار.

بوطالب هر چند از کارها و خوی بولهب چندان دلخوش نبود، لیک، گاه چیزها از وی می‌دید که کورسویی از امید به او، در دلش برمی‌انگیخت. همینها نیز سبب می‌شد تا پیوسته بر آن باشد که از خویش نراندش، و در اصلاح وی بکوشد. پس، در برابر او نیز از جا برخاست و خوشرو، خوش آمدش گفت.

راستی را که این برادر، چه آمیزه‌ای شگفت بود! بدیهایش بسیار بود؛ هر چند بی‌هیچ نیکی نیز نبود. اندک؛ با این رو، گاه بسیار کارساز. و چه سان او می‌توانست او بدِ بد باشد؛ حال آنکه، خون پاکمردی بزرگ چونان عبدالمطلب در رگانش جاری بود و پرورده همو بود. از آنگاه اما که دختری از خاندان اُمَیّه را به زنی گرفت، نیکیهایش اندک رو سوی کاستی نهاد و بدیها در او سر برآوردن گرفت. در پی آشکار ساختن دعوت برادرزاده‌شان، او با همسرش، از جمله سرزنش‌کنندگان وی شد. تا که در آن فراخوان خویشان به سرای حارث از سوی محمد، آن‌سان

در برابرش سخن گفت. دیگر، آن روز در صفا، از نخستین کسان بود که دعوت برادرزاده خویش را رد کرد و آن گونه آزردش. لیک، همو، دیروز، چون شنیده بود که قوم، به سبب پشتیبانی بوطالب از محمد، از وی بد می‌گفتند، بر آشفته، گفته بود: دست از این پیرمرد بدارید؛ که او پاکباخته راه برادرزاده‌اش است. چنان که محمد کشته نشود، تا بوطالب کشته نشود. بوطالب نیز کشته نشود، تا جمله بنی‌هاشم کشته نشوند. و بنی‌هاشم نیز کشته نشوند، تا جمله اهل مکه کشته نشوند. ای قوم، شما نیک آگاهید که من با محمد میانه‌ای ندارم. لیک، به خدایان سوگند، که دست از این پیر اگر برندارید، ناگزیر، من به او خواهم پیوست....

مردانِ خاندان، یک یک می‌آمدند و هر یک، بنا بر سن و جایگاه خویش، در جایی می‌نشستند. جمله، از آن نشست که دوشِ دیگر تیره‌های قریش بر پای ساخته بودند و بر پیکار با محمد و آن که از او پشتیبانی کند با یکدیگر همپیمان شده بودند، آگهی داشتند. از این‌رو، نیازی چندان به باز گشودن آنچه که در میان آنان رفته بود، نبود. پس، چون جمله گرد آمدند، بوطالب، در پی خواندن شعری که در ستایش آن سخنِ بولهب سروده بود، مردان خَاندان را گفت: ابالقاسم، نیک یا بد، همرآیِ با شما یا غیرِ آن، از خَاندان و تیره شماست؛ و بزرگی و ارجمندی او، بزرگی و ارجمندی یک‌یکِ شماست. آن‌گونه که، دشنام به او و کوچک شماری‌اش نیز دشنام به جمله قوم و کوچک شماری یک یک افراد خاندان شماست.

فرزندان هاشم، تا بدین روز، سرفراز زیسته‌اند؛ و این جایگاه بلند که شما در میان قریش دارید، ثمره جانفشانی پدران شماست. اینک بر شماست که این بزرگی را پاس دارید و برای آیندگان، بر جای گذارید. پس، بکوشید تا جامه خواری نپوشید.

ای قوم؛ ابالقاسم ننگی بر دامان خاندان خویش ننشانیده است، تا شما شرمسار آن باشید. گیرم، آنچه که او آورده است، با باور برخی از شما، یکسان نَباشد. از یاد مبرید که پیشتر، او پیوسته دستگیر درویشان شما و یاور نیازمندانتان، و مایه مباهات و آبروی خاندان بوده است! نیز، آن جایگاه را که او در خُردی نزد پدر و نیایتان، عبدالمطّلب، داشت، در خاطر آوریدَ؛ و سپارش او را در واپسین دم زندگانی‌اش درباره محمد.

ای برادران، و ای برادر و خواهرزادگان؛ بر شماست پشتیبانی از ابالقاسم! یاری او دهید، و قریش اگر پرچم پیکار با وی را برافراشت، شما نیز با ایشان پیکار کنید؛ تا دشمنان از رخنه در میانتان ناامید شوند و طمع از شما برگیرند!

با پایان گرفتن سخنان بوطالب، علی و جعفر و عقیل و طالب، قدحی بزرگ از شربت و چند جام و مجمعه حلوا و خرما به درون آوردند و به پذیرایی از مردان قوم پرداختند. مردان، برخی گرم خوردن و آشامیدن شدند و گروهی به گفت و گو در این‌باره پرداختند. تنی چند - همچون حارث و حمزه و بولهب و عباس - هم، اندیشناک، سر در گریبان خویش داشتند. سخنی نیز اگر در دل کسی بود، با آن یادآوری که بوطالب از سپارش عبدالمطلب درباره محمد کرده بود و آن افتخارها که ابالقاسم برای خاندان به ارمغان آورده بود، در دل نگاه داشتند و بر زبان نیاوردند.

به راستی، چه سان از یاد برده بودند که در کودکی و جوانی، چه مایه شگفتیها از آن یتیم دوست داشتنی خاندان دیده بودند!؛ از آن رؤیاهای غریب که آمنه به گاه بارداری او دیده بود تا آن ماجرا که هنگام زادن محمد بر او رخ نموده بود، و آن حکایتها که حلیمه سعدیه از دوران خردی وی گفته بود و سخنان بحیرای راهب شامی، و آن لقب امین، که قوم، از بسیاری درست کرداری و وفاداری، بدو داده بودند و....

این مایه نشانه‌ها آیا بسنده نبود تا بدانند که ابالقاسم نه از آن جمله کسان بود که دروغ بگوید و دعوی بی‌پایه کند؟!

- شنیدیم، و پیروی می‌کنیم.

- آری! چنان می‌کنیم که تو گفتی، ای بوطالب.

- هر چند ما نیز زخم‌خورده سخنان ابالقاسمیم؛ لیک در این ماجرا، جانب خاندان را می‌گیریم، و تا پای جان، با تو می‌مانیم.

- من هم در این کار، با تو پیمان یاری می‌بندم، ای برادر.

- من و پسرانم را نیز در حساب آور، ای بوطالب....

- شنیده‌ای ای ام‌جمیل که محمد، برای ما چه آهنگِ تازه، ساز کرده‌است؟
- نه! برگو تا بدانم که قصه چیست؟
عبدالعُزّی، با خشمی فروخورده، چونان قبا سوختگان، خواند:
- دستان بولهب بریده باد، و مرگ بر او باد!
دارایی وی و آنچه که به دست آورده بود، به حالش سود نکرد.
زود باشد که به آتشی شعله‌ور درافتد.
و زنش، هیزم‌کش آن آتش باشد؛
بدان حال که بر گردن، ریسمانی از لیف خرما دارد.
- وای بر محمد! ما را هجو می‌کند! با او چنان خواهم کرد که به پشیمانی و توبه درآید!
- آرام...! آرام، ای زن!
- چه آرامشی! او با این شعرش، برای ما آبرویی ننهاده است. این سخنان اگر منتشر شود، نخست پیروان او و آنگاه دشمنان ما و سپس بردِگان و خردبچگان، در هرجا زمزمه‌اش خواهند کرد و چون سَبْعه‌های مُعَلّقه، سینه به سینه، تا نسلهای دیگر خواهد رفت.
- به یقین، پیشتر تا ما کاری کنیم، چنین نیز شده است. چه، پیروان او که این را سخن آسمانی و کلام خدای برتر می‌دانند، و می‌نویسند و

در خاطرش می‌سپارند و در هر زمان و به هر جا، به پندار بردن ثواب، می‌خوانندش. دیگران نیز، لابد شیفته آهنگ کلام و زیبایی سخنش، آن را می‌آموزند و زمزمه می‌کنند. به گمانم، آخرین کسان که از آن آگاهی یافته‌اند، خود، من و تو بوده‌ایم!

شوی و زن، به اندیشه‌ای ژرف اندر شدند. از پس آن مایه ستیزها که آنان با ابالقاسم کرده، و آن اندازه آزارها که بدو رسانیده بودند، گمان نمی‌بردند که یک روز از سوی او، ضربه‌ای این سان مرگبار، بر پیکر زندگانی و هستی ایشان فرو آید. ام‌جمیل، چونان دیگر مردمان، جایگاه کلام را در میان عربان می‌دانست. بویژه که او خود زنی شاعر بود و با زیر و بم‌های سخن و ارزش و تأثیر و ماندگاری آن، نیک، آشنا بودِ. در نگر او و مردمش، کلام نه ترکیبی ساده از چند حرف بی‌جان نو، یا لَقلقه‌ای بر زبان بود، که تنها به کار خواندن یا شنیدنی می‌آمد و آنگاه نیز در سبدِ فراموشی روزگار می‌افتاد و از یادها می‌رفت؛ چونان که انگار هیچگاه نبوده بود. بل، هر واژه، تا آنگاه که بر جایی نو یا در یادی نقش بسته و بر زبانی جاری بود، موجودی زنده، با روح، روان، پر توان، مانا و اثرگذار بود. خاصه آنگاه که به جامه شعر و سجع و مانند آنها درمی‌آمد. و وای از آن روز که این کلام درباره نامورانی از قومی زبانزد - چونان قریش - بود و آسمانی نیز قلمداد می‌شد و نگاهبانانی آن‌سان پرشور و باورمند همچون پیروان محمد داشت!

آری! محمد، با آن شکیبایی شگفت خویش در برابر آزارهای جانکاه ایشان، گویی نخست سخت در خواب غفلتشان فرو برده بود، و سپس، درست در آنگاه که آن دو، خویشتن را از جانب وی سخت ایمن می‌پنداشتند، چنان پاسخشان گفته بود که از آن بدتر، ناشدنی می‌نمود.

عبدالعزی مرد سازش و مدارا و شکیبایی نبود. آتش مزاجی و زود خشمی و تند زبانی او، زبانزدِ جمله اهل مکه بود. هر کس - بیشتر نیز اگر نمی‌شناختش - به دیدار آن دیدگان شرربار و گرهِ پیوسته افتاده در ابروان و گونه‌های سرخ فام برافروخته، زود در می‌یافت که او از کدام گروه مردمان بود. هم از این رو نیز بود که بولهب لقب گرفته بود. لیک، همو، اینک چنان مبهوت این ضربه کشنده محمد بود که توان دادن هیچ پاسخی را در خویش نمی‌دید.

بولهب، اکنون، شکسته و فرو ریخته در خویش، لمیده بر فرش و آرنج بر پشتی‌ای ستونِ سرساخته، به‌کردارهای‌گذشته خویش‌با برادرزاده‌اش‌می‌اندیشید.

به راستی، محمد، با بولهب و همسرش، هیچ بد نکرده بود. او و خدیجه، برای ایشان بهترین همسایگان بودند. در این نزدیکِ دو دهه همسایگی، از آن شوی و زن و فرزندان و حتی بردگانشان، هیچ‌کس آزاری ندیده بود. هم از این رو بود که بولهب، با آن مایه دارایی و ناموری در شهر و دیگر قبیله‌های عرب، چون بر آن شد تا برای پسران خویش، عُتْبه و عُتَیْبه، همسرانی گزیند، از رقیّه و ام‌کلثوم، دختران برادرزاده خویش، بهتر نیافت. همسرش نیز، با آنکه خود از خاندان بنی‌امیّه بود و در هر حال و کار، خویشان خویش را مقدم می‌داشت، سخت بدین پیوند خشنود بود. لیک، ایشان با آن خویشاوند ‌–‌ همسایه بی‌آزار و نَرمخوی، چه کرده بودند: نخست آنکه پسران خود را واداشته بودند تا بی‌هیچ گناه، پیوند زناشویی‌شان را با رقیه و ام‌کلثوم بگسلند و آن دو را سوی خانه پدر روانه سازند. (رقیه از پس ازدواج با عتبه؛ و ام‌کلثوم آنگاه که تازه به عقد عتیبه درآمده بود.) آنگاهَ نیز بولهب، سوگند یاد کرده بود که تا محمد دست از آن سخنان برندارد، دیگران را هم از پیوند با دختران وی باز دارد. این کار، چندان بر محمد و خدیجه گران آمده بود که ابالقاسم، دل شکسته، دست سوی آسمان فراز ساخته، و نفرینشان کرده بود:

«– بار خدایا؛ درنده‌ای از درندگان خویش را بر عتبه چیره گردان!»

(و این، نخستین بار بود که مردمان می‌شنیدند که ابالقاسم بر کسی نفرین می‌کرد.) آنگاه تمسخرها و سبکسریها بود که این دو درباره ابالقاسم روا می‌داشتند، و سخنان هرزه بود که در پس پشتْ نثار او می‌ساختند.

افزون بر این، در هر جا که محمد عزمَ آن کرْده بود تا با مردمان سخن گوید و آیین خویش را برایشان آشگار سازد، از دشمنان، بولهب نخستین کس بود که در برابر او برمی‌خاست و کار را بر وی، بس دشوار می‌ساخت. واپسین این بارها، ماهی پیشتر بود؛ در بازار قبیله هُذَیل: ذی مَجاز. جمله مردمانِ از جزیره عرب، از پس گذرانِ بیست روز در بازار عُکّاظ، روانه این بازار، که تا صحرای عَرَفات به یک فرسنگ راه بود، شده بودند، تا نُه روزِ مانده از ماه ذیقعده را، در آن، به ستد و داد و گفت و

شنود و بستن پیمانها و قرارها سپری سازند و سپس روانه مکه شوند. ابالقاسم، بهره‌جو از این مجال، روانه این بازار شده بود. لیک بولهب و ولید مغیره و نَضرحارث و برخی دیگر از یاران ایشان نیز، هشیارِ عزم او، در پی‌اش روان شده بودند، تا هرگاه که قصد گمراه‌سازی مردمان را کرد، راه را بر او بربندند.

در این روز، ابالقاسم ردایی سرخ پوشیده بود که در آن میان، نیک به چشم می‌آمد. پس، هر جا که گروهی از مردمان را ایستاده می‌دید، به میانشان می‌رفت و سوی خدای یکتا، فرایشان می‌خواند:

«- مَثَل من و کسانی که بر ایشان برانگیخته شده‌ام مثل آن مردی است که به نزد قوم خویش می‌آید و می‌گوید: «من با چشم خویش لشکری از دشمن را دیدم، و بی‌هیچ پرده‌پوشی، از آنان بیمتان می‌دهم. در اندیشه رستگاری خویش از ایشان باشید.» گروهی سخن وی را می‌پذیرند و شباهنگامْ راهِ رفتن را در پیش می‌گیرند و در آن مجال که دارند، جان و مال خود را به در می‌برند. گروهی دیگر اما، سخن وی را دروغ می‌شمارند و بر جای خویش می‌مانند؛ تا لشکر دشمن فرا می‌رسد و جمله ایشان را نابود می‌سازد. اینچُنین است حکایت کسانی که آنچه را که من آورده‌ام می‌پذیرند و پیروی آن می‌کنند، و آن مردمان که سرکشی می‌کنند و حقیقتی را که آورده‌ام، دروغ می‌شمارند..»

در این حال، بولهب که رَدایی نو از پارچه عَدَنی بر تن داشت، در پی او روان بود و سنگ بر پای وی می‌زد - چندان که خون از ساق پایش روان شده بود - و می‌گفت: ای مردم؛ من، عبدالعزّی، پسر عبدالمطّلبم؛ و این، برادرزاده من است. آگاه باشید که او مردی بس دروغگوست. سخنش را نشنوید و نپذیرید. مبادا شما را بفریبد و از آیین پدرانتان باز گرداند!

ولید مغیره نیز پشتیبانیِ او می‌کرد:

«- ای مردم؛ من نیز که بزرگ بنی‌مخزومم، شما را بر کنار می‌دارم از اینکه افسونِ سخنان او شوید. بدانید که در کلام این مرد جادویی است، که می‌کِشدَ و می‌گیرد. سخنی دارد که مردمان چون بشنوند در میانشان جدایی می‌افتد و پراکندگی روی می‌نماید. زینهار؛ که بر گرد او فراهم نیایید و به سخنش گوش مسپارید!»

آنان که پیشینه محمد را نمی‌دانستند، به شک اندر می‌شدند:

«- آری؛ باید که چنین باشد. چه، سخن او اگر راست بود، نخست خاندان و قبیله‌اش به وی روی می‌کردند.

- چنین می‌کنیم که شما گفتید!»

بولهب، نیک آگاه بود که ایستادگی او در برابر آیینی که برادرزاده‌اش دعوی پیامبری آن را داشت، چه مایه موجب آزردگی محمد می‌شد و دشمنان وی را دلشاد می‌ساخت. چه، این نکته، خود، برای ایشان دستاویزی بس بزرگ بود، که «دعوی محمد اگر بر حق است، از چه رو خاندان و عمویش - حتی - در این کار، پشتیبانی و پیروی او نمی‌کنند؟!» حال آنکه در سنّت قومی و قبیله‌ای عرب، بنا و شالوده کار، می‌بایست که این می‌بود.

دیگران نیز اگر آگاه نبودند، بولهب خود نیک می‌دانست که باوری چندان ژرف و بنیادین به بتان نداشت، تا در راه آن، تن بدین پیکار پیوسته بی‌امان دهد. نیز، آیینی که برادرزاده‌اش دعوی آن را داشت، اگر در میان عربان پیروی می‌شد، موجب سَروَریِ خاندان هاشم بر جمله آنان می‌گشت؛ و بسا که بولهب نیز از این سَروری بی‌بهره نمی‌ماند.

«- می‌خواهم کلامی بگویم، که چون بگویید، که چون بگویید، عربان سر بر فرمان شما فرو آورند، و دیگران نیز باجگزارتان شوند.

- نیکوست! چون چنین باشد، ده کلام می‌گوییم! اینک برگو که آن کلام چیست، ای برادرزاده ما؟

- این که بگویید: خدایی جز آفریدگار یگانه برتر نیست.

- شگفتا...! می‌خواهی جمله خدایان را یکی کنی؟!»

یک خدای یا بیش، برای بولهبْ فرقی چندان نداشت. چه، او از اصل با این امور کار نداشت. او صاحب دارایی‌ای انبوه بود؛ از پول و باغ و کشتزاری بس بزرگ در طایف؛ که بردگانش به نگاهداری و کشت و کار در آنها مشغول بودند. جمله اینها نیز از دادن پول به ربا، و ستد و داد در سه ماه از ماههای حرام که مردمان جزیره عرب به زیارت بتان خویش سوی مکه می‌آمدند، فراهم آمده بود. اینک، این‌سان که محمد دعوی داشت، اگر سیصد و شصت خدای در یکی گرد می‌آمد و بتان قبیله‌ها از میان می‌رفتند، دیگر چه کس روانه مکه می‌شد تا به بازرگانی و کار بولهب و دیگر بازرگانانِ چون او رونق بخشد و بر دارایی کلان ایشان بیفزاید؟! نه... این نه چیزی بود که بولهب تاب پذیرش آن را می‌داشت....

ام جمیل را نیز، بیش و کم، همین بیم، به ستیز با محمد واداشته بود. چه، او خود نیز زنی مالمند بود و دارایی‌اش از بسیاری از مردان قریش فزونی داشت. برادرش، بوسفیان، هم از جمله رباخواران مکه و بزرگِ بازرگانان قریش بود. افزون آنکه، آیین محمد اگر در مکه فراگیر می‌شد، سَروری قریش به محمد و خاندان بنی‌هاشم می‌رسید، و این، نه آن چیز بود که ام‌جمیل و خاندان او می‌خواستند. هم، از این رو، ام‌جمیل هیزم بیار آتشی گشته بود که در میان عمو و برادرزاده افروخته شده بود.

ام جمیل، خود، پیشتر، محمد را هجو کرده بود. او، در آن شعرها، محمد را مُذَمَّم گردانیده بود. پس، در نشستهای زنانه، آن هجویه‌ها را می‌خواندند و به آهنگ آن دست می‌زدند و می‌رقصیدند. یا آنکه مردان و کودکان و بردگان ایشان، در کوی و بازار، آنها را می‌خواندند و به تمسخر می‌خندیدند. لیک، محمد، این سخنان را بر خویش نمی‌گرفت و از شنیدن آنها از خود خشم بروز نمی‌داد.

سنگ‌افکنی در سرای ابالقاسم نیز از پایداری او و در راه دعوی‌اش، هیچ نکاسته بود. جوانان هرزه‌ای که ام‌جمیل به این کار واداشته بود، شباهنگام، به چند نوبت، سنگهایی بسیار در سرای او افکنده بودند. چندان که چند پنجره و خُم سرای او را درهم شکسته، و اهل سرای را به هراس درافکنده بود. با این‌رَو، باز محمد - آن سان که خویَش بود - شکیبایی ورزیده، و همسر و فرزندان خود را نیز به شکیبایی فرا خوانده بود.

دیگر، ام جمیل، خود یک - دو بار از فراز بام، بچه‌دان آلوده بز در دیگ غذای ایشان - بر اجاقی در گوشه حیاط - افکنده بود. پس، ابالقاسم با تکه‌ای چوب، آن زُهدان را بیرون آورده، و در کوچه افکنده بود:

«- ای فرزندان عبدِ مَناف؛ این چگونه همسایگی است!»

هرچند بر زبان نمی‌آورد، لیک آشکار بود که منظور او، همسایگان دوسویش ایشان و عَقَبه اَبی مُعَیطْ - بودند.

شبانگاهان نیز، بولهب و ام‌جمیل بر سر راه و روبه‌روی سرایش، خار، یا آلودگیهای چارپایان می‌افکندند؛ و گاهی، محمد، نادیده بر آنها پای می‌نهاد و زخمی یا آلوده می‌شد. گاه نیز ام‌جمیل، کنیزان خویش را وا می‌داشت تا از فراز بام، بر سر او خاک و خاکستر ریزند؛ یا خود، چون در کوچه ابالقاسم را می‌دید، سوی او اشاره می‌کرد و مسخره کنان می‌گفت:

ای مردم؛ این یتیم بی‌چیز را بنگرید که سودای سروَری قریش را در سر می‌پرورد!

ام‌جمیل، چون نیک می‌اندیشید، در می‌یافت که خود و شویش، با ابالقاسم، فراوان از این کارها کرده، و وی را آزار بسیار رسانیده بودند. لیک، او پیوسته شکیبایی ورزیده بود. هم از این رو، هرگز نپنداشته بودند که محمد، با آن مایه نرم‌خویی و گذشت، روزی این‌سان بر آنان بشورد و بنیادِ ایشان را، از ریشه برآورد....

ام‌جمیل، شعله‌ور از آتش کینه‌ای شتری، از آن بیش، یک جا نشستن نتوانست. پس، از جای برخاست و جامه بیرون بر تن کرد.

ـ به کجا، ای ام‌جمیل؟

ـ قرارم نیست. تا شب در نرسیده است سوی حرم می‌روم تا از بازتاب این ماجرا در میان مردمانْ آگهی یابم.

بولهب، بیمناک از تندمزاجی و بدزبانی همسر خویش، گفت: چنین کن. لیک، خویشتندار باش و سبکسری مکن. این کارِ محمد را بایست به گاهِ خویش، پاسخی سنجیده داد.

آنگاه، زهر خندی زد و افزود: آری! پاسخی از آن‌گونه، که پشتش را بشکند؛ آن‌سان که او، کمر ما را شکست!

ام جمیل، واپسین کلام شوی را شنیده و ناشنیده، از اتاق و سرای به درآمد و در آن هوای خنک عصرگاهی، شتابان، سوی حرم سرازیر شد. در این حال پر سر پوش نازکِ سپیدِ زرتار را بر دهان و بینی کشیده بود تا کسی نشناسدش. چه، می‌پنداشت با آن سخن آهنگینِ سجع‌گونه که محمد درباره او و شویش بر زبانها افکنده بود، اَینک، جمله دیدگان در جستجوی ایشان‌اند، تا تیرهای نگاه زهرآگین و تمسخر آلودشان را سوی آنان ببارانند.

او، با آن مایه غرور و خود برتربینی، اینک خویشتن را بس خوار و زبون و زمین خورده می‌یافت. می‌دید که دیگر یارای آنش نیست تا چونان گذشته، سینه پیش دهد؛ گردن بیفرازد؛ دو رشته گیسوی شبق‌گون پرپیش را از دو سوی سر به اهتزاز درآورد؛ دیدگان سیاه سرکش را با غرور به دوردست دوزد، و کبرآمیز گام بردارد. در اندرون او، که پیشتر هرگز طعم شکست و زبونی را نچشیده بود، چیزی فرو ریخته بود. در

میان دلش، گویی حفره‌ای دهان گشوده بود. خلأ؛ پوکی؛ احساس میان تُهی شدن....

حرم، چونان جمله عصرگاهان، انباشته مردمان بود. برخی به کارِ زیارت بتان قوم و قبیله خویش و نیایش با آنها بودند. گروهی بر گردِ کعبه می‌گرخیدند و نیایش ویژه طواف را بر زبان می‌راندند. دیگران نیز، چندچند، به کار آمد و شد، یا گرد هم، به گفت و شنود بودند. ام‌جمیل، پنهان از دیگرانَ، روانه کعبه شد. به راه اندر، گوش تیز ساخته بود تا سخنان مردمان را با یکدیگر، بشنود؛ شاید که درباره او و شویش باشد. لیک، هر کس به کار خویش بود. هم، این گونه سخنان، بیشتر در حلقه‌های مردانی که گرد یکدیگر می‌نشستند در میان می‌آمد – که زنان را به آنها راهی نبود.

ام‌جمیل، در کار چرخیدن بر گرد کعبه در میان مردم، ناگاه بوبکر را دید که به حجر اسماعیل اندر، نشسته بود. بدان گمان که شاید محمد نیز در کنار او باشد، به ناگاه خون بر مغزش هجوم برد و دیگر هیچ درنیافت. پس، به آنی، خویشتن را دید که پاره سنگی درشت از زمین برگرفته بود و برافروخته، رو سوی حجر و بوبکر داشت.

بوبکر در کار گفت و شنود با پیامبر، ناگاه به راهنمایی حسی درونی، سرفراز ساخت و از میان مردمانی که به کار طواف کعبه بودند، جفتی دیدگان سرکش را دید، که آتش خشمی افسارگسیخته از آنها شعله می‌کشید و خیره ایشان بود. زنی بود که دهان و بینی را با پرِ سرپوشِ سپیدِ ابریشمین پوشیده بود. لیک، از پیچش ملایم چشم چپش و آرایشِ تند چهره و آن راه رفتن لَوَندانه، که به گاه خشم به رقصیدن می‌مانست، دانست که او، بی‌هیچ شک، باید که همسر بولهب باشد. سپس، چون سنگ در دستش دید، با لرزشی آشکار در صدا، گفت: ای رسول خدا، همسرِ عمویت آمد. خوب است که برخیزی و بروی. به هر رو، او زن است؛ و من از وی بر تو می‌ترسم.

پیامبر، با همان آرامش همیشه خویش، گفت: به خواست خدا، او مرا نخواهد دید.

پس، به خواندن آیه‌هایی چند از قرآن آغازید. تا خواند: چون قرآن خوانی، میان تو و آنان که به جهان دیگر باور ندارند، پرده‌ای پوشاننده

قرار می‌دهیم.

خواندن این آیه تازه پایان گرفته بود که‌ام‌جمیل، هیاهوکنان، سوی ایشان خیز آورد. او، در آن حال که تهدیدآمیز، سنگ را در دست خویش می‌جنبانید، فریاد زد: کجاست آن که بر پدران ما ناروا می‌گوید، و آیین ما، خشمگینش ساخته است؟

چند سر، سوی او چرخید؛ و دل در سینهِ بوبکر به تپش درآمد.

- هم‌اکنون اینجا بود، ای دختر حَرْبِ اُمَیّه.

ام جمیل، سنگ در دست، برفرازِ سر او ایستاد و به بانگ بلند گفت: به خدایان سوگند که اگر می‌یافتمش این سنگ را بر سر او می‌زدم و هلاکش می‌ساختم. ای پسر اَبی قُحافَه، کار رفیق تو به آنجا رسیده است که مرا و شوی مرا هجا می‌گوید؟! نمی‌دانَد آیا که من نیز شاعرم، و باز هجو او می‌توانم گفت!

بوبکر، ترسان، گفت: نه، ای دختر حرب. به خدای کعبه سوگند، که او شما را هجا نگفته است. رفیق من نه شاعر است و نه می‌داند که شعر چیست.

- نه او گفته است که من و شویم به دوزخ اندر خواهیم شد و بر گردن من، ریسمانی از لیف خرما خواهد بود؟

بوبکر، درمانده در پاسخ، گفت: از چه رو از خودِ او نمی‌پرسی، ای ام‌جمیل؟

- او را اگر دیده بودم که سراغش را از تو نمی‌گرفتم!

ام‌جمیل، چون نگاهِ مبهوت تنی چند از مردمان را خیره خویش دید، سنگ را بر زمین افکند و در آن حال که روی از بوبکر و پیامبر برمی‌تافت، گفت: مگر که نبینمش...!

آنگاه، با شانه‌هایی فرو افتاده، راهِ بیرونِ حرم را در پیش گرفت. لیک، چند گام پیشتر، به ناگاه دامنِ جامه در پایش پیچید، و بر زمین خورد. با خشمی افزون، از جای بَرخاست و نفرت آلود گفت: مرگ بر مُذَمَّم باد!

پیامبر، بوبکر را گفت: می‌بینی که خداوند چگونه دشنام قریش را از من دور ساخته است! آنان هر ناستوده را به زشتی نام می‌برند و نفرین می‌کنند؛ حال آنکه خدای، مرا ستوده نام کرده است....

- پیامبر، چون به حرم اندر شـــد، از مردان قریش، گروههایی را دید که گرد تا گرد چند بت، حلقه زده بودند. چون پیشتر رفت، از ایشان جمعی را دید که بتی را در جای خویش اسـتوار می‌ساختند. بت، بر مثالِ زنی جوان بود، با اندامی باریک و کشیده؛ از سنگی سپید.

آن سوتر، تنی چند را دید که پیرامون تندیس مردی، تراشیده از سنگی خشن و کبود، گرم کار بودند: یکی تخمی بزرگ از شترمرغ را، با رشته‌هایی از ریسمان، بر گَردن آن بت می‌آویخت. مردی جوان و لاغر اندام نیز، بر دو گوش او، گوشواره‌هایی از سنگهای رنگین می‌بست.

پیامبر خواست تا از کنار ایشان بگذرد و سوی جایگاه همیشگی خود در میان سنگ سیاه و رُکن یمانی رود و نماز عصرگاه خویش را گزارد. لیک، چون دید که آن مردان از پسِ زینت کردن آن بت، به پای آن بر زمین افتادند و سویش سجده بردَند، دلش قرار نیافت که آنان را به آن حال رها سازد. پس، به جانبشان رفت و خیرخواه گفت: شما با این کار خویش، با پدرانتان، ابراهیم و اسماعیل - درود بر ایشان - مخالفت می‌کنید!

مردان، حیران، از زمین سر فراز ساختند. پیامبر، در میان ایشان، عاص وائل سهمی و حارثِ قیس عَدیِّ سَهمی را باز شناخت. این دو، از جمله آن پنج تن بودند که بیش از دیگران در برابر او می‌ایستادند

و آشکارا و پنهان، می‌آزردندش. تا بدانجا که گاه نیز کودکان و بردگان خویش را سوی وی روانه می‌ساختند تا بیازارندش.

عاص، تا خشم خویش را فرو پوشانَد، نرم، گفت: از چه رو چنین می‌گویی، ای پسر عبدالله؟

ـ از آن رو که آنان بت نمی‌پرستیدند، و آفریدگار برتر را ستایش می‌کردند.

عاص، در مانده پاسخ، لکنت‌آمیز گفت: ای محمد؛ ما نیز از سرِ دوستی خدای برتر، این بتان را می‌پرستیم.

حارثِ قیس، بر کلام او افزود: تا میانجی ما و خدای برتر باشند و به او نزدیکمان گردانند.

در این حال، ناگاه نسیمی از وحی بر ذهن و دل پیامبر وزید، و رو سوی ایشان خواند:

ـ بگو: «خدای را اگر دوست می‌دارید پیرویِ من کنید؛ تا او نیز شما را دوست بدارد و گناهانتان را بیامرزد. که آمرزنده مهربان است.» بگو: «از خدای و رسولش فرمان برید.» پس، اگر رویگردان شدند، بدانند که او، کافران را دوست نمی‌دارد. ¹

جمله آن مردان، گویی بر دهانهایشان قفل زده باشند، در پاسخ، هیچ نتوانستند گفت. تنها، پیامبر را نگریستند، که راهِ خویش را گرفت و روانه نقطه‌ای از حرم شد که پیوسته در آن نماز می‌گزارد.

«آنجا که پیامبر در آن نماز می‌کرد، در بیرونِ حلقه مردمانی بود که طواف کعبه می‌کردند. و این نقطه، هر چند در اصل به جانب بیت‌المقدس بود، لیک، رو سوی کعبه ـ میان رُکن یمانی و سنگ سیاه ـ نیز داشت.» پیامبر عبا را از دوش بر گرفت و بر ماسه‌های کف صحن گسترد؛ بر آن ایستاد، و به نماز درآمد.

در اینگاه، تازه، گویی قفل از زبان آن مردان گشوده گشت:

ـ دیدید که چگونه کیش ما و پدرانمان را خوار ساخت و خِردهای ما را ناچیز شمرد؟!

ـ از ناسزاگویی او بر خدایان خویش اگر پیش نگیریم، بسا که آنان بر ما خشم گیرند و برکت از زندگانی‌مان رخت بربندند.

---

۱. آل عمران؛ ۳۱-۳۲.

ناگاه، در دیدگان عاص، برقی گذرا از بدسرشتی جستن کرد. سپس، انگار که قصد گفتن رازی را با یاران خویش داشت، با دو دست، دیگر مردان را به نزدیک خویش فرا خواند، و آن سان که صدا از میان ایشان بیرون نرود، گفت: چون می‌آمدم، در محله حَرورَه دیدم که در کار نَحْرِ شتری بودند. چه می‌گویید تا شکنبه آلوده آن شتر را بیاوریم و چون محمد به سجده رفت، بر پشتِ وی افکنیم؟ باشد که دیگر، نیایش خویش را در حرم نکند!

جمله، با سر دادن خنده‌هایی بلند، خرسندی خویش را از این کار، آشکار ساختند. آنگاه، عاص، از بردگان خود، یکی را، که جوانکی ریزاندام و سبزه‌رو بود و بر سر و روی بت قوم دستمال می‌کشید فرا خواند و در پیِ آوردنِ شکنبه، روانه ساخت.

عاص، پُر بیجا نیندیشیده بود. پیش از آن، چون پیامبر روانه حرم می‌شد، اغلب، پسرخوانده‌اش، زَید حارثه، و علیِ نوجوان با وی بودند. پس، چون به نماز می‌ایستاد - تا از آزار کافران و مشرکان آسوده ماند - آن دو، بر دو سویش می‌ایستادند و نگاهبانی‌اش می‌کردند. در آن ساعتها، بیش یا کم، از بنی‌هاشم، مردان و زنانی هم در حرم بودند. لیک، اکنون حرم تُهی از جمله ایشان بود. نیز، پیامبر، چون در نماز می‌شد، چندان غرقه راز و نیاز با خدایش می‌گشت، که از آنچه که در پیرامونش می‌گذشت، سخت غافل می‌ماند. پس، برای عاص و حارث و یارانشان، نیکوترین مجال پیش آمده بود تا خوارش سازند، و با او چنان کنند که از آن پس، آن‌سان در برابر آیین ایشانْ گستاخی نکند.....

برده جوان، با شکنبه بزرگِ انباشته از آلودگی شتر، از راه رسید.

- تازه نحرش کرده بودند، که من رسیدم.

چنان بود که او می‌گفت: بخاری گرم که از شکنبه و آنچه اندرونش بود برمی‌خاست و بوی ناخوشی که از آن در هوا می‌پراکند، آشکارا نشان از آن داشت که شکنبه، لحظه‌هایی پیش از شکم شتر به در آورده شده بود.

تا مجال از کف نرود، عاص، برده‌اش را گفت: در پسِ بتی در نزدیک محمد نهان می‌شوی، و چون او به سجده رفت، این شکنبه را چنان واژگون بر میان دو کتفش می‌نهی، که سر و تن او، بدان آلوده شود.

برده، با شنیدن این فرمان، لختی به اندیشه اندر شد؛ و نا از زانوانش رفت. چه، هر چند با محمد آشنایی یا بدو دلبستگی نداشت، لیک دشمن او نیز بود. بل، چون نیک اندیشه می‌کرد، و می‌دید که صاحبش و دیگر دارایان قریش، آن سان از سخنان این یکّه مردِ نیکو سیما به هراس اندر شده بودند، چونان دیگر بردگان، در دل، احساس سبکی و سرور می‌کرد. با این‌رو، چه سان می‌توانست از فرمان سَرور خود، سر برتابد!

عاص، چون درنگ برده خویش را دید، خشمناک به او نگریست. همین نگاه شرربار، چنان بر دل برده جوان بیم افکند، که بی‌هیچ سخن، به جانب محمد روان شد.

پیامبر، تازه پیشانی بر زمین نهاده بود که ناگاه چیزی سنگین و خیس و گرم، بر میان دو کتف خویش احساس کرد؛ و بویی تند و ناخوش، در بینی‌اش پیچید. دیگر، صدای گامهایی شتابناک را شنید، که دور می‌شد.

چون سر از سجده برداشت، آن چیز بر زمین افتاد و لیزابه‌ای بویناک بر پشتش دوید و جامه‌اش را آلود. در اینگاه، صداهایی شنید، که به مسخرگی و لودگی، به قهقهه فراز شده بودند.

پیامبر، نماز را به پایان برد و به آن سو که صدا از آنجا شنیده بود روی گردانید: همان عاص وائل و حارثِ قیس و آن چند تن دیگر بودند که چندی پیش با ایشانَ سخن گفته بود.

نگاه پیامبر چُنان تند بود، که خنده را بر لبان ایشان خشکانید.

رسول خدا، دل شکسته، از زمین برخاست. بددل، سرگینها را از پشت خویش تکانید؛ عبا را از زمین برگرفت، و تند ـ بدان گونه که پیشتر، از او دیده نشده بود ـ راهِ بیرونِ حرم را در پیش گرفت.

دلتنگی و خشمش به اوج رسیده بود. چنین می‌دید که شکیبایی بسیارش در برابر آزارها و بدزبانی‌های قوم، بیشتر از آنکه دل ایشان را با وی نرم سازد و مهیّای پذیرش دعوت او کند، هر روز گستاخترشان می‌ساخت. تا بدانجا که، اینک، در حرم امن کعبه، با او چُنین کرده بودند!

در ابتدا، به این بسنده می‌کردند که با او سخن گویند و جَدَل در میان آورند؛ یا در نهان و آشکار، مسخره‌اش کنند. پس، چون پشتیبانی بوطالب و خاندان هاشم از وی فزونی گرفت و دیدند که کشتن او شدنی نیست، نادانان و سبکسران و سبک مغزان قوم را برگماشتند، تا با زبان

برنجانندش؛ گاهی دروغزنش خواندند؛ گاه به شاعری نسبتش دادند؛ روزی گفتند که جادوگر است، و دیگر روز، دیوانه‌اش نامیدند. پیامبر، جمله اینها را می‌شنید و بر خود نمی‌گرفت. جز آنکه یاران خویش را فرمود تا به گاه نیاز، ایشان نیز با زبان، رو در روی آنان بایستند.

پس، کار، از این نیز دشوارتر شد. تا که، چون از سرای به در می‌شد، بر هر که از قوم می‌گذشت ـ از کوچک و بزرگ و آزاد و برده ـ به دیدار وی روی تُرش می‌ساختند و گاه نیز دشنامش می‌دادند و نارواها به او می‌بستند. یا کودکان را بر سر راهش وا می‌داشتند، تا سویش سنگ بیفکنند. و بسا که، از ضربه‌های سنگهای ایشان، زخمدار می‌شد و خون از سر و روی و تنش روان می‌گشت.

در این حال، هرچند از کارهای آنان رنجشی عظیم بر تن و دل او وارد می‌شد، لیک شکیبایی پیشه می‌ساخت و درد و غم خویش را در دل نهان می‌داشت؛ تا آنگاه که سوی سرای خود باز می‌گشت و خدیجه، چونان مادری مهربان، بر زخمهایش مرهم می‌نهاد و جامه‌اش را می‌شست و غبار از سر و رویش می‌گرفت و با کلامی شیرین، دلداری‌اش می‌داد:

«ـ ای ابالقاسم؛ چندین خویشتن را برای نادانی و کینه‌توزی این قوم مرنجان، که هر که این جایگاه را که تو یافته‌ای می‌یافت، بر وی رشک می‌بردند و آنچه را که می‌گفت دروغ می‌انگاشتند و در بندِ ستیز با او و رنجانیدنش می‌شدند. لیک، تو دل خوش می‌دار، که زود باشد تا پروردگار، یاریِ کیش خویش کند و دشمنانِ تو را زبون سازد و قوم را در زیر فرمان تو آورد.»

اینک اما، کار از آن فراتر رفته بود که شکیبایی و سکوت، چاره آن باشد.

پیامبر، به ناگاه، خویشتن را در برابر سرای درویشانه عمو یافت. زود، کوبه چوبی در را به صدا درآورد.

ـ کیست؟

صدا، از زن عموی مهربانش، فاطمه اَسَد، بود.

پیامبر، نام خویش را بر زبان برد. همراه، صدای فاطمه و بوطالب، از درون به گوشش رسید، که شادمان، به سرای اندرش می‌خواندند.

پیامبر، نام پروردگار را بر زبان راند و از سر درِ کوتاهِ سرای، به حیاط

ورود کرد.

بوطالب، تکیه بر پشتی‌ای کوچک، بر زیراندازی حصیری، در ایوانِ اتاق نشیمن، نشسته بود. پیامبر، بر او و زن عمو درود فرستاد. ایشان نیز، گرم، پاسخش گفتند. لیک، بوطالب، از آهنگ کلام و خطهای در هم سیمای برادرزاده دریافت که او بر حال خویش نیست. پس، چون دید که عبا بر دوش نیفکنده است، این گمان در وی شدت گرفت.

- ها؛ چه شده است، ای برادرزاده‌ام؟ گویی حال تو خوش نیست؟

- ای عمو؛ آمده‌ام تا بپرسم که جایگاه من در میان شما، چیست؟

بوطالب، شگفتی زده از آهنگ کلام و سخن او، پرسید: از چه‌رو چنین می‌پرسی، ای برادرزاده من؟

پیامبر، همان پرسش پیشین را، این بار به گونه‌ای دیگر، باز گفت: در میان شما، آیا من هیچ جایگاهی دارم، ای عمو؟

ته لرزه‌ای در صدای صاف و رسایش بود، که دل را در سینه مهربان بوطالب به لرزه درآورد.

- بی‌پرده‌تر سخن بگو، ای پسرم! بر تو چه پیش آمد کرده است؟

پیامبر، بغض‌آلود، روی چرخانید و پشتِ آلوده جامه خویش را به عمو باز نمود.

بوطالب از جای برجست و گویی به آنچه که می‌دید باورش نبود، از پسِ چندبار پلک زدن، خشمگین، پرسید: که...؟

گویی بادِ خشم چنان در گلویش افتاده بود که یارای گفتن کلامی از آن بیش را در وی نگذاشته بود.

- عاص وائل و حارث قیس سهمی و تنی چند از خویشان ایشان!

- طالب...! به کجاست این طالب؟!

طالب، شتابان از بام سرای به زیر آمد. او، به دیدار پیامبر، وی را وقت خوش گفت و پاسخ شنید.

- بله، ای پدر! با مَنَت آیا کاری بود؟

بوطالب، که اینک در کار پوشیدن ردا و بستن دستار بر سر خویش بود، گفت: در وقت، عمویت، حمزه، را می‌یابی و با خویش به حرم می‌آوری.

لحنش چندان بُرّا و خشماگین بود، که طالب بر خویش روا ندید در

آن لحظه، از چند و چون ماجرا و سبب آن کار پرسد.

- چنین خواهم کرد، ای پدر!

پس، تند، روانه کوچه شد. در پی او، بوطالب، که اینک شمشیر بر کمر آویخته و عبا بر دوش کشیده بود، روانه کوچه شد. پیامبر نیز، بی‌هیچ کلام، همراه او روان گشت.

بوطالب، چندان پرشتاب راه می‌سپرد و کوچه‌های سنگلاخ و شیبدار مسیر را از زیر پاگذر می‌داد، که گاه پیامبر، از همگامی با او، درمی‌ماند. نیز، بدان مایه گرفته و درهم بود، که به راه اندر، وقت خوش و دیگر تهنیتهای تنی چند از مردان و زنان را نشنید، یا ناشنیده گرفت.

عمو و برادرزاده، در سکوتی سنگین و بی بر لب راندن هیچ کلام، دقیقه‌هایی دیگر، در حرم بودند.

عاص و حارث و همراهان، هنوز از حرم نرفته بودند. بوطالب با نگاهی پرشتاب به این و آن سو، ایشان را یافت و چونان بازی که بر سرِ شکار خویش فرو می‌آید، سویشان شتافت.

به دیدار این حالت او، رنگ از رخسار جمله آنان پرید؛ و دستان و پاهای برده‌ای که آن کار را کرده بود چنان به لرزه درآمد که گویی او را لرزه مرگ فرا گرفته بود.

عاص و حارث بر آن شدند تا به بزرگداشتِ بزرگِ قبیله و هم به قصد چیرگی بر ترسِ خواری آوری که بر دلهایشان افتاده بود، از جای برخیزند. لیک، ناگاهِ بوطالب، با حرکتی تند که از مردی با آن سال و عمر شگفت می‌نمود، بالِ عبا را به یک سو زد؛ پُر صدا، شمشیر را از نیام کشید، و دست و شمشیر را بر فراز سر آن گروه گرفت و چون تندر غرید: هیچ‌کس از جای خویش نجنبد!

در همینگاه، طالب، با حمزه، از راه رسید. به دیدار پیکر درشت و پهلوانی حمزه، هراس آن جمع، دو چندان شد. عاص، ناً از دست و پا رفته، خواست تا سخنی گوید؛ که بوطالب فریاد برآورد: خاموش، ای عاص! به خدای کعبه سوگند، که هر که لب به سخن گشاید، با این شمشیر، گردنش را خواهم زد!

آنگاه، رو سوی طالب، گفت: آن شکنبه را با جمله سرگینهای درونش، به اینجا بیاور.

نگاه طالب، پُرسشبار بود. چه، پدرش، از بسیاریِ خشم، از یاد برده بود که جای افتادن شکنبه را بر او روشن سازد. به دریافت این حالت او، پیامبر با دست، آن بخش از حرم را که شکنبه هنوز بر آن افتاده بود به وی باز نمود.

طالب، چالاک بدان سو دوید و شکنبه را از زمین برگرفت و سوی ایشان بازگشت.

حمزه، که بی‌هیچ سخن، اندیشناک به این صحنه می‌نگریست، تازه دریافت که چه رخ نموده که برادر شکیبای او را به این پایه از خشم رسانیده است. پس، رفته رفته، شراره‌های خشم، از دیدگان نافذش جستن گرفت. در اینگاه، بوطالب، گویی تازه برادر خویش را دیده باشد، گفت: اینک ای حمزه؛ با این سبکسران گستاخ آن کن که با برادرزاده تو کرده‌اند: این شکنبه را با سرگینهای آن بگیر و بر ریش و سرِ یک یکِ اینان بمال.

حمزه، پرسشبار، بوطالب را نگریست. نخست گمان نمی‌برد که این فرمان او، به جد باشد. لیک، دیدار نگاه بی‌گذشت و راسخ پیرمرد، بر آنش داشت تاّ پا پیش نهد و آنچه را که او گفته بود، به انجام رسانَد.

پیامبر هر چند از آن گروه دلش پردرد بود، لیک تاب دیدار آن اندازه پستی و زبونی ایشان را در خویش ندید. از این رو، به دیگر سو روی چرخانید، تا پذیرش آن مایه خواری را، بر آنان، اندکی آسانتر سازد. تا آنگاه که شنید، یکی از ایشان، با لرزه‌ای از بغض در صدا، گفت: ای پسرعمو؛ همین را که بر ما روا داشتی، بس است!

حمزه، خسته اما خرسند، سوار بر اسب چابک عربی خویش، از شکار باز می‌گشت. از پسِ روزها و روزها کار، این دو روز اسب‌تازی در پی شکار در کوههایِ پیرامونِ شهر، جانش را تازه ساخته بود؛ و اینک مهیّایِ آن بود تا دیگربارَ، روزهایی بسیار، در پی کسب و کار خویش باشد.

او نیز هر چند چون بیشتر مردان قریش، اغلب از راهِ ستد و دادِ کالا روزگار می‌گذرانید، لیک، بَا ایشان فرقی بزرگ داشت: حمزه، جمله وقت و زندگانی خویش را بر سرِ کار و مال‌اندوزی ننهاده بود. نخست آنکه، چونان بیشتر آنان، مال‌پرستی و انباشتن سرمایه را پیشه خویش نساخته بود. او، در آن مایه به مال بها می‌داد که نیاز زندگانی روزانه خود را برآورد. پس، چون درآمدش به این پایه می‌رسید، خرسند می‌شد؛ و مانده وقتهای خویش را در ورزش و پهلوانی و شکار – که بسیار دلبسته آنها بود – می‌گذرانید. دو دیگر آنکه: همین پایبندی و گِروش او به این کارها، از افتادن در گِرداب بسیاری تباهیها و زشتیهای مرسوم زمانه بازش داشته بود. او با آنکه به سیما و قواره و نیرو و خاندانْ سرآمدِ مردان شهر بود، به دو زن بسنده کرده بود؛ و از ایشان نیز به سه فرزند. پسر خویش، یَعلی را نیز چنان پرورده بود، که همچون خودش، دلبسته ورزش و شکار بود؛ و اغلب، چون پدر عزم شکار می‌کرد، با او همراه می‌شد. اسب سَمَندِ، سرخوش از دو روزی که در طبیعتِ بهاریِ پیرامونِ

شهر تاخته بود، اینک، سر به جانب راست کج ساخته، نرم و بی‌شتاب، کوچه‌های پهن ابتدای شهر را از زیر پا گذر می‌داد. مکه، از پی بارش باران تند نیمروزی، اینک هوایی بس لَطیف داشت. بوی نم و خاک باران خورده، در فضا موج می‌زد، و در پیکر خسته سوار و مرکب، سستی‌ای شیرین و خواب‌آور پدید می‌آورد. لیک، اسب، آشنای خویِ سوار خویش، آگاه بود که هنوز گاه آسودن فرا نرسیده است: نخست می‌بایست روانه حرم می‌شدند، تا حمزه، به شیوه همیشه خویش، طوافِ هفت‌باره بر گرد کعبه را به جای می‌آورد. آنگاه مردان قوم که به گذرانِ عصر و شامگاه خود در حرم گرد آمده بودند او را سوی حلقه‌های خویش فرا می‌خواندند، تا ایشان را ماجراهای شکار تازه خویش - به شرح - باز گوید. پس، آنان نیز، از آنچه که در شهر رخ داده بود، حمزه را آگاه می‌ساختند. تا آنگاه که شب، خیمه سیاه خویش را بر فراز شهر می‌افراشت، و مردمان، یک‌یک و چند چند، راه سراهای خود را در پیش می‌گرفتند.

- ای بویعلی...!

صدا، از زنی کهنسال بود. حمزه، افسار کشید، و اسب را از رفتن باز ایستانید و سر سوی صدا چرخانید.

- لختی درنگ کن، ای جهان پهلوان!

آری؛ صدا از پیرزنی کوتاه قامت و خُرد جثه بود. زن، جامه‌ای کهنه و رنگ باخته از آفتاب بر تن داشت؛ و اشک‌ریزان، از سوی درِ سرایی بر بلندای کوهکِ صفا، به جانب او می‌آمد.

حمزه، به دیدار این حالت، اندیشید که آن زن، ستمدیده‌ای مستمند است، و به دادخواهی رو سوی او کرده است. چه، از این‌گونه کسان گاه به نزدش می‌آمدند، و او، بیش و کم، خواسته ایشان را روا می‌داشت.

- ای زن؛ کیستی، و بر تو چه رفته است؟

زن پیشتر آمد. یک - دو گام مانده تا اسب، ایستاد؛ و بغض در گلو، گفت: من، کنیزی از کنیزان عبدالله جُدعانم؛ که سرایش بر سر همین گذرگاه است. ای جوانمرد؛ بر من هیچ نرفته است. گریه من بر برادرزاده تو، امین، است.

حمزه، به شنیدن این سخن، تند پا از رکاب بیرون کشید و از اسب به زیر آمد. در این کار چندان شتاب به خرج داد که پایش بر سر آهوی

شکاری‌ای که بر تَرک اسب بسته بود خورد، و شکار به یک سو آویزان شد.

حمزه، بی‌توجه، دهانه اسب را رها ساخت و با هر دو دستِ شانه‌های استخوانی پیرزن را گرفت و پرسید: ابالقاسم...؟ برای او چه پیش آمده است؟

- چه بگویم ای حمزه؛ که بوحَکَم، امروز با او چه کرد! کاش خود در اینجا می‌بودی و می‌دیدی که امین از دست او چه کشید!

- چه کرد...؟ در کجا...؟

- آنچه از سخنان زشت و دشنامها که می‌دانست، امین را و آیین او را گفت. به این نیز بسنده نکرد؛ و با سنگی بر سر او کوفت، تا خون از آن جاری شد.

- ... و برادرزاده‌ام...؟ او در پاسخش چه کرد؟

- هیچ...! آشکار بود که عظیم رنجیده بود. لیک، نه دشنامهای او را پاسخی گفت و نه به سنگ زدنش. تنها دیدم که دستمالی بر زخم سر نهاد؛ و چون عمرو مردمان را از گرد او پراکند، روانه سرای اَرْقَم شَدَ.

- چگونه چُنین شد، ای زن؟

اینک صدایش با لرزشی آشکار از خشمی هر دم فزاینده، همراه بود.

- هیچ...! من، به گاهِ آغازِ این ماجرا، به کار روفتن رو به روی در سرای سروَرم بودم؛ و آنچه را که رخ داد، از ابتدا، دیدم: نخست، ابالقاسم آیستاده بود و گروهی از مردمان - از مرد و زن و کودک - گرد وی بودند و او ایشان را از آیین خویش می‌گفت. تا ناگاه، عمرو هشام و تنی چند از دیگر مردان بنی‌مخزوم، از راه رسیدند. عمرو خواست تا مردم را از گرد امین بپراکند. لیک، چون مردم را دید که همچنان ایستاده بودند، خرده‌گیری بر کیش امین را آغاز کرد، و او را و آیین او را، آن دشنامهای سخت داد. چندان، که از شنیدن آن سخنان، رنگِ روی برادرزاده‌ات، نخست سرخ شد و سپس رو سوی تیرگی نهاد. او اما، لب گزید و دشنامهای عمرو را پاسخ نگفت. تا.....

- اینک این عمرو در کجاست؟

- با یارانش روانه حرم شد، ای جهان پهلوان!

حمزه، از آن بیش نایستاد تا بَسله سخن پیرزن را شنود. ناگاه پیکر

چون کوهش چونان اسپندی افتاده بر آتش از جای برجست، و در پلک برهم‌زدنی، به جانب اسبش که اینک در گوشه‌ای از کوچه، بوته علفی یافته بود و به کارِ درآوردن آن از زمین بود خیز برد و بر آن جست و در آن شیب تند کُوچه، حیوان را به تازش درآورد.

چه سان عمروهشام - آن سبکسرِ شتر کینه - این‌گونه گستاخ شده بود! با آنکه حمزه - شیرمردی که جمله مکیان بزرگش می‌داشتند و از هیبت و شکوه او ترسان بودند - عموی ابالقاسم بود، چونان عمرو کسی، چگونه در خویش این جسارت را یافته بود که در برابر دیگران، با وی چنین کند؟! مردمان آیا نمی‌گفتند که او چگونه پهلوانِ شیر شکاری است، که با بودنش، با برادرزاده وی چنین می‌کنند؟!

ابالقاسم، جز آنکه برادرزاده حمزه بود، مادرش با هاله - مادر حمزه - دخترعمو بود. افزون بر آن، او بر گردن حمزه، حق برادری داشت. چه، به گاه شیرخوارگی، کنیز بولهب - ثُوَیْبَه - چندی حمزه و سپس محمد را شیر داده بود. از همین رو، آن دو، برادر شیری نیز بودند. پس، با آنکه حمزه دو سالی از محمد بیش داشت، آن دو، به روزگار کودکی، همبازی و دوست بودند. حمزه نیز چونان محمد، در کودکی پدر از کف داده بود و در سایه دیگر پسران عبدالمطلب بالیده بود. حمزه نیک در خاطر داشت که چون پدرش، عبدالمطلب، از جهان بیرون شد، گویی محمد نیز همچون او، یتیم شد. اینها و آن خویِ خوشِ محمد، از همان خردی، در میان ایشان پیوندی بس فراتر از عمویی و برادرزادگی برقرار ساخته بود. اینک عمرو...!

بر حمزه آشکار بود که کینه عمرو با محمد، نه جمله بر سر خدایان و آیین پدران بود. چه، پیش از آن نیز که برادرزاده‌اش این آیین نو را آورد، عمرو، کینه او را در دل داشت و سخت بر وی رشک می‌برد.

نخست در آن سفر بازرگانی به شام بود، که محمد، کاروانسالار خدیجه بود و بازرگانان بنی‌هاشم نیز او را به سالاری کاروان خویش برگزیدند. پس، چون خدیجه با آن مایه دارایی و خواهنده، از پیِ آنکه جمله خواستاران خویش - از جمله، عمرو - را پاسخ به رد داده بود، به ناگاه، خود خواستار محمد شد، این کینه و رشک، در عمرو ژرفا گرفت. تا بدانجا که پیوسته در کمین محمد بود تا به هر بهانه و در هر مجال، زهر کینه خویش را در کام او فرو ریزد. لیک، بیم او از مردان بنی‌هاشم، خاصه

بوطالب و حمزه، از اینکه در این کار بسیار پیش رود، بازش داشته بود. اینک اما، که محمد این آیین نو را آورده بود، و از بنی‌هاشم، اغلب، در آن، پیروی وی نکرده بودند، گویی در دل عمرو این طمع بیدار گشته بود که شاید پشتیبانی ایشان از محمد کاستی گرفته، و گاهِ آن رسیده است که او دیگر بار، بر این رقیب دیرین بتازد و کام تلخ خویش را شیرین سازد. غافل که، حمزه تا بر زمین بود، به او رخصت این کار را نمی‌داد.

حمزه، از ابتدای جوانی -بل، نوجوانی -خویش، پیوسته یاور ستمدیدگان و دادستان ناتوانان و تکیه‌گاه درماندگان - از هر خاندان و قوم و قبیله - بود. اینک، او چه سان تاب پذیرش این خواری را می‌آورد که مردمانی از دیگر خاندانها، برادرزاده، برادر، دوست و همبازی‌اش را با سنگ بزنند و وی را سخنان زشت گویند، و او آرام نشیند!

از اینها فراتر، دشنام بر محمد، دشنام بر جمله خاندان او - بنی‌هاشم - بود. در نزدِ عرب، دشنام نه تنها چند کلام بود که گاهِ خشم، بر زبانی جاری می‌گشت و چونان بادی در هوا رها می‌شد و چندی دیگر ناپدید شدن می‌گرفت؛ تا آنکه از آن، هیچ اثر و نشان نمی‌ماند و به فراموشی سپرده می‌شد. هر کلمه، روح و شخصیّت و زندگانی‌ای داشت: نیک یا بد؛ زشت یا زیبا؛ پست یا بالا. چون با زبان یا قلمی زاده می‌شد، در ذهنها مجسم می‌گشت و چهره واقعیت بر خویش می‌گرفت. پس، زیستِ دراز خویش - زیستی گاه درازتر از عمر گوینده خود - را پی می‌گرفت. راهِ خویش را از میان ذهنها می‌گشود و در مسیر سالیان می‌رفت و در آیینه اندیشه‌ها و از راه دیگر زبانها و قلمها، بسیار و بسیارتر می‌شد. می‌زاد و می‌زایانید، و گاه نیز چهره‌هایی نو می‌یافت. می‌ساخت یا ویران می‌کرد. می‌کشت یا زندگانی می‌بخشید. زبون می‌کرد و فراز می‌برد.....

«به حرم اندر، در رواق بنی‌مخزوم، بر گرد عمرو نشسته بودیم و به گفتار او پیرامون آنچه که ساعتی پیش با محمد کرده بود گوش سپرده بودیم و گاه، بلند می‌خندیدیم؛ که ناگاه دیدیم همهمه حرم، اندکی فروکش کرد. پس، عمرو را دیدیم که از گفت باز ایستاد و نگاهش رو سوی درِ بنی‌هاشم، خیره ماند. آنگاه، آشکارا، سرخی از گونه‌اش پرید و نرم نرم، رنگش، چون کاه، زرد شدن گرفت.

من، شگفتی‌زده و بیمناک، رَدِ نگاه او را پی گرفتم، تا دانستم که حال

عمرو از چه رو، دیگرگون شده بود: شیرِ شیرشکار مکه، که شنیدن نامش نیز بر پشت گردنکشان شهر لرزه می‌افکند، با حالتی که کسی پیشتر، از او ندیده بود، سوی ما روان بود.

پیاده بود. لیک، آشکار بود که یکسره از شکار می‌آمد و اسبش را در بیرون حرم بسته بود. بالاپوشی از پوست شیر بر تن داشت و کلاهی از همان، بر سر. با کمربندی پهن و زعفرانی رنگ از چرم، تن‌پوش را بر تن استوار ساخته بود، و چکمه‌هایی بلند از چرمی به همان رنگ بر پای داشت. بر کمربندش شمشیری با نیام نقره‌گون آویخته بود و در زیر آن کمربند، خنجری شامی، در غلاف بود. بر پسِ کتف چپش، تیردانی با چند تیر، قرار داشت. آن سان، که چون از روبه‌رو می‌نگریستی‌اش، انتهای پَر دار تیرها، از فراز شانه‌اش نمایان بود. دیگر، کمان بلندش بود، که بر پشت حَمایل کرده بود.»

حمزه، چشم و چراغ نه تنها بنی‌هاشم، که جمله قریش بود. او با آن قامت میانه که به بلندی می‌زد و آن اندام درشت (سینه فراخ، بازوان ستبر - که از روی جامه نیز پیچیدگی‌شان نیک آشکار بود - سرشانه‌های پر و گردن ورزیده افراخته)، بر مثال شکوهمندترین تندیسها بود که برخی قبیله‌ها از خدای جنگ خویش می‌ساختند. یا آنکه این پندار بر ذهن چیره می‌شد که شاید آن سازندگان، تندیسهای خویش را از روی او ساخته بودند.

چنان پیش می‌آمد که گویی زمین حرم در زیر گامهایش می‌لرزید. به هیچیک از آن کسان که بر سر راهش قرار می‌گرفتند، اعتنا نمی‌کرد. گویی جز نقطه‌ای که دیده بر آن دوخته بود، هیچ نمی‌دید. به دیدار آن سیمای درهم و تیره از خشم، جمله بینندگان یقین کردند که ماجرایی سختْ در کار رخ دادن است.

«حمزه، چون به رواق رسید، یکسر سوی عمرو رفت؛ و پیشتر تا به خود آییم یا مجال برخاستن از جای یابیم، به ناگاه کمان را از دوش برگرفت و فراز برد و تند بر سر عمرو فرو آورد. آنگاه، پهلوان خاندان خویش - عمرو - را دیدیم، که سیمایش از درد به هم برآمد و از شکافی بزرگ که در پیشانی او پدیدار گشته بود، خون بر چهره‌اش سرازیر شد. پس، حمزه، خشمناک، عمرو را گفت: تو پنداشته‌ای محمد بی‌پناه

است، که او را ناسزا می‌گویی و با سنگ می‌زنی!

در اینگاه، مردان قوم که رفته رفته خویشتن را باز می‌یافتند، از جای جستند و سر آن داشتند تا به پشتیبانی عمرو، بر حمزه بتازند. از آن سو، تنی چند از بنی‌هاشم که در حرم بودند، به پشتیبانی حمزه پا پیش نهادند. شگفتا اما، که عمرو، با آن مایه غرور، خویشان را از آن کار بازداشت؛ و خود نیز به آن ضربه حمزه، پاسخی نداد. بل، با صدایی پست، گفت: خطا از من بود. من برادرزاده او را دشنامهایی سخت گفتم.

چون جمله آرام گرفتند، پیری، با صدای لرزان گفت: ای حمزه؛ شاید تو نیز کیش نیاکان را رها ساخته، و به آیین برادرزاده‌ات درآمده‌ای، که این‌سان پشتیبانیِ وی می‌کنی؟!

این، همان بیم بود که بر دل عمرو نیز افتاده بود:

«مبادا ستیزه بسیار ما با محمد، سبب شود که حمزه، از سرِ غیرتِ خویشاوندی، به آیین اوَ درآید!»

چه، در آن حال، پیروان محمد، پشتیبانی بزرگ همچون حمزه می‌یافتند؛ و کار بر دشمنان ایشان، سخت دشوار می‌گشت. هم از این رو نیز بود که عمرو، خواریِ آن ضربه حمزه را بر خویش خریده بود و دَم بر نیاورده بود.

ـ چنین نیز اگر باشد، چه کس می‌تواند مرا از آن باز دارد!؟ حال آنکه راستیِ گفتار محمد، بر جمله مردمان آشکار است!

حمزه، از پیِ گفتن این سخن، صدا فراز ساخت:

ـ اینک نیزَ، آگاه باشید که من، تا امروز نیز اگر کیش او نگُزیده بودم، اکنون برگزیدم؛ و آنچه که او گوید، من نیز همان را می‌گویم.

پس، با صدایی رسا، که در حرم پیچید، افزود: گواهی می‌دهم که پروردگاری جز آفریدگار یگانه نیست؛ و محمد، فرستاده اوست....

عمار، به دیدار باریکه نوری که از رُوزنِ درِ آغل به درون می‌تابید، سَـــر از زمین برگرفت.

درد در سر تا سر تنش دوید. گویی پیکرش را در هاونی سنگی نهاده، و سخت کوفته بودند. زخمهایش نیز اینک، یک‌یک، به زُق زُق درآمده بودند. با تپش هر باره نبض، دردی کشنده در وجودش سرفراز می‌ساخت. پس، در فاصله میان زدن دو نبض، درد، اندکی فرو می‌کشید، تا با زده شدن نبض دیگر، با شدّتی بیشتر، خود بنماید.

عمار اندیشید که باز او در برابر پدرش، که اینک هفتاد سال از زندگانی وی سپری گشته بود، و مادرش، که او نیز پیرزنی رنجور بود و عمری نزدیک شصت داشت، تاب تحمل درد و سختی‌اش بس بیشتر است. هر چند او خود نیز دیگر عمری اندک نداشت.

خروسی از دوردست خواند. با شنیدن صدای آن، یاسر، در جا غلتی زد و ناله‌ای کرد.

از پسِ ساعتهای بسیار که در آن زندان بویناکِ سرایِ بوجهل، با بیداری و دردی سنگین سپری ساخته بود، تازه، خوابی کوتاه به سراغش آمده بود، که این صدا بیدارش کرد.

چه رؤیای خوشی بود اما...!؛ او بود، در دوران کودکی‌اش، و آن برادر کوچکترشان، که در جوانی، در سفری ناپدید گشت و دیگر سوی

کشورش - یَمَن - باز نیامد.... در باغی بزرگ، همچون باغهای بزرگ و سرسبز صَنْعا - بل از آنها زیباتر - سر در پی یکدیگر نهاده بودند و می‌دویدند و فریاد شادمانه‌شان، فضای باغ را انباشته بود.

دیدن این رؤیا، شوری در سر یاسر افکنده بود.

تعبیر این رؤیای شگفتِ شیرین چه بود؟ چه در کار رخ دادن بود که او، در این دورانَ دشوار که هر روز با همسر و دو پسر خویش پیوسته در زیر آزار و شکنجه طایفه بنی‌مخزوم بود و اندیشه هر شبش این که دیگر روز نیز آیا تاب شکیبایی در برابر این شکنجه‌ها را دارد، این‌گونه رؤیایی دیده بود؟

راستی....، آن برادرشان چه شده بود؟ از چه رو دیگر هیچ نشان از وی به دست نیامد؟....

یاسر به یاد ماجرای آن روز افتاد که تازه جوانی بود و با دو برادرش، مالک و حارث، با عزم یافتن آن برادرشان راهیِ مکه شده بودند.

آن روزگار، مکه قرار و قاعده‌ای بیش از امروز داشت. بزرگِ شهر، عبدالمطلب بود، و جمله مردمان، سر بر فرمانش داشتند. هم، برکت و نعمت در شهر بسیار بود. یاسر که خود از خانواده‌ای درویش از طایفه مُذْحَج از قبیله عَنَس بود، به دیدار آن فراخیِ روزی و رونق کار و کسب و نظم در این شهر، بر آن شده بود تا از آن پس، زاد بوم خویش را رها سازد و در آن شهر جایگیر شود. چه، هر چند در برابرَ یمن با آن مایه آب و سبزه و درخت و زیبایی طبیعت، مکه سنگستانی دلگیر بیش نمی‌نمود، لیک، از آن روزگار که حَبشیان بر سرزمین ایشان فرمانروایی یافته بودند - خاصه از آنگاه که ابرهه شاه یمن شده بود - رونق از بازرگانیِ آن و برکت و شادکامی از زندگانیِ مردم رفته بود. دست و دل هیچ کس سویِ کار نمی‌رفت. دوستی، مهر و راستی در میان مردمان کاستی گرفته بود و کینه، بدبینی، سخت‌دلی و نادرستی بر جای آن نشسته بود. هم از این‌رو، جوانانی که شور و شری در سر، و سودای زندگانی‌ای بهتر در دل داشتند، راهِ سرزمینهای دیگر را پیش می‌گرفتند و دیگر باز نمی‌گشتند. برادر یاسر نیز، با همین سودا کوچ کرده بود. تا آنکه یاسر هم، به دیدار مکه، راهِ برادر را در پیش گرفت و در این شهر ماند. آنگاه، چون به‌حجاز اندر، هیچ کس یکّه و بی‌قوم و قبیله، زیستن نمی‌توانست، او با بوحُذَیْفه -

از بزرگان بنی مخزوم - که مردی نیکنام بود، پیمان بست و در پناه او درآمد. و در این روزگار، جوانی بیست ساله بود.

چندی در دستگاه بوحذیفه بود. تا آنکه خوی و رفتار وی، پسندِ همپیمانش افتاد، و بوحذیفه، کنیزی از کنیزان خویش - نامش سُمَیّه - را به زنی به وی داد....

یاسر، آهی از بُن دل کشید و به تقدیر خویش اندیشه کرد: پنجاه سال عمر خویش را در اَین سنگستان سوزان سپری ساخته بود تا اینک چونان بوجهل کسی، او و همسر و دو فرزندش را همچون چارپایان در آغل افکنَد و با ایشان، آنچه که خواهد، کند؟!

- پسرم، ای عمار؛ بیداری؟

- آری، ای پدر!

- سویِ دیدگان من کاستی گرفته است. بنگر، آیا گاه نماز بامداد نرسیده است؟

- رسیده است، ای پدر. چندی است که سپیده بردمیده است.

یاسر به جانب همسرش، که آن سوتر، دو دست لاغر و خشکیده را بر زیر سر بالش ساخته بود، چرخید.

- بیداری، ای سمیه؟

پیرزن، از فشار تب، تا اینگاه خواب بر خود ندیده بود. لیک، تا در دل دردمند شوی و پسرانش از آن بیش تشویش نیفکند، از آن، چیزی نگفت. تنها با صدایی که از شدت بیماریْ دشوار به گوش می‌رسید، گفت: آری، ای بوعمار؛ بیدارم.

- و تو، ای عبدالله...؟

- بله، ای پدر؛ من نیز بیدارم.

- این کافر که به ما آبی برای ساختن وضو نمی‌دهد. پس، برخیزید تا تَیممی کنیم و نماز بامداد را بگزاریم.

یک یک، بر دیوار گلین طویله، تیمم کردند. آنگاه، یاسر در پیش ایستاد و پسرانش، گامی پَستر، در دو سوی او ایستادند. لیک، سمیه در پس پشت ایشان نشست. چه، نای ایستادنش نبود.

- خدای یگانه برتر، بزرگتر است....

با پایان گرفتن نماز، سمیه، در همانجا که نشسته بود بر زمین دراز

کشید. عمار، به دیدار این حالت، به جانب مادر رفت و سرش را بر زانو گرفت.

- تب داری، ای مادر؟

- غم مخور، ای پسرم.

چه مایه شکیبا بود این زن! ایمان ژرف و آن تسلاهای پیامبر اگر نبود، شاید ایشان این اندازه شکیبایی و خویشتنداری نمی‌توانستند. در این میانه اما، آن مایه آزار که سمیه دیده بود، عمار و برادر و پدرش ندیده بودند. چه، از ایشان، تنها سمیه برده بود. و چون بزرگانِ هر قوم شکنجه و آزارِ مسلمانانِ تیره خویش را آغاز کردند، نخستین کس از این خانواده که در زیر شکنجه رفت، همین سمیه بود.

در آن روزها، عمار و برادر و پدرش می‌دیدند که چه سان بوجهل، هر روز به چند نوبت، به سرای عمویش، بوحذیفه، می‌آمد، و با تازیانه، چندان بر سر و تن این پیرزن نحیف می‌کوفت تا خون از جای تازیانه‌ها روان می‌شد؛ و گاه نیز، سمیه، از شدت درد، از هوش می‌رفت. لیک، از ایشان هیچ کار برنمی‌آمد. چه، سمیه کنیز بوحذیفه بود؛ و بوحذیفه نیز در فشار قوم، وی را در اختیار ایشان نهاده بود تا با او آنچه که می‌خواستند کنند؛ شاید که دست از پیروی محمد بشوید.

در آن دوران، روزی عمار، دلخون از این ماجرا، نزد پیامبر رفته بود تا شاید او گشایشی در کار مادرش پدید آورد.

«- ای رسول خدا؛ مادرم را سخت شکنجه می‌دهند و حال او بسیار بد است.»

پیامبر گفته بود: «شکیبا باش، ای عمار!»

سپس، دست سوی آسمان فراز ساخته، و گفته بود: «بار خدایا؛ از خاندان یاسر، هیچ‌کس را به آتش دوزخ عذاب مکن!»

آنگاه، عمار، از آنکه شکایت نزد رسول خدا برده بود، سخت شرمگین گشته بود. چه، آگاه بود که این تنها مادر او نبود که اسیر شکنجه و آزار مشرکان و کافران بود. جمله آن بردگان که اسلام آورده بودند، گرفتار آزار صاحبان خویش بودند. و رسول خدا مگر خود پیوسته در معرض آزار دشمنان نبود!؟ نیز، عمار اگر تنها اندوه مادر خویش را داشت، پیامبر غم جمله مسلمانان را می‌خورد.

اینک امّا، آیا این پیرزنِ رنجور، در برابر آن شکنجه‌های دردناک تاب می‌آورد...؟

با تابش نخستین پرتوهای خورشید بامدادی از رُوزنهای در یک لنگه چوبی آغل به درون، جنب و جوش در سرا آغاز گشت. چون چندی گذشت، یکی از کنیزان، درِ آغل را گشود و برای هر یک از ایشان گِرده‌ای کوچک نانِ جو و جامی آب آورد. این، طعام ایشان تا شامگاه بود. پس، نمی‌بایست که از کَفش می‌دادند. از این رو، پدر و پسران، هرچند دشوار، نانِ خویش را خوردند. لیک، سمیه، یک ـ دو لقمه بیش نتوانست خورد.

واپسین لقمه هنوز از گلوی ایشان فرو نرفته بود که برده‌ای بلندقامت از بردگان بوجهل آمد و فرایشان خواند. آشکار شد که آن روز نیز ایشان را به محله بَطحاء، در بخش جنوبی مکه می‌بردند، و چون چند روز پیش، تا شامگاه شکنجه می‌کردند.

یاسر و عبدالله در پیش، و عمار، در آن حال که سنگینی مادر را بر خویش افکنده بود و دست در زیر بغل او داشت، در پی ایشان، روان شدند.

در کوچه، به دیدار بوجهل که باد در بینی افکنده بود و منتظر آنان بود، عمار گفت: مادرم بیمار و تب‌زده است، ای عمرو. یک امروز دست از آزار او بکش، تا اندکی بهبود یابد.

بوجهل، گویی خبری شادی‌آور شنیده باشد، قهقاهی بلند سر داد و گفت: از چه رو از خدای یکتای توانای محمد نمی‌خواهی تا شفایش دهد؟! عمار، از بیم آنکه بوجهل کلامی زشت درباره خدا و رسول او بر زبان راند، از آن بیش، هیچ نگفت.

پس، بوجهل، با تازیانه‌ای بلند در دست در پیش افتاد و آن چهار تن، در پی او روان شدند. دو برده درشت قواره سیاه حبشیِ بوجهل نیز ـ یکی بلند و دیگر کوتاه قامت ـ که نیمتنه‌هایشان برهنه بود و دامنی سرخرنگ، تا زیر زانوان، بر پای داشتند، با ابزارهای شکنجه در دست، در پی ایشان به راه افتادند....
به راه اندر هیچ نبود جز نگاه‌های خشم‌آلود و تهی از مهر و سخنان زهرآگین و سرزنشها و تمسخرهای کافران و مشرکان. گاه نیز که بر کودکانی که گرم بازی بودند گذر می‌کردند، سنگها بود که از سوی آنان

به جانبشان پرتاب می‌شد؛ و ایشان، تا سنگ بر سر و رویشان نخورَد، ناگزیر، دستان خویش را سپر می‌ساختند.

در میان تماشاییان، گاه مسلمانان نیز بودند؛ که غمگین و درمانده، آنان را می‌نگریستند، و جمله همدلی خویش را، با نگاهی، باز می‌نمودند....

به فرجام به دشت سنگلاخ شکنجه‌گاه رسیدند.

خورشید تابستانی هنوز به میانه آسمان نرسیده، زمین آن دشتِ برهنه، از گرما تافته بود. با یادکرد آن شکنجه‌های پیشین که در آن جای خشن دیده بودند، ناخواسته، هراسی شوم بر دلِ یک‌یکِ آن چهار تنْ هجوم برد و تپشِ قلبهایشان تندی گرفت. سپس، گویی زهری در رگانشان منتشر شده باشد، رمق از دستان و پاهایشان رفت، و به ناگاه، در زانوان خویش، لرزشی یافتند.

بوجهل، گویی از رنگهای پریده ایشان پی به حال درونشان برده باشد، با خنده‌ای از سرِ خوشی، گفت: هان...؟ چه می‌گویید...؟

یاسر، کوشا در پوشیدن احساس ناتوانی خود، گفت: از شرِ هر بدخواهِ ستمگر، به خدای پناه می‌بریم.

با شنیدن این کلام، بوجهل قهقهه‌ای مستانه سرداد و گفت: کدام خدای؟! همان که در این چند روز، این مایه یاری‌تان کرد؟! رو سوی بردگان خود، گفت: دستها و پاهای اینان را به این تیرها ببندید؛ که امروز، روزی دیگر است!

دو برده، چابک، پیش دویدند.

کارِ بستن، دقیقه‌هایی بیش به درازا نکشید. سپس، بوجهل، تازیانه در دست، پیش آمد.

ـ پیش از آنکه امروز کار شکنجه‌تان از سر گرفته شود، به شما مجالی می‌دهم تا دست از خیره‌سری بردارید، و با این کار، زندگانی و رهایی خویش را باز خرید: از این گمراهی که محمد در آن غرقه‌تان ساخته است به درآیید و سوی آیین نیاکانتان رو کنید. در برابر جمله مردم، خدای او و خودش را دشنام دهید و همچون گذشته، بر سرِ کار و زندگانی خویش باز روید.

پاسخش سکوت بود. یاسر، در آن حال که پشت بر تیرکِ چوبی فرو شده در زمین داشت و دستان و پاهایش با ریسمانی خشن بر تیرک بسته

شده بود، گفت: مرگ، از آن‌گونه زندگی که تو نویدش را می‌دهی، برای ما خوشتر است.

سمیه نیز که از شدت کشیده شدن دستانش به پشت، استخوانهای سینه لاغرش از زیر قبای گلدار ژنده‌اش بیرون جسته بود، به همراهیِ شوی، سر جنبانید.

بوجهل، عمار و عبدالله را نگریست: پاسخ آن دو نیز، جز سکوتی پرمعنا، هیچ نبود.

به دیدن این حالت، به ناگاه، بوجهل، از درون شکست و فرو ریخت. هر چند آنان اسیرِ دست او بودند، لیک در این چند روز، هر بار، این او بود که در برابرِ آن چهار تن به زانو درآمده بود. پس، با خشمی کور و از سرِ درماندگی به جانبشان هجوم برد و با تازیانه، بر سر و تن ایشان، کوفتَن آغاز کرد. می‌کوفت و دشنامهای زشت نثارشان می‌کرد. از آن‌گونه زدنش آشکار بود که در اینگاه، بیشتر تا در پی باز گردانیدن ایشان از کیششان باشد، قصد تهی ساختن انبانِ انباشته از خشم و کینه درونِ خویش را داشت.

ـ می‌کشمتان...! چندان بکوبمتان، تا جان از تنتان به در شود!... هم امروز کار خود را با شما یکسویه خواهم کرد.....

با همان ضربه‌های نخست، سمیه از حال رفته بود و سرِ ظریفش، بر سینه، آویخته مانده بود. حال یاسر نیز از او بهتر نبود. لیک، می‌کوشید تا فرو نشکند. کار عبدالله و عمار اما، دشوارتر بود. چه، نیروی بیشتر بدنی ایشان، از اینکه بیهوش شوند، مانع می‌شد. پس، آماج بیشترین ضربه‌ها قرار گرفته بودند. می‌گریستند و فریادهای دردآمیزشان را به بردن نام خدای و درخواست یاری از وی، بدل می‌ساختند.

ـ بار خدایا...؛ خود، تو به فریاد رس!.....

عمرو، از پس آن ضربه‌های پی‌درپی بی‌امان و آن فشار و التهاب درون، به ناگاه احساس فشردگی‌ای در قلبِ خود کرد. پس، نفس بریده، تازیانه را به جانبی افکند و به زیر آن سایبانی که در گوشه‌ای قرار داشت رفت و بر زیرانداز حصیری که تازه بردگانش برای او گسترده بودند، نشست.

عرق از سر و رویش جاری بود، و رنگش، از سرخی، اینک رو سوی

زردی نهاده بود.

دو برده، آن‌گونه که پیشتر او فرموده بود، در گوشه‌ای دور، به کارِ افروختن آتش در اجاقی سنگی بودند.

عمرو، نفس نفس‌زنان به روبه‌رو نگریست: چونان روزهای پیش، تنی چند از جوانان شهر، به دیدار شکنجه خاندان یاسر، گرد آمده بودند، و هر دم بر عده ایشان افزوده می‌شد. جمله، نجواکنان، تنهای نیمه جان و درهم مچاله آن چهار تن را می‌نگریستند. گویی از بیم خشم عمرو، جرأت نزدیکتر شدن یا سخن گفتن با صدای بلند را نمی‌کردَند. ناگاه از میانشان، مردی که تازه از راه رسیده بود، روانه میانه میدان شد و بی‌پروای عمرو، سوی تیرکهای چوبی رفت.

عمرو، به دیدار او و آن کارهایش، در جای خود، نیم‌خیز شد: محمد بود....!

پیامبر، بی‌آنکه سوی بوجهل بنگرد - گویی که اصلاً او نیست - با سیمایی غم‌گرفته، نگاهی بر آن چهار تن افکند. پس، به نوازش، دستی بر سر و روی عمار و یاسر و عبدالله کشید و دلجو، گفت: شکیبایی ورزید، ای خاندان یاسر؛ که وعده‌گاه شما بهشت است.

دو دست، سوی آسمان فراز ساخت و گفت: بار خدایا؛ استوارشان دار، و ایشان را پاداش نیکو ده!

سمیه، به دیدار پیامبر، گویی جانی تازه یافته باشد، سر فراز ساخت و - چندان که جمله تماشاییان شنوند - گفت: گواهی می‌دهم که تو فرستاده خدایی، و آنچه که نویدِ آن را می‌دهی، راست است!

پیامبر او را دعا کرد؛ و رفت.

با رفتن او، عمرو، که همچون جادوشدگان، بر نشستنگاه خویش بی‌جنبش مانده بود، ناگاه از جای برجست:

- بر زمین بخُسبانیدشان!

بردگان به جانب آنان رفتند؛ یک یک، طناب از دستهایشان گشودند؛ ایشان را، به پشت، بر زمین سنگیِ تفته به گرمایِ خورشیدِ سوزانِ تابستانی خواباندند، و دستان و پاهایشان را از چهارسو، بر چهار میخِ کوفته بر زمین بستند

- آتش...!

برده کوتاه قامت، به جانب اجاق شعله‌ور رفت؛ با اَنبری بلند که در کنار آن افتاده بود حَبّه‌ای بزرگ از آتش اجاق بر گرفت، و پیش آمد.

عمرو، با اشاره دست، سمیه را به او باز نمود:

- بر کف پایش بگذار.

از جوانان و نوجوانانی که اینک چهار سوی میدان را پر کرده بودند، برخی، ترسان، روی گردانیدند.

ناگاه، صدای فریاد بلند و کشدار سمیه، سکوت سنگین دشت را درید. در پی آن، صدای ضجه‌ای بلندتر و کشیده‌تر، از او برخاست؛ و بوی گوشت سوخته، در فضا پراکنده شد. پس، صدای هق‌هق دردآلود و از سرِ ناتوانی عمار و عبدالله برخاست.

سمیه، از هوش رفته بود. لیک، از کف پایش، هنوز، دودی تیره، نرم به هوا برمی‌شد.

یاسر، در حالی که اشک، چونان سیلاب، بر سیمای چروکیده پیرش می‌دوید و در میان انبوه ریشهای سپیدش گم می‌شد، بی‌صدا، همسر رنجدیده خویش را دعا می‌کرد.

عمرو، که اینک به کنار اسیران خویش آمده بود، آب خواست. برده کوتاه قامت، از کوزه‌ای که در زیر سایبان بود، در جام سفالی کنار آن آب ریخت و آن را به سرور خویش رسانید. عمرو، جام را گرفت و یکباره، آبِ خنک آن را بر سر و سینه سمیه پاشید. موج لرزه‌ای کوتاه در سر و شانه‌های زن پیر دوید، و سپس، دردآلود، پلک گشود.

بوجهل او را دشنامی زشت داد و افزود: امروز رهایت نمی‌کنم تا خدایان ما را به نیکی یاد کنی و از محمد به زشتی نام بری؛ یا اینکه کشته شوی.

سمیه، دیدگان بی‌رمق و تب‌زده خویش را در چشمان ریز شرربار و پرکینه بوجهل دوخت و به ناگاه، با صدایی بدان بلندی که در آن چند روز کسی از او نشنیده بود، فریاد زد: مرگ بر تو و بر خدایان تو باد، ای بوجهل!

همهمه در جمع تماشاییان افتاد. بوجهل، دیگربار، از حال خود به در شد. ناگاه پای راست را بالا برد و با جمله توان، بر شکم بر پشت چسبیده پیرزن کوفت. دیگر، در پلک برهم زدنی، خنجر را از غَلاف پَرِ شال به در

کشید و دو زانو را بر کنار سمیه بر زمین نهاد و دست خویش را با خنجر فراز برد و چند بار، پی‌درپی، خنجر را در زیر شکم او فرو کرد.

به دیدار این صحنه، تنی چند از خُردبچگان تماشایی، جیغ کشان، روی به گریز نهادند.

عمار و عبدالله، بهت‌زده، بر سیمای مادر خیره شده بودند؛ که از پسِ لرزشی تند، بی‌جنبش، به یک سو افتاد و دیدگانش، ثابت، بر نقطه‌ای خیره ماند.

یاسر، اشک‌ریزان، گفت: جملگی از خداییم و سوی او باز می‌گردیم. بهشت بر تو گوارا باد، ای شیرزن!

بوجهل، با زهرخنده‌ای، خنجر خونین را با آستین قبای سمیه پاک کرد؛ آن را در غلاف نهاد، و سوی یاسر آمد.

ـ اینک نوبت تو است، ای پیرِ کفتار! خود دیدی که عمرو، مرد مزاح نیست. یا آنچه را که از شما خواستم بازگوی، یا آنکه در انتظار سرنوشتی شومتر از همسرِ تیره‌بختِ خویش باش!

در چشمانِ سیاه نافذش، اینک، برقی حیوانی می‌درخشید.

ـ ای عمرو؛ بیهوده رنج خود و ما می‌دهی! چنین می‌پنداری که ما از مرگ در راه خدا می‌هراسیم؟! تو با آن کار، برای خویش دوزخ جاویدان را خریدی، و به آن پاک زن، افتخار شهادت را دادی. برای من مایه مباهات است که همسرم، نخستین شهید اسلام شد. برای تو نیز این ننگ بس، که نخستین کشنده مسلمانان شدی. کاش....

ـ بگیر، ای گمراه فرومایه!

بوجهل، چونان گرگی خشمگین، به جانب یاسر هجوم برد و رگبار لگدهای مرگبار خود را بر پهلو و شکم پیرمرد باریدن گرفت. لیک، تن رنجور یاسر، به آن مایه کوفتنْ نیاز نداشت. چه، با پنجمین لگد، نفس در سینه‌اش پیچید و برنیامد. پیرمرد، آن اندازه که پاها و دستان بسته به چهارمیخش رخصت می‌داد در خود مچاله شد؛ قاقی بلند کشید؛ چهره‌اش کبود شد، و دهانش نیمه باز ماند.

ـ سنگد...ل! نفرین شد...ه! مرگ بر تو! مرگ بر تو! مرگ بر تو!....

نعره بلند عبدالله بود که پی‌درپی در دشت می‌پیچید و تکرار می‌شد. بوجهل، خسته از آن تلاش بی‌امان، برده بلند قامت را گفت: چندان

تازیانه‌اش بزن تا آنکه بمیرد، یا آنچه را که ما خواستیم، بگوید.

رو سوی برده دیگر، افزود: و تو...! این یک را برهنه کن و زره بر او بپوشان!

بردگان، چنان کردند که او فرموده بود. پس، صفیر تازیانه بود که پیوسته هوا را می‌شکافت و بر پیکر برهنه عبدالله فرو می‌آمد و با هر ضربه آن، نعره‌های دردآلود جوانِ یاسر، دلهای تماشاییان را به درد می‌آورد.

خورشید در آسمان فراز شده بود و رفته‌رفته به میانه آن نزدیک می‌شد، که اندک اندک، شکنجه مرگبار و فرساینده عمار نیز آغاز گشت. زره پولادین، هر دم داغ و داغتر می‌شد و حلقه‌های آن، چونان رشته‌هایی گداخته، پوست و گوشت عمار را می‌سوزانید و در تنِ زخمی از شکنجه او، فرو می‌رفت.

عمار می‌کوشید تا در برابر بوجهل و مشرکان و کافرانی که به دیدار شکنجه ایشان گرد آمده بودند، ناتوانی از خویش نشان ندهد. هرچند خود نیز نیک آگاه بود که نگریستن و فریاد بر نیاوردن در برابر آن شکنجه‌های سهمگین، بیرون از تاب و توان هر انسان بود. لیک، در این میان، آنچه که از او برمی‌آمد این بود که شهادت دردبار مادر و پدر ستمدیده و آزار مرگبار برادرش و خود را تاب آورَد و به اندوه و درد کشنده مجال نَدهَدَ تا به زانویش درآورد و به خواست دشمنان خدا تن در دهد. پس، اشک را مجال می‌داد تا سیل آسا بر گونه‌های تکیده و آفتاب سوخته‌اش فرو ریزد. گاه نیز، از آنکه گریه‌اش به هق هقی بدل شود که به گوش دشمنان رسد، پرهیز نمی‌کرد. چه، رخصت این کارها را نیز اگر به خویش نمی‌داد، بیم آن بود که از بسیاریِ فشار، روان و تنش - هر دو - از هم بگسلند. نیزَ، در میان اشک و گریه و فریادهای بریده بریده، پیوسته بر دل و ذهن و زبان، یاد و نام خدای را جاری می‌کرد و به استواری و پایداری، از او یاری می‌جست.

عمار، در آن حال که دیدگان میشیِ گیرا و خوش حالت خویش را فرو بسته بود تا آفتاب تند، بینایی چشمانش را از میان نبرد، از آنچه که گهگاه - در مجال میان اندیشه‌های تلخ و دردهای تن و روان - از صداهای پیرامون می‌شنید، دریافت که گویی شدَّت گرفتن گرمای آفتاب، تماشاییان

را پراکَنده و سوی سایبانهای خنک یا سراهایشان روانه ساخته است. نیز،
برادرش، انگار در زیر ضربه‌های جانگداز تازیانه و گرمای آفتاب، از هوش
رفته بود. چه، اینک صدایی از او به گوش نمی‌رسید.

عمار، دغدغه‌مند حال برادر، دو پلک را از هم گشود و سر به جانب
او چرخانید:

شگفتا اما: از پس لحظه‌هایی پلک زدن، آنگاه که در زیر نور کورکننده
خورشید توانست روی برادر را ببیند، نشانی از زندگانی در آن نیافت.
خون، یکسر سینه و بازوان جوان و ورزیده او را پوشیده بود، و چهره‌اش،
به پهلو، بر خاک و سنگ سوزان افتاده بود. رگه‌ای باریک از خون دَلَمه
بسته، از گوشه لبان باریکش بر خاک سرازیر بود؛ و پلکانش، با آن مژگانِ
بلند زیبا، نیمه باز مانده بود.

عمار، از آن بیش هیچ ندید؛ و به ناگاه، از حال رفت.

این حالت او، از دید برده کوتاه قامتْ که اکنون چندی بود تازیانه را از
دست برده نخست گرفته بود و بی‌امان به کار کوفتن بر تن عبدالله بود،
دور نماند. برده، که با جمله انسش با گرما و آفتاب، اینک خود، از شدت
تابش خورشید بر سر و تن نیم برهنه‌اش سخت احساس گیجی و خستگی
می‌کرد، رو سوی عمرو، که جامی باده در دست، بر پشتی تکیه داشت،
گفت: سَرورم؛ چنین می‌پندارم که جان از تن هر دو، به در شده است.

عمرو، آرام و سست از گرما، گویی خبر مرگِ گوسپندی را شنیده
باشد، جام باده را به یک سو نهاد؛ باد بیزَن رنگ‌رنگِ بافته از برگ
درخت خرما را از زمین برگرفت، و بادِ خویش زنان، سوی برده آمد.

نخست عمار را نگریست.

ـ گمان نکنم که این مرده باشد.

هم، نمی‌بایست جمله افراد این خاندان، این‌سان می‌مردند. چه، چنین
اگر می‌شد، بی‌هیچ شک، عمرو در این قمار باخته بود، و پیروزِ راستین،
ایشان و پیروان محمد بودند. لیک، از آنان، یک تن نیز اگر می‌ماند و
از محمد و خدای او بیزاری می‌جست، فرجام کار، دیگر می‌شد. در این
میانه، سمیه و یاسر، هر چند تندرست و کارآ، لیک به هر رو، پیر یا در
آستانه کهنسالی بودند. عبدالله و عمار اما، جوان و به نیرو بودند. بویژه
عمار، با آن قامت بلند چهارشانه، هوش، کاردانی، درستکاری، و درون و

برون زیبا و پرکشش، سخت مورد دلبستگی عموی عمرو، بوحذیفه، بود.

- آب...!

برده بلندقامت، که دو دست بر سینه، منتظر، در گوشه‌ای از سایبان ایستاده بود، جامی آب خنک از کوزه آورد.

عمرو، جام را از او گرفت و آب آن را، به یکباره، بر سر و روی عمار پاشید. عمار، ناله‌ای کوتاه کرد و بی‌آنکه پلک بگشاید، اندکی سر خویش را جنباند. عمرو قهقهه‌ای کوتاه زد و گفت: آفرین بر تو...! هنوز زود است که تو بمیری! با تو کار بسیار دارم. آنگاه، به جانب عبدالله چرخید. با پا، چهره او را از زمین برگرفت؛ و به دیدار چشمان نیم‌باز و آن رگه خون خشکیده بر گوشه دهانش، دانست که کار وی به سر آمده است.

- حیف شد!

اینک تنها عمار مانده بود. نمی‌بایست که او نیز، پیشتر تا سر بر خواسته او نهاده بود، می‌مرد.

- این یک را سخت مراقبت کنید تا نمیرد. شکنجه‌اش کنید؛ لیک نه آن سان که جان از تنش به در شود. او باید جُور پدر و مادر و برادر خویش را هم بکشد. آنچه را که آنان نگفتند، باید که از حنجره این یک، بیرون کشیم.

برده کوتاه قامت، آشنایِ کار خویشْ سوی سایبان رفت و با جامی آبِ خنک، بازگشت. بر زمین نشست و سرِ عمار را بر دامان گرفت و جرعه‌جرعه، آب در کام او ریخت.

خنکی آب - بیش و کم - حال رفته را بر تن عمار باز گرداند. آنگاه، دیگر بار، دردِ تن و سوزانندگی حلقه‌های فولادی گداخته زره را بر تن احساس کرد، و فریادهای پی‌درپی‌اش، پرده‌های گوش عمرو را به درد آورد.

- می‌بینی که هیچ فریادرسی نیست! این گرمای کشنده، گویا پروردگار تو را نیز به سایبان و اتاقی خنک کشانیده است! وفادارترین کسان به تو، انگار اینک منم و این دو برده. پدر و مادر و برادرت که کشته سرسختی بیهوده خود شدند. تو از سرنوشت ایشان عبرت گیر و جان خویش را از این درد و رنج برهان. ما از تو مگر چه می‌خواهیم، جز گفتن کلامی چند...؟!

پیشتر اما تا سخن او به پایان رسد، دیگربار، عمار از هوش رفته بود.....

- ای رسول خدا؛ عمار نیز روی از اسلام برتافت و به آیین بت‌پرستی بازگشت.

- آری ای رسول خدا؛ من نیز چنین شنیده‌ام.

- عمار...؟ از پس دیدن آن مایه شکنجه‌ها و شهادت مادر و پدر و برادرش...؟!

- آری، ای صُهَیْب.

- آن عمار که من می‌شناسم، چنین نمی‌کند؛ تا آنگاه که جان از تنش بیرون رود.

- اینک که چنین شده است، ای صُهیب.

- چگونه می‌شود که مادر و پدر و برادر عمار که با دست او ایمان آورده‌اند تا دم مرگ روی از اسلام برنتابند و او خود، با آن مایه باور، چنین کند!؟

- ای صهیب؛ آن شکنجه‌ها که بزرگان بنی‌مخزوم به عمار دادند، هر که بود، شاید جز این نمی‌کرد.

- آری؛ من نیز شنیدم که بوجهل، در پی شهادت سمیه و یاسر و عبدالله، شیوه خویش در شکنجه عمار را تغییر داده بود. اگرنه، به یقین، عمار نیز بی‌آنکه به آنچه که ایشان می‌خواستند گردن نهد، به شهادت رسیده بود.

پیامبر، غم گرفته، در گوشه‌ای از میهمانسرای بزرگ سرای اَرقم نشسته بود و هیچ نمی‌گفت. گوش او با سخنان یارانش بود و دلش در نزد عمار.

عمار، اینک، تنها، با آن تن ریش‌ریش دردمند و آن روان آزرده ناآرام، در کلبه درویشانه‌اش چه می‌کرد؟... آن تنهایِ دشوارِ یکباره را، چگونه تاب می‌آورد؟

با اشاره پیامبر، پیروانش، مادر، پدر و برادر عمار را، با شکوه بسیار به خاک سپرده بودند. هم، بنابر آن بود که یک – دو تن از یاران – همچون بِلال و مُصْعَب عُمَیْر – که هنوز اسلامشان بر مشرکان آشکار نگشته بود، پرستاریِ عمار کنند. لیک، در آن حال و روز که عمار بود، از آن بیش، به دلداریِ و دلجویی نیاز داشت. با این رو، با آن خبرچینان که دشمنان داشتند، صلاح نبود که پیامبر، خود به دیدار او رود.

– ... ای فرستاده خدا؛ تو در این کار چگونه می‌نگری؟

– کدام کار، ای صهیب؟

– اینها که درباره عمار می‌گویند؟

– من این سخنان را باور نمی‌توانم کرد. چه، آن عمار که من می‌شناسم، وجودش انباشته باور به خداست؛ و اسلام با گوشت و خون او درآمیخته است.

با شنیدن این سخن، پیروان پیامبر، آن سخن را که پیشتر، از زبان او درباره عمار شنیده بودند به یاد آوردند:

«– همانا عمار، پوستِ میان چشمان و بینی من است.»

چنین نیز بود. چه، عمار با پیامبر بس نزدیک بود؛ و هیچ روز نبود که او، رسول خدا را نبیند. پس، چگونه می‌شد که اینچنین کس، چنان کند؟! بی‌تردید، درست همان بود که پیامبر می‌گفت.

آن بیم و اندوه که از ابتدا بر جمع سایه افکنده بود، گویی به ناگاه به یک سو رفت، و دیگربار، دلها سبکی گرفت. سپس، با اشاره پیامبر، عبدالله مسعود، با آن صدای خوش و دلنشین، خواندن آیه‌هایی چند از قرآن را آغاز کرد. آیه‌ها از راستیِ وعده‌های خداوند برای باورمندان، و بهشتی که پاداش آنان در جهان دیگر است و در آن، ایشان نه بیم و نه اندوهی دارند، می‌گفت؛ و کافران و مشرکان را به عذابی دردناک وعده می‌داد.

شنیدن این آیه‌ها نیز نسیمی خنک بود که بر درون ملتهب ایشان وزید، و روان آشفته‌شان را آرامشی شگفت بخشید. پس، چُنان در دلهای آنان شوق دیدار پروردگار و رهایی از آن زندگانی پر رنج بیدار شد، که بر آن سه نخستین شهیدان خویش، سخت غبطه خوردند؛ و بر دل یک یکشان گذشت، که کاش ایشان به جای آن سه تن بودند!

قرآن خواندنِ عبدالله مسعود پایان نگرفته بود که در کوفتند: یک ضربه بلند. مکثی. آنگاه دو ضربه پی‌درپی؛ لیک کوتاه‌تر از ضربه نخست. خودی می‌نمود. چه، به همان گونه که قرارشان بود در کوفته بود. با این‌رو، زَیدِ ارقم، بر چارپایه‌ای چوبین که در زیر پنجره اتاق بود فراز شد؛ سر از پنجره کوچک به در کرد، و در پی درنگی، سر به درون آورد و گفت: بلال است و خَبّاب اَرَت و یکی، که رویش نیک آشکار نیست. خالد سعید، تند از جای برجست و روانه حیاط شد، تا در بر ایشان بگشاید.

«و این خالد، از آن روز که پدر از سرای خویش به درش کرد نزد پیامبر رفت و در سرای او می‌زیست. پس، چونان پسری که خدمت پدر را می‌کند، پیوسته با او بود، و دوست می‌داشت که کارهای رسول خدا را، خود انجام دهد.»

«به اتاق اندر بودیم که آن سه، ورود کردند. آنگاه، با شگفتی دیدیم که آن مرد روی پوشیده، عمار بود. لیک، سر و روی و تنش چُنان ریش‌ریش بود که من خود، در پی درنگی، بازش شناختم. چهره‌اش سخت آماس کرده، و گردتاگرد هر دو دیده‌اش کبود بود. پیشانی و سرش نیز شکسته بود و بر آنها مرهم نهاده، و بسته بودندش. آشکار بود که یارای آن را که خود به آنجا آید، نداشت. از این رو، چون پاسی از شب گذشته بود، بلال و خَبّاب، آورده بودندش.

عمار، خویشتن را بر دست و پای پیامبر افکند و تلخ گریست. رسول خدا از زمین برگرفتش، و او را در شهادت مادر و پدر و برادرش تسلیت گفت. ما نیز، به پیروی پیامبر، یک‌یک، او را تسلیت گفتیم.

عمار، چون اندکی آرام گرفت، گریان، از پیامبر بخشش خواست. پیامبر فرمود: مگر چه شده است، ای عمار؟

عمار، اشک‌ریزان و سرشکسته، گفت: ای رسول خدا! آنچه که نبایست می‌شد، شد.... مشرکان رهایم نساختند و چندان شکنجه‌ام کردند تا بر تو جسارت روا داشتم و از بُتهای ایشانْ به نیکی یاد کردم.

پیامبر، با دست، اشک از دیدگان میشی عمار سِتُرد و پرسید: آنگاه که آن سخنان را می‌گفتی، دل خویش را چگونه یافتیَ، ای عمار؟

عمار، بغض در گلو، با صدایی که از شدت تب می‌لرزید، گفت: دلم به ایمان استوار بود، و اندکی نیز - حتی - از یقینم کاستی نگرفته بود.

پیامبر، مهربان، فرمود: پس، از آنچه که گفتی، باکی بر تو نیست.

آنگاه افزود: دیگربار نیز اگر شکنجه‌ات کردند و کار بر تو دشوار شد، آنچه را که امروز گفتی، بازگوی.

در اینگاه دیدیم که حالتی چونان گاه فرود وحی، بر پیامبر دست داد. (و می‌دانید که از جمله آن حالتها نیز یکی این بود که وحی بر دلش می‌افتاد. پس، آیه‌ها بر زبانش جاری می‌شد.) آنگاه خواند:

- کسی‌که در پی ایمان، به خدای خویش کافر گردید - نه آن‌که با زور به آن کار واداشته شد، حال آنکه دلش به ایمان خویش آرام بود؛ بل کسی که در دل را بر کفر می‌گشاید - مورد خشم پروردگار است و برای او عذابی بزرگ مهیّاست.

این، بدان سبب است که اینان زندگانی این جهان را از زندگانی جهان دیگر دوست‌تر می‌دارند. و خداوند، مردم کافر را راه نمی‌نماید.

آنان کسانی‌اند که خدای بر دلها و گوشها و دیدگانشان مُهر بر نهاده است، و خود بی‌خبران‌اند.

پس، ناگزیر در آن جهان نیز از زیان دیدگان خواهند بود.[1]

خورشید داغ تابستانی تازه در آسمان فراز شده بود که امیّه خلف به سراغ بلال آمد.

بلال دانست'که دُوری تازه از شکنجه‌های او - بس دشوارتر از پیش - آغاز گشته است. چه، در پی آنکه شکنجه‌های صاحبش، عبدالله جُدْعان، در مورد وی ثمر نبخشید و او دست از پیروی پیامبر نَشُست، همین امیه، که سنگدلی‌اش زبانزد مردم بود، از سوی قوم مأمور شد تا شکنجه بلال را پی گیرد.

با اندیشیدن به آنچه که در انتظارش بود، ناخواسته، تپشهای قلب بلال تندی گرفت. لیک، گریزی نبود جز آنکه یا به خواست امیه و دیگر بزرگان بنی‌جُمَح تن در دهد، یا آنکه جمله آن شکنجه‌ها را به جان خَرد و پایداری ورزد.

امیه سر ریسمان خشن پشمینی را که بر گردن بلال بود در دست گرفت و راهِی کوچه شد. بلال نیز، ناگزیر، در پی او روان گشت. پس، راه دشت خشکِ و تفتیده حاشیه محله بطحاء را در پیش گرفتند.

بلال، در آن حال، با خود اندیشید: «همچون چهارپایی، که به دنبال صاحب ستمگر خویش کشیده می‌شود!»

جز این نیز نبود: به راستی که ارزش یک برده، در نزد چونان امیه کسان، گاه از یک چهارپا نیز کمتر بود....!

با یادآوری فرجام تلخ و سرنوشتِ غمبار همسانان، خشمی آنی بر
بلال چیره گشت. پسَ، ناخواسته، دندانهای سپید درشت و استوارش
چنان بر هم ساییده شد که صدای آن در کوچه گرمازده تهی از هر
آمد و شد، پیچید. به‌راستی، از چه روی می‌بایست گروهی کم شمار از
مردمان همچون امّیه خلف و عبدالله جدعان و بوجهل و بولهب و بوسفیان
و مانند ایشان، آن‌سان از جمله نعمتها و آسایشها و آزادیها برخوردار
می‌بودند و در برابر آنان، گروهی بزرگ چونان بلال و برادر و خواهر و
مادرش، سرتاسر عمر خویش را در بردگی و بهره‌دهی و رنج و آزار سر
می‌کردند؟!

این چه آیین بود که آن گروهِ نخست را رخصت می‌داد تا از چهار و
نیم دهه پیش، پدر و مادر او را از زادبوم خویش - حبشه - برگیرند و
با زور، به دیاری دیگر آورند، و این‌گونه، جان و جمله دارایيهای وجودیِ
ایشان را از آن خود سازند و آن سان که خواهند، با آنان رفتار کنند؟!

بلال، چون نیک می‌اندیشید، در جمله زندگانی بیست و پنج - شش
ساله خود، ساعتی نیز رنگ آزادی و آسودگی به خویش ندیده بود. چه،
او برده، زاده شده بود. از آن رو که پدرش، رَباح، و مادرش، حَمامَه، آنگاه
که او دیده بر جهان گشود، برده تیره بنی‌جُمَح بودند؛ و سنت آن بود که
برده‌زادگان، خود، برده صاحب پدر و مادر خویش به شمار می‌آمدند.

بلال، پیش از آنکه با پیامبر آشنایی یابد و سخنان او را درباره بردگان
شنود، این‌گونه، از سرنوشت خود رنج نمی‌برد. هرچند، پیشتر نیز، بنا بر
سرشت خویش، از آن ستمها که در مورد خود و دیگر بردگان می‌دید،
سخت افسرده و دلتنگ می‌شد؛ لیک، با آن آیین که در میان عرب
رایج بود و آن سخنان که سَرورانْ پیوسته در گوش بردگان خویش
می‌خواندند، رفته‌رفته به این باور رسیده بود که مدار آفرینش بر این
قرار است: برخی آن‌گونه آفریده شده‌اند که برتر باشند و سروری کنند،
و گروهی دیگر چُنان که، برده آن دسته نخست باشند. به ویژه، که این
بردگان، سیاه و غیرعرب نیز باشند. تا آنکه با پیامبر آشنایی یافت؛ و
دانست که نه‌چنان است که اینان می‌گفتند. جمله آدمیان از یک گوهرند
و پدر و مادر ایشان یکی است. خداوند نیز اگر ایشان را سنخ سنخ و
قبیله قبیله کرده است، از آن روست که یکدیگر را باز شناسند. نه سپید

را بر سیاه برتری است و نه عرب را بر غیرعرب. جمله آدمیان - از هر رنگ و نژاد و تیره و خاندان - همچون دندانه‌های شانه، با یکدیگر برابرند. برتری‌ای نیز اگر هست، به پرهیزگاری و پاکی و راستی و درستی است. خدای، همچنین، از زبان پیامبر خود، برده‌داران را سپارش می‌کرد که با بردگان خویش، همچون کسان و خانواده خود رفتار کنند. کارهای سنگین بیرون از توان، بر دوش ایشان ننهند. با آنان مهربان باشند. از آنچه که خود می‌خورند بدیشان بخورانند و هر آنچه که خود می‌پوشند، بر آنان بپوشانند. و... بسیار از این آموزه‌ها؛ که برده‌داران اگر به کارشان می‌بستند، بردگی‌ای بدان گونه، بر جای نمی‌ماند.

بلال، چون این آموزه‌ها را شنیده بود، به ناگاه جهان و زندگانی در نگاهش حال و رنگی دیگر یافته بود. چه، به خلاف بتان، در نظر این خدا که پیامبر به وی شناسانیده بود، او که برده‌ای سیاه و حبشی بود، با صاحبش، عبدالله جدعان، هیچ فرق نداشت. جز آنکه، بسا وی را یارای آن بود تا با کردار و گفتار پسندیده، به جایگاهی بس فراتر از سرورش، در پیشگاه پروردگارشان رسد. پس، چون آن آموزه‌ها را با مادرش در میان نهاده بود، وی نیز، چونان منتظری که از پس زمانی دراز تشنگی، اینک به چشمه‌ای جوشان از آبی خنک و گوارا رسیده باشد، اشک در دیدگان درشتِ سیاهِ خویش آورده بود و بی‌هیچ گفت و گو، این آیین را پذیرفته بود.....

بلال، دستی بر گردِ گردن کشید. ردِّ زخمهای ریسمان، بر گردنش تازه شده بود و در چند جا، خون از آنها بیرون زده بود.

چند روز پیش - پیشتر تا بلال و مادرش به امیه خلف سپرده شوند - صاحبش آن ریسمان را بر گردن او افکنده بود. آنگاه سر آن را به دست کودکان شهر داده بود، تا چونان یک چهارپا، در کوی و برزن بگردانندش و بر او سنگ زنند.

«ماجرا بدین گونه بود که من نگاهبان بُت‌سرای کوچکِ ویژه عبدالله جدعان بودم. (و در سرای هر یک از دارایان و بزرگان قریش، یکی از این بت‌سراها بود، که بت ویژه خاندان را در آن نگاه می‌داشتند و هر بامداد به نیایش آن می‌پرداختند.) این عبدالله جدعان، دوازده برده داشت. و از ایشان، مرا دوست‌تر می‌داشت. از این رو، نگاهداری بت سرای ویژه را

به من سپرده بود.

روزی به سنّت پیشین، او و فرزندان و بستگانش به آن بت‌سرا آمدند تا رسم نیایش را به جای آورند. من نیز، پیشتر، با ایشان، در آن نیایشها همراهی می‌جستم. لیک، آن روز، چندی بود که اسلام آورده بودم؛ و عبدالله از آن آگهی نداشت.

چون آنان در برابر آن بت به سجده درآمدند، من نیز به سجده درآمدم. لیک به شیوه ویژه مسلمانان، بر پروردگار یکتا سجده بردم. این کار من، از چشمان تیزبین عبدالله دور نماند. پس، نیایش خویش را برید و خشمناک، مرا گفت: تو آیا خدای محمد را سجده می‌کنی؟! ناگزیر، راز خویش را آشکار ساختم، و گفتم: آری؛ آن پروردگاری را سجده می‌کنم که برترین جمله موجودهاست.

سخت برآشفت و با دست بر دهانم کوفت. چنان، که دهانم از خون پر شد. آنگاه، روزی و شبی، مرا در اتاقی به بند کشید، و هیچ خوردنی و آشامیدنی نداد.

دیگر روز در را گشود و از من خواست تا از پیامبر بیزاری جویم و سوی آیین قوم باز گردم. من نپذیرفتم. او ریسمانی خشن آورد و بر گردنم بست و مرا به کوچه برد و سر ریسمان را در دست کودکان نهاد، تا در کوی و برزن بگردانندم و بر پیامبر و آیین او دشنام دهند.

پس، آن روز، آن کودکان، چندان مرا به این سوی و آن سوی کشانیدند و مردمان بر من سنگ زدند، که از گردن و جای جای تنم، خون روان شد.»

آن روز، عبدالله در کار مادر بلال و خواهرش، عَفْرَه، و برادرش، خالد ، نیز باریک شده بود. تا آنکه دانسته بود که مادر بلال هم به آیین نو درآمده است. پس، چون بلال، زخمی، رنگ باخته و لرزان از گرسنگی و تشنگی، سوی سرای باز آورده شده بود، عبدالله در برابر او، مادرش را بر ستونی بسته، و تازیانه زده بود. حمامه، گریسته و نالیده بود؛ لیک، آنچه را که عبدالله می‌خواست، بر زبان نیاورده بود.

چون حمامه از هوش رفته بود، عبدالله، بلال را گفته بود: آیا دلت بر مادرت نمی‌سوزد...؟! از چه رو از دایره جادوی محمد بیرون نمی‌آیی؟! بلال، با آن حال که خود نیز تا بیهوشی راهی نداشت، از عشق و

شیفتگی پروردگارِ راستین سخن به میان آورده بود. سپس، رو سوی مادرش، خوانده بود:

- آه، ای مادرم!

چه مایه رنج بردن در راه دوست شیرین است

و چه مایه ایستادگی و استواری تو در راه او زیبا و غرور آفرین است!

آنگاه، رو سوی امیه، افزوده بود:

- شما او را شکنجه می‌کنید؛ لیک کالبد او آنچنان از غیر خدا تهی شده است که درد شکنجه شما را احساس نمی‌کند.

به عکس؛ هرچه که بیشتر شکنجه می‌شود، جان و روانش - که آکنده مهر خداست - شادابتر می‌گردد.

او دردی را احساس نمی‌کند. بل، طعم و لذت حق و یکتاپرستی را می‌چشد.

آیا دلم بر او بسوزد که این سان خدای، به دوستی خویش ویژه‌اش ساخته است...!؟

عبدالله، بدان امید که از خلال سخنان او به نکته‌ای پی برد، کلام وی را تا پایان شنیده بود. پس، خشمناک، به کوفتن او آغازیده بود. تا آنکه خود، از نفس افتاده بود.....

- بخُسب!

- چه...!؟

- گفتم بر زمین بخسب، ای گمراه تیره‌بخت!

به آن بخش از دشت حاشیه محله بطحاء رسیده بودند، که در سه سویش، دیواره‌های سیاه صخره‌ای، قد برافراشته بودند.

صخره‌های بلند و زمین دامنه آن، چونان آینه‌ای سیاه، صاف و تابناک، در برابر خورشید گدازان می‌درخشیدند. هوا در آن ساعتِ روز چندان داغ بود که کسی تاب آن را که بر بدنه کوه دست زند یا برهنه، پای بر زمین سنگلاخ آن نهد، نداشت. گویی در اندرون زمین نیز، تنوری بزرگ از آتش، به کار سوختن و گداختن و زبانه کشیدن بود.

امیه، خود، بیتاب از هُرم سوزان هوا، تازیانه بر روی و تن بلال کوفت و فریاد برآورد: گفتم بخسب، ای گستاخ نفرین شده! چون درنگ بلال را دید، پایی بر پسِ پای وی نهاد و با هر دو دست،

بر سینه او کوفت.

بلال، تا حال خویش را دریابد، پشت برهنه‌اش بر ریگهای تیز و سوزان زمین افتاده بود و دو دست و دو پایش، از چهارسو، بر چهار میخ بزرگِ فرو شده در زمین، بسته شده بود. اینک، آشکارا درمی‌یافت که در لحظه، در جای‌جای پشتش - انگار که بر میخهایی سوزان قرار گرفته باشد - پوست تاول می‌زد و برمی‌آمد. دیگر، امیه را دید که نفس‌زنان و عرق‌ریزان، سنگی بزرگ را بر زمین می‌غلتانید و پیش می‌آورد.

بلال،تا به بیم مجال رخنه در دل ندهد، پلک فرو خوابانید.تا ناگاه، سنگ سنگین بر سینه‌اش قرار گرفت و چنان صدا از استخوانهای سینه‌اش برخاست که او گمان برد دنده‌هایش درهم شکسته است. نفس در سینه‌اش گره خورد و آن سان تنگی گرفت که پنداشت دیگر برنخواهد آمد. لیک، نه دنده‌هایش شکسته بود و نه در پی آن، خفگی به او روی کرد. گویا دیگر بار، نیروی جوانی و درشتی و استواری استخوانها و ورزیدگی اندامش به یاری او شتافته بودند، تا از رخ نمودن این فاجعه، پیش گیرند. یا شاید امیه، آگاه از اندازه تحمل او، سنگی گزیده بود که به مرگ نزدیکش سازد، و نکشد: درد و رنجی سنگین و کُند و فرساینده، که توان بِبُرد و به زانو درآورد و زبون سازد؛ لیک نکشد.....

بلال کوشید تا با دادن جنبشی به تن، سنگ را از روی سینه به یک سو افکند. امیه امّا، چنان دستان و پاهای او را استوار بسته بود و سنگینی سنگْ آن‌گونه تاب و توان از وی برده بود، که کاری از پیش نبرد، جز آنکه دردش فزونی گرفت و فشار بر جانب چپ قفسه سینه‌اش چندان زیاد شد که هیچ نمانده بود که دنده‌های آن سو، بشکند. به هر رو، تلاشی بیهوده بود. چه، امیه، هشیار، بر بالای سرش ایستاده بود و دیدگان ماهی‌وارِ گرد و برجسته خویش را به او دوخته بود، تا دست از پا خطا نکند.

- دست و پای بیهوده می‌زنی، ای بلال! این اندیشه را، که خویشتن را از این رنج برهانی، از سر بیرون کن. زیرا جز آنکه درد خویش را افزون سازی و مرا به دشواری افکنی، بهره‌ای نخواهی برد. رستگاری اگر می‌خواهی، آن کن که من از تو می‌خواهم. بگو: به لات و عزّی ایمان آوردم.

بلال، در آن حال که دیدگان درشت سیاهش از درد و فشارْ از چشمخانه‌ها به در جسته بود، بریده بریده، گفت: یگانه است...! یگانه است...!

گویی با گفتن هر کلام، توان و نفسش می‌رفت و تا چند لحظه برنمی‌آمد. تا آنکه باز توانی اندک می‌یافت و کلام دیگر را بر زبان می‌آورد.

امیه، زانو بر زمین زد؛ چنگ‌در موهای سیاه پرچین‌و شکن بلال افکند، و گفت: بگو به لات و عزّی ایمان آوردم!... سوگند به خدایان، که بر همین حال می‌مانی، تا بمیری، یا از خدایِمحمد بیزاریجویی و پرستشِ لات و عزی کنی!

بلال، با صدایی که گویی از بُنِ چاهی ژرف برمی‌آمد، بریده بریده، گفت: از لات و عزی... بیزار شدم.

امیه، چون این را شنید، تنگ حوصله از گرما و خشمناک از شکست خویش، تند، سنگ را از سینه او بر زمین افکند. آن سان، که درد در جمله وجود بلال پیچید و فریادش به آسمان فراز شد. پس، خود بر سینه او نشست و دستان درشت خویش را بر گرد گلوی زخمی وی حلقه کرد و دیوانه‌وار، فشردن آغازید.

بلال، نخست کوشید تا با دادن جنبشی بر تن، گلو را از دست او برهاند. با آن دستان و پاهای بسته اما، با آن پیکرِ سنگین چون کوه امیه، هیچ نتوانست کرد. پس، آزمندانه کوشید تا با واپسین توان، آنچه که می‌توانست، هوا به درون حنجره و سینه کشد. لیک، در پیِ برآمدن صدای خُرخُری از گلوگاهش، به ناگاه احساس کرد که ذهنش رو سوی تیره شدن نهاد. آنگاه، جمله تنش سست شد و از جنبش افتاد.

ـ چه می‌کنی، ای امیه...؟

امیه، کوفته و بی‌توان، سر فراز کرد. عمروعاص بود. یکی از چند تن جوانان زیرک و هوشمند قریش.

ـ این‌گونه که می‌کشی‌اش، ای امیه!

امیه، نفس‌زنان و عرق‌ریزان، از سینه بلال برخاست. سرش از سوزش بی‌امان خورشید به درد آمده بود و دیدگانش از گرما و خشم، دو کاسه خون بود. چندان درمانده می‌نمود که گویی او با دست بردهاش شکنجه

شده، و به زانو درآمده بود.

در این حال، بلال جنبشی کرد و رفته‌رفته، هوش خویش را باز یافت. لیک، آن اندازه توان از کف داده بود که نشانه‌هایی چندان از زندگی، در نگاهش دیده نمی‌شد. با این‌رو، به دیدار آن حالت از او، امیه، چونان دژخیمی، برفراز سرش ایستاد و گفت: بگو؛ اگر نه، تو را می‌کشم!

بلال، که گویی دیگر صدا از گلویش به در نمی‌آمد، این‌بار با انگشت سوی آسمان اشاره کرد و لبانش به همان حالت پیشین که می‌گفت «یگانه است...! یگانه است...!»، جنبید....

- نیمروز خوش، ای امیه.

- نیمروز بر تو نیز خوش باد، ای عبدالله!

- سپاسدارم، ای امیه. چنین می‌بینم که در این گرمای مرگبار که هر کس گوشه‌ای جسته و آرام گرفته است، تو همچنان با این بردهٔ جوانِ من مشغولی!

- چه کنم ای عبدالله؛ که این سیاه بدقواره، جان مرا بر لب رسانیده است و خود به راه نمی‌آید.

- مادرش چه، ای امیه؟

- او نیز از این بدتر. لیک، آن زن، پیری فرتوت و بیمار بیش نیست که جز چند سالی ـ شاید ـ تا پایان زندگانی‌اش نمانده است. هم، دیدم که هرچه آن پیر زال را بیشتر شکنجه می‌کنم، گویی پافشاری پسر او بر سرِ سخن و باورش فزونی می‌گیردِ؛ و بسا که آن زن، اگر در زیر شکنجه‌های ما بمیرد، این جوانک، دیگر هرگز از پیروی محمد دست نکشد و استواری‌اش در این راه، صدچندان شود.

عبدالله جدعان، لبهٔ آویخته سایبان را به یک سو زد و نگاهی دیگر بر بلال افکند: قامت بلند بلال، با آن کمر کشیده باریک، به پشت، بر زمینِ سوزانِ سنگلاخ افتاده بود و پاها و دستانش، از چهارسو، با ریسمانهایی خشن، به چهار میخِ بزرگِ کوفته بر زمین، بسته شده بودند. بر جای جایِ

پیکر برهنه بسیار گندمگونش ْکه رنگ آن رو به سیاهی داشت، نشان زخمهای کوچک و بزرگِ نو و کهنه و بهبود یافته و ناسورِ تازیانه و دیگر شکنجهها، آشکارا به چشم میآمد. چونان روزهای پیشین، بر سینهاش که موهایی اندک و پیچ پیچ آن را پوشانیده بود، سنگی بزرگ و سیاه بود. سیمای کشیده حبشیاش که موهایی کمپشت بر آن روییده بود، از دردی توانفرسا به هم برآمده بود؛ و از شدت گرما و تشنگی، زبانش از کام بیرون جسته بود، و لَهلَه میزد. با اینرو، در او، کمترین نشانه شکست و زبونی نبود.

- به او آب نمیدهی، ای امیه؟

- روزها نه. لیک، تا نمیرد، هر غروبگاه، تا بامدادِ روز دیگر، آبش میدهم.

- ای امیه؛ می کوش تا نمیرد. او بردهای سخت ارزشمند است. از میان بردگانی که من دارم، هیچیک چون او تندرست و کاری و پاک و درستکار نیست. به لاغریاش منگر. به نیرو، چندِ دو تا سه مردِ تواناست. چندان ورزیده است که در تنش ذرهای گوشت - حتی - نیست. جمله، رگ است و پی و ماهیچه. استخوانهایی بس پُر و سنگین دارد؛ و گویی که تنش نه از گوشت و پوست و استخوان، که از آهن و سیم و زه است.

- آری! اگر هم نمیدانستم، در این یک هفته که در حال شکنجهاش هستیم، دانستم. جز او، هر که بود، با این مایه شکنجه، دو یا سه روز بیش تاب نمیآورد. یا تسلیم میشد، یا آنکه میمرد. او اما، تاب میآورد و رنج میبَرد و از خویش ناتوانی بروز نمیدهد.

- اینها درست، ای امیه. لیک، روان او را نیز نباید که نادیده گرفت. آگاهی که بلال، پیشتر تا پیرو آیین محمد شود، در نزد من سخت گرامی بود، و من بر جمله بردگانم، برتریاش داده بودم. او در سرای من زاده شده، و جمله عمر خویش را در همان سرا سپری ساخته است. هم از اینرو، من از نیک میشناسمش: از همان کودکی و نوجوانی، روحی بزرگ و زیبا و دل و ارادهای استوار داشت. از روزگارِ خُردی، چون کاری را درست میدانست و عزم انجام دادن آن را می کرد، هیچکس توان باز داشتن او از آن را نداشت. هم از این رو، از آن بیم دارم که در دست شما بمیرد و دست از باور خویش نشوید.

- آری، ای عبدالله! من اگر پیشتر نیز به این سخنِ تو باور نداشتم،
در این چند روز، خود به آن رسیدم. نه من، که بوحَکَم نیز - با آن مایه
خشونت و خبرگی در کارِ شکنجه پیروان محمد - در برابر این برده تو،
هیچ کار از پیش نبُرد.

- هان...!؟

- آری! دیروز او بدینجا آمد. پس، تا مرا خوار سازد، در برابر گروهی
از مردان تیره ما و خویش، از سر غرور گفت: ها، ای پسر خلف؛ شنیده‌ام
که از پسِ روزها، هنوز بر جای نخستین ایستاده‌ای!

چنین می‌پنداشت که من در این کار، از خویش ناتوانی نشان داده‌ام.
از این سخن او برآشفتم. لیک، چون از چند و چونِ ماجرا آگاه بودم،
تا به دیگران نیز دشواری کار را بنمایم، گفتم: دزد حاضر و بز نیز حاضر!
اینک، این گوی و این میدان! گر تو بهتر می‌زنی، بستان بزن!

با این سخنان من، بوحَکَم را گزیری نماند جز آنکه آستینها را بالا زند
و خود در میدان وارد شود. من و جمله آن مردان نیز به تماشا ایستادیم،
تا او چه می‌کند. نشان به همان نشانی اما، که نیمروز به شامگاه پیوست و
بوحکم از نفس افتاد و هیچ کار از پیش نبرد.

- نه...!

- آری، ای عبدالله. او آنچه که از شیوه‌های ویژه خویش در آزار و
شکنجه بردگان در آستین داشت در میان آورد، و هیچ کار از پیش نبرد. تا
آنجا که دو پای بلال را گرفت و تن برهنه و زخمی او را چندان بر خارها و
سنگهای تیز زمین کشید که خارها از پوست و گوشت او می‌گذشت، و باز
این سیاهِ خیره‌سر، «یگانه است...! یگانه است!....» می‌گفت. می‌گریست و در
میان گریه می‌خندید و «یگانه است...! یگانه است!....» می‌گفت.

- چُنین است، ای امیه! به راستی، که من در این هفت دهه زندگانی
خود، هیچ گروه همچون پیروانِ نواده عبدالمطلب ندیده‌ام که در باور
خویش، این‌سان استوار باشند.

- شگفت اینکه، اینک، آشکارا و با گستاخی بسیار، از لات و عزّی -
نامشان بلند - بد می‌گویند!

- یک کلام بگویم و آسوده‌ات کنم، ای امیه: در نزد ایشان، گویی
بیمِ خطر و مرگ، بی‌معناست. جادوی محمد چنان روان و جسم آنان

را در بر گرفته است، که مهیّایند تا پاره‌پاره شوند و دست از باور خویش نشویند. گویی تلخترین شکنجه‌های ما را شیرینترین هدیه‌ها در راه خدای خویش می‌دانند. بر این باورند که هر چه در راه او بیشتر رنج برند، بیشتر به او نزدیک می‌شوند.

- آری. چنین است.

امیه، از تُنگِ سفالین لاجوردی رنگ کنارش، اندکی باده در جامی سفالین به همان رنگ ریخت و جام را سوی عبدالله جدعان گرفت. پس، با آمیزه‌ای از خشم و تمسخر، گفت: و لابد - هر چند که به رو نمی‌آورند - در دل سپاسگزار مایند که برای ایشان زمینه آن نزدیکی با خدایشان را فراهم می‌آوریم!

- نمی‌نوشم. پیشتر تا به نزد تو آیم، سیر و پر، نوشیده‌ام.

امیه، جام را سوی لب برد و به یک نفس، باده آن را نوشید. سپس، جام را بر زمین نهاد و با دست، لب و سبیلهای آویخته خود را پاک کرد و به اندیشه اندر شد.

عبدالله نیز لب از گفتن فرو بست. دیدگان پیرش، اکنون به نقطه‌ای ناپیدا در روبه‌رو خیره مانده بود.

این واپسین سخن امیه، با آنکه رنگ تمسخر و شوخ طبعی داشت، سر به سر، راست بود. هرچند، باورش چندان دشوار می‌نمود که عبدالله، خود اگر پیشتر آن سخن را از زبان بلال نشنیده بود، هیچگاه باورِ آن نمی‌توانست کرد.....

آن روز حال عبدالله چندان خوش نبود، و در سرای خویش مانده بود؛ که ناگاه، بلال را دید که نفس‌نفس زنان و عرق‌ریزان، خویشتن را به درون سرای افکند و در را، در پسِ پشت خویش بست.

عبدالله هنوز از شگفتیِ این کَار او به در نیامده، از کوچه، صدای همهمه و فریاد شنید. آنگاهِ، پی‌درپی، در کوفتند.

عبدالله، خود، در را گشود.

«- ای عبدالله، تو نیز آیا از آیین پدران خویش دست شسته‌ای؟!

- من...؟! این چه سخن ابلهانه است که می‌گویید؟!

- پس، از چه رو، برده گمراه خویش را در سرایت پنهان ساخته‌ای؟

- برده گمراه من...؟! شما از که سخن می‌گویید؟

- از همان برده جوان گستاخ!... همان سیاه حبشی!

- پسر رباح حبشی.

- آهان...! بلال را می‌گویید؟

- آری. همو!

- از چه رو این سخنان را درباره او می‌گویید؟ از بلال آیا کاری سر زده، که بر شما خوش نیامده است؟

- چه کار از این بدتر، ای عبدالله، که امروز او در حرم با بتان ما کرد!

- بلال...؟

- آری. بلال!

- اینک اگر در گفته خویش صادقی و با برده‌هات همراه نیستی، وی را به ما سپار، تا به سزای این کارش برسانیم.

- آرام...! آرام...! این پیرایه‌ها که دعوی آن را کردید، بر من نمی‌چسبد. پس، تا برای هیچ‌یک از شما در این‌باره کمترین تردید بر جای نماند، اینک در برابرتان پیمان می‌بندم که کسی اگر نشانی یافت که من از آیین نیاکان خویش روی برتافته‌ام، صد شتر در پای لات و عزی قربانی کنم. نیز، اگر بر من آشکار شود که برده‌ام با بتان آن قوم آن کرده است که می‌گویید، با وی آن خواهم کرد که شما خواهید.

- نیکوست.

- چنین باشد.

- آرام...! آرام...! اینک، بی‌هیاهو، از شما یکی پیش آید و به شرح، مرا باز گوید که بلال چه کرده است؟

- من باز می‌گویم، ای عبدالله.

- پیشتر آی و بازگوی؛ تا چه خواهی گفتن.

- ای عبدالله؛ این را که می‌گویم، خود با دو چشم خویش دیدم و شنیدم.

- پذیرفتم. باز گوی.

- به حرم اندر، ما در حجر اسماعیل نشسته بودیم و با یکدیگر سخن می‌گفتیم. و من چنان نشسته بودم که آن سوی دیگر دیوار کعبه را نیز از کنار چشم می‌دیدم. تا ناگاه، دیدم که کسی به جانب آن رَج از بتان که در آن سو بود آمد، و جستجوگر، سر به جانب پیرامون چرخانید. من، از

آن حالت او، به شک اندر شدم. پس، بدان‌سان که گویی نمی‌بینمش، روی خویش را به جانب همنشینان داشتم و از گوشه چشم، او را می‌نگریستم. تا دیدم که ناگاه بر چهره بتانْ آب دهان افکند و رو سوی ایشان، گفت: چه زیانکارند آن تیره‌بختان، که پرستش شما می‌کنند! و این سخن را به چند بار، گفت.

من، فریاد کنان سوی او دویدم؛ و دیگر مردان نیز، چون از ماجرا آگهی یافتند، همراهی من کردند. لیک، او گریخت؛ و ما بر وی دست نیافتیم.

ـ شگفتا!... بَلال...! آهای؛ بلال؛...!

ـ بله، ای سرورم!

ـ این سخنان که اینان درباره تو می‌گویند، آیا راست است؟ تو آیا با بتان ما در کعبه، چُنین کرده‌ای؟

ـ آری...، ای سرورم.

ـ ای وای بر تو! پس کار تو به اینجا کشیده است!»

عبدالله، گویی اندیشه‌هایی مزاحم را از ذهن می‌راند، دست درشتِ پر مویش را بر پیشانی و دیدگان کشید، و امیه را گفت: از من که هیچ کار برنیامد. تازیانه‌اش زدم. گرسنه و تشنه‌اش نگاه داشتم. در میان پوست بویناک گاو پیچیدمش و او را در آن حال نگاهش داشتم تا بر وی حالت خفگی دست داد و از بی‌هوایی کبود شد. مادرش را در برابر او شکنجه کردم.... لیک، او بر باور و سخن خویش استوار ماند. تو نیز آنچه که توانستی با او کردی. هم ـ این‌گونه که می‌گویی ـ عمرو هشام که خبره این کار است، هرچه که در چنته داشت درباره او به کار بست. اینک نیز، این سان در این آفتاب، که بی‌تردید مغز او را به جوش آورده، بر زمین افتاده است و همچنان از سخن خویش باز نمی‌گردد. فرجام این کار چیست؟ تو آیا بیمناکِ آن نیستی که پایداری شگرف او در این راه، بسا که خود موجب گِروش بردگان و مردمان فرودستْ سوی او و آیینش شود؟

ـ چنین است که تو می‌گویی، ای عبدالله. راستِ کلام را با تو بگویم: من نیز خود در این کار فرومانده‌ام. پیشتر تا تو بیایی، به کار شکنجه او بودم؛ و به این اندیشه می‌کردم که امروز، اگر آنچه که خواستم نکرد، بکشمش. تا آنکه ورقه را دیدم، که عصازنان می‌آمد.

- وَرَقه نَوْفِل؟

- آری.

- راستی ای امیه، این ورقه آیا به آیین محمد نگرویده است؟

- گمان نمی‌کنم. من، این را نیز باور ندارم که می‌گویند او از جوانی کیش ترسایی گزیده است. چه، در ترسایان، به کعبه، باور و دلبستگی نیست. حال آنکه او، در جمله این سالها، طواف کعبه را فرو نگذاشته است.

- من نیز چنین می‌پندارم که ورقه، از آن بیش که ترسا باشد، حَنیف بوده است. چه، او نیز چون حنیفان، پرستش بتان نمی‌کرد و شراب نمی‌نوشید و از گوشت آن حیوانها که در راه بتان قربانی می‌شدند، نمی‌خورد. چنین می‌پندارم که از آن رو که او عِبرانی می‌داند و اِنجیل را به زبان عربی گردانیده است، مردمانْ ترسایش پنداشته‌اند. اگر نه، او که خود هیچگاه آشکارا از کیش خویش با دیگران سخن نگفته است. اینک اما، چنین می‌پندارم که او نیز همچون بوطالب، در دل به آیین محمد گرویده است و باورِ خویش را بر زبان نمی‌آرد.

- از چه رو، ای عبدالله؟

- سببِ آن را نیک نمی‌دانم. شاید که پیری و ناتوانی به این کارش واداشته است. چه، از جوانی نیز خوی او چنین بود که بر سرِ باور خویش، با کسی ستیز نمی‌کرد. او، یکتاپرست هم اگر بود، این باور را تنها برای خویش می‌خواست. باورش درونی و قلبی بود. دعوی راهنمایی و راهبریِ دیگر مردم را نداشت. با بتان و باورهای پدری قوم نمی‌ستیزید. به زبان، ردِ خدایان چندگانه، نمی‌کرد. قوم خویش را گمراه نمی‌خواند. جمله آن سخنان که با مردم می‌گفت، قصه‌ها از سرگذشت پیشینیان و پیامبران ایشان بود؛ که گویا از انجیل آموخته بود. پس، مردمان، آن قصه‌ها و حکایتها را می‌شنیدند، و بر ایشان خوش می‌آمد، و ورقه را بزرگ می‌داشتند. یکتا آموزه او، که هیچگاه از بازگویی‌اش نمی‌آسود، دعوتِ مردمان به مهر و سازش و مدارا با یکدیگر و دوری از ستیزه و خشونت و کینه‌ورزی بود. هم از این‌رو، اینک شاید بیم آن دارد که اگر باور خویش را به آیین محمد آشکار سازد، مورد آزارَ ما قرار گیرد. یا، این نیز تواند بود که بر این گمان باشد که با نهان داشتن باور خویش، بهتر می‌تواند به

آیین او یاری رسانَد.

- سبب آن، هر دوی اینها که گفتی نیز می‌تواند باشد.

- دور نیست. لیک، تا او، خود گروش خویش به محمد را آشکار نساخته یا بر خدایان و پدران ما ناروا نبسته است، بر ما روا نیست که با وی درآویزیم.

- با این رو، از او، غافل نیز نباید شد!

- از چه رو، ای امیه؟

- به کار گفتن همین نکته بودم، که سخن به دیگر سو رفت.

- اینک بازگوی؛ تا چه دیده‌ای.

- آری...! چنین می‌گفتم که دیروز، پاره‌ای از نیمروز رفته، به کار شکنجه این برده سیاه تو بودم، که ورقه، عصازنان آمد. و در این حال، همین سنگ بر سینه بلال بود، و او، پیوسته، «یگانه است...! یگانه است!....» خویش را می‌گفت و گاه نیز می‌گفت: «خداوندا؛ به فریادرس! خداوندا؛ به فریادرس!»

ورقه گریست و نزدیک او رفت و گفت: آری؛ یگانه است، ای بلال. به خوارشماری او گفتم: ها...؟ چه شده است ای پیرمرد، که در این گاه روز که سگان و ملخان نیز از بیم گرما از جایگاه خود به در نمی‌شوند، تو با این ناتوانی و نابینایی‌ات، راه کوه و دشت را در پیش گرفته‌ای؟!

گفت: شرم نمی‌کنی ای امیه، که با بندگان خدا چنین می‌کنی؟! این مایه شکنجه که به این جوان می‌دهی، کدام نیاز تو را بر می‌آورد؟

گفتم: زندگانی او در کف من است؛ و من، آنچه که خواهم، با وی می‌کنم.

گفت: این چه بیداد است که بر او روا می‌داری؟

گفتم: این بیداد را، نخست آن کسان بر وی روا داشتند که از راه به درش بردند و گمراهش ساختند.

گفت: به خدا سوگند که اگر در این حال بمیرد، بر گور او بنایی بر خواهم آورد و هر روز چندان بر وی مویه خواهم کرد و خویشتن را بر آن خواهم مالید و از آن تَبَرّک خواهم جست، تا زیارتگاه مردمان شود. از این سخن او هم سخت خشمگین شدم و هم بیم بر دلم افتاد. لیک، تا خشم خویش را آشکار نسازم، گفتم: غم مخور ای ورقه؛ که او مُردنی

اگر بود، در این چند روزه مرده بود.

او، دیگر بار رو سوی بلال کرد و گفت: شکیبایی ورز ای بلال؛ که همو به فریاد تو خواهد رسید.

- شگفتا!

- آری، ای عبدالله. کار او این‌گونه شده است.

عبدالله جدعان، در آن حال که با دشواری از جای برمی‌خاست و آهنگ رفتن داشت، گفت: من که زندگانی وی را در کف شما نهادم، تا آنچه که درباره او شایسته دیدید، همان کنید. لیک، ای امیه، کارِ او را زودتر به فرجامی رسان؛ تا این قصه، از این بیش، دراز نشود.

امیه، اندیشناک، سر جنبانید.

چون عبدالله جدعان رفت، امیه، کوزه را پیش کشید و از آب آن، بر سر و روی ریخت، تا شاید گرمای آزارنده آن اندیشه‌های شوم را از سر بیرون کند. پس، لختی بر تخت کوچک درون سایبان دراز کشید و به اندیشه اندر شد.

دیگر در خویش، آن حال و نای روزهای پیشین را نمی‌یافت تا از گرمای سوزان خورشیدِ نیمروزی تابستانی بهره گیرد و بر شکنجه آن برده خیره‌سر که آن‌سان خواب و آسایش روزها را از وی گرفته بود، بیفزاید.

پلکهایش سنگینی می‌کرد. کاش اکنون در سرای خود بود و در خنکای اتاقش، خفته بود!.....

- ... آهای، ای پسر خلف...! امیه...!

امیه، شتابناک، از جای برجست و بر تخت نشست.

- هان...؟

- خفته بودی؟

- نه، ای پسر قُحافَه.

امیه، به آنجا که بلال بر زمینِ شعله‌ور از گرما به چهار میخ بسته شده بود، نگریست: بلال با همان سنگِ بزرگ بر سینه، بر زمین دراز بود. چنین می‌نمود که از بسیاریِ فشار و گرما، از هوش رفته بود.

امیه، دیدگانِ سرخ از خستگی و گرمای خویش را بر بوبکر دوخت.

- کارِ تو با مَن چیست؟

- شنیده‌ام که عبدالله جدعان، این برده را به تو سپرده است.

- غرض...؟
- غرضم، خریدن اوست. فروشنده آیا هستی؟
- او برده‌ای بدسرشت است، و اینک نیز بیمار است. اینچنین برده،
به چه کارِ تو می‌آید؟
- تو، بهای کالای خویش را بستان.
- تا ندانم که از چه رو خریدار او شده‌ای، نمی‌فروشمش.
- خود دانی، ای امیه!
بوبکر، از امیه روی گردانید و راه بازگشت را در پیش گرفت.
- بر آن بودم تا به شما خدمتی کنم و پیش از آن که بهای او از کفتان
برود، از شما بازش خرم.
دل، در سینه امیه، تپیدن آغازید: کاش درخواست او را پذیرفته بود.
آری؛ این، خود می‌توانست پایانی بر این ماجرا، که سخت دراز شده بود،
باشد.
بوبکر، در نیمه راه، روی گردانید:
- پیشنهادی دیگر، ای امیه....!
- ها...؟
- برده‌ای سپید رو دارم، که از این نیز به نیروتر است. آن
سپیدرویِ سیاه دل را از من بگیر و این سیاهِ سپیددل را به من بده.
این، ستد و دادی پایاپای بود که برای بنی جمح ننگی در پی نداشت و
زبان دیگران را نیز بر ایشان دراز نمی‌کرد.
- پذیرفتم.
- نیکوست.
بوبکر، سنگ را از سینه بلال برگرفت و ریسمانها را از دست و پای او
بازگشود. بلال نای برخاستن از زمین را نداشت. بوبکر یاری‌اش کرد تا از
جای برخیزد.
امیه، روی از ایشان گردانیده بود تا نگاهش در نگاه بلال نیفتد. هرچند
بلال اینک آن سان اسیر تب بود که جمله چیزها را، در هاله‌ای مه‌گونه
و تیره و تار می‌دید.
آن دو، مهیای رفتن می‌شدند که امیه، تمسخرآمیز، گفت: زیانکار
شدی، ای عبدالکعبه. به نیمِ این بها نیز خرسند می‌شدم.

بوبکر گفت: نه چُنین است ای امیه، که تو می‌پنداری! بل، این تو بودی که زیان کردی. چه، چند برابر این بها را نیز اگر خواسته بودی، به تو داده بودم!

پس، دست بلال را در دست گرفت و از آنجا دور شد.....

«آن شامگاه، به سنّت پیشین، در سرای ارقم گرد آمده بودیم. و این گرد آمدن هر روزه ما در آنجا، چند سبب داشت: از آن جمله، یکی این بود که ما را یارای آن را نداشتیم که چونان مشرکان، هر شامگاه، در حرم فراهم آییم. دیگر آنکه، در این گرد آمدن‌ها، یکی از ما قرآن می‌خواند. سپس در پیرامون آن آیه‌ها که خوانده شــده بود سخن می‌گفتیم، و پرسشی نیز اگر داشـتیم، از پیامبر می‌کردیم. جز اینها، از روزگار یکدیگر آگهی می‌یافتیم؛ و کسی اگر توانایی یاری رسانیدن به دیگری را داشت، چنان می‌کرد.

آن روز نیز، جمله گرد آمده بودیم؛ و هنوز تا آمدن پیامبر، چیزی مانده بود. من، چون جمله یاران را نگریستم، دیدم که از خَباب اَرَت نشانی نیست. و این خباب، جوانی پاک سرشت و ساده و بی‌غل و غش بود؛ برده زنی از تیره بَنی زُهْره؛ نام او اُمِّ اَنْمار. کار خباب، آهنگری بود؛ و خاصه، در تعمیر شمشیر، بس خبره بود. پس، ام‌انمار برای او مغازه‌ای بر پای کرده بود، و هر شامگاه، آنچه را که خباب از این کار فراچنگ آورده بود، از او می‌ستانید.

رسول خدا، پیش از آنکه برانگیخته شود، با این جوان، آمد و شد و دوستی و همدلی‌ای داشت. در پی آن نیز، چون دعوت آغاز کرد، خباب، از نخستین کسان ـ و می‌گفتند ششمین از مردان ـ بود، که پیرویِ او را

برگزید.

این ماجرا تا چند سال پوشیده ماند. تا آنکه مشرکان از مسلمانی او آگهی یافتند، و ام‌انمار را، ماجرا باز گفتند. از آن پس، شکنجه او آغاز شد. نخست، ام‌انمار هر روز برده‌ای دیگر از بردگان خویش را وا می‌داشت تا دست و پای او را ببندد. آنگاه، خود، تکه‌ای آهن در کوره داغ می‌کرد و بر میان سر خباب می‌نهاد، و او را می‌گفت که دست از پیروی پیامبر بردارد. آن زن، چندان این کار را با وی کرد، تا آنکه اندک اندک، جمله موهای پیشین سر خباب ریخت؛ و او پیوسته، دردی شدید در سر خویش می‌یافت.

خباب، شکوه نزد رسول خدا آورد. پیامبر دعا کرد که خداوند برای او گشایشی قرار دهد. چیزی نگذشت که چنان دردی در سر ام‌انمار پدید آمد که همچون سگان زوزه می‌کشید. پس، آنچه از دارو که این و آن گفتند به کار برد، و دردش کاستی نگرفت. تا آنکه، یکی او را گفت: یگانه چاره درد تو این است که آهنی داغ کنی و بر سرت گذاری.

شگفتا؛ که از آن پس، چون درد در سرش می‌پیچید، او خود به نزد خباب می‌رفت تا آهنی داغ کند و بر میان سرش نهد، تا درد، اندکی آرام گیرد.

ام‌انمار، از آن پس، دیگر خباب را به حال خویش رها کرد. لیک، خاندان او، شکنجه وی را پی گرفتند.

از جمله آن شکنجه‌ها، یکی نیز آن بود که زره آهنین بر تن برهنه او می‌پوشانیدند و در برابر آتش کوره‌اش می‌ایستانیدند، تا زره می‌گداخت و دانه‌های حلقه آن در پوست و گوشتش فرو می‌رفت. او اما، از درد نعره می‌کشید و سر بر خواست ایشان فرو نمی‌آورد.

این روز نیز از همان روزها بود که آزار و شکنجه خباب شدت گرفته بود. از این رو، چون در میان دیگران ندیدمش، بر حالِ او بیمناک شدم. تا آنکه بلال لب به سخن گشود و آنچه را که آن روز بر خباب رفته بود، باز گفت.»

- من امروز خود به دشت حاشیه بطحاء رفته بودم. مردان بنی‌زهره، خباب را شکنجه می‌کردند و گروهی بزرگ از جوانان و کودکان شهر نیز به تماشا، گرد آمده بودند. چون جمله شکنجه‌های ایشان بر خباب کارگر

نیفتاد، - از بسیاری خشم - بر یکی از آنان گویی حالت جنون دست داد. چه، ناگاه، بی‌هیچ گفت و گو، پیکر نیمه جان خباب را از زمین برگرفت و به پشت بر آتشهای سرخ اجاقی که آن سوتر روشن بود افکند و چندان پای خویش را بر سینهٔ او فشرد تا خباب، از پس کشیدن چند نعره جانگداز، از هوش رفت. چون بوی گوشت و چربی سوختهٔ هوا را انباشت، تنی چند از تماشاییان پیش رفتند و خباب را از چنگ آن مرد رهانیدند. پس، آتش اجاق را دیدیم، که با تن خباب، کشته شده بود.

بلال، اشک‌ریزان، گفتهٔ خویش را به پایان برد. آشکار بود که یادآوری آن صحنهٔ شوم، دلش را سخت به درد آورده بود. دیگران نیز با شنیدن این ماجرا، آب از دیدگانشان روان شد و سیماهایشان درهم رفت.

سکوتی سنگین بر اتاق سایه افکند. هیچ کس چیزی نگفت. جمله، به اندیشه اندر شده بودند. چه می‌توانستند گفت! از ایشان چه کار ساخته بود! هنگامی که فرستاده و پیامبر خدا، خود در زیر آزار پیوسته دشمنان بود و جز شکیبایی ورزیدن هیچ کار نمی‌کرد، ایشان که پیروی او را اختیار کرده بودند، چه می‌توانستند کرد؟!

«مشرکان، از ریشخند و سرزنش و خوار شماری ما آغاز کردند. چون از این کارها راه به جایی نبردند، شیوهٔ آزار و شکنجه را در پیش گرفتند. نخست، تنها پیامبر آماج آزارهای ایشان بود: جمله زنان مکه، آمد و شد خویش را با خدیجه بریدند، و او سخت تنها شد. آنان، وی را می‌گفتند: تو، دیوانه‌ای را به همسری گرفته‌ای.

چون پیامبر در سرای خویش بود، همسایگان دوسویش - عاص وائل و بولهب و زنش - آسایش او و همسر و فرزندانش را می‌گرفتند. آنگاه که آهنگ به در آمدن از سرا را می‌کرد، بر سر راهش آن چیزها را می‌ریختند، یا او را آن سخنان زشت می‌گفتند.

دیوانگان و کودکان نادان و گاه حتی برخی بردگان - از زن و مرد - را واداشته بودند تا در هر جا که می‌دیدندش راه را بر او بربندند یا در پی‌اش روان شوند و بخوانند: «دیوانه، دروغگو، جادوگر...! دیوانه، دروغگو، جادوگر...!» تا با این کار، بزرگی و شکوه او را بشکنند و در نزد مردمان، پست و خوارش سازند.

چون اینها نیز ثمر نبخشید، شناسایی و آزار پیروان او را آغاز کردند.»

سرسخت‌ترینِ ایشان بوجهل بود. او چون آگاه می‌شد که کسی اسلام آورده است، زود سراغ تیره وی می‌رفت. پس، آن کس، اگر از بردگان یا پناه گزیدگان بود، تیره‌اش را وا می‌داشت تا چندان شکنجه‌اش کنند که بمیرد، یا از پیروی پیامبر دست بشوید. از آزادگان نیز اگر بود، خود به نزد او می‌رفت و سخت سرزنشش می‌کرد و می‌گفت: کیش نیاکانت را، که از تو بهتر بودند، رها ساختی؟! آگاه باش که از این پس تو را نادان و ابله خواهیم خواند؛ رأی و باورت را زشت خواهیم شمرد، و شرف و افتخارهایت را پایمال خواهیم ساخت.

بازرگان اگر بود، بیمش می‌داد: کار و کسب تو را بی‌رونق، و مالت را تباه خواهیم کرد.

«من، برای عاص وائل سهمی چند شمشیر ساخته بودم. چندی از این ماجرا گذشت؛ و او چون دانسته بود که اسلام آورده‌ام، بهای آن‌ها را نمی‌پرداخت. روزی به دریافت آن طلب، به نزدش رفتم. او، همچون روزهای پیشین، گفت: امروز پولی ندارم تا به تو بدهم.

گفتم: ای عاص؛ من امروز از درِ سرای تو نمی‌روم، تا طلب خویش را بستانم.

گفت: ای خباب؛ چه شده است که امروز این‌گونه بر گرفتن پول خود، پای می‌فشری؟!

گفتم: زیرا دانسته‌ام که از چه رو، تو بدهی خویش را نمی‌پردازی!

گفت: بلی. به همان سبب است که تو می‌پنداری! ای خباب، تو بر کیش ما کافر شده‌ای؛ و من، خوردن مال کافری چون تو را، بر خویش روا می‌بینم. آگاه باش که من بدهی خویش را به تو نخواهم پرداخت، تا آن روز که از پیرویِ آیین محمد روی برتابی و به او کافر شوی.

گفتم: تو نیز بدان، که من هرگز به او کافر نخواهم شد؛ تا آن هنگام که تو بمیری و در روز رستاخیز برانگیخته‌شوی؛ و آنجا، طلب خویش را از تو بستانم.

عاص، تمسخرآمیز، گفت: چنین کن، ای خباب! تا آن روز به من مجال ده و خود شکیبایی پیشه کن، تا آنگاه که مرا نیز به بهشتی که می‌گویید درآوردند، از آن زر و سیم و گوهرها که در آنجاست برگیرم و طلب تو را بپردازم.

با بردگان و ناتوانان مسلمانان نیز چنین - وبل، از این بدتر - می‌کردند. برخی را چنان می‌زدند و در گرسنگی و تشنگی نگاه می‌داشتند که دیگر، تاب ایستادگی‌شان نمی‌ماند. پس، آنچه را که ایشان می‌خواستند، می‌گفتند. بویژه آنکه، در پی شهادت سمیه و یاسر و عبدالله، پیامبر به ایشان رخصت داده بود که چون پای جان در میان آمد، کلمه کفر نیز بگویند و جان خویش را برهانند.

برخی از بردگان مسلمان، در زیر شکنجه، به مرگ نزدیک شده بودند. تا آنکه هیچ چاره نمانده بود جز اینکه آنان را از ایشان بخرند. واپسین ایشان، بلال بود. و این، در آن زمان بود که دیگر مالی در دست پیامبرَ و یاران نمانده بود.

«- ای بوبکر؛ چیزی اگر می‌داشتیم، بلال را از کافران باز می‌خریدیم.

- چه می‌گویی ای رسول خدا، که نزد عمویت، عباس، روم و در این کار، از او یاری جویم؟

- چنین کن، ای بوبکر.»

لیک، تا چه هنگام می‌شد این شیوه را پی گرفت...؟

چون حمزه اسلام آورده بود، شوری در مسلمانان افتاده بود. چه، با پیوستن او به ایشان، اسلام چندان نیرو گرفت که صد تن نیز اگر به یکباره اسلام می‌آوردند، پیروان رسول خدا، این مایه توانمند نمی‌شدند. با اسلام او، دشمنان، ناگزیر، خیال کشتن پیامبر را از سر به در کردند. (هرچند، یکپارچگی ایشان در برابر او و پیروانش، فزونی گرفت.) با این رو، عده مسلمانان در برابر دشمنان، چندان نبود که یارای مبارزه رو در رو را داشته باشند.

شکیبایی اما، تا چه پایه...؟ این چه زندگانی بود که ایشان داشتند!

«- ای رسول خدا؛ پیشتر که ما مشرک بودیم جایگاهی بس بلند در میان قوم خود داشتیم، و کسی گستاخی گفتن یک سخن درشت را نیز به ما نداشت. چگونه است که اینک که اسلام آورده‌ایم، باید این‌گونه خواریها و تلخ کامی‌ها بینیم و دم بر نیاوریم؟!

- چنین است که تو می‌گویی، ای عبدالرحمن. لیک، اینک دستورِ گذشت داریم.»

«- ای پیامبر خدا؛ ما گروه بردگان و ناتوانان، از دست مشرکان، ستم

و آزار بسیار می‌بینیم. برای ما آیا، یاری از پروردگار نمی‌خواهی؟
ـ شما شتاب می‌کنید، ای خبّاب! در میان پیروان پیامبران پیشین، کسانی بودند که آزارهایی افزون بر شما دیدند و بیتابی از خویش نشان ندادند. از ایشان، تن یکی را با شانه‌های آهنین چنان خراشیدند تا آنچه که از گوشت و پی بر استخوانهایش بود، فروریخت. بر سر دیگری اره می‌نهادند و آن را می‌شکافتند. لیک، در آن حال نیز، آنان از کیش خویش روی بر نمی‌تافتند.

شکیبایی ورزید، ای یاران! به آفریدگارتان سوگند، که خدای، به گاهِ خود، این آیین را نیز یاری خواهد کرد و این کار را به انجام خواهد رسانید. تا آنجا که چون سواری از صنعا تا حَضْرِ مَوْت رود، جز از خدای نترسد.»

به کجا بود اما، آن یاری پروردگار توانا؟ چه گاه آیا فرا می‌رسید؟
«ـ حارث زَمَعَه و قیس فاکه و بوقیس وَلید مُغیره و علیِ‌امیه خلف و عاص مُنبّه نیز که در پیِ آن شکنجه‌ها که از خاندانهای خویش دیدند، از اسلام روی برتافتند و دیگر بار مشرک شدند! گاهِ رسیدن آن یاری، آیا هنوز نشده است؟!

ـ کسانی هستند که فرشتگان جانشان را می‌ستانند، در آن حال که بر خویش ستم روا داشته بودند. از ایشان می‌پرسند: «در چه کار بودید؟» می‌گویند: «ما بر زمین، مردمی زبون گشته بودیم.» فرشتگان می‌گویند: «زمین خدا آیا پهناور نبود تا در آن مهاجرت کنید؟!» جایگاه ایشان دوزخ، و سرانجامشان بد است.[۱]»

مردان، چُنان غم گرفته و سر در لاک اندیشه‌های تلخ و غم‌آور خویش بودند که جز چند تن، آمدن پیامبر را درنیافتند. پس، چون آن چند تن درود او را پاسخ گفتند، دیگران نیز به خود آمدند و بر پیامبر درود فرستادند. لیک، غم، چندان بر دلهایشان سنگینی می‌کرد که ورود پیامبر و لبخنده‌های سرور آفرین او نیز نتوانست گره از چهره‌های درهمشان بگشاید.

پیامبر، از یک‌یک ایشان، حال پرسید؛ و آنان پاسخ گفتند. در بیرون، اینک چندی بود که خورشید از آسمان رفته بود. سرخیِ جامانده از

---

۱. نساء؛ ۹۷.

آن نیز، در افق، فرونشسته، و کمرنگ شده بود، و رفته‌رفته، با تیرگی انبوه شونده شامگاهی در هم می‌آمیخت. دو ستاره پیشتاز شب، در کار بردمیدن بودند.

بلال، به دیدار نگاه پیامبر به جانب حیاط، دانست که باید گاه اذان مغرب رسیده باشد. پس، از جای برخاست و در پی نگاهی به آسمان، با صدای دلنشین و رسای خویش، گفتنِ اذان را آغاز کرد....

آن واژه‌های آسمانی روح‌بخش، چون با آن صدای دل‌انگیز پاکْ در فضا طنین‌افکن شدند، گویی جمله آن تشویشهای پیشین، خرد و خردتر شدن گرفتند. تا آنگاه که به یکباره، هیچ نشان از آنها نماند. یاد پروردگار یگانه مهربان، جایِ آن اندیشه‌های تلخ نومید کننده را گرفت، و برای هیچ اندیشه دیگر جایی ننهاد. موجهای آشوب دلها فرو نشست و خَلَجان از ذهنها رفت. آرامش. آرامشی بزرگ، چونان گستره یک دریا، در شبی آرام و مهتابی. نرم، آرام و بی‌خدشه.

– .... بشتابید به نماز!

آنان که به وضویشان نیاز بود، شتابان، روانه حیاط شدند.

– .... بشتابید به سوی بهترینِ کارها!

جمله، در پس پشت پیامبر، رجهای نماز را مرتب ساختند.

– .... برخیزید برای نماز.

برخاستند.

– پروردگار یگانه بلند جایگاه، بزرگتر است.

پس، صدای شیرین و آشنای پیامبر بود، که با شنیدنش، جان تازگی می‌گرفت: چشمه جوشان واژه‌های پی‌درپی نماز، که از زبان او و در فضای اتاق جاری می‌شد و در گوش یک یک آنان می‌نشست و دلهایشان را در خویش می‌شست و روشنی می‌بخشید و با خود، به جانب افقهایی بس فراتر می‌برد.

– درود بر شما، و رحمتهای خدا و برکتهایش.

چندی سکوت. هرکس به کار نیایش ویژه خویش. سپس نیایش گروهی. در پی آن، پیامبر رو سوی نمازگزاران، برخاست. نخست، نام خدای را بر زبان راند. سپس – گویی آگاه بر آنچه که آن روز بر دلهای یارانش گذشته بود – از دشواری کار آنان در اثر آزارهای مشرکان و کافران سخن

در میان آورد، و شکیبایان را به پاداش خداوندی و نزدیکیِ یاری و گشایش از جانب پروردگارشان نوید داد. دیگر، سخن را سوی کَوچ در راه خدا و کیش او کشانید؛ و افزود: زمین خدا گسترده است؛ و بر یکتاپرستان رواست که چون ایمان خویش را در خطر بینند، راه هجرت را در پیش گیرند.

پس، خواند:

ـ آن کس که در راه خدای هجرت کند، در زمین برخورداریهای بسیار، و گشایشها یابد. و هر که از سرای خویش به درآید تا سوی خدای و پیامبرش هجرت کند و در این راه، مرگ او را دریابد، پاداشش بر عهده خداوند است. و خدای، آمرزنده و مهربان است.[1]

---

۱. نساء؛ ۱۰۰

غروبگاه بود و پیامبر، چونان دیگر روزها، رو سوی سرای ارقم داشت. سر در زیر، آن آیه‌ها را که دیروز بر وی فرو آمده بود زمزمه می‌کرد و به اندیشه‌ای ژرف، اندر بود:

- آن کس که در راه خدای هجرت کند، در زمینْ برخورداریهای بسیار، و گشایشها یابد. و هر که از سرای خویش به درآید تا سوی خدای و پیامبرش هجرت کند....

در پی رنج روزگارانی دراز، پروردگار، بر مسلمانان روزنه‌ای به رهایی گشوده بود. اینک گاه آن بود تا ایشان خود بیندیشند که چه کسان، چگونه، سوی کدام دیار بکوچند؟ این نیز خود آزمایشی دشوار بود؛ که شاید هر کس، تاب آن را نداشت. دل بر کندن از یار و دیار و سرای و دارایی و خویشان و کار و کسب و پذیرش رنج و خطر سفر دراز و زندگی در سرزمینی دور و بیگانه، نه کاری آسان بود. بل، باوری ژرف و عزمی راسخ می‌خواست.

پیروان او هر چند در این پنج سالْ دشواریهای بسیار بر خویش هموار ساخته بودند، لیک، جمله بر یک گونه نبودند. پس، بایستی پیشاپیش، سختیهای این راه بدیشان باز نموده می‌شد. پیامبر با آنکه خود از آزار قریش بی‌بهره نبود، لیک، گستاخی ایشان درباره او اندازه‌ای داشت. چه، ترسی که خدای از او بر دل مشرکان

افکنده بود و پشتیبانیِ عمویش، بوطالب، مجالی چندان بدین کار، برای آنان نمی‌گذارد. یارانِ بی‌پناهِ او اما، سخت گرفتار و در رنج بودند؛ بی‌آنکه رسول خدا، تواناى پشتیبانی از ایشان باشد.

شگفت آنکه، شکنجه و آزار، اینک جمله مسلمانان ـ از بردگان و فرودستان گرفته تا بزرگان و اشراف ـ را در بر گرفته بود.

با نزدیک شدن به سرای ارقم، پیامبر گامها را آهسته ساخت. پس، در سرِ پیچ کوچه، سرچرخانید و به پس پشت نگریست: در آن تاریک ـ روشن غروب، جز پیرمردی ژنده‌پوش که لنگان و آهسته، رو سوی پایین کوهک صفا داشت، به کوچه اندر، هیچ کس نبود.

پیش از آنکه دست سوی کوبه در پیش برد، زید ارقم در را به رویش گشود.

در اتاق بزرگ سرای و اتاق کناری که به این یک راه داشت، مردان در رجهای منظم، به انتظار نشسته بودند.

چون نماز مغرب و دعای پس از آن به پایان آمد، جمله در اتاق بزرگتر گرد آمدند، و رسول خدا، سخن آغازید: نخست ستایش و سپاس پروردگار را به جای آورد. آنگاه سخن از آیه‌هایی که درباره هجرت فرو آمده بود پیش کشید:

کوچ، سنتی پسندیده بود که پیش از آنان، در میان دیگر قومها و ملتها و خداپرستان نیز بوده بود. هرگاه زندگانی مردمی، به سرزمین پدری خویش اندر دشوار می‌گشت و ایشان در برابر آن، تاب از کف می‌دادند، این، نیکوترین روش بود، تا دین و هم جان خویش را از خطر و آسیب برهانند. به ابتدا، کار بس دشوار و آینده آن ناپیدا می‌نمود. لیک، فرجامی نیک در پی داشت.

قوم موسی، در پیِ آن کوچ بزرگ از مصر، آزادی، سربلندی و بزرگی یافت و جهانگیر شد. یاران غار، چون به نگاهداری ایمانشان ترکِ خاندان و شهر خویش کردند، آن‌گونه در پناه پروردگار توانا قرار گرفتند. تا بدانجا که آرامگاهشان، زیارتگاه دیگر مردمان شد. بیرون از این، مکه، خود آیا جز با هجرت هاجر و اسماعیل بدان پدید آمد!؟ یا سروَری قریش بر این قلب تپنده و چهار راه بازرگانیِ شبه جزیره عرب و جمله عربان، جز ثمره کوچ آنان بدین مکانِ بود!؟

از آغاز آفرینش، انسان در پی زیستِ بهتر، پیوسته در کوچ بود. پس، ایشان‌از چه رو نمی‌بایست چنان می‌کردند، یا که از آن، بیم بر دل راه می‌دادند؟!

سخنان فرستاده خدا، شوری در دلها افکند، و مردان را به اندیشه فرو برد: اکنون که مسلمانان نه یارا و نه رخصت مبارزه با دشمنان خویش را داشتند، آن به، که بدین کار دستِ می‌یازیدند.

ـ سخن تو، ای فرستاده خدا، این است که ما نیز چون برخی امتهای پیشین، راه کوچ را در پیش گیریم؟

ـ این فرمان خداوند برای همگان نیست و به انجام آن نیز، هیچ‌کس ناگزیر نیست. هر کس باید که حال خویش را بسنجد، تا دریابد که صلاحش در ماندن است یا رفتن، پس، همان کند.

ـ تو خود چه می‌کنی، ای رسول خدا؟

ـ حال و روز و وظیفه من، با شما یکی نیست. هم از این رو، تا فرمان خدای بر هجرت من نرسد، به مکه اندر می‌مانم.

ـ به کجا امّا رویم، که از تعقیب و کینه کافران و مشرکان قوم در امان باشیم؟

ـ سرزمین خدا پهناور است، و هر بخش آن بر گونه‌ای است. جایی را بر گزینید که در آن توفیق پرستش خدای را بیشتر یابید.

چون این سخن از دهان پیامبر به در آمد، آهِ حسرت از جمله سینه‌ها برآمد. چه، جز دیگر دشواریها، این آرزو بر دل یک یک آنان مانده بود که روزی فرا رسد تا بتوانند بی‌هیچ بیم و پیشگیری، آزادانه، بدان‌گونه که شایسته بود پروردگار خویش را پرستش کنند و آیینهای دین او را به جای آورند.

ـ نیک آگاهی ای پیامبر، که بسیاری از ما، در دیار خویش نیز مردمانی تهیدستیم و روزگار بر ما دشوار می‌گذرد. به سرزمین بیگانه اندر، چه سان گذرانِ زندگی کنیم؟

پیشتر تا پیامبر وی را پاسخ گوید، عبدالله مسعود، با کلام خدای، وی را پاسخ گفت:

ـ هر کس که در راه خدای هجرت کند، در زمین برخورداریهای بسیار، و گشایشها یابد.

پس، افزود: تهیدستی بسیاری از ما، نه از سرِ ناتوانی یا ناشایستگی است. بل ناشی از نادرستی قانونها و اندیشه چیره بر جامعه است. به دیگر سخن، آنان که سود و سروَری‌شان در گروِ این حال و روز است، آن را بر ما چیره ساخته‌اند. بسا که در جامعه‌ای با اندیشه و قانونهای دیگر، روزگار بسیاری از ما، دیگر شود.

سخن عبدالله مسعود، چونان همیشه، استوار بود. پس، دیگر در این‌باره کلامی در میان نیامد. اینک جمله پرسشها در این‌باره بود که به کدامین سرزمین می‌شد رفت، تا کار بدان‌گونه شود که رسول خدا می‌گفت.

نزدیکترین شهر تا مکه، طایف بود. لیک، بدانجا رفتن، نمی‌شد. چه، مردمان آن نیز، همچون مکیان، کافر یا مشرک بودند. هم، پرستشگاه بت بزرگ عُزّی در آن شهر بود، و خدای در قرآن، از آن بت، به بدی یاد کرده بود. از این رو، آنان نیز چونان مکیان، پیامبر و پیروانش را دشمن می‌داشتند. دو دیگر اینکه، نزدیکی راه طایف سبب می‌شد تا سران قریش، پیوسته در پی مهاجران و آزار ایشان باشند.

عثمان مظعون گفت: به یمن یا دیار پارس نیز رفتن نشاید. چه، فرمانروای یمن، خود از کسری فرمان می‌بَرَد؛ و خسرو پرویز شاهی است بس خود کامه؛ از هر آیین نو، سخت بیزار و ترسان. جز آن، پارس و روم ـ هر دو ـ از مکه بسیار دورند.

عُبَیدُالله جَحْش گفت: یثرب هر چند از طایف بهتر و از پارس و روم نزدیکتر است، لیک، آن نیز به این کار نمی‌آید. زیرا ستیز دور و دراز میان اَوْس و خَزْرَج، زندگانی را بر مردمان آن شهر هم دشوار ساخته است.

عامرِ رَبیعه گفت: جز آن، به یثرب اندر، برای ما پناهی نیست. بی‌پشتیبان نیز، به هر جا که رویم، از تعقیب و آزار قریش در امان نیستیم. در آغاز، چون با رخصت خدای، راه هجرت گشوده گشته بود، جمله، آن را بس آسان یافته بودند. پس، موجی بزرگ از شادی در دلهای ستم‌دیدگان دویده بود. اینک اما، درمی‌یافتند که کار، آن‌گونه که می‌اندیشیدنُد، ساده نبود. پس، سکوت در جمع افتاد، و مردان، به اندیشه اندر شدند.

در این هنگام پیامبر لب به سخن گشود.

- به حبشه اگر روید، برای شما سودمند خواهد بود. حبشه سرزمینی نیکوست. بر آن، زمامداری دادگر و توانا فرمان می‌راند که در کشورش بر کسی ستم نمی‌رود. در آن دیار باشید تا خدای راه رهایی و گشایشی فراهم آورد. آنگاه، اگر خواستید، دیگر بار نزد من آیید.

چنان بود که پیامبر گفته بود: حبشه از نفوذ پارس و روم و قریش به دور بود. مردمش نیز هر چند ترسا، لیک، از برخی اندیشه‌های ناانسانی و کژیها و خودپرستی‌ها به دور بودند. از آن فراتر، کشور نجاشی در آن سوی دریای سرخ بود؛ و قریشْ کشتی رانی و جنگ در دریا را نمی‌دانست. پس، به آن دیار اندر، مسلمانان از هر جهت، در امان بودند. بازرگانان مکی پیوسته به حبشه در آمد و شد بودند. بدان کالاهای گونه‌گون می‌بردند و از آن کالاها می‌آوردند. به مکه اندر، بسیار از بردگان، حبشی بود. از این رو، مکیان، نیک با آن سرزمین و مردمش آشنایی داشتند. راه آن تا مکه، بر آب، نزدیک سه روز بود. پس، از شام و یمن نزدیکتر بود. فرمانروایش، نجاشی، نیز، مردی دانا و روشن‌بین بود که کیش ترسایی داشت. لیک باورش کورانه و خرافی نبود. مردی پیوسته جویای حقیقت بود؛ و گوش خویش را بر شنیدن دیگر سخنان نبسته بود. از این رو، بر پیروان دیگر دینها دشوار نمی‌گرفت، و آنان در کشورش به آزادی می‌زیستند. از چه رو او با مسلمانان چنین نکند؟

بر سرِ آن دو راهی که یکی راست به جانب بندر جده می‌رفت و آن دیگر، اندکی سوی شمال کج می‌شد تا بر کرانه دریای سرخ به بندر شُعَیْبَه می‌پیوست، تازه جوان زیبای بنی عبدالدار از شتر فرو آمد.

گرسنه بود. پس، از خورجینش بسته طعامی را که خدیجه طاهره با وی همراه ساخته بود، به درآورد: چند گرده نان کشکین، بادیه‌ای مسی حلوای خرما، ظرفی روغن زیتون و چند تکه گوشت خشکیده نمک سود بود. همسرِ پیامبر از همان طعامها که با دخترِ خود، رقیه، و دامادش، عثمان عفان، همراه کرده بود، به جمله مهاجران نیز داده بود. هم، رسول خدا، به بدرقه یک‌یک ایشان آمده، و آنان را دعا کرده بود.

مصعب تکه‌ای گوشت قدید برداشت؛ بقچه طعام را بست، و گرم خوردن شد.

شب، نرم‌نرم به نیمه نزدیک می‌شد. از چندی پیش، نرمه نسیمی از سوی خاور وزیدن آغازیده بود و با خود، بوی زُهم و رطوبت دریا را می‌آورد.

مهتاب آغازین دهه رجب، پاک می‌تابید و راهِ ماسه‌ای، در نور آن، چونان خطّی نقره‌ای می‌درخشید.

مُصعَب عُمَیْر تا جانب احتیاط نگاه دارد، شتر امانتی خویش را بر پس پشتِ تپه‌ای ماسه برد و بر زانوان نشانید و خود نیز بر کنارش ایستاد.

دیدگان سیاه‌گیرای خود را سوی راه مکه داشت، تا یک یک همسفران را - چون رسیدند - سوی بندر شعیبه راه بنماید.

آن هنگام که خبر کوچ برخی از مسلمانان سوی حبشه به مصعب رسیده بود، بی‌درنگ بر آن شده بود تا با ایشان همراه شود. پس، چنین کرد. آگاه بود اما، که چون مادر و پدرش از این ماجرا آگاه می‌شدند، بی‌درنگ کسی را در پی‌اش روانه می‌ساختند تا سوی مکه بازش بَرَد. هم از این‌رو، سخت در تَب و تاب بود تا همسفران زودتر از راه برسند و خویش را از دسترس قوم دور سازند.

هجرت او نه از سر ترس از شکنجه و آزار طایفه یا احساس ناتوانی در برابر ایشان بود. بلَ، مصعب در پی افقی گسترده بود تا در آن، رها از هر دیوار و حصار و بازداشت مادر و پدر و خویشان، به آزادی، خدای نویافته شکوهمند را نیایش کند؛ از یافته‌ها و دریافته‌های خویش از او، با دیگران سخن گوید، و دیگران را بدو خوانَد.

پیشتر، زندگانی‌اش چه سان پوچ و تهی و بی‌هدف بود، و اینک چه مایه احساس شور و سرزندگی و نشاط می‌کرد! در ظاهر، مصعب از آنچه که دیگران مایه نیکبختی و شادکامی‌اش می‌دانستند، هیچ کم نداشت. جمله بزرگسالان شهر می‌ستودندش؛ جوانان بر او غبطه می‌خوردند، و دختران نورسِ شهر شیفته و آرزومندش بودند.

از خاندانی بس بزرگ بود. نیای سومش، عبدُالدّارِ قُصَیْ، کلیددار کعبه، پرچمدار قریش، آبرسان و میهماندار زایران کعبه و رئیس انجمن سرا بود. پس، فرزندان او - از ایشان یکی نیز مصعب - از کودکی بدان مجلس بزرگ راه داشتند؛ با آنکه جز همسانان او، دیگران تا سالشان به چهل نمی‌رسید، از آن امتیاز بی‌بهره بودند.

پدرش، عُمَیْر هاشم، از دارایان بزرگ مکه بود؛ که مصعب را بسیار دوست می‌داشت و جمله خواسته‌های وی را برمی‌آورد. مادرش، خَنّاسِ مالک، با آن مایه سختگیری بر فرزندان، رفتارش با مصعب بس نرم و مهرآمیز بود. خناس، مصعب را میوه دل و آرام روان خویش می‌دانست. بدو سخت دلخوش بود. به داشتن وی بر دیگران مباهات می‌کرد، و چون جان شیرین دوستش می‌داشت.

چون فرزند نوخاسته‌اش با آن قامت و قواره میانه، پوست نرم و

لطیف، روی شاداب و دلنشین و پیشانی گشاده، در برابرش می‌خرامید، گویی جمله شادیهای جهان را به آن زن میانه سال مالمند می‌دادند. پس، در آسایش و خرسندی فرزند، از هیچ کار فروگذار نمی‌کرد. زیباترین و گرانبهاترین جامه‌ها را بر مصعب می‌پوشاند، کمیابترین عطرها را برای او می‌خرید و گواراترین طعامها و نوشیدنیها را به وی می‌خورانید.

مصعب تا به یاد می‌آورد هیچ نخواسته بود جز آنکه پیشاپیش برایش فراهم آمده بود یا به اندک زمانی پس از آن، مهیّا می‌شد. روانی خرسند، خویی نیک، نهادی آرام و اخلاقی نرم داشت. با خشونت میانه‌ای نداشت؛ و نگاهش بر جهان و مردمان، سخت روشن و همراه با نیکخواهی بود. خود، راست گفتار بود، و راستی را دوست می‌داشت. لیک، چون به آغاز جوانی رسید، به رسم زمانه، خودآرایی و جلوه فروشی پیشه کرد. جمله روزهای خویش را با دیگر همسالان، در بازی و سرگرمی و بیهودگی و خوشگذرانی سپری می‌ساخت، و از آن‌گونه زیستِ رها از هر بند و بست، بس خرسند بود. هر روز تن‌پوش و پای‌افزاری تازه می‌پوشید که گاه بهای آن تا صد برابر جامه‌های مردمان تهیدست بود. هر زمان، گیسوانِ شبق گونِ پُرپُشتِ خویش را به گونه‌ای می‌آراست. چندان بر موها روغن می‌زد و به عنبر می‌سودشان که خورشید و ماه در آنها باز می‌تافت. آن اندازه بر خود عطر می‌افشاند که چون از کویی گذر می‌کرد، بوی خوشش، دیری در فضا، منتشر می‌ماند.

تازه جوان فریبای مکه، می‌رفت و می‌آمد و دلها را سوی خویش می‌کشید. به شهر اندر، هر جا، سخنِ او بود. ستایش می‌شد و در دلها مهر و سرور و آرزو می‌انگیخت. سرخوش بود و گرداگرد خویش، شور و شادی و شیدایی می‌پراکند. لیک، ناگاه روزگاری رسید که چونان کسی که پیوسته و بسیار از یک طعام - هر چند بس خوشگوار و خواستنی - خورده باشد، اندک اندک دلش از جمله آن شاد کامی‌ها و شادخواری‌ها زده شد. خسته از آن تکرارهای هر روزه، به اندیشه اندر شد.

«و سپس...؟»

از دوستان کناره گرفت و روزی چند، یکّه، رو سوی دشتهای پیرامون شهر نهاد. مجالی، تا بدانچه که پیشتر تا گلو در آن غرقه گشته بود، اندیشه کند:

اینک در می‌یافت که با آن مایه برخورداری‌ها، چه‌سان زندگانی‌اش پوچ، تهی و سِتَرون بوده است. بی‌هیچ هدف. سخت پست و بسته و تنگ. بی‌تازگی و گونه گونگی راستین.

چه مایه پرداختن به تن، او را از روانش غافل ساخته بود! در آن حال که از بسیاریِ سیری و سیرابی، کالبدش روز تا روز فربهی می‌گرفت، روحش از شدتِ گرسنگی و تشنگی، پیوسته لاغرتر و رنجورتر می‌گشت؛ تا آنکه به مرگ آن، چیزی نمانده بود.

دریافت که آن شادکامی‌ها، حبابهایی بیش بر رویه زندگانی ماندآب‌وار او نبوده‌اند. در غفلت پیوسته وی، روانش از بسیاریِ اندوه، پژمرده بود.

بیهوده نبود که با آن مایه برخورداری، در بُنِ دل، احساس نیکبختی نمی‌کرد. گویی گمشده‌ای داشت که تا نمی‌یافتش، زندگانی‌اش معنا و ژرفا نمی‌گرفت. آن گمشده اما، خود، چه بود، در نمی‌یافت.

اندیشید: «زندگانی آیا جمله این خور و خواب و کامجویی و بازی و سرگرمی و خودآرایی و مباهات بر دیگران است؟! سپس نیز دوران میانسالی و گزینش همسرانی و کسب و کار و فرزندان و باز...؟!»

نه! اینچنین زندگی نمی‌توانست پسندِ دل او باشد. در خود، تابِ پذیرش سالیانِ درازْ این‌گونه زیستِ یکنواخت و ملالت‌بار - همچون پدرانش - را نمی‌دید. این زندگانی، ارزانی همانان، که گویی با بهای کاستن از روح، پیوسته بر بزرگی شکم می‌افزودند، و خواسته‌های پست آنان، از چارچوب تنگِ سرای و حجره‌شان فراتر نمی‌رفت!

این درون‌نگری‌ها، در پی خود، پرسشهایی تازه‌تر را آورد:

«به راستی، ما خود از کجا آمده‌ایم؟ در پیِ مرگ، سوی کجا خواهیم رفت؟ فایده این آمد و رفت چیست؟!»

بدین پرسشها، هیچ بت، پاسخ نمی‌توانست گفت. آن تندیسهای بی‌روح، خود ساخته دست مردمان بودند، و بی‌نگاهبانی و پرستاری ایشان، توانای نگاهداری خویش نیز نبودند. پیران قوم هم، برای این پرسشها پاسخهایی روشن نداشتند. پس، آن شکاف ژرف میان آنچه که بود با آنچه را که روح و دلِ او می‌جست و نمی‌یافت، که می‌بایست پُر می‌ساخت؟

عصرگاهی، دلتنگ، رو سوی حرم نهاد و در گوشه‌ای نشست. دیدگانش دوخته به آمد و شد و طواف و کُرنش و راز و نیاز مردمان با

کعبه و بتانشان بود، لیک از آنها، هیچ در نمی‌یافت. به اندیشه‌ای نیز اندر نبود. حالتی ویژه داشت. گویی ذهن و حواسش، جمله، از کار افتاده بود.

آن سوتر، چند تن، حلقه‌وار، گرد یکدیگر بر زمین نشسته بودند. از یتیم عبدالله سخن می‌گفتند که روز تا روز گروهی بیشتر از مردمان را می‌فریفت و از آیین پدران خویش به در می‌برد. ماجرای محمدِ عبدالله و ادعای سخن گفتن او با آسمان، نه چیزی تازه بود. به مکه اندر، چند سال بود که سخنش بر زبانها بود. لیک، شگفتا که تا بدان روز، مصعب بدو نیندیشیده بود. چندان سرخوش از زندگی و گرم کار خویش بود که این‌گونه ماجراها ذهنش را به خود مشغول نمی‌داشت. چنین می‌اندیشید که این سخنان و ستیزها، میان بزرگان و پیران قوم و محمد امین است.

مصعب، به بتان نیز اندیشه نمی‌کرد. او، با ایشان هم کار نداشت. نه نیازیش بود تا از آنان خواهد، نه آسیبی از ایشان بدو می‌رسید تا به دورسازی آن از خود، در دامانشان آویزد. بتان نیز چیزی مانند سایر آن چیزهای پیرامونش بودند که از ابتدا – چون دیده بر جهان گشوده بود – دیده بودشان. پس، چنین می‌اندیشید که باید به همان گونه نیز باشند. اینک اما، کار، جنسی دیگر یافته بود. از همین رو، چون در کلام ایشان نام محمد را شنید، به ناگاه برقی در ذهنش جهید.

او که چونان بردگان و مردمان فرودست نبود تا در برابر سخن دیگری – هر چند محمد امین باشد – فریفته گردد. پس، آن به که سخن او را بشنود. این، هر چه که بود، بدو زیانی نمی‌توانست رسانید.

از سخن آن مردان دانست که پیروان محمد، هر شبانگاه به سرای ارقم اندر گرد می‌آیند، و او به نزد ایشان می‌رود. پس، عزم کرد تا بدان سرای رود.

چندی درنگ کرد. چون ستاره شامگاهی بردمید، راه کوهک صفا را در پیش گرفت.

یاران محمد، شگفتی زده، لیک گرم و مهربان، مصعب را در میان خویش پذیرفتند. او بر کنار ایشان نشست و به سخنان محمد گوش فرا داد....

عُر کشیده شتر، مصعب را از آن حال به در آورد. دستی بر پوزه نرم

و نمناک حیوان کشید، تا آرامَش سازد. پس، گردن کشید و بدان سوی تپه ماسه‌ای نظر افکند: روباهی، ترسان، از یک سوی راه به دیگر سوی آن دوید و در میان بوته‌های خارِ مغیلان، گم شد. آنگاه باز سکوت بر دشت سایه افکند. از همسفران هنوز هیچ نشان نبود.

مصعب بر زمین نشست و پشت بر شتر، دستان را بر گرد زانوان حلقه ساخت و به آسمان کم ستاره نگریست.

زمان چه زود گذشته بود!... از آن پس، مصعب هر شب بدان سرا می‌رفت و روح تِشنه خویش را از جویبار زلال کلام خدای و فرستاده او سیراب می‌ساخت و جانِ مُلتهب خویش را در خنکایِ دلنشین و آرامش‌بخش آن می‌شست. او، گمشده خویش را یافته بود.

«از مشرکان، عثمانِ طلحه، شباهنگام، پنهان، گردِ سرای ارقم می‌گشت تا آن کسان را که به محمد می‌پیوستند، شناسد. همو، نخست، از آمد و شد مصعب بدان سرای آگاهی یافت. پس، خبر به بوسفیان برد؛ که «زینت قریش، مصعب عمیر، شباهنگام به سرای ارقمِ ارقم می‌رود، و آنجا، یتیم عبدالله، از جادوی خویش در وی می‌دمد.»

این مَاجرا، بر قریش بس گران آمد. چه، پیشتر، چون سخن از گروندگان سوی محمد در میان می‌آمد، از سرِ خوارشماری می‌گفتند: ایشان جز گروهی مردمانِ فرومایه و نادان، بیش نیستند. اینک اما، با این ماجرا چه می‌بایست می‌کردند؟!

به فرجام، چنین اندیشیدند که نزد پدر مصعب، ابوزراره روند، و وی را ماجرا باز گویند.»

پدر مصعب، در آغاز باور نمی‌توانست کرد. چون یقین کرد، نخست کوشید با نرمی و مُدار، پسر خویش را از این کار باز دارد. بی‌ثمر بود.

آنگاه مادر و پدر، از پول و جامه و نوشیدنیها و دیگر برخورداریها، بی‌بهره‌اش ساختند.

این، تنبیهی بس دشوار بود. لیک، دل کندن از آیین نو یافته، از آن دشوارتر می‌نمود.

پس، فرزند دلبند خویش را در زیرزمین سرای زندانی کردند و بر دست و پایش غل و زنجیر نهادند تا نزد پیامبر و یاران او، رفتن نتواند.

این نیز هر چند دشوار، اما بی‌اثر بود؛ و تشنگی مصعب را به اسلام، افزون می‌ساخت. تا آنکه از آب و طعام او، کاستند؛ و جز اندکی آب و قرصی نانِ جُوین در هر روز، به وی ندادند.

تازه جوانِ نازپرورد، رنجور و ناتوان شد. باز اما، از دین خود دست نشست. در برابر دیدگان خشمگین ایشان، پیوسته نماز می‌گزارد و آنچه که از سوره‌ها و آیه‌های قرآن آموخته بود، با صدای بلند می‌خواند. تا که کارْ دیگر شد؛ و او تاب از کفِ مادر و پدر بُرد.

در این هنگام، مادرش دست بر دو گوش می‌نهاد و از بُنِ دل جیغ می‌کشید و دشنامش می‌داد. آنگاه، پدر، تازیانه برکفْ سوی او می‌آمد و با آن، چندان بر سر و تنش می‌کوفت تا مصعب، خونین و مالین، از هوش می‌رفت.

سرانجام از گوشتهای پیشین، چیزی بر تن مصعب نماند، و پوست نرم و لطیفش، سخت و خشک شد. آنگاه به تبی سخت دچار آمد. چندان که بیمناک جانش شدند. پس، غل و زنجیر از دست و پای وی برگرفتند و چندی رهایش ساختند.

مصعب، چونان پرنده‌ای رهایی یافته از قفس، باز سوی پیامبر شتافت. تا آنگاه که ماجرای هجرت حبشه پیش آمد، از سرای پدر گریخت و با کوچندگان همراه شد.....

جز مصعب، ده مرد و چهار زن، خواهان آن هجرت شده بودند. از هر تیره قریش کسی؛ تا مشرکان قصد جان ایشان نتوانند کرد. هم، نشان آنکه اسلامیان از جمله قریش‌اند، نه یک یا چند تیره آن. بدین سان، آنَ که بر کشتن این گروه کمر می‌بست، جمله قبیله را به دشمنیِ خویش برمی‌انگیخت..... .

مصعب آهی از سر خرسندی کشید. بر پای شد و رو سوی راه مکه، بر پشت شتر ایستاد. به راه اندر، چیزی نبود. با این رو، در آن سکوتِ سنگینِ پیشین، گویی شکستی افتاده بود. همهمه‌ای دور و گنگ، انگار در فضا بود. ماه نیز اینک در آسمان فراز شده بود. نشانِ رسیدن شب به نیمه خود.

مصعب بر پشت شتر نشست. خواب پلکانش را سنگین ساخته بود. پس، به دورسازی آن از خود، بر پای خاست. آنگاه بر دو پای نشست

و باز برخاست؛ به چند بار. او می‌بایست که تاب می‌آورد تا یاران از راه می‌رسیدند.

«پیامبر را شیوه چنان بود که چون سه تن را نیز بر جانبی روانه می‌ساخت، یکی را سرکردگی می‌داد.»

در آن سفر، او عثمانِ مَظْعون را سرکرده آن گروه ساخت. عثمان نیک مردی از یاران رسولِ خدا بود، و باوریِ راسخ بدو داشت. بسیار نیایش می‌کرد، و خدای و پیامبرش را عظیم دوست می‌داشت. جز این، با رسول خدا برادر شیری بود؛ و چهاردهمین مسلمانان بود.

عثمان، همسفران خویش را گفته بود که یک یک و پراکنده، از مکه بیرون روند، تا کسی به رازِ ایشان پی نَبَرد. او گفته بود که ایشان راهیِ بندرِ جده شوند. لیک، نهانی، مصعب را گفته بود تا پیشاپیش به راه افتدَ و بر سر آن دو راهی بایستد. چون همسفران رسیدند، ایشان را بگوید تا سوی بندر شعیبه روند. این تدبیر از آن رو بود که از آن گروه اگر کسی گرفتار دشمنان شد، مقصد را نداند، تا آشکار سازد. هم، در پی ایشان اگر روانه شدند، زود نیابندشان. چه، مکیان، جمله، از بندر جده سوی حبشه می‌رفتند.....

مصعب، به راه اندر، شترانی چند را دید که در آمدن بودند. چون در نور مهتاب در ایشان باریک شد، بر نخستین شتر، زنی و مردی را دید.

پناه گرفت تا نزدیکتر شدند. پس، از صدایشان دریافت که آن دو، رقیه و عثمان عفان، دخت و داماد پیامبرند. آنگاه دیگران را یک‌یک شناخت: بر دومین شتر ابوحُذَیْفه و همسرش، سَهْله، بودند. سومین شتر، ابوسَلَمه عبدالاسد و زن او، ام سلمه، را بر پشت خویش داشت. پس زُبَیِر عَوّام، عبدالله مسعود، عبدالرحمن عَوْف، عامر ربیعه و زنش، لیلی، خاطب عمرو،اَبوسَبْرَه اَبی رُهْم و سهیل بَیْضا بودند که دوگان دوگان بر پشت یک شتر نشسته بودند و تازان می‌آمدند.

مصعب، بدان گونه که بیم بر دل ایشان نیفتد، نرم، از پس پشت تپه به در آمد و صدا به درود فراز ساخت. پس، ایشان را سوی بندر شعیبه راه نمود.

عثمان عفان پرسید: از چه رو شعیبه؟

مصعب گفت: عثمانِ مظعون چُنین خواسته است.

عبدالله مسعود گفت: اینک برادرم، عثمان، خود در کجاست؟

ـ عثمان پیشتر راهی شعیبه شد تا شاید کشتی‌ای بیابد.

ابوسلمه گفت: دور نیست که مشرکان اینک در پی ما باشند. از این رو، درنگ روا نیست.

مصعب گفت: چنین باشد.

تند، بند از زانوان شترِ خویش بر گرفت، بر حیوان برنشست و در پی کاروان، به تاخت درآمد.

بدین سان، سپیده‌دمان، ایشان در بندر شعیبه می‌بودند. آنگاه مصعب می‌بایست شتران امانتیِ همسفرانِ را به محله ماهیگیران می‌برد و به ماهیگیری پیر می‌سپرد. پس، او، بدان گونه که عثمان مظعون گفته بود، آن شتران را باز مکه می‌برد تا به صاحبشان، که مردی بادیه‌نشین بود، بازپس دهد. اینک آمّا، بیم جمله ایشان این بود که در ساحل شعیبه اگر کشتی نبود، چه می‌بایست می‌کردند؟ چه، زود یا دیر، قرشیان از کوچ پنهان ایشان آگاه می‌شدند و گروههایی را در پیِشان روانه می‌ساختند. پس، بدانان دست می‌یافتند و بازشان می‌گردانیدند و ـ به یقین ـ بر آزار و شکنجه آنان، می‌افزودند. این کار اما، ثمری بس تلخ و زیانبارتر نیز برای مسلمانان داشت. زیرا بدین‌سان، قریش، این واپسین امید به رهایی را نیز از ایشان می‌گرفت. آنگاه، دیگر مردمان نیز اگر در دل گروشی سوی اسلام می‌یافتند، به دیدارِ این فرجام تلخ مهاجران، از آشکار ساختن آن، دست می‌شستند. چه، در آن کشمکَش میان مسلمانان و مشرکان قریش، دیگر قبیله‌ها بر کنار مانده بودند و انتظار می‌کشیدند تا کدام سو پیروز می‌شود. هم از این رو، تا این ستیز بدان‌گونه برقرار بود یا مسلمانان اگر در آن شکست می‌خوردند، آنان به آیین نو روی نمی‌کردند. مشرکان و کافران اما، اگر بر مهاجران دست می‌یافتند، از آن، بهره بسیار می‌بردند. زیرا، با این کار بر جایگاه و شوکت خویش در نزد دیگران می‌افزودند. پس، این هجرت، به هر رو می‌بایست که انجام می‌شد.

مهاجران، آگاه از جمله اِین ماجراها، پیوسته می‌تاختند، و در همان حال، پروردگار خویش را یاد می‌کردند و از او یاری می‌جستند:

ـ ای خدای بینای توانا!

ای با بندگان خویش، از مادر مهربانتر!

ای از رگان گردن به ما نزدیکتر!
تو خود به ما رخصت این کار را دادی
و پیشتر نیز در کتاب آسمانی‌ات فرمودی:
آن که دین مرا یاری کند و در راه من گام نهد
یاری‌اش خواهم کرد
و گامهایش را استوار خواهم ساخت.
اکنون گاهِ انجام آن وعده، فرا رسیده است.
پس، این بندگان تنها و درمانده خویش را، دریاب.
اینک بوی دریا آشکارتر به مشام می‌آمد. سپس، صدای موجهای
ریزِ آب بود که نرم بر صخره‌ها می‌خورد و در گوش مهاجران می‌آمد.
رفته‌رفته، سیاهی بندر نمودار گشت.

- رسیدیم.

- خدای را سپاس!

- تا کنون که هیچ کس در پیِ ما نیست.

- بیم بر دل راه مدهید. وعده خدایْ حق است.

از میان تاریکی هر دَم نازک شونده سحرگاهی، توده در هم بندر،
رفته‌رفته شکل می‌گرفت و خطهای بامها و دیوارهای بناها، دم‌ به دم
آشکارتر می‌گشت. پس، بناها و کوچه‌ها و برزنها، از یکدیگر جدا شدند:
بر کرانه دریای سرخ، خطی دراز از خانه‌ها و کپرها، از شمال تا جنوب
کشیده شده بود. بناها پست، سنگی و کوچک بودند، و از هیچ‌جا، هیچ صدا
فراز نمی‌شد. قریه بندری، یکسر به خواب شبانگاهی اندر، غرقه بود. تنها
صدای موجهای نرم آب بود که با آهنگِ شکوهمندِ باستانی خویش، هر
چند گاه یکبار به گوش می‌آمد.
مصعب عمیر در پیش افتاد:
- قرار ما با عثمان مظعون، در لنگرگاه است.
جمله، بی‌صدا در پی او روان شدند. خواب و آرامش بندر کوچک را
نمی‌بایست که می‌آشفتند.
یافتن لنگرگاه، دشوار نبود. دکلهای بلند دو کشتی، از دور به چشم
می‌آمد. پس، کاروان کوچک، چونان خطی باریک، بدان سو، روان شد.
دریا آرام بود و سطح نرم و هموارش، در تابش پاکیزه مهتاب، چونان

آیینه‌ای بزرگ و صیقلی می‌درخشید. بر آن، دو کشتی کوچک، با فاصله از خشکی ایستاده بودند و چونان گاهواره‌هایی، نرم، می‌جنبیدند. رشته طنابی بلند، دماغه یکی را بر دنبالهٔ آن یک پیوسته بود. کشتی پیشین، بادبانها را گشوده، و برافراشته بود. بر عرشه دو کشتی، مردانی چند در آمد و شد بودند. در جای جای ساحل، زورقهای کوچک ماهیگیری بر ماسه‌های نرمْ ایستاده یا بر یک پهلو، لمیده بودند. در راستای کشتیها، مردی بلندقامت و درشت اندام، به حال قنوت ایستاده بود و غرقه نیایش و راز و نیاز با پروردگار خویش بود. دشداشه سپید او، در تاریکی نیمه جان ساحل می‌درخشید، و بال چپیه‌اش، در نسیم ملایم شمال، آرام، می‌جنبید.

جمله، شادمان، سوی او رفتند.

»عثمان مظعون ما را گفت که از آن دو کشتی، یکی به گِل فرو نشسته بوده است، به چند روز. پس، در این روزها، جاشویان در کارِ تهی ساختنِ زیرِ آنْ بوده‌اند.

آنِ دیگرِ کشتی نیز به یاری ایشان آمده است. آن شب چون ماه از افق بردمیده، دریا مَد شده، و آبش بر آمدن گرفته است.

بامدادان کشتی از گِل رها شد و بر آب شناور گشت.

مقصد هر دو کشتی، سرزمین حبش بود. عثمان مظعون با ناخدایان آنها سخن گفته بود تا ما را نیز با خود ببرند. خروسخوان، نماز بامداد گزاردیم و توشه اندک خویشْ را برگرفتیم و با سه قایق، تا کشتیها رفتیم. پس، هفت تن بر یک کشتی و هشت تن بر کشتی دیگر نشستیم؛ هر یک به نیم دینار کرایه. لیک، تا کشتیها لنگر بر نگرفتند و به راه نیفتادند، جمله، دیده سوی ساحل داشتیم و بیمناک بودیم؛ جز عثمان مظعون و عبدالله مسعود، که آرام بودند و چونان همیشه، لبانشان به ذکر می‌جنبید.

چون آفتاب بردمید، دو کشتی سویِ قلب دریا به حرکت درآمدند. دقیقه‌هایی چند اما بیش سپری نشده، جاشویی سویِ بندر اشاره کرد و ناخدای کشتیِ ما را گفت: گویی چند اسب سوارند که از راهی دور آمده‌اند و سویِ ما دست می‌جنبانند!

من، آهسته، عثمان مظعون را گفتم: گویا که در پی ما آمده‌اند! عثمان گفت: دل آسوده‌دار ای مصعب؛ که دست ایشان از ما کوتاه شد.

ناخدا دست سایبان دیدگان ساخت و چندی خیره ساحل ماند. پس، آن جاشو را گفت: بایدّ که مسافر باشند. به کشتی اندر اما، برای مسافر تازه، جایی نمانده است.

فرستادگان قریش را دیدم که از اسب فرو آمدند و بر دو قایق نشستند. لیک، تا قایقها پاروزنان در آب شناور شدند، کشتیهای ما، میلها از ساحل فاصله گرفته بودند.

پس، جمله بر عرشه به زانو در آمدیم و سجده سپاس به جای آوردیم.»

-اینک ای عثمان، به شرح بازگو: چه شد که از پسِ چهارماه، بی‌هیچ پرس و جو از رسول خدا و بی‌فرمان او، از حبشه باز مکه باز آمدید؟

شب هنگام بود. مسلمانان گرد بر گردِ اتاقِ بزرگِ سرایِ ارقم نشسته بودند و حیران، دیده بر عثمان مظعون و مصعب عمیر و زبیر عوّام و عبدالرحمان عوف دوخته بودند.

عثمان، سر در زیر، گفت: می‌پذیرم که گناه از من بود. من فریب خوردم؛ و یاران نیز، با آنچه که من بدیشان گفتم، گمراه شدند و آهنگ بازگشت کردند.

جعفر بوطالب گفت: جایگاه تو در اسلام و نزد پیامبر بر هیچ‌کس پوشیده نیست، ای عثمان. لیک، چه شد که کار بدینجا کشید؟

عثمان مظعون، اندوهگین، گفت: ما چون به حبشه رسیدیم، یکسر سوی شهر کعبر رفتیم؛ که نجاشی خود در آن می‌نشیند. آنجا چون شمارِ ما اندک بود، از مأموران نجاشی، کسی از سبب رفتن ما بدان دیار نپرسید. دور نیست که چنین گمان برده باشند که ما بازرگانانی بوده‌ایم، یا برای کسب و کار بدان سرزمین رفته‌ایم.

ما در کاروانسرایی فرو آمدیم، تا رفته‌رفته، برای خویش سراهایی بیابیم. لیک، از پس سه ماه بودن در آنجا، در رمضان، کاروانی بازرگانی از مکه به کعبر آمد. من، ناشناس، با غلامی از آن کاروان سخن گفتم،

و از خبرهای مکه باز پرسیدم. گفت که میان قریش و محمد و یارانش، دشمنی از میان برخاست.

من به حیرت اندر شدم که چه شد که بدین زودی، آن مایه کینه و ستم و آزار، از میان رفت؟! پس، از وی خواستم تا از آنچه که در این‌باره می‌داند، به شرح مرا باز گوید. گفت: به حرم اندر، روزی، چنین شد. محمد و یارانش در کنار کعبه نشسته بودند؛ و حمزه پهلوان نیز با ایشان بود. آنگاه حالت محمد دیگرگون شد. یارانش گفتند که این، نشانِ فرو آمدن کلام خدای برتر بر اوست.

قرشیانَ که پیشتر در آن باره سخنها شنیده لیک آن را ندیده بودند، کنجکاو، پیرامون او و یارانش گرد آمدند؛ تا گروهی انبوه شدند. و من نیز، از جمله ایشان بودم.

چون چندی بر آن حال گذشت، محمد عبا را از روی سر به یک سو زد. رنگش مهتابگون پریده بود، و از عرق، سیمایش یکسر خیس بود. آنگاه خواند:

– به نام خدای بخشاینده مهربان.

سوگند به آن ستاره، چون پنهان شد؛

که یارِ شما نه گمراه گشته، و نه به راه کج رفته است.

و سخنْ از روی هوی نمی‌گوید.

این سخن، جز آنچه که بدو وحی می‌شود، نیست.[1]

تا آنکه خواند:

– پس، آیا لات و عُزّی را دیده‌اید؟

و مَنات، آن بتِ دیگرِ سومین را؟[2]

چون کلام محمد بدینجا رسید، به ناگاه جمله آن مردمان که در حرم بر گرد ایشان بودند، سخت شادمان شدند و با او خواندند: آن پرندگان زیبای بلندپرواز که شفاعتشان به نزد خدای برتر، پذیرفته باشد.[3]

پس، آنان دیگر هیچ نگفتند. تا سخن محمد بدینجا رسید که گفت:

---

1. نجم؛ ۱-۴.

2. نجم؛ ۱۹-۲۰.

3. تلک الغرانیق العلی و انهم شفاعتهن لترجی. این ذکری بود که مشرکان هنگام طواف کعبه در بزرگداشت مقام آن سه بت می‌راندند. تشبیه بتها به غرانیق (پرندگان دریایی) بدان جهت بود که آن پرندگان، در آسمان اوج بسیار بلند می‌گیرند. بتها را نیز برای نمایاندن بلندی ارزش و جایگاهشان نزد خود بدانها تشبیه کردند.

«از این سخن آیا در شگفتی افتاده‌اید؛ و می‌خندید و نمی‌گریید؟! و شما غافل گشته‌اید. پس، خدای را سجده کنید و او را بپرستید.»

در این هنگام او لب از گفت فرو بست و سر بر خاک نهاد. پس، جمله مردمان نیز – از یاران او و قرشیان – به سجده رفتند و پیشانی بر زمین سودند. من نیز چنان کردم. در واپسین دم، ولید مغیره، بزرگِ بنی‌مخزوم، را دیدم که او نیز با آن مایه خود بزرگ شماری، مشتی خاک از زمین بر گرفت و پیشانی بر آن سود. آنگاه مردمان پراکنده شدند.

از آن روز، قرشیان می‌گفتند که «محمد از پسِ آن مایه دشمنی با بتان ما، به فرجام با فرمان خدایش گروشَ بدیشان یافت و از آنان، با بزرگی یاد کرد.»

عثمان مظعون آهی کشید و افزود: بر من آشکار بود که کلام رسول خدا حق است؛ و او هرگز سخن ناروا نمی‌گوید. از این رو، چنین اندیشیدم که شاید خدای بزرگ و بلندمرتبه، دلهای مشرکان را سوی اسلام گردانیده است! پس، نزدِ یاران رفتم و ایشان را آن ماجرا و آنچه را که خود در آن‌باره می‌اندیشیدم، باز گفتم. آنان شادیها کردند. و جمله بر آن شدیم تا سوی مکه باز گردیم.

چون به بیرون مکه رسیدیم، از شبانی شنیدیم که کار، بدان گونه که آن برده ما را گفته بود نبوده است؛ و دشمنی مشرکان با اسلام، همچنان باقی است. ناگزیر، هر کس در پناه کسی به مکه ورود کردیم. جز عبدالله مسعود، که بی‌پناه به شهر اندر شد؛ و از پسِ دو روز، یکّه، سوی حبشه بازگشت.

عثمان مظعون، با گفتن این سخن، سر در زیر افکند و لبانش به گفتن ذکر، جنبیدن گرفت.

جعفر بوطالب گفت: ماجرا بدین‌گونه که شما را روایت کرده‌اند، نبود. لیک، در این‌باره، از تو نیز گناه و کوتاهی سر نزده است. چه، آن روز، ماجرا به گونه‌ای پی‌درپی و با هم روی داد، که از آن کسان نیز که به حرم اندر بودند بسیاری، سخت مبهوت شدند، یا به اشتباه در افتادند. آن کسان هم که در آنجا نبودند، با آنچه که مشرکان در شهر پراکندند، چنین گمان بردند که رسول خدا از لات و منات و عزّی با بزرگی یاد کرده، و بر آنها سجده برده است. پس، مشرکان، چون چنان دیده‌اند، بدو

گرویده، و با وی همراهی کرده‌اند.

مصعب عمیر پرسید: درستِ ماجرا اما، چه بود؟ چه شد که کار بدان‌گونه شد؟

جعفر گفت: آن روز، بر پیامبر سوره نجم فرو آمد. چون خواندن آن را بر ما آغازید، برخی مشرکان نیز ایستادند و گوش سپردند. برخی امّا، همچون همیشه، سخنان بیهوده می‌گفتند و هلهله و همهمه می‌کردند یا سوت و کف می‌زدند و دیگر صداهای بی‌معنا پدید می‌آوردند تا صدای رسول خدا به گوش دیگران نرسد. تا آنکه پیامبر به آن آیه رسید که خدای در آن از لات و منات و عزّی یاد کرده بود. در این‌گاه، جمله مشرکان - گویا بدان گمان که پیامبر بدیشان گروش یافته و از بتانشان با بزرگی یاد کرده بود - بس شادمان شدند، و به گروه، به گفتن همان ذکر طواف خویش درباره آن سه بت، صدا فراز ساختند: «آن پرندگان زیبای بلندپرواز، که شفاعتشان به نزد خدای برتر، پذیرفته باشد.»

بلال که تا بدینگاه خاموش بود، لب به سخن گشود و گفت: حال آنکه ایشان اگر آیه‌های پیشین و پسینِ آن آیه را که در آن از لات و منات و عزّی یاد شده بود درست شنیده بودند، جای آن بود که خشمگین شوند. چه، در آن آیه‌ها آمده بود:

- آیا شما را پسر باشد و او را دختر؟

این، تقسیمی خلاف دادگری است.

اینها چیزی جز آنچه که خود و پدرانتان بدانها داده‌اید، نیست؛ و خدای، هیچ دلیل بر آنها نفرستاده است. تنها از پی گمان و هوای نفس خویش می‌روند. حال آنکه از سوی خدای، راهنمایی‌شان کرده‌اند.[1]

رسول خدا می‌خواند و آنان گرم زمزمه‌ها یا غرق در گمانهای بی‌پایه خویش بودند؛ تا به آیه سجده رسیَد. پس، پیامبر به سجده رفت. و ما نیز با وی سجده کردیم. آنگاه دیدیم که مشرکان هم - شاید که با همان گمان پیشین خود با ما به سجده درآمدند.

عثمان مظعون و مصعب عمیر و زبیر عوّام، آهی از سر آسودگی کشیدند. چهره‌های درهمشان گشاده گشت و لبخند بر لبانشان شکفت. لیک، مصعب جوان، به خنده‌ای سخت درآمد. چندان که با جمله کوشش

خود در خویشتن‌داری، شانه‌های متناسبش، از شدت خنده، به لرزه افتاد.

آنگاه دیگرانْ از حال و روز ایشان در آن سفر پرسیدند؛ و آنان را از روزگار خود در مکه گفتند: آنچه که به مهاجران درباره کاستی گرفتن آزار کافران و مشرکان بر مسلمانان رسیده بود، پُر بیراه نبود. لیک، سببی سوایِ آن که برخی می‌پنداشتند، داشت:

ـ چون شما سوی حبشه هجرت کردید، شکنجه و آزار ایشان بر ما، چندی کاستی گرفت. گویی سرانشان به انجمن سرا اندر گرد آمده، و با خویش چنین اندیشیده بودند که آن آزار و شکنجه‌ها جز آنکه اثر نبخشیده، ثمری واژگونه داده است. چه، با کوچ گروهی از مسلمانان از مکه، این آیین، به دیگر سرزمینها نیز گسترش می‌یابد و بر رونقش می‌افزاید. هم، از ایشان، برخی چنین گفته بودند که بدین‌گونه، بسا که کوچندگان، نجاشی را نیز با خویش همراه سازند تا با سپاه خود سوی مکه آید و چونان ابرهه، قصد سر کوب ایشان را کند. از این رو، تا چاره‌ای دیگر اندیشند، چندی از آزار ما دست کشیدند. تا آنکه در ماه رمضان، برخی از سرکردگان ایشان، باَ پیامبر، سخن از آشتی و سازش در میان کشیدند. لیک، چون دریافتند که او از دعوت خویش دست نمی‌شوید، دیگر بار به آزار ما آغازیدند. تا که شوّال رسید و شمایان باز آمدید و کار از آنچه که بود بدتر شد.

باز آمدگان از حبشه، خود نشانه‌های شدت گرفتن آن آزارها را دیده بودند. آنان تا به دروازه مکه رسیدند، دریافتند که کافران و مشرکان در پی کیفر دادن ایشان‌اند. از همین رو، ناگزیر، نخست هر یک به پناه بزرگی از سران قریش درآمدند و سپس به شهر ورود کردند.

ارقم ارقم گفت: از آن روز که شما باز آمدید، شدت آزار قریش فزونی گرفته است. گویا ایشان چنین پنداشته‌اند که آن هجرت بی‌ثمر بوده، و شما از آن پشیمانید. پس، جز ماندن در مکه و تن در دادن به آزارها و شکنجه‌های ایشان، برای ما، گریزی نیست.

دیگر بار، سایه‌ای از اندوه بر سیمای عثمان مظعون و مصعب عمیر و زبیر عوام افتاد. چه، ایشان در این‌باره نیز، خویش را گناهکار می‌یافتند. کمترین گناه آنان این بود که بی‌دانستن رأی رسول خدا، خودسر، بازگشته بودند.

لختی با سکوت گذشت. آنگاه عثمان مظعون گفت: کار، این‌گونه نخواهد ماند. خدای اگر یاری کند، ما جبران خواهیم کرد.

زبیر عوّام گفت: چگونه؟

- خدای و رسولش اگر رخصت دهند، باز می‌گردیم. مشرکان خواهند دید که دست خدای، از دست ایشان فراتر است.

با نام یکتای بخشایشگر مهربان
«ای رهگذر
پیام مرا به مردم آن شهر برسان!
بدانان که بس مشتاق‌اند تا آیه‌های خدا و دین او را به مردم برسانند.
بویژه به آن یکتاپرستان و بندگان او، که در کنار خانه‌اش، در آزار و شکنجه به سر می‌برند.
آنان را بگو:
ما سرزمین خدای را بزرگ یافتیم
و از خواری و رنج رها شدیم.
پس، شما نیز به ننگ در زندگی و مرگ در بیچارگی تن در ندهید تا سزاوار سرزنش در آن جهان، مگردید!»
برادرم، ای زید؛ آنچه که خواندی، واپسین سروده عبدالله حارث قیس است؛ که دوش، به کاروانسرا اندر، در میان یاران خواند.
امّ‌سلمه نیز چون شنید که من عزم نوشتن نامه دارم، گفت تا از زبان او بنویسم: «ما چون در حبشه فرو آمدیم، در پناه نجاشی قرار گرفتیم؛ که برای ما، پشتیبانی نیکوست. اکنون در نگاهداری دین خود آزادیم، و بی‌هیچ بازدار، خدای را پرستش می‌کنیم. نه آزاری می‌بینیم و نه سخن درشت و زننده‌ای می‌شنویم.»

هم، زبیر عوّام، گفت تا از تندرستی او به عمه‌اش، خدیجه طاهره، و دایی‌زاده‌اش، رسول خدا، خبر دهی.

باری...!

گفته بودی که چون به حبشه رسیدیم، در هر حال و مجال، با هر چه که شد، از آنچه که می‌بینم و بر ما می‌رود، به شرح، تو را بیاگاهانم. اینک که سیزده روز از کوچ ما از مکه می‌گذرد، برای من از آن مجال پدید آمده است تا بدین کار پردازم.

نخست، از این طومار که این نامه بر آن نوشته شده است تو را بگویم. چه، به مکه اندر، از اینها نیست. این طومارها را مردم مصر می‌سازند؛ و نام آن پاپیروس است. پاپیروس خود گیاهی است که در ماندابها، خاصه بر کرانه‌های رود نیل می‌روید. مصریان از آن گیاهها، این طومارهای نرم و مرغوب و درخشان را می‌سازند. این مرکّب نیز که با آن نوشته‌ام، ساخته مردمان مصر است. از این طومار یکی برای تو می‌فرستم تا به دیگر یاران نیز نشان دهی.

از سفر اما، تو را حکایت کنم: من با جعفر بوطالب و عثمان مظعون و تنی چند از دیگر یاران، همراه بودم. راه مکه تا بندر جده، با شتر، کم از نیم روز به درازا کشید. صحرانشینی می‌گفت: درازی این راه، ده تا دوازده فرسنگ است. این‌بار، آسوده و آشکار از مکه به درآمدیم و راهیِ سفر شدیم. چه، هیچ کس قصد آن را نداشت که راه را بر ما بربندد یا به عزم بازگرداندنمان، در پی ما روان شود. به جده اندر اما، دو روز ماندیم، تا دیگر همراهان، یک یک، رسیدند.

ما، جملگی، هفتاد و یک کس بودیم. با عبدالله مسعود، که از ما پیشتر به حبشه باز گشته بود، هفتاد و دو تن. از این گروه، پانزده تن همان مهاجران نخستین به حبشه‌اند، که فریب خورده، سوی مکه باز آمدند و دیگربار هجرت کردند. پانزده زن و چهل و نُه مرد از قریشیم و هفت مرد از غیر قریش. با ما چند کودک نیز هست.

این بار اما، سرکردگی گروه با جعفر بوطالب است؛ که با همسر خویش، اَسماءِ عُمَیْس، آمده‌است. جعفر هر چند جوانی است و می‌گویند که زاد سالش از بیست و چهار افزون نیست، لیک، در کار خویش بس توانا و شایسته است.

این بار دو کشتی یافتیم، که بار نمی‌بردند و سفری می‌بردند. پس، نیمی بر یکی، و نیم دیگر بر آن کشتی نشستیم. زنان اما، جمله، با شویهای خویش بر یک کشتی نشستند.

ما سه روز و نیمی از یک روز بر دریا بودیم؛ و به راه اندر، از کنار چند جزیره گذشتیم. از آن جزیره‌ها، یکی عقل نام داشت. و می‌گفتند: بدان جزیره اندر، چشمه‌ای آب هست، نامش عقل. کشتیبانان از آن می‌نوشند، و می‌گویند: در هوش و ذهن، اثرش نیکوست. هم، می‌گفتند: در جانب ساحل عدنجزیره‌ای دیگر هست، نامش صَقطره. بدان جزیره اندر، گیاهی می‌روید که از آن صبر صقطری از آن می‌گیرند. و می‌گویند که این دارو، جز در آن جزیره، یافت نمی‌شود.

ناخدای ما، مردی از اهالی مصر بود؛ و جاشویان نیز مصری یا حبشی بودند. او مردی میانه سال و کارکشته بود که عمری را بر دریا سپری ساخته‌بود. پس، تا در آن سو بر ساحل رسیدیم، از آن دریا و شگفتیهایش، ما را حکایتها کرد، بس شنیدنی: نخست اینکه، آن دریا، خود شاخه‌ای از اقیانوس هند است؛ پیش رفته در خشکی؛ باریک و دراز. یک سوی آن دیار عرب است و دیگر سو، دیار سیاهان. به پهنا هزار و نهصد تا دو هزار و هفتصد میل. بر ساحل دیار حبش، خلیجی است دراز تا دیار زنگ؛ که خلیج بربریاش می‌نامند.

ساحل حبشه در برابر یمن است؛ و آبادیهای بسیار دارد. از آن جمله، زیلع و دهلک و ناصع است. ما به زیلع اندر لنگر افکندیم و بر خشکی فرو آمدیم.

به حبشه اندر نیز چهار روز با شتر راه پیمودیم تا به کعبر رسیدیم. آنجا در همان کاروانسرا که آن بار بودیم، فرو آمدیم. به دوم روز، جعفر به کاخ نجاشی رفت و نامه پیامبر را بدو داد. در آن نامه، رسول خدا، از پسِ ستایش پروردگار، به نجاشی درباره ما نوشته، و سپارش کرده بود.

«به نام خداوند بخشاینده بخشایشگر

از محمد، پیامبر خدا، به نجاشی اصحم، پادشاه حبشه

تو با ما در آشتی‌ای. من در نزد تو آفریدگاری را می‌ستایم که بی‌انباز است، و فرمانروای وارسته از جمله کمبودهاست. به دور از کاستی و تباهی‌ست. رهاننده مردم از هراس و پریشانی، و سرپرست روزی و

زندگانی بندگان خویش است. گواهی می‌دهم که عیسای مریم، روح خدا
و کلمه اوست، که خداوند او را در درون مریم باکره پاکِ پاکدامن جای
داد و مریم بر وی بارور گشت. خداوند با دمیدن روح خویش در مریم،
عیسی را پدید آورد؛ چنان که آدم را نیز به دست خود و با دمیدن روح
در کالبد وی، جان بخشید.

من تو را به خدای بی‌انباز، و دوام فرمانبری از او، نیز پیرویِ خویشتن و
پذیرفتن کتاب آسمانی‌ام فرا می‌خوانم؛ که به راستی من فرستاده خدایم.
من پسر عم خود، جعفر، را با شماری از مسلمانان سوی تو
گسیل داشتم. چون به نزد تو آمدند، ایشان را پذیرا شو. سرکشی
را کنار گذار؛ که من، تو و سپاهیان تو را سوی خدای فرا می‌خوانم.
به راستی که من فرمان خدا را رسانیدم، و نیکخواهی و اندرز خویش را
باز نمودم. پس، پند مرا بپذیر.

و درود و ایمنی از عذاب خدا، بر آنکه پیرو هدایت شود.»

جعفر ما را حکایت کرد: نجاشی را مردی دوراندیش، نیک سیرت
و دانشمند یافتم. سیمایش چونان مردان خدا، تابناک و دلنشین است.
چون دیواندارِ وی، نامه پیامبر را خواند، نجاشی، نشسته بر تخت، چندی
به اندیشه اندَر شد. پس، نامه را گرفت و لختی خیره آن شد. دیگر، از
من پرسشهایی چند درباره پیامبر و اسلام و همراهانم کرد. از پرسشهایش
آشکار بود که پیشتر، آوازه این دین، بدو رسیده است. سرانجام گفت:
بر من روا نیست که از در آمدن بندگان خدا به سرزمین او پیش گیرم.
به حبشه اندر، پیروان جمله آیینها، در پرستش خدای خویش آزادند. از
ایشان، یکی نیز شما. آسوده بار افکنید و زندگانی‌ای نو را در این دیار آغاز
کنید.

حبشه اما، دیاری شگفت است. هوایی گرم دارد؛ و جز نیل - که رودی
بس بزرگ و پر آب است - آبی چندان در آن جاری نیست. هم از این رو،
در آن جاها که از نیل به دور است، آبادیها اندک و مردمان کم شمارند؛ و
بارش باران اندک است.

حبشیان، به سیما و اندام، چونان بلال هستند: پوستی سیاه، بینی‌ای پهن
و کوتاه، لبانی درشت و برجسته، و اندامی ستبر دارند. قامتِ ایشان میانه،
و موهایشان کوتاه و پرشکن است. زبان حبشیان با ما دیگر است. لیک، از

ایشان، بازرگانان و درباریان و برده‌فروشان و برخی دیگر، بیش یا کم، عربی می‌دانند. هم، نجاشی و درباریان او - اغلب - با زبانِ ما، نیک آشنایند.

کِشتِ آن، گندم و جُو و ارزن و قهوه است. از میوه‌ها هم، انگور و انار بسیار دارد. نیز در آن، میوه‌ای هست؛ نامش موز، به مکه اندر، از این گونه میوه نیست. خوشه‌هایی چونان انگور دارد. بر هر خوشه، نزدیکِ یازده میوه. باریک و کشیده، همچون خیار.

از جمله حیوانهای شگفت در این دیار، پیل و زَرّافه است. در آن لشکر که ابرهه سوی مکه کشید، مردمان ما پیل دیده‌اند. زرافه اما، ندیده‌اند. زرافه همان حیوان است که برخی بدان شتر، گاو، پلنگ می‌گویند. چه، سرِ آن به شتر، سم و شاخ و دندانش به گاو، و پوستش به پوست پلنگ ماننده است. دست و پای آن نیز بر مثالِ دست و پای شتر است. لیک، دمش، همچون دم آهوست. گردنی بس دراز دارد؛ و دو دستش درازتر از دو پای آن است. برخی از حبشیان بر این باورند که زرافه تنها در این دیار به دنیا می‌آید. نیز می‌گویند که این حیوان از آمیزش شتر و کفتار و گاو کوهی پدید می‌آید.

از کارهای این مردمان، یکی نیز شکار پیل است. از جمله شیوه‌های ایشان در این کار - که از زنگیان آموخته‌اند - این است که گله پیلان را سوی درختانی ویژه می‌رانند. این درختان چنان‌اند که چون پیل از برگ آنها خورَد، از هوش می‌رود. پس، سوی حیوان می‌روند و در غُل و زنجیرش می‌کنند. برخی نیز، در پی عاجش، آن را می‌کشند.

اکنون سخن کوتاه می‌سازم؛ تا دیگر نامه. جمله یاران تندرست‌اند، و تا بدین روز، ما جز آسایش و مهر، هیچ ندیده‌ایم. پیامبر و دوستان را بگو که از سوی ما آسوده‌خاطر باشند. یگانه دلتنگی ما، دوری از یاران، خاصه رسول خداست. من که خود یکدم حتی، از یاد پیامبر جدا نیستم.

«همو که چهره‌اش چونان آیینه چینی بود
که تصویر خویش را در آن می‌دیدم.
بر آمدن آفتاب او را به یاد من می‌آورد
و به گاه غروب خورشید، وی را یاد می‌کنم.»

این بازرگان حبشی که نامه را می‌رساند، مردی است نیک. بدین دیار، بازرگانان عرب پیوسته درآمد و شدند. ما خبرهای مکه را از ایشان

می‌شنویم. با این رو، پیامی اگر بود، به همین بازرگان بازگو، یا با نامه، روانه ساز.

بدرود.

با نام خدای بخشایشگر مهربان
از زید عمرو به مصعب عمیر
«آنان که دوری‌شان انتظار می‌رفت، کوچیدند
به گاه جدایی، کلاغی با پر و بال سوخته گذر کرد
نوکهای آزمندش قیچی‌ای را می‌مانست که ما را از یکدیگر جدا
ساخت.
ای کلاغ!
آنان که دوری‌شان را فریاد می‌زدی
شبِ دراز آهنگ را، سر به سر، بیدار و بی‌تاب بودند.»
بر تو و بر همراهانت درود!
خوشا بر شمایان، که با هجرت بزرگ خویش، فصلی تازه در تاریخ
دین خدای گشودید. گاهِ بدرود، من خود شنیدم که عثمان عفان، پیامبر
را گفت: ما نخستین بار هجرت کردیم، و اکنون نیز هجرت می‌کنیم؛ لیک،
هر دو بار تو با ما نیستی.
پیامبر گفت: شما سوی خدای و من هجرت می‌کنید. این هجرتها
سوی خدای و من - هر دو - از آن شماست.
بدین دیار اندر، یاران پیوسته به یاد شمایند؛ و از پسِ هر نماز، دعایتان
می‌کنند. نامه‌ات به همان گونه که فرستاده بودی، رسید. این، شیوه‌ای

نیکوست؛ که مشرکان، تا دیری، بدان پی نخواهند برد. چه، بوطالبْ بیرون از آنکه بزرگِ قریش است، چون تا امروز در برابر ایشان ابراز اسلام نکرده است، بر او شک نمی‌برند.

من، جمله آنچه را که نوشته بودی بر یاران خواندم یا ایشان را حکایت کردم. پس خدای را سپاس گفتند و شادیها کردند. هر چند خبرهای مکه، بیش یا کم بدانجا می‌رسد، لیک، برخی رویدادها پس پشتی پنهان دارد که شاید بدان‌گونه که هست بر برخی آشکار نگرددَ یا آنان به سود خویش نبینند تا آشکارش سازند. از همین رو، من نیز هرگاه که مجالی دست دهد، از این‌گونه رویدادها، تو را می‌نویسم.

نخست اینکه، دومین هجرت یاران ما سوی حبشه، سخت اثر بخشیده، و سرکردگان شرک را هراسانیده و به اندیشه فرو برده است.

چون شما از نخستین مهاجرت خویش بازِ مکه آمدید، ایشان با این پندار که آن سفر بی‌ثمر بوده و برای یاران مُحمد سودی در بر نداشته است، در آزردن ما، گستاخ‌تر شدند. از همین رو نیز، آن هنگام که دوم بار آهنگ هجرت کردید، هیچ کس راه را بر شما نبست یا در پی‌تان روانه نشد تا باز مکه‌تان آورد. لیک، اینک، کار دیگر شده است. چه، بازرگانان از حبشه خبرَ آورده‌اند که بدان دیار اندر، کوچیدگان و فرزندانشان در آرامش و آسایش‌اند؛ و با فراغ دل، بندگیِ خدای محمد را می‌کنند. هم، آن قصیده که عبدالله حارث در حبشه سروده بود، چون بدینجا رسید، به شهر اندر، ولوله در افکند. تا بدانجا که کودکان ما نیز در بازیهای خویش زمزمه‌اش مَی‌کنند و شراره‌های خشم مشرکان را فروزان‌تر می‌سازند.

لیک، این خبر در دل یاران، امیدها برانگیخته است. آن دیگر مردمان نیز که سوی اسلام گروش داشتند، اینک از بیان آنچه که در دل دارند کمتر بیم می‌کنند. چه، باور کرده‌اند که، زمین خدا گسترده است. به مکه اندر اگر در رنج افتند، می‌توانند کوچ کنند و خویشتن را از آزار دشمنان برهانند.

از آن سو، این خبر، بر غرور و خود برتربینی قریش ضربه‌ای سخت وارد آورده است. از این‌رو که اینک دریافته‌اند که کار دین خدا، بیرون از عزم و خواست ایشان است؛ تا با آن، هرچه که خواهند، کنند.

آنچه که از خبرها در این‌باره به ما رسیده است از آن حکایت

دارد که سران شرک به انجمن سرا اندر گرد آمده‌اند تا در این‌باره، تدبیری اندیشند. پس، رأیشان بر این قرار گرفته است که فرستادگانی با پیشکشهای بسیار، سوی دربار نجاشی روانه سازند، تا از شما بد بگویند. باشد که اَصْحَمه اَبْحَراز حبشه بیرونتان راند، و این روزن امید نیز بر مسلمانان بسته شود. آنگاه، در هر سو چنین بر زبانها افکنند که «پیروان محمد، به هر سو که روند، دست از ایشان نمی‌داریم. آن‌گونه که با کوچیدگان به حبشه کردیم!» تا دیگر دوستداران این دین، فرجام کار خویش را بدانند.

پس، چند روز پیش عمرو عاص و عبدالله ابی ربیعه را به انجام این کار، به سوی آن سرزمین روانه ساختند. همان روز که نامه تو رسید، این دو، با بارهای سنگین از پیشکش بر پشت شتران، از برابر دیدگان پیامبر و یاران گذشتند و سوی جده روانه شدند.

چنین می‌گفتند که آن پیشکشها، چرم طایف، صمغ عربی، بخور هندی، عطر پارسی، کتانهای راه راه یمنی، ابریشم چینی و دو اسب زیبا و تیزرو عربی است. گویی برای جمله وزیران و درباریان نجاشی، پیشکشی گرانبها با خود آورده‌اند.

پدرت، بوطالب، چون از این ماجرا آگهی یافت، شعری سرود، و گویا برای نجاشی روانه ساخته است. آن سروده نیز اکنون بر سرزبانهای ما افتاده است، و جملگی، آن را به خاطر سپرده‌ایم. دیروز چون در سرای زید ارقم خوانده شد، من نوشتمش؛ و تو را نیز می‌نویسم:
«ای کاش آگاه بودم که جعفر در آن دیار دور چه می‌کند
و عمروعاص و دشمنان مسلمانان چه خواهند کرد؟
نمی‌دانم آیا، که جعفر و همراهانش از پشتیبانی نجاشی برخوردار گشته‌اند

یا شاه، ایشان را از نظر انداخته است؟
ای پادشاه حبشه، تو از هر ناپسند پیراسته‌ای.
تو، مردی بزرگ و بلند جایگاهی.
پس، آن که سوی تو روی آورد، سختی نخواهد دید.
بدان که با پناه دادن به این یکتاپرستان بی‌پناه
آفریدگار جهان، بیش از پیش توانایت خواهد ساخت

و جمله اسباب بهره‌مندی را برایت فراهم خواهد آورد.

تو، وجودی بخشنده‌ای که بخششت همگانی است

و نزدیکان و دورانت - هر دو - از آن بهره می‌گیرند.»

دیگر ماجرا نیز، که شاید از شنیدن آن در شگفت شوی - آنچنان که هر که شنید در شگفت شد - اسلام آوردن عُمرِ خَطّاب است. که این، جز معجزه قرآن نتواند بود.

تو نیز می‌دانی که عمر از آن جمله کسان بود که مسلمانان را می‌آزرد و بر ایشان بس سخت می‌گرفت. تا بدانجا که نام اسلام و پیامبر را پیش وی نمی‌شد بردن؛ که دشنام می‌داد و تندی بسیار می‌کرد. لیک، شاید از این آگاه نباشی که به ابتدا، او از آن کسان بود که بردگان مسلمان را شکنجه می‌کرد تا از دین خود باز گردند؛ و در این کار، به دایی خویش، بوجهل، یاری می‌رسانید.

زِنّیرَه رومی و لَبیبَه، کنیزان تیره بنی‌مخزوم، را او چندان با تازیانه می‌زَد تا خون‌آلود می‌شدند. پس، می‌گفت: باید که بمیرید یا از دین محمد دست بکشید!

آن دو زن جوان اما، دست از اسلام نشُستند؛ تا آنکه بوبکر ایشان را خرید و آزاد ساخت.

لیک، ماجرای اسلام آوردن عمر.....

او چون مسلمان شد، خود، ما را حکایت کرد: «آن روز سخت خشمگین بودم که از چه رو قریش، آن‌سان با یتیم بنی‌هاشم سازش می‌کند تا او، آن گونه روز ایشان را چونان شام تیره سازد! با خود می‌اندیشیدم: از آن روز که محمدَ آن دعویها را کرد، در میان مردم جدّایی افکند، و آرامش و قرار را از شهر برد. پس، از میان اگر برداشته شود، جمله آن آشوبها و دشمنیها از میانه برخواهد خاست. اینک اما، چون سران قوم از این کار پرهیز دارند، آن به، که من خود چنان کنم، و آن فتنه را فرو خسبانم.»

بدین سان، عمر، به پیرویِ خوی تند و سرشتِ آتشینِ خود، شمشیر از نیام کشیده بود و با آن صَدای خشن رعد آسا، عربده کشان، در هر کوی و برزن، در پی رسول خدا می‌گشت، تا او را بکشد.

به راه اندر، هر که عمر را با آن قامت دوگزی و اندام درشت و چهره تیره، که خشم تیره ترش ساخته بود، می‌دید، هراسان از سرِ راه او به یک

سو می‌رفت. پس، او را گفته بودند که محمد در سرایی بر کرانِ بازار صفاست؛ و پیوسته چهل تن - از ایشان یکی نیز حمزه پهلوان - نگاهبانِ وی‌اند. با این رو، او سوی سرایِ ارقم روان گردیده بود.

بدین گاه، نعیم عبدالله او را دیده‌بود. (و این نعیم، دوست و هم تیره عمر بود. لیک، از چندی پیش، اسلام آورده بود؛ و از ترس، آشکار نمی‌ساخت.)

نعیم ما را حکایت کرد: «چون از قصدِ وی آگهی یافتم، تا خطر را از پیامبر دور سازم، گفتم: این چه اندیشه خطاست که تو کرده‌ای، ای پسر خطاب!این گونه خویش را مفریب ای عمر؛ که محمد را اگر بکشی، فرزندان هاشم و عبدالمطلب تو را زنده بر پشت زمین نگذارند. تو، آهنگِ اصلاح اگر داری، نخست اهل سرای خویش را به صلاح آر، آنگاه قصد محمد کن. عمر ایستاد و مبهوت پرسید: اهل سرایم؟!

گفتم: آری، ای عمر! بدان که خواهر و دامادتان، هر دو، دینِ محمد گرفته‌اند.

(و سعید زید و عمر خطاب، جز آنکه پسر عمو بودند، هر یک، خواهر آن دیگر را نیز به زنی گرفته بود.)

عمر، چون این را شنید، آتش خشمش فروزانتر شد. پس، از همان محل، روانه سرای خواهر خویش شد، تا او و شویش را بکشد.»

در همان گاه، خَبّاب اَرَّت پیش فاطمه خطاب و سعید زید بود. (چه، او، نهانی، از سوی پیامبر به نزد آن دو می‌رفت و بدیشان قرآن می‌آموخت.)

چون عمر بر در کوفت، و دانستند که کیست، خباب گریخت و در اتاقی آن سوی حیاط، پنهان شد. هم، فاطمه آن پوست را که بر آنْ سوره قرآن نوشته بود، در زیر فرشْ پنهان ساخت.

عمر اما، از پس در، آواز ایشان را شنیده بود که قرآن می‌خواندند. فاطمه خطاب، این ماجرا را چُنین حکایت کرده بود: «چون برادرم به سرا ورود کرد، خشمناک، پرسید: این چه آواز بود که من شنیدم؟

گفتم: تو هیچ نشنیدی، و ما هیچ نخواندیم.

عمر به خشم اندر شد و چنگ در گریبان شویم افکند و او را پیش کشید تا بکشد. من، چون چُنان دیدم، برخاستم و در وی

آویختم تا از کار او پیش گیرم. عمر اما، به یک سویم افکند، و من بر دیوار خوردم و سرم شکست، و خون بر گونه‌ام روان گردید. چون کار بدینجا کشید، ما پنهانکاری را به یک سوی نهادیم و گفتیم: آری ای عمر؛ ما پیروی محمد کرده‌ایم، و به دین وی درآمده‌ایم. اکنون نیز اگر پاره‌پاره‌مان کنی، از اسلام باز نمی‌گردیم.»

عمر می‌گفت: «من چون پایداری ایشان و آن خون را که بر سیمای خواهرم روان بود و جامه وی را رنگین ساخته بود دیدم، ناگاه دلم نرمی گرفت. پس، دست از آنان بداشتم؛ و خواهرم را گفتم: اینک آن نوشته را که می‌خواندی به من ده، تا ببینم که خود چیست؟»

فاطمه گفته بود: آن، کلام خدای برتر است؛ و ما می‌ترسیم که آن را به دست تو دهیم.

عمر گفته بود: از آن سخنان چیزی برخوان، تا من باز شنوم.

خواهرش نوشته را برگرفته، و خوانده بود:

ـ طاها.

قرآن را بر تو فرو نفرستادیم که در رنج افتی.

تنها هشداری است برای آن که می‌ترسد.

از جانب کسی که زمین و آسمانهای بلند را آفریده، فرو آمده است.

خدای بخشاینده، بر عرش چیره است.

آنچه که در آسمانها و زمین و میان آنهاست و آنچه که در زیرِ زمین است، جمله از آن اوست.

و اگر سخن بلندَ گویی، او به راز نهان و نهانتر، آگاه است.[1]

سعید زید می‌گفت: «من در پسرعمویم باریک شده بودم. پس، می‌دیدم که با هر آیه که فاطمه می‌خواند، خطهای درهم سیمای او، رفته رفته از هم می‌گشاد، و تیرگی خشم در سیمایش رنگ می‌باخت. آنگاه، اندک رنگ از چهره‌اش پرید.

پشت بر دیوار اتاق داد و به اندیشه اندر شد.

چون فاطمه از خواندن باز ایستاد، عمر بر فرش کف اتاق نشست و به گریه درآمد. پس، گفت: چه نیکو سخنی است این سخن، و چه بزرگ خطابی است این خطاب!

به دیدار آن حالت وی، اشک ما نیز روان شد.

در این هنگام، عمر پرسید: اینک محمد در کجاست؟

فاطمه گفت: از او چه می‌خواهی؟

عمر گفت: تا به خدای و دین وی گروم. که دیری است دانسته‌ام که از این بتان، به ما چیزی نمی‌رسد.

بدینگاه، خباب از پنهانگاه خویش به در آمد. پس، او و من، با عمر، سوی سرای ارقم ارقم روانه شدیم. تا که رسول خدا، اسلام را بر عمر عرضه کرد؛ و او نیز پذیرفت.»

این ماجرا بر ما بس شیرین بود. لیک، بر مشرکان سخت گران آمد. تا بدان جا که بوجهل، چون از آن آگاه گشت، بسیار دلتنگ شد، و عمر را به زشت‌ترین گونه، از خود راند. چه، جز دشمنی پیشین خواهرزاده‌اش با مسلمانان، عمر، سفیر قریش نیز بود. پس، این خبر، به هر جا می‌رسید.

کوتاه سخن: با آنچه که تا به امروز پیش آمده است، این گونه می‌توان گفت که از پس آن سالیان فشار و رنج، گویی که ورق روزگار بر گشته، و برای ما دورانَی تازه آغاز گشته است. و از دیگر نشانه‌های آن، یکی نیز دیگرگونی حالت فرعون مکه، بوسفیان، است:

تا پیش از این رویدادها، هرگاه که در نزد بوسفیان سخن از پیامبر و دعوت او می‌شد، گردن می‌افراشت و غبغب بر سینه می‌خوابانید و با لبخنده‌ای آمیخته تمسخر می‌گفت: او نیز یکی همچون ورقه و امیه؛ که با خواندن تورات و انجیل به آیین ترسایی گرویدند و در هر جا از آن می‌زدند و مردمان را بدان فرا می‌خواندند! دیر یا زود، آتش دعوی پسر عبدالله نیز خاموش خواهد شد و او نیز به کاروان فراموشان خواهد پیوست. لیک، از آنگاه که دخترش، رَمْلَه، با شویش، عُبَیْدُالله جَحشْ، سوی حبشه هجرت کرد و سپس نیز این خبرها از شما رسید، گویی کمرش شکست.

اکنون، چونان پیش، ما به گروه، با پیامبر به طواف کعبه می‌رویم و گاه نیز به حرم اندر نماز می‌گزاریم.

از آن کاغذها، باز برای من بفرست.

بدرود.

با نام خدای بخشایشگر مهربان

از مصعب عمیر به زید عمرو

نامه‌ات رسید؛ و آنچه را که در آن نوشته بودی بر یاران حکایت کردم. در این روزها اما، در اینجا نیز ماجراها روی داد؛ تلخ و هم شیرین.

نخست آنکه، پیش از نامه تو، عمرو عاص و عبدالله ربیعه به کعبر ورود کردند. پس، روزی نگذشت که از سوی نجاشی پیکی آمد و گفت: دیگر روز، دو ساعت مانده تا نیمروز، سرکردگان خویش را روانه دربار سازید.

سبب پرسیدیم. گفت: از سوی سران مکه، دو فرستاده به دربار آمده و از شما بدگویی‌ها کرده‌اند، تا شاه، باز مکه فرستدتان. نجاشی اما گفته است: از میان جمله پادشاهان، اینان مرا برگزیده، و به من پناه آورده‌اند. پس، تا سخن ایشان را نیز درباره شما نشنوم، نشاید که از سرزمین خود بیرونشان کنم.

دانستیم که حکایت چیست! جمله، غمگین و بیمناک شدیم، و جهان بر ما تنگ شد. گفتیم: کار به سر آمد و این دوران خوش نیز نپایید. سرِ فریبکاران قریش، نجاشی را نیز فریفت.

آن روز، آرام و قرار از ما رفت. شب نیز هیچ‌کس، از بیم، خفتن نتوانست. بدین میانه اندر، کودکان و زنانْ بی‌تاب‌تر و بی‌قرارتر بودند. از

همین‌رو، به چاره‌اندیشی نشستیم.

نخست چندی به سخن گفتن در این‌باره گذشت که فردا چه کس سخن گوید و چه بگوید؟

عبدالله مسعود، چون همیشه، با کلام خدا، دلداری‌مان داد:

«ایشان نقشه می‌کشند و خدای نیز نقشه می‌کشد. به درستی که خدای بهترین نقشه‌کشان است.»[1]

پس، جمله همدل شدیم که آنچه را که خدای و پیامبر او گفته‌اند بگوییم، و جز حق بر زبان نرانیم. آنگاه جعفر گفت: هیچ‌کس نزد نجاشی سخن نگوید. سخنگوی فردا، منم.

پذیرفته شد. چه، جعفر جز سرکردگی ما، مردی دلیر و سخنوری بس توانا ست.

از دیگران نیز، بنا بر آن شد که عثمان مظعون، عثمان عفان، عثمان عثمان، عبدالله مسعود، عبدالله جحش، زبیر عوّام، عبدالله حارث، سعد وَقّاص، عبدالرحمن عوف و من، با جعفر باشیم.

سپس پراکنده شدیم. لیک، من یاران را می‌دیدم که به حیاط کاروانسرا اندر، این سو و آن سوی، زیراندازی افکنده، و تا سپیده‌دم، به نماز و نیایش بودند.

در پیِ نماز بامداد، اندکی خفتیم. چون برخاستیم، با سپارش جعفر غسل کردیم و نیکوترین جامه‌های خویش را پوشیدیم و بر سر عنبر سودیم و مشک بر خود مالیدیم و روانه دربار نجاشی شدیم.

به کاخ اندر، در تالاری بزرگ، مردمان گرد آمده بودند. تالار سقفی بلند با ستونهایی از سنگ سپید داشت؛ و کف آن از سنگهای مرمر سرخ و سپید فرش بود. از سقف، چلچراغدانهایِ مفرغیِ بزرگِ کار شام آویخته بودند. گرد‌تاگرد تالار پنجره‌های بزرگ چوبی بود، به چهار سو گشوده. بر پشت آن، شیشه‌های رنگ رنگ: زرد و سبز و قرمز و آبی؛ که نور خورشید از پسِ آنها به درون می‌تافت و بدان جلوه‌ای زیبا می‌بخشید. در انتها، زمینِ تالار، اندکی بلندتر بود. بر آن، تختی نقره‌نشان از عاج قرار داشت. بر تخت، نجاشی نشسته بود. مردی سالخورده، میانه بالا و درشت اندام بود. سیاهی پوست او از درباریانش کمتر بود. سیمایی عریض داشت و دو چین

بزرگ بر دو سوی فکش بود. بینی‌ای متناسب و دیدگانی هوشیار داشت. موهای سر و روی او کوتاه و پرچین و شکن بود، و تارهای سپید بسیار در آنها رسته بود. جامه‌ای سپید بر تن داشت که با کمربندی جواهرنشان بر تنش استوار گشته بود. بر این جامه لطیف، ردایی - آن نیز سپید - قرار داشت. لیک، دو لبه این ردا، با نخهای رنگی و یاقوت و زمرد، زینت یافته بود. پای افزارش از چرمی سبک، و رو باز بود؛ و بر میان رویه آن، جواهری الماسگون می‌درخشید.

نجاشی با شکوه و وقار بر تختش نشسته بود و عصایی سرِگرد با روکش نقره در دست داشت. بر پسِ پشتِ تخت، زنی جوان ایستاده بود و با بادبیزنی بزرگ از پرِ طاووس، او را باد می‌زد.

در دو سوی تخت نجاشی، تختهایی از چوب آبنوس بود. یک سو، اسقفان با جامه‌ها و شبکلاههای سپید نشسته بودند. بزرگ ایشان، نزدیکترین کس به نجاشی بود و صلیبی طلایی در دست داشت. پس، کشیشان با ردا و کلاه سیاه استوانه‌ای ویژه نشسته بودند. بر دست هر یک توراتی یا انجیلی گشوده بود. در پس ایشان راهبان بودند. کلاه و جامه ایشان یکپارچه و تیره بود؛ و با ریسمانی تاب داده، کمر خویش را بسته بودند. بر جانب چپ نجاشی، نزدیکان و وزیران - آنان نیز از دانایان دین - و سرداران وی بودند. دیگر، بر دو سوی تالار، تختها بود. بر آنها درباریان با جامه‌های ویژه همسان نشسته بودند. عمروعاص و عبدالله ربیعه نیز در میان ایشان - سوی چپ - قرار داشتند.

چون به تالار ورود کردیم، سرها، جمله سوی ما چرخید. ما، یکصدا، نجاشی را درود گفتیم. لیک، آن‌گونه که رسم دربار شاهان است، بر خاک نیفتادیم

همهمه در جمع افتاد؛ و پرده‌دار شاه، خشمگین، ما را گفت: بر خاک افتید و زمین ادب ببوسید!

عربی را با آهنگی ویژه سخن می‌گفت؛ به همان گونه که نجاشی نیز پس از او سخن گفت. با این رو، این، مایه شادمانی ما شد که بی میانجی، سخن خویش را می‌توانستیم به گوش شاه برسانیم.

در پاسخ پرده‌دار، جعفر گفت: از ما در گذرید؛ که ما جز در برابر آفریدگار، بر خاک نمی‌افتیم.

در این هنگام دیدم که عمروعاص به رفیقش، عبدالله ربیعه، نگریست و لبخندی از سرِ پیروزی زد. پس، پرده‌دار ما را سوی راست تالار راه نمود و در برابر آن دو، بر تختی نشانید.

لختی سکوت بر تالار افتاد. تا نجاشی لب به سخن گشود و گفت: از چه رو سجده نمی‌کنید؟

صدایش آرام بود، و خشم یا کینه از آن احساس نمی‌شد. جعفر، رو سوی او، برخاست و گفت: پادشاه به سلامت؛ از این رو که پیامبرمان ما را فرموده است که جز آفریدگار جهان را نپرستیم؛ و تنها به او سجده کنیم. نجاشی اندکی ساکت ماند. آنگاه سوی فرستادگان قریش اشاره کرد؛ و ما را گفت که آنان چه گفته‌اند و به چه کار آمده‌اند. دیگر، عمروعاص برخاست و گفت: شاهنشاها؛ این گروه، مردمی تباهکارند که از شهر خویش گریخته، و به این دیار آمده‌اند تا مردم تو را نیز تباه سازند.

جعفر گفت: پادشاه به سلامت؛ از ایشان بازپرس که ما آیا بردهٔ آنانیم؟

نجاشی سوی عمروعاص و عبدالله ربیعه نگریست. عمروعاص، چرب زبان، گفت: نه! بلکه آزادگانی بزرگ نژادید.

جعفر گفت: کسی را آیا کشته‌ایم و خونی بر گردن ماست؟

عمروعاص گفت: نه.

جعفر گفت: مالی آیا از کسی ربوده‌ایم؟

عمروعاص گفت: نه.

جعفر گفت: پس از ما چه می‌خواهید که تا بدین دیارِ دوردست در پیِمان آمده‌اید؟ جز این بوده است که در شهر خود، بر ما آن مایه آزارها رسانیدید تا ناگزیر، یاران و خویشان و سرا و کسب و کار خود را رها ساختیم و روانه سرزمین بیگانه شدیم!؟ عمرو عاص گفت: پادشاها! گناه ایشان آن است که در میان قوم خویش جدایی افکنده، و آرامش را از شهر ما برده‌اند.

نجاشی گفت: چگونه؟

عمروعاص گفت: چندی است که به مکه اندر مردی برخاسته، و دعوی دروغ آغاز کرده، و آیینی نو آورده است. او سخنانی شگفت می‌گوید که نه با دین ما سازگار است و نه با کیش شما همخوان؛ و پیشتر،

کسی مانند آنها را نشنیده است. آن مرد، آیین و خدایان ما را خوار می‌شمارد، و دیگران را به پیرویِ خویش فرا می‌خواند. از بردگان و زنان و جوانان و مردمان فرودست نیز، برخی گمراه شده، و پیرو او گشته‌اند.

نجاشی، رو سوی ما، گفت: این چه دین است که شما بر پای داشته‌اید؟

جعفر گفت: پادشاها! ما قومی نادان بودیم که بتان سنگی و چوبیِ ساخته خویش را می‌پرستیدیم؛ مردار و مال پدر مرده می‌خوردیم، و از انجام هیچ کار زشتْ پروایمان نبود. ستم بر ناتوان، آزار همسایه و رنجانیدن دیگران، خوی ما بود. در میان ما، قانونی جز اراده زورمداران و زرمندان فرمان نمی‌راند. تا آنکه پروردگار جهان، از میان ما مردی را به فرستادگی خود برانگیخت. او از شریفترین خاندانهای عرب است؛ و مردم، جمله، وی را به پاکی و راستی و درستی می‌شناختند. او همان پیامبر است که عیسی - درود بر او - به آمدن وی مژده داده؛ و نامش احمد یا محمد است.

فرستاده خدا، ما را از پرستیدن بتان و نوشیدن شراب و انجام قمار و زنا و ستم بر بردگان و ناتوانان و دزدی و خونریزی به ناحق و گرفتن ربا بازداشت، و به گزاردن نماز و دادن زکات و نیکی باٰ خویشان و فرودستان و بزرگداشت دختران و زنان فرا خواند! او کلام خدا را بر ما خواند و با فروغ آن، تیرگیها را از دل و جانمان زدود. با این آیین، بردگان دریافتند که انسانهایی چونان سروَران خویش‌اند، و خدایشان آزاد آفریده است. سپید از سیاه یا عرب از غیر عرب برتر نیست. برتری‌ای اگر هست از پرهیزگاری است. زنان دانستند که در آفرینش با مردان برابرند و چون ایشان، حقها و اختیارها دارند. ناتوانان، آن را پشتیبانی نیرومند برای خویش یافتند. خردمندان قوم نیز از آن رو به این دین گرویدند که آیینها و فرمانهای آن را با خرد سازگار یافتند و مایه نیکبختی و آسایش انسانها دیدند. پس، یک یک و گروه گروه، بر آن گردن نهادند. ما نیز از جمله ایشان بودیم. لیک، قوم با ما دشمنی آغاز کردند و دستِ ستم و آزار بر ما گشودند و پیوسته ما را رنجانیدند. رسول خدا، چون چُنین دید، ما را فرمود که در این سرزمین زمامداری خداپرست و دادگر هست که به ما پناه خواهد داد. ما نیز، از زن و مرد و پیر و جوان و کودک، راهی دراز و دشوار را پسِ پشت نهادیم؛ از صحراهای سوزان و دریاهای پرتلاطم

گذشتیم، و سوی تو پناه آوردیم. اکنون مشرکان چون دانسته‌اند که این جایگاه برای ما خوش است، این فرستادگان را روانه ساخته‌اند تا ما را بدیشان بازدهی و بازِ مکه برند و دیگر بار در رنج و بلا افکنند.

نجاشی گفت: عیسی مسیح نیز برای آموزش همین سخنان آمده بود.

پس، افزود: از آن کتاب که پیامبرتان بر شما فرو آورده است، هیچ در یاد داری؟

جعفر گفت: دارم!

نجاشی گفت: بخوان!

جعفر با آن صدای خوش و حزین خویش، خواندن سوره مریم را آغاز کرد؛ تا بدین آیه‌ها رسید:

– در این کتاب مریم را یاد کن؛ آنگاه که از خاندانِ خویش سویِ مکانی در جانب خاور، دوری گزید.

میان خود و آنان پرده‌ای کشید؛ و ما روح خویش را به نزدش فرستادیم؛ و چون انسانی بر وی نمودار شد.

مریم گفت: از تو به خدای بخشاینده پناه می‌برم، که پرهیزگار باشی!

گفت: من فرستاده پروردگارت هستم، تا به تو پسری پاکیزه بخشم.

گفت: از کجا مرا فرزندی باشد؛ حال آنکه بشری به من دست نزده است، و من بدکاره نیز نبوده‌ام.

گفت: پروردگار تو اینچنین گفته است: «این برای من آسان است. و ما آن پسر را برای مردم نشانه و بخشایشی قرار دهیم.» و این، کاری است که بدان حکم رانده‌اند.

پس بدو باردار شد؛ و او را با خود به مکانی دور افتاده برد.

درد زایش، وی را سوی تنه درخت خرمایی کشانید. گفت: ای کاش پیش از این مرده، و از یادها رفته بودم.

نوزاد از زیر او ندا در داد: غمگین مباش. پروردگارت از زیرپای تو، جویی آب روان ساخت.

نخل را بجنبان، تا خرمای تازه چیده برایت فرو ریزد....[1]

من غرقه کلام خدا و لحن و آهنگ جعفر بودم. چون از آن حالتِ بی‌خویشی به در آمدم، نجاشی و اسقفان و کشیشان و راهبان را دیدم که

---

۱. مریم؛ ۱۶-۲۵.

می‌گریستند. آنان چندان گریسته بودند که گونه نجاشی و تورات و انجیلِ پیش روی آنان، از آب دیده‌شان تر شده بود.

پس، نجاشی لب به سخن گشود و گفت: این سخن و آنچه که عیسی مسیح آورده، هر دو، پرتوهای یک چراغ‌اند.

بزرگ‌ِ اسقفان گفت: این سخنان رنگ ابدیت دارند. واژگان آن، چونان دانه‌های الماس، زلال و بی‌خدشه‌اند.

سر وزیر نجاشی - که می‌گفتند او نیز از دانشمندان کیش ترسایی است - گفت: برونش بس زیبا و درون آن ژرف است. در آن ترنّمی ویژه و آهنگی شگفت است که دل را به نشاط می‌آورد و جان را سرور می‌بخشد.

عمروعاص، چهره درهم کشید و گفت: ایشان اما، درباره عیسی، سخنانی سخت ناروا می‌گویند.

نجاشی، رو سوی جعفر، گفت: شما درباره عیسی مسیح چه می‌گویید؟

جعفر، نخست گویی در پاسخگویی به تردید دچار آمده باشد، لختی درنگ کرد. پس، گفت: پادشاها؛ ما درباره عیسی - درود بر او - همان را می‌گوییم که خدای و فرستاده‌اش می‌گویند.

نجاشی گفت: و آن، چیست؟

جعفر گفت: او بنده خدا و فرستاده اوست. عیسی، جان خدا و کلمه خداست؛ که او را سوی مریم دوشیزه شوی نادیده فرستاد و در وی افکند تا به نیروی بی‌مانندش، بی‌پدَر، از مریم در وجود آید.

نجاشی با نوک عصای خود، خطی بر زمینِ پیشِ پایش کشید و گفت: تفاوت میان ما و شما در این‌باره، از باریکی این خطَ در نمی‌گذرد.

برخی از اسقفان و کشیشان و راهبان، باد در بینی افکندند و بر خروشیدند. نجاشی، رو سوی آنان، گفت: هر چند برخروشید!

پس، رو سوی ما، گفت: اینک بروید و دل خوش دارید؛ که در پناه منید، و کسی بر شما دست نمی‌یابد.

سر وزیرش را فرمود: تا آنگاه که این گروه به کسب و کاری پردازند، از جامه و طعام، آنچه که نیازشان هست، بدانان بدهید.

ما او را سپاس گفتیم و شادمان، سوی یاران آمدیم. دیگر روز، شنیدیم که نجاشی، جمله آن پیشکشها را که فرستادگان قریش آورده بودند بدیشان باز پس داده، و گفته است: به پُری روی زمین نیز اگر زر و سیم

پیش من فرو ریزید، من این گروه را به شما نخواهم داد.

چنین می‌اندیشم که با این رویداد، سرکردگان شرک، از ما دست بدارند. لیک، با آنچه که آن روز در دربار در میان آمد، بیم آن هست که درباریان نجاشی، که برخی از ایشان همان دانشمندان کیشِ ترسایی‌اند، با ما راه دشمنی را در پیش گیرند و در پیِ آزارمان برآیند. چه، آنان عیسی - درود بر او - را پسر خدای می‌دانند؛ و بر سه گانه پدر، پسر و روح‌القدس باور دارند. هر چند، از ایشان، برخی نیز بودند که با آنچه که جعفر از قرآن خواند، به اندیشه اندر شدند، و تا پایان، هیچ نگفتند.

دیگر خبر اینکه، دیروز همسر جعفر، پسری زاد. جمله، از این ماجرا شادمان شدیم؛ و به فال نیکش گرفتیم. من، خود، او را دیدم: پسرکی زیبا و تندرست است؛ و عبدالله نامش کرده‌اند.

تا دیگر نامه، بدرود.

با نام خداوند بخشاینده مهربان

از زید حارثه به مصعب عمیر

درود بر تو و بر دیگر یاران همراهِ تو! نامه‌ات رسید و مایه شادمانی همکیشان و خشم و اندوه مشرکان شد. پیشتر، عمروعاص و عبدالله ربیعه، جمله آن پیشکشها را بازپس آورده، و مردم، بیش و کم، از شکست ایشان آگاهی یافته بودند. لیک، آن‌گونه که تو نوشته بودی، ماجرا بس فراتر از آن بوده است که ما می‌پنداشتیم.

به مکه اندر، سخن از این است که پیشتر تا شما به دربار نجاشی روید، عمروعاص نزد درباریان و اسقفان و کشیشان رفته، و به جمله ایشان، از آن پیشکشها داده بوده است، تا در نزد شاه از آنها جانبداری کنند. آنان نیز گفته بودند: بازگشت این گریختگان از حبشه، از شاه چیزی نمی‌کاهد تا او از آن پیش گیرد. پس، دل قوی دارید؛ و ما نیز در پیشگاه نجاشی، آنچه که در این‌باره سودمند افتد، خواهیم گفت.

پس، با نجاشی سخن گفته بودند تا او شما را به فرستادگان قریش سپارد. نجاشی، عمروعاص را فراخوانده، و از او پرسشها کرده بود. سپس گفته بود: این‌گونه که تو گفتی، از گریختن این گروه، قوم تو باید که خرسند باشد. چه، با گریز ایشان، دشمنی در میان آنان کاستی می‌گیرد. اکنون این پافشاری شما بر باز بردن اینان، از چیست؟!

عمروعاص گفته بود: تا این گروه به سزای خویش نرسند، ریشه این آشوب نمی‌خشکد.

نجاشی گفته بود: سرچشمه این آشوب، آنجا، در نزد شماست. از چه رو او را رها ساخته، و در پیِ این گروه افتاده‌اید؟!

درباریان به جانبداریِ عمروعاص برخاسته بودند. از پافشاریِ آنان در این‌باره، گویی نجاشی دریافته بود که در نهان، چه روی داده است.

پس، خشمگین، گفته بود: باید که سخنان آن کوچیدگان را نیز شنید؛ آنگاه در میان ایشان داوری کرد.

در دربار هم، چون آن سخنان پیش آمده بود، نجاشی نزدیکان خویش را گفته بود تا جمله آن پیشکشها را که از آنان گرفته بودند، بازپس بدهند.

از بازگشت فرستادگان قریش اما، هفته‌ای بیش نگذشته، گروهی از اسقفان و کشیشان به مکه آمدند. ایشان پیامبر را می‌جستند؛ و به حرم اندر با وی دیدار کردند. در آن روز، من با رسول خدا نبودم. لیک، زید ارقم که خود در آنجا بود، از آن ماجرا، مرا چنین حکایت کرد: «ایشان بیست تن بودند؛ جمله سالمند. نخستْ پیش سران شرک رفته و از پیامبر ـ از کودکی تا بدین روزش ـ پرسشها کرده بودند.

بزرگِ ایشان، که به سال نیز از دیگران پیرتر بود، سخن آغازید و گفت: این گروه که می‌بینی، جمله، از بزرگان و دانشمندان ترسایند. ما از سوی حوزه روحانی حبشه بدین دیار آمده‌ایم، تا درباره دین تو بپژوهیم.

دانستیم که این ماجرا، پیرو همان سخنان است که جعفر در دربار نجاشی گفته بود.

پیامبر فرمود: نیکوست! باز پرسید، تا پاسخ شنوید.

در این حال، از مشرکان و سران ایشان نیز، بسیاری، پیرامون ما گرد آمده، و به تماشا ایستاده بودند.

از آن بزرگان ترسا، هر یک، پرسشها از پیامبر کردند؛ از پدر و هم مادرش. از کودکی وی پرسیدند، و آنچه که بر او گذشته، و می‌دیده، یا می‌شنیده بود. آنگاه از حالتهای رسول خدا به گاهِ فرو آمدن وحی پرسیدند. نیز، پرسشها از دینها و امتهای پیشین کردند. دیگر، پرسیدند که خدای او درباره آیین ایشان، چه گفته است؟

پیامبر، جمله پرسشهای ایشان را پاسخ گفت. خواستند که بر آنان، از قرآن، چیزی بخواند. رسول خدا، با آن صدای آسمانی خود، آیه‌هایی چند از سوره مائده را خواند:

- به نام خداوند بخشاینده بخشایشگر.

روزی که خدای، پیامبران را گرد آوَرَد و بازپرسد که دعوت شما را چگونه پاسخ گفتند، گویند: ما را هیچ دانشی نیست. که دانای غیب، تویی.

خدای، عیسای مریم را گفت: نعمتی را که بر تو و مادرت ارزانی داشته‌ام، یاد کن: آن هنگام که با روح القُدُس یاری‌ات کردم، تا تو، چه در گاهواره و چه در بزرگسالی، سخن گویی. و به تو، کتاب و حکمت و تورات و انجیل را آموختم. و آنگاه که به فرمان منْ از گِل چیزی چون پرنده ساختی و در آن دمیدی، و به فرمانِ من پرنده‌ای شد. و کور مادرزاد و پیس را به فرمان من شفا دادی، و مردگان را به فرمان من از گور به در آوردی. و چون با این دلیلهای روشن به نزد بنی‌اسرائیل رفتی، من آنان را از آسیب رساندن به تو بازداشتم. و از میانشان، کسانی که کافر بودند، گفتند که این، جز جادویی آشکار نیست.

و به حوّاریان وحی کردم: به من و به پیامبرِ من ایمان آورید.

گفتند: ایمان آوردیم، گواه باش، که ما تسلیمیم.

و حواریان پرسیدند: ای عیسای مریم، پروردگارِ تو آیا می‌تواند که از آسمان برای ما طعامی فرو فرستد؟

گفت: اگر ایمان آورده‌اید، از خدای بترسید!

گفتند: می‌خواهیم از آن طعام بخوریم، تا که دلهایمان آرام گیرد؛ و بدانیم که تو به ما راست گفته‌ای؛ و بر آن شهادت دهیم.

عیسای مریم گفت: بار خدایا؛ ای پروردگار ما؛ از بَهر ما طعامی از آسمان فرو فرست، تا برای ما و آنان که از پسِ ما می‌آیند، عیدی و نشانی از تو باشد. و به ما روزی ده؛ که تو، بهترین روزی‌دهندگانی.

خدای گفت: من آن طعام را برایتان فرو می‌فرستم. لیک، از شما، هر که از آن پس کافر شود، چنان عذابش کنم که هیچیک از مردمان جهان را، آن گونه عذاب نکرده باشم!

و آنگاه که خدای، عیسای مریم را گفت «آیا تو مردمان را گفتی که مرا و مادرم را سَوای خدای برتر به خدایی گیرید؟» گفت: «پاکا خدایا؛

مرا نسزد که چیزی گویم که نه شایسته آن باشم! من اگر چنین گفته بودم، تو خود می‌دانستی. چه، بدانچه که در درون من پ می‌گذرد دانایی؛ و من، از آنچه که در ذات تو است، بی‌خبرم. زیرا تو، داناترین کسان به غیبی.

من، بدانانجز آنچه که تو فرمانم داده بودی، نگفتم؛ که«خدای برتر پروردگار مرا و پروردگار خود ـ را بپرستید.» و من، تا در میان ایشان بودم، پاسدار ایمانشان بودم. و چون مرا میرانیدی، تو خود نگاهبان ایمان آنان شدی. و تو، بر هر چیز آگاهی.

ایشان را عذاب اگر کنی، بندگان تو اَند؛ و چُنانچه بیامُرزی، تو پیروزمند و حکیمی.[1]»

هنگامی که پیامبر می‌خواند، اشک از دیدگان ایشان روان بود و گونه‌ها و ریشهایشان را تر ساخته بود. آنگاه، رسول خدا، آنان را به اسلام فرا خواند. جمله، بر پیامبری وی گواهی دادند، و اسلام آوردند. بزرگِ ایشان گفت: چگونه ایمان نیاوریم؛ حال آنکه جمله آن نشانه‌ها که در انجیل و دیگر کتابهای ما درباره فارقلیط آمده است، در وجودِ گرامیِ تو، آشکار است!

«چون آن گروه از حرم به در می‌رفتند، از سران قریش، گروهی، خشمگین، پیش آمدند. پس، بوجهل، ایشان را گفت: ما نادانتر از شما ندیده بودیم!

بزرگِ آن گروه پرسید: از چه رو چنین می‌گویی، ای مرد؟!

بوجهل گفت: این چه کار بود که کردید؟!

بزرگِ گروه حبشی گفت: چه کار کردیم که بر شمایان، این‌گونه گران آمده است؟!

بوجهل گفت: شما نه آیا از سوی قوم خود به قصد پژوهیدن درباره این مرد آمده بودید؟! پس، چه شد که در برابر وی از کیش پدران خویش روی برتافتید و دعوی او را درست انگاشتید؟!

بزرگِ آن فرستادگان، گفت: ما، خود، بدانچه که برای آن فرستاده شده بودیم آگاهیم و آیین شما را نیز می‌شناسیم. شما بر باورِ نیاکان خود دل بسته‌اید. حال آنکه ما در پی گمشده خویشیم، و جز بهروزی مردم

خود، هیچ نمی‌خواهیم.

این رویداد بر مشرکان بس گران آمده، و سخت بیمناکشان ساخته است. پس، دور نیست که باز در پی نیرنگ و نقشه‌ای تازه برآیند. لیک، پیامبر و ما نیز هوشیاریم. و دست خدای، ورایِ دستان ایشان است.

بدرود.

با نام خدای بخشاینده مهربان

از مصعب عمیر به زید حارثه!

درود بر پیامبر خدا و بر یاران با وفای او! نامه‌ای که تو فرستاده بودی،
به هنگامْ رسیده بود. اینکه پاسخ آن دیر شد، بدان رو بود که ما چندی
به کعبر اندر نبودیم. آنگاه نیز که باز آمدیم، آن بازرگان، آن نامه مرا
می‌آورد، رفته بود.

لیک، سبب آن دوری...:

از آن روز که جعفر آن سخنان را درباره عیسی - درود بر او - گفت
و از نزدیکان نجاشی، برخی بدان‌گونه بر آشفتند، به کعبر اندر، کار دیگر
شد. چه، اهل حبشه دانستند که باور نجاشی درباره پیامبرشان، جز باور
ایشان است. پس، چون آن گروه از اسقفان و کشیشان از مکه باز آمدند،
و مسلمان شده بودند، از درباریان و دیگر اسقفان و کشیشان، برخی چنین
گفتند که «این، تدبیر نجاشی بوده است. او دل سوی اسلام دارد، و از
آیین عیسی مسیح روی گردانیده است.» آنگاه، از سرداران شاه، یکی
شورش کرد؛ و آن درباریان نیز به همراهی با وی، مردمان را بر نجاشی
شورانیدند.

نجاشی، چون چُنین دید، شبانه، پنهانی کس سوی ما روانه ساخت که
«بر ساحل نیل، برای شما دو کشتی مهیّا ساخته‌ام با کشتیبان. بار و بنه

خویش را برگیرید و شبانه بدان سو روید. پس، بر آن کشتیها نشینید و به انتظار بمانید. آنگاه، من اگر بر دشمنان خویش چیره شدم، باز آیید. آنان اما اگر بر من پیروز شدند، کشتیها را برانید و به هر جا که خواهید، روید.»

از شنیدن این خبر، عظیم دلتنگ شدیم. پس، ترسان، چُنان کردیم؛ و با آن کشتیها بدان سوی نیل رفتیم و به انتظار ماندیم. در این حال، نه خواب شب داشتیم و نه آرام روز. پیوسته دعا می‌کردیم و خدای را می‌خواندیم، تا نجاشی بر دشمنان خویش چیرگی یابد.

چون سه روز گذشت، بر آن شدیم تا از وی خبری گیریم. از ما، زبیر عوّام شناگری نیک می‌دانست، و هم، جوانی بس چابک است. او را در پی این کار روانه ساختیم. زبیر مشکی بزرگ را پُر از باد ساخت و بر آن خفت و بدان سوی رود رفت. چون باز آمد، او همچنان بر آب بود که ما از عرشه کشتی به پیشبازش شتافتیم. پس، زبیر از دور آواز برداشت: بشارت باد بر شما، که نجاشی بر دشمنان خویش پیروز شد، و خدای برتر، آشوبگران را بر سر جایشان نشانید.

هنگامی که بر کشتی فراز شد، آنچه را که دیده یا شنیده بود، حکایت کرد:

آشوبگران پیرامون کاخ شاهی گرد آمده بودند تا نجاشی را از تخت به زیر آورند و بکشند. نجاشی نیز با یاران خود در برابرشان ایستاده بود. لیک، او به جنگ آغاز نکرده بود. نخست بر بام کاخ رفته، و به سخن گفتن با ایشان پرداخته بود. او گفته بود: ای اهل حبش، نه من آیا پادشاه شما بودم؟ مردمان، یکصدا، گفته بودند: بودی.

گفته بود: نه آیا به دادگری کار می‌فرمودم با شما؟

گفته بودند: بلی.

گفته بود: پس، از چه رو بر من شوریده‌اید؟!

گفته بودند: تو از دین ما روی گردانیده‌ای و درباره عیسی مسیح، باوری دیگر داری.

برخی نیز فریاد برآورده بودند: تو به جانب اسلام و مسلمانی میل کرده‌ای.

پرسیده بود: باور شما درباره عیسی مسیح، چیست؟

گفته بودند: باور ما چنین است که عیسی، پسر خداست. تو اما،

گفته‌ای که او بنده خداست.

نجاشی روی تُرش ساخته، و به فریاد گفته بود: چه کس، خود، شنیده است که من چنین گفته‌ام؟

از مردمان، هیچ کس، خود، چنین نشنیده بود.

بدین‌گاه نجاشی دست چپ را بر بازوی راست خویش گذارده، و گفته بود: من نیز همین را درباره عیسی مسیح می‌گویم. بیشتر مردمان، چون این سخن را شنیده بودند، شادمان و ستایش‌کنان، از گرد کاَخ پراکنده شده بودند. لیک، برخی از آن اسقفان و کشیشان و گروهی از مردم، همچنان ایستاده بودند؛ و آن سردار شورشی گفته بود: این سخن، فریبی بیش نیست! تو، باید که آشکارا بگویی که باورت درباره عیسی مسیح چیست!

پس، از میان ایشان، کشیشی گفته بود: او دست بر تَعویذِ بسته بر بازوی خویش، این سخن را گفت. باید دید که در آن دعا، چه نوشته است.

دیگر، افزوده بود: به یقین که در آن تعویذ، همان باور کفرآمیز خویش را درباره عیسی، نوشته است.

در میان آنان که مانده بودند، گفت و گو در گرفته بود. برخی گفته بودند که ماجرا، آن‌گونه که آن کشیش می‌گفت، نیست. گروهی دیگر اما، با آن کشیش همصدا گردیده بودند. پس، باز، شماری از ایشان پراکنده شده بودند. بدین‌گاه نجاشی یاران خود را گفته بود تا مانده‌گان را بپراکنند یا بگیرند یا بکشند.

میان دو گروه، جنگ در گرفته بود. بیشتر آشوبگران کشته، و برخی نیز گرفتار و در بند شده بودند. تازه جنگ پایان گرفته، زبیر عوّام رسیده بود. آری، ای مصعب! بدین سان، این آشوب نیز پایان پذیرفت. لیک، هرگز چُنان خرّمی به ما نرسیده بود که آن روز زبیر ما را مژده داد که «نجاشی بر دشمنان خویش پیروز شد.»

پس، چون سوی کاروانسرا باز گشتیم، نامه تو به من رسید، و آن مجال پدید آمد تا بدان پاسخ گویم. اینک روزگار ما از پیش نیز بهتر شده است. نجاشی، پنهان و آشکار، چندان که می‌تواند، در آسایش و برخورداری ما می‌کوشد. تا بدانجا که، اینک فرموده است تا در محله‌ای

خوش، برای ما سراهایی نیکو بسازند. هم، سوی جعفر پیک روانه ساخته است که «به چیزی اگر نیازتان افتاد، مرا آگاه سازید.»

از همراهان نیز، برخی - هر کس به فراخور حال خویش - کسبی یافته و بدان پرداخته است. و بیشترِ ایشان در کار ستد و داد در بازار مشغول‌اند.

بدین سان، چنین می‌پندارم که بیشتر یاران بر آن‌اند که تا در مکه برای مسلمانان گشایشی از سوی خدا رسَد، در این دیار بمانند. هر چند، اغلب، ما همچنان دلتنگ یاران و مکه‌ایم؛ و دوری پیامبر، تاب از کف جملگی ربوده‌است.

بدرود.

منابع و مآخذ

آثار البلاد و اخبار العباد: تصنیف زکریا بن محمد بن محمود قزوینی؛ ترجمه با اضافات: جهانگیر میرزا قاجار؛ به تصحیح و تکمیل میرهاشم محدث؛ چ: ۱۳۷۳.

آمنه: بنتِ‌الشاطی؛ ترجمهٔ حسین اژدری؛ آتروپات؛ چ سوم.

اخبار مکه: ابوالولید ازرقی؛ ترجمه و تحشیه دکتر محمود مهدوی دامغانی؛ چاپ و نشر بنیاد؛ چ ۱۳۶۸.

اسلام‌شناسی (مشهد): دکتر علی شریعتی؛ دفتر تدوین و تنظیم مجموعه آثار معلم شهید دکتر علی شریعتی.

اعلام قرآن: دکتر محمود خزائلی؛ امیرکبیر؛ چ چهارم: ۱۳۷۱.

العصر الجاهلی: شوقی ضیف؛ ترجمه علیرضا ذکاوتی قراگُزلو؛ امیرکبیر؛ چ اوّل: ۱۳۶۴.

انقلاب تکاملی اسلام: جلال‌الدین فارسی؛ بی‌تا.

با پیامبر: دکتر بنت الشاطی؛ ترجمه دکتر سیدمحمد رادمنش؛ چ ۱۳۷۷.

تاریخ اسلام: حجت‌الاسلام علی دوانی؛ دفتر انتشارات اسلامی؛ چ دوم.

تاریخ طبری: محمّدبن جریر طبری؛ ترجمه ابوالقاسم پاینده؛ چ ۱۳۷۵.

تاریخ عرب: فیلیپ حتی؛ ترجمه ابوالقاسم پاینده.

تاریخ قرآن: دکتر محمود رامیار؛ امیرکبیر؛ چ سوم: ۱۳۶۹.

تاریخ کامِل: عزالدین ابن اثیر؛ ترجمه دکتر محمدحسین روحانی؛ چ ۱۳۷۴.

تاریخ مکه: امل اسین؛ ترجمه احمد آرام.

تاریخ هنر اسلامی: کریستین پرایس؛ ترجمه مسعود رجب‌نیا.

تاریخ یعقوبی: احمدبن ابی‌یعقوب؛ ترجمه دکتر محمّد ابراهیم آیتی؛ چ ششم: ۱۳۷۱.

تاریخ پیامبر اسلام: دکتر محمّد ابراهیم آیتی و دکتر ابوالقاسم گرجی، انتشارات دانشگاه تهران؛ چ دوم: ۱۳۶۱.

تاریخنامه طبری: محمدبن جریر طبری، ترجمه منسوب به بلعمی؛ تصحیح و تحشیه محمد

روشن؛ نشر نو؛ چ دوم: ۱۳۶۸.

تحفة الاحباب؛ تألیف شیخ عباس قمی.

توتیای دیدگان تألیف شیخ عباس قمی.

پیامبر: زین‌العابدین رهنما؛ زوّار؛ چ بیست و سوم: ۱۳۶۳.

پیرامون سیره نبوی؛ دکتر طه حسین؛ ترجمه بدرالدین کتابی؛ چ ۱۳۶۲.

پیغمبر و یاران؛ تألیف محمد علی عالمی.

حیات القلوب: ملا محمدباقر مجلسی؛ علمی؛ چ دوم: ۱۳۶۳.

داستانهای ما؛ حجت الاسلام علی دوانی؛ چ ۱۳۷۱.

در آستانه سالزاد پیامبر: دکتر محمود رامیار؛ دفتر نشر فرهنگ اسلامی؛ چ دوم: ۱۳۶۵.

در مسلخ عشق؛ علی موسوی گرمارودی؛ چ ۱۳۵۸.

درسهایی از تاریخ تحلیلی اسلام؛ حجت الاسلام سیدهاشم رسولی محلاتی؛ چ ۱۳۶۸.

دلایل النبوة؛ تألیف ابوبکر بن احمد بن حسین بیهقی.

زندگانی حضرت محمد (ص)؛ تألیف حجت‌الاسلام سیدهاشم‌رسولی‌محلاتی.

زندگانی محمد (ص) پیامبر اسلام؛ تألیف ابن هشام؛ ترجمه حجت الاسلام سیدهاشم رسولی محلاتی؛ چ ۱۳۶۶.

زندگانی پر افتخار عمار یاسر؛ تألیف حجت الاسلام محمدمحمدی اشتهاردی؛ چ ۱۳۷۳.

زندگانی پرافتخار بلال حبشی؛ تألیف حجت الاسلام محمد محمدی اشتهاردی؛ چ ۱۳۷۳.

زندگانی پرافتخار حضرت حمزه و جعفر؛ تألیف حجت الاسلام محمد محمدی اشتهاردی؛ چ ۱۳۷۴

سیرت رسول الله: ابوعبدالله محمدبن اسـحاق؛ ترجمه و انشای رفیع‌الدین اسحاق محمّد همدانی؛ تصحیح دکتر اصغر مهدوی؛ انتشارات خوارزمی؛ چ دوم: ۱۳۶۱.

سیره رسول الله (ص)؛ دکتر عباس زریاب خویی؛ چ ۱۳۷۶.

سیره صحیح پیامبر (ص)؛ جعفر مرتضی عاملی؛ ترجمه حسین تاج‌آبادی؛ چ ۱۳۷۳.

شأن نزول آیات تألیف ابوالحسن علی واحدی نیشابوری – جلال‌الدین عبدالرحمن سیوطی؛ ترجمه دکتر محمدجعفر اسلامی؛ چ ۱۳۶۲.

شتر، آنکه کویر با نام او زنده است: حمید موسوی؛ مرکز تحقیقات مناطق کویری و بیابانی ایران؛ دانشگاه تهران.

شرف النبی (ص)؛ تصنیف ابوسعید واعظ خرگوشی؛ ترجمه نجم‌الدین محمود راوندی؛ تصحیح و تحشیه محمد روشن؛ بابک؛ چ ۱۳۶۱.

شهریار محبت؛ میثاق امیر فجر؛ چ ۱۳۷۸.

فرزندان ابوطالب؛ ابوالفرج علی بن الحسین اصفهانی؛ ترجمه جواد فاضل؛ چ ۱۳۶۲.

فرهنگ فارسی، تألیف دکتر محمد معین؛ چ ۱۳۶۲.

فروغ ابدیت، آیت‌الله جعفر سبحانی؛ بی‌تا.

قرآن کریم؛ ترجمه عبدالحمید آیتی؛ و ترجمه‌های دیگر.

قصص قرآنی: صدرالدین بلاغی؛ امیرکبیر، چ یازدهم: ۱۳۵۹.

قصه‌های چهارده معصوم: مهدی آذر یزدی؛ کتابهای شکوفه؛ چ هیجدهم: ۱۳۶۹.

گزیده تاریخ بلعمی: ابوعلی محمدبن محمد بلعمی؛ انتخاب و شرح دکتر رضا انزابی‌نژاد؛ امیرکبیر؛ چ چهارم: ۱۳۷۱.

محمد پیام‌آور آزادی؛ عبدالرحمان شرقاوی؛ ترجمه حسن اکبری مرزناک؛ چ ۱۳۵۶.

محمد(ص) خاتم پیامبران؛ کار گروهی (مقاله از بعثت تا هجرت؛ نوشته دکتر سید جعفر

شهیدی)؛ چ ۱۳۶۳.

محمد، پیغمبری که از نو باید شناخت: کنستانتین ویرژیل گیورگیو؛ ترجمه ذبیح الله منصوری؛ چ ۱۳۷۶.

محمّد (ص) خاتم پیامبران: کار گروهی (مقاله‌های: سیمای محمّد (ص)؛ نوشته دکتر علی شریعتی، و گوشه‌ای از اخلاق محمّد (ص)؛ نوشته سید ابوالفضل مجتهد زنجانی)؛ حسینیه ارشاد؛ چ دهم: ۱۳۶۳.

محمّد در شیرخوارگی و خردسالی: محمّد شوکت التونی؛ ترجمه صلاح‌الدین سلجوقی.

محمّد پیام‌آور آزادی: عبدالرحمن شرقاوی؛ ترجمه حسن اکبری مرزناک؛ حکمت؛ چ اوّل.

مروج الذهب: ابوالحسن علی بن حسین مسعودی؛ ترجمه ابوالقاسم پاینده؛ علمی و فرهنگی؛ چ چهارم: ۱۳۷۰.

مصعب بن عمیر،: عدنان الطویل؛ ترجمه واحد ترجمه انتشارات توحید؛ چ ۱۳۶۹.

مکه مکرمه، مدینه منوره: امل‌اسین؛ ترجمه احمد آرام.

نهایت‌المسؤول فی روایت الرسول: سعیدالدین محمد بن مسعود کازرونی؛ ترجمه و انشای عبدالسلام بن علی بن الحسین الابرقوهی؛ تصحیح و تعلیق محمّد جعفر یاحقی؛ علمی و فرهنگی؛ چ اوّل: ۱۳۶۶.

ان‌شاءالله موفق شوید کار را به پایان برسانید؛ در فصلهای دیگر زندگی نبی‌اکرم، صلی‌الله علیه و آله و سلم، را هم ادامه دهید؛ و خداوند هم از شما به حسن‌قبول بپذیرید.

الحمدلله روحیهٔ شما و خوش‌عقیده‌گی‌تان نسبت به جهت و محتوای برنامه [از سرزمین نور] یکی از عوامل توفیق آن بوده است. می‌خواهم خواهش کنم برنامه را ادامه دهید. دوران قبل از بعثت، از لحاظ تاریخی، دوران چندان روشنی نیست؛ برخلاف بسیاری از حوادث بزرگ تاریخی و برخلاف دوران بعد از بعثت، که قدم به قدم از لحاظ تاریخی، مشخص و روشن و واضح است.

هیچ پیغمبری زندگی روشن و مشخص و دقیق تاریخی ندارد. از زندگی شخصیتهای دیگر تاریخی هم، کمتر به این دقت خبر داریم. بنابراین، میدان فعالیت باز است. و ان‌شاءالله حتماً باید ادامهٔ این برنامه را بسازید. فصل بعد از بعثت، طولانی‌تر خواهد شد. شاید مثلاً بالغ بر صدها بخش شود. که اشکال هم ندارد. این را یک پروژهٔ بیست‌ساله در نظر بگیرید؛ و بنا بگذارید که در بیست سال، این کار را به بهترین وجه، تمام کنید. یعنی اگر آقای رهگذر، در ظرف بیست ـ سی سال، غیر از این کار، هیچ کار دیگری انجام ندهد، باز هم کار بزرگی انجام داده است.

(در دیدار دست‌اندرکاران برنامهٔ رادیویی «از سرزمین نور» «آنک آن یتیم نظر کرده»؛ ۷۳/۱۲/۲۷)

دکتر محسن پرویز (نویسنده و پزشک)

«این کتابْ چند خصوصیت ویژه دارد، که آن را از سایر کتابهای مشابه، متمایز می‌کند: اولین خصوصیت، داشتن یک زاویه دید جدید است؛ چیزی که کمتر با آن مواجه بوده‌ایم؛ و به آن، به اصطلاح، «زاویه دید تلفیقی» می‌گوییم.»

دکتر محمد میرکیانی (نویسنده)

«سرشار سه سال تمام کار و زندگی را رها کرد، تا بتواند بخشی از زندگی پیامبر را ـ از قبل از تولد تا سـال پنجم بعثت ـ به نگارش دربیاورد. او برای نوشتن این داستانها، که بعدها با کمی تغییر، با عنوان «آنک آن یتیم نظر کرده» به چاپ رسـید و جوایز متعددی را از آن خود کرد، منابع مختلفی را مطالعه و بررسی کرده؛ و معتقد است: بسیاری از شنوندگان این برنامه، از روحانیان و اسـتادان الهیات دانشکده‌های کشور بودند؛ و نظرات آنها، از رضایتشـان نسبت به مستند بودن این داستانها حکایت داشته است.»

(همشهری؛ ۱۳۸۵/۶/۶)

دکتر محمد میرکیانی

«کتاب «از سـرزمین نور» را، که بعدها، بـا عنوان «آنک آن یتیم نظر کرده» به چاپ رسید، می‌شود در ردیف بزرگ‌ترین آثار ادبی تاریخی که تاکنون نوشته شده، قرار داد.»

(ماهنامهٔ اطلاع‌رسانی «جوان»؛ ش ۱۱؛ آبان ۱۳۸۵)

سید محمد میرزاده (شاعر و نویسنده)

«از بس به نثر آهنگین و نو و برجستهٔ «از سرزمینِ نور» علاقه دارم، هر شب، صفحاتی از یکی از جلدهای آن را ـ صرفاً برای لذت بردن از نثر ـ می‌خوانم. به نحوی که، بسیاری از عبارات و پاراگرافها را، حفظ کرده‌ام.»

(در نامه‌ای خطاب به نویسندهٔ کتاب)

جعفر سلیمانی کیا (مترجم)

«به قولی، زبان سرشـار هم، در «آنک آن یتیم نظر کرده»، زبانی اسـت

دقیق و واقعی؛ با ضرباهنگهای متنوع و حرکتهای نحوی و صفاتی همیشه نامنتظره و شگفتی‌آور. او همواره در جست‌وجوی غنی‌ترین و ظریف‌ترین و دقیق‌ترین بیان است. سرشار، کمال مطلوب زیبایی‌شناسی را، در دقت و تحلیل و زبان، در پدید آوردن «آنک آن یتیم نظر کرده» رعایت کرده است.»

(روزنامهٔ سیاست روز؛ ۱۳۸۶/۱۱/۱۱)

سیّد محمّد سادات اخوی (نویسنده)

«اهل ذوق و آشنایان «پژوهش» و «نویسندگی» - توأم - درخواهند یافت که در بسیاری از بخشهای این مجموعه، فرازهایی وجود دارد که فراتر از توانایی همیشگی «قلم» و یا یک «پژوهش ساده» به نظر می‌رسند. این مجموعه علاوه بر استفاده از تمام تجربه‌های گذشته نویسنده، راهی نوین را نیز گشوده است که به یقین، ستایشی درخور را سزاست.»

(چهره‌های ادبیات کودکان و نوجوانان - شماره ۱۲)

حسن حسینی (شاعر کودک و نوجوان)

«گاه کلمه‌ها کلمه نیستند؛ مخمل هستند. جمله‌ها به نرمای نسیم در مقابل دیدگانت می‌وزند و غبار از روحت پاک می‌کنند.
گاه توصیف ماجراها آن چنان دقیق می‌شود که گویی نویسنده سالها خود آنها را تجربه کرده است.»

(مجلهٔ کیهان بچه‌ها)

مصطفی دلشاد تهرانی (پژوهشگر)

«نویسنده با توجه به تسلط بر عناصر داستانی، سعی کرده است تاریخ را با زبانی داستانی برای مخاطبان خود نقل کند. در این زمینه، نوشتار ایشان به اثری خواندنی و جذّاب تبدیل شده است که در آن نه تنها از خشکی تاریخ اثری نیست، بلکه حوادث تاریخی به گونه‌ای ردیابی شده‌اند که ریشه‌های آن در گذشته‌ها، به خوبی ترسیم شده است.»

(پژوهشنامه)